文治
© wenzhi books

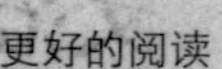
更好的阅读

正午的原野

わたなべ じゅんいち

〔日〕渡边淳一 著
沈玲 译

九州出版社
JIUZHOUPRESS

图书在版编目（CIP）数据

正午的原野/（日）渡边淳一著；沈玲译．—北京：
九州出版社，2014.5
（渡边淳一经典作品集）
ISBN 978-7-5108-3012-9

Ⅰ．①正… Ⅱ．①渡… ②沈… Ⅲ．①长篇小说—日本—现代 Ⅳ．①I313.45

中国版本图书馆 CIP 数据核字（2014）第 119432号

正午的原野

作　　者　（日）渡边淳一 著　沈玲 译
出版发行　九州出版社
出 版 人　黄宪华
地　　址　北京市西城区阜外大街甲 35 号（100037）
发行电话　（010）68992190/3/5/6
网　　址　www.jiuzhoupress.com
电子信箱　jiuzhou@jiuzhoupress.com
印　　刷　北京慧美印刷有限公司
开　　本　880 毫米 ×1230 毫米　32 开
印　　张　14.5
字　　数　503千字
版　　次　2014 年 8 月第 1 版
印　　次　2014 年 8 月第 1 次印刷
书　　号　ISBN 978-7-5108-3012-9
定　　价　45.00 元

目录

第一章

正午的原野

当辻村多纪走出位于东山若王子[1]的家的时候，京都的天空下起了骤雨。

黎明时还飘着零星小雨，到了上午就停歇了，之后，还有些许阳光洒下。此时的这场大雨让多纪倍感意外。

多纪还是决定离开。她来到门口，将皮鞋放进纸袋中，穿上了一双鲨鱼皮花纹的利休木屐。

“下得挺大的呢，打辆车吧。”

身后传来了保姆安代的声音。多纪还在上小学的时候她就已经在这个家工作了，今年刚满六十岁。

“嗯。”

多纪麻利地将装着皮鞋的纸袋塞进了旅行包。

也许是因为下雨而天色昏暗的缘故，穿着印花外套的多纪的脸显得有些苍白。

“我走了，家里就拜托你了。”

“我送送您吧。”

“好啊，这个麻烦帮我拿一下。”

多纪将旅行包递给了安代，自己拎起了一个装有丧服的日式小箱。

“东京也在下大雨吧？”

推开大门，院子已经被大雨打湿了。刚刚进入十月，细竹还是郁郁葱葱的，木兰的根部却已有了一片枯叶。

眼睛有些青肿的多纪，一头钻进了安代撑起的黑色雨伞中。

在院子小道的右侧装有一个竹筒敲石[2]。往前走，穿过一扇格子门[3]，是一段用砖石铺过的缓缓的斜坡，两侧有雨水哗哗地向下流着。

“西边好像要亮堂一些。”

若王子位于大文字山[4]的山脚，稍稍高出对面的城镇，可以眺望西边的连绵山脉。

厚厚的灰色云层似乎将整个京都都笼罩了起来，只有在右手边的爱宕山那一带才有一些亮色。

“先去五条街那边的店里看一下吗？”

“嗯。新干线两点半开，还有点时间。”

---

1. 地名。
2. 庭园设施之一。支点架起竹筒，一端下方置石，另一端切口上翘。在切口上滴水，水积多了该端因重量而下垂，水流出，竹筒另一端翘起后因重力又落下去而击石发出响声。
3. 将细的木条或竹片呈格子状纵横交错而制成的门。
4. 位于日本京都市东端的如意岳的一部分，海拔 446m。因每年 8 月 16 日在此燃起“大”字形篝火而闻名。

多纪迈着碎步，脚尖着地地往坡下走。也因下雨的关系，山麓下的这一片住宅区在午后的时光中显得格外恬静。

“明天傍晚前回来吧？”

“我想在那之前就可以回来了。”

有三个学生模样的人穿着黄色的雨披从旁边经过，大概是结束了上午的课程，正在往家走。

安代继续说道：“但是这么重大的事情……”

“怎么？”

“还特地赶去东京……”

“不。”

多纪摇了摇头。两人走完了坡道，转入通向南禅寺的马路。

雨下个不停，丝毫没有停止的迹象。刚才还有些亮堂的西边的天空，现在也是乌云密布。

两人在一个写着“宇治茶”招牌的茶馆前停了下来等出租车。

以往，从南禅寺方向开过来的空车一辆接着一辆，可在这种天气情况下就没有了。大概在途中就都被别人叫走了吧。

“你不在家的时候，如果有报社的人打电话来该怎么办呢？”安代不安地问道。

“没关系的，说不在家就行了。”

多纪的语气很强硬。安代在伞下点点头。

“可要是您的继母问起为什么没让她去呢？”

“她要这么问，那我也没办法，毕竟跟他有血缘关系的只有我。”

这时，驶来了一辆空车。

“谢谢。”

多纪从安代手中接过行李，坐进了出租车内。

“请多加小心啊！”安代深深地鞠了一躬。

多纪朝着车窗外点了点头，然后对司机说：“请到五条大桥。”

从若王子到五条大桥，不堵车的话花不了十分钟。由多纪担任总经理的辻村扇子店就位于大桥第二个路口往南的地方。

这是一幢两层小楼，入口处有一段小胡同。房子隔了五小间，但进深比较长。

来到店前，多纪下了车，没撑伞就快速地跑了进去。

“您好！”

门口一个叫中川的年轻人向她问好。他正在往车上装货。

“辛苦了。要送去哪里呀？”

“要将这些扎好的扇子给小池先生送去，然后把一些损坏的带回来。”

“对了，听说小池先生的父亲中风住进了医院。跟大坂说一声，让他买上五六千日元的水果做个果篮，你带上给他们送去。”

“好的。”

“其他职员都挺好的吧？”

“都挺好的。”

“那就拜托你了。”

多纪说完就上了楼。通往二楼的楼梯很狭窄，而且还堆着挂历、装扇子的箱子之类的东西，仅容一个人勉强通过。二楼上，从里面数第二间小屋子就是多纪的经理室，还兼做会客室之用。

多纪脱去外套，让女秘书靖子喊来了常务吉冈。

“请问有什么事吗？”

吉冈带着冷淡的表情走了进来。他已经在辻村家工作三十年了，一贯是这副样子。

“早上好。”不管是上午还是下午，只要多纪一到公司总会这么打招呼，“过会儿两点半我要去东京，明天傍晚前回来，公司的事就拜托你了。”

“还是要去吗？”

吉冈源治是辻村家的老臣，多纪父亲做生意的时候就聘用他了。可以说，他通晓扇子行业的一切事务。现在成立了公司，吉冈则当上了常务，只有多纪还直呼其名。

“挂历印得怎么样了？”

“一切顺利。可您在东京没什么时间啊。”

“明天的葬礼好像是十一点开始，所以下午还有些时间，我可以去趟日本桥那边。”

“这样的话真是太好了。”

“那样品呢？”

“带几本过去吧。”

吉冈下楼去取挂历的样品。

以前扇子店只是做扇子的，最近，利用空当做起了挂历。多纪去日本桥就是为了跟批发商打打招呼，打通销售渠道。

多纪迅速将摞在桌上的文件扫了一遍。大多数都是要给销售商和工匠们的支付发票或收条。

“可能有点重啊。”

吉冈抱来了十余种挂历样品，多纪并不理会这些，她拿起一张票据递给吉冈看。

“这十万日元是饭田先生借的吗？”

“啊，这是要打给街饭田先生的预付款。”

“又来借钱了？”

“他说住在山科的弟弟出了车祸。也许是他又去赌博输了钱吧。”

“这事可得多留意。”

“他说是急用的。”

吉冈一边点点头，一边将挂历塞进多纪的包内。

“挺沉的。”

“没关系。现在几点了？”

“快两点了。”

“哎呀，新干线是两点半的，我得走了，还在下雨吗？”

“是啊，没停。我开车送您吧。”

“中川刚才开车出去送扇子了吧？”

“另外一辆空着呢，没开走。”

“那好吧，拜托你了。”

吉冈拎起了多纪的包，叹道：“真是辛苦啊。”

“嗯。”

多纪微笑了一下，往屋外走去。

吉冈开车到达京都车站的时候已经两点二十了，离发车只有十分钟的时间。

“请稍等一下，我停完车就来。”

“不用了，我一个人可以的。”

多纪拿上旅行包和日式小箱向检票口走去。

与平时相比，今天下午的电车比较空敞。多纪脱下防雨外套，在软席车厢一个靠窗的座位上坐了下来。

大雨还在浇淋着京都的街道，电车在雨中缓缓地出发了。

这样乘坐三个小时，傍晚就可以到东京了。在这期间，不用考虑公司的事，也不用烦恼家里的事，睡睡觉或看窗外的景色就行了。可是，在这之后将会非常辛苦。保姆安代和常务吉冈在多纪临走时的感叹也都口吻统一：“真是辛苦啊。”

这是同情还是勉励呢？

安代说继母应该去，但既然父亲已经过世，由多纪去参加也是没办法的事。对于没怎么出过门的继母来说，行李过于沉重，对方也不一定认同她。

但是，父亲死后还不到两年就又穿起丧服，这是多纪根本没有想到的。

在为父亲办葬礼的时候，以为从此以后就跟丧服绝缘了，可这次却不得不为一个没见过面的陌生人再次穿上。

这是为弟弟干的事去做善后处理，多纪提不起一点精神。

守灵的地点是在下北泽[1]的莲台寺，对于那一带多纪并不熟悉。听说从新宿站出来后乘坐小田快线，在第六站下车即可到达，但从东京站过去的话只能打车了。

到达东京的时间是五点半，灵前守夜是从六点半开始，所以能赶上，多纪这样想。可是，一说是辻村隆彦的姐姐，他们会让自己进去吗？主家倒不至于让前来悼唁的人吃闭门羹，但一齐转过头来盯着自己，那是肯定的。

被冰冷的视线死死地盯着，就是修道成佛的人，可能也会被吓跑。

如果到了那个地步，该怎么办才好呢？就是默默地低头行礼吗？或是应该说些什么谢罪的话？

这种时候，如果父亲还活着就好了。可是，在这一个人苦苦支撑的家里，连个商量的人都没有。

总之，现在只能听天由命了。

多纪又看了一眼那烟雨蒙蒙的原野。

弟弟隆彦，什么时候成了学生运动的策划者了呢？详细的情况，多纪也不太清楚。

才上了两年大学，刚刚开始转入专业课程的学习，隆彦就已经不在家里了。

由于家里只有姐弟二人，出于这份亲情，相差六岁的姐姐和弟弟之间，就是再有隔阂，多纪也想知道一些弟弟的事情。可是，从上大学开始，对于隆彦的生活，多纪突然就一无所知了。

作为京都扇子制造批发商老字号“辻村”家的大少爷，隆彦一直是娇生惯养的，但头脑却并不那么笨。

这并不是亲人偏袒的看法，从应届高中直接考入京都大学，足以证明隆彦是相当优秀的。

按照父亲隆平所说，上了经济系，将来继承辻村，这也是既定的事实了。

那为什么又跑去参加学生运动呢？

1. 地名。

辻村家的亲戚中，没人抱有那种过激的思想。可能还是上大学后受了朋友的影响吧，抑或是在高中之前受到压抑的青春冲动，一下子爆发出来了？

上大学后的第二年，隆彦就突然说出“辻村倒闭了也没什么关系”之类令人不安的话，接着开始不断地讲述学生运动的意义。

父亲和多纪都慌了神，隆彦说完便斜着眼睛看了他们一眼，毫无顾忌地出了门。到第二年的年底，他索性提出到朋友那儿去借住，就离开了家。

“真是鬼迷心窍了，这个浑蛋傻小子！”

父亲隆平非常不痛快地小声嘟囔着。对于父亲来说，儿子是不能责骂的。

父亲隆平数十年来出入祇园[1]，光做些不务正业的事情。多纪的母亲活着的时候还有所收敛，但自从母亲武子过世之后，便多数日子都不回来了。

现在一起住在若王子家里的继母森子，便是母亲死后两年，父亲在祇园看上并带回来的女人。

因为比隆平小一轮半，所以虽说是继母，但森子和多纪只差十五岁。也许是因为有了那么年轻的后妻吧，隆平七年后便因心绞痛而去世了。

隆平去世的地方，在花柳街茶馆的二楼。娶了年轻的妻子还不满足，一直穷奢极欲地玩到了最后。

这样的父亲，对于教育隆彦，一点自信都没有。

事到如今，多纪没有想要辩白对弟弟的教育方法，她只是想要弄明白离家出走、做出这种过激行为的弟弟的真实心境。

父亲在外面花天酒地的时候，多纪已经二十多岁了，在一定程度上也能够理解男女之事，但父亲不在家而只和继母一起生活，实在是索然无趣。

森子是一位非常聪明而又亲切的继母，没有什么缺点，可还是比不上亲生母亲温柔。多纪已经到了出嫁的年龄还一直恋着母亲，虽然自己也觉得过于天真了，但这份孤独感无法治愈。

父亲不在的家里，有血缘关系的只有姐姐和弟弟。姐弟之间相差六岁，想法和兴趣都完全不同，但感觉上比一般的姐弟要亲，也许正是因为只剩下姐弟二人的缘故。

多纪并不是以恩人自居，但她高中毕业没有上大学，而是帮忙料

1. 位于日本京都市东山区八坂神社门前。近代演变为妓馆区，亦为代表京都情趣的欢乐街。

理家事，多半是因为想要抚慰弟弟失去母亲的孤独感。隆彦应该也知道多纪的这种想法。

“姐姐，去上大学吧！”“有了合适的人，就结婚吧！”“没必要待在这样的家里！”隆彦不止一次地这样说过。

虽然嘴上逞强，但隆彦肯定还是在多纪身上寻找着母亲的影子。

多纪拖到二十八岁还没有结婚，最初并不单单是出于对隆彦的关心，也是由于她帮忙料理家事的时候，母亲去世了，那段时间，多纪成了家中必不可少的人。再加上本来扇面绘图就是她的爱好，不知不觉间就成了本职工作。

最开始吉冈不满意工匠所画的普通图案，所以他对多纪说：“你也画一幅试试吧。”以此为机缘，多纪试着画了一下，却意外地感觉很有意思。

“感觉完全不同，很新鲜啊！”

多纪将自己的构思绘成了一幅投影画，受到了表扬，而且拿到小卖店出售之后，意外地获得了好评。此后多纪便鼓起了干劲，画了下去。

这是一项需要细致和耐心的工作。想到自己画的画能够传到人们手中，勾起他们各种各样的想法，这给多纪也增添了几分乐趣。多纪刚开始只是想画画，来到公司，和工匠们接触之后，渐渐地也开始涉足扇子的销售，所以在父亲去世后便顺理成章地被推举为公司的经理了。

虽然只是一个推脱不掉、形式上的经理，但以多纪的性格，既然当上了，就要好好地干上一番。

仔细想想的话，父亲隆平虽说也是经理，但那才真的是名义上的经理。实际上，公司都是靠吉冈他们这些元老级的店员们支撑着。隆平基本都住在花街柳巷，只是偶尔到公司听听负责人的报告而已。

正因为吉冈是个靠得住的人，所以想方设法地将公司支撑到了现在。如果他是个有邪念的人的话，老字号辻村也许早就垮掉了。

总的来说，扇子业界基本都是召集几个自己家里人，然后勤勤恳恳地做扇子，虽没有太多的利润，但也不会赔什么钱。相对来说，这是一个状况起伏较小的行业。平时的生意，即便是最费心的销售，也不过是交给从制造商到批发商、小卖店这条相互联系的渠道，而不用担心什么。

倒是制造商这边，要注意召集实际制作扇子的工匠。从竹材的砍伐到切削，从纸店到装箱，最后加工，分成了一个一个的专业，光工序就有近二十道。其中的各道工序，基本上都是工匠们手工完成，可以说制造商的关键是让这些工匠们高水平地工作。

正因为这些人都是一整天关在屋子里，数十年来重复着相同的工作，所以性情多少有些乖僻，而且还相当自信，很多人都有这种所谓的工匠气质。把这些人哄好，既要摆架子又要使用他们，这必须要有相当高明的手段。

以前，给予工匠们工作，再在后面催一催就行了。但现在工匠人数减少，如果不听听他们的意见，不让他们发发牢骚的话，他们就不干活了。上面是制造商，下面是工匠，这种清楚的上下级关系，现在已经完全平等了。不仅如此，近来工匠们还更加盛气凌人了。如果不多顾及一下他们的情绪，能做出来的东西他们也不做了。

不可否认，父亲隆平游走于女人之间，和生来娇生惯养而形成的好吃懒做的毛病不无关系，但从另一方面来解释的话，也许是因为不得不讨好这些工匠，而对此感到厌烦吧。

尽管如此，多纪还是想把工作做好，尽管别人都说扇子制造公司的经理，对于女人来说不是个好干的差事。但这就是她的性格。

“男人能做的事情，女人没什么不能做的！”

多纪也这样说过，现在的多纪已经无法回到从前了。

虽然当上了经理，但这几年多纪一直是在学习。被工匠们笑话，被批发商们讽刺，被老职员们轻视，甚至有的时候想哭，多纪还是坚持忍耐着。现在总算被承认是辻村公司的“一把手”了。

多纪作为业界唯一的女经理，爽快、聪明的同时，眉清目秀，那与生俱来的美貌好像也在吸引着人们的关注。

还有人评价说：“比住在祇园的上一代主人要强多了！”

但是，正因为在事业上的这份努力让多纪忽视了家里的事情。

虽然父亲去世后家里还有继母和安代，并不特别需要她的帮忙，但和弟弟隆彦的关系却迅速地疏远了。

当初多纪继承父业的时候，隆彦已经离开家了，所以不能说是多纪专心于经理的工作，才迫使隆彦去参加学生运动的。不过，多纪觉得，有空的时候，还是应该到弟弟借住的地方去看一看、好好地聊一聊才对。

既然随随便便就抛弃了这个家，弟弟隆彦当然是不会主动联系姐姐的，只是每半年左右会突然给多纪写一封信要些东西。那一般都是明信片，写着“天冷了，请按照左边的地址送一套被子过来”什么的，后面肯定也会加上一行“注意身体”。

虽然是家里的长子，却离开了家，隆彦是为此而感到难为情吗？

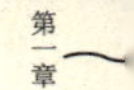

还是在对唯一有血缘关系的姐姐撒一撒娇呢？不管怎样，多纪一看到信，也就放心了，说明弟弟都挺好的。尽管不能将弟弟从热衷的运动中引领回来，不过多纪知道，弟弟有时候还是会想起家里的。

说实话，多纪这几年很害怕看报纸。她担心，弟弟可别引起个什么案子，而出现在新闻里。

虽然多纪觉得从小就性情温柔的隆彦应该不会出事，但就怕万一。她每个星期都要到附近的若王子神社去参拜一下，祈求弟弟平安无事。

有一天早晨，这种担心竟真的变成了现实。最害怕的事情，还是出现了。

半个月之前，也就是九月二十号的早上，当多纪打开报纸的时候，上面赫然登载着隆彦的照片。

据报纸上说，一个星期以前，对立派对藏于京都七条旅馆的学生运动的干部，实施了突然袭击，以铁管和方木进行殴打，导致两人重伤将死，而该案件的主谋正是隆彦。

“京都大学学生，辻村隆彦，二十二岁”，几个铅字清晰地映入多纪的眼中。

在报纸上看到弟弟名字的一瞬间，多纪低低地“啊”了一声，点了点头。该发生的事终于发生了，多纪的心好像出乎意料地平静。但这绝不是说没有担心。估计是因为过于突然，所以连惊讶的时间都没有了。她只是发呆似的盯着报纸。

真正知道事情的严重性，是在那一天下午，警察来了。之后，附近的人们之间便开始传起了关于隆彦的话题。

这一年来，隆彦的住所基本上都是在京都附近一个叫“枚方”的地方，但做完案子之后就再没有在那里居住了。警察是作为案件发生之后疑犯可能藏匿的地点，而锁定若王子的家的。

“如果他过来的话，请一定要和我们联系！隐匿不报，将以窝藏罪定罪。”

警察的语气虽然平缓，眼神却非常严厉。

多纪当然不想包庇隆彦。虽然他是这个世上和自己唯一有血缘关系的人，但也不应该容忍那么无法无天的行为。既然已经发生了，多纪也希望隆彦能够早日投案自首。

“如果他来的话，我一定告诉你们！”

多纪清楚地回答，但她并不认为弟弟搞出了这种事情后还敢回来。

警察的到来引起了很多的闲话，而且开始向周围传播出去，根本无法控制。

“辻村家的少爷就是七条骚乱的主谋，好像正被警察追捕呢！”

京都这座城市，以东京的眼光来看非常狭小，而且人与人之间的联系也很紧密，所以闲话一下子就传到了附近的邻居、公司的职员，以及工匠们和批发商那边。

“真不得了啊！”人们纷纷以同情的眼光探寻着多纪的表情。

“打扰大家了，真不好意思！”

多纪好像是自己犯了罪似的，不住地行着礼。

虽说和多纪本人没有直接的关系，从法律上讲也不用负责任，但不这么做是行不通的。多纪在道歉的同时，也在接受着人们的同情。

多纪第一次了解到那些犯了抢劫或是爆炸案而被警察追捕的罪犯家人的苦衷。

这种痛苦，没有地方去诉说。

进一步说，如果是自己干的，还能去负责任或者道歉。可是自己本来什么也没做，就因为是做姐姐的，结果却被人们看成是引起了骚乱的人。

“为什么做出那种事来呢？姐姐太辛苦了！”

夜里，多纪对着隆彦曾经用过的书桌小声嘟囔着。

就是到墓前去问一问，父母也什么都不会回答。现在多纪能做的，只有道歉，等着这不好的记忆从人们的心中慢慢淡去。

案发时被人用铁管打了头而丧失意识、伤势不断恶化的一个青年，于十天后的傍晚死掉了。这件事，多纪是从警察打来的电话里听说的。

那个青年的名字叫柚木洋一郎，据说是住在东京下北泽地区的一位医生的儿子。

“可以的话，也许应该去悼念一下才对。”

警察的话并没有强制性，却沉重地回响在多纪耳边。

第二天的报纸上，在一个角落里有几个小字——“七条案件的重伤者死亡”，但因为是京都版，所以对周围的人来说，反而非常醒目。

多纪知道，人们对自己的看法，已经从“参加派系斗争的学生的姐姐”，变为了“杀人犯的姐姐”。

“怎么办呢？”

多纪跟继母森子和安代商量了一下，但她们也没有什么好主意。

“也许是应该去悼念一下……”

森子好像在说别人的事情一般把脸转向了旁边。从她的侧脸中可以看到一种逃避——就算那样做的话，我又不是亲生母亲，所以没有我的责任。

“不过，隆彦少爷很久之前就离开家了，所以和家里没什么关系！”

安代不能理解为什么要把责任推到她们头上。

都有一定的道理。但只是有道理，她俩都不想为之做点什么。

实在想不出办法，多纪便去找吉冈商量。吉冈不是自家人，可是能够商量这件事的人，也只有他了。

“从法律上来说，没有必要专程去道歉。不过还是去一下好些。”吉冈还是一副和往常一样的冷淡表情，“这样子来看，被人们说成是杀人犯的家人，也不能说对工作没有妨碍。”

“大家都已经知道了吧？”

“工匠们说说这些事倒是没什么关系。不过批发商那边和银行那边，都和信用有关系……”

“连银行都知道了？”

“四条的分行经理打来电话了，还问我们要不要紧呢。”

多纪点了点头，又一次领教了传言的可怕之处。

人们的好奇心是可怕的，而传言更胜一筹。因为多纪自己是当事人，所以大家都在有意控制吧，可背后好像已经成了一个很大的话题了。

“我还是去吧。”

再怎么说，生意也是建立在相互信任的基础上的。

那天傍晚，多纪终于下定了决心。

因为学生之间的派系斗争而杀死对方，施害者的家人必须要向被害者家属道歉吗？

关于这个问题，也许人们有各种各样的想法。

有的人的意见是，因为没有法律上的责任，所以没有必要去。也有的人的想法是，法律上的责任先放在一边，应该负有道义上的责任。

另一方面，虽然是施害者，但也是一个集团，并不是隆彦一个人下的手，所以没有必要担负那么大的责任。还有人认为，隆彦也有可能被杀害，所以这种责任应该是相互的。

其中也有人说，都上大学了，已经完全成人了，他们做出来的事情，没有必要让家人去为他们一个一个地负责。

不过，多纪不是因为担负什么责任而决定要去的。那样的事情，再怎么议论也只不过是冠冕堂皇地兜圈子而已。多纪决定要去，只有一个原因，那就是去向失去孩子的双亲道个歉。

因此，被嘲笑也好，被谩骂也好，都和自己没有关系。

不管是派系斗争，还是集团行为，总之既然是自己家里的人把别人害死了，那么去谢罪也是合乎情理的。

不能给别人添了麻烦还默不作声。这就是人与人之间的联系。

多纪正是出于相当纯朴而自然的感情，才决定到东京去的。

尽管别人会说“那太辛苦了”，或是抱以同情的目光，但多纪都只是一笑了之。

为了同胞的弟弟所做出来的事情而去道歉，那是很自然的，而且是应有的姿态。说这么做好辛苦呀，或是想博取大家同情什么的，那就是太矫揉造作了。多纪的这种耿直，恐怕是在老字号辻村培养出来的。

就算是从法律意义上说已经是成年人了，已经有了独立的人格，但隆彦是辻村家的儿子，是多纪的弟弟，这一点是不会改变的。不管法律上意义如何，隆彦是多纪的家人，这是不会更改的事实。多纪还是想以辻村的名声为重。给社会培养出了一个杀人犯，也许是个可憎的家庭，但这是不可逃避和隐匿的。

多纪只是想正式道个歉，做自己应该做的。这也是多纪一个人把老字号支撑下来的气魄。

不一会儿，电车就到了名古屋站。名古屋的街道和站台都被雨水打湿了。

一位新的乘客上了电车，多纪旁边的空位子上，坐下来一个五十岁左右的男子。那名男子瞥了多纪一眼，便翻开了周刊杂志。

也许是电车里多纪那美丽的容貌太显眼了。

电车终于慢慢地驶出了名古屋市。到东京还有两个小时。离得越来越近了，多纪感到有些紧张。

以前多纪也来过几次东京。她一般是在月初比较空闲的时候，到日本桥的批发商那边见个面、打个招呼。这种时候，三个小时的新干线，感觉并不太长。而且从各种繁杂的事情当中解脱出来，非常悠闲和安心。

二十多年来多纪的身边都没有男人，当她独自旅行时，有时候会想如果有个英俊的男人坐在旁边就好了。那倒不是别的，只是突然有种寻求冒险的心情。

不过现在多纪没有那个闲心。

虽然想要休息一下，但接下来还有去灵前祭拜的事情。

如果有人非常激烈地进行指责的话，那怎么办呢……

不管对方说什么，也只有道歉了，多纪觉得除此以外别无他法。

总之一定要坚持住！一被责骂就喑喑哭泣的话，那太难看了。

多纪一直认为自己是比较坚强的，只是这次，一点自信都没有。正因为自己是什么事情都想搞清楚的性格，多纪担心最后也许会顺口说出什么没有道理的话来。

“镇定！冷静！”多纪一边看着窗外，一边告诫自己。

到处都在下着雨。虽然刚刚四点钟，但秋雨下的原野已然一片暮色。

过了会儿，车内的快餐车推了过来。中午的时候，多纪和继母森子一起吃了些烤面包和沙拉。多纪只吃了半份沙拉，然后喝了一杯咖啡，可是现在仍然没有饥饿的感觉。也许还是紧张的缘故吧。

卖快餐的过去之后，多纪站起身来，走到卫生间，对着水龙头上面的小镜子照了照自己的脸。

因为心情不好，镜子里的面容有些憔悴，眼角上出现了一些细小的皱纹。二十八岁的年龄，光靠化妆已经掩盖不了皮肤的慢慢老化。多纪拿出粉盒，在眼周边搽了搽，又回到了座位上。

电车到达东京站的时间，是下午五点零五分。差不多是准点到达。

多纪拿起旅行包和日式小箱从八重洲出口出了站。

东京已是黄昏时分，下着阵雨。也许是因为下雨和交通晚高峰的缘故，站前的出租车停靠点前排起了长队，通向宽阔大街的出口处堵了很多车。多纪从那拥挤的人群旁边绕过，进了八重洲出口左手边的宾馆。

多纪通常都是住在位于赤坂的宾馆，但因为今天到了后马上就要出门，所以选择了靠近八重洲出口的宾馆。多纪曾经和父亲一起在那里吃过饭，多少有些熟悉。

到了房间，多纪马上放下行李，换上了丧服。平时多纪的妆化得都很稳重，这次更是把纸放在嘴上，吸去了所有的红色口红。对着镜子看清楚之后，多纪给前台打了个电话，租了一辆车。

窗外的东京，已经完全暗了下来，无数的灯光亮起。

过了大概十分钟，服务员打来电话说车子已经到了。多纪打开包，确定奠仪包就在里面之后，便出了房间。

像这样的情况，包多少合适呢？多纪也不知道，就先包了十万日元。这当然不是什么赔偿费、赎罪费之类的意思。今天来的目的是道歉，金钱只是那种心意的一种表现形式而已。多也好，少也好，多纪只希望对方能够明白自己的诚意。

多纪走出宾馆坐上车的时候，已是五点四十分。

“麻烦你到下北泽。”

多纪说完，司机“哟”了一声，回头看了看多纪。

“是到小田急吧？”

“是的。”

司机年近五十，看上去是个性格温厚的人。在停下来等信号灯的时候，他看着前方问道：“您是从京都来的吧？”

司机好像是从多纪说话的腔调判断出她是从京都来的。

“京都很好啊！安安静静，很悠闲吧？”

“以前是这样，现在不行了，车和人都多了很多。”

“但是，还是和东京不一样啊！”

司机正说话的时候，信号灯由红变绿，周围的车子一齐动了起来。这么多车子排成一横列，对多纪来说是很少见到的。

东京在雨中入了夜。被雨刮器擦拭着的挡风玻璃上，灯光闪烁。

“走高速公路吗？”

“不管怎么走，早点到就行！到下北泽要多长时间？”

“走高速的话，也要将近一个小时。”

“那么久……”

虽然到了东京，但多纪还是以为跟京都似的，到哪儿都很简单。她觉得，同样都是在城里，应该不会那么远的。

“您着急吗？”

“有点……”

听说守灵是从六点半开始，这样看来，也许会迟到一会儿。

“全都这样堵着呢，没办法啊！”

司机无可奈何地靠在座椅上，等着红灯。

“不过，有很多高大的建筑，很有活力。东京果然是大都市啊！”

“尽管这么说，但您并不想住在东京吧？”

“那个……”多纪支吾了起来。

多纪来过东京几次，但确实不想住在这里。刚下电车的时候，她就有一种被一个大火球吞噬掉的不安感觉。

“东京已经不是住人的地方了！”

司机的话很尖刻，现在多纪并不讨厌东京。与之相比，弟弟出事以来，她倒更想从那狭小的京都逃离出去。

“不过，东京很大，人们不会感觉到很吵吧？”

跟东京人说话，多纪自然而然地用了普通话。

“人们都只想着自己，已经和过去不一样了！”

这对于现在的多纪来说未尝不是件好事，可司机好像非常不满。

熬过了漫长的交通堵塞，车子终于驶入了高速公路。

“下北泽的莲台寺，您知道吗？”

“没怎么听说过，您要去那里吗？”

“听说是从南口下去，到上坡的地方。”

“到那边车站附近，问问就知道了。”

上了高速公路，车子终于顺畅地跑起来了。左右两边，夜色下的东京向远方延伸着。

就在眼前了……

多纪望了望车窗外那灯光的海洋。她取出粉盒，在淡淡的灯光中检查着自己的面容。

六点半多一点的时候，多纪到了下北泽的莲台寺。

“我想大概要二三十分钟，能等我一下吗？”

“这里太挤了，我到围墙那边等您。”

多纪点了点头，下了车。幸好雨下得很小，不打伞也没有关系。天空很暗。

从寺庙的山门到入口处是一条铺着细石子的路，入口附近有一顶存放鞋子的帐篷。多纪在那里脱下雨衣，借了双凉鞋向里面走去。

守灵已经开始了，大厅那边全都是诵经的声音。

多纪来到走廊跟前的接待处，递上了奠仪钱。

接待处的桌子前坐着两名年轻男子。

“非常感谢！”

青年低头行礼，然后拿出了手里的与会者名册。

“很抱歉，请在这里写上姓名和住址……”

竖着排列的与会者名册上，以各种笔体写满了姓名和住址。

“请吧！”

被催促了两次，多纪才拿起了笔。

“京都市左京区……”

感觉到接待的男子正在看着，多纪的心有些慌乱。

“……若王子，辻村多纪。”

写完之后，多纪逃也似的顺着走廊向里面走去。

大厅里已经集结了二三百人，一部分都已经被挤到走廊的边上。也许因为死者是名学生，来者当中的年轻人比较多。上年纪的人也有很多，应该是身为医生的父亲的熟人。多纪坐在门槛的一端，把带来的念珠挂在了手上。

中央的祭坛上，装饰着白色的、黄色的各种菊花，在其正中间是一张青年人的遗像。距离较远，不是很清楚，只能看到那名青年穿着衬衫，脸稍微侧向一旁。可能是阳光有点耀眼，遗像上的青年微微眯着双眼，看上去好像要说些什么似的。

报纸上说那个青年今年二十岁，比隆彦小两岁。在他那端正的脸庞上，还留有少年般的天真烂漫。可出了这样的事情，葬送了未来的美好人生。

多纪深深地低下了头。

大厅里只有诵经的声音在回响，没有其他杂音，连一声咳嗽都听不到。正因为是非正常死亡，所以那份悲伤才显得更加沉重。

闭着眼睛，多纪想起了刚才接待处的男子。

那两个人应该注意到多纪就是隆彦的家人了吧。

多纪写字的时候，他们俩都在默不作声地看着名册，住址是京都，姓是辻村，如果他们看过报纸的话是应该会知道的。

写完之后，多纪心里非常痛苦，所以没有再去看这两个人的脸，但他们肯定在看自己。

十分钟的诵经结束了，之后便从前面的人开始，依次上香。大多数人都在等着上香，也有些人只是在远处祈祷了一下便回去了。多纪犹豫着自己应该怎么办。

如果可以的话，多纪想走到那遗像跟前，双掌合十，借这个场合向死者的父母亲道歉，以此让对方多多少少了解一下自己的诚意。

实际上，多纪从家里出来的时候就是这样打算的，但真到了守灵席间，身体却又不听使唤了。

是不是现在就回去呢？多纪怕现在过去会勾起死者家属痛苦的思绪。

不过，既然已经来了，还是应该向死者双亲道个歉。与明天的遗体告别仪式相比，也许今晚守灵的时候行礼道歉比较合适。

一边犹豫着，多纪很自然地站到了等待上香的人群里。

上香是在祭坛的前面，分两个地方进行的。祭坛的左手边，有一名身着晨礼服坐着的男子和一名穿着丧服低着头的妇人，好像是死者的父母。两人正在对一一过来吊唁的宾客郑重地还着礼。

死者的父亲看起来好像是刚过四十的年纪。鬓角有些斑白，那端正的面容和温柔的眼神，和遗像上的青年非常相似。死者的母亲因为一直在哭，眼部红肿、神情憔悴，年纪看上去和她丈夫相差不多。

上香的队列一点点地前进，终于轮到多纪了。多纪静静地向死者的父母行了一礼，跪在了祭坛的前面。

“我是隆彦的姐姐。请原谅！”

多纪以别人难以听到的声音小声说道，并双掌合十开始施礼。她现在能说的，也只有这些了。看了看死者的照片，多纪低下了头。

要和死者的父母打个招呼吗？多纪还没有下定决心。正当她站起来准备走的时候，身后传来了一个声音。

“请问……”

多纪回头一看，刚才在接待处见到的其中一名男子正坐在死者母亲的身旁。

“你不会就是……”

被别人叫住，多纪的心反而安定了下来。应该在这里清清楚楚地道个歉。

多纪又一次规规矩矩地跪了下来，直接对着死者的父母磕头。

“真的很抱歉……”

……

“请原谅！”

这之后，再说些什么好呢？多纪只是在那里低着头。

由于事发突然，好像谁也说不出什么话来。接下来，是一阵短暂的沉默。

“果然……”刚才的青年小声说道。

“请原谅……”

多纪又说了一遍。她慢慢抬起头，看到了那位瞪着大眼睛，好像快要哭出来的母亲。

冷汗从多纪的背上流了下来。接下来的一瞬，眼前这位母亲的脸整个都扭曲起来。

“给我滚！”

那异常尖锐的声音回荡在大厅里面。

“滚……”

那位母亲又一次喊了出来。

多纪只是在那里低着头。现在的情况，除了伏身在那里以乞求原谅外，没有别的办法了。

不过，死者母亲的声音并没有停止。

“我不想看到杀人犯的家人，滚……”

那位母亲双手掩面，哭倒在榻榻米上。

听到这么激动的声音，多纪怎么也抬不起头来。虽然对方说让她回去，但她并不能就这样站起来。

周围有许多人都应声聚集了过来。

“杀人犯……”

那位母亲在呜咽之中又一次叫喊出来的时候，一个低沉而强有力的声音制止了她。

“够了吧！”

接下来是一阵沉默。多纪赶紧抬起了头。人群当中，那位母亲伏倒在地上，旁边死者的父亲双手撑在膝盖上，低垂着头。

“我老婆失去理智了，做出了失礼的事情。请不要生气！”

“没有……”

多纪轻轻地摇了摇头。

不管怎样都不能责怪她。作为母亲，在这种情况下失去理智，是正常的。

“非常抱歉！”

“没有必要道歉！您还专程赶过来，太感谢了！”

那位父亲又低头施了一礼，对旁边的青年说道：“阿武，送一下这位客人。”

死者母亲的呜咽声又响了起来。

“请吧！”那个叫作阿武的青年，来到多纪身旁小声说道，“我送您！”

多纪闭了一下眼睛，心情平静下来后站了起来。

大家都在看热闹，上香的和要回去的宾客好像都停了下来。在无数的视线当中，多纪低垂着目光，跟在那个青年的后面。

“是我多嘴了，真对不起！”走到走廊的拐弯处时，青年说道。

“这不怪你！”

“您拿着存放鞋子的票据吧？”

“在这里……”

“我去给您拿鞋子。”

“不用了，没关系！”

在回廊下台阶的地方，多纪辞别了青年，向帐篷前面走去。

先出来的有五六个人，他们好像没有注意到大厅里发生的事情。

多纪穿上利休木屐和雨衣，来到了外面。雨基本上已经停了，但云层很厚，没有星星。车子正停在寺院的围墙边上。

“抱歉！”

多纪心有余悸地上了车，又往后看了一眼。从守灵大厅出来的人们，正纷纷从那条路上通过。

“直接回宾馆吗？”

“是的，麻烦你了！”

车子开动了，多纪终于松了一口气，靠在了座椅上。

多纪感觉很累。之前的紧张情绪已经消失了，取而代之的是力量全都用光般的虚脱感。

多纪现在只想默默地闭会儿眼睛。但是，一闭上眼睛，刚才守灵席间的事情就又浮现出来。

对方知道自己是隆彦的家人后，肯定会冷眼相待、百般挖苦，多纪做好了这样的心理准备。可她没有想到会遭到这样的痛斥。

不管别人说什么，都不回嘴；不管别人怎么说，都低头认错。这一点多纪非常清楚。

可是，现在多纪的心里，只有万般的无奈。

作为辻村家的女儿，多纪从未有过如此悲惨的际遇。尽管父亲放荡不羁，又被加以公司的重担，但再怎么低头，都没有体会过这种屈辱。不论向谁，再怎么低头，总是有些余地的。

这次，却是伤及了内心。那位母亲充满憎恶的眼神绝不是假的，尖锐的谩骂声和央求的哭泣声不绝于耳。

总算是平安无事地回来了！

如果那时候，谁也不说什么，那该怎么办啊！只能跪在灵前听着那位母亲哭泣吗？如果加以辩解会不会引出更大的乱子来呢？

多纪不敢想，她觉得身子在发抖。

那时候，死者父亲的一句“够了吧”救了多纪。一点都不夸张，那听起来简直就像是神明的启示。如果没有那句话，也许多纪的屈辱还远远没有结束呢。

那位父亲连一句责怪的话都没有说。是不是本来想说的，但因为妻子的不理智而说不出口了呢？

父亲和母亲的态度会有那么大的不同吗？作为男人，那种时候也能保持冷静吗？多纪又一次想起了临别时看到的死者父亲那痛苦而又温柔的眼神。

第二天，天气好像忘记了昨日大雨的阴暗，万里无云。

八点，多纪起了床，打开窗帘，看到一片光明。

平时最晚也会在七点之前起床，今天竟睡到了八点，也许是因为昨晚心情太过激动，直到凌晨四点多才睡着吧。多纪睡得很浅，时不时地梦到遗像上青年的脸和被死者的母亲穷追猛打。虽然没有睡好，但这一抹明亮的朝阳，也算是一种拯救。

听说柚木的遗体告别仪式从十一点钟开始，现在洗漱、换衣服做些准备的话，时间正好。

多纪整了整睡衣的领口，看了一眼窗外明媚的阳光，走进了浴室。

因为睡眠不足，眼睛周围有些凹陷。昨晚上床时解开的头发也一直披散在肩头。多纪对着镜子照了照。仔细洗完脸后，抹上了化妆水和乳液，又上了一层粉底。

洗漱完毕已是八点半了。多纪又坐到梳妆台前，把头发梳好，接着穿上了昨晚就挂好在衣架上的白色长衬衣。

昨天到莲台寺花了一个小时，那么十点钟就必须要出发了。

在守灵夜前去祭拜，再参加第二天的遗体告别仪式，这是离开京都时就已经决定好的，也是此次来东京的目的。

不过现在，如果可以的话，多纪想就这样回京都去。还要参加遗体告别仪式，这对她来说，太过辛苦了。

昨夜在车里哭着回来的悲伤，在充满朝阳的房间里又涌上了多纪的心头。

那个时候，多纪只是一心想要早点离开，现在想来觉得被骂得非常羞耻和难堪。

昨天出了那样的事情，前去祭拜的人肯定都知道自己了吧。先不管那位母亲的辱骂正当与否，人们肯定都对她抱有很大的好奇心。

也许当中有些人出于好奇，正等着多纪今天在遗体告别仪式上的出现呢。

恬不知耻地又到那个地方去，会怎么样呢？就算死者的母亲不再像昨晚那样失去理智了，但在人们的视线当中目送那个青年的遗体，肯定会十分痛苦。那简直是如坐针毡。

“不去也可以的吧……”多纪试着问镜子里的自己。

怎么办呢……多纪一直犹豫不决。

按说守灵和遗体告别仪式都参加比较有礼貌，但昨晚的场景仍然历历在目。对于那位母亲和亲戚们来说，不去还让他们更安心一些吧。光是去祭拜，应该已经让对方知道自己的心意了。

“怎么办呢？”

多纪又一次叹了口气。时钟指向了九点钟。

要去吗？多纪犹豫的同时，还是穿上了丧服。丧服是一件一越[1]

1. 绉绸的一种。在纺织时交互织入不同于捻线方向的横纱。

的夹服，后背和袖子上有三道桔梗色的花纹。把加厚的菱花腰带系好之后，多纪又照了照镜子。也许是因为丧服那沉重的色调吧，多纪整个人显得郁郁寡欢。

怎么办呢……

多纪还是没有拿定主意。平日里果断的多纪，很少这样犹豫不决。

这样露面反而会打搅他们吧？那等于是在提醒人家好不容易开始遗忘的悲伤。

多纪坐回到椅子上，望着窗外。

透过白色的花边窗帘，可以看到秋天那明亮的天空一望无垠。

死者已逝，为之悲伤，自己的立场实在是太为难了。

天空如将一切凡尘俗事吞噬了一般，一动不动。望着这样的天空，多纪的脑子里一片空白。

如果不走的话就来不及了……

等多纪回过神来时，已经是十点钟了。如果要去的话，得马上出发。

虽然着急，多纪还是往桌子上的玻璃杯里倒了一杯水。她喝了一口，用手撑起额头，闭上了眼睛。

眼皮被阳光照得发亮，遗像上青年那眯着双眼的表情又浮现出来，死者父亲那压抑而低沉的声音也在耳边回荡。

是那位父亲温柔的眼神，将自己从无法承受的屈辱中救了出来。能遇上他，真的是很知足。

多纪慢慢睁开眼睛，时钟指针已经指向了十点二十分的地方。

时间来不及了。多纪又望了一眼窗外。

“如果不去的话，那位父亲应该能理解的。”

多纪对着天空嘟囔了一句，开始解身上丧服的腰带。她下定决心不去了。

为了去还是不去烦恼了半天，脱掉衣服后，多纪的心情一下子就轻松了。

这样专程带来的丧服就没什么用了，多纪一边想着，一边在床上将衣服叠好，并把它塞进了日式小箱。

快到十一点了，如果刚才去了的话，马上就是遗体告别仪式开始的时间了。

多纪又想起了照片上的青年。为了摆脱这个阴影，她马上站了起来拿起床头的电话，拨通了日本桥松屋家的号码。

作为东京的扇子批发商，松屋和辻村公司从很早以前就有生意往来。这次销售挂历也得到了他们的帮助。

松屋的老板马上就接了电话。

“啊，是京都的辻村小姐吗？”

和往常一样，松屋老板的声音有些嘶哑。

“我在八重洲出口旁边的宾馆。想现在过去拜访一下，可以吗？”

“好啊，好啊，我让友子接电话吧。”

“麻烦您了！”

友子是松屋老板的妻子，今年四十岁了。她是个大个子，有着东京人特有的好脾气，非常喜欢戏剧，这一点和多纪很相似。

到了东京，多纪肯定要到松屋去打个招呼。

“什么时候过来的？”

在电话里，友子一上来就这么说。

“昨天晚上。我到下北泽那边有点事，所以现在才打电话。”

“您现在就过来吗？”

“是的，现在就去。”

“那就快点来吧！我正想和您商量秋季的花样呢！”

友子连选和服也要征求多纪的意见，这回好像又在考虑买新衣服的事情。

多纪说了声“我知道了”，就挂上了电话。

听到友子那爽朗的声音，多纪一直沉重无比的心情，多少畅快了一些，但还是因为没有出席遗体告别仪式而感到有点内疚。

她系上了一条伊达狭腰带[1]，又披上了一件大岛绵绸[2]的披肩。

以他们刚才爽快的态度来看，松屋家大概还不知道隆彦的事情。

学生内部的暴力斗争，在京都被广泛宣传了，而在东京的报纸里，也许并没有什么稀罕的。

既然他们不知道，那就不用说什么了……

松屋位于日本桥的批发一条街上。虽然乘坐地铁从日本桥站过去或是乘坐国营电车从浅草桥站过去都比较近，但多纪还是选择了打车。打车要比电车慢，但在不熟悉的地方，坐出租车还是要方便一些。

多纪到达松屋的时候，老板松井正吉正在店门口和客人聊着天。

“欢迎欢迎！请里边坐！”

这个家多纪已经很熟悉了，觉得和自己家一样。穿过堆满了各种货物的店面，多纪来到里面，友子正在客厅看电视。

“来啦？我正等您呢！”

1. 和服小饰物之一。系衣带之前使用，以防衣服走样。

2. 日本鹿儿岛奄美大岛出产的丝绸。用当地产的车轮梅植物染料和泥中的铁质染成茶褐色，织成碎白点花纹绸。

友子的声音还是那样爽朗，她快速在桌子前面摆好了坐垫。

“上次见面是八月份吧，都两个月了。您还是那么漂亮啊！”

“又开玩笑……”

多纪假装不听的样子，拿出了京都的名糕点作为礼物送给友子。

“谢谢，每次都这么费心！不过，你看起来好像有些憔悴啊，是因为穿得太朴素了吗？”友子一边说，一边反复打量着多纪。

“哪里不舒服吗？”

“没有。都挺好的呀！”

多纪强打起精神回答着，但昨晚受到的打击还是从什么地方显露了出来。

“难道说是恋爱了？”

“哪有……”

“不过，像您这么漂亮，肯定是被别人爱上了吧！”

“不是啦，没有人追我啊！”

多纪强装笑脸，犹豫着要不要说隆彦的事情。

松屋和多纪的辻村公司的确有着特殊的深厚关系，但也不是说松屋和京都的其他扇子店都没有联系，就算为数不多，但除了辻村之外，还是会在别家店里采购些东西。

在这个狭小的世界里，没准什么时候他们就会从其他业者那里听说隆彦的事情。反正会从别人那里听说的，还不如直截了当地自己说出来比较好。

正当多纪拿不定主意的时候，友子从壁橱的抽屉里拿出来两张照片。

“这个您先看看，怎么样？”友子恶作剧般地笑着，“相亲对象。”

“我现在因为公司的事情……”

友子之前也和多纪说过一次相亲的事情，但那时候，多纪以刚出任经理为由拒绝了。

“这个我知道。您先看看嘛！”

多纪没有办法，只好从友子手中接过了照片。

“今年三十一岁，东京大学毕业，在大洋商务公司工作，好像可以调去大阪分公司的。”

照片上的男人穿着笔挺的西装、戴着眼镜，感觉是个非常稳重的工薪阶层。

“他父亲在 K 银行担任要职，他本人也很优秀。说真的，好像是个非常不错的人选呢！”友子非常热心，“怎么样，见见面吧？”

“不过，现在还早……”

“可别这么说！你这么个大美人，如果虚度了年华，岂不是暴殄天物吗？”友子心里想什么，马上就会说出来，“公司那边有吉冈呢，而且现在情况也很稳定，没什么可担心的吧！”

……

“别总说家庭的原因啊、公司的原因啊什么的，也该考虑考虑自己的事情了！”

“这个我知道。不过……”

“姑且先见个面看看嘛！”

“谢谢您的一番好意，不过我现在还不想。”

“真让人头疼啊！”友子大声地叹了口气，“是不是有喜欢的人了？”

“那倒没有。”

“好吧，既然是你自己说的，就姑且相信吧。”

“对不起呀！”

多纪道完歉交还了照片，然后拿出了用包裹好的挂历样本。

“这是新产品，请看看吧！”

“马上就是生意上的事啊！”

也许是被多纪的顽固打败了吧，友子苦笑了一下，把照片放回了抽屉里。

“你不会是想一辈子单身生活下去吧？”

“不是……”

“上一次碰到盐路家的老板了，他也很不可思议地说：‘多纪小姐最近越来越漂亮了，可怎么还没有对象啊？’”

多纪并不是喜欢一个人生活，之前她也想过，如果有不错的人选的话就结婚。

但是，多纪在成人前就失去了母亲，到了适婚年龄还没有心仪的对象时却迎来了继母，后来父亲又紧跟着去世了，在这接二连三的事情当中，自己的婚事自然就被耽搁了下来。就这样，多纪专心于扇面绘图，又挑起公司的管理重担，不知不觉间，已经二十八岁了。

周围的人都在这个那个地猜测着多纪的意中人。老实说，还没有人当过多纪的恋人。如果非要说有的话，中学时代在母亲的劝说下学习三弦曲时的那位师父，多纪对他倒是有些好感，但那与爱恋相比则显得过于幼稚了。

“人们都在说，你是不是讨厌男人啊？”

“没有那回事！”

多纪马上予以了否定。对男人的冷漠，多纪自己觉得，也许是从小对父亲色迷心窍的事情看得太多的缘故。

“今天可以多待一会儿吧？”

“我马上就得走了。今天过来就是看看你们。”

“真是个忙人啊！”

友子叹了一口气，这时老板正吉从外面进来了。

多纪又一次打了招呼，并让他看了看挂历的样本。

“我们也就是这个水平了。请您多多关照！”

“哪里哪里！”正吉一个一个地看着，“不愧是多纪小姐选出来的东西，相当不错啊！”

“谢谢！”

“我们会尽力去卖的。只是这个要看行情，究竟能否畅销，现在我们还无法预测。”

确实，挂历和扇子不同，其中的投机性比较强。现在还没有怎么开始卖，量的大小要看公司、单位的需求，没办法判断哪种图案的挂历更好卖一些。与之相比，更让人担心的是印刷过量导致的卖不完的情况，这些剩下的东西是不能放到明年再卖的。

而扇子的话，图案多少有些流行性，其销售也不仅限于一年当中，而且需求也不像挂历似的，全都集中到年底。

“我们打算有控制地先印一些试试看。”

“好的。”正吉点点头，“对了，多纪小姐也来了，今天晚上一起出去吃个饭吧。”

“吃不成了。”友子很不满地说道，“本来还想请你吃河豚呢！”

“实在抱歉！”

如果是平时，多纪肯定会留下来，但今天她是一点也不想待下去了。

多纪担心这样下去的话，心神不定，一不小心就会把隆彦的事情说出来了。

“下个月我还会来看你们的！”

“还要那么漂亮哦！”

“饭塚先生，还是被断然拒绝掉了啊！”

刚才那照片上青年的名字好像叫饭塚。

“因为那种水平的人不是多纪小姐的目标。”

“我并没有要求很高的意思。我现在真的还没有时间去结婚……”

“多纪小姐如果想的话，后面有一大堆人排队呢，所以没必要着急什么！”

正因为是男人，正吉倒是比较赞成多纪一直单身下去。

“那今天就到这吧！”

“这也太匆忙了！”

“真是不好意思！请多多原谅！”

多纪又施了一礼，把包拿在了手上。

出了松屋，多纪直接回到宾馆，从大厅的衣帽间取出寄存的行李，便向东京站出发了。

多纪直接来到售票窗口，买到了三十分钟后，也就是两点十五分发车的“光”之号的软席车票。

多纪已经跟安代说过要到晚上才能回去，所以本用不着这么急地去乘车，但现在如果继续在东京待着的话，总觉得有什么东西追着自己似的，无法安下心来。

距离发车还有一段时间，多纪来到八重洲出口的百货商店，买了些东京特产荣太楼的羊羹，然后才上了新干线的站台。因为是旅游旺季，平日里下午空荡荡的站台上挤满了人。

车厢的清扫工作终于完毕，在发车前五分钟车门被打开了，乘客们纷纷登车。多纪的座位是5D，和来的时候不同，这次是在窗户边上。

多纪以为会有人坐在旁边，但座位一直空着。电车缓缓出发了。

从昨天离开京都到现在，正好过了整整一天。

电车穿过站台，稍稍向右倾斜着往前加速，多纪终于长长地舒了一口气。

没事了吧……

逃离开东京，多纪终于放心了，不过感觉心里还是有些不舒服。

之前所希望的，也许是痴心妄想，但多纪本来真的想出席遗体告别仪式，和死者的父母好好和解一下。

死者的父亲姑且不说，和死者的母亲还没有相互谅解，就这样子回来了，这让多纪觉得非常过意不去。再去说一说的话，也许就能够得到原谅了，但她没有勇气那样做。心里过意不去，又没有勇气，就这样稀里糊涂地草草了事，无疑让多纪背上了沉重的心理负担。

“什么时候有空了，写封信吧……”

多纪自言自语着，望向了窗外。电车以相当快的速度向前飞驰，街道和房屋飞快地闪过。这次没有结果的东京之行，实在让人愉快不起来。

如果电车正点运行的话，五点零八分就能到达京都了，离太阳下山好像还有段时间。

“从明天开始，努力工作吧！”

多纪看着窗外那连成一片的房子，小声地给自己打气。

以前心情不好的时候，多纪就有意识地把自己的精力转移到工作上去。借着专心工作，忘掉所有烦恼。工作对于多纪来说，与其说是负担，倒不如说是一种安慰。

尽管单身一人生活，却并不感到孤单。而能够精神饱满地生活下去，也可以说就是因为有了工作。

“把昨晚的事情忘掉吧！”

多纪用手拢了拢衣领，振作起来。

第二章 正午的原野

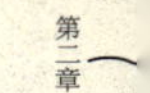

若王子的家靠近山边，有六十坪[1]。对于多纪、继母和保姆安代三个人居住来说，足够宽敞了。

多纪的卧室在靠近入口处左手边，有八叠[2]；安代的卧室在厨房旁边，有六叠；继母森子的卧室在前面面对庭院处，有八叠。三个人一起见面的地方，是兼作餐厅的厨房，还有旁边的客厅。

这是父亲隆平二十年前修建的，整个建筑所有的材料都经过他的精挑细选。

庭院也以若王子山的自然风光为背景，中间配以水池，往里走的话，甚至还有些深山幽谷之趣。当时没有工作、喜好清静的隆平，在前院铺上了鞍马的三叠石，在水池的周围面对面地布置上了陈旧的织部烧[3]和有近代感的雪见灯笼[4]。

隆平在世时，早晨起床后经常一个人在庭院里散步。后来，住进了花街柳巷，家里就基本上见不到他的身影了。最近，将院子托付给园艺工人定期修整。鲜有人走动的庭院显得有点落寞。

早晨，打扫完屋子，多纪一定会去看看庭院。春天、夏天、秋天，倚山而建的庭院有着不同的情趣。每次看到院子，多纪都会想起父亲。尤其是在那雪见灯笼的旁边，还依稀可见父亲怀揣双手、信步而行的样子。

虽然父亲沉湎于女色，可是不知怎么，多纪并没有怨恨父亲。母亲是可怜的，如果父亲再多关心她一点就好了。多纪记忆中的父亲很温柔。自己的嘴角、鼻梁都长得很像父亲，随着年龄的增长，多纪越来越依恋他了。

早晨，多纪必定要去看庭院，也是对父亲的一种祭祀吧。

安代和森子也很早起床。八点钟的时候，三个人就会坐在一起吃早饭。

长期以来，森子早晨都吃西餐。大多是沙拉和烤面包，有时候会做个火腿夹蛋。而多纪基本上只是稍微吃点沙拉，喝杯咖啡。

也只有早晨这段时间，多纪和继母会说会儿话。

九点钟，公司的车便来接多纪去上班了。

“我走了。”

如果森子不在客厅，多纪也会走到房间去和她道别。

1. 日本度量衡的面积单位，用于丈量房屋和宅地的面积。1 坪约等于 3.306 平方米。

2. 榻榻米。在用稻秸编织的草垫上铺上用灯芯草编织的席面制成的垫子，铺在地板上用。这里表示房间的大小。

3. 织部陶瓷。日本尾张、美浓地区从安土桃山时代开始烧制的陶瓷。装饰性强，技法、形状和图案均多种多样。作为茶陶久负盛名，多上品。据说起源于精通茶道的古田织部的构思。

4. 观雪灯笼。伞顶大、三条腿距宽的低矮灯笼。置于庭园用于观赏。

“辛苦了。”

森子总是这样回答。父亲不在了，但继母与女儿的关系没有断绝。

父亲在世的时候，森子就很拘谨，虽说作为后妻，那是理所应当的。森子从没有把自己“母亲”的身份强加给多纪和隆彦，也是因为年轻的缘故，她总是“多纪”“隆彦”地喊着，更像是个朋友般的存在。

当然，最初的时候，多纪对这个继母也抱有一定程度的抵抗，但那只是那个年纪的女孩所特有的、一种基于洁癖感的东西，与更深程度的厌恶和排斥不同。

森子虽然只是一名艺伎，长年在祇园工作，但她善解人意，为人细心周到。森子原来有个相好的，是大阪一家钢铁公司的老板，后来在一次酒席上结识了隆平，而被赎身出来。

森子和之前的男人有一个女儿，名叫品子。品子被她的父亲领回了大阪，所以森子对隆平的求婚犹豫不决，但最后还是同意了。

森子进入辻村家的时候，品子还在上小学，而现在已经有二十岁了。

品子一直住在大阪，与同父异母的两个兄弟姐妹一同被抚养，也没有什么不自由的。毕竟长大后开始思考一些东西了，去年，她借考上大学的机会，离开了大阪的家。现在品子在守口市[1]租了一套公寓，一个人居住，偶尔也会去若王子的家看看妈妈。

虽说是没有血缘关系的亲戚，但品子和多纪终究是姐妹，也曾经见过几次面。品子和森子一样，是个眼角清秀的美人，好像是学文科专业的。或许是因为上了大学吧，与多纪她们相比，这女孩显得特别干脆爽快。光从表面上看，她没有生长在别人家的阴影。

品子之前很少到若王子来，随着高中毕业考上大学，她的出现逐渐频繁了起来，这是为什么呢？

是因为父亲的去世而方便过来了，还是因为年龄的增长对生母的思念之情越来越浓厚了？这段时间品子还经常打电话过来，而森子好像也是一有空就到守口市的公寓去。

“手里拿着礼物，满心欢喜的样子，真是奇怪。”

保姆安代看不过去，却也没权利在多纪面前说三道四。因为一些不得已的事情而分开生活的母亲和亲生女儿，随着年龄的增长不断靠近，这也是很自然的事情。

“她的眼里只有品子一个孩子。”

虽然安代说森子的不好，但是森子来到辻村家还没有完全熟悉时，

1. 位于日本大阪府中部，西南邻大阪市，今为大阪市的卫星城，以电器工业为主。

丈夫就离她而去了，她也只有靠女儿来排解排解郁闷心情。

不管怎样，森子和多纪没有血缘关系，这是不可否认的事实。表面上母女之间总是客客气气的，但毕竟还是外人，而森子和品子之间就没有心理上的隔阂，这还是因为她们有血缘关系。

多纪并没有因为森子对品子比对自己更亲近而表现出不高兴。因为她觉得，作为亲子间的情分，那是理所当然的。

实际上，与其让森子万分勉强地和自己牵扯在一起，还不如完全把她作为旁人划清界限来得痛快。这样的话，相互之间就不用多费心计，气氛也会轻松许多。

也许是因为长期当艺伎的关系，森子是一个表面上非常温柔，但内心十分刚强的人。她不会跟别人过多地亲近。安代富有人情味，她觉得森子总是冷冰冰的，感情冷淡的人才会让独生女儿一个人在别人家生活。

多纪则在森子身上看到了女人的刚毅。委身于男人虚伪的爱情中，被玩弄来玩弄去，但她自己却一点都没有改变。这种刚强，难能可贵。

坦白地说，多纪认为，森子作为继母，她做得很好，至少对任性的父亲体贴入微。父亲放荡不羁，她总是宽容相待。

在祇园从舞伎到艺伎，森子受到过严格的训练。如果没有那种程度的磨炼，她万万无法做到如此。

多纪这样想着，不知不觉中拿森子和自己的生母武子进行比较，当她注意到时，顿感惊慌失措。

母亲也是性格刚强的人，但和森子相比，稍有些不同。母亲的刚强在于，父亲进屋的时候，她会很威严地坐在那里审视着父亲，而森子则会站在一边仰望着他。

作为父亲，到底更喜欢谁呢，现在已经无法得知了，也许是更爱母亲一些吧。

当然，之所以持有这样的看法，无疑是因为多纪对生母的爱恋。

不管表面上日子过得多么平稳，在内心深处，多少还是有些耿耿于怀。有血缘关系和没有血缘关系，毕竟不同啊。虽说是两个相互理解的聪慧女人，但没有血缘关系的母女之间怎么也不可能亲密无间，这是无法避免的。

细想起来，森子也有值得同情的一面。虽说没有正式入籍，但毕竟曾经有个体面的男人，有稳定的生活。在父亲隆平的多次求婚之下，她才来到过村家。

透过与品子的联系可以看出，在那个大阪男人的照顾下，品子生活得也是很舒适的。

在隆平的劝说下，森子丢掉以往的生活，最终成为两个将近成人的孩子的母亲。这在隆平在世期间还过得去，但隆平死后，也就像断线的风筝一般处于不安的状态了。

明确地说，在隆平死后，森子已经成为辻村家没有什么用处的人了。现在，以前那个男人的家也回不去了。失去了前进的目标，森子只能整天在辻村家无所事事地待着。

从法律上来讲，作为隆平的妻子，森子的地位是有所保障的，不过，对于只把照顾隆平作为工作的森子，无其他事可做。

如果从进辻村家开始，她就不时在店里露个面，多少学做一些店里的工作，也许会有所不同。但她好像从一开始就做好了思想准备，不插手店里的所有事务。由于多纪继承了父业，这更把森子推到了完全赋闲的地步。

最初多纪继承父业的时候，也不是没有让森子当经理的呼声。但那只是极少的一部分人，形式上说说而已。公司的董事和亲戚们都盼望着多纪能够成为经理。尽管森子是隆平的妻子，然而人们都知道，她只是个后妻，而且资历浅薄。

“还是让继母当经理吧……”

多纪想让位给森子，但众人还是把她推了上去。因为是以辻村命名的店铺，所以让流着隆平的血的多纪来继承，这才合乎道理。

“谢谢大家让我成为了经理。”

决定做出之后，森子也没有露出不愉快的神色，而是高兴地说道：“真是太好了，这样我就放心了！”

森子拘谨缄默，所以对于这样的事情绝不会没完没了地发牢骚，但其内心到底是怎么想的，多纪看不清楚。

总之，闲来无事的森子想要去见住在守口市的女儿是无可厚非的，如若对她进行指责，那就太不近人情了。

上午九点的时候，公司的车会到若王子的家来接多纪。驾驶员是去年刚进公司的小田。

多纪去公司的时候，多是穿着和服。虽说是经理，但也要巡视生意、调查货物数量等，有很多走动的场合。不过也许是因为从小穿习惯了吧，多纪还是喜欢穿和服。有时候一忙起来，多纪也会穿西服去公司。可不知为什么，吉冈总不会有什么好脸色。

“为什么不穿和服呢？”

吉冈会这样问，态度一如往常地冷淡。

“那个……因为今天有很多地方要去转。”

“这样的话，还是穿和服更合适吧。”

吉冈不太赞成多纪穿西服。多纪是辻村家的千金，穿上西服的话就感觉像是公司的职员了，吉冈好像非常反对这一点。

实际上，和西服相比，多纪也认为和服更适合自己。

多纪的母亲武子是绳手大街一所大饭店家的小姐，有很多衣服，因此她也常常给多纪买衣服。让多纪学习跳舞、三弦曲什么的，也都是她的意思。

“我又不会去当什么舞伎……”

多纪非常排斥母亲热衷于艺能之事。也许母亲只是想通过让女儿学习各种技艺，来掩盖父亲到处游逛而带来的孤独感。

多纪穿着母亲送的大岛棉绸的和服，系上了一条枫叶红的腰带，坐上了公司来接她的车。

“早上好！”

小田总是很快活的样子。他两年前刚刚从大学毕业，至今还是单身，但有着和他的年轻所不相符的细心。

小田的家在金泽，他是那里一家叫作“丸友”的扇子批发商家的儿子，出于工作见习的目的，去年来到辻村家干活。

小田迟早要回金泽继承家业的，但他好像完全喜欢上了京都。

“天气变冷了啊！”小田一边挂挡一边说道。

十月底，门前的枫叶都染成了红色。

“是直接去公司吧？”

“是的，辛苦你了。”

车子慢慢地从通向南禅寺的坡道上开了下去。

“今天，我父亲要从金泽过来。”

下了坡道，他这样说道。

“啊，一个人吗？”

“嗯。是工作之余顺便过来视察一下我的公寓。”

“可是，小田你又没做什么不好的事。”

“是啊，我父亲实在太爱操心了。”

“有人为你操心多好啊！”

“这我知道。可是过于操心的话我会有压力的。”

多纪点着头，想起了一年多没见过面的弟弟。

隆彦从那以后再没有消息了。他因犯了杀人罪而被警察追捕，走了自然不会回来，但他连偷偷地打一个电话都没有过。

不管怎么样，他最后肯定会回到自己身边来的，多纪这样想，因为他们有着难以割舍的骨肉亲情。

“你……身体结结实实的真好啊！”

“啊？”

“不不，没什么……”

其实多纪是希望隆彦也能像他一样，不过这么说确实是太突然了。

多纪望向车外。车子沿着东大路向南行驶而去。

一周前还郁郁葱葱的法国梧桐树已经有多半变了颜色，黄色的树叶映着秋日的阳光闪耀着光辉。

那场葬礼之后一个星期，从柚木家寄来一张明信片，在黑色的边框内印着几句送殡之语。

最后的落款是“丧主，父柚木洋文，母道代”。

看到这张明信片，那位母亲歇斯底里的哭声和那位父亲稳健的声音好像又一次在耳边响起，多纪被带入了一种奇妙的心境之中。之后，她想要回寄一封表示歉意的信，但最后还是没有寄出。

不寄的话不好，可现在寄也没什么必要了，多纪在犹豫不决中错过了寄信的时机。

自那以后，再没有任何对方的消息，从这一点看，那位母亲应该是从悲伤中渐渐地平静了下来。

事情好像平息了，但隆彦所犯案子的不好影响仍然存在。比如说，工匠们看多纪的眼光中，总是有一些说不出的警惕之色，与之前尊重的感觉有所不同。弟弟有过激思想，那么看待作为姐姐的多纪时，人们的眼光中总有某种恐惧和好奇的味道。公司职员们好像也有意识地在多纪面前避开这个话题。

从东京方面没有传来什么消息，但在松屋附近一带，没准已经听说隆彦的事情了。

“这样的话，就不要安排见面了，好吗？”

好像松屋的夫妇将会说出这样的话。

“您多虑了，弟弟的事和工作没有关系。”

尽管吉冈这样说，但多纪还是会往坏的方面想。

这一整天，多纪忙个不停。

到公司以后，她马上开始浏览上个月的销售情况和新的订货委托书。

新的订单中有一位大阪的舞蹈老师订了两千把扇子，大概是要在新年送给初次见面的学生们。

那位老师一直很关照辻村的生意，所以不管怎样都要去道个谢才行。多纪将这件事记在了笔记本上。

之后，她又查看了一下收到的邮件。这时，吉冈走了进来。

“对不起，打扰一下，村上又来诉苦了。”

吉冈提到的村上，是一家制作扇子用纸店的老板。

“他们说纸价上涨了，所以希望提高些价钱。”

“不是刚刚给他们提过价吗？”

纸价在石油危机的时候上涨了四成左右。情况刚刚有所好转，不到一年的时间，又涨价了。

“他们说，那次填补的是上涨的人事费用……”

“真是岂有此理！”

人事费用的上涨，哪里都是一样的。他们搬出这个理由，还真是可笑。

“这样下去的话，真不知道能不能如期交货。”

“真那样的话可就麻烦了啊！”

“是啊。对了，内川那边好像也有要涨价的意思。”

这里所说的内川，是五条的另一家纸店。

“是吗？不用都涨价吧，涂糨糊、贴纸什么的，为什么不能机械化呢？”

“如果使用机器的话，扇子在哪里都变成一样的了，还是手工制作出来的好。”吉冈并不理会使用机器的主意，继续说道，“他们说价钱要涨三成。不过谈了一下，好像只涨一半就能控制住了。”

“那怎么行！让别人知道了，大家肯定会一起要求涨价的。”

纸店单方面向制造批发商提出涨价要求，制造批发商是不会马上浮动价格的。一旦批发价变了，那么从支付方法到赢利，都会因之而改变。

“总之那边态度非常坚决。他们说如果经理您方便的话，他们随时可以带着资料过来进行说明。”

“这样啊，好吧。我会跟他们去谈的。”

多纪明白会谈的时候一定会被施加压力，但这样的会谈必须进行。

“真是的，价钱这样飞涨，什么时候才是个头啊！”

多纪叹了口气。这一年当中，做扇子必需的竹材、纸、金箔，所有的东西都涨了价。不要说一年、半年，厉害的时候两三个月就又涨了，而且无论涨得多么凶，这些材料还是供不应求。

“情况这么严重，还是到土佐[1] 去一趟为好。”

吉冈小声说了一句。这个男人，每次提出一个建议的时候，都会用一种听上去毫无精神的语调去说。当然不是因为出了一个馊主意才这样，可能是上了点年纪，每次讲话的时候，都是无精打采的。

“土佐啊……”

扇子的用纸等基础用品，主要出产于高知县或是岐阜县。如果能够直接去那边买到便宜的纸张的话，那就解决问题了。

“但是，这样做的话，村上先生可能会非常生气吧？”

“去不去是另外一回事，把我们的想法跟他透露一下就可以了……”

“就这么办吧！”

真不愧是吉冈啊，果然高明。由于对方的要求只是单方面的，所以在沉默之中，摆出一副自己要直接与造纸公司联系的架势，借以牵制对方。这就是吉冈的作战策略。

“那边估计是什么价格？”

“和他们见过一两次，可以问问看。”

“那么见村上先生之前，大体上先问一下吧。”

吉冈点了点头，好像突然想起了什么，问道：“隆彦那边有什么消息吗？”

“什么也没有。怎么了？”

“只是随便问问而已。”吉冈轻轻地拢了一下剪得很短的头发，接着说，“呃，有人说见到过一个长得很像隆彦的人。”

“在哪里？”

“据说是在四条大宫附近。”

“谁见到的？”

“是壬生的吉川先生。”

吉川以前在辻村工作过，三年前辞职在壬生开办了一家印刷公司。由于他从父亲那一代就在辻村工作了，所以连隆彦小时候的事情都知道得很清楚。

“真的吗？”

“听他说，只是看到了一张戴着眼镜的侧脸，不是很清楚，不过样子很像。”

隆彦不戴眼镜，个子较高，走路时右肩稍微有点下垂，和父亲的背影很像，很有特点。

1. 位于高知县中部仁淀川下游。农业、造纸业发达。

“我还以为他已经不在京都了呢。他和您联系过吗？”

“没有啊。”

“那也许是认错人了。”

吉冈抱着胳膊向窗外望去，发出了“啊……”的一声叹息。

工作时，隆彦的影子闯了进来，使多纪的心情无法平静。一想到隆彦，多纪一点工作的劲头都没有了。可是，也只有工作才能让她从这郁闷的气氛中逃离出去。

“不管是什么样子，只要还活着就好。”

多纪这样告诉自己，然后叫来了办事员高木靖子。

“把这个钱付掉，把这个给川田先生，然后给这边一个答复。”

多纪把已经过目的文件和邮件交给了靖子。

“我要出去一下，如果有电话你接一下，回来告诉我。”

“您几点钟回来呢？”

“已经一点了，可能四点多吧。”

“知道了。”

靖子今年二十四岁，已经在辻村工作五年了。她相貌质朴，能出色地完成工作，在办事员当中最值得信任。

“最近，和他相处得还好吧？”

“唉，还可以……”

靖子的小眼睛眯得更小了。

所谓的“他”，是指在夷川家具店工作的塚本。多纪曾经有一次在和靖子的谈话中听她提到过这个恋人。听说好像已经有肉体关系了，但这段时间塚本经常去四国、九州出差，所以两人没怎么见过面。

“一个男人，十天半个月也见不到女朋友，他会怎么样呢？”

“什么怎么样……”

被靖子这样正经地一问，多纪一时不知道该怎么回答。

靖子想要问的是，男人要怎么解决他们那方面的需求呢。

“那个啊，一心扑在工作上就可以了吧？”

“但是，以前再忙一周也有一次……”

“你们是男女朋友，他会对你负责的，不用担心他什么。”

多纪只是把自己知道的东西姑且说了出来，其实，对于男人一无所知的她一点自信都没有。

“我不太知道这种事情。”

这种话题还是干脆地拒绝掉比较好，多纪用了稍显生硬的语气，说完之后，便闭口不谈了。

多纪年长一些，职位也较高，所以靖子才来聊这些的吧。但是，男女之事，好像和年龄、职位没什么关系。无疑，靖子在这方面经验更加丰富。总之，从靖子那镇定自若的目光来看，两个人的关系保持得很好。

“好了，我要出去了，拜托你了。”

多纪拿起装有文件的提包，走出了房间。

她从店里出来直接去了交易银行，和分行经理寒暄了一下，谈了谈关于融资的事情。

扇子是每月二十日清算、月底支付，每个月都有现金入账，但挂历不是这样，挂历在初夏时节做好并交付给批发商，实际变成现金要到年底至正月的时候。这期间，短的有半年，长的要将近八个月，是拿不到现金的。虽然这是一种过于漫长且不合理的做法，但已成为行业长年的习惯，也没什么办法。

今天，多纪到银行来，就是为了借款以筹集周转资金。

“扇子没什么问题，可挂历情况多变难以预测，还是应当尽力而为。”

深知多纪的店是绝对靠得住的，所以分行经理同意了融资，但仍然没有忘记事前提醒一下。

“我会注意。”

分行经理的忠告很诚恳，多纪也确实想听一听他们的意见。

谈妥之后，多纪出了银行，向着冈崎的美术馆出发了。

三天前，日本秋季画展开幕了，多纪很想去看看。有两三个认识的画家在画展上展出了他们的作品。另外，这些作品的图案、构图什么的，对于扇面画也是很好的参考。

逛了三十分钟画展，已经三点多了。

本来多纪还想到商场、小商店转转，去看看新扇子的销售情况，但这样一来四点之前就回不了公司了。她给公司打了一个电话。

高木靖子接的电话，并告诉多纪，从大阪的批发商和京都的小商店那边先后来过电话。

“我回去后会给他们回电话的。”多纪回答道。

靖子突然又想起了什么，说：“后来还有一个叫‘有纪’的来过电话。”

“有纪？”

多纪听了，感觉没什么印象。自己有叫这个名字的女性朋友吗？

多纪一时想不出来。

“是位男士，他说你们是在东京认识的。”

“东京……”说到这，多纪忽然顿了一下，“不会是东京的柚木[1]先生吧？”

“就是就是。他说是因为有学术会议来这儿的。”

柚木，就是之前多纪前去东京祭拜死者的那家人的姓氏。从过来参加学术会议这点来看，肯定是那位父亲。

“我告诉他您四点左右回公司，他说到时候会再来电话。”

“他现在在哪儿？”

“好像说是在京都宾馆。”

“你没弄错吧？”

“他确实是这样说的。”

“我会打电话去问问。如果在这期间他又打来，一定要问清楚联系地址。”

多纪这样说完，便挂了电话。

柚木洋文为什么会来电话呢？他说是因为有学术会议来这儿的，只是顺便打个电话过来吗？他会不会以儿子的死为由，过来追究补偿什么的呢？或者，是在儿子葬礼之后和大家一商量，又要过来提些什么要求吧？

和那位母亲不同，他是个非常成熟稳重的人，肯定不会那样做的。多纪认为自己的想法是小人之见。

尽管如此，还是应该查到对方的电话号码。

多纪抑制住不安的心情，往京都宾馆拨了个电话。

“请问是不是有位柚木洋文先生住在这边呢？”

“请稍等一下。”电话接线员说，“哦，他住在605房间，我这就把电话给您接过去。”

多纪使劲握了握电话。

对方会说些什么呢？看情形而定吧。多纪正了正身姿，当铃声响了三声的时候，对方接起了电话。

“喂？”

没错，就是在守灵席间听到的那位父亲的声音。

“呃，我是辻村隆彦的姐姐。”

“哦……”

对方好像也吃了一惊。不过时间不长，就又传来了低沉而平静的

1.“有纪”与“柚木”在日语里发音相似。

声音。

“是上次来祭拜的辻村多纪小姐啊。”

“是的。也没有好好道个歉，实在是失礼了。”

“不，是我们失礼了。”

多纪没有说话，目光只是盯着电话机。这之后他会说些什么呢？自己的态度必须要看对方而定。

“实际上是因为京都有个学术会议我才来的。给您打电话是想为上次的事道歉。”

“哦……”

“我妻子说了些过分的话，您一定生气了，请多原谅。”

“没有没有，要道歉的应该是我啊。”

“不不，我们确实没有想到您能来祭拜，虽然令我们有些为难，但真的感谢您的到来。”

“去祭拜一下您的孩子，再道个歉，都是我应该做的。第二天也应该好好地再正式问候一下。”

“真的非常感谢。我那死去的儿子可以安息了。”

“您虽这么说……”

多纪下意识地摇了摇头。

老实说，多纪并没有放松警惕之心。虽然对方示以非常谦逊的态度，但那只是礼节上的东西，多纪觉得，之后对方就要提出一些要求了。

可是，柚木来电话的目的，好像只是为妻子那些不理智的语言道歉而已。

“您肯定生我们的气了，但看在她是个女人的分上，请多原谅吧。”

“那件事已经没有关系了，还是我应该向您道歉啊。”

多纪想到自己只是去灵前祭拜了一下，连葬礼都没去就回家了，感到实在是说不过去。

“您在这边大概要待到什么时候呢？”

“学术会议星期一结束，所以我准备待到那天。”

今天是星期五，还有三天。儿子刚过世一个多月，在这期间又要准备学术会议，想必是十分操劳的。

“请问一下，您什么时候能有空呢？”多纪直截了当地说，“您方便的话，我想向您道个歉，请您吃顿饭什么的。”

祭拜的时候，就是这个人的一句话，把自己从难以忍受的痛苦当中解救了出来。想到这些，多纪决定要借这个机会好好感谢一下。

“就不劳您费心了。不是什么光彩的事情，道歉什么的就不必了。”

不光彩，对这句话多纪深有同感。

“可是我心里过意不去。”

“那也没理由让您请客呀。”

“这样我心里可以好过些。”

“既然如此，把道歉什么的放在一边吧。说到有空，我明天倒是没什么事。”

“那么明天几点钟呢？”

“因为五点会议就结束了，所以我六点就能回到宾馆。”

“那明天六点，我到宾馆去接您。”

“真的不必这么麻烦。”

“这样强您所难，真是抱歉。那么明天见了。”

多纪说完便挂上了电话。

已经四点多了，十一月的大街上，光线快速地暗淡了下去。

柚木的死是在九月末，离七七[1]还有四五天。

洋一郎和隆彦差不多一样吧，反正都不在家里。但是在某个地方活着，和已经死去，却是截然不同的。那种给予亲人的孤独感是完全不一样的。

现在，请柚木先生吃饭，也就是为了弥补这种孤独，多纪这样告诉自己。

第二天是个大晴天。

报纸上说，市里的枫叶尚且嫌早，高雄[2]、大原等地的红叶已经火红一片了。

这天，多纪四点就回到若王子，换上了点缀有扇面图案的绉绸和服，外罩胭脂色的短褂，然后就出发前往京都宾馆了。

不到六点十分，多纪来到了宾馆。大厅里有很多客人。多纪在前台确认了一下，柚木确实已经回来了，然后用宾馆里的内线给他的房间打了个电话。

“我是辻村……”多纪说。

“我马上下来。您是在大厅吧？”柚木很快回答并加以确认。

和柚木只是在守灵席间见过一面。虽然有一个大学生的儿子，但他显得很年轻，态度也温文尔雅，对柚木，多纪就这么点印象。因为那天的突发状况，多纪确实记不起什么别的了。

多纪坐在大厅的椅子上，正对着电梯。她看了看窗外。

1. 人死后第49天。在日本，传说此日死者灵魂将离家远去，很多地方有捣制七七年糕的习俗。
2. 位于京都市西北，以红叶著称的胜地。

六点多钟，外面已经完全黑了。正值交通高峰，再加上是周末，通过透明的玻璃窗，可以看到河原町大街上挤满了人和车。

不一会儿，左侧的电梯到了。一个身穿灰色西装、手拿外套的男人出现在电梯门口。多纪马上从椅子上站起来，向他走去。

“是辻村小姐吧？”说话的人正是柚木。

“百忙之中把您叫出来，真是抱歉。”

“不不，是我随便打了个电话，才让您如此费心的。”柚木轻轻地低了一下头说，“我们去哪儿呢？”

“我在高台寺那边订了个位子，可以的话去那边怎么样啊？”

“这个……”

“不行吗？”

“不是……”

柚木稍微考虑了一下，点了点头。

“不是很远，坐车去很快的。”

多纪先行往宾馆前的出租车站台走去。

外面的大街上好像没有空车，但打车来宾馆的客人很多，所以在宾馆门口很容易就能坐上。

等了一组客人之后，两人便上了车。

“麻烦你到高台寺。”

多纪在座位上坐好，跟司机说了地址，然后看着柚木认真地说：“上次那件事真的很抱歉……”

“不不，这个话题还是到此为止吧。已经那样了。”

一瞬间，多纪在话语之中听到了一位失去孩子的父亲的悲伤。

正像柚木所说，多纪再怎么道歉，也不能让死去的儿子复活。不管如何哀悼，死了就是死了，无法改变。

也许通过道歉，多纪的心里能够好过一些，但柚木的哀痛并不能因此而减轻。而且，拙劣的道歉，反而会加深他的痛苦。

“请您宽恕我吧。”多纪小声自语。

不一会儿，车子左转，沿着御池大街向东驶去。马路很宽，中间种着法国梧桐，可惜车子太多，交通堵塞了。

“京都的车也多起来了啊。”

“因为今天是星期六。”

“是啊，周末都很拥挤。”

交通信号灯由红变绿，车子动了起来。

“学术会议是在哪里举行的？”

“在宝池的国际大会堂。”

“那么您时常会来京都吗？”

“这边的会议相对比较多，而且东京毫无情趣，我还是更向往这样的城市啊。”

“请问一下，您是医生吧？”

“是的。”柚木从西装的口袋里掏出名片，说，“呃，我以为您都知道了呢，就给忘了。”

“谢谢！”

多纪施了一礼，接过了名片。

上面写着“东都大学教授、柚木洋文”，左边用小字写着“东都大学第二外科教研室”，并注有大学的地址和电话号码。

“原来您是大学的老师啊……”

多纪听说过死者的父亲是一位医生，便认为是单纯营业给人看病的那种。但他在大学工作，这是多纪没想到的。

“很奇怪吗？”

“没有。”

仔细看了看柚木的侧脸，多纪想，这个人温文尔雅，还是更像一位大学老师。

“您是外科医生，那要做手术什么的吧？”

“当然要做了。”

这也让多纪感到很意外。从柚木那安静的脸上来看，一点也不像是拿手术刀的。

“做手术很辛苦吧？”

“到不了你们想象的那种程度。”

柚木从西装口袋里找出香烟，点上了火。

车子顺着鸭川沿岸的道路往南开去。夏天时挤满了乘凉人群的鸭川沿岸，到了枫叶飘红的季节，却没什么人。

柚木问道：“给您公司打电话的时候，我注意到，接电话的人好像很尊敬地称您‘经理’……”

“真不好意思。因为父亲去世之后，没有人继承他的事业。”

“是这样的啊。”

“经理也只是徒有虚名而已。”

“是做扇子的吧？”

“是的。”

“在古都制作那么美妙的东西，在我们看来，简直像梦一样。”

“没有那回事。做好的扇子虽然好看，但其背后的过程是很麻烦的。”

“啊，说的也是啊。”

“都是工匠们一件件纯手工制作出来的。”

“下次我想去看看。”

“是一个很小的地方，您看到的话，一定会吃惊的。”

“确实，那么费功夫的工作，已经没有了吧？”

车子驶入了光线较暗的住宅区，有一段上坡路。

已经到东山的山脚了。

坡道的右手边是一大片茂密的草木，往前的道路两侧，排列着许多用日本白纸包裹着的蜡烛。那是通向“石水”的路。

“到这里就可以了。”

门廊跟前的日本灯上写有“石水”的字样。多纪快速地把钱递给司机，下了车。

“您来了。”领班从明亮的侧门那边跑过来打招呼。

“久等了。”

饭店门口铺着一些漂亮的小卵石。领班在前面带路，多纪和柚木并排跟在后面走了进去。

“真是座气派的庭院啊！”

“听说进到里面的话，有三千坪呢！”

“您知道的真多啊！”

“过去我父亲时常到这边来。”

只要提到“辻村”这个名字，即便是这等规模的店，也能马上订到位子。可以说，极尽放荡任性的父亲，在这一点上还是多少积了点“功德”的。

接替领班出来的女服务员，是个四十多岁的文静女人。脸又长又细，有着京都女子特有的稳重。

“天气变冷了啊。”

“是啊，这两三天一下子冷了下来。”

多纪来这家店的时候，总是由这个叫作“小福”的人来服务。她已经在“石水”干了十年了，对多纪的父亲，也相当熟悉。

“今天，能看见八坂塔的那个包间有人吗？”

“真抱歉，已经有客人了。”

“是我现在才问，不好意思！”

在“石水”，入口左手边靠里的大房间，景致最好，在那里，夜晚京都的街景能尽收眼底。突然提出要求，确实很难订到。

“这边的院子也很漂亮。”

小福推荐的房间，带有休息室，有八叠大小，把拉门打开的话，两边都能看见院子。

“白天来的话能看到非常漂亮的枫叶。”

笼形的铁栅栏里点着篝火，那光亮映红了夜晚的庭院。

“请吧。”

在小福的推荐下，柚木背对壁龛坐下，多纪则坐在了对面。

“我这就去准备菜肴。喝点什么吗？”

柚木朝多纪这边看了一下，问道：“你呢？”

“我不会喝酒。先生您请吧。”

“那么，少来点清酒吧。”

“知道了。”

小福静静地低头下去了。

“还是京都好啊！”

只剩下两个人，柚木好像松了一口气，目光移向了燃着篝火的院子。

“往前就是山了吧。”

“对，是东山。”

“好像里面真的很深啊！”

篝火的前面有一片茂密的枫林，下面是一个架有石桥的水塘。在夜里看，水面光线昏暗，只有篝火映照的地方摇动着一片火红。

“怎么也没想到会被请到这么优雅的地方来。”

“哪里。有用到这里的时候可以随时联系我。”

柚木点着头，又环视了一下房间。休息室前挂着幔帐，黑竹编成的篮子里种着翠绿的白椿和梧桐的小苗。

所有的东西，主人照顾得都很周到。

“您是一直住在京都吧？”

“是的。”

“全日本不管哪里都没有这儿好啊。”

“不管好还是不好，即使想出去，也没有地方去呀。”

多纪轻轻一笑，柚木也好像受到影响一般，笑了起来。

不一会儿，小福便把菜肴端了上来。“石水”的日式精美菜肴是非常专业的。

“也没有问您喜欢吃些什么，就擅自决定了。我想，既然是在京都，就给您点些京都菜吧。”

“我对吃的没什么好恶，倒是被带到这么气派的地方，实在有些不好意思。”

多纪接过小福端来的酒壶，给柚木的杯子斟上酒。

“您也喝点吧，怎么样？”

“那，仅此一杯哦。”

多纪双手接过了酒杯。

“可以了。”

两个人相互看了一眼，共同举杯。

回味着温热的酒香，多纪在想，自己刚才那句“可以了”到底是什么意思呢？

忘记上次的不愉快，好吗？还是想说，今后也请您多关照？多纪感觉，两个意思都有，但两者又皆不是。

柚木没有注意多纪的神情，而是盯着端上来的菜肴。

“原来如此，我知道了。这是女郎花[1]啊。”

代替筷子架，放着一朵女郎花，上面摆放着黑漆的筷子。

放入银杏的海带被折成捕鸟用的笼子的形状，染成绿色的挂面被摆放成纷乱的松叶的样子，处处渗透着京都菜肴的精致。

“见到这个，关东还真是‘蛮夷’啊。”

“没有啦。我想东京还是很大的，是个非常漂亮的城市。”

“大小与好坏是两回事。”柚木喝了一杯酒后接着说道，“实际上，我刚才就想说的，又给忘记了。我想把那时的奠仪钱全部都捐出来。”

……

“儿子光给大家添麻烦了，所以我本来极力地拒绝，但尽管如此，还是有位不知姓名的人士给了奠仪钱。人家特地送来，可我都没有向他道个谢，真是太不应该了。对于儿子做下的事情，我想尽量地做些补偿。您也送来那么多的钱，实在是不好意思！”

“没有的事！”多纪使劲地摇了摇头。

孩子给大家添了麻烦，没有道理获得祭奠，柚木的这种心情，也正是此时多纪的心情。

“多亏了您，我们才渐渐地平静下来。”

“真是对不起！”

“不不，您没有必要这样说！”

1. 一种败酱科多年生草本植物，夏秋开众多黄色小花。是秋日七草之一。

两个人陷入了短暂的沉默。

柚木好像不怎么能喝酒。只喝了半瓶，他的眼角便现出了淡淡的红色，一笑起来，还会出现几道皱纹，更显出其温柔和善。

“再来一瓶吗？”小福问道。

“不，可以了。这样下去的话，后面就没底了。”

“您喜欢喝酒吗？”

“并不讨厌，但现在喝多了的话，明天就要有反应了。”

“外科医生不是很能喝酒的吗？”

“大家都那么说，但实际上并不是那样。”

柚木笑了笑，这时从走廊前面传来笛子和三味线的声音。两个人放下筷子，侧耳倾听。

“您知道吧，是《黑发》。”

听了多纪的介绍，柚木点了点头。

独寝的女子寄托黑发，想念爱恋的男子，就是这首曲子的内容。这是在座席之间经常被演奏的曲目。

一边看着舞蹈一边听笛子和三味线的声音，感觉特别好，而隔着一道屏风来听，也别有一番情趣。这并不是信口开河，因为那样子可以增加想象力，在脑海中描绘出各种各样的情景。

“您喜欢舞蹈吗？”

“嗯，在像这样的地方看过两三次，感觉很美。”

“那我们今天也看一段怎么样？这里可以请到很好的舞伎和艺伎。”

“不了，下次我请您吧。”

“京都还是我了解哦。下次去外面的房间吧，那里能看见八坂塔。那边的房间之间，还挂着竹帘呢。”

“您经常来吗？”

“偶尔。因为要招待一些客户。”

“我感觉您应该也是会跳舞的。”

“我母亲喜欢艺术。但舞我可跳不好，我会弹一些三弦曲什么的……”

“什么时候让我也听听啊。”

“都是一些雕虫小技，呵呵。倒是您，下次真的还会来吗？”

多纪一边给柚木的杯子斟着酒，一边感到自己少有地积极。

吃完晚饭，已经将近八点了。

从隔壁房间还传来三味线的声音。

“这里能住吗？”

“一般不提供住宿，但如果是熟客的话，也没什么关系。”

“那我是不行了。”

“哪里哪里，如果您希望住宿的话，我去跟他们说一声。”

“可能过几天真要麻烦您呢。”

多纪一边吃着饭后的白兰瓜，一边猜想着柚木的年龄。

有个二十岁的儿子，他应该四十多了，但离五十好像还有段距离。从散在鬓间的白发和眼神黯淡的表情来看，确实上了些年纪，但从其笑脸和说话的感觉上判断，也就四十刚出头。

“您自己做的扇子，一看就能马上认出来吗？”

“实在是太多了，所以有很多相似的，看一下也只能分个大概。”

“看到自己做的东西摆在店里，很高兴吧？”

“与其说是高兴，倒不如说是感到害羞啊。”多纪叹了口气，接着问道，“先生您喜欢扇子吗？”

“没什么特别喜欢不喜欢的，但看到以后，不知怎么的心情就会平静下来。”

“那下次用一把我的扇子吧。也不知道您喜不喜欢。”

“不胜惶恐！”

小福出现了，她告诉客人：“车子已经到了。”

“那好吧。”柚木回过身做了一个招呼小福的动作，“结账吧。”

“不行。这里我来。”

“不，那不行，还是我来。”

“尽管您那样说，但这里不行。好了，先生，我们走吧。”

多纪好像要逐客一样，欠了欠身。

“我本来就不想让你请的。”

“我并不是以此作为道歉，只是弟弟的事情……”

“把那事忘了吧。倒是那账单……”

“没关系的，请。”

多纪把外套的纽扣扣好，站起身来。

在小福的引导下，柚木走在前面，多纪跟随其后，出来之后，才发现明亮的月光下的夜晚已非常寒冷。

“真冷啊！”

小福把宽大的和服袖子裹在身上，走在前面。她那细长的身影，在院子的草木中慢慢地移动。

可能是因为靠近山而形成了一块高地，穿过月光下的院落，可以看见京都的街道。

“右手边稍远处，据说是明治时期仁人志士们秘密集会的地方？”

多纪如此一问，小福点头称是。

在那茂密的橡树与枫树林前面，有栋装有白色拉门的建筑依稀可见。

“在白天可以看到，那里面有西乡先生[1]和高杉晋作、中冈慎太郎先生他们的画像。”

“这样丛林茂密的山脚，即使那些仁人志士混进去的话，也不会被发现。”

“是啊，那些柱子、地板什么的，没有遭到什么破坏，都保留了下来。”

“现在真的是茶室吗？”

“是的。不过一年也就举办两三次茶会。”

柚木点点头，三人顺着砂石路往下走。

夜空里好像有风，到了山下的时候，东山上的月亮已经被云彩遮住了一半。

“欢迎下次光临！”小福在车子旁边礼貌地低下了头。

“谢谢！”

两个人还礼之后，车子慢慢地开动了。

“先生您去哪里？”

“我就直接回宾馆了。”

“好的。”多纪随后对司机说，“麻烦你到京都宾馆。”

“不，我还是先送您吧！”

“好不容易才招待您一次，就让我服务到底吧。”

多纪这样一说，柚木也就不再说话，默认了。

车子不一会儿到了东大路，一路向北，到了八坂神社，在四条的路口向左转。

“明天的会是几点钟啊？”

“应该是九点。”

“您要发言吗？”

“下午有一场关于肝癌的学术报告。”

“您是专门研究癌症的吗？”

“啊，我主攻普通消化系统的疾病。”柚木看着前方回答道。

1. 西乡隆盛（1827-1877），日本明治初期政治家。明治维新的领袖。

多纪看着柚木的侧脸，又想起了死去的青年的面容。

“扇子我明天拿到宾馆去吧。”

“明天有大学的同门会，可能要晚一些。”

“没关系，我把扇子放在前台。”

“好吧。”

月光明亮，也很大。那些法国梧桐树的枝叶在晚风中摇曳。车子开了十分钟便到了柚木下榻的京都宾馆。

九点已过，和出来的时候相比，宾馆前出入的人少多了。

“好了，就到这里。”

多纪让司机稍等一下，便也跟着柚木下了车。

“很久没有享受这样的夜晚了，我真高兴！”

“也没什么招待。”

两人在门口相对而立。

“下次去东京的时候一定要给我打个电话，让我报答一下您今天的盛情款待。”

“谢谢！”多纪低下头施了一礼。

“那我就先告辞了！”

“晚安！”

多纪一直目送那背影消失在宾馆的大厅里，才回到车上。

“到若王子。”

司机点了点头，又发动了汽车。

入夜之后，白天热闹的大街终于回归了平静。多纪一边随意地看着人流锐减的街道，一边想着刚刚分别的柚木的事情。

如果说是东都大学医学系的教授，那应该具有相当高的地位，但多纪并没有因为柚木那样的头衔而感到拘束。他爽快、自然，一点都没有装腔作势。

在“石水”面对面吃饭时，多纪几乎忘记了对方就是被弟弟杀害的青年的父亲，倒是有一种久逢知己的错觉。

从宾馆前相见到最后分别，柚木对于死去的儿子只字未提。只是在多纪讲到的时候，简单应付一下，便马上转移话题。在那平静的表情当中，没有一点意外丧子的阴影。虽然没有表现出来，但不能说柚木的伤痛已经痊愈。不表现出来，极力地避开有关儿子的话题，也许正是这种态度，包含着柚木无限的哀痛。

在多纪的心里，满足感与沉重感交织在一起。满足，是因为得以与柚木直接会面而内心感到平静。之前的杞人忧天一扫而空，再也不会受到负罪感的寻衅找碴，可以安心了。但另一方面，柚木是死去的青年的父亲，这种沉重感没有消除。事实是，这种感觉今后将会永远持续下去。

“真奇怪！”多纪小声道。

现在，没有必要再拘泥于那件事当中了。已经得到了对方的谅解，终于可以安心了，也没什么可害怕的了。

在这应该高兴的时候，自己却在介意柚木是死者父亲这件事，到底是怎么了呢？

第二天，京都也是个大晴天。月初的时候，持续阴雨略显寒冷，到了中旬，好像又变回了秋高气爽的好天气。

多纪按照惯例，九点从若王子的家中出来赶往位于五条的扇子店。上午和往常一样，看了看记账单和账本什么的，会见了两个来客。

午休的时候，多纪一边吃着从附近餐厅买来的咖啡和三明治，一边想着给柚木送扇子的事情。上午的时候，她就让小田把一些精致的扇子摆放在桌子上了。

多纪没怎么画过男子用的扇面画。男子的扇子，图案要素一点吧，就算有图案，也多是青松流水之类简单的东西，也有的中间配以诗歌或名人的题词。

给柚木什么样的好呢？就要到冬天了，应该不会马上用到，还是朴素一些、品位高的比较好。

想了半天，多纪选了一把白底配以银色流云图案的扇子。绷着丝绸，在男子的扇子中已属高档，但仅仅一把还是稍显不够。于是，多纪又选了一把金底配以牛车图案的舞蹈用扇。本来是跳舞用的，比夏天用的普通扇子要大一些，最近也常被当作装饰扇来使用。

多纪将两把扇子分别装入盒子中。这样，就可以按照昨天的约定，送到宾馆去了。

柚木现在应该是在宝池的会场。

多纪想，只是送的话，让店员拿过去就可以了，可她并没有那样做。

下午很快过去了。傍晚，吉冈过来商量工作，看到桌子上放着的扇子，问道：“这是要送人的吗？”

“送给东京来的客人。”

多纪只说了这么一句，便把目光移向了别处。

等吉冈出去之后，她马上给宾馆打了个电话，不出所料，柚木还没有回来。

柚木说过，今晚学术会议以后，有一个大学的同门会，所以还没有回来，这也是理所当然的。

“怎么办呢……”

现在也没什么必要考虑了，只能把扇子就这样放在宾馆了。

柚木在不在都没有关系。昨天吃饭的时候，并没有约定今天要见面。

多纪开始做离开的准备。

平时下班以后，都会有些约会，和客户或是银行的人见面，可真是凑巧，偏偏今天没有。

总之，放下就回去吧。多纪这样告诉自己，然后从店里走了出来。

到了宾馆一问前台，柚木还没有回来。他说过会晚一些，所以理应不在房间，多纪有一种摆脱难题的感觉。

“请把这个交给605房间的柚木先生。”

多纪把装有扇子的盒子交给了前台服务员。

白天是晴天，夜里就会特别寒冷。今晚，东山上也有一轮清冷的月亮。

多纪从宾馆出来，在河原町大街打了一辆出租车，返回了若王子的家。

回到家后，安代过来打招呼：“今天回来得真早啊！”

“冷得不得了！”

多纪缩着外套的袖口，进了自己的房间。

这是间八叠大的日式房间，右手边并排摆着衣柜和梳妆台。其实住西式房间睡大床的话更舒适一些，但不知为什么，如果睡觉时没有日式铺盖，多纪就怎么也安不下心来。

多纪在衣柜前脱下和服，换上一件已经旧了的黄底格子丝绸睡衣，又穿上了一件和服外套。这段时间，多纪在家的时候总是这样打扮。她把脱下来的衣服叠好后回到客厅，安代正在水池子旁边准备晚饭。

“天冷了，所以我准备了火锅。”

“啊，要帮忙吗？”

“已经准备好了，不用了。”

“那我就光准备吃啦。”

每天都在店里工作，好不容易在学校学会的做饭和裁缝，多纪已经全都忘光了。

“可以吃饭了。”

安代迅速摆好碗筷，并把锅移到了桌子中间的电炉子上。

“今天我跟在大和做饭的人学了一下。这个煮了很长时间，还去掉了油，肯定非常好吃！”

“我继母呢？”

“品子来了，她们一起出去了，说要在外面吃完饭才回来。这么冷的天，还出去干吗！”

安代言语之中带着些批评。多纪没有答话，坐到了桌前。

“吃饭喽！”

相对而坐的两人之间，飘散着带着火锅香味的热气。

多纪一边吃着，一边感受着家里只有女人的闲寂。

晚饭结束和安代一起收拾好之后，多纪拿起了晚报。

和以往一样，今天的晚报上也报道了很多事。从政界的贪污、柜子里藏有小孩尸体的案件，到新干线的事故，等等，各种各样。经济方面则关注最近一个月批发价的急剧上涨。

由于工作的关系，经常要和各色各样的人打交道，多纪一直就有看报纸的习惯。因为如果接不上对方的话题，那可就出丑了。

尽管如此，以前一忙起来，有时还是会忘记，但出了隆彦的案子以后，不论多忙，她都一定会看的。

打开报纸一看到标题，多纪就会有一种类似害怕的紧张感，她就像一直抱着一颗叫作“隆彦”的炸弹一样。什么时间，他在做什么，多纪都一无所知，所以每次翻开报纸的时候，那种不安都会在脑海中掠过。

什么也没有……

确认了今天没有关于隆彦的消息之后，多纪合上了报纸，这时安代沏来了茶。

“今天还画画吗？”

回家早的时候，多纪经常会躲在屋里画扇面。

“不了……”

虽然没去哪儿，但多纪还是觉得有一丝疲劳。

“品子吧，好像要搬到这里来住。”

“为什么？”

“品子现在住的只是毛坯房，周围很吵，她装出开玩笑的样子说什么‘我也想住过来啊’，肯定是她真的想来。”

多纪喝着茶，没有作声。

“如果她真的说要搬过来，那怎么办啊？”

“只能随她的意了，没有什么别的办法。”

虽说品子和多纪在户籍上没有关系，但毕竟是形式上的姐妹。妹妹要到生母住的地方来，也没有理由拒绝。

“反正房间也空着……”

“家里很宽敞，没有关系，但问题不是这个啊！”

“是吗？”

“品子可是森子的亲生女儿啊！”

“安代……”

多纪是责怪安代直呼继母的名字，安代赶忙改口道：“是夫人。”

安代好像到现在对称呼森子为夫人还是存有抵触情绪。

“两人毕竟血脉相连，所以还是……”

安代好像是想说，如果品子来到若王子的家，会打破三个女人平静的生活。

这个家的主人是多纪，她是亡父事实上的女儿。公司的生意很兴隆，尽管白天基本上不在家，但没有多纪的话，这个家也就无法维持了。

安代虽说是在伺候森子和多纪两个人，但从心底来讲，她认为自己只是多纪一个人的帮手。森子终归是从别处来的外人而已。

对多纪而言，安代是个忠诚的女人，如果安代表现出什么来的话，多少还是会带给她一些负担。

“总之，还是不要太介意的好。”

讨厌一个人的时候，这种感觉会传达给对方，而使自己也受到厌恶。安代就是这样，她冷淡地对待森子，反过来，安代也受到森子冷淡的对待。这两个人之间起了风波，对多纪来说，不是件值得高兴的事情。

“而且，那个品子和夫人一样，是个个性要强的人。”

“是吗……”

脾气要强这一点，安代也是如此。多纪忽然觉得有些可笑。

“那两个人联合起来说些什么的话，我该怎么办呢？”

安代好像是在担心，如果森子和品子联合起来，对家里的事指指点点，自己的地位就没有了。实际上，安代起着一家之“妻”的作用。从买东西、接电话，到饭菜的食谱，都是安代一手安排的。

多纪去公司上班期间，就只剩两个人了，因此安代非常介意品子的加入。

“不会的，她们又不是什么坏人。如果真变成那样，我也会和妈妈说的。”

“多好的人也会讨厌外人来。”

“品子还没有决定要来呢，你多虑了！”

“真是那样的话就好了。”

家里女人多，操心事就不会断。

“再喝一杯茶吧。”

八点了。多纪喝了一口新倒上的茶后站了起来，到浴室打开了热水阀门。

穿了一天和服，出了不少汗。放满热水后，多纪便进去洗澡了。

出于父亲的爱好，整个浴池左右壁上都镶上了铁平石。算上更衣间的话有五坪，非常奢华的构造。多纪一个人在过于宽敞的浴池里，慢慢地伸展着双臂。

到了晚上，东山这一带一点动静都没有。能听到的，只有浴池里的水流声。

多纪是怎么吃都不会胖的体质。也许是因为骨架细小吧，即使长了些肉也不显眼。这一点和母亲武子是一样的。母亲肤色白皙，是典型的京都美人，多纪则很好地继承了她的身材之美。

穿上衣服更显苗条，松屋的老板娘每次见到多纪，都会这样羡慕地说。不过，仔细看的话，她那柔软的身体有时会显僵硬，还有些尚未完全变成女人的青涩感。

二十八岁还是处女，多纪并不认为这是特别值得夸耀的事情，但也不认为这有什么可耻的。不知不觉中，就到了二十八岁的年纪了，这当然不是多纪刻意追求或是盼望的。

“真可惜啊！”人们这样说。

“这么漂亮的人，为什么总是单身啊？”有的人感到不可思议，还有的人会追问：“是不是已经有喜欢的人了？”对于这些，多纪总是一笑了之。这些事情，她自己比别人更想知道。

多纪泡在热水里，想：谁将会是第一个拥抱这身体的人呢？

多纪那从未被男人抱过的身体，白皙细腻，一点疤痕都没有。已经二十八岁了，头脑中想要去了解与年龄相符的东西，但身体上充满了少女般的踌躇。

什么时候，谁，会来要这个身体，从而引导自己成为一个成熟的女人呢？

多纪试着考虑了很多人。因为工作或者朋友交往而见到的男人有很多，大体上来说，上了年纪的人比较多，但也有三十左右年纪比较合适的。其中就有认真工作、家境良好、作为结婚对象无可挑剔的人。

但不知道为什么，没有人来积极地追求多纪。有的人靠近了，打个招呼，然后就没有进一步的行动了。有的则聚集在周围，一边聊着天，一边关注着她，看究竟会落入谁人之手。

并不是多纪在躲避男人，而是相互牵制。

“那样的美人，肯定已经名花有主了。”

也许是男人们在徘徊不决，或者是京都这座城市的古老与多纪的单身十分相称。

“如果多纪不是经理，不是个大美人，反而容易嫁出去了。”

松屋的老板娘这样说，不过好像确实有一些道理。

是多纪那老字号辻村的美丽的继承人的身份，把男人们都给吓跑了吧。

即使是这样，也不是多纪的责任。并不是因为多纪喜欢，她才拥有美貌，拥有经理身份，只是顺其自然而已。

“要继承这个家、这间店，必须找个靠得住的人。”

关于多纪的夫婿人选，吉冈和安代他们这样嘱咐，而她唯有苦笑。

对于结婚对象，多纪并没有期待他是个多么优秀的人。只要普通、开朗而又体贴就好了。但周围的人总是列出一堆苛刻的条件来进行讨论。最初他们是在担心，实际上，他们也是在以谈论此事为乐吧。

“都是些没用的事情。”

多纪站了起来，去冲淋浴。一直覆盖到肩头的泡沫被热水冲了下来，露出白皙而柔软的裸体。

那未经男人触碰过的乳房，在热水的温暖下，呈现出赤红色，乳头也稍稍突了出来。

也许因为在想男人的事情吧，多纪脸上露出羞赧的表情，只是那突起的乳头一时间难以复原。她只好用左手按着，继续冲洗。

热水从脖颈流到后背，感觉很舒适。多纪重复地冲着，这时，浴室的玻璃上出现了一个人影。

“有电话。”

“哪位啊？”

“是个叫柚木的人打来的。”

“啊……”

多纪赶紧关上了淋浴。

“怎么办？我还没洗完呢！”

“我去告诉他过会儿再打过来吗？”

“问一下对方的电话号码吧，我出来后马上打过去。”

“知道了。”

"啊，还有，不要告诉他我正在洗澡。"

"啊，什么？"

"就说方才还在，刚刚出去什么的。"

"唉……"

安代莫名其妙地叹了一声，离开了更衣室。

多纪慌忙从浴室里走了出来。头发上的水还在往下滴淌。她拿了条毛巾，将覆盖在头发和雪白肌肤上的晶莹水珠擦拭干净。

开完会回来了吧……

多纪一边把毛巾挡在胸口上，一边猜想着柚木回到宾馆看到扇子时的神情。

洗完澡，多纪会涂些化妆水和乳液，然后用粉扑轻轻拍打脸颊。可这个电话让她心神不定，连这些都忘了。

"对方说好像是在京都宾馆什么的。"

多纪到了客厅，安代说道。

"是吗？谢谢！"

多纪点了点头，把电话切到了自己的房间。

电话安在客厅的入口处，也能切换到多纪的房间。给柚木打电话也没什么必要遮遮掩掩的，但安代坐在旁边，多纪总觉得心里不安。

回到房间，多纪拨通了宾馆的电话，短暂的等待之后，柚木接了起来。

"刚才真不好意思！出去了一下。"

"不，是我不好意思！不在的时候，您送来了这么漂亮的礼物，我想表示感谢，所以才打了电话。"

"也不知道您喜不喜欢，马上要到冬天了，扇子其实也不怎么用得到了。"

"十分文静的图案，我非常喜欢！"

"实在不敢当！"多纪低了低头，问道，"学术会议那边怎么样啊？"

"和平时一样，没什么特别的。"

"您说过，那之后有个同门会什么的。"

"嗯，来了好多多年未见的老朋友，之后，又到京都的大街上溜达了一圈。"

"又喝酒了吧……"

"在花见小路周围，去了两家酒吧。"

"肯定有很多漂亮姑娘。"

“她们用京都话和我打招呼，确实有几个挺漂亮的。”

只是听柚木这么一说，多纪竟有几分嫉妒的感觉。

“在京都有什么必定会去的店吗？”

“也没有。今天也是医院的朋友们带我去的。”

虽是医学系的教授，但柚木的表情中有种让女人想要以心相许的温柔。

“明天还有会议吧？”

“是的，开到中午。”

“那么结束以后……”

“一个大学时候的朋友生病住院了，所以准备去看看他，然后乘傍晚的新干线回去。”

“非常匆忙啊！”

“是啊。”

多纪脑海中不禁浮现出在东京家里苦苦等待丈夫归来的柚木妻子的脸庞。

“下次什么时候能来呢？”

“年内可能不行了。明年一月份在大阪有一个小型学会，不过还没有决定是不是过来。”

“要来的话，到时候请告诉我一声。”

“您要有机会来东京的话，也一定要告诉我。”

“好的，谢谢！”

“那我先挂了。”

电话随即被切掉了。从刚才的对话来看，并不是什么不好的挂线方式。多纪盯着那已经没有声音的听筒看了一会儿，然后回到客厅。

安代一个人坐在沙发上一边喝茶一边看电视。

“妈妈这么晚还没回来啊。”

多纪好像刚从电话里回过神来，她坐到了安代对面。

“也许是要住那边吧。”

一说到森子，安代马上接上了话茬。

“可是，品子那边挺窄的吧。”

“窄是窄了点，不过母女两个人，在哪儿都能睡。”

安代给多纪倒了点茶，说：“刚才那个电话，说是什么叫柚木，不会是东京的吧？”

“是的。”

“那是隆彦少爷的……”

安代吃惊地看着多纪。

“怎么了？”

安代摇了一下头，马上又想起什么似的问道：“那个人，怎么样？”

“只是出于工作原因来到京都，所以给我打了个电话。他是医学院的老师，很爽快，是个好人。”

“哦，那你们见面了吗？”

“寒暄总是要的吧。”

安代睁大眼睛，点了点头，不过目光中好像还有些疑惑。

安代在多纪很小的时候就来到了辻村家，所以她对多纪的行动，总是想完全掌握。多纪在安代不知道的情况下，和不认识的男人见了面，这让她感到有些不满。

“好像他明天就回东京了。”

“那，没有要钱什么的吗？”

“哪有这种事……”

多纪差点笑出来。不过在昨天以前，她也一直在考虑同样的事情，所以没什么可以笑话安代的。

“总之，他不是那样的人。他非常绅士，又通情达理。”

安代这才渐渐地相信了。

“我还在想，他是不是又来发什么牢骚呢！”

“没关系了！”

“那就好，我去洗澡了。”

安代说完便站起身来。

二十多年来，安代一直陪伴在身边，所以没有太在意，但今天多纪突然发现她的背已经驼了，脚步也不那么自如了。

过了大概十分钟，森子打来了电话，她们好像还在街上，是用公用电话打的。

“现在我和品子在一起呢。天太冷了，品子说不想一个人回去。不好意思，我想现在去守口住一晚，可以吗？”

“当然可以啦，妈妈您想去就去吧！”

“可是出来的时候我说过要回去的。”

“没关系，您就和品子在一起吧。”

“那就那么办了。明天我会早点回去的。跟安代也打个招呼吧。”

“知道了。您路上慢一点！”

“今天晚上很冷，你也当心啊！”

“妈妈走好！”

“嗯，晚安。”森子好像要挂电话了，突然又说道，“另外，这事儿不应该在电话里商量，不过可以的话，品子说她想搬到若王子来住。”

果然来了，多纪在电话前换了个姿势，想道。

“她说，现在住的房子太旧了，离大学又远。说实话，是可以回大阪的家，但一旦从那个家里出来就不想再回去了，因此想问问你行不行。”

“那是您的孩子，没什么不合适的啊。”

“但是，对那个孩子来说，这是别人的家啊。”

“妈妈，别那么说！”

“说了这样的话，真是不好意思。”

由于是公用电话，森子好像又续了十日元。多纪稍等了一下，说：“我不会介意的。”

“可以吗？”

“品子过来住的话，家里也变热闹了，我觉得挺好的啊。不过，还是要问问安代吧……”

“安代在吗？”

“她在洗澡。”

“是吗，那你跟她商量一下好吗？”

“知道了。”

“尽说一些奇怪的事情了，占用了你的时间，那我先挂电话了。”

“您辛苦了，要当心啊！”

“好好休息吧！”

森子用听上去非常轻松的声音结束了通话。

还真如安代所说的那样，品子要来这个家了。

想到这个家里要住四个女人，多纪心里有些郁闷。

第三章 正午的原野

十一月底，比叡山下雪了。

今年的枫叶红得晚。冬日气息弥漫在淡淡的朝阳中，山枫树燃起一片火红。

多纪像是受了那红色的吸引，早晨经过庭院出了栅栏门，走到了宅邸外面。

有时候，多纪趁着早晨散步，会围着自己家附近走上一圈。出了门，走下一道一百米左右的缓坡，有一条水渠，顺着水渠有一条哲学小径。过去，京都大学的学者们常常在这条小路上一边散步，一边耽于哲学冥想，那个名字好像就是由此而来的，不过现在更多的是挂着照相机的游客。

多纪还是学生的时候，那条小路野草蓬乱，几近荒芜，现在经过整修，干净漂亮，却也因此大大抹杀了作为散步之路的兴致所在。多纪很喜欢那条小路，它从若王子神社开始一直通向幽静的后山。

据说，若王子神社在永历元年[1]，被作为后白河法皇[2]迎请熊野权现[3]的祈祷之所，而最初是正东山若王子地区的守护神社。

在历史记事中写道，若王子神社供奉国常立尊、伊壮诺尊和天照大神，分神社供奉室町时代的慧比须。

传闻足利尊氏、义政曾经在这个地方赏花、设宴。现在深山里还有很多瀑布和奇形怪状的岩石。

神殿几度被烧毁，现在的神殿是明治时期修建的，有本宫、新宫、那智和若宫。

过去姑且不说，现在大部分人都会沿着那条哲学小径往返，而基本上没什么人进入神社内祭祀。这一天照例没有人影，多纪一个人从这内部已经破旧不堪的神殿深处，沿着那通向若王子山顶峰的山路前行。

路一下子变陡了，一根根圆木被横在那里作台阶，左右的古树郁郁葱葱非常茂密。夏天来这里的话，会有无数的蝉鸣，而且会感到凉飕飕的风吹过；秋天的时候，则在红叶当中有落叶潸潸而下。

偶尔有附近的人到这条路上来采摘松蘑，或是爬上若王子山顶去参拜新岛襄[4]夫妇和德富苏峰[5]的墓地。这条山路虽然位于京都城市附近，但并不太为人所知，所以尚可得以偷安。

1. 1160 年。永历是日本平安末期的年号。
2. 日本第七十七代天皇。鸟羽天皇的第四皇子。
3. 权现是指佛或菩萨为普度众生，以神的姿态出现。
4. 日本教育家，同志社大学的创建者。曾留学美国研究神学，后从事弘扬基督教精神的教育事业。
5. 日本评论家、历史学家。著有《近世日本国民史》等。

今天早晨多纪也是来若王子山参拜的，这种参拜一周一次，从未断过。也没什么特别的信仰或愿望之事，只是从小时候起，无意中养成了到这里参拜的习惯。一周一次，如果不去参拜的话，总感觉好像要受到什么惩罚似的。

今天早晨多纪所祈祷的是生意能进展顺利，还有隆彦能平安无事。突然，多纪想起了柚木。这并不是祈祷的内容，不知为何却在她的脑海中停留了片刻。

刚搬到这儿来住的时候，多纪经常在父亲的带领下到若王子山来参拜。那个时候也基本上是早晨，很多时候只有父亲和她两个人。

父亲为什么会喜欢到神社来参拜呢？只是因为附近有一座神社而心血来潮吗？还是在祇园町玩乐的过程中产生了什么赎罪之心呢？多纪无法忘记和父亲一起来的那些个早晨，有一种不太一样、很奇妙的优雅气氛。

那时候，父亲在祈祷什么呢？父亲高大潇洒，他穿着六角形花纹的大岛丝绸和服，双手合十。

参拜完以后，父亲问多纪："你祈祷了些什么？"

多纪已经记不清楚是怎样回答的了，只记得和父亲两个人在神社前双掌合十的样子。

那个时候，父亲已经五十多岁了。虽然还和以前一样整天游手好闲，但他可能开始感到空虚、为自己的年老而黯然神伤了。

也许父亲就是害怕这一点，才喜欢上参拜的。

走过庭院和山路的时候，多纪一定会想起父亲。虽然和母亲从早到晚都生活在一起，但这个时候，不知道为什么，还是对父亲的记忆更加鲜活一些。

母亲是一个明朗而亲切的人，她不像父亲那样温柔、忧郁。即使母亲一个人的时候，也是威严庄重，心神安定。

说流连于其他女人的父亲是孤独的，并不合适。记忆中的父亲，有点无依无靠，让人想要出手帮一下。这种感觉，多纪在孩提时就有。

也许正是那种无依无靠的感觉，成了父亲往来于母亲和森子两个女人之间的理由。

山路变陡了，向右转了过去，在拐角处立有一块"京都营林署[1]"的标牌。透过前面杉树之间的空隙，可以看见若王子山脚的红叶。

夜里来了冷空气，吹得红叶更加鲜艳。旁边银杏树的树叶，映着朝阳摇摇摆摆。

1. 京都森林管理处。

红叶之间，可以看见若王子山上茅草屋的房檐，房檐跟前又是无边的红叶。

“好美啊……”多纪小声道，她又想起了父亲。

那时候，到若王子山来参拜，和父亲一起走在这山路上，沐浴朝霞。难道说那是父亲苍老之前最光彩的时刻？就像红叶一样，枯萎之前留存最后的美丽。

也许正是因为男人不用生儿育女，所以其衰老的悲哀才更深一层。多纪在冷凄凄的山路上一边走，一边想。今天为什么净在想父亲的事情呢？是因为来到曾经和父亲一起走过的山路，还是因为看到了那枯萎前的红叶而感伤？

也许多纪爱父亲要多一些吧。与母亲的好强相比，多纪更加怀念父亲的懦弱；与母亲的刚强大胆相比，对父亲的温柔和善记忆更深。

多纪到现在都不怎么对男人动心，而是一个劲儿地画扇面，究其根源，也许就是因为在心灵的某个地方还在追忆着父亲的面容。不知不觉中，父亲的温柔已经占据了她的内心，让她不能自拔。

小路又向右方转去，多纪停了下来，透过铺满落叶的树林，眺望京都的街道。

街道在寒冷的空气中，开始慢慢喧闹起来。

多纪突然想起了柚木，他正在准备出门，去大学上班吧。

她的脑海中，浮现出柚木那看起来有些痛苦的眼神。失去了儿子，却还要表现出没事的样子，那种艰辛多纪是看在眼里的。越是装出一副平淡自然的样子，那眼神越是深邃和消沉。

“一样的啊！”

多纪一边沿着来时的道路返回，一边自言自语。

柚木那温柔的眼神，和父亲非常相似。为难的时候，有些羞涩似的把目光移开，嘴巴一歪，那样的动作，简直就和父亲一模一样。

那个人，不会像父亲一样沉湎于男女之事吧……

地位、工作，完全不同，但给人的感觉是相同的。当时没有注意，之后回想起他的温柔，也像父爱一般。

多纪从山路回到家中，已经八点半了。安代正在准备早饭，继母森子坐在客厅里。她已经四十多岁了，眼神却很好，正在专心地看着报纸。

“早上好！”

多纪和森子打过招呼，回到自己的房间，换上了出去时穿的衣服，然后拿上文件包，回到了客厅。

“做一个火腿蛋吧？”

“我喝点咖啡就行。”

多纪拢了拢衣襟，坐在了餐桌前，森子好像一直在等她，说道：“品子的事，本来想过了年再麻烦你们的，但她又说天冷了就懒得动什么的，说想下个星期天就搬来住。”

多纪没有答话，在水池子那边的安代轻轻地咳嗽了一声。

“可以吗？”

“看品子方便吧，都行的。”

既然已经同意她到家里来了，到了现在，也不好再反对什么。

“但是，房间安排在哪儿呢？要不暂时先跟我住在一起，没有关系的。”

“可是，她已经是大学生了啊，还是单独有个房间比较好。二楼那间六叠大的房间怎么样？”

屋子的南侧有两层，有三个房间，以前是隆彦在用，现在空着了。

“那样啊，那孩子虽然是个女孩子，却不怎么胆小，一个人住二楼的话可能反而会高兴呢！”

安代冲好咖啡，默不作声地放到多纪面前。多纪知道她在用沉默诉说不满。

多纪假装没有看见，喝了口咖啡。

“那么，下个星期天就把行李什么的搬过来了，麻烦你了！”

“妈妈，别这么说！”

森子要低头施礼，多纪连忙伸手扶起了她。

九点整。多纪刚要出去看看小田来了没有，便听到了喇叭声。作为来接多纪的信号，小田每次都按喇叭。

“妈妈，那我先走了。”

“你辛苦了！”

森子坐着目送她。

多纪拿上外套向门口走去，安代也随后追了出来。

“如果隆彦少爷回来的话，您准备怎么办啊？”

多纪在门口换鞋，安代小声地问她。

“不用考虑那么多了。”

“总之，我不管了。”

多纪知道安代反对品子来家里住，但应该不会一直反对下去。

到了公司，吉冈好像正在经理室等她。

“刚才，东京的松屋那边来了电话，好像挂历的销售情况不太好。”

吉冈接着说道，“大概是要取消订货吧。”

“但是，是他们向我们订的货啊！”

“是啊，可是……”

夏天的时候，扇子店根据销量做好挂历，可到了秋天，取消订货的情况一下子多了起来。

“生意不景气，大家好像都在控制成本。”

根据吉冈的说明，由于今年生意不景气，订购挂历的公司和商店，今年有很多家都取消了订货。就算不取消的话，由于配送只集中于有限的几个客户，所以也都换成了把整个年份都画在一张纸上的便宜货。

“我们公司也是有面子的！把订好的货突然取消掉，没有这样的事啊！是不是价格高了？”

辻村所制作的，不管怎么说还是高级品比较多。原以为就算经济不景气，奢华漂亮的东西还是会好卖一些，结果却适得其反。

“不过，还没到最后的地步吧。”

“话是这么说，已经十二月份了啊。”

到了十二月份，从这种取消订货的情况来看，形势不容乐观。

“真是太难做了！”

因为是第一次插手挂历的生意，即使是吉冈，好像也没有信心了。

“总之，今天还是请您给松屋那边打个电话问问吧。”

虽说现在多纪打电话过去再怎么商量也于事无补，不过，还是有必要确认一下销售到底是个什么情况。就像吉冈所说，如果取消订货，甚至出现退货的话，那会有相当大的损失。

夏天的时候，觉得工匠们没事干非常浪费时间，所以才决定出手试试，但好像并不那么简单。

“我知道了！”

多纪好像忘记了不愉快的事情，站了起来。

“我现在就去银行和丸吉。”

丸吉是位于三条商业街的扇子专卖店。

“你好像脸色不太好啊，怎么了？”

“早晨的时候有点想吐。”

“那可不行，没去医院看看吗？”

“啊，我觉得没什么大事。”

吉冈故作平静，但他的脸上没有一点血色。

“多多保重身体啊。”

虽说公司现在稍稍稳定了下来，可如果吉冈休息了的话那可是件大事。不管怎么说，要依靠他的地方太多了。

“没关系的。”

吉冈好像有些难为情地点了点头，又用更低的声音说道：“实际上，还有一件不太好的事。”

和往常一样，这个男人又是把大事放到后面才说。

“据说东京的上西商店好像拒付货款。”

“真的吗？”

“这也是从松屋那边传来的消息，还没有确认。”

“这样啊，那马上打个电话过去。”

“我刚才就一直在打，但对方好像是在通话中还是怎么样的，就是不接电话。”

吉冈那苍白的脸上浮现出一丝苦涩的神情。

“那么大的店不会要倒闭了吧？”

“我也这么想。恐怕之前经营就已经很困难了，而为了周转眼下的资金，就更没有办法支付一些货款了。”

“松屋那边也是这么说的吗？”

“他们说是有这样的传言，还询问我们怎么样呢。”

上西商店位于日本桥，作为挂历类商品的批发商，在东京也是屈指可数的大店。辻村和他们虽然是首次做生意，但由于对其名气非常放心，还是送了很多货。

“不会吧……”

“我也觉得可能只是传言，但无论怎么说这是从松屋那边传来的消息啊。”

既然是东京同行所说，恐怕就是有一定根据的。

“往那边发过去了多少货？”

“七张的和十三张的，合起来大概有三万册。”

挂历有很多种类，日历、月历，还有在一张纸上画有一整年年历的。其中最普遍的就是七张和十三张两种。

七张的挂历是指，每张画印有两个月的日历，一年六张，再加上封面是七张。十三张的那种则是每个月换一张画，加上封面，一共有十三张。

“还是再打一次电话试试吧。”

吉冈马上拿起多纪面前的电话机，拨通了号码。已经打过好几次，吉冈都能背下了。

他把听筒放在耳边，面露难色。在旁边的多纪也能听到，只有“嘟嘟”的声音而没有应答。

挂历最怕的就是退货。一般风景画的挂历，退货超过百分之二三的话就不行了。如果达到一成，那就完全没有利润，变为严重的赤字了。印有风景和演员的普通挂历，很少会卖剩下，正因如此，所有的公司都在做，竞争非常激烈。批发商也会拼命压价，所以利润微薄。

为了避免这一点，多纪做了四种不同的类型，有平安时代的衣服，百人一首[1]的和歌什么的，结果却适得其反。正因为是图案稍有特殊的高级品，经营挂历的批发商为了防止卖不掉，都态度暧昧。就连在扇子方面一直有生意往来的松屋，也只是各要了两千册而已。

这种情况下，上西商店一下要了三万册，量确实很大。

以为没什么问题，所以又进行了增印，结果却失败了。挂历的利润很薄，关键是要尽量少地印刷，极力减少退货，而多纪却做了与之相悖的事情。

最初这样做的时候，多纪也不是没有理由的。上西商店和辻村签的合同是不退货的买入制。送到批发商那边的货物，不管耽搁多少天，都可以换成钱，所以多纪有点掉以轻心了。

实在想不到，上西商店竟然会衰败。再怎么好的买入制，还是应该在交易之前多调查调查。

“但是，还是难以置信啊！”

订单来的时候，吉冈就说要警惕、要控制，但多纪以一己之见完全否认了吉冈的想法，所以到现在连发牢骚的份儿都没有。

“三万册啊……”

“占全部的五分之一。”

吉冈当场回答。一共印了十五万册，其中的两成拿不到钱，加上其他的退货，已经不用计算，大幅的赤字是在所难免了。

“怎么办啊？”

……

吉冈好像一时也没有什么好办法。他皱着眉头，抱着胳膊，陷入了沉思。

“马上去东京一趟？”

“但是，如果他们真的拒付货款的话，就是去了也无济于事啊。”

确实，京都都已经有了这样的传言，那东京的债权人肯定早就蜂拥而至了。

“总之，还是先等等松屋那边的消息吧。”

1. 收集一百个歌手每人一首佳作的和歌集。

吉冈好像做好了亏本的准备。

多纪去了趟银行，又到客户那边转了一下，但因为知道了上西商店的事情，一直心神不定。本来她打算还要到四条大宫的一家扇子店去看看，但还是决定先回店里了。

下午三点。

回到办公室，多纪又把吉冈叫了过来。

几分钟之后，吉冈来了。他的脸色还是跟上午一样没有什么生气。知道他身体不好，但又不得不问生意的事情。

“上西那边，怎么样了？”

“还是不接电话。松屋也说这事可能是真的。”

“太严重了……”

多纪叹了口气。

虽然经常听到拖欠货款、倒闭之类的词，但多纪一直认为那是和自己无关的事情，都发生在其他地方、其他行业，反正是离自己很远的人们身上。但是现在，现实当中的客户落败了，自己也要受到牵连。

多纪有一种沮丧的感觉，就像本来在温室里长大，却一下子被扔到了荒地里似的。

“上西怎么会出现这样的情况呢！”

“像松屋那样过去就有生意往来、可以信任的以外，还是少跟陌生商家打交道啊！”

“话是这么说……”

多纪非常明白吉冈所言之意。生意应该踏实可靠地去做，讲究信用第一才是正道。可是那样的话，到什么时候都不会有进步。稳定固然重要，勇于尝试新的东西也不为过。

“到东京去看看可能没什么用。不过就算没用，去和不去还是不一样。”

“是的。”

吉冈好像也改变了想法。

“明天你能去一趟吗？”

冬日午后的阳光下，吉冈的脸色更显苍白了。

“身体不好还让你去，真是不好意思。不过，能够拜托的，也只有你了。”

这不是客气，而是此时多纪真正的想法。

“好的，明天我去，上午纸店的人要来，下午我就乘电车过去。”

“拜托了！”

不管怎么说，这次是多纪的失误。虽然吉冈说过，印刷量应该稍微控制一下，可她还是一意孤行地印了。那个时候，如果听听吉冈的意见，损失会少很多。总之，多纪还没有准确辨别时势的眼光。在社会这个大染缸里，多纪还是太稚嫩了。

吉冈推开门出去了。初冬午后的阳光从窗户渗了进来，多纪一个人在房间里，愣愣地看着窗外。外面风很大，也很冷，在有暖气的房间里能看到非常明朗清澈的天空。

多纪突然想起来好久没有射箭了。

多纪开始射箭，是两年前的事。高中时代同年级的同学相泽槙子热衷于此，所以受其影响多纪也开始了射箭。

当时，槙子离开结婚两年的丈夫，在河原町大街开了一家小饰品店。对于身材高大、漂亮而又刚强的槙子来说，可能无法忍受做一个普通工薪阶层的妻子吧。

“心情不痛快的时候，射射箭就好了。”

槙子这样解释弓箭的作用，并硬是把多纪介绍给了自己的老师池内七段。

“暂时先用我的弓吧。”

槙子说着就把弓的说明和课本递给了她。

“拉开弦，瞄准靶子，那个时候脑子里什么都没有。”

按这种说法，槙子就是为了克服离开丈夫后那内心的动摇才开始学习射箭的。

多纪第一次被带去的地方，是位于冈崎武德殿的弓道场。

一个女人怎么能去拉弓射箭呢？多纪本想逃避的，但当她看到射手们以优美的姿态射出箭矢的时候，不禁被吸引了。

在此之前，一听说射箭，就会想到勇猛的武士一边呐喊一边射倒敌人的那种杀气腾腾的场景。一旦学了就会发现，原来射箭是一种非常优雅的武术。把箭搭在弦上，射出去，心存留恋，所有的过程，充满着严格的精神修养。

弓道古籍《礼记遗训》中讲到，射箭这种行为有三个目的，第一是求心之安正，第二是求身之稳定，第三是求射术之可靠，通过这种练习，可以获得仁、义、礼、智、信的高尚品德。

箭射出去，即使没有命中，也不会去埋怨别人，而是不断反省查找自身的原因，弓道可以说是一种修养术。学习过程中，多纪深深地被那严谨之中的美丽所折服。

射箭的行为也可以称为“射礼”，当中含有一个“礼”字。女性进行射箭的时候，通常只能穿黑色和服，肩上斜挂束衣袖的带子，或是穿弓道服。坐着射的坐射礼，站着射的立射礼，和男性的做法没什么两样，只是女性射箭的姿态更加温柔、优雅。

在连一声咳嗽都没有的弓道场上，多纪瞄准靶心进行练习。有两人以上射箭的时候，其他几名射手会在后面静静等候。

正如相泽槙子所说，在那一瞬间，脑海中只有靶心。这个世上所有的杂念全部都消失了，在静得可怕、冷得彻骨的氛围中把箭射出。吸引多纪的，就是那一刹那的紧张感。

弓道场的授课在星期天，或是平时下午六点以后进行。

多纪刚开始学的时候没有每天都去，所以进步不是很快。

学了半年，多纪便参加了初段的段级考试，可惜失败了，不过又经过半年的努力，她终于通过了。

初段是指“达到姿势动作协调、箭着点不散乱之程度者”，是作为射手所要达到的最基本的水平，但一年取得初段，对于女性来说，已经算是过得去的成绩了。

多纪最后一次去弓道场，是在今年的六月份。刚刚入夏，武德殿的周围一片嫩绿。半个月之后有升段的审查会，所以她和相泽槙子前去练习。

槙子已经三段了，这次为了升四段而跃跃欲试。多纪虽然只是初段，比槙子低了两段，但因为晚学了两年，所以也可以说是一个顺利的开始。

那天，她们练习了一个多小时，多纪对于升段也多少有些自信。

考试当天，因为多纪要带博多的客户去大原那边有事，所以只好放弃了。晚上，槙子打来电话告诉多纪，她已经顺利通过了四段。

“为什么没来呢？你要考的话也能过的。”

槙子很遗憾地说，但多纪并没有觉得可惜。

这次是错过了，可秋天还有审查会，如果想升段的话，到时候再考就行了。

从那以后，多纪就把射箭的事完全忘记了。偶尔槙子也会打来电话叫她，但她没去。两个人一起购物、喝茶，却没有再去射过箭了。

多纪在工作顺利的时候就想不起来射箭的事。总觉得那是和自己无关的东西。也许从弓道的本质上来说，只是旁门左道，所以只有在受到挫折或是心里有什么阴影的时候才会去。从整体上来说，女人迷上射箭，多多少少总是在心情有所动摇的时候。

相泽槙子喜欢射箭，是在离开丈夫的时候；多纪最初开始射箭，也是在接任父职，心情不安的时候。而且，她现在又想起来，也是因为生意上的失败而感到有些厌烦。

当然，也不是一想起来就可以去的。因为射箭是包含礼仪的技艺，所以弓具的准备、衣服的穿着都必须一丝不苟。多纪的弓具、黑色和服和高裆的和服裙裤，全都放在了若王子的家里。傍晚下班之后，拿上那些东西，再跑到弓道场去，太匆忙了。

“这个星期天再去吧。”多纪望着暮色初起的天空，小声对自己说。

本来想要好好考虑一下挂历的情况，却一直在想一些没用的东西。多纪知道，这样下去，资金周转肯定会出现问题，但她一点也不想考虑这些。也可以说是一想到这些就会害怕，所以才想借射箭的事来逃避。

傍晚，多纪在看订单的时候，吉冈又出现了。和早上相比，他脸色多少好看了一点，可眼神依然无力。

“年终奖金怎么办呢？”

“是啊。”

这件事，多纪原本上午就想和吉冈商量来着，但因为上西商店的事情给忘记了。

“上西商店如果真的倒闭的话，奖金的事可就难办了！”

“话是这么说，可是大家都期待着呢。”

“今年的奖金大概要给多少呢？”

“由于通货膨胀，有一部分公司涨了百分之五十。”

“我们怎么也拿不出那么多钱来啊！”

“那只是一部分公司的做法，不过，也不能比去年少。”

辻村没有正式的工会。多纪以下，职员一共有十五人，名曰工会，但遇事一般都是相互商量，形成一个大家都能接受的协议。

当前，多纪和吉冈属于经营者一方，奖金的额度会根据吉冈的判断来确定。比政府机关稍高，但低于民间最高水平，这条线已经是极限了。虽说是老字号，但毕竟是小公司，所以很难拿出更多的钱来。

职员们今年也没有明确提出要多少钱。他们对多年来一直工作的公司给予了很大的信任。多纪也觉得应该尽可能地去报答一下她所信赖的职员们。

但是，和往年不同，今年是非常艰难的一年。通货膨胀、原材料价格的上涨，再加上十二月份的拒付货款事件，这些如果处理不好的话，职员们真的会组成工会，进行团体交涉了。

老实说，职员的奖金、工资什么的应该是多少，多纪并没有什么头绪。只不过是依照从父亲那一代延续下来的做法，再结合每一年具体的情况来决定而已。

从销售额和利润当中推算出大概的人工费用，这是父亲的做法。与之不同的是，近来工资和奖金计算还要根据周围的“行情”来定。过去，有个大致的收支计算就可以了，但现在物价上涨，人工费就要提高。对市场行情采取漠然的态度已经行不通了。还是有必要从成本的角度来考虑人工费的多少，把能够合理化的地方合理化，改善应该改善的地方。

多纪一直这样想，但被眼前的情况所迫，不得不推迟这项改革。

她曾想和吉冈好好商量一下，可吉冈也未必精通计算。

今年的情况实在是太困难了。虽说扇子方面还算可以，但必须清醒地看到挂历方面的损失。作为公司一方，想以此为由减少奖金；作为职员一方，有理由认为那和他们没有关系。

“再怎么艰难，和去年相比，如果不增加一些的话，那可不行！”

多纪非常理解大家。她也经常会去买一些家里用的琐碎东西，对于这一年来的物价飞涨，她是感同身受。

“明天去东京期间，你也再考虑考虑吧。”

“知道了。”

吉冈点点头。虽然多纪是经理，但最后还是把具体的事情都交给了他去处理。

“到东京了解到上西的情况后，赶紧来个电话。真希望一切都顺利啊！”

“我也顺便去一趟松屋那边。”

“拜托你了！”

这种难以平静的心情，就是去射箭也没什么用。看着夕阳映照下的东山，多纪打消了念头。

第二天，吉冈乘下午的新干线向东京出发了。

多纪把吉冈送走之后，看了看墙上的挂历。不知不觉中又到了十二月份。

就是不久前，好像门上还挂着松枝庆祝新年，一转眼就到了夏天，现在眼看着就又到年底了。

过了新年，到了二月十号，就是多纪二十九岁生日了。虽说二十九岁什么的听起来还可以，但按照虚岁的算法，就是三十了。

过了二十岁之后，年龄的增长一下子变快了。特别是这几年，更为显著。

母亲在二十九岁的时候，就已经有多纪和隆彦两个孩子了，父亲则是在那个时候离开家出去游玩的。母亲一个人守着没有丈夫的家，养育着孩子，甚至还照看着职员们的各种事情。

继母森子也不差，二十九岁的时候，已经成为了出色的艺伎，并得到了男人的爱，生下了现在的品子。

从这一点来看，多纪是太晚了。别说孩子，就连固定的对象都还没有。

虽说多纪做着经理的工作，还画着扇面什么的，但那和母亲还有森子所经历的相比，还是有根本上的不同。

“女孩子不管多么聪明、多么有能力，如果不能被男人所爱、生儿育女的话，就不能说其出色。”

已经去世的父亲，过去经常或是认真或是玩笑地这样说。多纪现在真正明白了这句话的意思。

不管多么贫穷、多么为生活所困的女人，只要有了男人、生了孩子，就会有一种自信满满的感觉。美丽而有才华、事业发展顺利的女人，如果爱情不够美满，就总会让人觉得有些枉然。现在的多纪正是后者。虽然不能说是虚度青春，但她不由得感觉到，自己的生命当中好像缺少了作为女人非常重要的东西。

第二天也是晴天，非常寒冷。

上午，多纪在公司会见了客户，之后便开始看新的扇面样图。靖子告诉她，吉冈从东京打来了电话。

电话被切到办公室，多纪拿起了听筒。

“怎么样？”

“唉，那个……”短暂的沉默之后，吉冈接着道，“我去看了，果然店门关了，只见到了营业部的部长，经理不在，所以没有什么可以负责任的答复。”

“那拒付货款的事，是真的了？”

“部长说，有一个筹集两千万日元周转资金的计划，所以请我们稍微等一等。”

“是真的吗？”

“大概只是托词吧，根本实现不了。”

“那么，其他人呢？”

“纸店和批发商那边的人说，去过很多次了，没有要到钱，这种情况下，只有等了。我问了一下，他们以前无序经营，看来倒闭只是时间问题。”

“真的啊……”

本来是看中对方的名号才进行生意往来的，可是如此散漫松弛的经营状态，是多纪万万没有想到的。

“总之，店面和库存商品好像全都抵押给银行了，这样下去，什么都剩不下了。”

“这么不负责任啊……”

多纪有一种被背叛的感觉。

“我们只是和对方约定，资金回笼之后，优先支付给我们。现在也只能看情况了，没有其他什么办法。”

吉冈这样说，多纪也很无奈。总之，面临破产而又重新开业的公司，情况是好不到哪里去的。

“很严重啊！”

现在，多纪也只能是叹叹气罢了。

“另外，本打算今天晚上回去的，可是身体有点不太好。”

“怎么了？”

“实际上，今天早上的时候，吐血了。”

“吐血了？”

“早晨起来的时候，觉得有些恶心，还没明白怎么回事，血就出来了。”

“那怎么办啊？”

“只是一点而已。”

“再少也是大事啊！”

“后来觉得好多了，没什么大不了的。不过一动的话，我怕再出什么状况，所以今天能不能让我在这里再住一个晚上？”

“没问题。去看医生了没有？”

“没有。后来觉得没什么事了。”

“那可不行！”

多纪想都没想，就在电话前喊了起来。

在并不熟悉的东京找医院看病，也许很麻烦，不过，已经吐血了还放任不管的话，也过于放松了。就算现在没什么感觉，到晚上又吐血什么的，那也说不定啊。

“还是尽早去医院吧，到宾馆的前台去问一下，让他们给介绍一家。”

“啊……”

“或者马上打个电话，请医生上门来看看也行。”

与上西商店的倒闭相比，吉冈的身体更是大事。倒闭的问题可以用钱解决，而对于辻村来说，吉冈是不可替代的人物。

“赶紧去看看吧。”

多纪想起了吉冈临走时那苍白而没有生气的脸。

“身体这么不好，别勉强去就好了。”

虽然在埋怨吉冈，可是明知身体不好还非要让他去东京的，正是多纪自己。吉冈忠诚又老实，多纪让他去，他是不会拒绝的。这事应该责怪多纪自己。

“现在马上就去问问吧。”

“可是，这一带是商业街啊。而且现在已经没什么事了，明天就能回去了。”

以前吉冈去东京的时候，一定会住在本乡[1]的旅馆，直到两年前那里改建了，才改住宾馆。老派作风的吉冈，好像很喜欢本乡旅馆那古老而朴素的样子，还有那颇具古人气质的老板。可到了老板儿子那一代，老式旅馆被改成了商业宾馆，吉冈也就不再过去了。

吉冈现在多住在交通便利的新桥附近的宾馆里。这个电话，就是从那儿打来的。

“那吃什么药了没有？”

“还没有……”

“可以让宾馆的服务生去买啊！”

“但是，还不太清楚到底是什么病呢。”

确实，这才是最重要的。就算跟人家说，有些咳嗽、发烧，都吐血了，药店的人肯定也不知道应该给什么药的。

“没什么，今天休息一晚就没事了。”

“那好吧。”

多纪点着头，脑子里自然而然地想起了柚木。

吐血的话是什么病呢，外科专业的柚木也许会知道吧。但是，柚木是大学医院的教授。地位那么尊贵的医生，会专门跑到宾馆去出诊吗？就算他能去的话，要求他这样做，也不合情理啊。

“我倒是认识一个医生。”

“真的没事的。除了上西那边的事情，别的就不劳您费心了。”

“你的健康可比上西重要得多啊！”

在年底，特别是挂历生意失败后的困难时期，吉冈如果病倒的话，无疑是件大事。其中的利害关系先放在一边，单说吐血可不是什么普

1. 地名。位于日本东京都文京区东部的地区。

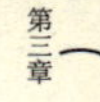

通的疾病。

“以前有过这样的情况吗？”

“凌晨的时候，有时肚子会一阵阵刺痛，睡不着觉。”

“那做过什么治疗吗？”

“煎过一些尼泊尔老鹳草[1]喝。”

“那能行吗……”

吉冈也太掉以轻心了。

“在东京我认识一个医生，我马上打电话，问问他应该吃些什么药。今天你就一直待在宾馆的房间里休息吧。”

“当然了，我哪儿也去不了啊。”

“你休息吧，我一会儿再打给你。另外，你跟家里人说了吗？”

“还没有。”

“哦，那我通知他们吧。或者吉冈你自己联系一下吧，这样能让家里更安心一些。”

“哦，我打吧。真的没事的。”

“好的。那再联系！”

吉冈是个特别能坚持的人，所以即使他说没事也不能当真。多纪暂且挂上了电话。

初冬正午的天空和往常一样明朗。多纪一边望着窗外一边寻思着怎么打这个电话。现在打过去会不会打扰他呢？因为这事突然把电话打到医院会不会太失礼了呢？虽然为难，但多纪还是觉得只有问问柚木才是最合适的。

最信任的职员在东京得了急病，这样说的话合乎情理，也没什么奇怪的吧。总之，现在不是犹豫的时候。多纪鼓起勇气，从桌子的抽屉里拿出了柚木的名片。

柚木所在的东都大学的电话，不久就拨通了。

“那个，请接一下柚木先生。”

接线员回问道：“是外科的柚木教授吧？”

“是的。”

接线员把电话接了过去，短暂的等待之后，马上响起了一个女人的声音。

“这里是柚木教授办公室。”

听到那个声音，多纪愣了一下，然后顿了一下说道：“柚木医生在吗？”

---

1. 一种多年生草本植物，夏秋开淡紫红色或白色花。晒干后可作肠胃药、强壮剂和止泻药。

“请问是哪一位？”

“我是京都的辻村。”

“请稍等。”

那个女人一口东京腔，干脆利索，很有穿透力。可能是柚木的秘书吧，多纪想象她是一个身穿白色衣服的理智女人。

过了一会儿，听筒里传来了一个男人的声音。

“我是柚木。”

“很久没有问候了！我是京都的辻村。”

多纪握紧了电话。

“稀客呀！现在在东京吗？”

“不是，我在京都。”

“真是遗憾！此前承蒙您的款待，万分感谢！”

“哪里哪里，把您从百忙之中请出来，真是不好意思！”

“没有没有，我真的非常高兴！”

刚才那个女人或许正在旁边听着呢吧，但柚木的声音里一点顾虑都没有。

“突然打扰您，是因为我有个事想请教一下，现在可以吗？”

“只要是我知道的，请问吧。”

多纪就把吉冈吐血的事情告诉了柚木。

“我想问问，吃什么药比较好呢？还有，明天能回京都来吗？”

“是这样啊，”柚木稍微停了一下说，“那吐出来的血，是黑乎乎的吧？”

“这个……”

多纪慌忙中忘了问这些具体的情况。

“虽然吐血了，但有胃血管破裂出血和肺血管破裂出血两种，因此症状是不一样的。我想，他的情况应该属于前者。以前肺结核很多，都是咳血，但现在少多了。从五十岁的年龄来判断，我想应该是胃部出血。”

“那，他的病……”

“因为没有诊疗，所以不能清楚地判定。最有可能的，应该是胃溃疡，或是癌症……”

“癌症……”

多纪拿着电话，说不出话来。

关于疾病，多纪不怎么了解。父亲因心绞痛而猝死的时候，多纪才第一次知道那是在一瞬间就可以夺人性命的恐怖疾病。

多纪身体并不是特别好，但迄今为止也没得过什么可以称之为大病的病。小时候得过哮喘，上中学后自然痊愈了，之后也只因为感冒或是扁桃腺炎而向学校请过两三次假。她只是表面上柔弱，内心却出乎意料地坚强。

然而，这样的多纪也知道癌症的可怕。大阪的批发商竹村、父亲的朋友、那个酒家老板，都是因为癌症而死的。据说，不管是哪里的癌症，只要是生了癌，就十有八九无药可医。

“那，是胃癌吗……”

“不，还不能这样肯定。只有很少的情况下是癌症。如果嘴里吐血的话，一般会先考虑是胃溃疡。”

“可是，那个人不怎么喝酒啊。”

“就像您所说，过去胃溃疡多是因为过量饮酒或是吃得过多而引起的，但现在一般都是因为精神方面的刺激或紧张造成的，也就是所谓的‘焦虑情绪’。现代人有许多担心和不安，结果胃溃疡就越来越多了。”

“是焦虑情绪啊？”

吉冈表面看上去悠闲自在，其实是个非常细心的男人。而且这些年来，父亲的死，加上对多纪的辅佐，肯定使他精神持续紧张。

“今天，就那样子待在宾馆里，没有关系吧？”

“血量少的话就没什么关系。可以的话，我找个医生去看看吧。”

“不了，我还是找别人吧。”

“我一会儿有个会，出不去。我派个医务室的人员去宾馆吧。这样快一些，您也就可以放心了。”

“但是怎么好这么麻烦您呢！”

“不，没有关系！我找个人去吧。”

“我原来真的不是这个意思！”

“好了好了，把宾馆和那个人的名字告诉我吧。”

柚木的声音里没有顾虑。

“真的可以吗？”

多纪在电话前很不好意思，但还是告诉了对方宾馆和吉冈的名字。

“没有大学的老师还出诊的吧？”

“没那回事。那我找人过去了。可能要到傍晚才行，请您和那位叫作吉冈的先生联系一下。”

“知道了。给您添麻烦，真是不好意思！”

“诊疗结果，回头我通知您。”

“不，还是我打电话过去吧。什么时候打比较合适呢？”

“那么，晚上五点左右，请您再给我打个电话吧。”

“这样我就放心了！真是太感谢了！”

多纪在电话前深深地低下了头。

放下电话看了看表，正午了。窗外还是晴空万里。

多纪松了一口气。这样就暂时可以放心了。大学医院的医生去了的话，就没有问题了。虽然猜到柚木可能会帮忙，但她没有想到对方会如此亲切。

实际上，最初的时候多纪并没有想到要请他派人出诊。她只是想问一问有这样的病症该吃些什么药，结果得到了意外的帮助。

多纪之前从来没有想过会因为这样的事情而再一次和柚木通话。她只是觉得柚木再来京都的时候，可能会给自己打电话，只是不知道得等到什么时候了。

吉冈吐血的事情，正好给了多纪一个打电话的借口。对于吉冈的病，她一方面担心，另一方面却又有些羞愧。

作为医学系的教授，其地位应当是相当高的。一般情况下，大学医院的医生很少会出诊，但既然是柚木让去的，那肯定会去。作为统管大学医院外科医生的教授，一般都会面带威严，可在多纪印象当中，却丝毫找不到这样的影子。只有一种稳重而带有些许苦恼的中年绅士的感觉。

也许是因为多纪只是从一个失去儿子的父亲的角度来看柚木吧。

多纪又给在东京的吉冈打了个电话，告诉他东都大学的医生要过去出诊。吉冈非常吃惊。

“不用那么麻烦了！真的已经好多了，没有关系的。”

“好不容易去给你看病，和那个医生好好说说，早日恢复健康！”

“让您如此担心，实在抱歉！”

吉冈好像只是单纯地道谢，但对于多纪来说，却有一种借吉冈生病的理由来达到和柚木通话目的的内疚感。

为了摆脱这种感觉，多纪挂了电话。

放在经理室酒柜上的座钟显示，时间已经十二点半了。多纪重新拿起电话，从附近的餐厅订了一份沙拉和烤面包作为午餐。

下午，来了两位客人，其中一位是扇子同行公会的谷川董事长。他说想在明年夏天召开一个京都扇子大会，所以特来征求同意。

大会的具体事宜尚未决定，大体上是要对从夏天用的普通扇子、装饰扇、舞扇，到能乐神扇、持扇、伊势的御田植扇之类古老而又珍奇的扇子进行展示，进而详细说明扇子的制作流程，举办一场京都扇子的大型公开表演。这次活动好像也要请一些祇园的艺伎和舞伎来参加，旨在进一步凸显京都扇子的优雅和美丽。

多纪当然对这个构想没有异议。京都扇子在全国更大范围地被介绍和喜爱，那正是她求之不得的。只是，这样的活动必然要产生相当大的费用，因此，必须要依赖各个制造商的出资，董事长正是为此事而来。作为京都的扇子制造批发商，制作风格和水平都是一流的辻村，得出相当一部分的款项。

“首先，辻村公司如果不率先行动起来的话，是无法成功的。”

董事长这样说，多纪很是感谢，但如果只是作为要求捐款的开场白的话，那根本高兴不起来。

即便都同意这个计划，吉冈在与不在，还是有着很大的不同。如果他在旁边，和他简单一商量，听他说“可以”，那么多纪就能够很放心地进行答复了。倒不是对吉冈有什么特别的依赖，只是能听听他的意见的话，就会多增加一分自信。

“总之，让我们做一些力所能及的事情吧。”

避开具体的内容，多纪只是表达了赞同的意思。

扇子同行公会的董事长走后，另一个来访的客人是夏威夷威基基[1]酒店经理乔治濑川。

濑川是夏威夷和日本的混血儿，因为与多纪的堂妹结了婚，所以多纪跟他见过几次。他精通日、美两国语言，脑子又好使，刚刚三十五岁就被任命为酒店经理。

濑川一周前因工作原因回到日本，昨天来到了京都。

“好久没有问候了！还和以前一样漂亮啊！”

濑川确实像是夏威夷出生的人，爽朗而又亲切和蔼。他穿着花梗色的衬衣，配以日本人不好意思穿的红蓝相间大条形花纹的西装，倒也非常合适。

“您说那阵子会来，所以我们一直在等。安子也整天念叨着‘什么时候来啊’，不得安宁。”

安子就是濑川的妻子。

“我也想去，但总是太忙，脱不开身啊！”

“你过于劳累了，偶尔休个假，来夏威夷放松放松也好啊！”

“我也这么想的，可也许天生就是劳累的命吧，整天被工作缠着。”

“怎么样，这次新年休假来吧！到我家也行，可以的话到酒店来

1. 威基基位于美国夏威夷州火奴鲁鲁东部的海岸。是著名的观光疗养地。

也行。”

“非常感谢！”

不知为什么，多纪对外国不怎么感兴趣。年轻的女人们都像发烧烧昏了头似的往巴黎、伦敦跑，可她从来没有这么想过。

之前，多纪也被邀请过几次，但总是想以后再说吧，就错过了机会。

多纪也不是讨厌外国，只是看到大家都争先恐后地“我也要去，我也要去”，反而就不想去了。她甚至有一种想法，京都满大街上，哪怕有一个不想去外国的女人也好啊。

相泽槙子也认为多纪是固执己见。可被她这样一说，多纪更加觉得不去也挺好的了。

“你穿着这么漂亮的和服，到了夏威夷肯定有很高的回头率。”

也许濑川是想说说恭维话吧，可多纪并不喜欢。

“上次见面是一年前的事了吧？”

多纪把话题从出国的事情上转移开来。

“一年多了，上回是在去年十月份时代祭[1]的时候。”

濑川一年要来日本两三次，所以对京都的事情了解得非常详细。可能是长年住在夏威夷的缘故，他好像对京都这样的古老城市特别钟情。

“京都真的是个好地方，不管什么时候来都漂亮啊！”濑川在句子的结尾故意用上了京都腔。突然，他向前探了探身子，问道：“多纪，你有没有想过到国外去做生意啊？”

“国外……”

“其实，这次我们有一个计划，准备在酒店的地下街开一个日本角。我们想要并排开一些日本的和服、陶器、珍珠和古董之类的店铺，这其中我也想开一家扇子店。”濑川喝了一口靖子沏的茶，继续说道，“我们还想把日本各行各业的一流店铺全都开过去。现在已经跟做和服的桔梗店、做陶器的丸池店定好了。扇子的话，我们想请京都第一的老字号、多纪你的店过去。”

“但是，在那种地方，扇子什么的能卖得出去吗？”

“当然能卖出去了！因为美国人非常喜欢那些纯手工的漂亮东西。作为小礼物什么的，又很实用，肯定会大受欢迎的！”濑川手舞足蹈、非常热心地说着，“因为相当多的客人不会来日本，只是到夏威夷就回去了，所以一定能卖出去。怎么样，想不想试试？”

1. 京都市平安神宫每年 10 月 22 日举行的祭祀。表现日本从平安时代到明治时代的民间风俗的人们依次排列成队绕市游行一周。是京都的代表性祭祀活动之一。

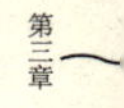

到现在为止，开分店什么的多纪还没有想过，尤其是要开到一无所知的夏威夷去。

“让谁去开个小卖店都可以，不过反正是开店，倒不如找一家实际在制作扇子的店来比较合适。这样，又有信用，品质又好。”

“话虽这么说，可前期准备……”

“店的营业执照、租金什么的也没多少，有两千万的话就足够了。”

“这么多啊！我们实在拿不出来啊！”

“多纪，你的店不可能连这点钱都拿不出来吧。”

“今年的挂历生意非常失败，所以真的十分困难！”

“又不是马上就要出钱什么的。我是经理，会尽量给你方便的。”

“可是……”

“多纪，现在做生意也应该放宽视野、打入国外。光靠停留在日本是不行的！”

濑川以外国人特有的、似乎高人一等的姿态注视着多纪。

他所说的，也有一定的道理。确实，只面向国内，扇子的销路非常有限。日本产品源源不断地销往海外，扇子也卖到国外去，并不是什么稀奇的事情。话虽如此，可现在的多纪好像没有什么胆量敢在国外开个小店。

她曾经也打算过开一个专卖店来扩大销量，可是一旦开起来，执照、职员什么的，会出现很多麻烦的问题。踏踏实实地守着老店，应该是比较安定的。还有必要冒着风险到国外去开店吗？

实际上，挂历生意的失败，就是因为她突发奇想所致。这是一个很好的教训。

“多纪你没有去过夏威夷，你不知道，我们酒店位于夏威夷威基基湾的正中心，是座十六层的建筑，光客房就有一千二百间。”濑川从随身的包里拿出几张酒店的照片，放在了桌上，“现代设备一应俱全，就凭这一点，也可以说夏威夷第一。”

虽然不想到国外去开店，但多纪还是拿起照片看了起来。那是一座白色的现代化建筑，正对着经常在明信片上出现的美丽的威基基海滨，雄伟壮观。

“这座酒店的地下一层将被改建成日本角。如果在那里有一间店铺的话，还可以经常去夏威夷，在威基基轻松度周末呢。”

“那个……”

多纪从来没想过要到夏威夷去休息。累了的时候，去京都寥无人烟的寺庙或嵯峨野[1] 附近散散步，那才舒服。

“其他想要开店的人，找一找的话肯定有。不过，既然是扇子店，我还是希望你们来开。安子也非常赞成这个想法。”

“你这样说，我很高兴。只是现在确实拿不出什么多余的钱来。”

“我还要在日本待半个月左右，在这期间，你再好好考虑一下吧。”

“真的，就连在日本我们也没有开分店。”

“夏威夷可要比日本强得多啊。总之，还是来夏威夷看看吧。看过之后，你就知道夏威夷是个多么好的地方了。怎么样，我回去的时候，一起去吧？”

“那个，有点……”

到了年底，再加上吉冈又身体不好，多纪根本不可能到国外去轻松悠闲。

“别担心，回去之前我还会再来一次的，再考虑考虑吧！”

濑川说着站起了身。

就剩多纪一个人了，她看了看钟，时间已经是四点半了。晴朗的天空被染上了一层暗红色，黑夜正从云端接近。多纪关上了电灯，喝了一口已经冷掉的茶水。

看到客人回去了，高木靖子走了进来，把多纪清账所需要的文件放在了桌上。

“吉冈先生明天就回来了吧？”

“我想应该没有问题。”

“刚才，他夫人打电话来问，如果情况不好的话，是不是要去一趟东京呢？”

“我已经拜托一位医生去给他看病了。还是问问结果再说吧。”

“我还要在这儿待上一会儿，有什么事的话请叫我。”

靖子说完便出去了。她是个谨慎的女人，听说吉冈病倒了，好像也想多帮多纪一把。

靖子出去之后，多纪把文件拿在手里，但一直在担心问诊的结果，所以怎么也看不下去。有一眼没一眼地翻了一下，看时间到了五点钟，她便拿起了电话。

这次又是那个女人的声音先响起，然后交给了柚木。

“啊，那个出诊的医生刚刚才回来。”柚木的声音听起来比中午更近了一些，“吐血的量没那么多，但身体好像被折腾得够呛，应该

1. 京都市西北部、太秦以西至小仓山山麓的地区。因自古作为游猎行乐之地在诗歌中出现而十分有名。

还是胃溃疡。”

“是吗？”

不是癌症，多纪的心终于放了下来。

“因为是第一次吐血，所以精神方面好像受到了很大的打击。已经使用了止血剂和胃溃疡方面的针剂，我想这样就没什么事了。”

“那明天离开东京的话……”

“没关系的。”

总之，吉冈好像还能走动。多纪就像是完成了一项大的工作一样，舒了一口气。

“太感谢了！终于可以放心了！”

“虽说做了检查，但今天只是从外面看了一下，所以是什么程度的溃疡、发生在什么部位，这些具体情况还不太清楚。回去之后，还是到专业的医生那边仔细检查一下为好。有什么认识的医生吗？”

“也不是没有……是一位内科的私人医生。”

在银阁寺附近，有一位多纪小时候经常去就诊的内科医生。

“那也可以。大医院方面如果合适的话，我给您介绍一位吧。”

“连这事都麻烦您的话……”

“没关系。那边有一个我大学时期的同学，非常熟悉的。您知道京洛医院吧？他就是那里的外科主任医师，名叫川岛。”

“是川岛医生吧？”

“直接去也行，不过第一次可能不好找。明天我把介绍信给您寄过去，您拿着去。”

“百忙之中还给您添麻烦，真是抱歉！”

“您的住址，在哪里呢？”

“能不能麻烦您寄到我的公司？”

多纪把门牌号告诉了柚木。

“那我明天就去寄。收到之后，赶紧去看看吧。”

“真是衷心地感谢！您帮了我的大忙了！”多纪对着电话低下了头，“另外，费用方面……”

“不用了，只是去检查了一下。”

“那可不行！那么远的地方，专程去出诊。请您务必告诉我！”

“可要花多少钱，我也不知道啊！”

“请您问一问那位去出诊的医生吧。”

“这样的话反而更麻烦了。反正只是一位空闲的医务室人员去的。”

“不能这样！对那位出诊的医生，怎么也要感谢一下……”

“真的不要在乎，没关系的！”

“那就让我从这边寄点什么东西吧。”

“您真个固执的人啊！”

柚木实在拿多纪没有办法，笑了起来。

领受了别人的好意，却不道谢，这种做法与多纪的性格不符。虽然对方说没有关系，但多纪自己心里过意不去。她一个劲地坚持着，柚木却忽然说起了别的事情。

“那边是晴天吗？”

“白天一直是晴天，现在稍微有点多云。”

“这边月亮出来了，真难得啊！”

柚木大概一边拿着电话，一边透过窗户望着天上的月亮吧。

“今天早晨京都很冷，听说达到今年的最低温度了。”

“这边也相当冷。”

“注意身体！”

“您也是……”柚木这样回答，接着又感叹道，“今年，又到年底了啊。”

“是啊。”

“今年年景怎么样？”

“呃……”

再怎么看，今年都不是个好年，多纪把要说的话又咽了回去。

“今年早点过去吧。”

“是啊。”

柚木是出于什么目的才这样说的呢，多纪并不知道，但对于早点结束这种想法，多纪是深有同感。

“去年年底的时候，您在京都吧？”

“有什么事吗？”

柚木停了一下，说：“您今年是不会来东京了吧？”

“现在的话……”

多纪的脑海里一下子掠过挂历的事情，但那不是该对柚木说的。

“那么，这也许是今年最后一次通话了。过个好年！”

“嗯，我会再给您打电话的。”

“我基本上都在这边。如果不在的话，就对刚才那个接电话的女秘书说。她应该知道我什么时候回来。”

“知道了。”

“好了，介绍信我明天会寄过去。”

“给您添了很多麻烦，非常感谢！”

多纪再一次低头行了个礼，挂上了电话。

外面完全黑了，越过低矮的房檐，可以看到八坂附近的霓虹灯。

辻村的下班时间是五点，所以可以听到职员们回家之前相互打招呼的声音。

平时到这个时候，吉冈都会过来，把一天的情况向多纪汇报一下。今天知道他不在，但不知怎么，多纪还是有一种在等待吉冈的心情。

第二天，快到中午的时候，多纪来到四条的河原町，一边走一边逛着各种店铺。

多纪想要给那位出诊的医生买点什么礼物，但此时她意识到，她连那位医生的年龄和喜好都没有问清楚。

医务室人员的话，应该比柚木年轻一些吧。是三十多岁，还是要更年轻一些？这些都不好猜测。也许再打一次电话问一下就知道了，但那也未免太小题大做了。

多纪犹豫不定，最后，来到三条附近的一家专卖店，买了一套黑曜石[1]的领带夹和衬衣袖子上的纽扣。石头有很多种，但黑色的石头与年龄没有什么关系，谁都可以佩戴。

买完这些后，多纪又要了一个珊瑚领带夹的套盒。珊瑚是白色的质地，上面浮现着雅致的朱红色，和多纪的衣带扣十分相衬。

“我想把这两件一起寄到东京。”

“知道了。”

五十来岁的店员点了点头，开出了送货发票。

“什么时候能到呢？”

“据说现在邮件会稍微有些延迟，可能要一周左右吧。”

“啊，那个珊瑚的，稍微做个记号吧。”

“写上‘珊瑚’吗？”

“那有点怪，就写‘柚木先生’吧。”

“那这个呢？”

“写‘先生’就行了。”

看到店员在邮件的包装纸上做好记号，多纪才付了钱。

多纪最初只是想给那位出诊的医生买些礼物，可逛着逛着给柚木也买了一份。送这种东西，可能要被他笑话了吧，但现在后悔也来不及了。

---

1. 火山岩的一种，黑色天然玻璃质。可用作装饰品和制玻璃的原料。

多纪到河原町大街打了一辆出租车，回到店里。时间已经是一点了。

虽然是星期天，因为要准备采购，高木靖子还是来上班了。

“吉冈先生打来电话，说坐中午的新干线回来。”

“是吗，胃没什么事了吧？”

“他说心情非常好。”

多纪点点头，坐在了靖子前面的椅子上。

“听说是一位东京的大学医院的医生去给看的病？”

“你问吉冈了？”

“是啊，说是一位非常亲切的医生。经理您怎么会认识那样的医生的？”

“我只是认识一位医务工作者而已。”

多纪开玩笑似的笑着。

第二天，刚过中午，吉冈就来到了公司。

“这次让您操心了，非常抱歉！”吉冈深深地低头施了一礼，“医生来给我做了检查，太感谢了！”

“还是在家休息一下比较好吧。”

“总在家待着心情沉闷，反而不好了。”

被诊断出了胃溃疡，可吉冈还是从兜里掏出香烟，点上了火。

“不要抽了！再吐血的话怎么办啊？”

“没关系的。别总是拿我当病人看待。倒是，上西那边的事情……”

吉冈提到了上西商店的事情，多纪坐正了身体。

吉冈说，上西商店的破产已经是可以确定的了。现在大概正在申请《公司再生法》的保护，计划重组。到那时候，对于债权人的所有负债都会被搁置。

“经商之路是漫长的。偶尔会有这样的事情发生。”

吉冈这样安慰她，但那温柔的话语反而让多纪听得更加难受。

“通过这件事我学到了很多。明年我会做得更好。”

已经失败了，不能一直这样郁闷下去。多纪准备以此为教训，好好约束一下自己。

“另外，你不在的时候，谷川董事长来过了。”

多纪提到了公会董事长所说的扇子秀的事情。

“又是一项不合理的开支！总之，除了同意之外没有什么办法吧。”

吉冈也是同意的，多纪放下心来。

“还有，我有一个叫作‘濑川’的亲戚，你也见过一次吧。”

“是那个住在夏威夷的日本混血儿吗？”

“那个濑川问我们，想不想在威基基酒店开一家店铺。”

“在夏威夷啊？”

吉冈好像有些吃惊，下意识地睁大了眼睛。

“濑川说，他工作的那家酒店，要办一个日本角。”

多纪把从濑川那里听到的，全都告诉了吉冈。

“这不行吧。”

“但是，挺有意思的。”

“可现在的话不太合适。”

“是啊。”

挂历生意的失败，还是有很大影响的。

之后，两人又谈到了职员奖金的事。虽然不发也可以，但他俩都觉得还是发一些比较合适。

柚木的快递寄到的时候，是第二天的下午。信封里面装着便笺和柚木的名片。

“现向您介绍我的熟人吉冈源治先生。前几天，在东京出差时吐血，在这里只进行了应急性的注射。拜托您进行进一步的诊断。”

名片右手边空白处这样写道。收件人姓名是“京洛医院外科主任医师、川岛先生足下”。

便笺则上写着：

辻村多纪小姐：

现如约将介绍信寄过去。请拿着这张名片去试试。我也会打电话过去，我想那边会给予方便的。

今年内可能不行了。明年春天如果能见到您，我将不胜荣幸。

祝新年快乐！

柚木洋文

柔软而又有些突起的字迹。

多纪把便笺装回信封，只把名片交给了吉冈。

“拿着这个，明天去医院吧。东京的医生会亲自打电话的，应该没有问题。”

“给您添了很多麻烦，实在不好意思！”

吉冈低下头，接过了名片。

“是教授先生的介绍信吗？经理您认识这位教授吗？”

“是的。”

“是叫柚木的先生啊？”

吉冈仔细地端详着那张名片。多纪担心，他是不是看出什么端倪来。但吉冈并没有多问，只是说了句“我收下了”，便把名片放进了西装的内兜里。

“别太不当回事儿了，这一次好好检查检查吧。”

“好的。”吉冈点了点头，“可是，资金的事，不早点着手可不行啊。”

虽然身体状况不好，但吉冈还是在担心工作上的事情。

“我会想办法处理，不要担心！”

“在这个时候，身体出了问题，真是不好意思！”

“没关系，请放心！专心地去治疗吧。”

吉冈身体不好之后，多纪心里很紧张，但也因此激起了斗志。

虽说让吉冈把问题交给自己，其实多纪并没有什么把握。能行吗？吉冈的不安不是没有道理的。

到了年底，给工匠们的工钱、职员们的工资，还有奖金等大笔的支出，全都迫在眉睫。本来按照约定，到十二月中旬之前，应该可以从批发商和小卖店那里收取到相当数额的款项，可是现在这个约定被打乱了。特别是上西商店那边超过一千万的资金不能回收，影响实在太大了。

绝大部分的内部资金都用于周转的公司，如果有超过一千万的现金无法收回，那马上就会变得一筹莫展。

“可是，今天都已经十号了啊。”

吉冈不安地看了看旁边的日历。工匠工钱的支付最晚到二十号，只剩十天了。职员的奖金先放一边，这发工钱的日子是定在每个月二十号的，不管公司发生了什么情况，这个规矩都不能破坏。哪怕只是让他们等上一两天，在这狭小的业界之内，一些闲话就会被传播开来，马上就扯上信用问题了。

制作一把扇子，细分的话要经过将近二十道工序。光是每一道工序的人工费，就已经是一项巨大的开支，而且材料费也基本上是由工匠垫付的。把这些加在一起，目前就必需一千五六百万的资金。再加上职员的工资和奖金的话，将超过两千万。

这样看的话，挂历的损失，实在是太大了。

“明天开始，银行和金融公库[1]什么的，我挨个去走一趟吧。”

“可是，现在正银根[2]吃紧呢！”

“总之，去求求看吧。”

多纪很轻松地说着，但吉冈清楚地知道，那可不是件容易的事。

“就算肯借给我们，如果超过一千万是需要抵押的啊。”

“这个我也想到了。”

“您是知道的，单从私人贷款机构借钱，是绝对不够的。”

“我知道的。明天你一定要去医院看看啊！”

面对面容憔悴的吉冈，多纪现在甚至有了一种像母亲对待孩子一样的心情。

第二天，多纪“求银行”的行动就开始了。年关逼近，不管哪里的放贷都很吝啬。虽然很难，但也只能先试试看了。

最先去的是关西银行，它是辻村最大的开户银行。那个分行经理村上，也是从多纪父亲那一代开始就认识的熟人。

“不好办呐！”

分行经理虽然表示同情，但迟迟不肯答应放款。夏天时因为挂历的进货，已经最大限度地借过钱了。

“我可以把若王子的房子作为抵押，无论如何请您帮帮忙吧。”

多纪清清楚楚地看着分行经理的脸。这种时候，也有人会一味地低头行礼，但多纪不太喜欢这种做法。即使是难以开口的事情，也要清清楚楚地看着对方的脸去说。马上就要哭出来似的做法，与多纪的性格不符。

总之，现在这几个月都挺过来了，总会有办法的。到了明年三月份，夏天扇子的钱就入账了。

“好吧，我们就出一千万吧。”

“真的吗？”

“如果能再多帮您一些就好了，但毕竟是这样一个年末的时候。”

分行经理好像受不了多纪的执着，他亲自把放贷款的办事人员叫了过来。

“手续就通过这个人去办吧。”

“真的非常感谢！”

1. 公营贷款机构。政府金融机构的一种。有住宅金融公库、中小企业金融公库和国民公库等。
2. 商业用语。金融市场上资金的供应情况。

“你这么年轻，怎么会如此努力啊！”

“我也不是特别想这么努力地做。只是除了这样没有别的办法了。”

分行经理点点头，送到了门口。

离开关西银行之后，多纪又去了京滋银行和三星银行。虽然金额都不大，但在这两家银行都开有户头。有了一千万日元，当前是可以维持下去了，可年内还必须筹满另外的一千万。

两家银行都没有什么太好的脸色。虽然是客户，但并不是很熟，而且也没有多少存款，这些都是遭遇冷遇的原因。

“那么，让我们考虑一下吧。”

大家都是这样的回答。语气柔和的京都话里，没有明确的否定词，但多纪也知道，那只不过是绕个圈子拒绝罢了。

另外还可以去求金融公库，但手续非常烦琐，依照眼前的情况根本来不及。从第三家银行出来的时候，天色已经开始变暗了。

多纪坐上了小田的车，他一直在外等候。

“直接回公司吗？”

“是的。”

多纪望了一眼华灯初上的大街，征求小田的意见：“去吃点东西吧？”

在和银行交涉的过程中，精神一直比较紧张，到一个人的时候，所有的疲劳一下子回到了她的身上。

这样子，直接回公司，或是回家，多纪的心情都不是十分痛快。在公司，工作的事情会残留在脑子里；在家，又懒得去和安代或是森子见面。也许是因为向太多的人点头哈腰，觉得很悲惨吧，多纪现在只是想自由自在地走走。

“天挺冷的，去吃火锅怎么样？”

“我也一起去吗？”

“当然了。有什么事吗？”

“不，我没事。”

“那就走吧。祇园的‘大幸’饭店知道吧？”

小田点点头，车子顺着河原町大街向南驶去。

傍晚，街上挤满了人和车。行动快一点的商店，录音机里已经在播放《铃儿响叮当》的曲子了。也许是因为今年经济不景气吧，像以前那么豪华的圣诞树是看不见了。

好像哪里都缺钱啊。

尽管如此还是借到了一千万，可是拜托谁去当保证人呢？上一次已经求过嵯峨野的叔叔，这次不好再找他了。那么去找继母森子吗？多纪发着呆，这时小田说话了。

“您累了吧？”

多纪勉强露出一丝笑容，收回了视线。后视镜里映出小田关心的神情。

多纪拿出化妆盒，补了补妆。

“大幸”在绳手大街上四条处的右侧，门口很窄、进深很深，是所谓的京都式的饭店，以炖菜见长。

平时只是在这里接待客户，或是全家人一起过来热闹一下。今晚，可能是因为与银行交涉后格外疲劳吧，多纪突然想要在这儿，在这漫长的冬夜里，静静地吃一顿火锅。

“来吧，多吃一点！”

“那我就不客气了！”小田答应着，动起了筷子。

小田作为金泽扇子批发商家的儿子，应该完全是在自由中长大的，但他并不把这种身世表现出来，而是非常讲究礼仪，这一点多纪很喜欢。

小田因为是司机的关系，知道多纪的很多事情，也经常看到她欢喜或是悲伤的神情。不过多纪对小田是很放心的，小田脾气好，而且虽说他是个职员，但迟早还是要回金泽的。

“味道怎么样？”

老板娘特意露面来询问了一下。

“非常好吃！”

“蘸这个芝麻酱尝尝吧，也不错的。”

老板娘接着说道：“多纪小姐最近是有些累了吧？”

“是有点儿。”

“好像瘦了。你不觉得吗？”

老板娘寻求小田的同意，他也点了点头。

“肯定是工作太辛苦了。”

“也没有啦。现在好了，我们吃得很开心。”

“这样最好。”

老板娘出去了，房间里又剩下两个人。

小田默不作声地吃着，过了会儿，他拿起酒壶向多纪伸了过来。

“您应该喝酒的吧？”

“啊，只是偶尔喝点。”

为了不让酒洒出来，小田小心翼翼地看着酒杯，倒上了酒。

多纪第一次喝酒，是被父亲带到祇园茶社的时候。

那时候，父亲一直在祇园町住着，不知想到了什么，突然把多纪带了过去。

“真可爱！”多纪被艺伎们围着并喝了一口酒。现在想想的话，那时候在父亲身边的艺伎，正是继母森子。

“你很能喝的吧？”

“我不行。而且还要开车……”

“车子的话，放在停车场就好了。到了这里，不让你喝酒多不好啊，多喝点！”

这次多纪给小田斟上了酒。

正如小田所说，他好像是不怎么能喝酒。刚喝了两杯，眼睛周围就已经发红了。

多纪想起了隆彦，他和小田一样，有着紧绷的脸庞。

也许知道自己在被盯着看而感到紧张吧，小田停下筷子，看着多纪。

“吉冈病倒了的话，就麻烦了啊。”

“他也是因为一直努力工作而累倒的。”

小田没有回答，开始吃了起来，好像又想起了什么。

“如果，有什么我能做的事情，不管是什么，都请您告诉我。”

“什么？”

“不是，我是说如果。”

“非常感谢！”

虽然小田说得有些生硬，但多纪明白他的意思。

“你也快要回金泽了吧？”

小田曾和父母约定好在京都实习两年，到明年三月就到时间了。

“但是，我不想回去。”

“这样说的话，你父母要担心的。”

“我打算一直在京都待下去。”

“有什么不想回金泽的理由吗？”

多纪对小田也有照顾的责任。

“你肯定是有什么喜欢的人了吧？”

……

“如果是那样的话，请明确地告诉我哦。我会帮你的。”

小田害羞地低下了头。

“那个人，是京都人？”

……

“不是公司的人吧？”

“不是。”

小田低着头摇了摇。

“怎么了？”

“没事。”

“再多吃点吧！”

多纪感到，小田今天的态度好像有些奇怪。

小田送多纪回到了若王子的家。在门前的水泥地上，多纪看到有一双年轻女人的鞋，没有见过。

安代马上迎了出来，告诉她：“品子来了。”

多纪点了点头，脱掉大衣来到客厅，森子和品子正隔桌而坐，看着电视。

“你回来啦！打扰了！”

品子快速转过身来，用爽朗的声音打招呼。

“你来啦！我有事回来晚了。不好意思！”

“不不，是我自己随随便便就跑过来了。”

多纪绕到两个人的后面，走进了自己的房间。

在公司穿了一天和服，到了晚上，多纪经常会换上洋装。相反，穿着洋装出去的话，回来多会换上和服。洋装与和服的穿着变化，也会让多纪的心情跟着改变。

多纪穿着长裙，配以藏青色条纹花样的毛衣，坐在桌前照了照镜子。

虽然只和小田喝了两壶酒，但多纪的脸颊周围已经泛起红色。森子一直住在花街柳巷，也是个能喝酒的人，所以即便多纪喝过酒回来，她也不会说三道四。

多纪把窗户拉开透了透气，然后用粉扑在脸上擦了擦，便回到了客厅。

“今晚真冷啊！”森子说。

“是啊。”

多纪一边回答，一边坐到了她的旁边。

“晚饭怎么办啊？”安代问道。

“和客人吃过饭后回来的，不用了，给我倒杯茶吧。”

接着，多纪又对品子说："学校还没有放寒假吗？"

"要到十九号，不过已经没有课了。"

"当学生很悠闲，真好啊！"

"所以品子说，趁现在有空，明天就想搬过来。"

品子马上接上话："对不起，可以吗？"

"什么时候都可以啊。住二楼，怎么样呢？"

"刚才我已经看过了，很好，我很喜欢！"

"那就行了。"

安代泡好茶端了过来，甚至没看品子一眼。

"那么，明天十点左右车子会来，到这边的话可能要过了中午了。"

"我明天要去公司上班，所以让安代帮你吧。"

"有两个朋友会过来给我帮忙，可以的。"

品子看上去很高兴。

对于品子搬过来住这件事，安代还是有些抵触，不过对现在的多纪来说，已经不那么在意了。有比这更大的问题，占据着她的心绪。

从"大幸"回来的路上，多纪一直在考虑，这次从关西银行贷款的担保人，只能找森子了。再去求嵯峨野的叔叔，那也太厚脸皮了，而且也找不到什么其他合适的人选。况且成为担保人，还必须有相当的保证能力。

森子嫁给父亲隆平之前，在祇园町有一套房子。那是她从开茶社的母亲那里继承来的，并不是很大，却是一套古老而又结实的房子。

森子来到若王子以后，便把房子借给了别人，每月收点房租。如果把那套房子拿来担保的话，就有足够的保证能力了。

说老实话，多纪并不想跟森子商量这样的事情。虽然在户口上是母亲和孩子的关系，但感觉上并没有亲密到那种程度。

但是找不到其他合适的人选了。硬着头皮向私人贷款机构借钱，如果失败的话就血本无归了。

多纪想趁品子和安代都不在的时候跟森子说这件事。她打算等森子一个人回房间的时候，偷偷地说说看。

不过，看今晚的情形，是无法只剩下她们两个人了。品子打算要住下了吧。

"我接下来就非常空闲了，姐姐，能不能到您那里去打工啊？"品子突然问道。

"这样啊，品子你能行吗？"

"让我搬重的东西我可搬不动，其他的我想大概还是可以的吧。"

“也许会有一些工作吧，明天我到公司问问看。”

“但是，姐姐不是经理嘛？”

“话虽如此，但工作上的具体事情，还是营业部的人知道得清楚些啊。”

“总之，姐姐是地位太高了，所以下面的事情就不知道了，可以这样说吧？”

“没有那回事儿。只是打工的事，是由营业部那边的人负责的。”

品子并没有什么恶意，只是坦率地说出了自己的想法。但是安代好像很讨厌这种直接的方式。她认为，应该稍微考虑一下对方的立场，然后再说话才对。

安代好像对品子称多纪为“姐姐”这一点也非常不满。以安代看来，辻村家的小姐是不能随便这样叫的。

被品子叫作“姐姐”，多纪倒是没有什么不高兴。只是听上去有点不大习惯，感觉不是在叫自己似的。多纪甚至感到了一丝亲切，品味到了久违的家的温暖。

从这一点来说，品子的存在也不是件坏事，但也有些令人不安之处，那就是如果过于随便的话，就会破坏这个家的整体氛围了。

十年来，这家里一直安安静静的，需要有一些兴奋的事情来调和一下，但是做过头的话，那就不好了。

“品子，今天就住在这边吧？”喝了口茶，多纪试着问道。

“我该怎么办呢？”

品子好像才注意到似的，看了看钟。已经晚上九点了。

“已经很晚了，就住这里吧。”森子劝道。

品子想了一会儿，说：“我也想住在这边，但是明天早晨还要搬家，我还是回去吧。”

“这么晚，没关系吗？”

“没事的，不用担心！”品子说，“姐姐，明天我就搬过来了。请多多关照！”

“路上小心点！”

森子好像要送到外面的大路上去。两个人走后，多纪和安代相互看了一眼，不一会儿森子就回来了。

“好冷啊，要下雪了。”

“妈妈，我有件事想拜托您。”多纪看安代正站在水池边，开始跟森子说道。

“是这样的，到年底了，公司的资金有些紧张，所以我决定从银行借一些钱，想请您做担保人。”

“我做担保人？”森子两手伸在暖炉里，歪着头说。

“本来也不用借钱的，可是因为挂历方面的问题，出现了资金周转困难。我想去找嵯峨野的叔叔，可是之前已经求过他一次了。”

……

“只是做个担保，还钱的当然是我，为了从银行借钱，得走个这样的形式。”

森子两手抚摸着空茶碗，好像是在思索的样子。

“我知道这让您非常为难。”

“没有的事。这样的话，让我当担保人什么的，可以啊！”

“妈妈您能答应真是太好了，问题就都能解决了！”

两个人的脑海中好像都浮现出了位于祇园的房子，但她们都没有提。

“抵押里包括这所房子，所以不用担心。”

“抵押？这所房子？”

“是的。”

森子踌躇不决，垂下了双目。

“真是对不起，肯定给您添了麻烦！”

多纪低头行礼，忽然感到一阵孤独。

如果是亲生的母亲和孩子，没有必要这样低声相求。住在同一所房子里，吃着同一个锅里的饭，不用分什么你我。女儿工作上的危机，应该也是母亲的危机。现在森子的态度里，很明显有一种和母亲不同的别人的脸色。虽然形式上是母女，但毕竟不是亲生的，所以总有一种距离感。

不过，站在森子的立场上，也不是没有道理。虽然名义上是母亲，但在若王子的家里，多纪才是实质上的户主，而森子最多也就是个吃闲饭的。就连把女儿品子带到家里来这件事，也必须对多纪和安代客客气气的。尽管现在表面上大家相处得都挺好，一旦起了纠纷，多纪作为这个家的登记人，其强势的地位是显而易见的。

对于森子来说，有必要有一些积蓄以备自己以后一个人的生活。父亲在世的时候，确实给了她很多钱。但再怎么有钱，也会因为失去丈夫而不安，也许就是这样一种女人的心态吧。

“好吧，如果我可以的话……”

“您同意了吗？真是对不起！”

森子同意了，多纪如释重负。

第二天，多纪借了森子的印章出了家门。同一个姓氏，住在同一所房子里，却各自持有自己的印章，给人一种奇怪的感觉。

下午，多纪到银行办完了借款手续。回到公司，看到去过医院的吉冈正在等她。

“怎么样？”多纪外套都没脱就迫不及待地问道。

吉冈闷闷不乐地点了点头。

“医生还是说我得了胃溃疡。”

“果然。”

“今天用X光进行了检查，确认了胃部有溃疡。”

“那怎么办呢？”

“医生说，还是手术治疗比较好。”

“手术……”

多纪意外地冷静，她已经做好了最坏的打算。实际上，到了现在，再怎么惊慌失措也没有用了。

“那要住院吧？”

“据医生讲，现在病房很挤，这个月十五号的时候，好像能空出一间二等病房来，如果需要的话会给我留个床位。”

“那就马上拜托医生吧！”

“可是，到年底了……”

“这你就不要管了！错过那个床位的话，可能就晚了。”

“今年以内，好像大手术基本上到二十号就结束了。”

“那么，现在住院的话，年前能排上手术吧。反正要做的，还是早点比较好啊！”

“话是这么说……”

“总之，公司的事就不要担心了，资金的问题总会有办法的。关西银行已经答应借给我们一千万日元了。”

“那太好了！”

“这样，怎么也能喘口气了。”

“可是，光是这样，还不够啊。”

“剩下的，再想办法吧。倒是你，赶紧给医院个答复！”

“好吧……”

吉冈对年内就进行手术不是很起劲。

“不是癌症就放心了！胃溃疡的话，只要做手术就可以痊愈的。”

“医生也这么说。”

五十出头了还要切胃，吉冈相当不安。

“总之，还是交给医生，早点治好吧！”

吉冈点点头，但好像还是没有最后决定下来。

“那位柚木医生，可真厉害呀！”

吉冈好像想起来什么似的这样说道。

“我拿着他的名片去了京洛医院，到了那儿，护士问我是不是认识他们的主任医师。”

“你怎么回答的？”

“我说是的，他们就直接带我去病房找川岛先生了。”

吉冈这样说，多纪挺高兴的。

“住院之前，我想感谢一下那位柚木先生，该怎么办才好呢？”

“不用担心，我已经谢过了。而且，下次见面时，我会再次感谢他的。”

不知道为什么，多纪不想让其他人见柚木。

“那么，已经决定住院了吧？”

“是的……”

吉冈住院的话，就剩下自己一个人了。想到这些，多纪身体里面自然地涌出一股拼劲。

“另外，有个女子大学的学生想过来打工，有什么可以让她做的工作吗？”

吉冈的表情，一下子从病人变回了常务。

“实际上，是我继母家的那个妹妹，她说，大学放假后，想到这儿来打工。”

“是经理您的妹妹啊？”吉冈点头道，“那么，让她整理整理发票怎么样啊？马上到年底了，这些都得收拾清楚。”

“不用特地给她安排！”

“反正每年都会找两三个人干这些，没关系的。我把藤本叫过来吧？”

藤本是会计事务方面的负责人。

“你跟他说就行了。我想妹妹过两三天就能过来。”

“我知道了。”

吉冈点点头，然后好像又想起了手术的事情，脸色黯了下来。

“但是，靠吃药不行吗？”

“对啊，医生不是说过了吗，还是切掉的好。”

“哦……”

“柚木医生介绍的人，我想肯定错不了！”

京洛医院在京都是和大学医院齐名的医院。

“总之，这一次，彻底地治疗一下比较好。”

“说得是啊。”

虽然在点头，但吉冈的脸上还是没什么光彩。

晚上，多纪回到家的时候，品子已经把她的东西都搬过来了。

虽说是个年轻的女孩，但好像有很多行李。纸箱子和装木屐的箱子什么的，仍然堆在门口周围和院子的角落里。

“喀哒喀哒地弄了一整天，到现在连卫生都还没有打扫呢！”

安代迎出来，一边望着通往二楼的台阶。品子和森子好像正一心一意地在上面收拾着房间。

“今天有两个古怪的男学生来给她帮忙。”

安代好像是在说什么脏东西似的。如果和品子一起生活，即使有这样的人来，也必须要忍耐。

多纪换上了洋装回到客厅，品子从二楼下来了。

“姐姐，您回来啦！已经变成一间非常漂亮的房间了，您去看看吧！”

多纪被请上了二楼。

这是一个有八叠大的西式房间，在它的一侧，摆着西洋衣柜和书架，对面是盖着胭脂色被套的床。窗边放着一张茶几，在那儿可以看到夜色下的院子。

和其他年轻女孩一样，墙上挂着人偶形状的信袋和一只玩偶熊。

“怎么样，漂亮吧？而且，地板还要铺上金色的地毯呢！”

“这样看来，西式房间也挺好的啊！”

“窗户是朝东的，就不能睡懒觉了。”

多纪点点头，她突然有些郁闷，今后品子也会每天看这片院子吧？

多纪下了楼，拿起报纸看起来，这时，继母森子走了过来。

“昨天，你问到钱的事。现在，公司的资金是不是非常紧张啊？”

“不太严重，稍有一点。”

“如果真的很困难的话，我想我能求人借到一些……”

“是正规的地方吗？”

“不是乱七八糟的地方。他是个可以信任的人，而且我想，利息方面也许还能给我们便宜很多。”

“有那样的地方吗？”

“数额太大的话可能不行，需要多少呢？”

“这个……”

老实说，有一千万左右的话就帮上大忙了。多纪只是有些担心，会不会是什么来历不明的钱。不过既然是森子说的，应该不会有什么可疑。

“可以的话，如果能借到一千万左右就好了。”

“一千万啊。”

森子自言自语地点上了一支香烟。一直以来，森子都在抽一种牌子叫“幸福”的外国烟。

森子把夹着烟的手指放在嘴边，慢慢地吐着烟雾。那手指因为弹三味线而满是老茧。

“我想大概没有问题吧。不过知道确切的消息，还要等上两三天。”

“那倒没有关系。借给我们钱的那个人，是谁呢？”

“是我陪客人吃饭的时候认识的一个人。不用担心！”

“现在可是严重的银根吃紧啊！”

“交给我吧。你有困难的时候，我也不能一个人悠闲自在啊！”

“真是对不起！”

多纪一点也不起劲，森子却是喜形于色。

大家都已经吃过晚饭了，所以多纪一个人来到餐厅，让安代给她做了松阪牛肉火锅。

“调料的味道怎么样？”

“正好。”

多纪把煤气关小了一些。

安代忽然问道：“公司出了什么事吗？”

“为什么这么问？”

“我看见您和夫人在说些什么……”

“没什么可担心的。”

“那就好。”

安代装作没在听，可还是偷听了她们的讲话。

“再拿一些肉吗？”

“不用了，还剩了这么多呢！”

多纪把装着剩下的肉的盘子还给了安代，喝起了茶。

“品子吃了这样的三倍。”

“因为她还年轻嘛！”

“我真的吃了一惊！”

安代的话语里，除了吃惊，还有些轻微的不满。脾气不合的话，好像连吃饭的细小问题都会介意。

三天后的下午，吉冈住院了。能这么快住上院，还是沾了柚木介绍信的光。

下班之后，多纪去了医院。

病房在东楼的五楼，从正面可以看见东山。二等病房是两个人住的房间，里边的床上，住着一个据说是做了胆囊手术的六十岁左右的人。

“这次真的太感谢了！”

看到多纪，吉冈从病床上规规矩矩地坐了起来，表达谢意。吉冈的妻子也在，因为是第一次住院，所以两个人好像都很不安。

“已经完全是个病人了。”

“没问题的，打起点精神来吧！”

多纪送上了蔷薇花和果篮。

“手术什么时候做呢？”

“接下来要查胃液、做胃镜什么的，还有很多检查的项目。”

“那年内可以做吗？”

“反正是要切的，还是赶紧切了的好。”

可能是见到多纪有了精神吧，吉冈说得很有勇气。

“不要着急，要按照医生说的去做，好好休养。”

吉冈点了点头，马上又问道：“公司那边，怎么样了？”

“关西银行今天给我们支票了，其他不够的部分，好像妈妈能帮忙想些办法。”

“夫人？”

“好像有个人可以去拜托一下。”

“那太好了！”

吉冈一边点头，一边让妻子去沏茶，多纪摆了摆手便起身告辞了。

出了医院，在正门入口前面，小田的车子正等在那里。

“吉冈怎么样了？”

“挺有精神的，还说什么，如果要切还是早点切吧。”

“可是，没有了胃，人也没事吗？”

“说是要切，也不是全部啊！”

“那倒也是。”

多纪点着头，想起了柚木。

他也会穿着手术服，给人切胃什么的吧？既然是外科医生，那应该是当然的。只是，很难想象柚木给人做手术时候的样子。

“真奇怪啊！”

“啊，什么？”

“没什么！”

多纪坐在车里，慌忙摇头。

十二月中旬到年底，多纪四处忙碌、到处奔波。从筹款到账目的整理，还有工匠们的事情，忙得连喘气的时间都没有。

“没问题吗？要注意身体啊！”

安代，还有办事员高木靖子都这样关心地说过，而多纪只是一笑了之。

虽然以旁人来看，多纪这么拼命地努力，肯定很辛苦，但老实说，她自己倒没这么觉得。

公司遇到危机，吉冈又不在，这种紧张感反而使多纪振作了起来。没有自己不行，带着这种强烈的责任感，她埋头苦干。

多纪好像就是这样的性格，越是处在逆境当中，就越有精神。

不过，尽管如此，这次十二月份的筹款事宜，还是把多纪折腾得够呛。

多纪从小到大都是无忧无虑地成长，继承公司之后，也没有遇到过特别困难的窘境，所以这一次的事情对她影响非常大。她明白了资金对于一个公司的运转是多么的重要。总之，这一个月以来，多纪学到了很多东西。

幸好从银行借到了一千万，另外一千万，通过森子从一个叫武藤的人那里也借到了。

关于武藤，在此之前多纪一点都不了解。据说他在堀川有家事务所，从事写字楼的租赁业务，见面之后，感觉他是个三十五岁左右的青年实业家。

听说他在绳手大街有座大楼，在御室[1]和桂[2]有两套公寓。多纪也仿佛记得，曾经在绳手大街的大楼前经过几次。

那幢大楼是座白漆的、又细又高的建筑，里面有近二十家的酒吧和俱乐部。

“这是和森子小姐的缘分啊，就不要什么利息了。”武藤爽快地说着。

好像森子还在做艺伎的时候就已经和他熟识了，森子亲切地称武

1. 位于京都市右京区的双丘以北。宇多天皇曾在该地区的仁和寺内设置御室御所，故名。
2. 位于京都市西郊桂川沿岸。田园地带。古代曾有名为枫渡的渡口，有桂离宫。

藤为“阿武”。森子作为艺伎陪客人吃饭，是八年以前的事情，那么武藤应该是从相当年轻的时候起，就经常出入茶馆了。

“您借给了我们非常重要的资金，所以也让我们做一些力所能及的事情吧。”

“怎么办好呢？”

武藤把那尚带有一些年轻人印迹的脸，转向了森子那边。

“我那已经去世的父亲曾经对我说过，如果是为了森子小姐，不管什么事情都要全力以赴。”武藤非常认真地说道。

武藤的父亲，好像也很喜欢森子。

“不能开这样的玩笑啊。总之，不收利息的话，我们心里会过意不去的，多少还是请您说个数吧。”

“那么，就看你们的情况来定吧。”

武藤显得非常大方。

最后，双方达成协议，参照银行的利率，五年内还清。但是说老实话，多纪并没有放下心来。

虽说父子两代都和森子相识，但和多纪却完全是第一次见面。对方即便拒绝借款，一点都不奇怪，也没什么理由抱怨的。

“这样也太随便了，还是找什么东西来作抵押吧。”

“既然是老字号辻村，那没有关系的。”武藤没有答应。

这过度的大方总给人以可怕的感觉。但是，现在也没有其他的筹款途径，多纪只好借森子之名做担保人，单写了一张借条给他。

“那个人，是个什么样的人啊？”和武藤分开后，多纪问森子。

“什么样的人？就像你看到的啊！”

“但是，那么年轻，就经营着好几幢大楼。”

“他父亲是个有钱人。当然，那也是他经营得当。绳手大街的大楼什么的，是他七八年前以很便宜的价格买到的。”

多纪也是这么想的，有钱人有他们花钱的门道。

“虽然那么有钱，但两年前他和夫人分开了，现在是一个人。”

“是吗？”

“他夫人从东京来，是个很漂亮的人，可能还是不习惯这边的水土吧。”

“他去过东京吗？”

“是在这边出生的，但大学是在庆应大学[1]上的。”

1.庆应义塾大学。前身为福泽谕吉于1868年创建的庆应义塾，1920年改为现名，1949年成为新制大学。总部在东京都港区三田。

这样一说，那种时髦和自信，确实像是从庆应大学出来的。

“多纪，喜欢他吗？”

“啊？没有啦……”

多纪赶忙摇头，对他并没有什么感觉。

森子可能是出于这种想法才安排她和武藤见面的吧。

“我只是向他借了些钱而已。”

“我知道。但是，认识那样的人也不是什么坏事啊！有事的时候，也许还会帮忙的。”

“是啊……”

多纪点点头，但还是觉得通过森子借钱，有些不太合适。

倒也没什么特别值得介意的，就是总觉得好像是向森子借了什么东西。

这件事先放下不说，有了二千万的筹款，公司方面，这个年总算能过得去了。

二十号给工匠们的钱，可以顺利支付；职员的奖金，也基本上可以拿出和社会上一样的金额了。

从中旬开始过来打工的品子，非常佩服地说：“姐姐的公司真忙啊！这样的销售一定赚了很多钱吧！”

“没有啊！”

多纪极力否认，但以外人来看，也许就是那么回事。

多纪没有打算再多说什么。辛苦的内情，品子就是知道了，也无济于事。

在快到年底的二十二号，乔治濑川又出现了。

上次见面之后，他说三天后再来，但好像东京那边有些事情，所以回来晚了。

“上次说的事情，考虑了吗？”

一见面，濑川就又问起了在夏威夷开店的事情。

“要开店的人员基本上都齐了，就剩下多纪你这里了。怎么样，开吗？”

“不行啊！光过这个年关，就已经竭尽全力了！”

“辻村公司，不会吧！”

濑川从一开始就不相信。

“真的，从来没有过这么困难的情形！好不容易才对付过去。你再找找别人吧。”

“太遗憾了！本来我想，一定要让多纪的公司来做呢！”

瀬川很夸张地叹了一口气。

“绝对赚钱的，肯定的！”

“尽管如此……”

多纪想到了武藤。如果再去找他的话，也许还能借到一点。但是，那也太厚颜无耻了。不管再怎么赚钱，眼下肯定是要出现赤字的。

“那么，今天就算了，等我回到东京以后再打电话过来。”

瀬川说完便站了起来。

多纪拿出提前买好的京都的酱菜和舞扇，作为礼物送给了瀬川。

“一定要来一趟夏威夷啊。光是在这里一味地工作，老得很快的！”

“所以，我已经变成老太婆了吧！”

“哪里，你还很年轻。但是要出国的话，还是趁早啊！”

瀬川爽朗地笑着，和多纪握了握手，又行了一个日本礼后，出去了。

多纪叹了一口气，照了照墙上的镜子。最近瘦了不少，只有眼睛还大大地睁着。

“老了啊……”

这一个月里，多纪感觉自己一下子老了很多。

正月里，一个人出去好好地旅行吧？多纪出神地想着。

第四章

正午的原野

京都迎来了新的一年。

元旦那一天，是京都冬天特有的寒冷彻骨、阴云密布的天气，而二号和三号则是万里无云。

辻村公司从年底的三十号到元月五号休息。

按照惯例，多纪在若王子的家里和安代、森子她们一起迎接新年的到来。

去年新年，隆彦在家待了三天，而今年，最终还是没有出现。本来以为，到年底之前，他怎么也会打个电话回家或是写封信联系一下，但都没有收到。被警察追捕之身，即使到了新年，也无法回来吧。

虽然不能说是取而代之，但由于今年有品子的加入，四个人的人数没有改变，只是全都是女人，总是让人觉得有些泄气。

元旦的早晨，多纪吃完早饭，便来到平安神宫进行新年的第一次参拜。和往年一样，是和森子还有安代一起去的，而品子则和其他年轻人一样，可能没有什么信仰吧，留在了家里。三个人一起外出是很少有的。想一想的话，一年可能也就这一次。

平安神宫里非常拥挤。年轻男女们，都穿着和服，好像这也成了一种时尚。

多纪穿着一身绘羽花纹[1]的和服，森子穿的是藏青色的布底上印有鲨鱼小花纹的和服，安代穿的则是有旋涡图案的衣服，三个人穿着不同的和服上了出租车。

多纪带着森子和安代并排向神殿走去，引得不少人回头观看。

有很多东京或是关东人来京都过新年。他们看到这三位穿着和服的美女，也许会觉得这才是优雅的京都女人吧。走在中间的多纪眉清目秀，右手边的森子虽已年过四十，但她曾经是祇园的名伎，至今风韵犹存。安代虽上了点年纪，但身材高挑，穿上和服的感觉也不错。

在旁人看来，这三个人是什么关系呢？是母女吗，或是堂姐妹？总之，人们可能想不到她们之间没有血缘关系吧。

挤在人群中慢慢往前走，三人终于到达了拜殿[2]。

她们在那里一字排开进行参拜。双掌合十、进行祈祷的样子都是一样的，可心里所想是各有不同吧。

“希望生意能够顺利，希望隆彦能够平安地回来，另外……”多纪稍微考虑了一下，“希望今年能够幸福地度过……”

犹豫之后说出来的平凡的话语，只有多纪自己知道其中的含意。

1. 绘画式外套花纹。日本妇女和服的一种大花纹。先在白底衣料上描绘花纹轮廓，然后分解印染使之成为一个整体的大花纹图案。用作礼服或正式场合的盛装。

2. 前殿。日本神社正殿前的行叩拜礼的建筑物。

神社的院落里还是人山人海。有盛装打扮的年轻人，也有带着孩子一起来的夫妇。有的牵着两个孩子，看上去很是温馨。

看到这些，多纪不由得想起跟随父母来参拜时的情景。

最后一次一家四口一起过来，已经是十多年前的事了。当时多纪在上中学，隆彦在上小学。和现在一样，与父母牵着手，走在这条石子路上。

即使是父亲出去玩乐、和母亲关系非常紧张的时候，元旦的新年参拜也没有少过。

踩在石子上那沙沙的响声，一点都没有改变。曾有一次，多纪的草鞋里掉进了小石子，大家都停了下来，帮她把石子清理出去。

那个时候，多纪当然不会想到现在这种情形。十几年之后，和继母森子还有安代一起走在这条石子路上，是她想都没有想过的。

出了神社入口处的牌坊，来到大街上，多纪便和森子分开了。

森子说接着要到祇园町去拜拜年。到祇园町去拜年，只限于一、三、五这些奇数的日子。

和森子分开以后，多纪和安代打车回到了若王子。

家里的桌子上堆满了收到的贺年片。多纪看了看，还有些空的卡片没有寄出去，便写了起来。

元月二号这一天，若王子的家里因为一整天来了很多客人而变得乱七八糟。

从父亲那一代开始，新年第二天的时候，辻村公司的工匠和职员们会来拜年，顺便一起聚会，这个习惯一直延续到现在。

职员们一年一年刷新得越来越年轻，新年期间出去旅行的人也渐渐增多了，但那些老派的职员们，基本上还在京都过年。

一共来了十多人，从早晨十点左右到傍晚，宽敞的客厅里，一片酒气和闷热。

对于那些平时不怎么外出、只是在家里重复着相同工作的工匠们来说，新年时在若王子举行的聚会，就是最大的庆祝活动了。他们穿着和服，或是穿上平时基本不穿的西装，打上领带，来到这里。工匠们酒越喝声音越高，越喝越吵闹不休。

工匠们都是从各个制造商和批发商那里接活来干。在以往的接触当中，有的关系好一些，有的关系差一些。今天来的工匠们都是和辻村家关系比较紧密的，是从父亲甚至是祖父那一代就开始合作的人，所以都是所谓的“自家人”。

最近，手艺好的工匠越来越少，各个制造批发商开始相互抢夺工匠。虽说是制造商，但也不能像以前那样摆架子了。过去甚至还有以粗茶淡饭和长时间劳动来役使工匠的情况，但现在如果这么做的话，谁都不会来了。别说是摆架子，讨好都还来不及呢。

但是，因为工匠们从早到晚在同一个地方、埋头于重复的工作当中，所以有很多人性情乖僻。虽说比起以前已经好了许多，但是和一般人比起来，还是有很大的不同。有的人沉醉于夸耀自己的技术，席间会嚷嚷着“再涨点工钱吧”；也有的人会发誓要尽忠，“不管怎么样，我都不会离开辻村公司的”；还有的人则追忆往事痛哭流涕，甚至和其他工匠打起架来。

大家不喝酒的时候都是好脾气，可一喝了酒，一下子就变成了另外一副模样了。粗哑的嗓门中夹杂着喊叫，宴席喧闹声不断。

多纪挨个敬酒以慰劳他们平日的辛苦，同时也不断地寒暄着今年也请多多关照。不管是自我吹嘘还是满腹牢骚的话她都得听着。告诫一下说大话的人，然后也鼓励一下没有精神的人。如果只和一个人亲密交谈的话，其他人就要嫉妒了，所以在宴席中多纪必须一遍又一遍地来回走动。去年还不知如何应付的她，今年已经得心应手了。

厨房那边，除了安代和森子，高木靖子也在帮忙，光是温酒就忙得不亦乐乎。

元月三号，轮到多纪到各处去拜年了。老顾客、同行、银行的负责人，等等，必去不可的就有五家。

这些，一天之内都要转到。

吉冈如果身体好的话，可以帮忙去寒暄，但现在住院了，也就不能让他去了。

其中有些地方，多纪每年都会去，所以他们也会等着多纪，这样，也就不能说不去了。

即使每家都只请多纪喝一点酒，到结束的时候，也差不多要醉了。

给五家拜完年，已经八点多了，多纪感觉非常疲劳。

“真受不了啊！”开车的小田小声地嘟囔。

他为了今天的新年巡视，昨晚特地从金泽连夜赶回来的。

很久没有回家了，好好地待上几天也没有关系，但小田还是赶了回来。和年轻人不同，他总是这样规规矩矩的。

“你是今天早晨才到的，也一定很累吧？”

“不，我只是在车里等着而已。您可要多休息啊！”

青年向多纪投去了担心的眼神。他有一双清澈的眼睛，长着长长的睫毛。

多纪坐在小田的车上，安下心来。不是因为他驾驶技术好，或是人非常谨慎，只是，不知为什么心情特别平静。

过了新年的前三天，多纪终于等到了自己的假期。

六号就要上班了，只有四号和五号两天属于她自己，所以在这期间，多纪想要好好地休息一下。公司一开门，就又要每天忙个不停了。

不过，也不能完全地休息。四号那天，多纪到嵯峨野的叔叔那里拜年。之后，又去医院看望了吉冈。

本来按计划，吉冈在年底之前就要接受手术的，但因为检查的拖延，再加上外科主任医师的原因，手术被推迟到过年之后。

在医院过新年，吉冈的心情肯定无法平静。

多纪来到病房的时候，吉冈正坐在床上，一边晒着太阳，一边看着周刊杂志。

才十天没见，可他那戴着老花眼镜、弯着腰的样子，显得一下子老了许多。

“怎么样啊？”

多纪带来了新鲜的草莓和葡萄柚作为礼物。

“大概十号左右做手术。等这么长时间！”

因为要做手术才住的院，却等了半个多月，吉冈好像已经急不可待了。

“不要着急！慢慢休养嘛！”

“新年聚会怎么样啊？”

虽然住了院，但吉冈还在惦记着公司的事。

每年的正月二号，工匠们都要到多纪家喝酒。他们一喝醉就会起争执。有的人会把平日憋在心里的积恨，在那个时候一吐为快。

今年也是，压模子的宫内趁着醉意提出了涨工钱的要求，纸店的竹本也显露出要和其他制造商合作的意思。“又不是只有辻村一家制造商”，他们都是这样一副态度。

虽说是上一代主人的孩子，但毕竟是个女人，又很年轻，所以好像他们觉得多纪靠不住。一多半的工匠认为，正因为如此才应该好好扶植，但其中也有人想趁其软弱无力来争取有利条件。

今年的聚会上，这两派就起了纷争，为了平息这次争执，多纪着实费了一番力气。

这段时间，多纪深切地感受到了用人的困难。管理并使用这些有着各自的立场、性格迥异的人们，绝非一件容易的事情。工匠们自不必说，就是那些职员，绝大多数也都比多纪有着更为丰富人生经历。那些人，单单以经理之名，驱使得了吗？

多纪想把这一个月来东奔西跑所感受到的艰辛和悲哀说给吉冈听。痛痛快快地诉说一番，即使哭出来也没什么害羞的。

但是，对推迟手术的吉冈讲那些事情，不是很好。多纪只能把苦涩埋藏在自己心里。

探望吉冈后，多纪回到了家，安代迎到门口。

“大约一个小时之前，有一位叫柚木的先生打来过电话。”

“真的吗……”

多纪刚要往里走，立刻停了下来。

“他现在在哪儿？”

“好像说是在京都。我把电话号码记下来了。”

安代从腰带之间拿出了一张小纸条。是一家宾馆的号码，但具体的她记不起来了。

“他是说让我给他回电话了吧？”

“那位先生说过会儿再打过来。”

这是柚木第二次打来电话了，直觉灵敏的安代也许已经察觉到什么了吧。

“谢谢！”

多纪故作平静，接过纸条，回到了自己的房间。

五点了。一月的太阳很早就下山了，天色已经暗了下来。

换上洋装，把和服叠好之后，多纪拿起了电话，按照纸条上的号码拨了过去，原来是皇家酒店。

一瞬间，多纪犹豫了一下，但还是决定问问看。

“有一位柚木先生住在那边吗？”

“请稍等！”

话务员接着说道：“住在512号房间，不过现在出去了。”

“需要留什么信息吗？”

“不用了。谢谢！”

多纪感谢了一下，慌忙挂掉了电话。

柚木果然来京都了。

什么时候来的呢……

最近，好像有很多东京和大阪人都拖家带口地到京都来过新年。可能是因为不愿意正月里到处去拜年或是接待来访者吧，京都这边也许是最好的逃避场所。

柚木也是因此而来的吗？

想到这里，多纪把那张纸条揉成团，扔进了桌子旁边的废纸篓里。

他不在，太好了……

多纪松了一口气。如果柚木的妻子也在房间，而且接了电话，应该说什么才好呢？

说是辻村的话，又要发生以前的那种状况了。

多纪为自己的冒失感到后悔。没有考虑一下就打了电话，她很奇怪自己的表现。

如果对方有什么事的话，一定会再打过来的。

多纪等着柚木的来电。一想到他的妻子，多纪便丧失了打电话的勇气。

吃过晚饭，洗了澡，多纪回到自己的房间，坐在书桌前。虽然想画一些扇面什么的，但心情一直难以平静下来，于是便漫不经心地翻开了杂志。

过了大概一个小时，放在桌子一头的电话铃响了起来。从回来的时候起，多纪就把电话切到了自己房间。

铃声响了三响，多纪接起了电话。

“喂？”

听到那稍微有些低沉的声调，多纪知道对方就是柚木。

“很久没有问候了！我是柚木。”

“新年好！今年也请您多多关照！”

对服丧期间的柚木讲这些话，好像有些不大合适，但柚木并没有在意。

“我听说刚才您打过电话了。现在您在京都吗？”

“现在我在皇家酒店。刚从东山那边散步回来。”

“是吗，什么时候来的呢？”

“今天中午到的。此前收到了非常贵重的礼物，所以想道个谢。”

柚木是在说多纪寄的那套领带夹套盒的事情。

“哪里哪里，承蒙您的关照，吉冈下周就能接受手术了。”

“是吗？在京都停留期间，我想我可以见到那位主任医师的，我会再跟他好好说一下。”

“真是太感谢了！您在这里要待多久呢？”

“两三天吧，不过还没有完全决定。”

“这次来是有什么工作上的事吗？”

“不，只是随便走走。”

“随便走走？”

“嗯……”

柚木的声音中有些忧郁。

停了一会儿，多纪鼓起勇气问道：“您明天有什么计划呢？”

“没什么特别的，打算到嵯峨野那边去看看。”

“您夫人呢？”

“不，就我一个人，我是第一次冬天到嵯峨野去。”

“嗯，如果合适的话，我来给您带路吧？”

“您忙吗？”

“不忙，明天休息。嵯峨野深处有一家叫作‘常春藤’的老店，已经开了四百年了，可以的话，就在那里吃饭怎么样？”

“那太感谢了！明天您真的可以吗？”

“没关系的，倒是我要先问问看明天‘常春藤’是不是有空位。我想它正月里也应该是营业的，但那是很老的房子，一天只接待二三组客人。”

“是一家很挑剔的店啊！”

“呵呵！是因为人手少，菜又做得精致，所以没办法招待更多的客人。”

“这样说的话，一定要去看看才行。”

“那我就先问问‘常春藤’那边，过一会儿再打电话过来。”

“好的，等您电话。”

第二天，多纪来到酒店接柚木的时候，他已经在大厅左手边的饮茶休息室一边喝咖啡一边等着了。“常春藤”从下午四点开始可以订河流沿岸的房间。

看到多纪到来，柚木站起身，露出了笑脸。今天柚木穿着一身茶色的西装，打着一条格子领带，戴着多纪送给他的珊瑚领带夹。

“今年也请您多多关照！”

拜过年之后，多纪从对面柚木的脸上看到了一丝憔悴。

“是不是有些累啊？”

“没有啊。”

柚木虽然爽朗地回答，但一个半月没见，好像又增添了几丝白发。

“‘常春藤’那边大概四点钟开始订座位，在此之前，我们先到哪边去走走吧。”

“好啊，第一次冬天到嵯峨野来，一定要去走走……”

“现在天气很冷，所以很少有人到嵯峨野，这样那边会很安静。”

之后，两个人又聊了一些关于吉冈的事情，二十分钟以后离开了酒店。

虽然是晴天，但可以听到风的声音。柚木把大衣的领子竖了起来，拦下了一辆停在酒店前面的出租车。

“我们先到常寂光寺或是二尊院去转转吧。”

已经是元月五号了，但京都街头穿和服的身影仍然引人注目。虽然每年穿和服的男性也越来越多，但还是穿长袖和服的年轻女子更漂亮一些。好像是为了不让这漂亮的和服花样消失似的，大家都不穿外套，而只系着围巾。

多纪穿着一件宫廷式的和服，外面是一件粉红色的短外套。相对于她二十八岁的年龄，稍显朴素，但与柚木走在一起，却是非常协调。

车子沿着丸太町大街向西驶去。经过释迦堂前面向左转，接近小仓山的时候，常寂光寺那朱红色的山门便映入了眼帘。

如果是秋天，周围会是一片火红色。而现在，那已经掉光叶子的枫树的枝头，则透出了蓝色的天空。

两个人登着石头台阶，到了多宝塔便往回走了。

他们到达“常春藤”是四点稍过的时候。爱宕大街上没有什么往来的人影。到了傍晚，天气更加寒冷了，入口处那写着“鲇鱼驿站”的方形纸罩座灯，在寒风中浮现而出。

顺着大街，从此向右走七公里是栂尾，向左走三公里就是落合。在过去，到了爱宕路，肯定是要休息一下的，然后再走就进京都市了。

多纪下了车，站在入口处。不一会儿，穿着棉坎肩的领班迎了出来。

入口处是一个三间[1]大小的大厅，放着铺有猩红色毛毡的台子。好像到附近来的人，都会顺便到这里喝口茶什么的。

领班引领二人穿过大厅，向左转，来到里面的房间。

房间有八叠大小，非常暖和，桌子两边已经摆上了座位。

“真不知道这样的地方有这么漂亮的房间！”

柚木坐下之后，转身看了看后面。窗户靠近爱宕山的山麓，下面的山谷间流淌着一条小河。

“这边是一个养鱼池。”

与河流平行的地方有一个蓄水池，上面还挂着捕鱼的网。

“应该有很多鲇鱼，但看不见。”

1. 日本的长度单位。一间等于 6 日尺，约合 1.818 米。

暮霭已经从山谷覆盖到了水面上。

“真安静啊！”

两个人面对面，望着同一侧的窗外。流淌在山谷间的潺潺水声，从地板下面透了上来。

不一会儿上菜了，女主人过来寒暄了几句。那是一张朴素的京都人的脸。多纪向她介绍了一下柚木。

菜肴正如新年的习惯，端上了黑豆和乌鱼籽。然后是塞在莴笋和金橘里的醋拌生鱼丝、刀拍牛蒡，还配上一个做成兔子形状的萝卜，确实是精心制作出来的京都料理。

“那么……”

二人端起已经斟满酒的酒杯，相互看了一眼。一个半月前在“石水”面对面的时候，多纪还有些紧张，但现在一点也不了。第二次的见面，给多纪增添了一分镇静。

菜一道一道地上着，有芝麻豆腐、清蒸海鳗、芜菁[1]串、鲜鲤鱼片……

“怎么样？”

“太好吃了！”柚木拿着筷子点头道。

多纪又给他斟上了酒。

“明天没有会了，很轻松吧！”

“很久没有这样悠闲自在了！”

“医院里的工作很忙吧？”

“嗯，还可以……”

柚木的神情中掠过一丝忧郁。

依然在过新年，可柚木却一个人来到了京都，多纪猜不透他此行的真正意图。那位文雅但是稍微有些严厉的夫人怎么了呢？失去孩子之后的第一个新年，夫妇二人难道不应该在一起吗？多纪虽然心里这么想，但嘴里讲的还是其他的事情。

“这次能待到什么时候呢？”

“假期大概休到十号，看情况，我想也许明天就回去了吧。”

“这么早……”

“我也想多待几天。但由于是突然来的，所以预订不到后面几天的房间了。”

“如果有酒店的话，还能住下去吧？”

“其他我也问过两三家，也许是新年的原因吧，好像都满了。”

1. 一种草本植物。叶大，呈长方形，根、叶均可食。

隔扇又被打开，女服务员端着一盆水果走了进来。菜到这里就已经上完了。

“这里可以帮忙叫车吗？”等服务员摆好后，多纪开口问道。

“十分钟左右就能到，需要吗？”

“好的，拜托了！”

水果是葡萄柚，里面稍微加了一些白兰地。

“日式旅馆可以吗？”

“可以的。有什么地方吗？”

“之前吃过饭的‘石水’那边怎么样啊？”

“高台寺附近的那家？”

“那里主要是吃饭，但跟他们讲一下的话应该也让住宿的。您不喜欢那样的地方吗？”

“不，没有！因为说到住宿，我光是注意酒店了。也许来京都，住在日式旅馆更好些吧。”

“那我回去问问看吧。以前这里好像也可以住宿，但最近因为人手不足，就开始谢绝了。”

“是吗？”

柚木点点头，他站起身来，望向窗外。那因为植被枯萎而褪去颜色的山谷，已经被笼罩在了夜幕之中。

“那里也有房间吧。”

多纪也站了起来，并排站在柚木旁边。养鱼池旁边，有一个房间，灯光明亮地映照在拉门上。

“安安静静的真好啊！”柚木望着山谷方向自言自语地说道。

四周，只有视野下方那条河流的声音，在单调地持续着。

多纪一边听着那声音一边看着窗外。透过夜色中的玻璃窗可以看到，两个人的脸离得很近。

“啊……”

一瞬间，多纪耳边听到了一个很小的声音。好像是从窗户外传来的，又好像是房间里传来的。

屏住呼吸，多纪转了过来，看到了柚木的脸。

“不！”多纪想要叫喊，声音一下子从嘴里冲了出来。但是与文字本身的含义不同，好像那只是没有经过大脑的一声呼喊而已。

多纪摇了摇头，慢慢后退。她的后背碰到了拉门，胸脯却挺了起来。

如同黑夜一般，好像有一种既昏暗又深邃的东西抓住了多纪，使其像是被绑住了一样无法动弹，然后她的双唇就被占领了。

多纪也不清楚，那是很长的一段时间，还是很短的一瞬。

终于，柚木慢慢地离开了多纪的双唇，稍稍喘了一口气，又突然紧紧抱住了她。

“我爱你……”

这次，多纪的耳朵清楚地听到了那个声音。那确实是一个男人的声音，就是眼前的柚木所发出的。

多纪非常平静，感受着这个男人的气息和味道。这是怎样的一种感觉呢？很难用言语说清。但其中有一种她之前不曾感受的，男人的高大和强壮。

多纪把身体埋在这高大的身躯之中，听着河流的声音。在男人的双臂之间听到的潺潺的流水声，间隔很长，有一种懒洋洋的感觉。

柚木左手搂着多纪的肩头，右手静静地理着她那散乱在耳边的头发。头发被拢起来的时候，就能看到脸了，所以多纪使劲地把脸贴在了柚木的胸膛上。

河流还如往常一样，在两个人的脚下流淌。

多纪真希望所有的一切都能够停止。夜晚、河流，所有的东西都停下来，一直到永远，那就好了。多纪一边祈祷着，一边闭上了眼睛。

虽然眼前是昏暗的，但多纪知道，抱着自己的就是柚木。已经没有任何怀疑，多纪所有的感觉都证实了，那就是柚木。从他那轻微的身体动作，一直到呼吸的节奏，都能感觉得到。

被抱在怀里，多纪意外地感觉到了柚木的高大。柚木身体稍微前倾，抱着多纪，但他的脸却在多纪头上较远的地方。

不管是远离还是靠近，人身体的大小应该是不会改变的，但和想象的不同，那宽大、厚实的男人的身体是如此高大，令多纪感到不可思议。

时间只是过去了短暂的一小会儿。

多纪听到了由远而近的木屐声。柚木的上半身动了一下，虽然有些恋恋不舍，但他还是松开了胳膊。

多纪前面一下子亮了起来，她慌忙把脸转了过去。柚木叹了口气，坐回到桌前。

“打扰了！”

伴随着女服务员温柔的声音，隔扇被拉开了。

“车子来了。”

“谢谢！”

多纪透过窗户看了一眼外面的夜色。她拿上包，和柚木一起穿过大厅，走出了饭店。

“非常感谢！”

好像是在被女服务员的声音追赶着似的，多纪快速地钻进了车里。

两个人之间发生的事情，女服务员并没有注意到。她进屋的时候，他们已经做好要走的准备了。以为被看到了，那只是多纪多虑而已，但是多纪还是非常紧张，好像犯了什么荒谬绝伦的错误似的，极为不安。

两人并排坐在了车里，但那种不安依然没有消失。

柚木坐在多纪的左边，直视着前方。

他在想什么呢？多纪很想知道，但并没有问出来。相反地，就连侧一下脸都感到非常害怕，害怕中又掺杂着害羞与不安。

车子从西大路开出，不一会儿便上了丸太町大街。由于是元月五号，所以开门的店铺还很少。看到了大街上的路灯，多纪稍微恢复了一些平静。

“直接回去吗？”

“好吧。”多纪望着那摇曳的光圈回答道。

既想就这样待在一起，又想还是到此分开的好，这两种想法交错在多纪的脑海中。不管怎样，分开以后，一定要好好考虑一下今天的事情。

“那么，先送您回去吧。”

“不，您那边比较近，我送您。”

“我是想到您家去看看。”

“那请您白天的时候来吧，现在什么也看不见。”

多纪想起了若王子的家，又想起了安代和品子那些无聊的争吵等琐碎的小事。

“那么，明天您帮我问一下‘石水’那边的事情吧。”

“今天晚上我就确认一下。”

“那，如果不行的话？”

多纪想起来，柚木说过，如果没住的地方，他就要回去了。

“肯定有地方的。”

通过电车轨道的时候，车子晃了一下，柚木的肘部轻轻地碰到了多纪的胳膊。多纪心里咯噔了一下，以前不会在意的事却一下子敏感起来。

“明天还会见面吗？”

“可以吧……”

接吻的事情使两个人的对话变得有些沉重。

“明天要到公司上班吧。”

“是的，不过只是新年打个招呼而已。”

“那么晚上再一起吃个饭怎么样？”

“您不回东京，真的没有关系吗？”

“没事的。”

在对面来车的灯光的映照中，柚木的面容显得有些憔悴。

第二天是星期一，公司开始了新一年的工作。

多纪九点钟从若王子出来，乘小田的车来到了公司。

虽说是开始工作了，但实际上第一天只是新年见个面而已。男性职员们和平时的西装打扮没什么两样，而女人们则基本上都穿着和服。

九点半，多纪在大家面前进行了新年的问候。

过去多纪父亲当经理的时候，有时会长篇大论，称之为“新年有感”。而多纪只说了句“我希望今年和大家一起愉快地工作”，之后就以一句“今年也请大家多多关照”结束了发言。

对于像吉冈这样的老职员来说，发言过于简单了，他们好像有些不满，而年轻人们，倒是更喜欢这种轻松的方式。

一边致辞，多纪一边为昨晚的事情是否被职员们所知而不安，但那好像是多纪想得太多了。

致辞完毕以后，所有人员在二楼的会议室集中，稍微喝了些敬神酒后，便开始工作了。不过说是工作，也多是给客户打打电话，或是相互聊聊家常什么的，实际干活，是从明天开始的。

十点的时候，多纪从会议室出来，在办公室给柚木的酒店打了个电话。

“啊，现在几点了？”

柚木的声音听上去有些含混不清。

“对不起，还在休息吗？”

“啊，昨晚睡不着，到今天早上才睡着的。”

“十点了。昨晚旅馆的事情，‘石水’那边可以住的。”

“那太好了！什么时候去呢？”

“下午就可以了。有个叫‘小福’的，您还记得吧。我已经把您的姓名告诉她了。”

“那我去试试吧。您在家里吗？”

“不，我在公司。接下来我要到各处去打打招呼，我想五点，最晚的话六点就结束了。您要到什么地方去吗？”

“最多也就是到高台寺周围溜达一圈。”

“那么，傍晚的时候我去‘石水’那边跟您会面。”

说到这里的时候，有人敲门，多纪便挂上了电话。

当经理的，从新年的第一天开始，就会有各种各样的工作要处理。多纪把新年假期期间收到的信和贺年片整理好之后，和会计藤本碰了一下头，便出发去关西银行了。

关西银行的分行经理村上，就是去年年底的时候克服困难同意融资的人，所以必须得去打个招呼。正月初三拜年的时候，他到冈山去了，没有在家。

傍晚，将近下班的时候银行的业务不忙，多纪找到了分行经理。

“不用专程跑过来的！”

村上显得非常高兴，接着问道：“辻村小姐，今天你接下来有什么事吗？”

“没什么特别的事情……”

“那一起吃饭吧？今天我就一个人。”

“您夫人呢？”

“年底就到冈山的娘家去了，还没有回来。怎么样，可以吗？”

“如果经理您方便的话，就一起去吧。”

“那我可是十分地期待哟！”

村上说完，便出去换衣服了。正面墙上的钟显示的时间是五点十分。银行好像是五点关门。

多纪一个人留在接待室里，想起了与柚木的约定。

和分行经理吃完饭，肯定要超过六点了。然后再赶到“石水”的话，就要到七点钟了。

柚木在等她，但又没有借故拒绝村上，多纪感觉自己做得很失败，可现在后悔也没有办法了。要拒绝的话，一开始就应该说清楚的。

多纪一边想着一边看着窗外。村上换上了大衣来到多纪的面前。

“让你久等了，我们走吧。”

“真的可以吗？”

“当然啦，我一直在寻思和谁一起去吃饭呢！”

多纪站起身来，穿上外套跟在后面。他们乘电梯下到一楼，从职员专用门走了出去。

“在冈山光吃节日料理了，很久没吃过牛排了，怎么样？河原町大街有一家叫作‘风采’的牛排店。去那边吧。”

从银行走过去也就是十分钟左右的距离，但村上还是打了一辆车。

“能和你这样的美女单独吃饭，真是我的荣幸！”

“哪有，您别开玩笑了！”

村上兴高采烈，可多纪高兴不起来。

这家店，位于河原町大街边上一幢大楼的二楼，入口狭窄，但里面很大。两个人在靠里的一张铺着白色桌布的餐桌前，面对面坐了下来。

“你喜欢吃什么呢？”

“我并不是很饿。”

“姑且尝一尝嘛！”

村上点了精选菲力[1]，多纪则要了速烹牛排。

“今年也请您多多关照！”

“哪里哪里，请您多多关照！”

多纪配合着分行经理，举起了装着红酒的玻璃酒杯。

“新年到什么地方去了吗？”

“没有，哪都没去。”

“那太遗憾了！还是一个人比较无聊啊！或者是你喜欢的人不太方便去吧？”

“没有这样的人啊！”

“令尊在世的时候，可从来没有单身过啊！”

分行经理对多纪的父亲也是非常了解。

“不过，你是越来越像你的父亲了。”

“是吗？”

多纪心里很着急。因为惦记着柚木，所以怎么也吃不下去。尽管如此，却也不能露出不高兴的神色。为了保持这两者之间的平衡，多纪只好一个劲儿地喝着红酒。

分行经理点的好像是相当有来头的红酒，可多纪不怎么喜欢这种味道。

“今年经济严重萧条，可能会有商家要倒闭了。”

“经济萧条要持续到什么时候呢？”

“如果经济发展放慢的话，就会出现通货膨胀，政府也会很困难的。”

如果放在平时，是要仔细聆听的，但现在多纪怎么也听不进去。

“再来一瓶红酒吧？”

1. 嫩腰里脊肉。牛、猪等从腰到背的一块最上等的肉。脂肪少而嫩。

“不了，已经够了。”

“没关系吧！和你一起吃饭，真的是第一次呢！”

“下次让我来设宴招待您吧！”

“不不，我不是这个意思！不如，我们再到哪里去喝一杯吧。”

“不了，我已经……”

“今晚不是没什么事吗？”

“是没有，只是我母亲有些感冒。”

“那也不必这么慌慌忙忙地回去吧！”

“真对不起！我先告辞了！”

多纪一边说着，一边拿上包站了起来。

来到外面，凛冽的寒风一阵阵地吹打在多纪的脸颊上。她看了看表，马上就要七点钟了。

夜晚的河原町大街上，挤满了人。多纪分开人群，走到行车道前面，打了一辆出租车。

“麻烦你到高台寺那边的‘石水’饭店。”

司机答应了一声，关上了车门。多纪叹了口气，把身体靠在了座位上。

终于从分行经理那里逃了出来，之后就可以直接去柚木那边了。多纪刚刚感觉没事了，分行经理的脸又突然浮现在了脑海中。

这种辞别的方法，实在是太唐突了。村上肯定已经察觉到了，母亲感冒只不过是个借口。自己离开的时候，他看起来分明有些不大高兴。

都已经二十八岁了，多纪还是不会处理这些人际交往的技巧。如果待不长的话，刚开始的时候就应该先暗示一下要早点回去。

可对于多纪来说，那已经是竭尽全力了。去寒暄的时候，没有想到分行经理会请她吃饭，更没有想到，他又提出要换一家再喝的要求。所有的一切都在预料之外。

尽管如此，把满怀好意的分行经理一个人留下，而独自离开，这种做法还是相当失败的。不要因此而产生什么坏的结果就好了。

多纪突然开始埋怨起柚木，尽管他对多纪费尽心思摆脱分行经理的事情一无所知。

多纪到达“石水”时，已经是七点半了。由于路上有些堵车，所以比预计的多花了些时间。

柚木正在桌前一边看报纸一边喝啤酒。

“我迟到了，很抱歉！”

“没有。”

柚木放下报纸，轻轻地笑了一下。虽然等了半天，但看样子并没有生气。

“出门的时候，突然有些事情不得不处理，您肯定生我的气了！”

“我在休假呢，没关系的。”

“您还没吃饭吗？”

“好不容易有这个机会，所以想和你一起吃。”

这样的一句话，让多纪感到了匆匆忙忙赶过来的价值。她已经不再后悔强行向分行经理告辞的事情了。

小福问道：“马上吃饭吗？”

“是的，另外，再要些酒。”柚木说道。

“第一天就很忙吗？”

“有很多无聊的工作。”

“已经没事了吗？”

“是啊，全都处理完了。”

多纪现在已经不想再考虑工作上的事情了。

不一会儿，小福把菜肴端了上来。

“怎么样，喝一杯吧？”柚木拿着酒壶问道。

“我不喝了。”

“好了，喝点儿吧，我来倒。”

“其实，来的时候我已经喝了一些了。”

“这么一说，脸是有点红啊。”

被柚木盯着一看，多纪羞涩地低下了头。

“您给我介绍了一个好的住处，太好了！”

“还满意吗？”

“一个人住在这样的地方，感觉像是朝廷的大官一样。”

房间和上次吃饭的屋子隔着庭院，有十叠大小，透过拉门还可以看到院子里的篝火。

“上次还说要到能看到八坂塔的那间房间，欣赏舞蹈《黑发》呢。”

多纪想起了十一月份柚木来时的约定。

“明天我来约吧？”

“非常遗憾，明天我就要回去了。”

“不能再待几天吗？”

“我也想啊！但是医院那边打来电话说医务室人员发生了一点事故。”

“很严重吗？”

“不，没什么大事。只是我不在的话，会不太好办。”

“那么，您明天就要回去了啊？”

柚木点点头，直视着多纪。

多纪垂下了目光，她想起了昨晚在“常春藤”的事情。

柚木好像饿了，不断地吃着菜。这种吃相让人赏心悦目。

“今天我在京洛医院见到川岛了。大概要切掉半个胃，不过不用担心。”

“半个……”

多纪有点害怕，但柚木对那种事情好像习以为常，他一边吃着乌鱼籽，一边喝着酒。

“他的手术技术很好的，请放心吧！”

手术之前必须要到吉冈那边去一趟。多纪那有些醉了的头脑当中，又在考虑明天的工作了。

不久，走廊里传来了三味线的声音。也许是冬天的缘故吧，低音很有穿透力。

“再喝一点怎么样？”

“不了。我已经喝不下去了。”

多纪知道自己已经醉了。五点开始和分行经理喝酒的时候就已经在控制了，现在好像酒劲又上来了。

喝多了的话，眼睛周围会发红，所以多纪想要离开座位看看自己的脸，可摇摇晃晃地站不起来。

“在这样的地方和你面对面坐着，好像来到另外一个世界一样。”柚木望着夜色中的院子说道。

拉门的玻璃上有篝火在摇动，那里仿佛又映出一间明亮的房间。

饭吃完了，小福端来了餐后的甜瓜。

“现在几点了？”多纪为了振作自己的精神，这样问道。

“八点半。时间还早，请慢用！”

等到小福那穿着白色袜子的脚消失在隔扇前的时候，多纪拿起了包。

“我有点……”

多纪又把手撑在榻榻米上试着起身，身子却一阵发软，抬起的腰也沉了下去。

“怎么了？”

“没事……”

多纪摇着头，瘫坐在那里。

“没关系吧？”

知道柚木在靠近自己，但多纪只能双手撑在榻榻米上，垂着头。

“喝醉了吧？”

柚木那温热的气息触碰到了多纪的耳际。

“还是不要动的好！”

“没事的！”

多纪振作起松弛的精神，站了起来。但刚一站住，上身就又摇晃了起来。

“不行，还是稍微休息一下吧！”

“不用……”

多纪在抗拒，可她的上半身不知什么时候已经贴在了柚木的胸膛上。

“累了吧？”

伴着那低沉而富有磁性的声音，柚木脸颊上的温暖也传递了过来。多纪知道这样子下去不行，但身体慢慢地慵懒起来。

“到这边来吧。”

柚木搂着多纪的肩头，走到房间的角落，打开了隔扇。

“放松一下就好了。”

“真的没有关系。”

多纪一边说着，一边抬起了头，只见十叠大小的房间的中部铺着被褥。正面有一个壁龛，左手边是一扇拉门。干净而紧凑的日式房间，在枕边的纸罩灯的照射下，淡淡地浮现出来。

多纪一下子犹豫了，接着身体马上向后退去，但柚木的双臂已经抱住了她。

“不……”

多纪在柚木的两臂间摇着头，柚木并不理会，把她拉到近前，两个人的嘴唇贴到了一起。

“不行……”

多纪想这样说，但没有说出来，只是在柚木的口中稍微动了动舌头。

多纪体内有些东西开始慢慢崩溃了。一是因为喝醉了，除此以外，也是由于这种程度的事情昨晚已经允许了，而又有一种安心的感觉。

想要拒绝，头脑中却有另一种感觉想要接受。和平时的多纪不同，好像又有一个多纪行动了起来。

在仅存的理智当中，多纪知道这样子下去就要出大事了。对于男女之事，多纪现在还不想变成那个样子。

而且，如果被小福知道了，那该怎么办？还有柚木的妻子……

“不！”

多纪突然叫了起来。理智正在消失的她好像又苏醒了过来。

但那好像反而激起了柚木的欲望。

柚木松开嘴唇，更加用力地抱住多纪，以多纪根本无法逃脱的力道，把她放倒在了地板上。

多纪知道现在自己处在极为危险的境地。这样子下去的话，最后就要和柚木变成另外一种关系了。

“不行！”一个声音在脑海中响起。

另一方面，在这种慵懒的感觉当中，也有一丝想要放弃一切的欲望和一种希望就这样被柚木掠夺而去的冲动。

想要接受，又想要拒绝，两种心情重合在一起，错综复杂。一会儿这种想法比较强烈，一会儿另一想法又占据了上风。

对于多纪，最辛苦的不是身体上的抵抗，而是在那两重矛盾波浪之间的摇摆。如果能决定下来到哪个方向就好了。多纪打算，被柚木拖到哪里，就顺从到哪里。走到那一步，也就不想再抵抗了。

多纪开始迷失自我了。平时那个要强的多纪消失了，而变成了一个可以让对方任意妄为的女人。现在，如果柚木强行要与她发生关系的话，多纪也会接受的。

柚木知道这些吗，或者只是依照心意所向，把多纪抱得更紧了？在那近乎窒息的压迫和温柔当中，多纪感觉到腰带[1]快速地松了开来。

头发和领口肯定都已经乱了。现在，也没有办法抬起头来整理领子。要把领子合在一起，就必须解开腰带重新整理和服才行。

这个样子已经回不去了。不把衣服和头发收拾好，就没法从房间里走出去。

多纪开始放弃了。没办法走了，这样的借口使多纪的胆子大了起来。

忽然，温热的气息触碰到了多纪的耳边。

“我想把腰带解开。”

“不行……”

“求你了……”

耳边好像有火在燃烧。

1. 穿和服时，系在腰间在背后打结的长布带。

多纪知道那个男人正在拼死地渴望着。抛开地位和年龄，正在向她求爱。

绕到背后的手更加粗野了起来。多纪知道，腰带的后面已经被完全解开了。她心里清楚，自己已经完了。

多纪紧紧地闭着双眼。现在她不敢睁开眼睛。如果睁开的话，羞耻感就会一下子苏醒过来。

细绦带[1]与腰褶[2]全都被拿下来了，多纪稍一动，衣服就从肩头一下子滑落了下来，只剩下一件淡粉色的贴身长衬衣。

多纪不能点头，被柚木看到的话，他就可以为所欲为了。

多纪被柚木贴身抱着，只隔着一层薄衬衣。为了逃避那种羞涩的感觉，她将自己蜷缩起来，紧紧地躲在柚木的怀里。好像稍微离开一点的话，马上就会被柚木盯上，然后夺走似的。

多纪闭着眼睛，感觉着柚木的心跳。虽然不能清晰地听到心脏的声音，但每一次呼气和吸气时胸脯的起伏，却是可以感觉到的。

现在这个样子，多纪非常满足。

像这样一直被抱着就好。接下来的事情都是未知的，虽有些好奇，但还是很害怕。多纪知道必须要在某一个时候超越那种害怕，只是现在还无法勉强自己。只要被紧紧地抱着，多纪就满足了。

也许柚木也非常明白多纪的心思，所以他只是紧紧地，而且温柔地抱着多纪。

如果是再年轻一些的人的话，可能会强行地索求，但柚木的拥抱是很有分寸的。多纪有些胆怯地、一点一点地揭开了羞赧的面纱，对于柚木，好像已经能够放心地把自己完全交给他了。

不过，那种温柔不会持续到永远。

终于，柚木好像忍耐不住了，把手放在了多纪的胸脯上。

“不……”

多纪本能地知道，那个动作是在索求最后的东西。

“请放手……”

多纪开始拼命地反抗了。

变成那样子的话就不好了。并不是为了那个目的才来到这里的，所以不能容许他胡来。多纪身体当中已经开始收敛的抵抗又一次涌现了出来。

与内心相比，多纪只是在做身体上的抵抗。也可以说是处女的身

1. 束紧用。女式和服腰带小饰品之一。为避免带子结扣松开而系在带子上的绦带。
2. 为调节和服的长短而在和服腰部缝的褶。

体对于未知事物的一种本能的胆怯。

但是，柚木并没有减缓力道。衬衣敞开的一瞬间，多纪用尽全力推开了他。

“不可以！”多纪斩钉截铁地说道，同时急忙把衬衣合好，双臂夹在胸前。

是因为出乎意料的抵抗吧，柚木停了下来。他的手还搭在多纪的肩头，但两个人的身体已经分开了。看似放心了，但那分开的缝隙之间，反而令多纪有些小小的不安。

“多纪。”柚木终于小声说道。

“我想要……”

低沉但确实的声音，充满了夜色中的房间。

没有什么原因，听到这一句话，多纪突然感觉可以给他了。是因为夜晚过于安静了吧，或是因为柚木身体的离开吧，多纪已经不再感觉那么害怕了。

对于已经被推开但仍在渴求的柚木，多纪反倒有一种温柔和放任的感觉。

柚木靠近过来，重新抱住多纪，然后慢慢地进入了她的身体。

那一刻，多纪想要小声喊出来。它终于真实地发生了。

多纪清晰的记忆，到此为止了。以后的东西，全都是新鲜的，而且充满了羞涩。那以后的事情，与其说是用头脑想起来的，倒不如说是身体的记忆更为恰当。

再次回归到了平静，多纪透过拉门的玻璃，看到院子里的篝火正在熊熊燃烧。

壁龛、座灯、庭院中的篝火，与之前没有一点改变。安静的日式房间也和来的时候一模一样。

但多纪的身体里，已经发生了很大的改变。

她有一种来到美丽异国的感觉，非常新鲜。

“我爱你！”

柚木轻轻地把多纪抱了过来，没有了刚才的那种力量和狂野。说是把身边的东西轻轻地拉了过来也不为过。

那个拥抱之中，有着和以往不同的可靠与平静，有一种“已经没事了”的安心的感觉。

多纪缩着脖子钻到柚木的胸膛，如小鸟归巢一般，待在了他的怀里。

“真安静啊……”

幸福就像涨满的潮水一样，慢慢地包裹着多纪。

淡淡的黑暗当中，多纪慢慢地数着柚木胸部的骨头。眼前的是锁骨吧？是根挺大的骨头，下面有肋骨。

柚木不太胖，也不太瘦。所以锁骨看不出来，摸上去才知道。

现在多纪可以很平静地去摸柚木的身体了。一边摸着，一边感觉着他的存在。

“对不起！”柚木小声说了一句，“刚才是真的想要。”

……

“生气了？”

多纪没有回答。现在的多纪没有时间去回答那些问题，就算回答了，也都是谎话。

柚木偷偷地搜寻着多纪的嘴唇，也可以说是多纪自己将它奉献了出去。只是轻轻地接触，但特别有心跳的感觉。

“我不会再离开你了！”

放开了嘴唇，柚木又一次紧紧抱住了多纪。

多纪现在没有一丝悔恨和悲伤，感觉自己的命运就是如此，理所当然的事情，自然而然就发生了。

多纪真想就这样一直睡到天亮。

第二天早上，多纪比平时晚了三十分钟去公司。

“有哪里不舒服吗？”等候的小田担心地问道。

“没有。刚出门的时候接了一个电话。”

多纪随便说着，坐在了座位上。

昨晚，多纪还是起身回到了家，可是迷迷糊糊的，难以入眠，直到快天亮时吃了两片安眠药，才浅浅地睡去。睡梦中，好像看见自己独自一人在落叶深厚的林中徘徊。当她醒来的时候，头脑昏昏沉沉的，不是十分清醒。

起床之后，多纪马上又想到了柚木，他现在怎么样了呢？不得已放下了这个想法，她才开始做出门的准备。

不知为什么，多纪觉得身体特别疲倦，和平时不一样。她先梳好头发，洗了洗脸。

要穿和服吗？多纪犹豫了一下，她突然很想穿清爽的洋装了。多纪穿上很久没有穿过的连衣裙，外面套了一件紫红色的大衣。她穿得很漂亮，想以此来振作精神，可睡眠不足的阴影好像并没有消失。

早晨干冷的街道，枯黄的树木，多纪把所有的一切都和昨晚的事情联系了起来。

“讨厌……”多纪用小田听不到的声音小声说道。

如果总是这个样子就麻烦了，必须要找个地方把昨晚的事情统统甩掉。

多纪这样想着，但思绪又回到了柚木身上。

他应该很平静的吧……

突然，多纪有一种想顺路到“石水”去看看的冲动。

就当什么都没有发生，仍然很爽朗地打招呼，那该有多好啊！

在昨天以前那是可以的。就说去公司，正好顺路去看看，这样并不奇怪。

但是现在不能去。不管怎样，也没有脸去见小福。

考虑着这些漫无边际的事情，多纪到了公司。

不一会儿，高木靖子和藤本相继过来商量生意上的事。从今天起，工作就真正开始了。

但是多纪的脑子里，还是在考虑着别的事情。柚木几点回去呢？要不要打个电话问一下，到车站去送送呢？现在他在“石水”干什么呢？

职员们的汇报，她只是心不在焉地听着。之后的日志和发票，也只是用眼睛扫了一下。

不知该怎么办的时候，电话铃响了。

“一位叫柚木的先生打来的电话。”靖子告诉多纪。

多纪坐好，拿起了电话。

“昨天很感谢！”

“哦……”

多纪对自己的回答感到很奇怪。

“我乘一点十四分的新干线回东京。”

多纪点点头，嘴里轻轻地说了声：“要走了啊。”

十二点四十分，多纪从公司走了出来。柚木的电车是一点十四分发车。

打电话的时候，柚木跟她说不去送行也可以，多纪也没有确切地说去还是不去。

柚木的那句“回东京”，让她耿耿于怀。

多纪知道自己拘泥于一句话是不对的。既然住在东京，当然是要回去的，但她好像是听到了一句事先没有想到的话语一样，感觉胸口憋得难受。柚木的妻子、房子就像连锁反应似的，一一浮现在眼前。

“那么，再见……”

挂上电话的时候，多纪一点都不想去送行。

可为什么现在又想去了呢？如果就这样分开的话，以后就没法工作了，会后悔的。

是为了不留遗憾而去的，多纪在车里告诉自己。

到达新干线京都站的时候，正好是一点钟。离发车还有十多分钟。多纪看了看售票处周围，没有柚木的踪影，于是便在大厅的一头静静等候。

人流不断地从检票口前的台阶涌上站台，广播正播报着电车的到达时间。

一点过五分，广播里开始介绍柚木要乘坐的那趟一点十四分开往东京的“光之号”列车。

时间不多了，但还是不见柚木的踪影。

难道说计划改变了吗？车站的大钟显示确实已经一点零五分了。多纪从检票口向站台张望。

也许柚木已经到站台上了吧，多纪这样想着，但站台上仍然看不到他。如果是按原计划走的话，那他可真是个沉得住气的人啊。

多纪突然产生了一种不安，可能就这样见不到柚木了吧。

是不是有什么更急的事，已经赶早一班电车回去了呢？多纪这样一想，刚才的迷惑便开始消失，而变得特别想见柚木了。她为没有确切地说要来送行而感到很后悔。

候车室里的人们徐徐排列而出，来到站台上。

也许已经见不到了吧。多纪准备放弃了，这时柚木的身影出现在左手边的电梯口处。他穿着一件炭灰色的大衣，拎着一只旅行包。

多纪抑制住想要跑过去的冲动，在站台口等待着。

柚木马上注意到了她，轻轻地扬了扬手，大步走了过来。

“我没有想到你会来。”

“你也太沉得住气了！我还以为你已经提前回去了呢！”

多纪忍住心中的眷恋，小小地挖苦了一下。

“出门的时候，京洛医院的川岛来了个电话，说话间就……”

“川岛医生说什么了吗？”

“不，没什么，是些私人的事情。”

柚木把包转到右手，看了看表。

“就这样直接去大学那边吗？”

“是的……”

一瞬间，原本看上去很是快活的柚木，脸上泛起了愁云。

在东京发生了什么事情吗？多纪忍住没问。她看了看站台的一头，电车好像晚了两分钟。

“吃饭呢？”

“上车以后再吃。”

“稍等一下！”

多纪小跑着来到站台上的小卖店，买了盒饭和橘子。然后稍微犹豫了一下，又买了一小瓶黑牌威士忌和干贝。

“不知道您喜不喜欢。”

“谢谢！”

柚木没客气就收下了。

“下次什么时候来呢？”

“可能是这个月的月底……来之前我会打电话给你的。”

“是有大阪的学术会议吧。”

“总之会来的。你什么时候到东京这边呢？”

“近期就要去的。”

“因为月底我要到这边来，所以可以的话中旬去吧。”

想去，但老实说多纪害怕去。这样不断地幽会，变得难以分开了该怎么办呢？柚木知道自己的这种不安吗？

“可以经常打电话给你吗？”

“你会打过来吗？”

“公司和家里，打哪边好呢？”

“哪边都没有关系。”

电车进站了。两人向绿色车厢的入口处走去。

“再见！”

上车的时候，柚木又回过头来说：“你请回吧！”

多纪点点头，离开了电车。

多纪看到，柚木的大衣在车厢里慢慢地向里面移动。最后和前面坐着的人说了两句话，把包放在了网兜式的行李架上。

多纪目送到那里，然后快步走下了台阶。

第五章

正午的原野

柚木走后的第二天，京都下起了冬雨。冰冷的街道被雨水打湿，显得更加寒冷。一整天，灰色的云层都笼罩在天空之上。

望着那凝重的天空，多纪想起了已经返回东京的柚木。

在那里，怎么样了，自己并不知晓，但她还是非常想念柚木。多纪知道这样子下去是不行的，但不经意间，头脑就又被柚木的事情所占据了。

多纪忽然开始恨起柚木来。

她觉得，不能容许一个男人在这种情况下坦然地回去。

反正已经从公司出来了，索性下午到外面各处去转转吧，于是多纪去拜访了贴金箔和制扇骨的工匠，他们那儿有段时间没去了。即使没有什么事，多纪也经常去跟他们聊聊天，以增加工匠们的亲切感和信任感。

转了两家之后，已经是下午三点了。

“接下来去哪里？”小田问道。

“去京洛医院。”

“到吉冈先生那儿吧？”

“是啊，他明天就要就手术了。”

作为吉冈，现在肯定是心里最没有底的时候。虽说手术应该不会失败，但还是在他没动手术之前见一面的好。

车子开向了医院。中途，多纪到商店里买了水果篮和混装洋酒的礼品套装。水果给吉冈，而洋酒则是为主刀的川岛医生买的。

到了医院，多纪和小田一起来到吉冈的病房。

不出所料，吉冈正惴惴不安地躺在床上。虽然年底的时候还在说，希望早点手术，可一旦临近了，好像开始害怕起来。

“胃切掉一点，没什么关系的。”

多纪装作很轻松的样子。

“川岛医生也说不要紧。”

“那位川岛医生，现在在吗？我想把这个给他。”

“这种事还是我来做吧。”

“没有关系。我只是随便买了些东西，反正有柚木先生的关照呢！”

“但是……”

吉冈和妻子有些不好意思了。

“好了，我去把东西交给值班室的护士。”

多纪拿着洋酒礼盒出了房间。

到了值班室，护士们正在交代工作。四点钟，正是白班和夜班的护士交班的时候。

多纪等了一会儿，拦住了最先出来的一位圆脸的护士。

“我想麻烦您把这个交给川岛医生。”

“川岛医生现在在办公室呢。”

正好可以见川岛医生一面，也好问清楚吉冈的治疗情况，多纪按照护士所说的位置，不一会儿就找到了川岛的房间。门上的去向指示牌显示着“在位”。多纪向里面张望了一下，敲了敲门。

川岛医生和柚木是同届，应该也是四十四五岁的样子。也许是因为圆脸的关系吧，他看上去要比柚木年轻一些。

“我是辻村多纪。这次因为吉冈的事让您费心了！”

“是辻村家的小姐啊！我老婆是跳舞的，听说她也从你们那边买过扇子。”

“这我倒不知道。失礼了！”

“没有没有，请坐吧！”

川岛好像是个很爽朗的男人，赶紧把招待客人用的椅子拉了过来。

“你的事情，我从柚木那里听说了许多。他应该昨天回去了吧？”

柚木说到了什么程度呢？多纪感觉脸上火辣辣的。

“那家伙没有赖在这里，这回可以轻松点了，太好了！”

“发生了什么事情吗？”

“你没听说吗？”

“没有。”

“可能是他不想说吧。好像他不在的时候，在大学的一台手术中，患者突然死掉了。”

……

“好像是对碘化物造影剂过敏而死的。就是因为出了这个问题，他才急忙赶回去的。”

“那是他的责任吗？”

“还要多方调查才知道，不过，毕竟他是负责人啊！”

“那会上法庭什么的吗……”

“那倒不至于，可负责人不在总是不太好的。”

竟然会发生这种事情！多纪回想起了柚木那有些忧郁的表情。

“好不容易想一个人过来清静清静的！”

川岛医生从兜里掏出香烟，点上了火。

柚木想一个人清静清静才来京都的，这是怎么回事呢？离开妻子而出来，有什么原因吗？多纪忍不住想问一问。

“您刚才说，一个人？”

“是的。最近，他发生了些事情。”

“来京都，不是因为在休假吗？”

“也是这样。”

川岛露出一些犹豫的神情，他接着说道：“他儿子去世了，你知道吧？”

“是的。”

多纪垂下了目光。从川岛这样的提问方式来看，柚木并没有跟他说是怎么认识自己的。

“因为受学生运动的牵连才去世的……”

多纪什么也没有说。川岛好像并不知道，那个杀人凶手，就是眼前这个女人的弟弟。

“从那以后，两口子就变得很奇怪。”

儿子死了，肯定会伤心，他们夫妻之间的感情可能也受到了影响。心爱的儿子没有了，夫妻二人也无法亲近了吧。

“说这些好吗？”

川岛注意到自己有些失言，轻轻地笑了一下。

“他好像挺关心你的，就跟你讲讲吧。”

“他和他夫人没有好好谈谈吗？”

“他们之间也没有变得特别不好，只是，那个儿子并不是他的孩子。”

“不是他的孩子？”

“是他夫人带来的孩子。”

“啊？那和柚木医生没有血缘关系……”

“但是他非常疼爱那个孩子。从他还很小的时候就一直一起生活，所以虽然没有血缘关系，但和亲生儿子是一样的。”

……

“最初洋一郎参加学生运动，也许就是因为知道了这个事情吧。柚木在结婚之前是知道他夫人怀有别人的孩子的，所以他从来没有对这事发过什么牢骚。”

“既然他们关系挺好的，那为什么现在……”

“这我也不太清楚。不过，对于之前孩子的死，他的那种悲伤，确实是与众不同啊。”

……

“我没去灵前守夜，只是听到了些传言而已。”

多纪低垂着眼睛，想起了柚木脸上浮现的那种淡淡的忧伤。

“哎呀，光说些没用的东西了！”

川岛医生好像突然想起来什么似的，看了看周围。

“不喝点什么吗？来一杯速溶咖啡怎么样？”

“不用了！我这就告辞了！”

多纪赶紧把带来的威士忌礼盒放在了桌子上。

“不用这么客气！又不是你接受手术。”

“那个人，对我来说像父亲一样，所以手术方面还请您多多关照！”

“这件事不用担心！”

“明天，几点开始手术呢？”

“下午两点，我想到四点左右就可以结束了。”

“那就请您多费心了！”

多纪又低头施了一礼，走出了川岛医生的房间。

早晨开始下的雨，下午的时候停了一会，但到了傍晚又下了起来，而且由阵雨变为了雨夹雪。看这样子，到了晚上，也许就要下雪了。

“直接回公司吗？”小田问道。

“到若王子吧。”

不知为什么，多纪不想这样回公司。现在，她想一个人待着，考虑考虑柚木的事情。

天黑得很早，车子顺着被雨雪笼罩的大街，向东驶去。

川岛医生所说的应该是真的吧。虽然不知道他会怎么想自己和柚木之间的关系，但今天听到的，实属意外。事先没有想到过会有这些事情，所以多纪心里一点准备都没有。

那个在遗像上看到的青年，真的不是柚木的孩子吗？多纪在昏暗的车里，想起了守灵夜看到的青年的面容。

那时候，多纪觉得他和柚木确实很像。稍稍侧过去一点的脸上，从眼睛到鼻子，都像是父亲的翻版。

也许是多纪从一开始就持有了错误的观念，认为柚木就是那个青年的父亲。现在想来，青年的面部轮廓有些长，而柚木的则稍微紧凑一些，是有一些不同的感觉。

但即使是这样，守灵夜之后，柚木和妻子之间关系不好，是怎么回事呢？

多纪眼前，又浮现出守灵席间那沉重的气氛。有一座祭坛，左手边并排站着柚木和他的妻子。在他们前面，自己双手合在一起，低下了头。

突然，柚木妻子喊了一声“杀人犯”，立刻，一个低沉而强有力的声音响起：“够了！”之后，过了一会儿，柚木低下了头说：“我老婆失去理智了，请原谅！”

两个人感情的不睦，是在那个时候决定的吗？

不同的态度说明了他们的不同关系。

“怎么会这样……”在夜色当中，多纪小声说道。

柚木的话语当中，不能说没有失去孩子的悲痛。那低沉而压抑的声音，倒是显得更加悲伤。柚木应该是在极力忍耐着那种不能够哭喊出来的痛楚。

如果认为那就是夫妻间产生裂痕的原因，可能弄错了吧。

川岛医生会不会是听错了？是不是他随意推测的呢？

这件事情，还是应该清楚地问柚木本人才能知道。多纪又回想起对家事只字不提的柚木那有些暗淡的表情，自己的心情也沉重了起来。

吉冈的手术在第二天下午如期进行。

吉冈的妻子打电话告诉多纪，正如川岛医生所说的，手术四点就结束了，现在已经返回病房，可以放心了。

恢复的事情且不说，手术已经取得了成功。

“挺好的吧？过四五天，等不太疼了我再去看望。”

说着，多纪挂了电话。

吉冈的妻子可能是怕多纪担心吧，所以马上打来了电话，但实际上多纪的脑子一直在被柚木的事情所占据。

已经返回东京的柚木，是怎样处理家庭和医院这两方面的问题的呢？多纪只是在关心这件事情。

傍晚吉冈的妻子打来电话的时候，多纪还以为是柚木呢，紧张了一下。

这样是不行的，虽这么想，但多纪无法控制自己的心绪。

从小的时候起，多纪就是个不太知道害怕的孩子。母亲去世的时候也好，父亲猝死的时候也好，她都没有哭泣或是张皇失措，只是看着他们已经死亡的面孔。嵯峨野的叔叔惊叹道：“真是个刚强的孩子！”但多纪知道，即使哭泣，父母也不会再回来了。盯着父母的脸看会比哭泣更加难过，但多纪就是无法把视线转移开来。

“不管发生什么事，你都没有关系的吧！”叔叔半开玩笑地说，多纪也就自然而然地这样想。她觉得无论发生什么困难，自己都可以渡过。

然而这种心情，仅仅因为和一个男人过了一夜，就好像遭遇了剧烈的地震一般，猛烈地摇晃了起来。

多纪很是羞愧，以前还总给靖子和小田讲一些关于爱情的忠告呢，其实，现在最需要这方面忠告的是她自己。不然，这样下去，就连经理的工作都无法胜任了。

多纪轻轻地支起胳膊肘，望着那渐渐暗下去的天空。平坦延伸下去的屋檐前面，显出了山边那黑黑的塔影。

那个人和自己没有关系，医院、家庭也都与自己无关。

多纪这样告诉自己，可心里还是无法平静。

如果是守灵席间的纷争使两个人的关系恶化的话，那么多纪给柚木和他的妻子造成了无法挽回的伤害。二人之间一些隐秘的东西，被多纪挖掘了出来。

想着想着，多纪越来越难以原谅自己，感觉自己是个罪孽深重的女人。但尽管如此，多纪还是不想放弃柚木。

有好几次，多纪都想往东京打个电话。

上午的时候，觉得还早，下午再打吧，而到了下午，又觉得傍晚比较合适。思前想后的，就过五点了，柚木已经不在大学里了吧，也就只好作罢。

想着明天一早就打，可到了第二天，就又畏缩不前了。

虽然柚木说过，什么时候打电话都可以，但他好像上午和下午都挺忙的，多纪总是不敢拿起电话。

索性等柚木打过来吧。临别时说过要来电话的，但为什么还没有打来呢？

是不是回到东京，就把自己给忘了呢？也许那只不过是一时的冲动吧，多纪越想越不安起来。

多纪知道柚木家里和医院的事情都很忙，可也该打个电话来啊。

就算再忙，发生了那样的事情之后，放手不管，也太过分了。也许那对柚木来说，不过是些琐碎的小事，但是对于多纪来说，可是件大事。夸张一点说，那是改变人生观的大事情啊。

对于自己这种心情一无所知的柚木，现在究竟在干什么呢？男人在那样的事情之后，还能平心静气地埋头工作吗？难道，和女人相比，他们的大脑具有不同的构造吗？

最让多纪感到不可思议的是，几天前还紧紧抱着自己的柚木，现在居然在医院里做着手术。发生了那样的事情还能泰然处之，多纪觉得自己越来越不了解男人了。

多纪甚至觉得男人有些无情与自私了。

多纪的想法，也许有点片面了。

临别的时候，柚木确实说过要来电话，但他回东京还不到一个星期。就算是年轻人谈恋爱，见面后几天没有电话，就说什么冷淡、自私的，恐怕也是有些过火。

以柚木来说，虽然没打电话过来，但也许还是想着多纪的。分开一两天没联系，仅以此就判断他已经忘了多纪，可以说是为时过早。

彼此都不是孩子了，还是这样镇静一些的好。

不过，多纪这样的想法，也只是暂时的。不一会儿，她就忘却了这些，开始注意到自己的烦躁了。但她还是有点恨柚木。

怎么会这样？太无情了！多纪无法控制自己的思绪。

四天后，星期六的晚上，柚木终于打来了电话。

晚上，多纪去参加了一位花柳流[1]师父的六十大寿。从宴会回来，洗了澡，回到房间刚想要休息。

"喂？"

听到这一句话，多纪就知道是柚木。

"是您啊！"

"好几次想打电话的，但又怕你在忙。"

"哪有的事，我一直在等您的电话呢！"

多纪并不想这样说，但不知不觉中还是说出了自己的心声。

"都挺好的吧？"

"是啊。您呢？"

东京离京都有五百公里，但两个人就像是在面对面地聊着。

"现在在家里吗？"

"不，在大学。"

"啊？还在工作吗……"

"在准备春季的学术会议。今天总算弄完了。"

柚木的办公室是什么样的呢？多纪想起了在京洛医院见到的川岛医生的办公室。

"那个病人怎么样了啊？"

"病人？"

"听川岛医生说，好像是打错了什么针发生了过敏。"

1. 日本舞蹈的一种流派。由初代花柳寿辅始创。

“他连这个都说了？”

“吉冈手术的前一天，我过去打了个招呼。他非常爽朗，是一位给人感觉很好的医生。”

“这个多嘴的家伙！”柚木好像在苦笑。

其实连更深入的家庭的事情都已经听说了，但多纪还是忍住没有讲出来。

“已经处理好了吧？”

“没事了。”

也许是心理作用吧，柚木的回答让人感觉很是无精打采。

“这个月底，能见面的吧？”

“我会去的。”

“不会太为难吧？”

“不会……”

光是听到声音，多纪就有一种想要去往东京的冲动。如果可能的话，现在就想飞过去。

“我最近可能会过去。”

多纪确实到东京有事，但也没有必要现在就匆匆忙忙地赶过去。上西商店倒闭的事情，已经知道了，即使现在马上过去也无济于事。

“什么时候？”

“是想去，但日程还没有确定……”

“那决定以后来个电话吧。可能的话提前一点比较好。”

多纪马上想到，是不是提前联系一下，柚木就可以找个借口搪塞他的妻子了？

“那个……”

刚一开口，多纪就又把话咽了回去。

本来想问问“夫人还好吧”，但听起来实在有些讽刺。

正当她沉默的时候，柚木问道：“吉冈已经进行手术了吧？”

“两天前就成功做完了。我还没有去探望，不过多亏了您，一切都很顺利。”

“那太好了！川岛做手术，不用担心。”说完，柚木好像又想起了什么，“现在，那边在下雨吗？”

“昨天下了，今天是晴天。”

“东京在下雨呢。”

是不是昨天京都的雨今天跑到东京去了呢？柚木好像一边在打电话，一边隔着窗户看雨。京都早晨还是阴天，到下午就放晴了。

“真远啊！”

不知何故，多纪嘴里嘟囔了一句。

“很远……”

柚木鹦鹉学舌般地重复了一句。

一瞬间，多纪有一种想要赶过去的冲动。一种想要把家和工作全都抛在一边，立刻就赶过去和柚木见面的强烈冲动。

又是一阵短暂的沉默，柚木说道：“那以后，我一直在想你！”

……

“真难啊……”

那是什么意思呢？一直在想多纪，工作都进行不下去了，而感到为难吗？如果是这样，多纪这边就更加为难了。不仅如此，这样下去都要感到绝望了。

“早点过来吧！”

多纪说的正是此刻真实的想法。因为打电话时看不见对方的脸，所以她的心在煎熬，在燃烧。

“你不能过来吗？”

“不，还是你过来吧！”

多纪还是不太愿意去东京。她不想到柚木妻子存在的地方去见柚木。柚木最终还是要回到妻子身边去的，在与他妻子这么近的状态下见面，实在太痛苦了。

“我等你！”

多纪对着电话又清清楚楚地讲了一遍。

夏季扇子的订货工作，过了年马上就开始了。最近，制造商一般不用去拜访每一个地方的小卖店，只要打通电话就可以获取订单了，但是，每年一次拿着样品前去问候还是需要的，顺便可以到各个地方转一转。

隆冬季节，拿着装满扇子样品的包到各地去，大家总会开玩笑地说：“这么冷的天，扇子店的人来了，就更冷了！”

确实，到了冬天，在暖炉或是煤气炉旁边，展开扇子给人看，实在是一种奇妙的景象。

决定今年什么时候去拜访哪几家，这是年初首要的大事。

一般是营业部门提出意见，然后决定出差的目的地，但现在经济这么不景气，最终能够求得多少订单，还真是让人担心。年初的征求订货，决定了这一年的大体动向。

扇子，极端地说是可有可无的东西。扇子业界现在正是处在经济不景气的风口浪尖。与食品和服装相比，经济紧缩通常首先是从装饰品开始控制的。

虽然，一把一把的扇子金额很小，就算是奢侈品，也不那么引人注目，但也难以避免遭受经济危机的冲击。

这些姑且不谈，就是那到各地去拜访的人员所携带的礼物就要花很多钱。因为都是些数年来有生意往来、给予辻村公司极大信任的店铺，所以也不是简单地从哪里弄些点心就可以完事的。

考虑到最后，多纪决定访托以前就认识的静居堂的老板，准备了清水烧[1]饰品，并配以京都有名的各种点心。

把这些礼物一家一家地送过去，就可以得到新的订单了。

成人节[2]的第二天，久保和武井两名职员，作为先头部队向着北陆[3]方向出发了。

“你们多多努力啊！”

出发的时候，多纪向他们行了一礼。

他们所带回来的订单，将成为支撑辻村公司的基石。

但是，作为制造商，不是仅限于得到订单。一方面要有订单，另一方面还必须做好计划和估算，然后给工匠们发出生产订单。根据订货情况的不同，花样可能多少会有些变化，但扇子的基本形状是不会变的。

最差的话和去年一样，可能的话再多卖个二三成。虽然以此为目标，但结果会怎样，不得而知。不管怎样，等订单到了再做就赶不上了，所以必须估计一下大体的情况，然后就开始制造。

如果身体好的话，吉冈会去做那些事情，但是今年，一切都只能依靠多纪自己了。

大体上能和上一个年度的销量差不多，但这样就可以了吗？虽然因为去年挂历生意的失败而感到不安，可这样气馁的话，就会被其他制造商给吃掉的。

去拜托工匠们新工作的时候，制作扇形的川崎好像有些不满：“啊，就这么一点活吗？”

“现在基本上就是这些，等各地的订单都过来了，我们还会再来麻烦您的！”

1. 清水陶瓷。日本京都市清水五条坂制作的陶瓷器。从江户后期开始生产中国式样的瓷器，为京都具有代表性的陶瓷制品。
2. 日本的节日之一。每年 1 月 15 日祝贺男女青年年满二十岁的节日。
3. 日本新潟、富山、石川、福井各县的总称。

多纪这样说着，但川崎显得十分冷淡："期限这么紧，就是再怎么催我，我也做不完啊！"

也许因为工匠们是每天都工作的自由职业者吧，所以都想要多一些的订单。虽然揽了太多的活，根本完成不了，但只要有很多工作，他们就会很满足。

"物价在不断地上涨，我们也还要承包其他制造商的活，可能会没什么空哦。"

川崎说出这样的话来难为多纪。

川崎一直是个怪僻的男人，但他并不是坏人。他的本性还是好的，这么说只是为了要强调自己的重要性。也可以说这是他在对多纪故作姿态。这一点，多纪也非常清楚。

"别这么说嘛，我们都合作这么长时间了！我们可是全仰仗川崎君您了，还请您多多关照啊！"多纪像母亲哄孩子似的，讨好地说道。

作为经理，可以讨好别人，却无法对他们倾诉自己的苦衷。

他怎么样了呢……

多纪迫切地想要见到柚木。被柚木抱在宽大的怀里，这些烦恼就可以统统抛在脑后了。

哪怕只是给柚木打个电话，听听他的声音也好啊！

"稍微忍耐一下，我很快就过去了。"只要听到这个温柔的声音，多纪的心情就能得到慰藉。

虽然柚木说过"随时可以打电话"，但多纪知道，那指的只是医院。况且现在是晚上，往柚木家里打的话，实在是不太合适。

怎么会爱上这样一个人呢……

相泽槙子也跟她说过很多次，不能爱上有妇之夫，其结果只会是女方陷入悲惨的境地而痛苦。

多纪很认同这个观点，而且她觉得这样的事情肯定不会发生在自己身上，所以一直没有把槙子的话放在心里。在她看来，这种痛苦和自己无关，都是其他人的事。

现在一想，自己居然已经卷入了旋涡之中。虽然难以置信，但那却是事实。

曾经是一副旁观者的模样，可如今，都没办法跟槙子哭诉。"所以我告诉过你吧，那绝对不行！"只能听到她这样的责难。

虽说赶紧终止这种关系比较好，可爱情是无法停止的。

多纪认为，如果一切都按照自己所想的，依照头脑中所考虑的情况，十分顺畅地发展，那就不是爱情了。

过了一月中旬，多纪听说吉冈的肚子已经拆线了，便来到医院进行探望。

吉冈非常有精神。也许是手术后不能吃什么东西吧，面颊瘦削，脸也变小了，但气色很好。

“从胸口到小腹，有将近三十公分的伤口呢。”

吉冈在睡衣上拿手比画着。

“这样真的成了一件残次品了。”

这种说法很是可笑，多纪和吉冈的妻子相互看了一眼，笑了出来。

“不过，恢复得还是挺快的啊！一个星期以前还在哼哼唧唧地呻吟呢！”

“外科手术真的见效很快，太好了！”

“还没见过切掉胃的人呢，你是真的被切了吧。”

“别逗我笑了，一笑的话里面还是火辣辣地痛哦。”

吉冈手捂着肚子，身体微向前倾，也许是伤口还在疼吧，但已经没有了手术前那种不安的表情。

“还不能喝粥吧？”

“三天前开始能稍稍吃一点了。胃和肠子刚刚接上，也不知道怎么样了。我很担心，吃的东西会不会从那里漏出来呢！”

“这事你问我我也不知道。医生说可以吃的吧？”

“是啊。”

“如果是川岛医生这样说的话，就不用担心了。对了，川岛医生今天在吗？”

“拆线的时候见到了。现在应该在办公室。”

多纪点点头，她想再去见川岛医生一面。

“总之非常顺利，太好了！”

“恢复得好的话，下个月开始就可以到公司去上班了。”

“不要太勉强，好好休息休息！”

又说了两句，多纪便出了病房，吉冈的妻子马上跟了出来。

“我有些话要说。”

吉冈的妻子走到多纪旁边。

“实际上，我爱人得的好像是癌症。”

“癌症？”

多纪止住了脚步，看着站在旁边的吉冈的妻子。

“不是说胃溃疡吗？”

“打开肚子一看，不太一样……”

“真是岂有此理！”

这是多纪现在最真实的想法。

“手术之前，医生就说症状有些奇怪，没想到真的会是这样。”

“我倒没有听说过啊。”

“对不起！”

虽然怀疑是癌症，但吉冈的妻子好像没有勇气把它告诉作为经理的多纪。

“那医生是怎么说的？”

“他说，坏的地方已经切除掉了，但能不能完全治愈，还不清楚。”

“那就是说，已经晚了？”

“倒没有这样说。不过，也没说绝对没有关系了。”

真是很微妙的说法。虽然手术很成功，但完全治愈癌症，好像还是很难的。

“不过，医生也没有说已经没救了吧？”

“那倒没有。”

“那么，这事吉冈他……”

吉冈的妻子慢慢地摇了摇头。

病房里，吉冈很有精神，而他妻子一直沉默不语，也许就是这个原因吧。

“这件事，你没有对任何人讲吧？”

“没有……”

“跟周围的人一说的话，吉冈也许就会知道了。我想他好不容易手术成功后高兴了起来，还是不要说的为好。”

“医生也这么说。”

一直憋在心里的事情，向多纪坦率地说了出来，吉冈的妻子好像多少也放心了一些。她叹了口气，又说道：“孩子他爹如果去世了的话，我该怎么办啊！”

“说什么呢！谁也没有说会死啊。放心吧！”

吉冈的妻子一直在点头，但也难掩心头的不安。

“我再去问问川岛医生吧。”

说着，多纪马上改变了方向，向东楼走去。

多纪之前去过一次，所以知道川岛医生办公室的位置。入口处的指示牌上显示着“在位”。多纪敲了敲门等在那里，和上次一样，从房间里传来了应答声。

多纪打开门。川岛一看是她，从椅子上站了起来。

“好久不见了！还好吧？”

“上次真是太感谢了！很是突然，不过我想来问问吉冈的情况。”

“请进吧！”

房间里好像刚刚来过客人。川岛跟前的茶几上还并排放着两个刚刚喝完咖啡的杯子。

“刚才从吉冈的妻子那里听说的，果然是癌症啊？”

“啊，请坐吧！”

川岛点了一支香烟。

“和一开始判断的不太一样。原以为就是单纯的胃溃疡，但仔细一检查，还有些不太清楚的地方，怀疑是癌症。”

并不确定是胃溃疡还是癌症，有这样的事吗？多纪觉得那应该很简单就能区别开的。

“检查的时候确实费了一番功夫。从手术的情况来看，胃溃疡是可以确定的，好像也有癌变。”

……

“在胃的里侧很难看见的地方，有些蔓延。”

“已经没办法治了吗？”

“也不能这么说。总之是切干净了，但并不能断定不会复发，所以我只把这个情况跟吉冈的夫人说了。”

“还会复发啊？”

“胃的下部有可能会和腹膜粘连在一起，所以需要关注一下。后面我们会给他进行化疗，我想暂时是可以放心的。”

再早一点治疗就好了吗？但是，吉冈身体状况一不好，马上就住院接受手术了，所以应该没有什么耽误。

“还是不要告诉患者本人比较好吧？”

“那要看患者的性格了。因为已经基本上切除干净了，所以告诉他也没什么关系，不然一旦复发受到的打击可能会更大。”

“他不是个特别刚强的人。”

“那就先这样观察一下吧。旁人隐瞒的话会显得有些怯懦，也许他是个心思细密的人，会对此有所觉察呢。”

不管怎么说，吉冈的病情不是想象的那么简单。进了大医院就可以放心了，这好像只是多纪的一厢情愿。

“没办法很自信地告诉你‘已经没事了’，真是很遗憾！”

川岛医生好像是在道歉似的，低下了头。

柚木说过，如果是川岛给做手术的话，那就没问题了。既然有同样的主任医师给打包票，川岛的技术肯定没得说。可是连他都没有把握，那也只有放弃了吧。

“那么，恢复需要很长时间吧？”

“还有化疗，也许要住院一两个月吧。”

“请您一定要多多关照啊！”

“我会尽力而为的，这一点请放心！”

听到川岛这样说，多纪也稍稍放宽了心。既然是柚木的朋友，又是主任医师，多纪觉得，就是癌症复发也能治得好的。

“对了，柚木有没有联系过你呢？”

川岛主任突然改变了话题。

“没有……”

虽然几天前柚木打来过电话，但多纪并没有说出来。

“他也很忙啊！那么多事情，真够呛的！”

“之前那个案子怎么样了呢？”

“那事有点麻烦，患者的家人好像还是上诉了。”

“那柚木医生他……”

“他是负责人，当然是成为众矢之的了。”

“但那不是一次疏忽吗？”

“患者因碘化物过敏而死。他本身是非常特殊的体质，一般是想不到会这样的，这一点没有问题。只是在做测试之前，没有做准备测试，看看他的体质特殊到什么程度，这才是问题所在。”

“原来没有做准备测试啊。”

“就算做了，也不能保证百分之百地可靠。也许是因为在新年放假当中，一粗心就给忘记了吧。”

多纪不知道这些专业上的事情。柚木不在的时候出了事，却是柚木的责任，这一点她怎么也理解不了。虽然柚木是负责人，可因此获罪的话，那也太残酷了。

“那么，接下来会上法庭吧？”

“还没到那个程度，也许可以协商解决吧。这个新年他也没过好啊！”

“没事了。”多纪想起了电话中柚木那平静的声音。

柚木第二次打电话过来，是二月初的一个星期六。那天晚上十一点多，多纪还没有完成新的扇面图的构想，正盯着夜晚的墙壁发愣。

安代和继母森子都已经睡了，家里非常安静。

他怎么样了呢？柚木的面容浮现在了奶白色的墙壁上。说一月底来，但最终还是没来。也许是为了应付那个案件而无法离开东京吧。

多纪刚想到这件事，电话铃就响了。

“喂？”

“啊……”

多纪发出了一声尖叫。

“怎么了？”

“怎么会这样……”

多纪刚想到柚木，他本人就打来了电话，这实在是太不可思议了。东京和京都相距很远，但这种打电话的方式，就好像他能看穿这边似的。

“已经休息了吧。在干什么呢？”

“在想您呢。您现在在哪里啊？”

“在家。”

“家里……”

一时间，多纪又想起了守灵夜看到的柚木妻子的面容。

“讲话方便吗？”

“没有关系。”

柚木的家里发生了什么事情吗？电话是在客厅里吗，还是已经切换到了书房？

多纪一直没有说话。柚木也好像察觉到了什么，短暂的沉默之后，开口说道：“我下星期过去。”

“真的吗？”

“星期六，下午五点左右到。能见到你吗？”

“肯定会来吧？”

“不会错的……”

“星期六是八号吧。”

多纪看着桌子上的日历，高兴起来。

“是因为工作过来吗？”

“是的。”柚木说道，“十号是你的生日吧？”

“啊……”多纪又一次轻轻地叫了一声。

柚木怎么会知道自己的生日呢？多纪也记不清在哪儿说过了，也许是聊到家里情况的时候，无意中告诉他的吧。

“本来就应该和你一起在京都过生日的。”

“您是为此而专程赶过来啊？”

多纪看了看桌前的日历。下下个星期一确实是十号。

“不，是为了我自己。”

“您自己？”

柚木这么说是什么意思呢？是想要逃避工作上的烦恼吗，还是来见多纪以解他的相思之苦？

“但是，星期一就要回去了吧？”

“嗯。”

“那就是能住两个晚上了？”

“是的。”

从星期六到星期一，可以和柚木一起待三天吗？多纪一想就感到非常兴奋。

“还是星期一就回去比较好吧？”

虽然希望柚木能多待几天，但多纪好像在说别的事情，心里想的和嘴里说的完全不一样。

“时间你不用担心！”

“住在什么地方呢？”

“‘石水’那边就可以……”

柚木好像非常喜欢之前的那个夜晚，本来想一个人住的，结果和多纪结合在了一起。小福虽然嘴上什么都没说，但肯定已经察觉到了什么。所以“石水”对于多纪来说，很不好意思再过去。

“还是住宾馆吧。”

“那你来安排吧。”

“是从星期六到星期一吧。”

“双人床的房间……如果没有的话，双人标准间也行。”

多纪停了一小会儿，问道：“要和什么人一起来吗？”

“没有别人。肯定会和你在一起啊。”

“可是……”

“不能一起住也没有关系，暂且先这样安排吧。”

“好吧。到您过来，还有一周的时间？”

“对，还有七天。”

多纪答应着，看了看桌上的日历。

接到武藤的电话，是在三天后的下午。电话一开始是高木靖子接的，然后被转到了经理室。

多纪刚听到这个名字的时候，一下子想不起来是谁。

“说是共荣商社的人。”

多纪终于想起来了，是继母森子介绍的，年底给通融借款的那个武藤。

“啊，我想起来了！马上转过来吧！”

多纪没有理由不记得武藤。年底最困难的时候，他给予多纪很大的帮助，可以说他是整个辻村公司的大恩人。武藤只有三十多岁，却是个非常大方的人，当初他还非常爽朗地说过不要利息什么的呢。

借给辻村公司一千万的资金，不仅如此，武藤还和多纪约好，只按银行的利息算，五年内还清。一月底，也就是约定的第一个月，多纪只是把利息存入了他的户头。

武藤会有什么事呢？他虽然是个有钱人家的少爷，但并没给人什么不好的印象。不过，站在借款人的立场上，多纪多少还是有一点担心。

“很久没有问候您了，真对不起！过年的时候只是拜了个年，没有见上面，本来想之后找个机会的，却一直拖到了现在，实在是抱歉！”

“不，请别这么客气！”

武藤的声音，听上去和以前一样爽朗。

“还是那么忙吧？”

“托您的福，还凑合！那个，利息月底的时候已经给您汇过去了。”

“啊，我听说了。不用这么急的！”

“您借给了我们那么重要的资金，所以我们肯定会按照约定，如期归还的。”

“不用说得这样郑重其事吧！对了，这个星期有空吗？”

“有什么事情吗？”

“如果辻村小姐方便的话，我想请您一起吃晚饭，今天怎么样？”

“呃……”

多纪一时语塞。她身体不太舒服，有些不大想去。

“六点左右怎么样？”

“哦……”

“那么六点左右，可以的话我过去接您，或者我们直接到什么地方见面？”

“由您决定吧。”

“那么，在皇家酒店的咖啡馆，六点，我等您！”

武藤说话比较强势。

多纪说话喜欢直来直去。京都的女性，一般都使用婉转的措辞，有很多暧昧的表达方式，但也许是性格的原因，多纪总是清清楚楚地说是或不是。

可仔细想一想的话，那只是在面对亲人或是熟人的时候，到关键时刻还是不会明确地说出自己的意图来。特别是到了公司，谈生意的时候，说每一句话都有着事先的思量和打算，没有办法像和关系亲密的人那样交谈。

今天武藤打来的电话，也属于其中的一种。

多纪昨天有些感冒，所以不怎么想去，但她没有拒绝，最终还是答应了下来。

虽然对方是借给自己钱的人，但是他有些强人所难，即使拒绝的话，也不会特别失礼的。

过个两三天，或是改到下个星期再约，武藤不会有多生气吧。为什么不说清楚呢？到了现在才后悔，已经没用了。

元月六号被关西银行的分行经理所约请的时候也是这样。明知道柚木正在“石水”等候，却拖拖拉拉地一再错过告别的机会。

多纪本来决定不再重蹈覆辙了，可一不留神，还是犯了同样的错误。

是生性太懦弱了吗，还是不善言辞？吉冈在这一点上确实要高明许多。在不伤害对方感情的同时，能很自然地把话题牵入自己的步调。乍一看显得有些笨拙，但最终却能够坚持自己的意见。

这一点，也许还是年龄的原因，或是长期做生意所积累下来的经验使然吧。

多纪知道，既然成为了经理，就必须具备这种“狡黠”，但最终还是将之抛在了脑后。

总之，到了现在就不得不去了。

过了五点，多纪便开始准备下班了。

和并不想见的人一起吃饭，多纪总是提不起劲来。

以前因为生意的关系被请去吃饭，多纪都能轻松前往，但最近不知为什么总是感觉负担很重。现在有空的时候，她多是一个人待在房间里。这些都是因为有了那个人吧。望着已经暗淡下去的天色，多纪呆呆地发着愣。

六点，多纪准时到了宾馆。虽说是受邀的一方，但对方毕竟帮过自己大忙，让他等的话，显得不太合适。多纪直接来到咖啡店，武藤已经等在那里了。桌上的烟灰缸里有两个吸剩下的烟头，依此来看，武藤大概早就来了。

“很久没有问候您了！”

多纪一边脱着大衣一边打招呼。武藤的脸上露出一丝诧异的表情。

“还以为你会穿和服来呢，怎么我给猜错了。”

“不能穿洋装吗？”

“不不，没有的事！”

“年底承蒙您的帮助，非常感谢！”

“那事就不要再提了！我是把钱贷给了辻村公司，和你个人没什么关系。倒不如我们去吃些什么吧。多纪小姐喜欢什么呢？”

武藤穿着黑红相间的毛衣，配以茶色的仿鹿皮衬衫，随意的感觉当中，透着几分时髦。头发没怎么上油，轻巧地留着三七分。

“今天还是由我来做东吧。”

“那可不行！今天是我请你过来的。天气太冷了，我们去吃河豚吧。虽然之前有位歌舞伎演员因此而死掉了，但我们要去的那个地方，完全不用担心这个。三条的‘清水’你知道吧？”

“只是知道名字。”

“那么就去那里了。”

武藤自作主张地拒绝了女服务员给多纪端来的水，站起了身来。

如果换作柚木的话，至少会让多纪喝上一口再走。武藤的做法，显得有些太不关心别人了。

武藤带多纪去的那家店，位于高濑川沿岸。

店的入口处挂着灯笼，下面写着很小的“清水”两个字。从外面看只是一家门面狭小的店面，但里面很深，穿过细石铺的路，前面又有一扇格子门，房间就在那格子门的前面。

这家店好像是只对熟客营业的高级饭店。可以看出，摆设和餐具都是经过精心设计的。

多纪以前只是听说过，今天还是第一次进来。

“不要肝脏，多放些鱼白。因为我们还不想死。”武藤用他一贯的口吻，对正在端锅过来的女服务员说道，“今天这可是位非常重要的客人！”

“知道了！”

女服务员看了多纪一眼，退了出去。

“喝一杯吧，怎么样？吃河豚还是得喝点酒啊！”

武藤拿起酒壶斟酒。他的手很大，拿着小酒壶的样子，看上去有些滑稽。

“武藤先生，工作很忙的吧？”

"没有。我只是管管大楼、收收钱而已，就跟收垃圾的差不多。"

"但是您这么年轻，就拥有好几间大楼了，很了不起啊！"

"碰巧顺应了时代潮流，再加上我父亲的余荫而已。我想今后就没法像以前那样顺利地发展了。"

态度虽然谦虚，但武藤的脸上还是洋溢出了年轻人特有的自信。继承了父亲的遗产是不错，但光是维持其规模不减，就可以说他是够出色的了。

"我也曾经在商业公司干过一段时间，但我想，男人还是要创立一番自己的事业。"

"大学是在东京上的吧？"

"光顾玩了，最后总算是毕业了。"

"怎么会呢，现在您可是撑起了这么大规模的家业呢！"

"好了，还是赶紧吃吧！"

首先端上来的是河豚生鱼片，武藤马上开始吃了起来。多纪看到的，是一张尚未品尝过人生挫折而无忧无虑的脸。

"您身体很不错啊，经常做什么运动吗？"

"现在主要是打高尔夫，学生时代常常滑雪。不是自夸，我滑雪的水平可是一流的哟！"

滑雪的水平到底怎么一流，多纪并不了解。

"有一次，我疯狂地在藏王山待了整整一个冬天。多纪小姐怎么样呢？"

"我可一点都不行。"

"最近我总是觉得有些提不起精神来，还是上了年纪的缘故吧！"

"哪有，您才三十二岁吧？"

"三十一。多纪小姐是二十八岁吧？"

多纪急忙摇头，和年轻的男性相比，实在是太羞人了。

"我都已经变成一个老太婆了！"

"您经常到祇园町去玩的吧？"

多纪主动改变了话题。

"啊，一般吧。"

"但既然您认识我的继母，那应该是在很年轻的时候就去过了吧？"

"也不是因为特别想去而去的，只是被父亲随便带了过去。让人家知道有这么大一个儿子，可就不受欢迎了，但父亲还是把我带了过去。"

“但是这样的话，艺伎们不就对您父亲的人品更加放心了嘛！”

“那个时候，我也见到过令尊的。”

“真的吗？”

多纪瞪大了眼睛。武藤如果认识自己的父亲，那可真是奇妙的渊源。

“只是擦肩而过，样子记不清楚了。当时他穿着轻松的和服便装，和我父亲不一样，是位风度很好的先生。”

“别开玩笑了！”

“是真的！他非常受欢迎，就连我都听说过很多关于你父亲的事情。”

祇园町很小，客人去的店都是固定的，所以如果是同一家店的客人，听说一些事情也是正常的。再加上都是给森子捧场，兴许会碰上。

“说真的，我父亲好像也非常喜欢森子小姐。”

“不会吧……”

“这是男人的直觉。当只有我父亲和森子小姐两个人的时候，我都是要退席的。”

多纪又看了看武藤。这个样子，再增加些年纪，就是武藤的父亲了吧？和自己父亲那瘦削的脸庞相比，他的体格显得非常健壮。

被两个不同的男人所爱，森子最终选择了多纪的父亲。

“算了，父辈们的事情是他们自己的事情，和我们没有关系！”

多纪也这么想。

“但是，两位父亲喜欢同一个女人，总觉得是件好笑的事情。”

如果真的像武藤所说的那样，那确实是不可思议的缘分。没有多纪父亲的话，森子现在也许已经成为武藤的继母了。

“以此为机缘，今后请你和我交往吧！”

武藤神情认真地低下了头。

“我以前就一直想见你一面。”

……

“以前听说过一些，我一直在猜想到底是怎么样一个美人呢。我甚至想过，没机会的话是不是到你的店里去买把扇子什么的。说起来很奇怪，但追求你是我父亲也有的誓愿。”

“誓愿？”

武藤一点也不难为情地使劲点了点头，说道：“你父亲从我父亲身边把森子小姐夺走了，所以这次我必须要抢回来。”

武藤刚才还说父辈们和他们没关系，现在却又在逼迫多纪。

“我知道这是很奇怪的理由。但不管怎么样，我是这么想的。”

武藤的眼角有些泛红。

这个人是为了说这些，才把自己叫到这里来的吗？想到这，多纪心里终于明白了。

“再找一家店怎么样？”晚餐快要结束的时候，武藤说道。

“今天还是到这里吧。”

“我瞎说了一些话，你生气了吧？”

“没有啊。本来还可以再吃点的，但今天我有点感冒，身体不是很舒服。”

“那怎么行！我送你回家吧。”

“请稍等一下。”

多纪假装要去卫生间，站起身来。

她走到服务台：“麻烦你结账。”

老板娘摇了摇头。

“不行啊。每次都是武藤先生结账的。收了您的钱，我们会被骂的。”

“没关系，武藤先生知道的。”

“那位先生不会这么说的。那我去问问吧。”

知道了武藤的真实想法，多纪不想再多欠他什么了。

两个人正在争论的时候，武藤走了出来。

“多纪小姐不要介意，这里我常来的。”

说着，武藤向老板娘使了个眼色，让她去准备车子。

“司机马上就来，请先回包间吧。”

老板娘这么说，多纪只好不再坚持自己的意见了。

“可是，请不要那么讨厌我啊。误会了的话就不好了，我借钱给你，并不是有什么目的才这样做的。”

“这我很清楚。”

“再喝一杯吧。”

武藤再次拿起了酒壶，斟满酒，端起酒杯道：“好了，今后请您多多关照！”

武藤喝干了杯中的酒。

“哪里哪里，请多关照！”

必须要拜托对方的，应该是多纪这边。武藤的真实想法姑且不管，借钱的事是不能当作没发生的。

“你真是个固执的人啊！”坐到车上，武藤好像有些惊讶地说道。

“这样看，还是不把钱借给你就好了。”

“怎么会呢！能把钱借给我，真的很感谢！”

“总之，那件事是那件事，请你轻松地和我交往吧！绳手大街上开了一家挺时髦的店，我带你去吧。”

“谢谢！下次再带我去吧。”

作为多纪，现在也只能这么说了。

车子在丸太町大街上向东行驶着。也许是入夜后吹起了寒风，道路两旁写着“酒”字的灯笼凄冷地摇动着。

“还有四天。”多纪偷偷地想起了柚木。今天是星期二，到星期六再睡四晚觉就行了。多纪就像盼望过新年的孩子一样。

“不过，你为什么总是单身呢？”

突然被问起，多纪赶紧把脸从窗户那边转了回来。

“像你这样的美人，怎么到现在还没有结婚呢？”

多纪无法回答。没什么目的地度过每一天，一晃就二十八岁了，这就是她真实的感受。

“这样问有些失礼，你是不是有什么喜欢的人了？”

“没有……”

“那么，喜欢你的人有很多吧？”

“也没有啊。”

“是吗？”

武藤敲了两下自己的头后，说道：“还是再去问问森子小姐吧。”

“最近您见过我继母吗？”

“两三天前，她说就在我家附近，就顺便过来和我聊了一会儿。”

继母有什么事要到武藤那里去呢？在武藤的背后，多纪忽然看到了继母的影子。

“说什么了吗？”

“没什么。只是说，多纪年纪也不小了。虽说没有血缘关系，但毕竟是母亲，也会担心的啊。”

对于森子的担心，多纪很感激。可只是因为那样的心情吗？多纪很自然地想要探寻继母内心深处的想法。

“继母她就为说这些而专门跑到武藤先生您那里去的吗？”

“也不是吧。不过是喝着茶，聊完一些日常的闲话后提到的。惹你生气了吗？”

“没有！”多纪笑了笑，说道，“女人都必须早点嫁出去不可吗？”

“当然不是啦！一个人也没有关系。只是，像多纪小姐这样的美人，一个人生活的话，简直就是一种罪过啊！周围的人都会焦虑不安的。”

多纪现在所关心的，倒不是这件事。她很想知道，森子到底是出于什么原因才到武藤那边去的。

“你的继母没有说过想让你早点结婚？”

“没有那么明白地说过，但作为有女儿的母亲，这样想也是理所当然的吧。”

要是森子真这么说的话，多纪可能不会顺从地接受吧。

“但是，多纪小姐是继承辻村家业的女儿，就是结婚的话，也不是那么简单的啊！”

……

“我并不是胡乱推测，我也是长子，我母亲就跟我说了很多烦人的话，很受困扰。但是，继承房子、家业什么的，跟结婚没有什么特别的关系吧。”

武藤是出于什么目的这样说的呢？或许森子将自己引见给他就是想撮合他们两个吧。

多纪无法明白继母的真实想法。已经一起生活了将近十年，可是一旦发生问题，彼此的心思还是一点都不了解。

如果是亲生母子的话，就不会有任何问题了吧……

虽然知道相互之间必须要坦诚相待，但最终多纪还是把森子推到一边，当作外人来看待了。

车子在永观堂的围墙前右转、上坡。开过与哲学小径并排的水渠，就能看到家的大门了。

多纪在水渠跟前路稍微宽一点的地方下了车。

“今天承蒙您的款待，太感谢了！”

武藤点了点头，指着路前面的方向，问道：“就是那个有灯的地方？”

“是的。”

这是一段平缓的上坡路，五十米左右就走到头了。在尽头的右手边有盏路灯，照亮着大门的木头托架。

“真安静，好地方啊！”

武藤停下脚步，四处打量着。正面，点着大字形篝火的东山山麓就在跟前，左边则可以看到若王子神社的树林。

“再见……”

多纪又一次想要离开的时候，武藤叫住了她。

“多纪小姐，请稍等！”

多纪转过身来。武藤好像努力地控制着自己似的，停顿了一会儿，说道：“可以再约你吧？”

“可以……”

“我会打电话的。”

“那再见吧……”

武藤没有说话。多纪不能把没有回答的对方丢下，自己回去。如果可能的话，她想以合适的方式同武藤告别。

“再见吧！”

多纪低头行礼。这时，旁边开来了亮着大灯的汽车，武藤终于像是放弃似的点了点头。

“晚安！”

说着，多纪逃也似的跑向了大门。

辞别武藤后的四天，多纪是看着日历过来的。每过完一天，她就在数字上画个圈把它盖住。多纪知道，当四个数字都消失的时候，就能见到柚木了。

柚木也是以这样的心情，在等待着来京都的日子吗？好像焦急的一方只是自己，对方出乎意料地冷静。

男人如果也和女人一样沉迷于恋爱之中，那就有些可笑了。多纪虽然这样想，但她并不希望对方比自己清醒。只是自己跑在前面的话，那太辛苦了。

平时多纪总是惊讶于日子过得太快，但现在又因为过得太慢而心绪不宁了。还有三天，还有两天，多纪这样数着，感觉一天的时间比平常要长了许多。

不知道为什么，见过武藤之后，多纪更想见到柚木了。这样下去，拖拖拉拉地好像根本没办法去想别的事情。多纪有一种不安，柚木如果不早点来的话，自己就要崩溃了。

多纪还没有对森子说起跟武藤会面的事情。森子也许会从武藤那里听说吧，所以她什么也没有说。

多纪有好几次都想要对森子说的，想告诉她，见到武藤了，而且被很热情地邀请了，顺便看看森子的反应。

如果森子真的希望多纪结婚的话，和什么人，以什么样的形式结婚比较好，她又是怎么考虑的呢？虽说隆彦是长子，但实际上多纪才是辻村家的继承人。不破坏这一点而举行结婚仪式，怎么办才好呢？

作为母女，这些事情当然是要商量一下的。女儿都已经二十八岁了，可是对于女儿的婚事却一言不发，哪个母亲会这个样子呢？

就算是相互之间不太好讲话，也不能永远回避下去啊。

现在，关于多纪的婚事，森子如果想要有所行动的话，还是有必要两个人好好谈一谈的。

虽然这样想，但多纪还是没有勇气正式地说出这件事情。她总有一种不安的感觉，如果说出来的话，就连她和柚木的事情都会被知道了。

和柚木的事情，多纪还不想让别人知道。她想把这件事，当作自己一个人的秘密埋藏在心里，当作谁也不能碰的、重要的东西，保留下来。

森子怎么行动，武藤想要什么，这都和自己没有关系。不管周围怎么样，多纪都会非常干脆地说一句——“不”！

关于结婚，多纪不想自己提出来，内情姑且不说，也是因为不想惊动表面上非常平静的家。与其开口说那样艰难的事情，不如说多纪想在好不容易保持住的平衡下，再自由地生活一段时间。

第六章 正午的原野

柚木来的那一天，从早晨开始，京都的上空就一直阴云密布。天气预报说，夜里有雨，有的地方甚至会下雪。

多纪站在客厅里，隔着阳台望着那已经枯萎的庭院，考虑着着装的问题。

下雨的话，穿洋装要方便一些，但如果下雪的话，好像穿和服更加合适。没有问过柚木喜欢什么，但多纪觉得，他来京都，应该是想看到她穿和服的样子。

总之，先去公司上班，等回家后再想吧。多纪穿了一身轻便套装，外面加上大衣，出了家门。

星期六公司是半休。最近正在普及周末双休日制度，辻村公司的职员们当中，也有希望星期六能够休息的呼声，但工匠们仍然在工作。他们在工作，批发商也就不能休息了。因此，虽然职员们基本都同意了，但双休日制度还是需要再研究研究。

到了公司，多纪如往常一样，看了看新的订货单和送货发票什么的，又浏览了一下邮件，下午来了两位访客。一位是扇子同行公会的谷川董事长，另一位是高知纸店的老板。

谷川董事长是来商量夏季扇子展示会的报告的，而纸店的老板是从大阪回来，顺路过来看望一下。

多纪在办公室依次会见了这两位客人，但她一直在想着柚木，怎么也镇定不下来。

柚木一到京都，马上就会打电话来的。他说，过了中午就从大学出发，然后乘新干线过来，到京都的话，应该是在四五点钟的样子。

星期六的下午楼下有人值班，如果有电话的话会被转到楼上来。离四点还有段时间，所以柚木现在还到不了，多纪虽然这样想着，但总感觉电话好像马上就要响了。

“应该就是这样，拜托了！”公会的谷川董事长说道。

多纪赶忙说了一句“您辛苦了”，同时低头行了一礼。

见纸店老板的时候也是这样。在谈日本纸的采购问题时，“今天新干线是准点运行的吧”，多纪突然问了一句无关的话，让对方吃惊不小。

虽然看上去是在听对方讲话，但头脑里什么也没听进去。

四点钟，纸店老板回去了，多纪终于松了一口气，这时柚木总算打来了电话。

“现在刚过静冈。我想到那边大概六点左右吧。你直接到宾馆来吗？”

可能是从新干线列车上打来的电话，柚木的声音里伴有很多杂音，还总是断断续续的。

傍晚的时候，天气如预报的那样，变成了雨夹雪。多纪望着漆黑的庭院，决定还是穿和服过去。

这件和服在二月初的季节穿有些嫌早，但白色的布面上画有墨笔梅花的图案，配上藏青色的腰带，非常漂亮。多纪一直想在柚木来的时候穿上。

“从东京来了一位客人，我出去一下。”穿好衣服，多纪对水池边的安代说道。

“好像要下雪了，太冷了吧！”

安代认为既然是从东京来的客人，那肯定是工作上的客人。

“晚饭我在外面吃，可能会迟些回来。”

多纪一边说一边想，可能还要住在外面吧。

“车子呢？”

“刚才叫了，应该马上就来了。”

“真漂亮啊！”

“说什么呢！”

发现安代正盯着自己看，多纪慌忙把脸转向了别处。

一直一起生活的安代很少说这样的话。是不是去见柚木的兴奋心情显露出来了？多纪向客厅走去。

“啊，我忘记了，下午有一位武藤先生打来过电话。我回答说您不在家，他说到晚上再打电话过来。怎么办啊？”

“就说我出门了。”

从多纪那有些随意的措辞中，安代察觉到了那个人好像不是什么重要的对象。正因为长年一起生活，所以安代有这样敏锐的直觉。

“听说，下个星期有品子小姐的三个男朋友要过来。”

“三个？”

“好像是其中一个过生日什么的，如果那样，应该到那个人的家去才对啊！”

多纪苦笑了一下。外面传来了门铃声，车子来了。

“那我走了！”

多纪拿着藏青色的伞打开大门，这时雨夹雪已经变成了大雪。

“啊，好冷啊……”

安代缩着脖子。光线昏暗的若王子的山麓上，覆盖着点点白斑。

“小心点！”

“可能要到很晚，你先休息吧！”

多纪说完便坐进了车里。

宾馆的大厅里，好像刚有婚宴结束，挤满了盛装的男女。虽然是二月的下雪天，但结婚好像和天气没有关系。

不知道为什么，多纪一听到结婚、婚宴之类的字眼就会被吓一跳，就像自己在做什么坏事似的。

多纪避开那些喧闹的人群，环视了一下大厅，然后来到了入口处左手边的咖啡吧台。

没有柚木的影子。

说是六点钟，也许电车还是晚点了吧。

多纪坐在咖啡吧台一头的一张两人座的椅子上，要了一杯咖啡。

这里坐着的，好像也是从婚宴出来的人们。虽然不是自己结婚，但他们看上去都很高兴。

多纪把双手放在膝盖上，目不斜视地坐着。她不想考虑其他的事情，现在只是在等待着柚木的出现。

女服务员端来了咖啡，多纪加了些奶轻轻地搅拌了一下，喝了一口之后，便又开始等待。

麦克风里开始召唤客人们了。周围出席完婚宴准备回去的人们纷纷站了起来。

多纪扫视四周，还是没有柚木的影子。她保持着同样的姿势，继续等在那里。

已经过了三十分钟了。柚木怎么了呢？打电话的时候，确实说是在静冈。那以后已经过了将近三个小时了，而坐新干线从静冈过来，最多也就两个小时的路程。

是因为下雪而被困住了吧？但来电话的时候，柚木说电车是准点运行的呀。

多纪静静地看着外面。雪好像下得更大了。从侧面刮来的雪打在大厅前面的玻璃上，化成一道道的水，流淌下来。这是今年的第一场大雪。

看着剩在杯子里的咖啡，多纪又想起了柚木。坐在雪天的新干线列车里，柚木现在在想什么呢？

多纪忽然有一种和柚木面对面的错觉。

两个人不是曾经有过这样的时候吗？就这样面对着面，什么也不说，相互看着对方、想着对方。即使什么也没有说，多纪的心里仍然感到十分满足，现在也和那种情况差不多。虽然柚木不在，但只要想到他正向自己这边赶来，就心满意足了。

就这样又过了三十分钟，多纪听到服务员在叫她。

“辻村小姐，辻村小姐”地叫了两遍，多纪才明白过来原来是在叫自己的名字。

多纪站起身来，服务员过来指了指大厅的入口方向。

“那边有您的电话。”

多纪点点头，走到电话跟前拿起了听筒，杂音之中传来了柚木的声音。

“现在刚过米原。路上下雪了，电车好像晚点了。”

“能到吧？”

“都已经到这里了，应该没问题。再过三十分钟左右就到了。你在等我吧？”

“是啊！”

不管晚几个小时，多纪都会等下去。

“本来想早点联系的，可是电话那里人太多了，怎么也挤不上。反正再过一会儿就到了。”

“没关系，我会一直等的！”

“很久没有见到这么大的雪了！那边呢？”

“从傍晚开始下的。”

“是吗？雪天的京都……”

柚木之后好像又说了些什么，但全被淹没在杂音当中了。

挂上电话，宾馆的喧闹声又回到了多纪身边。

入口处，因为下大雪，挤满了等车的人。

多纪再次回到座位，点了一杯新的咖啡。倒不是多么想喝，只是她觉得，有一杯咖啡的话可以坐上一个多小时。

大厅前面的玻璃上，白雪不断在融化，水汩汩地流下来，好像在看剪影一样。多纪的目光又回到咖啡上的时候，从右侧走过来一个男人。

“怎么一个人在这？”

多纪抬头一看，原来是武藤。

“今天我给你家里打电话了。保姆没有告诉你吗？”

武藤穿着一件象牙色的毛衣，外面是一套条纹西装，右手拿着大衣。

“请原谅！我还没回家呢。有事吗？”

“不要装糊涂啊！上次说过再约你的。今天是星期六，所以打电话想问问看行不行。”

“对不起！啊，上一次真是太感谢了！”

“那倒不用了。在和谁约会吗？”

“嗯……”多纪含含糊糊地回答道。

“我可以坐一下吗？”武藤很随便地坐了下来，“今天被多纪小姐拒绝了，所以接下来我要和朋友们去喝酒。我想先吃些东西，然后在这地下的寿司店碰头。可以的话一起去怎么样？”

“今天有点事……”

“不过，我真想看看，能让多纪小姐等候的男人，到底是什么样的人呢。”

武藤向走过来的女服务员要了一杯咖啡。

“森子小姐说了什么没有？”

“我继母？”

“上次见到你之后，我给森子小姐打电话了。我说我非常喜欢你，想请她帮忙让我们进一步交往下去。”

这么重大的事情，却突然地被武藤轻描淡写地说了出来。如此大胆，和他这个年纪不大相称。

“然后，森子小姐说会支持我的。”

“支持？”

“如果森子小姐不支持的话，那就太困难了！”

武藤很爽朗地笑着。

“今天，要和那个约会的人一起待到很晚吧？”

“是的。”

多纪清楚地回答，连她自己都觉得非常意外。

“看来今天怎么也不行了啊，我还是放弃吧。”

武藤说着，喝了一口咖啡，站起身来。

目送武藤的身影消失在大厅后，多纪看了看表，七点二十分。

她已经等了一个多小时了。

外面的雪还在不停地下着。从外面进来的人看上去很冷，都把领子裹得严严实实的。

柚木从新干线上打来电话的时候说再过三十分钟就到，那应该快了。多纪喝了一口已经冷掉的咖啡，又望向大厅那边。

现在武藤应该在地下的寿司店和朋友们一起喝酒吧。多纪叹了口气，想起了他刚才说过的话。

如果像他所说的那样，那么森子是很希望自己早点嫁出去的，而那个合适的结婚对象就是武藤。

可是，多纪现在对武藤一点感情也没有，就如同一张白纸一样。

与之相比，倒是森子内心的想法让人琢磨不透。当着面什么都不讲，背地里却支持武藤，这是为什么呢？为什么不直接地问一问自己，武藤怎么样呢？

想到这些，多纪不免有些郁闷，总感觉在哪个看不见的地方自己正在被人操纵着。

把这件事忘了吧……

多纪把目光又落在了桌子上。杯子里剩下的咖啡和奶油混合在一起，泛起了一条条花纹。

应该到了吧……

老实说，与在一起的时间相比，多纪觉得等待的时候更开心一些。见面之后，随之而来的就只有离别了。由喜到悲的转变是十分痛苦的。

不管是一个小时也好，两个小时也好，多纪都可以等下去。有了明确的约定，等待本身并不痛苦。

这样子又过了几分钟。

忽然，她感到有个人径直向自己走了过来。虽然多纪低垂着眼睛，但还是能觉察到有道目光落在自己的身上。

多纪赶紧抬起头，只见柚木正从大厅前面朝自己走来。他和往常一样，身穿炭灰色的大衣，立着衣领，手里拎着一只旅行包。

多纪站起身来，向着柚木的方向迈出了脚步。

“一直在等吧？对不起！”

柚木想立刻就去抱住多纪的肩头。

“刚才到的，我赶紧就打出租车过来了。给我预订的，就是这家宾馆吧？”

多纪望着柚木的胸膛点了点头。

“先去房间吧。”

柚木折回了总服务台。

这是一个双人房间，窗户边有隔扇挡着。带路的服务员离开之后，两人便来到窗边挨在一起。

“还好吧？”

“嗯。”

柚木伸出胳膊，把多纪的头拥入了自己的胸膛。

等待的思绪，一下子涌入到多纪的心里，终于见到了朝思暮想的人，她喜极而泣。

“冷吗？”

多纪没有回答，在柚木的臂弯里摇了摇头。

这个男人为了自己冒雪赶来，多纪摸了摸他那冰凉的脸颊，无比高兴。

被柚木搂着，被他吻着双唇，多纪现在真实地感觉到了柚木的拥抱。那有力的胳膊，那温柔的嘴唇，正是一个月前所感觉到和记住的。

柚木就这样把她带到了床上。

多纪已经没有了第一次时的那种害怕和犹豫，她可以把自己完全交给柚木，温柔地顺从了。有了一次允许的记忆，多纪可以安心下来。

腰带被解开、衣服被脱掉的时候，多纪又有些害羞，但那只是一瞬间的想法，随之而来的就又是被爱抚的感觉了。

感觉到衣服和头发散乱开来，同时乳房被柚木揉着、吸吮着，多纪很快就迷乱了起来。虽然在抵抗，但同时也在盼望着那种崩溃的感觉。

很久之前，多纪曾经在若王子的森林里见到过鬼火。那是一种错觉，还是沉睡于山麓的那些明治时期仁人志士们的亡灵呢？多纪此刻的胆怯，和看到鬼火时的感觉相似。

心里害怕，腿却动不了。虽然害怕，但还是想看看那恐怖的真相。

“不能和这个人有更深的交往。”

在已经狂热的头脑中响起了一个微弱的喊声。再进一步就要堕入地狱了。

可是，想着要逃，腿却僵硬得动不了。尽管知道要跑就要趁现在，可身体根本不听指挥。知道如果重复和上次相同的事情就会越陷越深，但此刻的多纪已经完全堕落了。

那堕落的感觉中，甚至潜藏着愉快。继母、安代、吉冈、嵯峨野的叔叔……背叛所有的人，坠入恶魔的深渊，这在让多纪胆怯的同时，也让她感受到了一种很特别的欣喜。

“算了吧！”多纪又一次告诉自己。她觉得现在这样也挺好的。

不想考虑其他的东西，只想专心于现在的一瞬间。为了把现在的记忆牢牢地留在身体里面，多纪忘掉一切，把柚木迎接进来。

从睡梦中醒来会有些凄寂，但在爱抚中醒来，则感觉懒洋洋的而且非常满足。

结束之后，此前的犹豫消失得无影无踪，完全充满着幸福的感觉。

接受之前那一瞬间感到的犯罪的意识和坠入地狱的胆怯，在爱和信赖当中褪去了颜色。只有松弛下来的安心之感，充满了身体的各个角落。

多纪慢慢地仰起了脸，在床头那淡淡的灯光中看着柚木。

是睡着了，还是睁着眼睛呢？从下面只能看到柚木那棱角分明的下巴。

欢爱之后，多纪赤着身子把脸放在柚木的胸口上，轻松地睡着了。大概有十分钟吧，或许是两三分钟的时间，她已经回想不起来了。

多纪像第一次见到柚木似的看着他的脸。

多纪觉得，与其说是这个人，倒不如说是这具身体曾经紧紧抱着自己。柚木也许会离开的，但和眼前这具身体的温存将成为永远的记忆。

看到柚木的下巴挡住灯光形成了阴影，多纪偷偷地把左手放在了柚木的胸膛上。

尖尖的喉结下面有一个浅浅的小坑，那里左右都连接着骨头。骨头很突出，在其中间的位置有一根筋与脖子相连。这就是男人的胸部吗？多纪忍不住诱惑，偷偷地摸了摸那根骨头。

“怎么了？”

头顶上突然传来了柚木的声音。多纪以为他睡着了，看来好像是错觉。

多纪轻轻地摇了摇头，并没有什么特别的理由，只是想摸摸而已。

“知道那根骨头叫什么吗？”

“骨头的名字吗？”

多纪吃惊地看着自己手指所放的位置。

“它叫 clavicle。”

“Clavicle？”

“是拉丁语。日语里叫锁骨。”

多纪在灯影里轻轻地点了点头，这个名字她听说过。

“人类的骨骼当中，只有这根是弯曲成 S 形的。你从肩头开始摸摸看。”

多纪稍微看了看，然后顺着骨头，从肩头到胸部移动着手指。

“是弯的吧？”

“嗯。”

摸着那根骨头，多纪感觉好像是初次摸到了男人的身体，看到了男人的结实与可靠。

“人类的身体当中，这根骨头最性感。”

“啊？”

“你不觉得它性感吗？”

“那个……”

“不是我的，是你的。”

柚木说着，抱住了赤裸的多纪。

“这里。”

多纪赶忙想把胸部挡住，但柚木并不在意，把手指放在了她的锁骨上。

“细细的，稍微有些弯曲。”

确实，多纪曾在镜子里看过自己的锁骨。拨开衣领的时候，或是穿胸部开口较大的连衣裙的时候，这根骨头便会显露出来。正如柚木所说，多纪感觉那确实轻轻地弯成了S形。

“这根骨头与脖子有筋肉相连，扭头看旁边的时候就会显出来。”

这个多纪也记得。脖子很细、瘠瘦的女人，那筋肉就会非常显眼。

“告诉你一件有意思的事吧。这里有一个小坑吧。”

说着，柚木的手指摸到了多纪一侧锁骨的中部。骨头的上方有一个指尖可以轻轻放进去的小坑。

“洗澡的时候，这里能存住水的，据说就是好女人。”

多纪赶紧用手指试了试。

“你的肯定能存住水！”

“没有啊。”

“不会错的！”

柚木看上去很有自信。他是看到过，还是凭直觉猜的呢？

“下次洗澡的时候看看吧。”

“您的呢？”

“男人怎么都好。”

“你真坏！”

也许是从赤裸裸的谈话中感觉到了爱意，柚木再次抱住了多纪。

他将自己的锁骨紧紧地贴在多纪的胸部上，并吻住了她的双唇。这次不像刚才那么用力，而是非常地温柔。

终于柚木缓缓地放松了力道，离开了多纪的嘴唇。

“你不后悔吗？”

“不。”

“那就好了。”

柚木放开了手，他好像有些累了。枕边台灯上那圆形的盖子，在天花板上投下了一大片阴影。

“几点了？”

看了看床头的时钟，已经九点了。到达宾馆之后，两个人什么都没做，只顾做爱了。

见了面，没顾上说话就开始做爱，这让多纪多少感觉有些羞涩。虽说是很久没有相会了，但好像过于急切了。这样的渴望，简直就像年轻男女一样。

“安分一点哦！”

说着，多纪下床捡起了散落在周围的衣服。“落花狼藉”所指的就是这种情形吧，从衣服到腰带、袜子，全都散乱在那里。

多纪拿着衣物进了卫生间。上次是日式房间，没有门锁，而这次是西式房间，门上有锁，可以锁上躲在里面了。

卫生间里只剩一个人，多纪终于又找回了自我。

出门时梳好的头发，已经全都乱了，怎么整理也无法恢复原状了，这样子回去的话，肯定会被安代知道的。

多纪知道的美容院都只营业到五点，根本赶不上了。过了八点钟，街上好像都没有开门的地方了。

多纪稍微冲了一下，穿上贴身的长衬衣后，把头发向后梳了过去。在家简单整理的时候，经常就是这个发型。只是，这样的话，特意穿上的和服就显不出漂亮来了。

衣服也好，头发也好，多纪本来是想让柚木看到自己最好看的一面。可是，真是遗憾啊。

柚木知道女人的这种心思吗？不，正因为不知道，所以才一见面就索要男女之事的吧。

不过，这当然不是柚木一个人的责任。如果不愿意被弄乱的话，全力抵抗就可以了，但多纪还是简简单单就应允了。主动要求的一方确实是柚木，可自己也有着渴望。男女之间经常说只是一方的责任，这也许是没有道理的。

多纪放弃了头发的事情，开始洗脸。左侧的脸颊有些刺痛，仔细一看，稍微有些发红。被抱着的时候，好像被柚木脸上的胡须扎到了。

多纪穿好衣服回到房间，柚木已经起床坐到窗边的椅子上了。

“洗澡吗？”

“一会儿再洗。”

柚木打好领带，穿上了西装。多纪赶紧把凌乱的床收拾了一下。

“你看，多漂亮的景色啊！”

柚木看着窗外。刚进房间时挡在窗户上的隔扇被拉开了，外面夜色下的鸭川[1]向远方延伸。

“雪停了啊！”

“京都的雪果然美丽！”

夜色当中，鸭川左右两边的堤岸、右手边的小桥，一直到远处的塔顶，都被雪所覆盖，呈现出白茫茫的一片。

“你能来真是太好了！”

柚木说着，看向了多纪。

“肚子饿了吧？”

“有一点。”

“那我们下去吃点东西吧。”

柚木离开窗边，手里拿上了钥匙。

下了电梯，宾馆的餐厅就在对面。两个人面对面坐在了右手边一个靠窗的位置上。

餐厅在地下，背靠鸭川堤岸，可以看到从石墙流下来的小瀑布，很有意思。

“是家相当不错的店啊！”

柚木从服务员的手中接过了菜单。

“有什么稍微清淡一些的东西吗？”

“有杂烩粥。”服务员答道。

“西餐厅里有杂烩粥，还真有些奇怪。那我就要这个了。你呢？”

“我也一样。”

“那来两份。再要点薰鲑鱼和白兰地。”

服务员记在纸上后离开了。

“很久没有这样在一起了。”

“是啊。”

见面已经将近两个小时了，却还是第一次相互看着对方的脸，这对多纪来说有些奇怪。

“离上一次有一个月了吧？”

“不是。是三十二天。”

“是吗？”

柚木轻轻地笑了笑，脸上还是一如往常般那么温柔，但多纪觉得今天柚木看上去好像老了一些。

这时候服务员把白兰地端了过来。喝上一口喉咙就觉得烧得慌，

1. 日本向南流经京都市的河。为京都的象征。以出町为界，上游称贺茂川，下游称鸭川。

但这灼热的液体却让人感受到重逢的喜悦。

柚木就在眼前这没有错。多纪高兴地一杯接一杯地喝着。酒喝到一半的时候，杂烩粥上来了。

“很丰盛的杂烩粥啊！”

正如柚木所说，里面放有牡蛎、竹笋和鸡蛋，足够填饱肚子的了。也许是因为之前喝了白兰地，多纪吃到一半就放下了筷子。

“战争刚结束的时候，粮食很少，我们把米撒在水里，熬稀汤喝，就靠这些可怜的东西为生，所以听到杂烩什么的，并不觉得那是穷人吃的东西。你肯定不知道那个时代的事吧。”

战争刚结束的时候，多纪还没有出生。等她记事的时候，已经是经济高速发展期了，所以并不知道那种贫穷。

“这样一说，就感到年龄的差别了。”

柚木浅浅地笑了一下。

确实，柚木和多纪相差十五岁之多。多纪一岁的时候，柚木已经是十六岁的少年了，这样一想，还真的是不可思议。

不过，在这一个月当中，多纪并没有感觉到年龄上的差异。也可以说多纪根本没有时间去考虑这些问题，而是一味地在思念着柚木。

“到了后天，和你的差距就会缩小一岁了。”

“但是，四个月以后就又恢复原状了。”

后天多纪就二十九岁了，四个月以后的六月份柚木就四十四岁了。两个人相互看了一眼，笑了起来。

“但是，四十三和二十八的差别很大，而五十五和四十的话，就没那么严重了。”柚木把杂烩粥的盖子盖上，说道。

“我四十的时候吗？”

多纪能够想象得到五十五岁的柚木，但无法想象自己四十岁时的样子。

“还有十一年。”

柚木好像很期待到那个年龄。

“在那之前我就已经死了。”

“可是，女性都很长寿哦！”

会死，那只是多纪随口一说罢了。可是，大家终归都会上年纪的。

“算了，人老是没有办法的事情啊！”

多纪点点头，猜想着柚木妻子的年龄。

也许是守灵时穿着丧服显得有些憔悴吧，柚木的妻子看上去年纪挺大的，大概有四十岁左右吧，至少也超过三十五了。总之比自己要大上将近十岁，多纪感觉稍微放心了一些。

“话题从杂烩跑到奇怪的事情上去了。”

柚木喝了一口冰水后站了起来。

“到对面的酒吧再去喝点什么吧？”

酒吧里光线昏暗，自己的发型也不是很惹眼，多纪这样想，便同意了。

酒吧正对着小瀑布的水流，有一个柜台，里面上一层台阶的地方是包厢。

两人并肩坐在柜台中部的空位处。

“我要白兰地，你呢？”

多纪稍微考虑了一下，说道：“这次要度数低一点的吧。”

“那就要加苏打水的金巴利酒吧。”

柚木随口决定了下来，用打火机点上了香烟。

从柜台的正面，透过玻璃可以看到石墙，水从那里流出落到下边的水面上。

“把鸭川的水给引过来了吧。”

多纪不知道，石墙的后面确实就是鸭川的堤岸。

“又下起小雪了。”

抬头看去，流水的石墙上方正飘舞着雪花。

“到了明天早上，也许雪就能积下来了。”

“明天有什么事吗……”

“没什么事。你呢？”

“我休息。”

装着白兰地的酒杯和装着红色的加了苏打水的金巴利酒的酒杯轻轻地碰在了一起。

“后天是你的生日了。”

“你就是因为这个才来的吗？”

柚木看着落在水面上的雪花，没有说话。在沉默中，多纪感觉到了柚木的温柔。他能想到这一点，多纪非常高兴。

“上次那个案子怎么样了？”

柚木点了点头。往常都是这样，他好像不太想说关于工作上的事情，即使说也只是一些无关痛痒的话，这让多纪有些无奈。

“上次听川岛医生说好像要被起诉了，那时候就不能来京都了吧？”

“没有那回事。”

柚木否定着，也是不想让多纪觉得有什么负担。

“您这次出来是怎么跟家里说的？”

“就说去一趟京都。”

“没说因为什么事吗？”

柚木喝了一口白兰地，没有回答多纪的问题。此前，新年的时候，还有现在，柚木都没有什么特别的事情，就一个人跑到京都来了。对于这种行为，他的妻子会怎么想呢？

多纪又一次感到，自己好像对柚木家里的事情一无所知，尽管在守灵期间她确实见过柚木的妻子，也看到过他儿子的遗像，但实际上他和妻子的关系到底怎么样呢？

只从守灵期间的情况来判断，多纪并不清楚他们之间是否真的发生了争吵。一些关键的问题，她都不了解。

到了现在这个样子，她也想问问，柚木是怎么看待自己的呢？

柚木的妻子到底是什么情况？柚木又准备把自己怎么办呢？这些问题，多纪非常想知道。可她感觉自己没有什么情理可以去问这些事情。

多纪从一开始就知道柚木已经有妻子了，是自己明明知道还要陷进去的，这不是柚木的责任。

与此相比，多纪最想问的倒是，柚木现在到底有多爱自己。如果这样有些可笑的话，只要问问他觉得自己的存在有多大必要，也就够了。

从柚木的态度来看，在东京感到劳累的时候，就会到京都来，好像京都能够治愈他在东京的疲劳。如果说他一想要休息的时候，就会需要自己，那也是可以接受的。

只是，那些事情，多纪想清晰地从柚木的口中听到。她虽然认为柚木是爱着自己的，但还是想多听到一些确切的甜言蜜语。

想一想的话，这种问题，应该在变成现在的关系之前就要确认好的。一般情况下，都是确认了相爱之后，才会变成这种亲密的关系。

从这一点来说，他俩的结合好像是有些唐突了。如年轻人一般，两个人都过于急切了。

对于这种事情，多纪虽然有些害羞，但并不后悔。现在想想的话，也许是有些唐突，但当时的情不自禁也是没有办法的事。

那个时候，多纪确实在寻求着什么。隆彦案子的发生、吉冈的病倒，紧接着新的生意又失败。一个孤零零的女人正在惶恐不安的时候，柚木出现了。

那当然不是柚木一手策划，或是他趁机接近多纪的。回头想想，可以确定的是，如果那时候没有柚木，多纪肯定会更加无助。可以说正是因为有了柚木这个她所爱的人的出现，她才得以成功地应付了筹款的难题和那一帮性格怪僻的工匠。

也可以说，是因为涌起了生活下去的希望，所以才没有泄气和消沉。

尽管如此，要问柚木关于他家庭的事情，应该从哪里切入才好呢？多纪并不觉得，沉默寡言的柚木会自己说出这些事情。

柚木从一开始就不想让人看到他家庭当中的阴影，就算他的妻子生病了，他也肯定是什么都不会说的。

找个时机随便问问看吧。这样想着，多纪说起了别的事情。

“吉冈好像还是得了癌症。”

“这件事我从川岛那里听说了一点。”

“做了手术，才知道当初得的是癌症，有这样的事吗？”

“胃部的话一般不会这样，但有时候也不是没有可能。他确实也得了胃溃疡。”

“川岛医生说，切除是基本上都切除了……”

“即使在肉眼看到的范围内切除了，也不是就完全没有问题了。还是要使用化疗法什么的，不久大概就没事了吧。”

“不久？”

“癌症的话，如果三年没事，基本上就可以放心了。”

会不会复发，好像连柚木和川岛这样的医生都不敢断言。

“那就暂时再治一治吧。希望能治好啊。”

“大概过两三个月，就可以做些事务性的工作了。”

虽然吉冈不能出去做些外勤事务会让多纪辛苦许多，但只要他能来公司，多纪的心里也就踏实了。

“川岛医生非常直爽，是个好人。”

“他还说了什么吗？”

“我还听说了很多关于您的事情。”

“嗬！”柚木看了看多纪，又叫了一杯白兰地。

多纪感觉有些醉了。也许是爱抚之后的倦怠使酒精的作用发挥得更快了吧。

“我只问一件事情可以吗？”等新的一杯白兰地被端到柚木面前之后，多纪说道。

柚木看着前方点了点头。多纪顿了一下，然后也看着对面的窗户，问道："已经去世的洋一郎君，不是您的儿子吧……"

……

柚木一时没有回答。两个人就这样默默地看着窗外飘舞的雪花。

"我有点想知道。"

"这也是川岛说的吧？"

多纪对着窗户的方向点了点头。

柚木慢慢地喝了一口白兰地后说道："不是亲生的儿子，但和亲生儿子一样。"

……

"这也不会改变什么吧。"

多纪一边点头，一边考虑着柚木会说些什么。

那个男孩子不是柚木的亲生儿子，这到底是怎么一回事呢？他是柚木的妻子带过来的孩子吗，或者还有什么其他的情况？虽然很想知道，但多纪还是忍住了没有一口气问出来。

"我只是看到了照片，觉得还挺像的。"

"也许是长年住在一起，就变得有些相像了吧。"

柚木端着酒杯，轻轻地笑了一下。

"觉得很奇怪吧。"

"哦……"

多纪不置可否地回应了一下。别人是不是奇怪，这不是可以说出来的东西。

柚木又喝了一口白兰地，那是一种好像要把自己灌醉似的粗鲁的喝法。

"我和我老婆是学生时代结的婚。"

"您夫人也是医生吗？"

"不是，实际上她为大学的生协工作。"

"生协？"

"就是生活合作协会。学习用品、食品什么的卖得很便宜的那种合作社，为了学生而开办的。"

"那个人，为什么……"

"那是年轻时候的事情了，很不好意思。那个时候，她和我的一个学长I有了关系，还怀了孩子。我觉得他们是相爱的，但最后I选择了逃避。"

"太过分了！"

"那时候我也这么想。最初只是出于同情，聊了很多。"

“爱上她了吧？”

“我很担心她，所以……”

多纪点了点头。一个青年同情一个有了身孕又被抛弃的女孩，那不能怪他。之后那种同情转变为爱情，也没有什么不可思议的。

“那个孩子是……”

“是的。”

柚木看着酒杯点了点头。

多纪看着夜色中的窗户，想起了守灵之夜看到的那个青年的照片。四十三岁的柚木有这么大的一个孩子，她现在总算知道了原因。

“您只有那一个孩子吗？”

“不，还有一个女儿。”

“她呢？”

“那是我们两个人的孩子，她现在去美国了。”

是不是守灵的时候没有回来呢？多纪没有印象。

多纪拿起空掉的杯子，又叫了一杯酒。听着柚木的话，她的心情亢奋了起来。

“年轻的时候，根本不知道要干什么。”柚木端着酒杯，自嘲似的说着。

年轻的时候，出于一种正义感，爱上了一个怀有别人孩子的女人，这不能责怪柚木。结果姑且不说，那个时候非常重视对方，这是毫无疑问的事实。

“后悔了吧？”

“不，没有。好好教育他的话，那孩子也不会出那种事……”

“已经去世的洋一郎君吗？”

“是啊……”

“对不起！”

提到这件事，多纪只有道歉。

“不要误会，我不是那个意思！我是说，在他变成那个样子之前，是不是还有什么方法好好开导开导他呢。”

“您知道孩子参加学生运动的原因？”

“也许是我多心了，但我感觉，那孩子知道我不是他的亲生父亲以后，想法就有些改变了。”

“为什么呢……”

“不知道。也许是明白我和他没有血缘关系了吧。”

“可是，这件事和学生运动没什么……”

"是没什么直接的联系。参加那样的运动，最重要的原因也许是不能弹性地思考问题，再加上自身性格的懦弱吧。但那孩子形成那么懦弱的性格，还是父母的责任……"

柚木这样一说，多纪也不好说什么了，她同样有个这样的弟弟隆彦，不能再对别人作什么评论。

"在你面前这么说有些可笑，是那孩子过于善良了，结果就无法控制自己了。"

确实，在隆彦身上也有这种倾向。小时候，他是个一听到悲伤的故事就会流泪的孩子。他会做出那种杀伐之事，多纪到现在都不能相信。

"您很爱洋一郎君吧？"

"从他小时候起就一直爱着他。"

柚木像在追忆过去似的望着窗外。夹在并非自己亲生的儿子和生他的妻子之间，柚木过的是怎样的一种生活啊？多纪试着想了一下，但根本无法想象。

"因为男人不会肚子痛，所以如果他认为这是自己的孩子，就会相信这是真的。"

现在，多纪觉得自己已经知道柚木到底想说什么了。

即使没有血缘关系，但他还是把已经死去的那个青年当作自己亲生的孩子在深深地爱着，这一点是不会错的。

"再问一件事情可以吗？"

多纪好像有些醉了。这种醉意，让她大胆了许多。

"您一个人过的新年，夫人不会说什么吗？"

"不会的……"

柚木安静地摇了摇头。暗淡的灯光中，他的脸色看上去有些疲倦。

"也许是我想太多了，不过现在来看，守灵那天我如果没去就好了。"

"哪有的事！"

"那个时候，您一直在袒护我。我怀疑是不是因为那件事使您和夫人之间产生了什么隔阂呢……"

"没有那回事。我们之间早就……"

柚木说到这里停了下来。可能是感觉再说下去的话就太孩子气了吧。他又喝了一口白兰地，把话咽了回去。

多纪想起了独自在东京家中的柚木的妻子。

对于丈夫去京都这件事，她是怎么想的呢？又没有什么事，可每个月都要往京都跑，对于这样的丈夫，她会不会已经开始怀疑了呢？那个满腹疑虑的妻子，会怎么对待柚木呢？

“夫人还不知道我们的事吧。”

“知道的话……就算知道也没事。”

多纪看了看柚木。柚木并未在意，仍在望着那飘着雪花的夜空。

“你不用担心什么。”

“可是……”

“那是我要考虑的事情，不用你担心。”

看到柚木如此大胆，多纪感到有些害怕。柚木是那么冷静执着，他的心里似乎藏着一种决心。

“我和我老婆的事，你是从川岛那里听说的吧。”

“上次聊天的时候，他告诉我的。”

“那家伙也许是在担心我们吧。”

“他不知道我俩的事吧？”

“他只知道我喜欢你……”

“仅此而已？”

“他是个直觉很敏锐的男人，也许已经知道我俩的关系了吧。不过他是自己人。”

“自己人……”

“从我结婚时的内情，一直到现在的事情，他都知道。他也很反对我此前的婚事。”

和怀有别人孩子的女人结婚，周围的人肯定都会反对的。尽管这样，还是走到了结婚这一步，从这一点来说，柚木是个内心热情的人。

“这次也会去见川岛医生吧？”

“我正在犹豫要不要见他。”

“好不容易来一趟……”

“见面的话，他肯定会问起你。”

“川岛医生知道我是谁吗？”

“你是辻村家的小姐啊！”

“不，不是这个，是我弟弟把洋一郎君……”

“那件事我不说他也知道。他曾经也组织过学生运动呢。”

多纪感觉脸上有火在烧。以前以为对方什么都不知道，自己只是作为吉冈公司的人去打打招呼。谁知川岛好像什么都知道了，他知道多纪的家人当中有一个搞武斗的男人。

“不过，他不是一个到处乱说的男人。”

“这我知道。”

多纪觉得有些羞愧。虽说这些事情和吉冈的病没有关系，但既然对方都知道了，见面的时候还是应该采用其他的措辞比较好。

“明天和川岛一起吃饭吧？”

“我就不去了吧。”

“没关系的。明天是星期天，川岛应该也有空。”

“可是，晚饭我想只有我们两个人。”

“那就和川岛中午吃吧，中午的话没有关系吧。”

好不容易才见到面，多纪不希望有别人介入。不过柚木既然这样说了，她也不好再拒绝。三个人见了面，和柚木的事情就完全暴露出来了，川岛应该不会对别人说吧。

夜深了，酒吧里开始喧闹起来。多纪他们来的时候还空着一半的柜台，现在已经坐满了，后面高一层台阶的包厢也都挤满了人。

多纪已经在喝第三杯加苏打水的金巴利了。虽然金巴利酒精度数比较低，但因为之前还喝了些白兰地，所以量已经不少了。

“光讲些无聊的事情了！”柚木又喝了一口白兰地，说道。

柚木已经喝了四五杯了。也许是作为外科医生，从年轻的时候起就已经喝习惯了，但脸上还是显出了一丝倦意。

柚木在结束上午的工作之后，就赶下午的新干线过来了，还因为下雪而在路上耽误了很久，现在又喝了这么多酒，说不累是不可能的。

“回去吧。”

柚木点了点头。夜色中的窗外还和刚才一样，雪花轻轻飞舞着，飘落而下。

“累了吧？”

“没有……”

柚木说着看了看多纪。

“今晚可以住在这边吧？”

……

“就住在这边吧！”

刹那间，柚木的声音好像变年轻了。

“可是……”

多纪之前从来没有在外面夜宿过。即使因为工作上的接待而晚回去，过了十一点也肯定要给安代打个电话。

安代就像是自己的母亲，不给她打电话的话就会一直不睡。今晚已经说过让她先睡了，应该没有关系，但尽管如此也还是不能住在外边。

“不行吗？”

暗淡的灯光中，柚木的表情一下子变成了一个撒娇的孩子。

“你只要静静地在我身旁睡着就可以了。”

多纪当然也想这样。她以前就想象过，安安稳稳地在柚木旁边睡上一晚。

“家里人那边不好办吧？”

当然有这个原因，但也不全是。现在还好，明天早晨醒来，光天化日之下走出宾馆，这太难堪了，而且发型乱糟糟的也让人害臊。

“今天先忍耐一下吧！”

“有人会说你吗？”

“不是……”

即使一整晚住在外面，也不会有人当面指责多纪。也许安代会用稍微严厉一点的口吻问一句“昨晚去哪里了”，但只要回答“在朋友家”就行了。森子就是不信也不会多问什么的。多纪是个独立的女人，她们之间通常会保持一定的距离。

其实和柚木住在一起，目前没有什么不方便的。因此多纪没有马上说出什么理由。

但是，无论如何今晚多纪并不想住在这里。尽管安代和森子她们谁也不会说什么，可多纪还是讨厌被她们抓住自己的小辫子。多纪不想让她们很奇怪地推测，是不是有了什么喜欢的人了。

“除了京都，下次您去其他地方的时候，我陪您去。”

“去旅行就可以住在外面了吧？”

多纪明确地点了点头。如果是到京都以外的什么地方去的话，就可以放心地住下了。在这里，总能感觉到森子她们的眼睛，根本不能安心。

“那四月份去津和野[1]吧。”

“津和野吗？”

“从四月十号起三天的时间，在广岛有个学术会议。我本来就打算结束之后到津和野去看看呢。你去过吗？”

“没有。”

多纪听说过，津和野被称为西部的小京都，也很想去看看。她在旅行杂志上看到过津和野的介绍。

1. 位于日本岛根县西部。至今仍保留着古城风貌。森鸥外的旧居地。有马利亚教堂、河中鲤鱼、青野山等许多旅游景点。

“到时候你会去吧？”

“我很高兴能和您……”

“那今天就算了吧。”

柚木稍微笑了笑，站了起来。

两人乘电梯回到房间。已经十一点了，多纪拿上了大衣。

“晚安！”

柚木在房门口又轻轻地吻了吻她。

多纪在宾馆前打了一辆车，回到家时已经快十二点了。

本来还在担心安代会不会没有睡在等她，到家一看，只有大门和客厅的灯还亮着，一片寂静。

多纪出门时说过，可能要晚一些回来，让她们先睡，所以她们肯定是先睡着了。

这样，凌乱的头发就不会被看到了，多纪的心总算放了下来。当她经过客厅的时候，忽然注意到被炉上放着一张留言条。

多纪随手拿起来，上面是安代的笔迹。

“傍晚，有一个人打来电话，好像是隆彦少爷。我马上问了问，对方什么也没说就挂掉了。”

字条上只有这些。

多纪看完，向周围扫视了一圈。挂着窗帘的阳台对面是一个餐具柜，旁边放着电话桌和一部按键式电话机。

傍晚的时候，也许从那个电话里传出了隆彦的声音。多纪又一次环视了一下房间，然后突然跑进了自己的屋子。

关上门平静下来之后，多纪又看起了那张字条。

“好像是隆彦少爷……”，这是什么意思呢？对方打来电话，没有报名字吗？安代光凭声音就判断出那是隆彦了吗？不管怎样，既然安代认为是隆彦的话，应该不会错。

多纪愣愣地考虑着，脱下了外套。

从宾馆回来的时候，雪基本上已经停了，但从披肩到袖子，还是都打湿了。多纪一边整理着衣服，一边想着字条的事情。

如果是隆彦打来的电话，是不是他到附近有什么事呢？或者只是想起来了，就打过来问候一下呢？一听到是安代的声音就挂断了，那他是出于什么目的打来电话的呢？

与隆彦最后一次的联系是在去年初夏。他只是简单地说了句“我很好，请放心”，然后就从大阪消失了。之后也许是因为被警察追捕吧，就完全失去了联系。

他现在在哪里呢？隆彦突然打来电话着实让多纪吃惊不小。多纪真想马上把安代叫起来问个清楚。可是，安代已经睡着了，叫醒她不太好。而且，这么晚才回来，多纪也自觉理亏。

明天早点起床吧。

多纪躺在床上想着心事，与柚木相会的晚上，隆彦打来了电话，这实在是有些讽刺。

第二天早晨多纪醒来的时候，从阳台上可以看到院子里已是白茫茫的一片。枯萎的草坪自不必说，雪见灯笼、石制的洗手盆等都盖上了一层厚厚的积雪，只有雪面上那明亮的朝阳正在闪耀着光芒。

多纪起床后马上来到了客厅。

多纪穿着一件白色的睡裙，头发向后拢着，来到客厅的时候，安代正在厨房准备早饭。

“早上好！”

多纪跟她打招呼。安代回过头来，吃了一惊。

“好大的雪啊！”

“是啊……”

安代仔细地打量着多纪，那眼神好像是在问她昨晚到哪里去了。

“字条我看到了，是个什么样的电话？”

为了摆脱安代的视线，多纪问起了电话的事。

“非常奇怪。对方问‘是辻村家吧’，我就回答‘是的’，然后他又问‘多纪小姐在吗’，我说‘她出门了’，结果对方就挂断了。”

“那你怎么知道是隆彦？”

“直觉。好像是从吵闹的公用电话亭打来的，听得不是很清楚，但与少爷的声音极为相似，而且他还直接问‘是辻村家吧’。”

“你问他是哪位了吗？”

“我问了好几遍，可对方什么也没说，然后就挂了……”

“除此以外呢？”

“只有这些。不过，那肯定是少爷！”

安代称呼隆彦为少爷。

“电话打来的时候，是几点钟？”

“在您刚出门不久，大概六点半左右。”

那个时候，多纪正在宾馆的大厅里等着柚木。

“真是隆彦吗？”

“肯定不会错的！我感觉他还故意地想改变自己的声音。”

“安代你接的电话，有什么事的话他应该也会说的啊！”

“但是，他一定是想听听小姐您的声音吧。”

安代这样一说，多纪很难过。她对于昨晚去见柚木的事感到非常惭愧。

“之后他没有再打过来吗？”

“我等到了十一点半，可是……”

多纪回来是在快到十二点的时候，差一点就和安代碰到面了。

“昨天晚上，由于所接待的客人非常高兴，所以就陪着到处应酬，可把我累坏了！”

多纪看着窗户那边，撒了个谎。

“少爷也许还在京都吧。”安代嘟囔了一句。

森子咳嗽了一下，走进了客厅。

安代急忙闭上了嘴，好像在说，这事以后再说吧，便到水池子那边去了。

隆彦来电话的事情，安代似乎还没有告诉森子。既然是母亲，那应该没有必要隐瞒，也许是安代不想告诉她吧。

“起床后看到这么大的雪，我真吃了一惊！”森子很高兴地说道。

也许是年轻的时候在祇园町养成的习惯吧，森子不管晚上睡多晚都会很早起来。现在上了些年纪，就起得更早了。今天她也已经整理好头发，脸上也都干净利索了。

多纪打了个招呼后，便又回到自己的房间里去了。

关于隆彦的事情，多纪还想再和安代聊一会儿，但他打来电话时的大体情况，基本已经知道了，而且，安代所说的，归根到底还都是在推测。

多纪回到房间，打扫完卫生的时候，已经九点半了。积雪在朝阳的照射下开始融化，阳台的玻璃和屋檐上都被水所浸湿了。

多纪来到餐厅，吃了些烤面包和咖啡。

品子过来的时候，多纪已经吃完了。若王子的家里，四个人随心所欲地自己起床、自己吃饭。

“姐姐好像有些变了。”

品子伸了个懒腰，坐在桌旁看着多纪的脸。

“哪里变了？”

“我也说不清楚，但最近变得特别漂亮。”

“别开玩笑了！”

“我说的是真的！对吧，安代？”

好像被品子的话提醒了似的，连安代也看了看多纪。

是品子察觉到什么了吗，还是只是随口说说？不过，多纪自己也觉得最近好像是有些改变。哪里，发生了什么样的变化，也说不清楚，只是上妆的时候发现，自己的肌肤越来越滋润了。

二十八年来，还是第一次有这种感觉。可能是因为恋爱了吧。接受了柚木的爱情，不再去想那些陈旧的东西，皮肤自然也受到了影响。

“姐姐，明天是你的生日吧。你想要什么礼物呢？”

“到了这个年纪，过生日已经不是什么开心的事情了。有祝福就足够了。”

“姐姐什么都有了，这可真让我为难啊！”

“虽然早了一天，不过作为庆祝，今天晚上大家一起到外面去吃饭吧？”森子说道。

一家人来给自己庆祝生日的感觉确实难得，但现在柚木来了，多纪反而犹豫了起来。

推掉了这些提议，多纪赶在中午之前从若王子的家里走了出来。已经约好中午和柚木在宾馆见面了。

到达宾馆的时候，柚木已经坐在大厅前面的咖啡吧，在和川岛一起喝茶了。

多纪赶紧调整了一下姿态，然后和川岛打招呼。

“三个人终于凑到一起了！”川岛抬头看了看多纪，用和以往一样爽朗的腔调说道。

从这种直爽的态度来看，他好像已经知道两个人的事情了，所以非常平静。

“他说去吃天龙寺的烫豆腐，怎么样？”柚木问多纪。

“那儿有镶着玻璃的房间，所以在那里一边看着院子里的雪，一边吃烫豆腐，是件非常享受的事情。”

多纪当然没有异议。三个人便出了大厅，打了一辆车。多纪和川岛分别坐在柚木两边。

“第一次看到京都的雪，果然漂亮啊！”

看着窗外，柚木低声自语。路上的雪基本上都化了，只有路的两边和树丛周围还有些残雪。

比叡山还是白茫茫的一片，反射着太阳的光辉。

“已经决定下周起给吉冈先生实施化疗了。”车子出了丸太町大街的时候，川岛说道。

“真是太感谢了！”

“不会花很长时间的，他本人的身体状况也很好。”

听说吉冈得的是癌症之后，多纪就没有再去过医院。因为见到之后便会想起这事而感到难过，所以就有意识地避开了。

“不过他非常担心你啊！我说让他好好休息，他却说‘我得赶紧出院去见小姐’，一点都安定不下来。”

“真不好意思！”

吉冈一直在担心自己，这让多纪很是感动，但现在他应该更加担心他自己啊！即便病着也忘不了工作，也许这就是吉冈的老脑筋吧。

快到一点钟的时候，车子到了天龙寺。虽然正是午饭的时间，但川岛已经事先预约好了，所以订到了能够看见院子的窗边的座位。

好像要下雨的样子，但时不时也会有阳光洒下来，那一瞬间，白雪覆盖下的院子会变得非常明亮。松树、细竹的影子投射在雪面上，偶尔还有雪花从枝叶上飘落而下。

冬日的庭院，只有影子在晃动，没有一丝声响。

第一道菜是芝麻豆腐，接着是酱烤串豆腐、山药、天妇罗[1]和烫豆腐。因为是午餐，所以菜式是固定的。

柚木和川岛喝的是啤酒。多纪也抿了一小口，担心会在白天喝醉，所以没有再多喝。

“怎么样，柚木干脆也搬到这边来住吧？”

“到京都？”

“不过，东都大学教授的头衔，可不多见哦！”川岛苦笑着说道。

东都大学在日本是屈指可数的大学。舍弃那里教授的职位而搬过来，大概是不可能的吧。川岛一开始就知道没有道理，才会这么说的。

“总之，春假和寒假的时候，过来稍微放松一下，还是挺好的。”

“是啊……”

柚木点点头，没有开玩笑，完全是一本正经的表情。

阳光暗淡了下去，雪面的白色浮现了上来。也许还要下雪。午餐结束，作为甜品，服务员端上了冬天非常少见的草莓。

吃完之后，三个人站起身来。

“天气好的话，从岚山[2]到化野[3]一带去转转才好呢！”

道路两侧还有尚未融化的残雪，天空中的云层也很厚。这种天气，确实没有办法去散步游玩。

和三个人来的时候相反，多纪坐在了出租车最里面，然后是柚木

1. 油炸食品。主要指把鱼虾、蔬菜等裹上一层用冷水调匀的鸡蛋面粉糊，油炸而成的一种日本菜肴。
2. 位于日本京都市西部，濒临保津川。海拔 382 米。以樱花和红叶闻名。
3. 位于日本京都嵯峨小仓山山麓。

和川岛。

“接下来干什么呢？上街的话还早，不如回宾馆再喝点吧？”柚木这样说道。

川岛叼着香烟摇了摇头。

“不了，我先告辞了。”

“有什么事吗？”

“没什么特别的事情。今天我想回家放松放松。”

“那晚上怎么样？让你请客太不好了。”

“这个没关系的！今天是星期天，好点的地方都休息了。”

说完，川岛又问道：“明天就回去了吧？”

“我想下午回去。”

“去见村木吗？”

“明天的教授会上应该能见到。”

两个人又聊了几句可能是同班同学村木的事情。

嵯峨野周围积了很厚的雪，但街上的基本上都化完了。

柚木说先送川岛，但由于不同路，所以柚木和多纪两个人在四条河原町大街的拐弯处先下了车。

“承蒙款待，多谢！”

“下次什么时候来啊？”

“我想四月份樱花开之前来一次。”

“下次星期六来吧，星期六的话店都开着呢。”

川岛又笑着对多纪说：“你就在京都，什么时候都见得到。”

和川岛分开以后，二人朝着八坂神社的方向走去。

“那家伙嫉妒我们了。”

“所以才回去的吗？”

“可能吧……”

柚木苦笑了一下。

男人之间的友情是这样一种东西吗？另外，关于自己和柚木的事情，川岛到底知道多少呢？多纪很关心，却没有勇气去问。

“我想送你一件生日礼物。”

“那事就不要操心了！您能来我就很高兴了！”

“但是，好不容易赶过来的，怎么也要……”

“那就带我去宾馆吧！”

多纪直接把这句话说了出来。

柚木有些不太相信地看着多纪。

“我说了什么让人害臊的话了吗？”

多纪虽然为自己所说的话感到害羞，但话已出口，她并不想再改正。她装作什么都不知道的样子，看着车来车往的大街。

“那没问题。但好不容易过次生日，还是告诉我你想要什么东西吧。”

“我什么都不要。”

“皮包也好，大衣也好，哪怕就一件，总有想要的吧？”

“我讨厌能留到以后的东西。”

“为什么？”

“因为留下来的话我会难过……”

这并不是在撒谎。多纪总是在告诉自己，不管怎样都是要和柚木分开的。接受对方赠送的礼物，会很为难，因为那只会让自己更加难以割舍这份感情。

“不理解啊！”

“不理解也好！”

多纪感觉自己有些急不可待了。

“我们回去吧！”

柚木好像很无奈似的，向附近的出租车扬了扬手。

坐在开往宾馆的车上，多纪终于放下心来。

不知道为什么，三个人一起看雪中的庭院、吃午饭的时候，多纪总感觉不能平静。虽然有时候也很高兴，但心底里却一直盼望着只有两个人的时刻。

竟然说了那样的话……

多纪感觉自己变得淫荡了。换作以前，是不会说出要去宾馆的。就算那样想，嘴里也绝不会说出来。多纪没有想到，那样的话竟然脱口而出。与其说是拒绝礼物的借口，不如说是渴望两个人在一起的时刻。

“下车吧！”

到了宾馆，柚木催促着多纪。是她自己说想去的，可现在又拘束了起来。

“到休息室喝杯咖啡吧？”

“你想喝吗？”

“不。”

“那去房间吧！”

柚木在前台拿了钥匙，向电梯走去。

二楼的宴会厅好像有一个女性们的集会，大厅里挤满了年轻的女人。柚木和多纪穿过人群，在六楼下了电梯。房间已经打扫过了，昨天凌乱的床铺也被整理一新。

“累了吧？”

说着，柚木便抱住了多纪。

下午暗淡的阳光透过挡在窗户上的隔扇漏了进来。在那淡淡的光亮中，多纪慢慢地闭上了眼睛。

从早晨开始，多纪就一直在渴求这种被柚木抱着的安心的感觉。

自己到底是怎么了？多纪依在柚木的怀里这样想。

昨晚一见面就马上抱在了一起，今天从上午起就又想着和柚木做爱了。

而且，今天是多纪自己主动提出的。

对于之前那个讨厌男人的多纪来说，这是根本无法想象的事情。简直就像疯了一样。虽然害羞，却无法控制自己。心里想着不能这样，但另外一个多纪开始行动了起来。

从昨晚到今天，多纪想的只有柚木，脑子里面也全都是两个人在一起时的情形。只要柚木在，这种状态好像就会一直持续下去。

这个样子，还能工作吗……

幸好，昨天和今天是星期六和星期天，没有什么重要的工作。但这样子下去，就无法离开柚木了，可怎么办啊！

多纪为自己的迅速改变而感到吃惊。以前看到过朋友槙子热恋时的样子，感到很奇怪。怎么能够那么痴迷呢？当时的她觉得不可思议。

现在，多纪和槙子是一样的状态。不对，也许比槙子燃烧得还要厉害。这种改变不是在头脑中，而是从身体深处涌动而出的，这让多纪有些害怕。不合逻辑地单方面旺盛燃烧是可怕的。

多纪怎么也想不到，自己身体里居然隐藏着这么大的能量。尽管难以置信，但还是被一点一点地引导着。

那火焰燃烧的速度之快和蔓延的范围之广，在多纪以前的人生当中是没有过的。

虽然有些害怕，但终于还是又一次进入到了那梦幻中的世界。

多纪从遥远的世界回来的时候，阳光已经消失，盖在窗户上的隔扇仅剩下一片白色。多纪望着那白色的空间，忽然想起了隆彦。

也许在自己外出期间，他会打来电话吧。

出门的时候多纪已经嘱咐安代，再有电话就告诉对方，自己今晚一定会回来。

问问家里吧……

多纪的头脑终于回归了正常，现实世界在头脑中渐渐恢复。

穿上衣服，多纪拿起了枕边的电话拨出去。

“喂？”

电话里传出了安代的声音。

“有电话吗？”

“还没有。现在在哪呢？”

“还在外面。好了，我晚上会再打电话回去。”

“今天也会很晚回来吗？”

“不会那么晚的。”

怕被追问出来什么似的，多纪慌忙挂上了电话。

“你很忙啊！”

躺在旁边的柚木轻轻地坐了起来。

“不是，只是问问有没有电话而已。”

多纪没有说是在等隆彦的电话。

“去吃饭吧。”

柚木从床上下来，站在了窗边。连续两天，欢爱之后一起吃晚饭了。

三十分钟后，两个人来到了宾馆地下的寿司店。

离中午吃完饭，也就是过了四五个小时，但多纪的食欲却是相当地好。从镶着玻璃的水槽中捞出活的虾和鲍鱼，放在铁板上烤着。

“真好吃啊！”

“是啊！”

多纪也有同感。

多纪这阵子都没什么食欲，但今天却特别能吃。也许是因为和柚木在一起吧。虽然为做爱之后的旺盛食欲而感到害羞，但她还是又点了一些。

吃完饭，已经是傍晚七点钟了。

“今天可以在这边住了吧？”柚木忽然说道。

“今天？”

“今天是最后一个晚上了。明天就是你的生日啊！”

“可是……”

多纪当然想住在这边。

可是安代和森子她们还在家里。昨天回去得很晚，今天再住在外面的话，她们会怎么说呢？而且隆彦也许会打电话过来。今天的确不是个好日子。

“是介意家里人会说什么吗？”

“没有……”

“你已经二十九了吧，而且还是拥有一家公司的总经理。”

“不要这么叫我！”

被柚木称为经理，这让多纪感到难过。其他人姑且不说，至少在柚木面前她只想做个平凡的女人。

“我很害怕！”

“真搞不懂啊！”

柚木歪着头。

多纪现在确实非常害怕。再深入下去会怎么样呢？这个样子，一刻也离不开柚木了该怎么办呢？他真的不知道女人动情时的害怕吗？

多纪正拼命地刹着感情的车。

“我们先出去吧。”

柚木站起来结了账。

出了寿司店，两个人来到了昨晚的酒吧门口。

“喝一杯吧。”

虽说要回去，但就这样走了多纪也是恋恋不舍。

时间还早，酒吧里面很空。和昨晚一样，两个人坐在了能看见流水的柜台边。

“想喝点什么？”酒吧的侍者认出他们是昨晚来过的客人，很愉快地问道。

“我要兑水的威士忌，你呢？”

“我也一样。”

多纪现在非常想喝醉，想以此来忘掉家里和隆彦的事情。

“京都真好啊！”柚木喝了一口兑水的威士忌，说道。

“真的这么想吗？”

“没必要撒谎啊！”

“我很高兴！”

多纪只求一醉似的喝着。不过三十分钟，水面倒映的灯光在她眼里就开始摇动了起来。

“明天还是要回去吧？”

……

柚木那看着酒杯的脸上显出了一丝困惑。多纪突然想要为难一下他。

“不能再多住一天吗？”

“明天下午有一个教授会议。”

“但是，您不是喜欢京都吗？”

多纪知道自己所说的话非常任性，但那丝醉意让她平添了几分勇气。

“不要回去了！”

“我马上就又来了。”

“不好！留下来嘛！”

柚木非常为难地叹了口气，然后默默地点上了一支香烟。

“到三月底，大学会放假。”

“不要想以后的事情。也许三月份就见不到面了。”

“为什么？”

“我可能要结婚了。”

“结婚？”

多纪点点头，愣愣地想起了武藤。

虽然和武藤不会有什么特别的发展，但不这样说的话，多纪总感觉心里不踏实。对于拒绝女人的愿望而回去的男人，给予这样的刺激也是理所当然的。

“有这样的事情吗……”柚木好像受到了很大的打击，望着水面那摇曳的灯光，小声问道。

这个男人很惊讶，也很痛苦。看到这里，多纪暗自有了一些快感。

“这件事，真的已经决定了吗？”

“也不能永远一个人生活啊！”

不知从何时起，多纪已经沉醉于自己的谎言当中了。

“您反对我的婚事吗？”

多纪把酒杯规规矩矩地摆在了杯垫上。

“那是你自己的问题……”

“我怎么样都行。我倒是想问问您的意见。”

“那当然……”

柚木说到这里又止住了。他的意思好像是反对的。只是，以他现在的立场这样说的话，也许有些鲁莽了。

可是多纪却想让柚木把反对的话清清楚楚地说出来，这样她就可以答应说自己不结婚了。

其实，多纪这样说并不是出于本意，只是为了动摇柚木明天就回去的决心。如果柚木动摇了，哪怕只有一点点考虑到她，多纪也就满足了。

“当然，如果你能这样和我在一起，那最好了。”

“那我就不结婚了！”

“可是，那只是我一个人的想法……”

“既然您这样说了，我就按您的意思办。”

柚木好像还要说些什么，却没有开口，而是喝了一口兑水的威士忌。

“不过，明天您还是要回去的吧？”

“要回去，三月底我再过来。”

“但是，四月十号的时候还要去广岛吧？”

“我想那时候带你去津和野。”

“三月来了，四月又来，太辛苦了。我还是一直等到四月份吧。”

“京都很近的。如果坐八点半的‘光之号’新干线，十一点半就能到了。”

“不要太勉强了！我可以等的。”

刚才还在让柚木烦恼，现在多纪又怜恤起他来。

夜深了，酒吧里陆陆续续来了很多客人。

多纪的脑子里，慢慢地又想起了家里的事情。

那之后隆彦打来电话了吗？安代和森子是怎么办的呢？如果不回去在这里过夜的话，她们会说什么吗？昨天晚上多纪就考虑了很多次，到现在还是下不了决心。

“是明天十点的新干线吧？”

“我想在一点前回到东京。”

“明天我送不了您了。”

“是吗……”

柚木的脸上显出了失望的神情，点了点头。

多纪并不是要一下子冷却下来。去送的话，留下来的人会感到孤独。因为无法摆脱只剩下一个人的那种空虚，所以才不想去送的。多纪强忍住没有这样说出来，晃了一下酒杯。

“那样的话，今天晚上在一起吧！”

……

多纪还是无法回答。

多纪没有作答，等柚木站起身之后，跟在了后面。

在酒吧出口结了账，柚木径直走向电梯，然后直接上六楼。多纪也默不作声地跟着。

说要回去，却又进了房间，这有些奇怪。是多纪想要忘却那些烦恼的事情吧。

进入房间之后，柚木很自然地抱住了多纪。

“就在这里住吧！”

多纪什么也没说，接受了柚木的双唇。

把脸贴在柚木的胸膛上，多纪的心情平静了下来。

与头脑相比，多纪的身体更倾向于留下来。脑子里在考虑着回去的事情，身体却要留在柚木身旁。

“好吗？”

头发再一次凌乱，腰带也松了下来。

多纪心如止水，说道：“就这样好好睡一觉吧。”

柚木没有作声，好像是接受了多纪的请求，静静地松开了领带，脱下了西装。

多纪高兴地接过来，挂在了衣架上。柚木换上睡衣，多纪也解下了腰带。

隆彦、安代，全都被抛在脑后了。

多纪现在只是盼望，这一夜能在柚木身旁安安静静地度过。

不知过了多久，多纪醒了过来，房间已经回归到异常的安静当中。双人间的另一张床就空在那里，只有窗边的白色隔扇静静地浮现出来。

旁边，柚木正熟睡着，身子微微侧向多纪这边。从酒吧回来之后，就这样被他抱着一起睡着了。

几点了呢？多纪看了一眼枕边的闹钟，已经一点了。睡前偶尔还能听到车子的声音，现在外面已经悄无声息了。

和柚木离开地下的酒吧，是在将近十二点的时候。这样算来，两个人一起睡了有一个小时。

与柚木相拥而眠，多纪一时间还是有些惊讶。

以前也曾被柚木这样抱着，但从来没有这样毫无知觉地睡着过。即使被抱着，也没有勇气在他的怀里睡着。

什么时候变得毫不介意了呢？好像自己已经开始习惯男人了。多纪觉得这样的变化实在是不可思议。

曾经觉得很遥远、难以接近的男人，原来一点都不可怕。让男人躺在身边，自己还能这么放心，这可是从来没有想到过的。

那么多的女人，或悲或喜于与男人的爱恋，多纪现在终于明白其中的原因了。她知道，自己以前总是提防、回避男人，这是错误的。

多纪又一次看了看身边的柚木。他仍然在呼呼睡着。

醒着的时候，柚木有时会显出忧郁的神情，但现在完全是一副平静的模样。

头发轻轻地垂在额前，鬓角上的几根白发很是显眼，不过那是一张天真无邪的睡颜。多纪无法想象，这个人就是大学的教授，还经常会做些大型手术什么的。

多纪悄悄地用手摸了摸柚木的脸颊。他的脸忽然动了一下，但马上就又睡着了。

这次，多纪稍微大胆了一些，轻轻地捏了捏他的鼻尖。鼾声停止了，多纪赶忙松开手，把脸转向了旁边。

多纪忽然觉得自己非常可笑。虽然年龄经长大了，但心理还是像个孩子一样。

那张睡颜怎么看也看不够。那安详的神情柔软着多纪的心。

多纪就这样子躺在柚木的旁边。

已经两点多了。非走不可了，可多纪一点都不想动。

像这样，只有两个人在一起，那该有多好啊！想着想着，多纪眼中的泪水汩汩而出。

倒也不是因为悲伤，只是自然而然地流出了眼泪。

“我爱你！”多纪小声说着，然后悄悄地吻了一下柚木的嘴唇。

多纪没有吵醒柚木，轻手轻脚地穿上衣服。她回头看了看，低声说了一句“晚安”，便走出了房间。

第七章

正午的原野

三月份奈良的汲水节刚结束，春天立刻就降临到了京都的大街上。汲水节结束后，接下来还有十三岁的孩子去参拜岚山法轮寺的空藏菩萨，嵯峨释迦堂要举行火把节，二十七、二十八两天是祭奠利休的日子。至此，京城的三月就结束了。

利休的忌日结束后的第二天，吉冈出院了。这天是星期六。算起来，从十二月中旬到现在，吉冈差不多住了三个月的医院。

吉冈出院的前一天，多纪去看望他。他看上去稍微胖了一些，气色也很好，很精神。

吉冈是个老实人。他低着头歉疚地对多纪说：

“这么长时间，一直让你担心。医生说从四月开始，要活动的话每天可以活动半天时间。所以我想请求医生让我出院。”

“不要这么着急。要好好静养。”多纪劝他说。

也许是吉冈休息的时间太久了，他有些不乐意似的，说：

“我已经不需要再这样住下去了。”

说实话，吉冈刚倒下时，多纪曾担心今后的情况。但过了年后，公司的运转基本顺利，二、三月份夏扇的订货情况还可以。看样子，照此下去，挂历的损失还不至于给公司造成太大的伤害。

当然，这背后与武藤的融资也是分不开的。

武藤后来还打来过两次电话。但每次他打电话来时，多纪都因为有事而没能和武藤说上话。

“看样子多纪小姐很忙啊。那我回头再打电话来吧。”

也许是性格的原因吧，武藤每次都出人意料地淡然地挂断电话。这反而让多纪觉得有些过意不去。但她又不想主动去见武藤。

不知为什么，多纪打从认识了柚木，对其他男人几乎毫不在意。

多纪对异性的心思都集中到了柚木身上，使其他男人没有了插足的余地。

奇怪……

多纪确实感觉自己近来有些不可思议。不要说是一个月，自己好像每天都在发生变化。自己变化之明显，甚至使她觉得人活着就应该时刻发生变化。

那之后，柚木也频繁地给她打电话。多时每天都打电话来，少时也隔两天必打一次电话。柚木通常是夜里过了十一点后打电话到家里来。因为过了十一点，森子和安代都回各自的房间去了。这时多纪就把电话切换到自己的房间里。

“喂，我是多纪。”

每次多纪拿起电话都会先说这么一句话。夜晚很少有人打电话来。所以，这个时候的电话，十有八九是柚木打来的。

电话那头的柚木像是害羞，又像是有些难为情地说“啊，这个……”

“你现在在哪里呀？”

这也是多纪的一句口头禅。

柚木有时说“是从学校打的电话”，有时说“从家里打的电话”。当柚木说“从学校打的电话”时，多纪心里就觉得踏实。她会对柚木说，“还没回家呀。还是快回家休息吧。”

多纪虽然嘴上这样说，但心里却希望柚木就那样一直留在学校里。

当她听到柚木说是从家里打的电话时，心里就立刻感到不安起来。

有一次，多纪问柚木说：“你太太会不会听见你打电话呀？”结果，柚木有些生气地说“你不用操心这事儿！”

多纪有许多担心的事情。不知道柚木的书房是不是离客厅比较远。是不是也和自己一样，把电话切换到书房里呢？万一自己和柚木的谈话被他妻子听见了，那柚木的情况就会更加糟糕，那祥一来，两人的关系就保持不下去了。

虽然多纪觉得既然柚木打电话来，那就没必要担心被他妻子知道。但她心里仍然不踏实。

不过，眼下的多纪倒是从这样的提心吊胆的偷情电话里感受到了人生的乐趣。

三月中旬的一天，多纪第一次主动往柚木家里打了电话。

当时，多纪被一个压花工匠盛气凌人地发了一通牢骚，心情很坏。

随着社会的发展变化，工匠越来越难使唤了。但唯有这个工作离不开工匠。对方正是由于这一点才对她发牢骚的。而且，对方很傲慢，觉得多纪是个女老板，不把她放在眼里。

多纪和对方谈了很长时间的话，一个劲儿地安慰对方。渐渐地多纪感到委屈起来。她不明白自己为什么要这样辛苦。现在，柚木是多纪唯一能够自由倾诉心情的人。多纪几乎每天都要向柚木倾诉自己的心情。因此，柚木对多纪的厂子里的情况就渐渐熟悉起来了。

这天，多纪一直在等柚木的电话。十点多时，她想柚木也许不打来了。于是就往学校打了个电话。

她请接线员把电话转到了柚木的房间，但始终没人接听。听着电话里单调的嘟—嘟声，多纪格外恨起柚木来。

无论对方打来多少电话，如果关键时刻想说的话说不成，那电话打得再多也没意义。现在我心情不好，想和他说话，而他却不接。

是不是自己的心情让他无法理解呢？

多纪在纸上的同一个地方反复地写“柚木”两个字，然后又在上面画了许多 ×。并且嘴里不停骂着“浑蛋！浑蛋！”

多纪越是无法和柚木说话，就越是想和他说话。此时，哪怕是柚木的一句安慰的话，就会让多纪的情绪稳定下来。相应地就会有明天工作的勇气。

总之，多纪想听到柚木的声音。

柚木曾告诉多纪，他不在学校时可以往他家里打电话。

多纪问他：“万一你太太出来接电话怎么办？”

柚木说：“让她叫我一声就行了。”

不知道柚木说这话是因为胆大，还是因为镇静。总之，多纪不想往柚木家里打电话。可唯独这天，多纪实在想听到柚木的声音。想叫柚木安慰她一下，哪怕是一句安慰的话也好。

时间过了十一点。多纪下决心拿起了电话。号码还没拨完，她又把电话放了下来。

多纪担心柚木的妻子会接电话。还担心柚木已经睡下了。

想到这些，多纪想放弃了。但过了几分钟她又拿起了电话。这次她一口气拨完了电话号码。

多纪心想，要是响三次铃声那边没人接，就挂断电话。深更半夜，电话铃响三次不会给别人添麻烦吧。

一声，两声。多纪把电话听筒贴在耳朵上，屏息数着里边的铃声。铃声刚响过第三次，突然传来对方“喂喂！”的声音。

是柚木的声音。

多纪不由自主地“啊”了一声。这一声，像是惊喜，又像是叹息。

柚木问多纪说：“出什么事了吗？”

“不……”

多纪控制着自己的情绪，调整了一下握电话听筒的姿势。

这是多纪第一次往柚木家里打电话。她不知道万一柚木的妻子出来接电话，自己该怎么说。是说“打错了”呢，还是挂断电话呢？脑子里还没考虑好，她就开始拨电话了。

“现在和你说话方便吗？”

“当然。”

不知是因为柚木的书房是封闭的，还是因为他妻子不在家。柚木说话的口气和在学校打电话时没什么不同。

开始时多纪还担心柚木的妻子会听见他们说话，可说着说着就把这事儿给忘了。

和往常一样，两人交谈的内容，从公司到京都，漫无边际。

即便如此，想起柚木的妻子在家，说了十来分钟后，多纪就把电话挂断了。但从那以后，多纪开始时不时地往柚木家里打电话了。

当然，仅限于往大学打电话柚木不在时。

多纪想，也许这个时候柚木会接电话。但又觉得也不能排除柚木的妻子接电话的可能性。想到这里，多纪决定不给柚木打电话了。

转念一想，多纪觉得即使自己不打电话过去，也许柚木会打电话过来的。

通常这样再等一会儿，柚木的电话就会打过来。但也并非总是这样。

今晚非常想和柚木说话。心想，哪怕只是一句“喂喂！”也行。但柚木就是不打电话来。

虽然多纪觉得因为没事先和柚木约好，所以他不打电话过来也没办法。可等着等着，她又觉得好像真的约好了似的。

慢慢地，多纪生起对方的气来。

过了十二点后，多纪对自己说“他不会打电话来了”。于是她只好作罢，上床睡觉。

这样的事情后来又有过两次。三月中下旬的一天，快半夜一点时，柚木给多纪打电话来了。

半夜里电话机响了起来，这是很少有的。因此，多纪吓了一跳，慌忙拿起了电话听筒。

“发生什么事了？”

“也没什么大不了的事。月底去你那里可能有些……”

柚木话说到这里停住了。

“是不是来不了啦？”

近来，仅凭柚木说话的语气，多纪就知道他要说的意思。

“我工作上时间安排得太紧，实在无法去你那里。”

从柚木说话的声音看，他好像精神不太好。

多纪本来就有一种预感。一月来，二月来，明摆着三月再来有困难。即便是能来，肯定是很勉强。

柚木来了，自己当然高兴。但如果来了觉得很痛苦，那也可以不来。无论自己多么想见柚木，多纪也不想给对方添加负担。

“忽然有件事情需要处理，所以就抽不出时间去你那里了……”

“你不必在意我。反正你四月份要来的嘛。”

“下月十日我去广岛。到时候……”

“那时樱花也开了。那我等着你。”

如果柚木不能来是由于家庭的原因，那多纪会感到很痛苦。但如果说是因为工作，多纪是可以理解的。虽说因为工作不能来见她不是什么好事，但她是可以想得开的。

虽然柚木在电话里告诉多纪说，期盼已久的幽会泡汤了，但多纪觉得能听到柚木的声音，心里就有一种暂时的满足感。

和柚木通电话的感觉，一时间像波涛一样冲击着多纪的身体。

因为在电话里听到了柚木的声音，那天晚上多纪睡得很好。可一觉醒来，幽会前漫长的等待而产生的寂寞感再次占据了多纪的整个大脑。

如果两人都住在京都，即便有工作，也可以多见上几次面。

多纪仿佛现在才感觉到东京是那样遥远。因为有电话这样方便的通信工具，所以和柚木通电话时，一时觉得彼此离得很近。可实际上两人之间的距离丝毫没有缩短。

自己为什么会爱上一个离自己那么远的人呢？

每当多纪想到这些，心里就觉得很悲伤。偌大的京都也有许多男人，可为什么自己偏偏爱上了柚木这样的男人呢？

早点意识到两人离得太远就好了……

想着想着，多纪觉得这一切都是柚木的错。她忘记了是自己爱上了柚木，反倒怨恨起柚木来，觉得是他造成了今天的局面。

之前见到男人不太动心的女人，如今整天满脑子想的就是一个男人。如果不是柚木温柔的爱抚，不是柚木教给她那么多花样，多纪也不至于会这样。多纪原本可以成为一个比男人的规规矩矩更胜一筹的女人的。

虽说爱是男女彼此之间的问题，但点火，并让火越烧越旺的是男人。虽说双方都有责任，但让女人发狂的是男人。这是多纪心里挥之不去的贴身感受。他让自己发狂到这种程度，却打个电话，说不来就不来了。这未免也太卑怯了。

从三月中下旬开始，品子又开始来公司打工了。说是从三月初到四月十日，学校要放差不多一个月的假。

平时就很悠闲，还要放春假。这让人感到大学里的学生好像一年到头都在玩一样。

当然，要让品子说，大学也有大学的难处。尤其是今年，品子面临大学毕业，说是必须写毕业论文，不太有机会玩。

多纪对品子说："那就放松一些，享受一下大学的最后一个春假吧。"

而品子却说："正因为是最后一个春假，才来打工的呀。"

看样子，品子是打算春假时攒些钱，以便夏天去国外旅游。

从森子那里也可以要到一部分钱。但品子想尽可能靠自己的能力去挣钱。这也许正是品子的性格吧。

"姐姐这里虽然工钱不太高，但工作比较轻松，挺好的。"

这些话通常在别人是很难说出口的，而品子却不经意地就说了出来。

给品子的工钱是参照一般的打工工资标准，按小时计算，一小时四百日元。她的工作是进行简单的发票整理、帮忙做产品的包装。工资也不算低，但近来也许有些地方给打工的学生开出的工资要高一些。

"请你原谅。给你开的工资标准大体就是这样。"

"不不。没关系的。工作比较容易做。我挺满意的。"

品子放寒假时曾在这里打过工，已经基本掌握了工作的要领，而且和工厂里的员工也很熟。

可是，当听品子说还想来打工时，多纪还是有些不知该如何是好。

三月份，因为产品销售不景气，厂子里的活儿并没有忙到需要找人打工，没人来打工也没关系。品子倒是有点不请自来的感觉。

这话，虽然多纪没有明说，但品子也基本上能感觉出来。她一本正经地对多纪说：

"比起坐办公室，我更喜欢跑动。所以打包啦，发货啦，我什么都可以做……"

总之，厂子里添品子一个人打工问题不大。虽然生产不太景气，但工厂基本上还在有条不紊地运转。

多纪从品子那里听到奇怪的消息，是在四月一日的愚人节这天。

这天，工厂工作结束后，多纪正准备收拾一下回家。这时只听品子说："姐姐，我能进来吗？"说着，品子若无其事地走进了经理办公室。

"没关系。进来吧。"

"我也没什么大不了的事儿，就是想和姐姐说说话……"

"来，坐下。"

在工厂里，品子很少主动和多纪搭话。因为地方狭窄，两人偶尔在走廊里碰面，也只是相互微笑一下，或交换一下眼神。几乎没有停下来交谈过。

虽说两人是姐妹关系，但在工厂里，一个是经理，一个是临时打工的。因此，两人过于亲密，就显得不太对劲了。

这方面，双方都很注意分寸。如果确实有话要说，可以回到家再说。所以，用不着特意在很显眼的工厂里说。

而品子今天却很少有地主动来到了经理办公室。

“姐姐，回去时，途中往其他地方去吗？”

“不，今天没有什么要紧的事儿。”

“是吗？那姐今天能陪我一下吗？”

“可以是可以……”

“那我先到楼下等姐姐。”

不知道品子今天哪儿来的好心情。总之，多纪已经很久没有和品子两个人上街了。细想起来，好像这是第一次。

多纪整理完桌子上的文件，然后穿上了外褂。

“我先走了。让您受累了。”

多纪向留下来工作的员工打了个招呼，然后朝门口走去。走出工厂的大门，看到品子在工厂旁边的商店门口和小田说话。

多纪每天早晨都是乘小田的车去工厂。但回去时，只要没有事，她就不坐车。

看到多纪，小田先是脸一红，接着给多纪鞠了个躬。

多纪朝小田说了声“你辛苦了”。

听到多纪的声音，品子朝小田扬了扬手说：“那，回见！”说罢朝多纪跑了过来。品子对多纪说：

“他说如果你愿意，他可以用车把你送回去。”

“又不是工作，这不太好啊。”

“我觉得这没什么。”

“不说这个了。你想去哪里呀？”

“姐姐，你请我吃饭好不好？”

“没问题呀……”

“那我想吃‘键善’的葛粉羹。”

两人在五条街上了出租车。

到了四月，白天的确变长了。已经是下午六点了，可天还很亮。感觉空气里充满了春天融融的暖意。远处可以看到朦朦胧胧的比叡山的山脊。

坐进出租车后，品子问多纪说：

“姐姐，你吃葛粉羹吗？好久没吃了吧？”

“说哪里话。前不久还吃了呢。”

“陪你去的那个人是东京来的吗？”

“你胡说什么呢！”

“我只是有那种感觉。”

品子看着车窗外吐了下舌头。

多纪觉得品子没有直接接过柚木打来的电话怎么会知道柚木是东京人呢？是不是因为多纪去旅店，有时打电话时间太长而被她看出了破绽呢？但是，尽管如此，品子是不可能直接知道自己和柚木的事情的。

难道品子是从安代的只言片语中觉察出来的？但不管怎么说，既然品子这样想，也许安代和森子也在一定程度上看出了自己和柚木的关系。

“姐姐，你不高兴了？”

多纪朝品子微微笑了笑说：

“没有。”

不能被比自己年轻的妹妹牵着鼻子走。

车在四条街的南侧停了下来。马路斜对面有一堵红墙，墙上写着“一力”。时间是傍晚六点多，狭窄的道路上挤满了行人。

“键善”的一楼摆放着茶食、羊羹等。座位在二楼。两人从狭窄的楼梯登上二楼，在靠里边的座位上面对面坐了下来。

品子对服务员说：

“来两份葛粉羹。”

说罢，品子把身子探到桌前上对多纪说：

“说实话，我特讨厌和姐姐一起走路。大家都盯着姐姐看，真让人受不了。”

“哪有这事儿啊……”

品子用眼神指了指坐在斜对面的男子说：

“可是，坐在对面的人在一个劲儿看姐姐呢。”

男子看上去有三十多岁，像是个工薪人员。从多纪和品子一进来，他的确一直在看多纪。

“他看他的。别管他。”

这时服务员送来了涂成黑色的多层葛粉羹。

品子立刻打开盒盖说：“我吃了！”

葛粉羹的第一层是黑色的蜂蜜，下面是漂着葛粉的冰水。

品子告诉多纪说：
“这东西虽然很甜，但它是蜂蜜，吃了不会太发胖的。”
品子啜着葛粉羹又对多纪说：
“真好吃。我说，姐姐，你觉得小田怎么样？”
“我觉得怎么样……”
“姐姐不知道吗？”
品子抬起头，面带惊讶地说：
“说实话，小田很喜欢姐姐的。”
“喜欢我？”
“姐姐没注意到吗？”
“怎么可能呢。真可笑。”
“为什么？”
“可是，他是金泽的小田先生托付过来的，而且还比我小了五岁呢。”
“虽说比姐姐小，但他喜欢你也没什么奇怪的。”
“别再说这些可笑的事儿了。”
“可是，姐姐，你真的不知道他喜欢你吗？”
“我当然不知道。都是你在瞎想。”
“不是我瞎想。是真的。”
说罢，品子放下了筷子。多纪看着表情有些郁闷的品子，问她说：
“我倒是想问问你，你不喜欢小田吗？”
“我哪有这事儿啊。”
“可是……”
“我只是发现他喜欢姐姐，所以才告诉姐姐的。姐姐倒扯到我身上来了。真是的。”
说着，品子用力盖上了葛粉羹的盒子。
从店里出来时，多纪想起了品子和小田在一起说话的情景。看到多纪走过来，小田一下脸红起来，而品子说“那，回见！”
细想起来，多纪曾多次看见品子和小田在一起。小田每天来接多纪时，也经常在门口和品子说话。
说不定品子是因为喜欢小田才来工厂打工的。
多纪对品子说：
“你怎么想的我不知道。不过，你不必在意我怎么想。”
“不是我在意姐姐怎么想，我只是告诉姐姐一声。”
要强的品子就是不说喜欢小田。

可是，假如真的只是告诉多纪关于小田的事儿，话说得不至于这么热心吧？虽然品子嘴上说不在意，但她说话的语气里还是透出她在意多纪的想法。

多纪对品子说：

“说实话，我对小田没有丝毫的想法。即使像你说的那样，小田对我有好感，那也仅此而已。”

“姐姐的话是真的吗？”

“这事儿没必要撒谎。”

多纪丝毫没有破坏品子恋爱的念头。给品子这么一说，多纪倒也发现品子和小田年龄相当。如果彼此有意的话，也许两个人结婚挺好的。

“可是小田喜欢的是姐姐你呀。”

“这都是你瞎想出来的。重要的是，如果你喜欢他，就要勇敢地冲上去。”

多纪忽然觉得品子很可爱。心里爱着一个男人，并为此而苦恼。那副认真劲儿，显得既年轻又可爱。

“我有其他喜欢的人了。”

“我说嘛……我早就觉得姐姐心里有了男人。只是没有问过姐姐，不知道那个男人是谁。”

“反正不是小田。这一点是可以肯定的。”

“是东京的吧？”

……

“妈妈说姐姐喜欢的是一个叫武藤的人，可我一开始就觉得不是。”

“妈妈给你说这话了？”

“上次我问妈妈。妈妈说，可能姐姐迟早要和他结婚的……”

“这怎么可能呢？”

也许和一个只见过两三次面的男人结婚。这话说得也太随便了。虽说是自己的妈妈，但说话这么随便，多纪还是觉得不舒服。

“我和武藤只是工作上的交往啊。”

“那，和东京的那个男人呢？”

“这个……反正我和小田是没有关系的。”

“那，姐姐能不能支持我和小田交往呢？”

“那当然。”

“太好啦！”

虽然开始时说话绕着弯，但品子毕竟年轻，最终还是说了实话。

两人结完账来到外边时，春天的傍晚已经暗下来了。四条街的拱廊上挂的纸罩蜡灯已经点上了。

走在拥挤的人群里，品子问多纪说：

“姐姐，接下来你打算做什么？”

“你不回家吗？”

“我有个约会。”

“是吗？那我们在这里分手吧。”

品子点了点头，往鸭川方向走去。但她马上像是改变了主意，回过头来对多纪说：

“我说，姐姐！咱们一起去好不好？”

“你是说我和你一起去？”

“我要见的人就是小田呀。他在前面不远的叫‘生活’的茶社里等着我呢。”

也许从工厂出来时，品子和小田谈的就是这个约会的事情。

“特意商量好的约会，就你们两个人不是很好吗？”

“可是，要是姐姐去的话，小田一定会很高兴的。”

真不知道品子心里是怎么想的。去见自己喜欢的男子，没必要把多纪也带去。

“小田说，也许我能把姐姐带去。不然，他会感到失望的呀。”

“小田在等你一个人去呢。”

“是吗？”

看样子，品子还没有自信。走在人群里的品子歪着头，从侧面看去，她脸上充满了恋爱中的女人的喜悦和不安。

多纪在街道的拐弯处停住脚步，对品子说：

“那，我走了。代我问小田好。”

“我说了些可笑的话。姐姐不要在意啊。”

多纪淡淡地笑着说：

“嗯，我很高兴的。”

说罢，招手拦下了一辆出租车。

品子像是说再见似的朝多纪挥着手融进了人流里。

目送走了品子，多纪对驾驶员说：“去若王子。”

小田真的对自己有好感吗……

坐在车里的多纪呆呆地想着。即便小田真的喜欢自己，那也无非是一个年轻男子偶尔对一个比自己大的女子所抱的淡淡的思慕而已。

大概仅此而已吧。

虽然观赏樱花的最佳时间每年都有所不同，但在京都，观赏樱花的最佳时间是四月十日左右。每当这时，从圆山到东山，从平安神宫到皇宫，所有的樱花一齐盛开。

接下来，樱花逐步北上，从八濑、大原、御室到鞍马口相继开放。整个四月份，几乎到处都是樱花。

而今年的樱花，大概是由于三月份的寒流吧，感觉比往年稍微晚了一些。若王子家的院子里的樱花也不例外。

和品子在外边见面的第二天，多纪在院子里转着看了看。发现大门附近的属于早开品种的五棵彼岸樱也刚刚开始绽放。

早晨，当小田开车来接多纪时，她对小田说：

“看情形，樱花到下周末才能盛开了。”

坐进车里后，多纪问小田说：

“你去哪里赏樱花啊？”

“要说去哪里赏樱花，去年也就到圆山公园一带转了转。”

“去那一带赏樱花的人，成双成对的比较多吧？”

“这个，是啊。”

多纪的话是暗示小田，是不是和品子一起去的。可小田并没有特别的反应。

昨晚和品子分手后，不知两个人都说了些什么。多纪想问问小田，但还是忍住了。

年轻人的事，还是让两个当事人去处理吧。至少从昨晚品子的情况看，她和小田之间还没有发生过什么事。

多纪到达工厂时，吉冈已经来了。他显得很精神，看不出是大病初愈的人。

正直的吉冈规规矩矩地给多纪鞠着躬说：

“请允许我从今天开始工作。请您一如既往地多加关照。”

“你真的痊愈了？”

“川岛医生说看我的肌肉就像是四十来岁的人。”

即使肌肉是四十来岁，但关键的肿瘤说不定什么时候还会复发。病人并不清楚肿瘤什么时候复发，正因为这样才更让人担心。

吉冈对多纪感叹说：

“还是不怎么景气呀。”

看样子在多纪到达之前，吉冈已经看了订货单和账本，了解了最近的产销状况。

制扇厂因为是提前一年左右订货，所以经济不景气的反应出现得比较慢。但尽管这样，从去年年底开始，其影响已经逐渐开始显现出来。

虽说目前订单金额还勉强与去年持平，但已经出现了两三处订购量减少的地方。

“高级产品的订购量下降了。”

吉冈拿着订单嘟囔着。近来舞扇和装饰扇等高级产品的需求的确下降了。

订单不理想，不仅仅是辻村，整个制扇业都存在这个问题。但这似乎反而激发了吉冈的斗志。

总之，吉冈的复出使多纪心里稍微踏实了一些。

吉冈对多纪说：

“我住院期间，工人们没少去看我。我去那里转转，向他们表示一下谢意。”

看样子能干的吉冈一刻也闲不住。

多纪劝吉冈说：

“请不要太勉强，差不多就行了。”

吉冈出去了，屋里剩下多纪一个人。

温暖的阳光从朝东的窗户里照进来。冬天可以看得很清楚的叡山，由于春天的雾霭，看上去朦朦胧胧的。

多纪看着月历自言自语地说：“今天是四月二号……”

她听柚木说，他四月十号去广岛参加学会。那天是周四。学会开三天。应该从星期天开始有空闲。

离和柚木见面还有十一天。

上次与柚木见面是二月初，自那以来，已经很久没有见柚木了。差不多快两个月了。

虽然这期间柚木给多纪打了许多电话，但分别得也太久了。

难道我这一生都要这样在等待中度过吗？

多纪经常有放弃柚木的念头。无论如何柚木是个有妻子的人，又远在东京，不管怎样求他，他也不会轻易和自己结婚的。

即使一直这样等待下去，也不会有什么结果的。只能是自己的年龄一年年增加，最后变成一个老太婆。

嵯峨野的叔叔和叔母不停絮叨的也正是这事儿。

他们只要一见到多纪，就说：“快找个合适的人，安安稳稳地过日子吧。”还说，“你现在是最漂亮的时候啊。”如果母亲活着，说不定比他们更絮叨。

也许由于隆彦出事，越发让周围的人担心了吧。

给叔叔他们这样反复地说，多纪忽然也觉得应该找个人家结婚了。

也许到了这一步，该考虑结婚了……

多纪有些心里发虚了。

她觉得一个女人，要是有个人在自己身边，从而终身有依靠，该是多么幸福啊。

话虽然这样说，但是她一时又想不出一个明确的对象。虽说也想得起过去相过的两三个男人的模样，但总觉得很生疏。不想自己主动去和他们谈对象。

嵯峨野的叔母说："即便当初不太喜欢，但结婚后自然会习惯的。"但不知是不是真的那样。

用槙子的话说，这种走一步说一步的做法是不负责任的。

要结婚就要和自己喜欢的人结婚。与一个不喜欢的人朝夕吃住在一起，还要负责洗他的内衣，太痛苦了。

以"慢慢会习惯"这样的理由，和一个不喜欢的男人在一起生活，太惨了。如果这样，自己将会过得很窝囊。

既然指望不上隆彦，那多纪今后就必须作为辻村商店的接班人生活下去。

吉冈等店里的老人们是反对多纪嫁到别人家去的。他们似乎觉得无论发生什么事情，都要以多纪为核心，保住"辻村"这个牌子。

这样的话，多纪就得招上门女婿。但这样一来男方就更难找了。

干脆不招上门女婿，也没有财产，这样也挺好。但这样草率的做法，反而会使事情复杂起来。

说实话，多纪本身倒无所谓。假如有喜欢的男人，那么就嫁给他，根据情况抛弃手头的商店也可以。如果那个男人想经营这个店，也可以全部交给他经营。

多纪没有像吉冈他们说的那样，非要招个上门女婿。

"辻村"这个牌子固然重要，但为了保住这个牌子而牺牲自己是难以接受的。自己是自己，她想按自己的想法生活下去。

然而，一旦回到现实中，多纪就会打退堂鼓。

正因为这个家有悠久的历史，所以嵯峨野的叔叔和叔母、山科的亲戚、吉冈等店里的人，以及森子、安代她们一起对多纪胡乱地说个不停。不愧是个老店，争执起来也与众不同。

面对周围七嘴八舌的意见，多纪听着听着就厌烦起来。于是，只要不太过分，多纪就让他们说去。每当话题扯到结婚，周围的人就对多纪说个没完。但每次都是不了了之。

一方面多纪对结婚的事儿不上心，另一方面家里的事儿和店里的事儿搅在一起，就使结婚的事儿更难了。

近来，多纪心想干脆就这样独身一辈子算了。

大家都异口同声地说女人的幸福就是结婚。果真如此吗？多纪有些怀疑。

的确，结婚也许是一个比较安全的选择。话虽这样说，但多纪不认为它是绝对安全的。要想不失去自我，要想独立，倒不如说一个人生活下去是一个很自然的选择。一个人生活不是反而很轻松吗？

但是，多纪这种想法的背后始终有柚木的影子。

不能和那个男人结婚这个想法，促使多纪认为结婚没意思，还是独身好。

也许为了不失去店铺和自己喜欢的男人，当前一个人生活的确是上策。一个人生活的话，既可保住“辻村”，还可继续保持和柚木的关系。

虽然多纪在反复地考虑，但结果都是以柚木为核心的。

第二天过午，武藤打电话过来。

“天暖和了！”

他的声音依然显得无忧无虑。武藤在电话问多纪说：

“怎么样？生意好吗？”

“托您的福，还勉强过得去。”

“那就好啊。”

接着，武藤问多纪说：

“今晚你有空吗？如果你方便，我想请你一起吃顿饭。”

武藤的话说得很直接。他总是开门见山，很少有多余的话。不知是因为他性格直率，还是因为他对女人相当有自信。

“六点或七点都可以。”

“哎，谢谢您的美意！”

多纪嘴里这样应答着，心里想起今天傍晚要见东京来的松屋店的老板。对方说今晚要住在大阪，她打算至少要陪对方一起吃顿晚饭。昨天什么安排都没有，太不凑巧了。

可是，虽然以武藤的性格，他不会在意多纪的拒绝，但是如果这次再拒绝他，那就是第三次拒绝了。

“想必你很忙，也不必勉强。”

“倒也没什么勉强不勉强的。只是傍晚我得见一个人，你看能不能今晚七点或八点见面啊？”

“我几点都行。那，我们八点找个地方见面好吗？”

“你告诉我地点，到时候我去那里。”

“那就在上次见面的那个饭店的大厅里吧。你看是七点，还是八点呢？”

“不好意思。迟到了不好。能不能定在八点啊？”

“我明白了。好久没见面了。我等着你。”

武藤说完挂断了电话。

多纪看着挂断的电话叹了口气。

电话要是柚木打来的该多好啊。可惜要紧的人离得太远了。

快六点时，松屋店的老板到了店里。

“好久没见，你又漂亮多了。”

“您又取笑我。快别说了。”

上次和松屋店的老板见面是去年的十一月。后来多纪也想去一次松屋店，但由于上西店的破产、吉冈生病以及善后工作，每天忙得不可开交，始终没空去。

过去，多纪或吉冈每个月都要去松屋店和老板见一面，所以这次时间隔得太久了。

“本来吉冈也打算来陪您的。可是他因为刚刚出院，每天只能来上半天班，今天是太失礼了。”

“不必勉强。听说他因为胃溃疡什么的住了院。恢复得不错吧？”

“托您的福。目前气色很好……”

两人在说着话，这时接他们的车来了。于是两人乘车离开了商店。

“天气暖和了。想选一个景色好的地方。所以我在鸭川旁边的‘里村’预订了席位。”

“那太好了。每次都给你添麻烦。”

每次见到松屋店的老板，多纪就有一种放松感。从小就认识松屋店的老板。正因为这样，多纪有见到自己父亲的亲切感。

推开“里村”靠里面的席位的拉窗，就可以看到拉窗下面的鸭川。在夕阳的照射下，宽阔的河面闪闪发光。

“坐在这里喝酒，切身感受到来到京都了啊。”

说着，松屋店的老板端起酒杯一饮而尽。接着，他又说道：

“可是，生意不景气。真叫人头疼啊。”

多纪也想从松屋店老板的嘴里了解一下生意上的实际情况。

“反正过去卖两千日元一把的扇子现在卖一千五百日元，原来卖一千日元一把的扇子现在卖七百日元。客人捂紧了钱袋子。而且，想买两把扇子的，现在只买一把，都变得花钱不痛快了。”

不景气，先是影响到零售店，继而影响到批发商，再逐步波及生产商。到了今年，对批发商和生产商的影响开始明显起来。

多纪说：

“我们也在尽最大可能地控制价格，但这两三年成本还是上升了近两倍。”

“冈丸店那里已经降价了百分之十。尽管如此，仍然是销售不畅。再这样下去，资金如何周转下去就成了关键问题。”

虽说这是意料中的事情，但看来东京的情况相当严峻。

“当着多纪你的面说这种话有些不好意思。以前我们订货，都是尽可能多地订。需要一百把扇子就订一百五十把，需要一百五十把就订两百把。而近来我们却是控制订货。需要两百把扇子时订一百五十把，需要一百五十把时订一百把。总之是害怕卖不出去，没法放开胆子做生意。”

确实出现了这样的趋势。总体上看，批发商的进货量都有所控制，批量在减小。

“什么时候才能恢复景气呢？”

“这个，虽然金融方面在逐步恢复。但销售冷到这个程度，一时很难恢复啊。总之，今年恐怕难以好转。”

也许因为扇子不是生活必需品，所以一旦出现不景气，就会首当其冲受到人们惜购的影响吧。

这样下去，不知将来情况会如何。想到这事儿，多纪叹了口气。

松屋店的老板忽然和蔼地说：

“哎呀，净说些令人郁闷的话。”

说着笑了起来。虽然松屋店的老板喜欢喝酒，但酒量并不大。从脸到掉光了头发的脑门已经开始发红了。

他慢慢地干了多纪给他倒的酒说：

“可是，你最近真的变漂亮了。是不是有了自己喜欢的人啊？”

“哪有啊。每天都在忙着工作。”

“可是，都说女人有了自己喜欢的人，荷尔蒙的分泌就会顺畅，女人因而就会变漂亮。有就是有，希望你给我说实话。”

“要是有，我就告诉你。”

多纪虽然嘴上这样应付着，但给松屋店的老板这样一个劲儿盯着看，心里感到有些不安。

的确，最近她自己也感觉到自己的皮肤和身体的轮廓发生了一些变化。虽然她不清楚具体哪里有了变化，但她觉得好像和以前相比，整个身体都变得柔软了。

“不论怎么说，看到多纪小姐精神焕发，我感到很高兴。你什么时候去东京啊？”

“下个月一定去。到时候请务必允许我去拜访您。”

“那当然。你不去我才不好办呢，我太太也一直在盼望你来呢。”

说着，松屋店的老板看了看手表。

已经七点了。

多纪忽然想起了和武藤的约会，不由得心里发起愁来。

又过了大约半个小时，松屋店的老板回去了。说是明天上午要在大阪见一个人，因此想今晚就住进大阪的饭店。

听说他近来血压高，好像喝酒上有些控制。多纪把喝得有些微醉的松屋店的老板送到京都火车站。这时时间已经快到八点了。

如果这时直接去和武藤约好的饭店，时间上正好来得及。多纪朝火车站的出租车乘车处走去。可当她快要走到出租车停车处时又停住了脚步。

是不是给那个人打个电话呢？

多纪这样想，并没有什么特别的理由。只是走着走着忽然冒出来的一个念头。

他现在在不在呢？

多纪考虑了一下后，回身朝出租车停车处后面的公用电话亭走去。

火车出站口的左侧，有一排蓝色和黄色的电话亭。多纪进了靠中间的一个黄色电话亭，往投币孔里投一枚一百日元的硬币，接着拨号。直接拨大学的号码。

刚听到硬币掉入投币箱的声音，听筒里就传来了接线员的声音。

“请转接到柚木先生的房间里。”

这样的电话她已经不知道打了多少次了。每次这样打电话时，她都会担心接线员从中看出破绽。可是那头的接线员的语气里丝毫没有怀疑的感觉。

接线员用很机械的声音说：“请稍等！”

接着听筒里传来呼叫柚木房间的铃声。铃声响了十来声后，传来了接线员的声音。

“对方好像不在房间里。”

“谢谢！”

多纪对着电话机点了点头，然后放下了电话。

已经晚上八点了。通常这个时候柚木已经回家了。但最近快要开学会了，他经常在办公室待到很晚。

可是，也许今天他已经回家了。多纪想了一下，又拿起了电话。

拨柚木家里的电话号码。

听筒里很快响起了呼叫音。

多纪看着眼前的黄色电话机，屏住了呼吸。

一声，二声，三声。

响到第四声时，硬币掉了下去。听筒里传来一个女人的声音。

“喂，这里是柚木家。”

多纪先是吓了一跳，接着慌忙挂断了电话。

随着挂断电话的咔嚓声，听筒里女人的声音也断了。

接下来的几分钟里，多纪站在电话亭里，透过玻璃呆呆地看着外面的霓虹灯。

她忽然感到整个身体都淹没进了难以自制的凄凉之中。身体里充满了冰冷的，说不清是愤怒还是悲伤的情绪。

多纪转身快步走到出租车停车处，坐进了一辆出租车。

“请往皇家饭店开。”

不知为什么，此时的多纪已经没有了犹豫不决的心情，很明显地想见武藤。

多纪来到约好的饭店大厅时，武藤已经在那里等她了。武藤今天穿了一套大条纹的西装，里面配了一件敞领衬衣。虽然打扮得很光鲜，但显得很得体。

“对不起。和对方谈话的时间长了些。”

“饿了吧？你看咱们是不是去吃饭呀？”

“请原谅。我已经吃过饭了。”

“我也吃了一点。那，咱们去喝点什么吧。”

说着，武藤先到饭店外面拦了一辆出租车。

坐上车后，武藤再次看着多纪说：

“真的好久没见面了。”

“是好久没见了。”

“终于又见到你了。见多纪小姐比见市长还难呢。”

武藤的话讲得很直接。但听着并不觉得有挖苦的感觉。

“我想请你去花见小路的酒吧。你看行吗？”

“去哪儿都行……”

武藤很愉快地说：

“把多纪小姐这样的美人带到那里去，引起周围人的嫉妒就麻烦了。”

车从河原町大街转向四条街，然后沿花见小路向北开。两人在祇园新桥附近下了车。

“酒吧的大门是和式的，有些与众不同。”

说着，武藤带多纪走进一家民居似的屋子，再沿楼梯上到二楼。

二楼走廊的尽头有一个拉门。打开拉门，右手有一个吧台，左手是包厢。包厢里的摆设和墙壁都是一色的咖啡色。照明的灯也是和式的台灯。给人一种很安静的感觉。

“咱们去包厢坐吧。”

可能坐在吧台那里，姑娘们老是和他搭话有些烦吧。武藤坐到了靠里面唯一空着的包厢里。

“你想喝什么？我喝兑水的苏格兰威士忌。”

“我也要这个酒吧。”

武藤一时有些吃惊地看着多纪说：

“今天能喝酒了？”

不知为什么，多纪今天想醉。虽然和松屋店的老板一起喝了点酒，但当时没有想喝酒的心情。

而现在是自己主动想喝酒。

武藤和多纪轻轻碰了下酒杯说：

“那，为我们的再次会面干杯！”

多纪先是闭了下眼睛，接着一口干了杯子里的酒。

看样子往柚木家里打电话，听到他妻子的声音，让多纪有些自暴自弃起来。

酒吧里安静的氛围，使酒变得好喝起来。也许是柔和的设计，再加上适度的灯光，使客人的心情得到了放松。

渐渐地，多纪有了醉意。武藤一个劲儿地给多纪讲他学生时代是如何地玩耍，以及赛马、赛自行车方面的事。看样子他很喜欢麻将、象棋这类比输赢的游戏。

虽然武藤嘴上说是无聊的事情，但他说起来显得很骄傲。他的话里有些夸张的成分，但听起来觉得很有意思。

“下次，你也去打麻将吧。多纪小姐会打吧？”

“我不会。只会摆牌。”

“会摆牌就行。下次你来我家吧。我把不怎么会打牌的人给你喊来。”

“谢谢！我下次去吧。”

“下周日怎么样？当然，你平时来也没关系。”

武藤想一口气把事情敲定下来。虽然多纪对武藤的这种强人所难的做法有些受不了，但也感到很愉快。

“迅速学会麻将的窍门就是花钱打麻将。”

“可是我还……”

“没关系。如果输了，钱我来出。”

“这不太……”

不能老是欠武藤的情。

大约一个小时后，武藤起身说：

“我们换个地方再喝吧。”

“不用了。就到这里为止吧……”

“不要这样说。我们都两个月没见面了。所以，请你陪我再到别的酒吧喝点吧。”

说着，武藤立刻站了起来。看来，武藤是一个一旦决定了就会马上行动的人。

“我们要去的酒吧就在附近的大楼里，没关系的。”

从新桥沿小路来到富永町大街。武藤要带多纪去的大楼在离这里往西一百米左右的地方。乘电梯来到二楼，酒吧在走廊靠里边的地方。

酒吧的门口有一个牌子，上面写着“会员俱乐部”。大概是为了便于拒绝那些不受欢迎的客人吧，其实里面就是一个普通的酒吧。

这个酒吧整个屋子都是淡茶色，感觉很清爽。

三十五六岁、身穿和服的老板娘过来打招呼。她身材纤弱，表情里多少带些愁容。

这个酒吧里也有武藤寄存的酒，他请服务员端来了兑水威士忌。

“来！我们今天喝个痛快！”

武藤大概因为在刚才那个酒吧里喝得太猛，像是有些喝醉了。

“总之，我今天能和多纪小姐见面，感到非常幸福。多纪小姐觉得怎么样？”

“我也很愉快啊！”

多纪自己也感到吃惊。自己怎么会脱口说出这样的话呢？

和武藤见面之前的郁闷心情，不知不觉消失了。她甚至想喝他个酩酊大醉。

两人从第二家酒吧出来时已经夜里十一点多了。不知不觉中，时间已经过去了近三个小时。

开始时，多纪对于和武藤见面还觉得郁闷。而现在不但不觉得郁闷，反而感到很热闹。觉得喝了一家再去一家很开心。

“咱们再去一家酒吧吧！”

“不了。我该告辞了。”

“没关系吧？偶尔一次嘛。”

“已经十一点了。要不下次再喝吧。”

“是吗。”

武藤面带遗憾地说：

“那我开车送你吧。车就在那个停车场。”

“你喝了那么多酒，能开车吗？”

“没问题。我喝点酒车开得更流畅。请你相信我开车的技术。”

武藤从前面的拐角处去车场开车，他开的是一辆奔驰跑车。

多纪提起和服的下摆坐到了副驾驶的座位上。

“你家是在若王子吧？”

说着，武藤调整了一下车内后视镜，然后启动了汽车。

“今天真的非常高兴。下次还能和你见面吧？”

“下次我请你吧。”

话说出口后，多纪又对自己说的话感到吃惊。

不知不觉中，和武藤开始无拘无束起来。喝了酒，坐在同一辆车里，愉快地交谈着。

车沿丸太町大街往东驰去。不久车从天王町向右转，前面是永观堂。

“上了前面那条坡路就是我家。”

按照多纪的指引，汽车开上一个坡度不大的坡道。路灯下的东山住宅街一片寂静。

“在那里停车就行了。”

在和哲学小路并排的疏水路旁，多纪让武藤把车停了下来。

“是左边那一家吧？”

“是的。谢谢你！今天承蒙你款待了。”

多纪正要起身下车，这时，武藤突然抓住了她的肩膀。

瞬间，多纪转过身来。她以为是自己忘记了什么东西才被武藤拽回来的。

但是，她突然发现武藤的脸朝她凑了过来。

“多纪小姐。”

武藤使劲儿把她往怀里拉。

“不要这样！”

多纪拼命摇着头。一边用左手扒开武藤的胳膊，一边用右手打开车门。

“住手啊！”

多纪喊叫着。这时车门开了，多纪的身子从座位上滑了下去。武藤的身体也一起歪向了车门。多纪从车里爬出来，朝有门灯的地方跑去。

从汽车到大门口有三十来米远。当多纪跑到门口时，武藤已经追到了她旁边。

“对不起。我不是成心的。”

看样子，武藤对自己刚才的举动感到很羞愧。多纪背对着在向她解释的武藤，打开了自家的大门。

多纪小声对武藤说：

“晚安！”

说罢，走进院子关上了大门。

虽然是在极短的时间里发生的事情，但对多纪的冲击很大。她向门外看了看，然后沿石板路朝房子门口走去。

大概武藤死心了吧，过了一会儿，外边传来发动机的声音，声音渐渐远去。

站在家门口的多纪，看着夜幕里的若王子山叹了口气。

不知道为什么，她没想到结果会是这样。

实际上，也许武藤同样也没想到。可能开始时并没有那种想法，只是一时冲动才抱住了多纪。可以说，武藤一时粗野的行为过后的清醒的态度就证明了这一点。

但话又说回来，多纪也太不小心了。虽然自己觉得自己不会有事，但喝醉了酒，两人又同乘一辆车，出现现在这样的结果，倒不如说是很自然的事情。

为什么自己没有想到这个问题呢？

虽然是武藤主动示爱，但不能说多纪没有责任。

是因为喝醉了酒吗？

今晚的确比平时喝得多。但很难说就这一条原因。今晚一开始自己心里就有某种不平静。虽然也觉得不好，但自己想喝醉。

都是因为那个人……

柚木又浮现在多纪的脑子里。

她觉得自己喝醉，和武藤这样不愉快地分手，似乎都是因为柚木没有出来接电话。

多纪悄悄地打开房子的大门进了家。看样子家里的人刚刚进各自的房间。虽然客厅里被收拾过了，但仍留有人待过的温度。

多纪穿过光线昏暗的客厅进入自己的房间，接着打开了化妆台。

虽然脑后的头发有些乱，但妆并没有乱。只是被武藤抓了肩膀，而且她很快就把他的手扒开了，所以并没有什么大碍。但她还是觉得自己的肩膀上好像留有武藤的掌印。

“真讨厌！”

多纪嘟囔着闭上了眼睛。这时，她又想给柚木打电话了。

也并没有什么事情要对柚木说，就是特别想听柚木的声音。她觉得只要听到柚木的声音，自己的心情就会平静下来。

已经夜里十一点多了，但她顾不了这些。如果是他妻子出来接电话，把电话挂断就行了。

回到家里，一下子涌上来的醉意和摆脱了武藤后的激动的情绪，让多纪胆子大了起来。

拨完了号码，多纪把话筒贴到了耳朵上。听筒里的呼叫音在不停地响着。三次，四次，当响到第五次时，听筒里传来了对方拿起话机的声音。

“喂喂！……”

是柚木的声音。突然，多纪对着话筒叫道：

“您在做什么啊？”

“发生什么事了？”

“是我。您睡了吧？”

“噢，你等一下。”

过了一会儿，柚木说：“好了。”

“是因为怕您太太听见，把电话切换到您自己屋里了吧？”

“不要胡说！”

“我怎么胡说了？为了您我才逃了出来。”

“逃出来？”

“是的。刚才别人要吻我。在汽车里，对方突然把脸凑了过来，太可怕了。我冒险打开车门逃了出来。”

“你和谁在一起了？”

“和男朋友。他是个非常无耻又野蛮的家伙。”

“我说，你是不是喝醉了？”

“是喝醉了。醉得迷迷糊糊的。”

“你现在是在家吧？是在自己家吧？”

“要是不在家，我会怎么样啊？”

“你说得再详细一些，把事情从头到尾告诉我。”

“都怪您，都是您不好才弄成这样的。”

“你冷静一下，要坚持住。”

“我已经坚持不住了。”

多纪说着话，泪水夺眶而出。

多纪现在想起来也不明白，当时自己为什么要拼命地逃跑。

那之前，虽然也觉得武藤人很武断，但并不让人觉得讨厌。虽然渐渐喝得有些醉意，但觉得心里很愉快。

而当他突然接近自己的身体时，为什么会感到那样反感呢？当时，多纪觉得好像自己浑身的毛发都竖了起来。

“都怪您！”

“我不明白你想说什么。”

“对！您就是一个不明白的人！”

自己喝醉也好，坐进男人的汽车也好，拼命逃跑也好，所有这些都和一门心思想柚木有关。虽然表现的形式互相矛盾，但根源是同一个。柚木不明白这些，只是看一些表面现象就说三道四。

“反正希望你今后不要再这样喝酒，不要和危险的男人一起出去了。”

“不。我才不呢。也许我还会和今天那个人约会。”

“你说什么呢？”

“可是，人家好心好意说喜欢我。我让人家不高兴了。”

“可是，那个男人不是硬要……”

“对！他蛮干，狂妄，年轻，眼角有些像老师您。”

“是不是你喜欢上那个男人了？”

“是的，我喜欢。老师在意吗？”

“我怎么会不在意呢？”

“不过，我还是最喜欢老师的。想到老师我才拼命逃回家的。”

“那还是不要再见那个男人为好。”

“可是，我也不知道会不会再见他。”

“为什么？”

“可是，我很寂寞啊！”

多纪闭上了眼睛。如果柚木离得近，她真想现在就跑去会他。哪怕是他住在大阪，自己也可以打车跑去的。

“你快点来吧！”

这是多纪现在的真实心情。

第二天天亮后，想起昨晚发生的事情，多纪心里依然觉得不踏实。

先不说自己对柚木说的那一通任性的话，她觉得对武藤的态度也很不好。

即便是对方借着酒劲儿对自己做了无理的举动，但自己拒绝他的方式也有些太过了。武藤也许在后悔，但这已经无法补救了。

虽然武藤瞬间做了无理的举动，但他不是个坏男人。多纪觉得，即使是拒绝武藤，也应该用一个照顾到他面子的办法。

也许武藤现在处于深深的自责之中。但多纪同样也在自责。

可是，唯独这样的日子，早晨的太阳显得格外耀眼。

多纪在耀眼的阳光里走到了小田的汽车旁。

“早晨好！”

小田边给她打招呼，边用吃惊的眼神看着她。

“怎么了？”

“不，因为您今天穿了一套西装。”

“哦，好久没穿了。今天想穿穿。”

多纪今天穿了套流行的淡绿色西装，脖子上戴了串珍珠项链。发生了昨晚的事情，她突然想改变一下心情。

她问小田说：

“你去过津和野吗？”

“我还没有去过那里。”

说完，小田问多纪：

“您要去那里呀？”

“还没有决定。”

昨晚，她心乱如麻地给柚木打了电话，最后两人商定一起去旅行。

计划学会结束后的第二天，即十三日下午，在广岛会合，然后去津和野碰面。可以说和柚木约好后，多纪的心情才平静了下来。

来到工厂时，发现吉冈又早早地到了。

说是经济不景气对工厂的影响在逐步显现，有必要对工厂里从生产到发货的全过程进行一番清理。

多纪当然对吉冈的意见没有异议。她和吉冈商定回头再找个时间进行商量。

告别吉冈来到办公室，多纪开始浏览早晨的文件。这时高木靖子过来告诉她说：

“武藤先生打电话找您。”

多纪像是要稳定一下情绪似的停了一会儿，然后拿起了电话听筒。

多纪刚要说话，就听电话里的武藤爽朗地说：

“哎呀，昨晚对不起了。”

多纪对着电话听筒鞠着躬说：

“对不起的是我。”

“哎呀，吓了我一跳。没想到多纪小姐那么厉害。”

多纪一个劲儿道歉说：

“请你务必原谅。”

“我有点喝醉了，所以就不由得跟你开了个玩笑。请你务必不要生气。”

“你就不要再把那件事放在心上了。”

多纪觉得在工厂里接电话的时间长了影响不好。

“昨晚那事儿就不说了，想请你认真地考虑一下。”

“哦，什么事儿啊？”

“也没什么，那回头再说吧……”

说罢，武藤挂断了电话。

看上去武藤打电话来，像是单纯为了就昨晚的失礼表示道歉。但他最后的一句话让多纪有些放心不下。感觉他好像话里有话，但多纪不想再追问下去。倒是对方挂断了电话，让多纪松了口气。

下午两点，东山一带的绿树在午后阳光的照射下显得格外鲜艳。当片片白云挡住阳光时，又使绿树的绿色显得更绿。

多纪正呆呆地观赏四月的天空和青山，这时电话的铃声又响了起来。

等到电话铃响完第三声后，多纪不紧不慢地拿起了听筒。

“有一位叫柚木的先生给您打电话来了。”

多纪条件反射似的问接线员说：“什么？”

接着她又尽量控制住自己的感情说：“请转过来吧。”

柚木很少打电话到工厂里来。多纪慌忙拿好听筒，柚木的声音立刻就传了过来。

“昨晚你情绪好像比较激动，我担心你发生了什么事情。”

“没什么，我很好。”

不知为什么，当听到柚木的声音时，多纪就想顶撞他。虽然她知道柚木是因为担心她才打电话来的，但就是想故意说些难听的话。

看样子是这段时间没见面而积攒下来的压抑感要一下子爆发出来。

“昨晚的事儿没关系吧？”

“我哪知道啊！”

“不知道？”

“没关系呀！”

这次多纪回答得很干脆。她觉得这几天由于身体不太舒服，自己的心态也不稳定起来。

随着和柚木去旅行的日子日益临近，多纪也在为外出的借口而犯愁。

和柚木会面那天是星期天。虽然那天没什么问题，但接下来的星期一和星期二这两天必须向工厂请假。

过去因为去东京或福冈，也曾离家两三天。但那都是因为工作。从家出来时，明确告诉家里人自己去哪里，住哪个饭店。

但这次外出纯粹因为自己个人的事情，该怎么给家里人说外出的理由和去向呢？

因为吉冈在工厂，自己离开工厂两天应该没问题。实际上，多纪已经交代他们下周的周一、周二不见什么人，把那两天空了出来。

问题是外出的理由。

如果说有空外出，那首先应该去东京。先走访那里的好久没去的批发店及零售店。接下来，为了制扇用纸的交易问题，还有必要去一次高知和越前等地。

可这些地方与自己这次要去的地方方位相差太远。

最后，多纪想起来津和野是石州和纸的产地，也许说去那里看和纸比较合适。

可是，这个理由仍然有些勉强。也许干脆就直接说“有些累，去那里放松放松”比较好。

总之，工厂这方面比较好办。而对家里的人很难说出口，不知道森子和安代她们会怎么看自己。一想到这事儿，多纪就感到郁闷。

多纪始终不知该如何给家里人说，而时间却在一天天地过去。

星期三的晚上，柚木打来了电话。

他在电话里告诉多纪，他明天从东京出发。星期天下午两点乘开往博多的新干线“光”二十三号在广岛与多纪会合，连软席车厢的号码都告诉了她。

“你没问题吧？”

柚木不放心地对多纪说：

“你时不时会改主意。我担心你到时候会变卦啊。”

“怎么会呢！”

“周六晚上我会再次给你打电话确认一下。反正我乘那趟火车。所以如果你不来就麻烦了。”

“我知道了。”

多纪从来不觉得自己容易改变主意。

按照柚木的说法，打电话的过程中，她一会儿话说得很温柔，一会儿又变得冷冰冰的。让人摸不着头脑。

但是，不论别人怎么看，多纪认为自己是始终如一的。

柚木告诉多纪说：

“星期天下午三点在小郡那个地方转车，从那里乘特快，应该四点就可到达津和野。”

多纪点着头，心里想，明天必须要把自己外出的事儿告诉吉冈和森子他们了。

星期四晚上，多纪早早回到家里，和森子、安代一起吃了晚饭。品子还没回来，说是要见一个朋友。

森子站在阳台边上轻轻打开门说：

“天确实暖和了。”

春天夜晚的暖风从亮着灯的院子里习习飘来。

借着荧光灯的光亮，可以看见灌木那边盛开的樱花。花瓣已开到八分，正是观赏的好时候。

即便打开阳台的门窗，也几乎感觉不到寒意。

多纪刚才就想把自己要去旅行的事儿说出来。现在品子也不在，安代在厨房洗餐具。要说的话，现在正合适。

“哎……”

多纪刚要下决心说旅行的事儿，这时森子回过头来对她说：

“多纪，我有点话想对你说。”

多纪点了点头。森子关上阳台的门，坐到了刚收拾好的饭桌前。

“安代！你给我们泡点茶来吧。”

说罢，森子从桌子上拿起一支外国香烟，点着了火。

“我说，这话你就权且听听。你认识共荣商社的武藤吧？”

“哦，认识……”

多纪点着头坐直了身子。森子像要考虑一下似的，看了看嘴里吐出的烟雾说：

“他说他很喜欢你。如果你没意见，他想请你嫁给他。”

“我嫁给他？”

“昨天他把我喊去。我以为是什么事儿呢。他说想问问多纪小姐。看样子他非常喜欢你。”

虽然多纪觉得这是意料中的事情，但比起武藤当面正式向她求婚，通过森子表达求婚的意思更让多纪不知如何是好。

“你不是见过他两三次吗？”

“是啊……”

“对方说对你很满意。但不知道你是什么意见。”

安代端来茶，放到了两人面前。并趁机悄悄观察了一下多纪的表情。

“虽然对方过去曾结过一次婚，但现在已经彻底离婚了，又没有孩子。说是今年三十二岁，比你大三岁。”

多纪也曾想象过这种情况。觉得早晚森子会给她说这事儿的。但今晚这个时候说给她听，还是让她感到有些狼狈。

“人家是个少爷，所以也许有些任性。但他性格很好，体格也不错。现在经营的公司也很顺利。我觉得他金钱上没什么问题……”

看来森子对这门婚事相当感兴趣。

多纪慢慢喝了口茶。

多纪明摆着不会接受这门婚事。虽然她拿定了拒绝的主意，但当面告诉森子说不同意，又让她觉得于心不忍。

“都说他花天酒地。但他其实是个很规矩的人。性格直爽，很有朝气的。”

多纪对此也有同感。

“虽说是再婚，但他前任妻子好像是东京一个公司老板的千金小姐，爱讲排场。因为和其他男人有点那个，所以两人才离了婚。大概因为这个原因吧，对方说再也不找爱讲排场的女人了。”

原来武藤觉得自己是个很朴实的女人啊。那他可看错我了。武藤哪里知道，眼下自己正死去活来地爱着另一个男人呢。

“因为他在京都，所以按理会继承他父亲的家业。但他还有一个哥哥在大阪，好像在经营一个和贸易有关的公司。因为他是次子，所以他说，根据情况也可以到我们家做上门女婿。”

原来森子和武藤已经把婚事商量到这个程度了。多纪想起了去年年底森子把武藤介绍给她的情形。

现在回想起来，也许从那时开始，森子已经在考虑让他们两个结婚了。

“我觉得这门婚事挺好的。你觉得怎么样？”

森子像催促多纪表态似的看着她。厨房里洗餐具的声音也停住了。看样子安代也在观察这边的情况。

“妈妈这样说，我感到很高兴。可是我还不太了解武藤……”

“结婚是大事，当然要好好了解对方。所以并不要你现在马上表态。对方说想和你进一步接触接触。”

“接触当然很好。可是以结婚为前提进行接触……”

“接触后，不行就不行，拒绝他就是了。婚姻是缘分，所以成与不成谁都难说。”

虽然森子嘴上这样说，但交往一段后，能不能明确地拒绝对方呢？森子对这门婚事很感兴趣，再加上武藤很难缠，多纪担心一旦接触起来就难以脱身。

“人家好心好意把话说到这个地步，你是不是就和对方接触接触看呢？哪怕接触一段时间也行啊。”

不知道武藤是怎样求森子的，她的态度很坚决。

“突然说起这事儿，我一时也不知道该怎么说。让我稍微考虑一下再答复您吧。”

“这没关系。不过不要让人家等得太久。最好在适当的时候给对方一个回话。”

森子像是求多纪似的看着她。

怎么回事？

多纪刚要说自己去旅行的事儿，给森子这么一说，觉得被泼了一盆冷水。不禁轻轻叹了口气。

可是，虽然被森子占了先手，失去了告诉她自己要去旅行的机会，但总不能就这样一直沉默下去。明天晚上要接待关西银行的分行经理，到了后天就是星期六了。要说旅行的事儿，就只有今天晚上说了。

多纪喝了口茶，然后装作不经意似的对森子说：

“这个星期天我想出去旅游一下。”

正在抽烟的森子有些意外地把头抬了起来。

多纪接着说：

“吉冈的病也好了。我想稍微放松一下。”

“那挺好的。”

森子的话音刚落，这时收拾完厨房的安代也走过来坐到了森子旁边。多纪像是对森子，又像是对安代说：

“我打算用两三天时间去山阴那一带看看。”

森子问多纪说：

“和谁一起去呀？”

“我一个人去。”

“一个人……”

森子掐灭了手里的香烟，再次看了看多纪说：

“你一个人去那样的地方会不会出什么事啊？”

“一个人多好呀。可以自由自在地玩呀。”

“那倒也是。你要去山阴什么地方啊？”

“想去津和野或荻那一带。”

“你说的那个荻，是不是在山口县啊？”

“对。听说那里是个很安静的海滨城镇……”

“可是，你怎么突然想起去那里旅游了呢？”

“我早就想去那里看看了。现在这个季节正合适……”

说到这里，多纪有点心虚起来。自己所说的理由显然不够充分，看样子仅凭这个理由是难以让森子和安代她们相信的。

“我想利用旅行的机会，多考虑考虑。”

“考虑？”

多纪点着头看了看夜幕下的院子。大概是起风了，荧光灯下的竹子叶在摆动。森子和安代都一言不发。

过了一会儿，森子问多纪说：

“那儿是不是有你认识的什么人啊？”

“没有……”

“那，你能不能利用这个空闲时间考虑一下和武藤的事儿呢？”

“哎……”

多纪虽然嘴上答应了，但心里却觉得去旅游和武藤的事儿不相干。但眼下她不打算和森子唱反调。

“这样的话，就是星期天到星期二去旅游啦？”

“星期二晚上回来。”

“你要多加小心呀，女人单身一人去旅游很不安全的。”

“不要紧。又不是出国旅游，只是去走走看看，放松一下。”

多纪回答得很轻松，但她心里并不舒服。觉得自己去旅行两三天还得得到她们的同意，感到很郁闷。

第八章 正午的原野

星期天中午，按照柚木的安排，多纪乘上了京都十二点发车的新干线“光”号。新干线一路向西而去。

头天晚上，多纪已经把自己乘坐十一号软席车厢这件事再次告诉了柚木。自己就坐在这节车厢里，下午两点新干线到达广岛时，柚木会上这个车厢。

多纪从京都车站乘新干线时，天空在下着小雨。

上次去东京时天也在下雨。多纪并不是什么人们开玩笑常说的“走到哪里哪里就下雨的女人”。以前她外出旅行时总是晴天。可最近，她一出门就下雨。

也许是因为多纪的出行在让谁哭，要不就是谁在让她下雨。出发时遇到下雨，让她感到很扫兴。

从头天晚上开始，多纪一直拿不定主意是穿和服还是穿西服。最终她还是穿了和服。

遇上下雨天，穿和服很麻烦。但去津和野或荻那里，还是和服比较合适。而且，虽然柚木没有明说过，但他好像喜欢和服。

多纪穿的是白色大岛绸和服，扎了条藏青色的盐濑和服腰带。外面穿了件浅红色的外套。只在外面住两个晚上，所以她并没有带换洗的衣服。但所带的和服的衬领、袜子、衣服去污剂等，几乎塞满了原本就不大的旅行箱。

临出门时，安代问多纪说：

“今晚在哪里过夜啊？”

多纪告诉她说：

“还没最后确定。一到那里我就告诉你。”

其实，住哪个旅馆，都是柚木安排的。到那里之前多纪也不清楚住哪里。

“到那里后一定要跟家里联系呀。”

看样子，森子和安代对多纪的外出旅行有些担心。吉冈的表情也同样如此。

吉冈反复对多纪说：

“尽量早点回来啊。”

和柚木一起旅行是不用担心什么的。但这只有多纪心里明白。

多纪身为一厂之长，又是家里的顶梁柱。所以，别人连她去哪里都要问也是难免的。但她想尽可能忘掉这一切，自由自在地尽情旅游。

多纪看着因毛毛细雨而模糊不清的车窗。火车过了新神户后进入了隧道。

就这样，要不了两个小时就可以见到柚木了。

多纪知道，自己的心跳在加快。也许从表面看，她一个人显得很无聊，但她的身体里面却因为兴奋而不平静。

自上次见面到现在，已经快两个月没见柚木了。

迄今为止，多纪并没有意识到自己的身体在渴望柚木。自以为自己是不可能产生那种令人害臊的念头的。

可现在自己内心对柚木的渴望却非同一般。这种渴望，与其说是来自精神上的，倒不如说是从她肉体深处喷涌出来的。

也许“想见柚木”这样的想法，实际上是她的肉体在等待柚木的爱抚。

下午两点零八分，列车到达广岛。车刚开始进站多纪就欠身朝站台上望去。虽然站台上人很多，十一号车厢旁边看不到柚木，但多纪觉得柚木应该在车厢旁边。

停车两分钟。开车的铃马上就要响了。

他上车了没有呢？

多纪朝开着的车门望去。这时她在新上车的旅客身后发现了柚木。因为柚木个子高，所以从走在前面的人的头顶上看得见他的脸。

多纪不由自主地欠起身朝柚木挥了挥手。意思是告诉他自己在这里。

作为回答，柚木朝她点了点头。

这下可以放心了……

多纪松了口气，这时列车也开始启动了。

多纪对柚木说：

“我巡视了一遍站台上的人。没有看到你。还以为……”

“我从站台上看到你了。”

“人太多了呀！”

“咳，能见面就好啊。”

柚木把旅行包放到行李架上，然后坐到了多纪旁边。

“好久没有见面了。”

两人再次互相看起对方来。

“学会的事情都结束了？”

“昨天全部结束了。你出来很不容易吧？”

“不……”

多纪忽然想起了吉冈和森子他们。但她下意识地不去想他们，看着柚木的脸问他说：

“你吃饭了没有？”

“午饭在广岛吃过了。你呢？”

“我还不饿。”

多纪虽然没吃午饭，但她上车后喝了咖啡。

“列车到小郡后有十分钟左右的错车时间。”

列车早就驶出了广岛市区，穿行在绿色的原野中。窗外的毛毛细雨雨丝毫没有要停的意思。

“津和野是不是也在下雨啊？”

“也许在下雨。”

和柚木两个人去远游让多纪感到很高兴，但她的这种感受还不够充分，总有些在大庭广众下的害羞的感觉。

多纪问柚木说：

“今晚住哪个饭店啊？”

“住饭店也可以。不过，因为那是个古镇，所以我想住住日本式的旅馆。你看名叫‘水月’的日本式旅馆怎么样？”

多纪点了点头，然后忽然靠到柚木的肩膀上问他说：

“不要紧了吧？”

“什么不要紧了？”

“到了这里，不会被人发现了吧？”

柚木苦笑着点了点头。

虽然多纪的话说得有些夸张，但她一直有一种错觉，好像她是为了爱情而私奔似的。

下午四点多，列车到了津和野。看样子整个西日本一带都笼罩在雨雾中，津和野也下着毛毛细雨。

“我们先去旅馆吧。”

两人一出火车站，柚木立刻拦了辆出租车，把旅馆的名字告诉了驾驶员。

从火车站乘出租车去名叫“水月”的日本式旅馆只需两三分钟。旅馆位于一条狭窄的小巷里，周围是一片旧房屋，门是木质的。门的右侧的白色墙壁上写着“旅馆水月”。

走进大门，有一条石子小路，小路两旁栽着有些年头的孟宗竹和红松，路的尽头是一处草房的入口。

旅馆的正面保留了旧旅店的样式。

女服务员立刻出来把他们领到了二楼靠里边的房间里。房间里的外间是休息室，里间是十五个平方左右的和式房间，和式房间外面是用拉窗隔开的阳台，从阳台上可以看到旅馆院子里有石头洗手盆。院子中央水池里的鲤鱼在不停地游动，曾听说津和野到处都有鲤鱼，雨天里的红鲤鱼的红色显得格外鲜艳。

“一会儿，这个镇子上一个叫市川的文化遗产保护委员来这里，他会给我们做向导的。”

柚木喝着女服务员端来的茶告诉多纪说：

“川岛认识他。是川岛介绍给我的。”

“川岛……”

虽然多纪嘴上没说出来，但她觉得，这样的话，川岛肯定知道她和柚木两人一起来旅游的事儿。

不知道柚木关于来津和野旅游的事，是如何对川岛解释的。更不知道川岛是怎样把两人介绍给市川的。

多纪觉得心里不太踏实。而柚木却在悠闲地喝茶。

不久，女服务员拿着住宿登记簿来到了两人住的房间。

柚木先是看了一眼登记簿，然后就很痛快地写了起来。关于多纪的情况，也不知道柚木是怎样填写的。虽然多纪有些不放心，但她却没有勇气去看登记表。

柚木刚填写完住宿登记表，这时服务台的人就告诉他们说一个叫市川的人来了。

外面还在下着小雨，多纪带着雨衣和柚木来到楼下。

市川年龄在五十上下，看上去很敦厚。

柚木主动给市川打了招呼，并没有特意把多纪介绍给市川。市川也只是看了看多纪，算是打了招呼，没有再说其他的话。

市川对柚木说：

“森鸥外的故居五点关门，我们先去那里吧。”

市川亲自开车，柚木和多纪坐到了汽车的后排。

“刚巧遇上下雨，真是太不凑巧了。不过，两位在雨中参观这样一个古老的城镇，也别有一番情趣呀。”

看上去，镇子沿着河流呈细长形。河边房屋的尽头不远处就是山脚。

不久，汽车过了一座桥向右拐去。森鸥外的故居在离河岸不远的地方，房屋的周围都是农田，显得孤零零的。

市川介绍说：

“这里名叫堀内，历史上武士们的住宅都集中在这一带。”

柚木撑开从旅馆借来的雨伞，多纪躲到伞下听市川的介绍。

“津和野和京都一样，有圆山、桂川、鸣泷等好几个名字。人们把前面的山和河比作岚山，把我们背后的那座青野山比作比叡山。”

虽然市川介绍得津津有味，但有三本松城遗址的山也好，对面的青野山也好，都笼罩在雨雾中，看不清楚。

离开森鸥外的故居后，他们又去看了西周的故居，然后又参观了以樱花而著名的鹫原八幡宫。天阴得很重，去那里的人很少，但仍可看到三三两两去那里看雨中樱花的游人。

据说鹫原八幡宫是仿照鹤冈八幡宫建造的。两百多米长的骑射训练场左右两侧成排的樱花树非常壮观。

撑着伞的柚木小声对多纪说：

“我记得你也练过射箭的，你穿着射箭服张弓射箭的姿势一定很美。有机会我想看看。”

“实在不值得您看。”

“你瞄准时在想什么？”

“在想老师您啊。”

柚木反问多纪说：

“想我？”

这时市川喊他们说：

“这里的古树很漂亮啊！”

从鹫原八幡出来又去看了乡土馆。回住宿的旅馆时已经是下午六点半了。

雨基本上不下了，但雨云依然压得很低。市川特意把两人一直送到旅馆前面。柚木邀请市川一起吃晚饭，市川说明天一早要去长崎出差，说罢就回去了。

柚木脱着身上的西装对多纪说：

“到底是研究乡土历史的，市川知道得真多。他给我的感觉挺好的。”

多纪从柚木身后接过他脱下的西装挂到了休息室里的衣架上。

她问柚木说：

“您现在洗澡吗？刚才服务员来通知说水烧开了。”

柚木似乎想说什么，但他还是脱下裤子换上浴衣下楼去了。

房间里没有洗澡间，很不方便。但因为是老旅馆，也只能如此。

多纪又把柚木脱下的衬衣和裤子挂到衣架上，然后坐到阳台上的椅子上欣赏起雨后的里院来。

狭小的里院已经笼罩在夜色之中，院子里的松树在灯光下显得绿绿的。

大概紧挨着右侧主楼的瓦房的房顶那边是西边吧，唯有房顶那边天空的云是淡淡的暗红色。看着西边那迟迟不落的暮色，多纪知道紧张的一天就要结束了。

现在这个时候，家里的人在做什么呢？

森子和安代肯定都在挂念自己。

给她们打个电话吧。多纪觉得要打就趁现在柚木不在时打，但她又拿不定这个主意。

她想悄悄地待在这里，不想让任何人知道。她不想把自己和柚木两个人花了半天时间逃到的这个地方告诉任何人。

森子和安代她们一个晚上不知道自己的行踪应该没问题吧？

反正到了明天就又转移到另一个地方了。明天到了荻，安顿下来后再给她们打电话也没关系。

多纪正在考虑何时给家里打电话，这时女服务员敲门进来问她说：

“太太，您现在洗澡吗？”

“不，我……”

多纪不知道该如何回答。女服务员随手收拾起桌子上的东西来，她问多纪说：

“那，现在可以准备晚饭了吧？”

多纪像是有意要躲开女服务员的视线似的看着窗户点了点头。

难怪旅馆里牌子上写着“四季野山菜·乡土料理”。晚餐的餐桌上有许多山上产的菜肴。有花椒烧雅罗鱼、山菜豆腐、大煮橐吾、酸模汤、蜂斗叶利休腌菜等。每道菜都做得很讲究。盘子里摆着切成薄片，颜色微黑的魔芋。

多纪问女服务员这道菜的名字。服务员告诉她叫“山河豚”。眼前这盘菜，看上去的确像海里的河豚，吃起来口感凉凉的，稍微有些脆。

“真好吃！”

多纪喜欢这样的山菜料理。也许是她出生在京都的缘故，她不喜欢东京风格的那种重口味、高脂肪的食物。

而柚木可能是由于在东京长大的原因，好像觉得眼前这些菜有些不解馋。

柚木苦笑着说：

“这样的菜偶尔吃一次还可以，要是老吃这么清淡的，让人难以忍受啊。”

可能是累了，多纪只喝了两杯啤酒就有些犯困了。

她对柚木说：

“我好像要醉了。”

“今晚醉了没关系，用不着从汽车里逃跑。”

听他的话音，像是在说上次多纪和武藤的事。

“想逃跑的是老师您呀。”

“我为什么要离开你逃跑啊？”

“我想，守着一个任性的女人是很累的。”

“虽然累，但是累得值。”

这之后，又过了半个小时两人才吃完饭。

过了一会儿，女服务员进来收拾餐具。多纪这才换上自带的浴衣去洗澡。

浴室在一楼走廊的尽头向左拐的地方。到底是老旅馆，浴室很气派，浴缸是纯柏木的，足可容纳下十个人。

浴室里只有多纪一个人。她把身子泡进浴缸里，感觉浑身懒懒的，醉意又比刚才多了几分。

从浴室出来回到房间时，被褥已经铺好了。枕头摆在朝佛龛的一方，并排铺着两个被褥。两个被褥之间只留有很小的一个缝隙。

“来！”

坐在阳台上的柚木在喊多纪。多纪手摸着刚洗完盘在一起的头发，站到了柚木旁边。

柚木说：

“真安静，一点声音都没有。”

山窝里的津和野的天空一片漆黑。

房间的大门上了锁，大门和卧室中间隔着一个休息室。阳台上的窗户也拉着窗帘。只要把拉门关上，从外面是看不见屋内的。

但是，日本式的房间总是有缝隙的。无论遮挡得多么严实，也没有西式房间的那种放心感。总有些不放心，觉得好像周围有人在偷听似的。

近来，多纪有时感到很吃惊。她发现自己被柚木抱着时会发出轻微的呻吟声。

她自己也不清楚是从何时开始的。当从柚木那缓慢而温柔的爱抚中慢慢清醒过来时，多纪总觉得自己好像说了些很淫荡的话。对此，她有时觉得有些愕然。

她并不清楚自己具体说了些什么，但总觉得说了。

当然，她无法从柚木那里得到证实。柚木知道多纪无意识地说了些什么，但他却装着若无其事，这正是柚木的可恨之处。他的表情似乎在告诉多纪，自己知道她说了些什么淫荡的话，从而掌握了她的全貌。

当然，其实柚木并没有满脸扬扬得意的表情。他的表情极其普通，显得非常无所谓。脸上一点变化都没有，平淡得让人称奇。

多纪有时觉得也许男人生性如此。但有时又对这样一个强硬的男人感到很恼火。让自己变成现在这样的男人，既可爱又可恨。多纪也不清楚自己为什么会这样想，但现在她正一步步深陷于这个矛盾之中。

外出旅游，在一个僻静的山沟里的小城镇里被柚木抱在怀里。喝了一些酒，再加上沐浴后的轻松感，让多纪的身体松弛下来。密闭的日本式房间里的淫荡，让多纪亢奋起来。

多纪想保持冷静，但她又的确在盼望着这一刻。

她扭扭捏捏地在往前跑。而鼓动一无所知的她，让她情欲高涨的是柚木。

多纪知道敌人正是柚木，但又不知不觉地投入到了他的怀抱里。

日本式房间里的淫荡和夜晚的寂静，越发激起多纪的情欲。

多纪的身体又迎来了一个短暂而又充满羞耻的空白。然后，她又慢慢地苏醒过来。

事情的前后，房间里的情况并没有什么变化，但多纪总觉得周围的一切似乎都变成了另一个世界。

多纪试探着把脸轻轻贴在柚木的胸脯上。

她不愿从刚才那种感觉中苏醒过来，想停留在这种忘我的感觉里。一旦清醒过来，日常各种各样的烦心事又会缠上自己。她也不愿再去回忆刚才自己那有失体统的表现。

多纪就想像现在这样再待上一会儿。

也许柚木也是这样想的。即便两人苏醒的方式有所不同，但当快要苏醒过来时，想忘掉一切的心情可能是相同的。也许正是这一点把两人结合到了一起。

多纪一换被褥就睡不着觉。尤其是今天晚上，她是第一次整个晚上睡在一个男人身边。虽说柚木在身边让她感到放心，却没有一个人睡的那种放松感。

当多纪从很浅的睡梦中醒来时，已是早晨六点了。

旅馆里还静悄悄的。旁边被窝里的柚木还仰面朝天地睡着。多纪看了看柚木，确认他还没醒后，悄悄地从被窝里爬起来，来到了休息室。她脱去睡衣换上和服，收拾完头发时，时间已经到了六点半。

多纪来到阳台，从窗帘的边上朝外面看了看，阳光有些刺眼。昨天的阴云不知何时已经消散，周围瓦房的房顶在早晨阳光的照射下闪着光。

多纪忽然想一个人去街上转着看看。

她来到一楼，想问一下服务台的人，可服务台一个人影也没有。旅馆门口左边卖土特产的玻璃柜还蒙着布。多纪从玻璃柜旁边来到门口，借了双摆在门口的木屐穿上。

旅馆的大门还上着门闩，门缝里夹着当天的报纸。多纪从里边抽去门闩，打开门来到外面，随手又把大门关上。

这个有土墙的小镇子还没有从睡眠中醒来。

多纪信步沿小路朝右边走去。走了一百多米后，来到了宽阔的大街上。当看到老药铺的招牌时，多纪想起昨天曾乘车路过这里。

由于昨天下了雨，路面还很潮湿，但山上的云雾已消失得一干二净。清晨宽阔的大街上只能看到送牛奶的自行车和狗。

不久，多纪来到一个岔路口。岔路口竖着一个路牌。按照路牌上的指示，直行是去火车站，往左走好像通往昨天去过的永明寺、稻成神社等。由于城镇很小，无论去哪里都花不了多少时间。

多纪拐向左边的路，过了一个铁道口，朝坐落在山脚下的永明寺走去。古树掩映下的山门还带着露珠，周围一片寂静。一只路灯还亮着。

多纪沿宽阔的台阶来到正殿。正殿的房顶上苫着茅草。她在正殿前休息了一下后又回到了镇子上。

雨后的早晨漫无目的地走走，感觉很惬意。周围的人家好像开始起床了，不过马路上几乎看不到人影。多纪走了半个小时左右，发现镇子细长，周围都是山。

多纪穿过迷宫似的小路回到旅馆时已经七点了。

柚木已经起床，趴在床上抽烟。

看到多纪进屋，柚木掐灭烟头从床上爬起来问她说：

“刚才去哪里了？”

“我醒得早，所以去早晨的镇子上散步去了。”

“早知道这样，我和你一起去了。”

“可是，我看您睡得很香，就没有叫醒您。”

“你叫醒我就好了。”

柚木的话音里带有小孩子撒娇的感觉。多纪听了感到有些好笑。

多纪对柚木说：

“快送早饭来了，把被褥收拾起来吧。”

被褥还铺在那里没有整理，多纪觉得给女服务员看见不好意思。柚木觉得有些舍不得整理，可多纪顾不得这些，开始整理起被褥来。

柚木问多纪说：

“你去过秋芳洞这个地方吧？”

“听朋友说起过。那里有钟乳洞吧？”

“我们好不容易到了这个地方。你看我们是不是去看看秋芳洞，然后从那里再去荻？”

柚木从包里拿出地图，把它铺到了阳台上的桌子上。

“求求出租车司机，可能会带我们去的。也许要花四五个小时。”

“好啊！我太高兴了！”

只要能和柚木一起去旅游，去哪里都可以。

“最迟，傍晚前应该能到荻。”

多纪收拾完被褥后到阳台上看地图。这时女服务员走进来给两人打招呼说：

“早晨好！”当她看到被褥已经收拾完毕后，面带惊奇地说：

“不好意思。那，我马上给您送早饭来。”

柚木对女服务员说：

“对不起，我想要杯咖啡。”

“只有速溶咖啡。您看行吗？”

柚木像是解释似的说：

“速溶咖啡就行了。我每天早晨都要喝杯咖啡的。”

即使是一起待上一天，也可以了解到彼此的习惯。

知道了柚木的这个习惯，多纪感到很高兴，觉得很新鲜。

那天，柚木和多纪去游览了秋芳洞后，又去了秋吉台，还逛了青海岛。下午四点多，两人到了荻。由于海风的缘故，傍晚的荻感觉有些冷，但阳光还很强。

两人马不停蹄地又去看了荻城遗址和松下村的私塾馆等，到大酒店时已是五点半了。

算起来，从津和野到这里，已经连续跑了近五个小时。

到了房间后，柚木使劲伸了个懒腰说：

“累了吧？先洗个澡再说吧。”

柚木先洗，接着多纪也进去冲了一下。当换好衣服走出浴室时，已经没有了去街上走走的力气。于是两人径直去六楼的餐厅吃了晚饭。

柚木对多纪说：

“里面好像有酒吧。要不要去喝点酒？”

多纪跟着柚木来到酒吧。只见酒吧正面是柜台，靠窗子的地方铺着红地毯，可以脱了鞋坐在那里。

两人坐到窗台附近，要了兑水威士忌。这时，柚木像突然想起来似的问多纪说：

“你不跟家里联系没关系吧？”

打从到达饭店那一刻开始，多纪本身也一直在考虑要不要给家里打电话。她想给家里打个电话，但又觉得现在不打也没关系。

多纪说：

“回到房间再打电话。”

现在即便打电话到工厂去，也没有人接。如果有什么事，他们会打电话到家里去的。

多纪觉得给自己家里打个电话就可以了。其实她并不想给家里打电话，觉得再这样过一天，明天就回京都了。就一天，没必要打电话。

柚木好像已经忘记了刚才说的事儿，喝起了兑水威士忌。毕竟是奔波了一整天，柚木的眼睛看上去显得很疲劳。

可能在汽车上坐的时间太长了，多纪也觉得整个身子好像还在抖动。

喝完第二杯酒后，柚木起身说：

“咱们走吧。”

两人径直回了房间。

“我们就剩今晚一个晚上了。”

今晚是两人在一起的最后一个晚上。从明天开始，又要天各一方了。想到这些，多纪心中顿时生出许多凄凉。

柚木问多纪说：

“这次过得愉快吗？”

“是的。很愉快。”

“下次想去哪里啊？”

多纪看着蕾丝窗帘外边的窗户，小声说：

“去哪里都可以。”

窗外不远处成串的灯光是竖着的，估计是大桥上的灯饰。映在河面上的灯光在晃动。虽然多纪此时伏在柚木的胸脯上，但她觉得就像是在京都一样。

就这样，这天晚上多纪又没有给家里打电话。

第一天晚上，多纪觉得一个晚上不打电话没关系。而今晚，她又觉得是最后一个晚上。这在别人看来都不是理由，而在多纪看来都成了理由。

饭店的西式房间里没有其他人，让人感到很放心。只有两个人的密室里的平静，使多纪再一次坠入迷失自我、一片空白的时间里。

第二天早晨也是个大晴天。虽然出来旅游的第一天下了雨，但接下来的第二天和第三天都是春意盎然的晴天。

大概是旅途劳累的缘故，多纪睡得很香。也许是旅游的第二天太累了，但也许更主要的是由于习惯了被柚木抱着睡觉。

这样下去离不开他怎么办？柚木也许回东京后就没事了，但习惯了被抱着睡的自己怎么办呢？

也许男人只要得到一时的满足，过后就无所谓了。但女人却做不到这一点。女人的情感一旦被搅起波澜，是很难一下子平静下来的。

想到这里，多纪又有些恨起柚木来。她觉得是这个男人在折磨自己。但柚木似乎对这些毫不在意。

九点，两人去了六楼的餐厅。已经有两拨客人在餐厅吃早饭。一拨像是新婚夫妻，另一拨是男客，看样子像是生意人。

多纪只喝了点咖啡，吃了些沙拉，就离开了餐厅。

在电梯里，柚木对多纪说：

“我们十点左右出发吧。我去一楼要辆车。”

电梯到四楼时，多纪下电梯先回了房间。

服务员已经开始在周围的房间打扫卫生。多纪正要动手收拾行李箱，忽然想起给家里打电话的事来。

按计划今晚六点左右到家，但也许给家里打个电话比较好些。

多纪丢下行李箱，拿起电话开始拨号。往外地拨电话需要先拨 0，听筒里的呼叫音响了三次后传来了对方的声音，是安代的声音。

“喂喂！是我。”

听到多纪的声音，安代哀叹似的哎呀了一声。她问多纪说：

“你现在在哪里啊？”

“我在荻啊。家里还好吗？”

“你说什么呢？好什么呀！隆彦快不行了！”

“隆彦？”

“他被几个学生打了。说是报复他上次的事……”

电话那头没有了安代的声音。

多纪对着话筒喊道：

“怎么回事儿？发生什么事儿了？”

“昨天早晨，在大阪一个朋友住的公寓楼里……”

说起昨天早晨，当时多纪早早地起床，正在津和野的大街上散步，一个人悠闲地走在朝阳初照的津和野的街道上。

“家里人在到处找你。赶快回来吧。”

多纪当然要回去。可此时的她不知说什么好。她问安代说：

“那，隆彦现在……”

“现在住在大阪的浪花医院。头和胳膊都被打了。意识模糊。说不定没救了……”

“是医生说的吗？”

安代没回答她，在电话里呜咽起来。

多纪拿着话筒，眼睛看着蕾丝窗帘。

隆彦被打成了重伤，而多纪的脑子却感觉有些麻木。她没有像安代那样哭泣和惊慌。事情过于突然，多纪一时还体会不到它的严重性。

“那，现在谁在医院陪他呢？”

“昨晚家里的人都去了。现在你妈妈在那里陪着。来了许多警察，连我们家属也不让和隆彦见面。”

“我马上回去。你一定要沉住气。”

“你一定要快点回来啊。”

多纪放下电话，这才发现柚木站在她身后。柚木问多纪说：

“你脸色苍白，哪儿不舒服吗？”

多纪没回答柚木的话，蹲到了床边上。轻微的眩晕让多纪的意识有些迟钝。

柚木摸着多纪的肩膀问她说：

“是不是发生什么事情了？”

多纪慢慢抬起头说：

“隆彦因为内讧挨了打，现在住在大阪的浪花医院……”

“浪花医院……”

柚木重复了一下医院的名字，立刻拿起电话对多纪说：

“马上回去。你收拾一下。”

说着，他拨通服务台的电话，和服务台商量，请刚才要的车尽快来。

多纪听着柚木打电话，但仍然蹲在那里没动。

“车马上来。我们乘车去小郡，从那里坐新干线。这是最快的路线。”

柚木边说边迅速整理自己的行李。他对多纪说：

“我和你一起在大阪下车吧。”

听着柚木的话，多纪不由得泪流满面。

听驾驶员说，乘汽车从荻到小郡需要约一个半小时。这期间，多纪一直身子靠在车门上想隆彦的事儿。

柚木也几乎一言不发地在一个劲儿抽烟。

多纪问自己，为什么会这样？

从前不久隆彦打给家里的电话里，多纪已经隐约猜出隆彦在京都附近。

加入那样的组织，危险是时刻存在的。对这一点她是有思想准备的。

但多纪没想到隆彦会因为内讧而被打。报纸上有许多这样的报道，但没想到隆彦会成为其中一个受害者。

虽然多纪也知道，光杀别人而自己从来不被杀是不可能的事情，但她没想到事情会真的到这一步。事实上，多纪无法想象，老实的隆彦是如何挥着四棱的木棒打别人和如何被打的。

虽然警方明确指出隆彦是杀了其他派别学生的犯人，但她总是希望这也许是警察弄错了。

多纪的内心唯有希望隆彦是不会杀人的。

但是，既然安代那样说，显然事情是真的。担心的事情现在变成了现实。

她嘟囔着说：

“这究竟是为什么……”

假如不是卷入那样的运动里，隆彦明年就大学毕业了。只要隆彦愿意，那时就把辻村的店交给他了。

然而，现在再抱怨这些已经没用了。

目前最重要的是不知道隆彦的情况如何。从安代的话里，只知道他伤得很重，意识不清。

如果像经常听说的那样，由于内讧而被铁管等打了头的话，不是就没救了吗？即使不死，不是也成了废人了吗？

如果隆彦成了那样的废人……

想到这些，多纪几乎要晕过去。她开始坐立不安起来。

多纪觉得隆彦很傻，又觉得他很可怜。

难道就没有办法救治吗？多纪闭上眼睛为隆彦祈祷起来。

可是话又说回来，隆彦上次给家里打电话和这次出事，多纪都偏巧不在家。这太有讽刺意味了。难道是神明趁多纪不在家时故意安排的事故吗？

也许是神明在用这样的事情惩罚多纪，惩罚她这种不道德的爱情。

多纪小声嘟囔说：

“不行……”

多纪脑子里觉得是在嘟囔，结果话却说出了口。

大概柚木听到了多纪的嘟囔，他轻轻地握住她的手说：

“不要紧……”

柚木在安慰她，可他的儿子已经死了。

细想起来，多纪现在没资格因为这件事情而惊慌失措。她再痛苦，也比不上柚木失去孩子的痛苦。

在柚木面前表现得这样惊慌失措，说明多纪太自私。

不过，现在这个时候，要多纪冷静，有些太残酷。弟弟受了伤，自己却不在家，和一个男人出去旅游。这件事加重了多纪的思想负担。

柚木对多纪说：

“我们应该能赶得上十一点半的新干线‘光’号列车。所以三点钟之前就能到大阪。隆彦能坚持一昼夜，应该问题不大。”

柚木在鼓励多纪，可是此时他心里是怎么想的呢？

现在躺在病床上的隆彦是杀害他儿子的凶手。隆彦因为内讧而受伤，等于是为他儿子报了仇。虽然柚木心里未必会感到高兴，但他的心情一定很复杂。

柚木说：

“到了大阪就立刻联系川岛。虽然浪花医院里没有他直接认识的医生，但也许他会有什么办法。”

“谢谢！”

多纪始终低着头。

汽车穿过山间和城镇，十一点二十分到达了小郡，离十一点半的新干线“光”号列车只剩十分钟的时间。两人很幸运地买到了软席票。

柚木在小郡买了三份大报社的报纸。

他悄悄把报纸递给多纪说：

“大概是这条消息吧？”

也许是因为内讧的消息不怎么稀奇，只是在社会版面的下方登了标题为《大阪发生内讧》的一个简短的报道。报道说：

十四日上午五点半左右，在大阪市天王寺区上本街第六街道的清水公寓八号室，原京都大学学生辻村隆彦（22）遭到四个年轻男子的袭击。头部和胳膊等处被铁管击打，伤势严重。袭击者丢弃带去的四根铁管逃往西成方向。

天王寺警署在作案现场周边搜查时，发现一名在附近徘徊的可疑男子。目前正调查该男子是否与袭击事件有关。警方拒绝透露详细情况。

大阪府警局内讧取缔对策室和天王寺警察署认为是过激派之间的内讧，目前正在进行搜查。据称，进行袭击的团伙成员年龄都在二十二三岁，看样子像是学生。几个人都身穿牛仔裤。

另外，目前辻村隆彦处于昏迷之中。他是去年秋天发生于京都七条的内讧杀人事件的嫌犯之一，目前正在全国对其进行通缉。

读完报纸上的报道，多纪捂着额头闭上了眼睛。

事情已是确信无疑的了。

而且，既然全国性的报纸上都登载了，那么京都的报纸上肯定也进行了大肆的报道。

“光”号列车基本上准时于十二点十分到达了广岛，停靠两分钟。列车从车站开出后，柚木问多纪说：

“医院里有你家里的人陪着吧？”

“好像我妈妈在那里。”

多纪想象起柚木和森子见面时会是什么情形。

两人见了面不知会是什么样的结果。多纪觉得双方见面后一定会发生冲突，但她又觉得现在离开柚木，自己会感到无依无靠。

“我去给川岛打个电话。”

说罢，柚木起身朝有电话室的六号车厢走去。

车窗外是阳光明媚的山阳地区的原野和城镇。山阴地区盛开的樱花，到了这里已经凋谢一半了。

多纪觉得不可思议。隆彦伤势严重，可山阳地区的原野却阳光明媚。她觉得她一个人的悲伤和眼前的情景完全是两个不同的世界。

当列车过了又一个小镇子时，柚木回来了。他对多纪说：

“刚才和川岛联系上了。他说浪花医院好像在天王寺。他认识那个医院的外科主任医师，说马上和那个主任医师联系。”

“麻烦您了。”

现在，柚木是她唯一的依靠。

“那样的伤，手脚不重要，关键是头部。我觉得只要头部没问题就有办法救治。”

听说柚木的儿子也是由于头部的致命伤而死去的。

柚木鼓励多纪说：

“那家医院是公立的大医院，所以你不用担心。”

多纪听后点了点头。

下午两点十几分，列车到了新大阪。

两人一出火车站就叫了辆出租车朝浪花医院赶去。

列车到冈山时还是晴天，后来天阴了起来。到大阪时，天阴得更重了。

多纪难以相信在这片阴云笼罩下的大阪，这座庞大的城市里，隆彦正奄奄一息地躺在医院中。在这样喧嚣的大城市里，过去隆彦好像隐藏得不错，看来好像又和谁结下了仇恨。

出租车从大街拐进医院的大门时，多纪看见医院门口左侧的停车处停着一辆警车。

多纪一下子胆怯起来。她看了看柚木，柚木默默地下了车。

也许警察是为了防备隆彦住院期间再发生事故。

进出医院的人都面带不安地看一下警车。

多纪低垂着眼睛跟在柚木身后进了医院。她感觉好像自己做了什么坏事似的。

在入口处的服务台，柚木向保安打听了隆彦的病房。

听说是去探视隆彦，保安好像有些警惕了起来。站在门口旁边的警察见状来到两人面前。警察年纪在三十岁左右，脸长得很端正。他问两人说：

“你们和他是什么关系啊？”

柚木替多纪对警察解释说：

“她是被害人的姐姐，叫辻村多纪。刚刚从旅行地赶回来。”

警察仔细看了看多纪，然后把她的姓名住处记到本子上，又看了看柚木说：

“你呢？”

“我不过是陪她来的。”

警察冷淡地对柚木说：

“那请你在这里等着。”

说罢，警察看了一眼多纪说：

“跟我来。”

多纪回头看了看柚木，然后跟着警察往里边走去。

医院的病房楼好像是在老楼边又接了新楼。病房楼深处的走廊和墙壁都是崭新的。

从走廊的尽头向左拐，乘正对楼梯口的电梯来到三楼。隆彦的病房在走廊最里面的左侧。

隆彦好像住的是单人病房。靠门口的地方有两个警察，对面拐角处有一个穿便衣的人。虽然穿着便衣，但一眼就能看出是警察。

带多纪来的警察在病房门口停下来，和站在门口的同事说了些什么，然后说："你看可以吧？"说罢就走了。

年轻的警察对多纪说：

"请允许我搜一下身。"

说着，警察摸了摸多纪的肩膀和衣袖。然后又检查了她的旅行箱。

病房的门上贴着一张纸条。上面写着"谢绝探视"，署名主治医生。多纪看了看门上的纸条，然后慢慢地把门打开。

顿时，房间里所有的人都转身把目光投向了多纪。

多纪首先看到的是两张陌生男人的脸，再往里是安代的脸，然后是一张白色的病床。

看见多纪进来，安代喊了声"小姐……"说着跑到多纪身边说"隆彦他……"话没说完就哭了起来。

眼前的两个男人看样子像是便衣警察。两人走近多纪，不顾不停哭泣的安代，对她说：

"规定病房里只能有一位病人的亲属。所以请你抓紧时间……"

多纪点了点头，轻轻走到病床前。

这是个单人病房，病床摆在靠窗户的地方。多纪看到病床时，一时难以相信躺在病床上的人是弟弟隆彦。

仰面躺在病床上的病人，脸上缠满了白色的绷带。勉强露出来的鼻子里插着管子。多纪想喊一声"隆彦！"可她又觉得这真的是隆彦吗？她只能从露出的鼻头和有些"地包天"的嘴唇去勉强判断眼前的病人是不是隆彦。

多纪从枕头边仔细地看，然后又轻轻贴近脸看。从绷带的缝隙里，她发现隆彦眼睛闭着，一点也不眨动。不知他是不是睡着了。也不知他有没有意识。

只有他那微弱的喘息似的呼吸才证明他还活着。

多纪想喊声"隆彦……"却喊不出声。她把手放在隆彦的额头上，她想问问隆彦是不是被打得很重，头部和面部伤到了什么程度。但她又害怕问。

身后的安代带着哭腔说：

“隆彦太可怜了……他一定很痛苦……”

让多纪感到不可思议的是，此时的她还没有切身感受到悲伤。眼前活生生的绷带和绷带下那看不见的表情，让多纪感到不安。此时，疑惑超过了她内心的悲伤。

安代告诉多纪说：

“说是小姐下午到。我就急忙来了。您母亲昨晚在这里陪了一个晚上，说有些累，刚刚才回去。”

多纪听罢默默点了点头。

多纪不知道该如何向安代和森子道歉。她只有默默地乞求她们原谅。

安代说：

“隆彦要是能这样坚持下去就好了。”

多纪像是对周围的人宣告似的坚定地说：

“我今晚要陪在这里。”

“这哪儿行啊！您刚旅行回来，让您陪护病人太过分了。今晚有我陪护，您还是回若王子好好休息吧。”

“不要紧，安代你回去吧。”

“这可不行。小姐还要去工厂，大阪又远。您不用担心我。说实话，比起在若王子和您母亲待在一起，还不如住在这旦好。”

不知安代这话究竟是什么意思。是不是自己不在家时，因为隆彦的事情，和森子又争执了。

但是，这种场合，多纪没工夫去问安代这些事。

“安代，那，要不这样吧。请你先在这里陪着。我回京都一趟，晚上我再来。”

“其实，这里如果有什么情况，我会马上给您联系的。所以今晚您还是在那儿好好休息吧。”

“反正我会回来的。我回来之前就拜托你了。”

多纪再次看了看隆彦的脸，然后朝门口走去。这时站在门口的便衣警察挡住她的去路说：

“您是病人的姐姐吧？是这么回事儿，我们想询问一下关于您弟弟的事情。您能不能跟我去警署一趟？”

警察的话说得很客气，但语气里带着不容商量的味道。

“现在就跟您去吗？”

“从昨天开始，我们一直在等您。”

多纪想拒绝，但话很难说出口。待在这里的警察，从一定意义上既是弟弟的受害者，又是弟弟的保护者。

“我刚刚旅行回来，有些过于匆忙……”

“用不了多长时间。如果您不介意，在这里询问也可以。”

警察把话说到这个份儿上，多纪实在难以拒绝。她问警察说：

“我有些工作上的事情需要联系，所以您看能不能让我出去一下呢？”

“如果您保证回来，出去一下也可以。”

大概知道多纪不像是个要逃跑的女人吧，警察的态度比较温和。

“那，我一定会回来的。”

多纪对警察鞠了个躬，走出了病房。

病房外面，三个警察仍然无所事事地站在那里。

多纪逃跑似的穿过三个警察朝电梯走去。

她想快点见到柚木，必须和他商量今后的事情。现在，柚木是她唯一能够依靠的人。

下了电梯，多纪一路小跑朝医院正面的大厅跑去。

只见柚木坐在大厅靠门口的椅子上等她。柚木问多纪说：

“情况怎么样？”

多纪不知从何处说起。她告诉柚木，反正隆彦从头到脸都裹着绷带，昏迷不醒。

柚木告诉多纪说：

“本来我想见见这里的外科主治医生，但他好像现在正开会。说是傍晚回来。所以，我想等他回来后去见见他。”

“那您回去的事咋办呀？”

“到了这里，离东京就很近了。晚上八点半之前都有新干线的。”

听了柚木的话，多纪心里感到踏实了许多。但不能总这样留着柚木。

“刚才警察说想问我一些情况。”

“你弟弟始终不在家。再怎么询问家属，不还是一无所知吗？”

柚木一脸的不高兴，看样子他也曾经被警察询问过。多纪问柚木说：

“回答完警察的问话，我想回京都换换衣服。老师您……”

“估计那个主治医生快回来了。我就在这一带转转。”

多纪想换换衣服放松一下，但也许自己换完衣服回来时就见不到柚木了。

她主动邀请柚木说：

“咱们去那里喝点茶吧。”

天王寺这一带有各种各样的商店，很热闹。可能有些像东京的新宿和浅草的混合体。两人从医院出来，来到了两百米外街道拐角处的茶馆。

两人面对面坐下，要了咖啡。柚木问多纪说：

“累了吧？”

多纪想起还没有对柚木带她去旅游的事表示感谢，就说：

“不，旅游得很愉快。非常感谢您。”

“家里出了这么大的事情，我却拉着你去旅游。好心反而办成了坏事。”

“您说哪里话呢，只不过是个偶然的巧合而已。”

多纪虽然嘴上否定了柚木的话，但她内心却觉得，两人旅游的途中隆彦出事，是某种命运的安排。

两人默默地喝着咖啡。双方都想说些什么，但一旦要开口时，隆彦的事情就像石头一样压在心头。

“咱们走吧。”

“您现在就去呀？”

“说是主治医生四点回来。你那边警察询问的事儿结束后，我们还在这里会面吧。”

“那，我们还能再见面了？”

柚木点了点头，拿起了结账单。

和柚木分手后，多纪又回到了病房前。

门口的便衣警察看到多纪，告诉她说：

“我们在这里借了个房间。”说着打开了隆彦病房旁边房间的门。

这个房间也是单人房间。大概是病人刚刚出院，房间里床上摆着床垫，旁边有一个沙发。

警察把床头柜搬到沙发前面，又在对面摆上一把圆形椅子，然后示意多纪坐到椅子上。

警察对多纪说：

“请把你知道的如实告诉我们。”

警察看上去有四十二三岁，年纪和柚木差不多。也许穿上制服显得很威风，但穿上西装后，看上去和一般的男人没什么区别。

他对多纪说：

“你弟弟受伤这事儿，对你也是个大灾难啊。”

警察点上一支烟，问多纪说：

“听说你在京都经营一家扇子厂并兼营批发？”

接下来，正式开始询问。

多纪按照警察的要求，对自己所知道的事情如实地进行了回答。现在隆彦已经重伤在身，没有必要再隐瞒什么，事实上也没有什么可隐瞒的。事到如今，即便是隐瞒，隆彦的情况也不会好转，他的罪行也不会减轻。

开始时警察只是围绕隆彦进行询问。后来又问到多纪工厂的状况及她的交友情况。

多纪问警察说：

“我的这些情况是调查必需的吗？”

“并没有直接的关系。但也许有某种参考价值。”

“关于我的情况，我觉得没有必要回答你。”

警察讥讽多纪似的说：

“你是个性格刚强的人。所以才当上经理的吧？”

说罢站起身说：

“那，今天就问到这里吧。”

时间已是下午五点半钟。多纪给警察施了个礼后走出房间，快步朝医院前面的茶馆走去。

虽然已经离开了警察，但多纪总觉得浑身都被警察的眼睛在盯着。

多纪推开茶馆的门钻了进去。发现柚木坐在最里面的位子上在看报纸。

自己比约定的时间晚到了半个多小时，看样子柚木已经在茶馆等很久了，桌子上的烟灰缸里有四五个烟头。柚木对多纪说：

“我刚才去见了这个医院的外科主治医生。看样子隆彦的伤势的确很重。”

“那，具体情况怎么样啊？”

“头颅内有大量出血。而且左眼好像被弄破了。”

“那，是不是会失明啊？”

“会不会失明还不太清楚。”

虽然柚木也是搞外科的，但在这方面是门外汉。看样子他也不清楚。

“另外，隆彦的胳膊和腿好像也有骨折。但如果头部的伤势不稳定下来，胳膊和腿部的伤好像就没办法治疗。”

听了柚木的话，多纪吓得闭上了眼睛。

“总之，好像这一两天是关键时期。”

“这么说，隆彦也许就没救了……”

“医生倒是说他年轻，也许有救。”

按照目前的情况，似乎不是失明和残疾的问题，而是能不能保住性命的问题。

“这里的外科主治医生和川岛很熟，他说他会尽力而为的。”

多纪给柚木鞠了个躬说：

“谢谢您！”

但眼下多纪还没有工夫去对外科主治医生表示感谢。隆彦严重的伤势让多纪感到惊慌失措。

柚木叹息说：

“隆彦他们也太胡来了。”

柚木自己的儿子也是由于内讧而死的，也许这让他感受更深些吧。

多纪问柚木说：

“我现在能回京都一趟吗？”

“我想隆彦的病情短时间内不会有突然的变化。不过，你要回去的话，还是快点回去为好。”

多纪想快点动身回去，但她却不想站起身。她感到浑身瘫软，直不起腰来。

“那，咱们走吧！”

在柚木的催促下，多纪才好不容易站了起来。

柚木问多纪说：

“你是从梅田走，还是坐新干线走？”

“老师您呢？”

“我乘新干线……”

“那么，请让我陪您到京都吧。”

现在，多纪想尽可能和柚木在一起多待一会儿，哪怕是一分钟也好。这固然是由于对柚木的爱，但更主要的是她担心自己一旦离开柚木，会突然崩溃掉。

就这样，两人在新大阪车站乘上了新干线。列车六点二十开出，十五分钟后到达京都。

眼下的多纪憎恨列车怎么开这么快。

列车快要进站时，多纪站起身来。

柚木也站了起来。他对多纪说：

“路上小心。大家会尽量抢救隆彦的，所以你也不必过于担心。”

多纪默默点了点头。

她想对柚木带她出来旅游表示感谢，关于今后的许多事情也想和柚木商量。但此时的她无论和柚木在一起待多久，也难以用语言来表达自己的想法。

“有什么事，请随时给我打电话。打到我家也没关系。”

多纪点了点头。心想自己是不是要柚木和自己在大阪住一个晚上。

多纪在隆彦病床前整整守护了三天三夜。工厂里的事情都交代给了吉冈，通过电话联系勉强维持着。

森子和安代都劝多纪说，大家轮流着陪护隆彦，让她回家休息休息，但都被多纪拒绝了。她想通过彻夜不眠地看护病人，通过自虐，来赎自己和柚木外出旅游的罪过。

从受伤到现在已经过去四天了，隆彦仍然没有意识。无论白天或夜晚，始终处于昏睡状态。虽然有时也会移动胳膊或抖动一下嘴唇，但好像不是有意识的行为。

隆彦处于绝对安静的状态，胳膊和腿部上着夹板，没有进行其他治疗。大家就这样静等着他恢复意识。多纪一个人哭着为隆彦擦拭出汗的身体，为隆彦接尿。

没想到自己会这样照顾比自己小七岁的弟弟。

要是现在母亲在这里会说什么呢？要是父亲在这里会怎么看呢？

她觉得他们看了同样会很悲伤，但有父母在场，也许自己就不至于感到这样孤独无助。

如果这个世界上唯一和自己有血缘关系的弟弟死了，那多纪就真的是孤独一人了。

为什么母亲他们走得那样早呢？

多纪忽然觉得病中的弟弟很可恨。也许他是想通过尽情胡来的方式早日得到解脱，然后去见父母吧。

但是，尽管如此，在这样一个痛苦的时刻，得不到父母看护的弟弟也令人同情。即使他现在没有意识，但他肯定希望得到母亲的看护。

现在，多纪想替父母看护弟弟。她想从母亲的角度去考虑问题，按照母亲的想法做事情。

然而，虽然多纪想这样做，但关键是她本意却希望有父母在场。当她看护累了的时候，就不由得会喊母亲的名字。

多纪的这种想依靠父母的心情，导致她想通过和柚木打电话来得到慰藉。

因为隆彦的事而去寻求柚木的安慰是不应该的。但多纪全然忘记了这些，安心于柚木这个巨大的靠山。

隆彦住院后的第五天，外科主治医生来到了病房。他劝多纪说：

“虽然你弟弟的病情还不容乐观，但眼下还不会发生突然的事情。所以，你是不是可以回京都一段时间？”

看来外科主治医生对多纪的献身精神也感到于心不忍。

“一旦你弟弟恢复了意识，我马上通知你。”

要是隆彦没有意识，那多纪在不在他身旁都一样。一旦隆彦醒过来，多纪马上赶过来就行了。

但是，多纪想让隆彦醒来时第一眼看到的是自己。她想等隆彦睁开眼时，紧紧抓住他的手，呼喊他的名字。

这也是多纪代替父母应尽的义务。

事件已经过去一周了，可隆彦的病情并没有变化。始终处于昏睡状态，没有意识。

隆彦究竟是怎么回事？难道是忘记了苏醒，在一步步走向死亡吗？

多纪问主治医生关口说：

“您看隆彦的病情怎么样啊？”

关口医生还很年轻，年纪在三十二三岁。他微微低着头寻思该如何回答多纪。那样子有些像隆彦。

“还需要再观察一段，目前很难回答您。”

每次都是这样的回答。按照医生的说法，隆彦原本几乎是没救了。但由于他年轻，心脏的功能强，这才维持到现在。

一周后，多纪决定晚上在医院陪护隆彦，早晨回京都。就像每天从大阪去京都上班一样。

开始时多纪只是带来些换洗的内衣，渐渐地，带来的衣服越来越多，不知不觉占满了病床上方的其中一个柜子。

虽然森子和安代也劝多纪说：“我们住在医院里。你回京都吧。”但多纪坚持要自己陪护隆彦。

每天早晨醒来，多纪都觉得今天隆彦也许会恢复意识。夜晚睡在隆彦的病床边，多纪也会轻轻呼喊隆彦，觉得他也许恢复了意识。有时她会一直盯着隆彦从绷带的缝隙里露出的右眼。

看到隆彦轻微地眨眼，轻轻抖动鼻翼，多纪就感到隆彦是不是有了意识。但隆彦并没有明显的反应。

喊隆彦的名字，他也不回答，始终处于昏睡状态。

实在忍受不住寂寞的多纪就给柚木打电话。她告诉柚木说：

“隆彦还是一句话都不说。”

说着在电话里哭了起来。柚木告诉多纪说：

看样子伤到了大脑深部，所以恢复意识可能需要时间。”

柚木的话比主治医生说得亲切。她问柚木说：

“隆彦不会永远这样昏睡不醒吧？”

“我想不会的。”

“需要多长时间才能恢复意识呢？”

“总之，要等脑部的出血慢慢吸收，把脑压降下来。所以急不得。”

“可是，已经过去一星期了。”

对主治医生不能说的话，可以说给柚木听。

“你不能放弃，要耐心地等待。”

通过和柚木打电话，多纪的心情多少轻松了些。她问柚木说：

“您下次什么时间来大阪啊？”

“五月初有个长假，我想那个时候去。”

“您快点来吧。”

“可是，你弟弟病成那个样……”

“所以才想请您快点来啊。”

对别人不能说的任性话，多纪都会说给柚木听。

三天后，医生对隆彦断了的右臂和左腿做了手术。

虽然隆彦依然没有意识，但不能让他的骨折一直这样下去。

下午，隆彦被推进了手术室。进手术室前和出手术室后的隆彦，看不出有打麻药的迹象。

主刀医生对多纪解释说，因为隆彦没有意识，没有痛感，所以也没必要给他打麻药。但多纪总感到有些难以接受。觉得好像隆彦受了虐待似的。不过，这似乎是多纪个人多虑了。在对隆彦的胳膊和腿做手术的同时，医生还拿掉了隆彦受伤的眼部的绷带。只有动过手术的头部还仍然被网状绷带包裹着。

眼皮上还有两处刀伤，伤口周围肿胀的皮肤呈黑色。不过，眼球好像没有什么问题。多纪觉得隆彦可能不会失明，但医生却说没把握。

虽然从外表看没什么问题，但是医生认为眼角膜以及里面的视神经等有可能受到了损害。总而言之，在病人没有恢复意识之前，似乎很难做出正确的判断。反正头部的伤属于脑外科，四肢的骨折和外伤属于整形外科，眼部的伤属于眼科。这样一来，光每天的查房都要来好几个医生。

所幸隆彦的内脏没有受伤，这似乎是他能维持到现在的原因。但隆彦也太能睡了。乍一看去，他似乎睡得很舒服。

不过，和正常人的睡眠不同的是，即使是白天，隆彦的眼睛时不时会睁开。他睁着眼睛朝周围巡视。旁边的人以为他苏醒了，就问他话。但他什么也不回答。

看来隆彦虽然转动眼球，但和他的意识无关，只是随便转动而已。

每当看到隆彦转动眼球时，多纪就会给柚木打电话。

“他睁着大大的眼睛，在看着我。是不是恢复意识了呀？”

“可是，他不是什么话也不说吗？”

“是不是他想说话，但因为语言神经受了伤说不出来啊？”

“你说的情况也存在。但如果有意识的话，即使他不会说话，也会转动眼球，眼神里会带有情感的。”

听了柚木这么肯定的话，多纪又没有了信心。即便是喊隆彦，他也只是看着某个方向，呆呆地一言不发，也不会朝喊他的人点头。

“隆彦会这样昏睡多久呢？”

多纪每次都会问柚木这句话。

每当多纪这样问柚木时，柚木就会简单地回答她说：

“总之，需要耐心等待。”

从柚木简短的话语里，多纪感觉到隆彦的事态似乎很严重，心里非常不安。

又过了一周的时间，隆彦的病情依然没有变化。

原以为隆彦什么都不吃，身体会一个劲儿衰弱下去。但他的身体看上去并没有明显的消瘦，这可能是因为打点滴的注射液里含有各种营养的缘故吧。也许是因为脸颊有些浮肿，隆彦看上去到是比原来似乎还胖了些。

隆彦受伤已经半个多月，四月份马上就要过完了。

这样拖下去，多纪也无法一直这样在病床边陪着隆彦。

刚开始时，隆彦的情况生死不明，多纪感到很紧张。可随着时间的推移，她紧张的心情也慢慢缓和了下来。

吉冈不断劝多纪说：

“这样下去，你身体也吃不消的，我这边也有些不方便的事情。

如果隆彦的病情像目前这样没有什么突然的变化，你是不是回京都来，请安代小姐或森子夫人替替你？”

的确，照目前多纪的状态，即便去工厂上班，连半个经理的作用也起不到。好久没有联系和招待银行及老客户了。

到了五月初，多纪终于接受吉冈的建议，决定回到若王子的家。从内心讲，多纪想再陪护隆彦一段时间。但身为经理，她不能由着自己的性子做事。

一回到家，疲劳的感觉顿时向多纪袭来。连续好几天，多纪都是一下班就回家休息。

多纪回家后，由安代替换她去医院陪护隆彦。森子也说要去医院陪护。但多纪觉得让继母去为隆彦擦屎擦尿不太合适。十六岁开始做舞伎的森子，一直生活在烟花巷里。让她照顾一个大小便失禁的病人，似乎有些太难为她了。

浪花医院不需要病人家属陪护，院方安排的有全陪护工。所以，并不是非得要安代去陪护隆彦。但多纪觉得没有一个熟悉的人陪护在身旁，隆彦就太可怜了。

医院安排的护工，照顾病人的技术熟练，特别是照顾一个没有意识的病人，病人又不会挑什么其他毛病，应该很容易照顾的。但正因为这样，多纪才想让像安代这样熟悉的人去陪护隆彦。

安代也明白多纪的心思，所以白天基本上由护工照顾隆彦，安代只有夜晚陪在隆彦身边。

事实上，如果不这样做，安代就会因过于劳累而坚持不下去。

回到京都后，多纪对银行及老客户一一进行了拜访。大家众口一词地表示同情说：“你太不容易了。”

其中有的还给多纪寄来了慰问信，多纪也向他们表示感谢。

“那，你弟弟现在情况怎么样啊？”

多纪鞠着躬，只是简单地告诉对方说：

“托您的福，看样子问题不太大。”

去年秋季，当隆彦被作为内讧的主犯遭到警察通缉时，多纪感到脸上很无光。但周围的人并没有多说什么。银行方面在对工厂的贷款上，一时间感觉有些提高了警惕，但很快就恢复了正常。老客户的态度也没有明显的变化。

也许是因为当时报纸上主要报道的是事件和受害人，而作为加害方的隆彦的名字却不怎么显眼。但也可能是由于人们不知道对加害方的家人该说些什么。

但这次的事件，报纸上隆彦的名字很醒目。有的报纸上还写着“元京大学生”。甚至有的报纸上还清楚地写着“从事扇子的制作和批发的‘辻村’”等。

正因为是地方性的报纸，关于这个事件的报道很容易引起人们的注意。也许因为这次隆彦是受害人，所以人们见了多纪话容易说些。

周围的人都很亲切地对多纪说：“您辛苦了。”“您弟弟太令人同情了。”其中有的人甚至忘记了隆彦曾经是加害方，对多纪说：“那些人实在太过分了！”

不过，他们这些话，表面上是对隆彦表示同情，实际上是同情多纪。人们同情多纪，觉得她有这样一个令人头疼的弟弟一定很辛苦。

他们的话语里也许还包含有放心感。觉得这样一来，做坏事的隆彦弟弟今后会稍微老实些。其中有些人的话语里还流露出“隆彦受重伤是必然的”这样的心情。

对于这些人，多纪都一一鞠躬表示感谢。但她心里却想大声对他们喊叫：“请你们不要再说了！”

她不需要同情和慰问，也不需要亲切的语言。她只想让这件事平静下来。

这是个古老的城市。正因为这样，风俗人情的事很麻烦。一家出了事，就不单单是一家的事了。虽说近来情况有所变化，但古老的风俗人情依然存在。

这样的风俗人情，一方面是人们的精神支柱，但同时也是人们的精神负担。

森子叹息说：

“大家都给我打招呼安慰我。让我感到很没面子。我都快没法出门走路了。”

多纪向森子道歉说：

“对不起！”

森子急忙说：

“这又不是你的错。”

虽然和隆彦没有血缘关系，但森子形式上是隆彦的母亲。所以多纪不应该说道歉的话。按理说，应该道歉的是森子。

虽然觉得多纪道歉有些不合适，但此时的氛围又让多纪不能不道歉。虽然多纪和森子生活在同一个家中，但两人心里却有相当的距离。

森子小声说：

“俗话说，闲言碎语两个半月自然消。所以快点过去这段时间就好了。”

如果闲言碎语真的过两个半月就会消失，那时间过得快一些是最好不过了。但隆彦受伤的身体和多纪的心情真的会随着时间的推移得到恢复吗？多纪对此毫无把握。

第九章

正午的原野

柚木说到五月的黄金周时来京都，但他最终没有来。

当初计划五月三号下午来，三号、四号在京都住两天。甚至连乘下午一点的“光”号新干线这个出发的时间都清楚地告诉了多纪。

如果乘一点钟的新干线，那就是下午四点到京都。将近三点钟时，多纪正准备去车站接柚木，这时森子来喊她说有一个叫柚木的先生给她打电话。

虽然森子说话的语气很平静，但从她的眼神可以看出她在窥探多纪的反应。

由于隆彦出了事儿，和武藤的事情就一直拖了下来。

虽然多纪当初说从津和野回来后就给对方回话，但至今也没有任何说法。一方面，多纪一直在医院陪隆彦，再说，出了那样的事情，森子也许不好意思提多纪和武藤的婚事。

就这样稀里糊涂地过了一个月。

森子问多纪说：

“把电话转到你屋里吧？”

“不用了。”

多纪不让森子转电话，来到客厅里的电话机旁。电话听筒里马上传来了柚木的声音。

“实在遗憾。今天去不了京都了。”

“发生什么事情了？”

“从前几天开始，我胸部不太舒服。”

“胸部？”

多纪忘记了森子就在旁边，大声问柚木说：

“那，不要紧吧？”

“休息了几天，好了一些。我想趁你还没从家出来，打电话告诉你一声。好容易有这么个空闲又去不了，非常遗憾。”

“那倒没关系。不过，您现在情况怎么样啊？”

“我想问题不太大。也许是心脏有些问题。”

“真的吗？”

“以前也出现过类似的情况。”

“您要多加小心啊。”

关于心脏方面的病，多纪不大懂。但她曾听说，得心脏病的人说死就死。万一柚木得的是心脏病可怎么办？想到这里，多纪感到一阵眩晕。柚木在电话说：

“我打算如果明天情况稳定下来的话就去京都。”

“您不必勉强。要好好静养。见面的机会还很多。”

“昨晚实在太累了。”

“昨晚您干什么了？”

“学校让我担任学生部长，和学生集体谈判，一直谈到今天早晨。”

“您不能这么劳累呀。”

“没有一个人愿意担任这个学生部长，没办法……”

多纪还是第一次听说柚木在当学生部长。

柚木话语不多，很少对多纪谈他自己身边的事情。但多纪觉得还是应该把担任学生部长这样的事情告诉自己的。

上次医务室的人出的事情，柚木也什么都没给多纪说。也许柚木是怕多纪知道了会为他担心。但是，女人对心爱的男人所说的事情都是感到开心的。即便男人说的是一件很麻烦的事情，但女人会因此觉得男人把她当作依靠而感到放心。

也许是柚木懒得跟多纪说，也许是觉得那样的事情告诉女人或孩子也没什么用。虽然多纪讨厌话多的男人，但像柚木这样什么都不告诉她，反倒让她觉得自己好像是个多余的人，心里感到有些凄凉。

“是不是学生提的条件很苛刻啊？”

多纪曾听说有的教授被自治会的一群学生吊了起来，有的教授累得倒在地上爬不起来。柚木又要搞研究，又要搞临床治疗，还要忙着处理一些事情的善后工作。现在又受那些学生逼迫。想到这些，多纪感到坐立不安。

“您不要再做那些工作了。”

“不做不行啊。”

“您要是真的得了病怎么办？”

“情况没那么严重。今天休息一天，明天如果情况好转就去京都。”

“您不要勉强。因为见面的机会还很多啊。”

多纪那样地想见柚木，可此时的她却主动地拒绝柚木。从多纪的话语里听得出，她在生柚木的气，觉得他太任性了。

“好不容易有这么个机会。都怪我不好。”

“您好好休息吧。”

多纪挂断了电话，叹了口气。

多纪感觉浑身没有一点力气。今天一整天，多纪忙的都是柚木要来京都的事。现在柚木不来京都了，她不知道做什么才好。

多纪脑子里空荡荡的，她在想柚木在家休息的情形。

在寝室，也许是在里面的客厅，柚木穿着睡衣躺在那里。他静静地躺着。旁边是上次夜间守灵时见过的他的妻子。

那个曾冲多纪喊叫“滚！”的妻子，此时正坐在柚木旁边，在看着他的脸。

“随他的便。”

过了一会儿，多纪嘴里这样嘟囔着猛地站起身来。

她把刚才拿出来的和服又重新放进衣柜的抽屉里，穿上白色上衣和白色的喇叭裤，然后提着装有弓箭和射箭衣的提包离开了家。

休息日的下午，初夏的阳光很明亮。左侧是若王子神社里的树林。沿坡度不大的坡道往下走，左边是哲学路。也许因为是黄金周，速水河岸边的小路上游客如织。

多纪看都不看那些游客一眼，快步走下坡道，在永观堂前面坐进了出租车。她告诉司机说：

“请去冈崎的音乐大学。”

说罢，她靠在出租车的靠背上调整自己有些急促的呼吸。

多纪有些心绪不宁，觉得想跑到一个什么地方去。

一想起柚木现在正在妻子的陪护下休息，多纪心里就难以平静。她不知道自己如果一直待在家里会做出什么事情来。她难以控制自己的情绪。大街上人还是那样多。出租车穿过人流，从平安神宫旁边拐过去，来到了音乐大学的正门前。

多纪下了出租车，径直朝右侧里面的武德殿走去。

那里有一个射箭场。

多纪和槙子一起来过许多次。真正喜欢上射箭是前年的事了。过去她每周都来这里一次，可最近一直没来过。上次射箭晋级考试，槙子考过了四级。而多纪始终还停留在初级上。

尽管如此，去年这个时候多纪一个月还来一次。而这半年她一次也没来过。

可今天她突然想来这里射箭。

这倒也没有什么特别的理由。如果硬要找个理由的话，也许是因为她想起了柚木在妻子的身旁休息的情景。

她想，也许自己果断地拉弓瞄准箭靶时，眼下的心情会平静下来。

多纪走进射箭场，发现里面已经有四五个人在射箭。都是些男人，也许他们是因为休息日想来这里流些汗。

多纪去武德殿里面的更衣室换了衣服。弓箭和射箭服都快一年没碰了，沾满了灰尘。

射箭很注重文明礼貌。比起射中靶子，更重要的是通过练习射箭学习礼仪，磨炼操守。

多纪换上射箭穿的衣裙，戴上射箭用的皮手套，拿着弓箭来到射箭场。

有三个男子正站在那里射箭。多纪在他们身后的凳子上坐下来等候。

多纪静静地坐在那里，看着前面的人拉弓，她的精神渐渐紧张起来。也许这就像相扑里交手前摆的架势吧。

柚木的事情、隆彦的事情、工厂里乱七八糟的事情，渐渐从多纪的脑子里退去，她脑子里此时只有射中目标这一件事。

不久，三个男子射完了箭，他们朝在等待的人鞠了个躬退了下来。多纪他们坐到了相应的座位上。

右侧的人首先站起身来搭箭拉弓。

多纪觉得以前好像见过眼前这个三十四五岁的男子。当时他的水平和多纪差不多，时常射不中靶子，而如今射得很准。

那个男子射完后，接下来是一个四十来岁的人。他的射姿很好，看样子肯定是三段。看着看着，多纪后悔自己今天不该时隔一年突然来练射箭。

自己又没有好好练习，怎么凭一时的意气就来射箭了呢？

但既然来了就不能这样跑掉。

前面的人射完了箭，轮到多纪了。刚站起身时，多纪还担心自己会心慌意乱。可当她站到了射箭的位置上时，就没有了那种害羞的感觉。

多纪知道周围的人都在全神贯注地看着她。他们似乎对射箭练习场难得一见的女性很感兴趣。

不过，多纪仅仅是在做射箭准备动作的短短几秒钟里感觉周围的人在看她。

不久，多纪把弓垂直于胸前，松开弦，搭上箭。她吸了口气，然后慢慢地开始拉弓。

二十八米外的箭靶位于多纪的正前方。

多纪眼睛盯着箭靶缓缓地拉弓。此时的她，眼睛里只有箭靶上的黑点，看不见箭靶和插箭靶的土堆。

此时弓弦已经拉到了极限，就剩下松手把箭射出去了。

突然，多纪发现箭靶上的黑点变成了柚木。

柚木从正面看着她。柚木的妻子站在他身后。这时柚木的影子消失了，只剩下柚木妻子的那张脸。

多纪在心里轻声喊叫说："机会来了！……"

眨眼间，箭朝柚木的妻子飞去。箭啪的一声射到了靶子上。

虽然箭头稍微偏离了箭靶的中心点，但还是命中了靶子中间的黑点。

多纪确认了一下箭着点，调整好呼吸后又搭上了第二支箭。每次连射两箭，多纪共射了四次。四次下来，多纪已经有些冒汗了。瞄准目标，使劲拉弓。动作看起来很轻巧，其实需要格外地用力。

射完第十四箭后，多纪停了下来。

虽然有一段时间没有练习了，但结果好得出人意料。坐在教练席上观看的教练走过来说：

"你射得不是很好吗？有段时间没看到你了。是不是很忙啊？"

"是有点……"

"偶尔来练练射箭，可以改变一下心情，不是挺好嘛。"

的确，用力拉过弓箭之后，有神清气爽的感觉。之前闷闷不乐的心情好像顿时烟消云散了。

多纪拉弓射箭时，从靶子上看到了柚木。她把说来而没来的柚木和照看他的妻子当作了箭靶。

多纪把自己所有的感情都凝聚到箭头上一下子射了出去。

现在，多纪乱糟糟的心情消失得一干二净。这大概是因为她拉弓时倾注了全部的感情吧。

多纪浑身轻松地离开了武德殿。

她来到音乐大学的大门前，微风从茂密的银杏树林里刮过。微风里的多纪在考虑接下来去什么地方。

从今天傍晚到夜里这段时间，原本是留给柚木的。现在她不知道如何打发这段时间。

多纪想去河原町大街随便走走。但一想起黄金周拥挤的行人，又有些心烦起来。

她想给槙子打个电话，但槙子很可能一见面就会问她隆彦的情况。不由得又犹豫起来。

到了这个时候，多纪意外发现自己没有可去的地方。

多纪信步沿大学的围墙朝南走去。走着走着，她忽然想起了武藤。

上次武藤送她回家，她从车里逃了出来。打那以后就没和武藤见过面。后来，武藤通过森子正式向她求了婚，但多纪还没有给他回话。因为隆彦出了事，可能武藤也不好在这个时候问她求婚的事情。

不知为什么，此时的多纪想给武藤打个电话。

自己不想和武藤结婚，可这时又想起了武藤。这是为什么呢？是因为对方无数次固执的求婚，自己不知不觉地动了心吗？要不就是因为柚木没来，自己感到寂寞，从而把自己逼到了武藤一边。

拿不定主意的多纪，在微风里朝平安神宫的方向走去。

隆彦受伤后的第三天，武藤给若王子的多纪家里送了水果和鲜花。

虽然说是对隆彦表示慰问，可武藤和隆彦从未见过面。也许是考虑到与森子和多纪的关系才送水果和鲜花的。这说明武藤是个心很细的人。

水果和鲜花当然是委托店家送来的。但毕竟是对方的一番好意。

即便是从表示感谢这个意义上，现在给武藤打电话也是个站得住脚的理由。

多纪给自己找好理由后，在公用电话亭前面停了下来。她打开手提包，从里面拿出了记事本。

记事本里有武藤公司和家里的电话号码。多纪先拨了武藤公司里的电话号码。确认武藤现在休息没上班后，又给他家里拨了电话。

多纪以为武藤下午这个时候不在家。没想到听筒里很快传来了武藤的声音。

“突然打电话来，是不是发生什么事情了？”

看样子武藤对多纪打电话来感到有些吃惊。

“谢谢您上次送来那么好的水果和鲜花。”

“说哪里话。你弟弟伤得那么重，真是很不幸啊。他现在情况怎么样啊？”

“托您的福，他现在情况还可以。”

“噢，真是太不幸了。”

武藤对着电话点了点头说：

“那，你现在在哪里啊？”

“我在冈崎附近。”

“那，我们见见面吧。我可以马上过去。”

“不，我就是想打个电话向您表示一下我的谢意。”

“可是，我们稍微见一面问题不大吧？你要是在冈崎附近的话，我打车五分钟就能到。冈崎那条街上不是有个叫‘禅味’的茶馆吗，你能在那里等我吗？”

“这可真是，我原本想今天先打个电话向您表示一下谢意，然后改天再找机会见面的。”

“先不要说那么多了。你现在在什么地方啊？”

“我在音乐大学附近。”

“那你不要离开那里，我马上过去。”

武藤说罢挂断了电话。

这样一来，多纪就是想回家也不行了。

多纪站在音乐大学门前的银杏树下等武藤来。她自己也不明白为什么会给武藤打电话。

给武藤打电话时，原本只是想感谢他送来了水果和鲜花。

可如今，自己却像等待恋人似的站在这里。

都说男人脸皮厚，说女人招架不住脸皮厚的男人。可不喜欢还是不喜欢。

说实话，多纪并不讨厌武藤，但又谈不上喜欢他。这个她理应不在意的男人，不知何时已深深地进入到她内心。

当然，这并不是武藤强行进入的。不可否认，多纪心里有时也有想见武藤的念头。

当她感到寂寞时，与武藤见面可以缓解她寂寞的心情。她觉得自己和武藤之间不存在讨厌或喜欢的问题，与他见见面没什么问题。

多纪以为给武藤打电话只是为了感谢他送来了水果和鲜花。但这只是她表面的想法。她内心是想通过和武藤见面来缓解一下自己郁闷的心情。

从某种意义上说，武藤是柚木的替代品。柚木来不了，就和武藤见见面打发时间。

造成现在这样的结果，从根本上说都是柚木的错。都是因为柚木生病，让他妻子在旁边守护着，才使自己现在和武藤见面。

多纪正在这样想着，这时一辆白色的跑车开过来停在了她左边。

武藤从车里探出那张圆脸，朝她招着手说：

“对不起！让你久等了。先上车再说吧。”

多纪想起了上次夜晚发生在车里的一幕。但她还是不介意地坐到了副驾驶的位子上。

“我来得快吧？我是担心你逃跑，所以就急急忙忙赶了过来。”

武藤开车直接把多纪带到了南禅寺附近名叫“禅味”的茶馆。茶馆建在南禅寺旁边的水渠边上，窗户很大。

茶馆看上去档次很高。不过好像也提供简餐。

武藤喝着咖啡给多纪介绍说：

“这里曾经是谷崎润一郎写‘细雪’那部小说的地方。”

多纪过去也多次从这个茶馆门前路过，但这是第一次进来。

"你弟弟住在大阪的医院里，来回很不方便啊。"

话题自然转到了隆彦的病情上。武藤说：

"你弟弟快点康复就好了。"

关于隆彦的病情，现在说得再多也没用。一切全凭医生，剩下的只有听天由命了。

多纪现在考虑的不是隆彦的病情，她想去一个什么地方散散心。想度过一个忘掉隆彦和柚木的星期天的傍晚。她问武藤说：

"武藤君，您能不能带我去哪里兜兜风啊？"

武藤面带怀疑地说：

"你真的想去兜风吗？那，去神户怎么样？现在去那里，可以看六甲山的夜景。"

听说要去的地方在离隆彦住的医院很近的大阪那个方向，多纪感到很郁闷。

"那，要不咱们去爬比叡山吧？"

只要不是往大阪的方向，去哪里都可以。只要能把柚木不在的这段空白的时间打发过去就行。

两人立刻从茶馆里出来，乘停在外面的汽车去比叡山。

休息日的傍晚，上山的汽车很多。

多纪好久没有爬过比叡山了。看着暮色中的山体，多纪吃惊地发现自己的心情变化得太快了。

当初曾提醒自己，只是给武藤打个电话。可如今却坐在武藤的汽车里和他一起在兜风。而且是自己主动提出来的。

自己太任性，太随便了。对自己这种轻率的举动，武藤会怎样看呢？他是不是认为自己是个没准脾气的女人呢？也许他是明知道这一点而和自己交往的吧？

武藤问多纪说：

"我们在山上的饭店里吃点饭吧？"

对任性的多纪，武藤仍然是呵护有加。多纪觉得很对不起武藤。但她又觉得好像对武藤可以提任何过分的要求。

这点和柚木有些不同。虽然对柚木也可以使性子，但柚木内心有忍让的成分。当多纪对他使性子时，总会考虑他的心情，揣摩他忍耐的程度。而对武藤使性子就用不着考虑这些问题，不爱武藤的轻松感让多纪可以尽情地使性子。

两人到达山顶时，夕阳快要下山了。欣赏着西边的落日，两人并排站在那里朝山的谷底扔起瓦片来。

把胳膊横着朝后伸，然后把扁平的圆形瓦片朝前方扔出。瓦片在空中旋转着朝前飞去。开始时多纪扔不好，但经过武藤的指点，很快她扔的瓦片就能朝前飞了。

正在扔瓦片的多纪，不但忘记了隆彦，忘记了柚木，甚至还忘记了站在她旁边的这个男人曾经借给她钱，现在正向她求婚。

扔完瓦片后，两人在山顶附近的饭店吃了晚饭。饭后又开车下山。

太阳已经落山，天彻底黑了下来。横跨琵琶湖的大桥上的灯光像一条光带悬挂在湖面上。

从山上下来到达市区时，武藤邀多纪去北白川附近的保龄球馆。

听说保龄球如今已经不时髦了。可是，大概因为是休息日吧，场馆里几乎座无虚席。两人走到靠边的球道前。经过武藤的指点，多纪发现保龄球其实很容易玩。

多纪扔了三个回合的球，最高才得了九十分，还不及武藤得分的一半。不过，因为有一百分的让分，所以多纪的成绩是一胜二负。

“我们已经活动很长时间了，休息一下吧。”

说罢，武藤又带多纪去了以前曾经去过的有舞蹈家风格的酒吧。

武藤亲自往酒杯里倒上啤酒，举起杯子对多纪说：

“你辛苦了！干杯！”

“谢谢！今天我特别开心。”

多纪现在可以老老实实地对武藤说感谢的话了。

和柚木在一起时，愉快的背后始终有分别的不安。而和武藤在一起时则没有这种担心。可以无后顾之忧地尽情地消遣。

假如今天是和柚木在一起，那就既去不了比叡山也去不了保龄球馆。即使是去了，也许只是看了落日后静静地谈谈这一个月发生的事情。

迄今为止，多纪觉得年龄的差别并不影响自己和柚木的关系。她认为只要相爱，即使两人年龄差上十五岁也没关系。

然而，当和武藤实际接触后，她发现和同柚木在一起时的感觉有些不一样。也许是武藤比柚木年轻十岁的缘故，他的言语行为中透着年轻和热闹劲儿。虽然多纪不喜欢武藤那种凭借自己年轻就强人所难的做法，但如今她却安于武藤的这种安排。

“奇怪！自己怎么……”

多纪发现自己不知何时开始比较起柚木和武藤来。她摇了摇头，想驱散这样的念头。

两人在那个酒吧待了一个小时左右。这时武藤欠起身说：

“咱们再去一家酒吧吧。”

“不，我要告辞了。”

多纪心里忽然想起该回家了。这时的回家，与其说是回她自己的家，还不如说是回到柚木身边。

“时间不是还早吗？”

“可是，已经晚上十点了。”

“是不是我今天说了什么不该说的话让你生气了？”

“今天真的非常感谢您。”

“没必要这么急着回去嘛，再喝一杯怎么样？”

“实在抱歉。今天就……”

多纪这颗暂时倒向武藤的心又迅速地清醒了过来。

武藤面带扫兴地站起身说：

“我们好不容易见一次面，以为可以好好放松一下呢。”

多纪觉得自己实在太任性了。自己没能见到柚木，为了解闷而把武藤喊了出来。一旦自己解了闷，就马上要回去。这的确给陪这样一个任性女人的武藤添了不小的麻烦。

然而，多纪一旦清醒过来，她的心情是难以改变的。刚才还觉得和武藤在一起玩得很开心，现在忽然又觉得和武藤在一起的时间很无聊。

武藤对多纪说：

“那，我送你回家吧。”

“不用了，我一个人回去没关系。”

“请你不要这么防着我。”

也许是吸取了上次的教训，武藤表现得很绅士。他把多纪送到她若王子的家，一本正经地给她打开了车门，问多纪说：

“你下次还能和我见面吗？”

“请您等我的电话吧。”

“不，还是我给你打电话吧。你弟弟要是有什么问题，请告诉我。我会帮助你的。”

“谢谢！”

虽说现在多纪脑子里又想起了柚木，但也不能忘记和武藤在一起的这段愉快的时间。

黄金周过去了，京都的葵叶节也结束了。隆彦依旧像忘记了睁眼似的昏睡不醒。

多纪每隔两天就去大阪的医院看看，但隆彦的情况毫无变化。

多纪和安代面面相觑，彼此叹息。心里在想：

“隆彦这到底是怎么回事啊？”

据警察说，袭击隆彦的同伙属于和隆彦他们的团体相对立的K派。警方已经掌握了主谋的大体情况。但对于多纪来说，这些都无所谓了。

如果这次隆彦康复了，他一定会彻底地脱离他那个团体，洗手不干的。果真如此，那么这次的事件对隆彦来说也未必不是件好事。

如今也只能这样想，等待隆彦的康复。

可是，葵叶节结束后的五月末的一天，当多纪从工厂下班来到医院时，护士来告诉她说：

“关口医生想和您谈谈您弟弟的病情。”

听了护士的话，多纪感到有些不安。

过去，关于隆彦的病情，无论怎样打听，医生从不积极地正面回答。

其原因大概并不是因为对外行人说了也没用。医生不告诉她具体的情况，只是说“再观察一下吧”。

而唯独今天，医生却主动提出要和她谈隆彦的病情。

多纪满腹狐疑地来到办公室。关口医生正在往病例上写着什么。看到多纪进来，关口医生马上指了指里面的沙发说：“请坐！”

多纪默默地给医生鞠了个躬，和关口医生并排坐到了沙发上。

“您今天过一会儿还回京都吗？”

“是的。我原来打算过会儿回京都去的。”

“您很不容易啊。”

关口医生用同情的目光看了看多纪说：

“说实话，这话很难对您说出口。您也知道，您弟弟的病情，这一个多月几乎没有变化。”

……

“作为医生，虽然我们已经尽了全力，但情况实在不容乐观。”

多纪坐直了身子看着关口医生。

“昨天也和各科的主治医生交换了意见。大家认为，照目前的情况，基本可以断定您弟弟成了植物人……”

多纪问关口医生说：

“您是说我弟弟成了植物人？”

“也许您对这个词不太熟悉。植物人的意思就是说，人像植物一样，躺在那里长眠不醒，不会移动。”

人变得像植物一样，是个什么样子，多纪一时还难以理解。医生给多纪解释说：

“简单地说，人可以自己走路、拿东西、跑步。也就是说，人会自己移动身体。但是，如果大脑控制移动的神经受损，人就不会走路、拿东西、跑步了。”

隆彦的确是躺在床上一动不动。

“当然，脊髓神经受伤的人也躺在床上不能移动。但是当这样的人想拿东西时，他能够做出表示，能够表达情感。而植物人则没有移动身体或拿东西的意思。”

“可是，隆彦也经常移动手臂，转动眼球的呀……”

“虽然您弟弟经常移动手臂，转动眼球，可那不是他有意识的动作。这方面的问题解释起来比较困难。人身体里有一种所谓与动物性的动作有关的神经。通过这种神经，人可以有意识地做拿东西、握东西、吃东西这样的动作。医学上把这种神经叫作动物神经。与此相对，还有一种神经叫作植物神经。植物神经负责控制像热了出汗，消化吃进胃里的食物，排泄残渣这样一些生理机能。它和人的意志是没有关系的。人有了这两种神经系统，才能够健康地生活。而您弟弟的动物神经受到了损害。”

“他的动物神经怎么会受到损害呢？”

“消化食物、排泄残渣、出汗这样一些机能，是人维持生命至关重要的机能。所以这些神经的中心隐藏在脑的最里面。而负责表达情感或意志，并把它付诸行动的神经，相对位于脑部的外侧。遗憾的是，你弟弟脑部外侧伤得很严重，很难治愈。”

关口医生的意思，好像是说，受铁管的击打流出的血积存在脑部，损害了负责控制意志和运动的神经。多纪问关口医生说：

“那，影响不影响脑子里面的神经呢？”

“里面的神经问题不大。所以你弟弟的生命才能维持到现在。可是，他脑子外侧负责表达意志及情感，控制运动的神经不行了。”

“这么说，隆彦今后是不是会一直这样睡下去呀？”

关口医生缓缓点着头说：

“很遗憾，我想是的……”

多纪无法想象，隆彦这样一直睡下去，并且还活着会是什么样子。她的想法很单纯。她觉得，如果说是活着，那就可能过一段时间会起来。如果一直这样睡下去，那应该是已经死亡了。

“我不太明白。”

多纪又看了看关口医生说：

“脑子里面重要的神经活着，为什么会……”

“例如，我们为了维持生命，摄入食物是绝对必要的。但是，即便是‘吃’这么个动作，发现食物，并往嘴里送这部分动作是靠自己的意志完成的。而吞咽后的消化、吸收、残渣的排泄则是无意识的动作。所以，我们只要替你弟弟找到食物，并帮他把食物送进他的嘴里，那么你弟弟就可以活下去。”

听了关口医生的解释，多纪基本明白了“植物人”的意思。

看样子，所谓“植物人”，是说一个人虽然生命所需的最低的生理条件得到了保障，但其本人却没有意识。

多纪问关口医生说：

“没有意识，人也可以活着呀？”

“仅就活着这个意义上讲，用大脑思考各种事情，为种种事情而烦恼是第二位的。与这些相比，自然地呼吸，心脏有规律地跳动，消化和吸收则重要得多。”

也许关口医生是为了安慰多纪才这样说的。但多纪听着他的话，又发现了一个更可怕的问题。

“可是，要是无法思考，那……”

“的确，帕斯卡曾经说过，‘人是能够思考的芦苇’。不过，现代医学认为，判断一个人是否活着的最低标准是，这个人心脏在跳动，有生理性反应。手脚的血液在流动，有体温。”

多纪呆呆地看着护士办公室的窗子外面。外面的天已经黑了，周围大楼里的电灯已经打开了。

护士办公室里，上白班的护士都回去了，出出进进的护士都是上小夜班的。已经过了吃晚饭的时间，看来医院要恢复晚间的安静了。

多纪也觉得自己有些啰唆，但她还是再次问关口医生说：

“您的意思是说，隆彦不会再醒过来了？”

“根据以往的情况，还没有恢复的病例。所以……”

“那，隆彦这一辈子都……”

关口医生把脸扭到了一边。那意思似乎在说，虽然嘴上没有明说，但请你从我的表情上去做基本的判断吧。

“总的来说，您弟弟的病情不会迅速恶化。所以请您不要灰心丧气……”

“不会恶化”这句话的背后隐含的就是“治不好”。看样子，关口医生刚才是专拣好的方面说，目的是为了安慰自己。

多纪站起身说：

“那，我就告辞了……”

她觉得再这样待下去，只会让这个看上去很诚实的年轻医生感到为难。

“我弟弟还请您多加关照。”

多纪记不清自己是怎样从护士办公室出来的。

一走进病房，安代就跑过来告诉她说：

“少爷刚刚喊我的名字了！”

“你说什么？”

“他嘴里发出了‘安’这个音，而且还盯着我看。”

“安”是安代名字的第一个字，也许安代是因为这个才觉得隆彦在喊她的名字。而隆彦似乎忘记自己刚才喊了什么，眼睛在看着夜幕里的窗户。

“隆彦！”

多纪喊隆彦的名字，但隆彦的两只眼睛仍然一眨不眨地盲无目的地看着什么。

多纪告诉安代说：

“他这不是有意识的行为呀。”

安代说：

“可是，他明明是看着我的脸喊的。”

“不是的。”

虽然多纪也希望隆彦是真的喊了安代的名字，但她还是使劲儿摇头。听了安代的话，多纪放下心来，这反而让她想否定安代的看法。她告诉安代说：

“刚才医生给我谈话了。医生说隆彦这辈子也醒不过来了。”

“真的吗？”

“医生说，隆彦像植物一样，成了一个一动不动的植物人。”

安代惊叫着说：

“怎么会成为植物人呢？！”

可是，隆彦好像并没有听到两人的谈话和安代的惊叫，依旧一言不发地看着窗户。

关于隆彦的病情，给安代说得再多也没用。当天晚上，多纪一回到若王子的家就给柚木打了电话。

看样子，自从五月初柚木心脏病发作后，他每天回家得很早。虽然多纪也知道这对柚木的身体有利，但一想到要往柚木家里打电话，多纪心里就倍感压力。

通常，好像九点钟过后柚木会在自己的书房里。因此多纪等到九点多才给柚木打电话。

“喂喂！”

听筒里首先传来的是柚木的声音。多纪这才放下心来。

“今天，叫关口的主管医生把我叫去了。他说隆彦成了植物人……”

多纪话说得很急促。可柚木听后好像并不感到特别吃惊。只说了声“是啊”。听他的口气，好像他早就预感到了什么似的。

“医生说隆彦会一直没有意识地那样躺着。真的会那样吗？”

“如果成了植物人，那是很难……”

“难道就没有什么治疗的方法吗？”

……

柚木没有回答多纪的问话。看来隆彦确实没救了。她问柚木说：

“隆彦要是一辈子都那样躺着，我们该怎么办呢？”

“要是那样的话，还是把他转到京都的医院比较好吧？”

“住在大阪的医院不行吗？”

“我不是说医院本身的好坏。今后的治疗是个漫长的过程，京都离家近，各方面不是比较方便些嘛。我想大阪的医院是不会反对隆彦转院的。不过，是不是要给警察那里说说啊？”

单从照顾病人的角度看，转院到京都的确方便许多。

柚木又问多纪说：

“眼下医疗费是怎么支付的啊？”

“大体上是从我们家的医疗保险里出的。”

“那你们也要花不少钱啊。”

这一个月，一方面因为是重症，再加上看护费等，已经花了近三十万日元了。

“你看能不能求求京都川岛在的医院？我也给他说说。”

“可是……”

柚木很肯定地说：

“好啦，还是去他那里好。”

多纪考虑的是如何把隆彦的病治好。而柚木好像已经对此不抱希望，似乎在考虑今后的治疗会持续多久。

考虑再三，多纪最终还是接受柚木的劝告，一周后把隆彦从大阪的医院转到了京都的医院。

通常，医生对患者转到其他医院好像都不大喜欢。不过，像隆彦这样没有意识的患者好像是另当别论的。如果患者是个始终躺在那里一动不动的植物人，也许负责治疗的医生也感到没劲。

从这点讲，对于接收转院病人的一方，肯定是一个很重的负担。照目前的状况，护士也感到很麻烦。

尽管如此，川岛还是很高兴地接收了隆彦。考虑到病人要在医院住很长时间，安排在阴暗的房间里有可能会感到郁闷，因此医院在四楼为隆彦腾出了一个朝阳的单人病房。

不过，这个医院同样认为隆彦已经成了植物人。医生只是告诉多纪说：“总而言之不能着急，得慢慢治”。

多纪也知道，医生的话并不意味着隆彦的病能够治好。她很清楚，隆彦的病是很难治愈的。但如果不这样说，双方都会感到心里很难受。

对于隆彦的转院，警方什么都没有说。既然医生已经宣布隆彦无法恢复意识，那就不可能从他嘴里问出什么新的情况来。自从听说隆彦成了植物人，警方好像放弃了对隆彦的追究。

过去便衣警察时不时地去病房看看。可隆彦转院到京都后，几乎不去了。好像只是偶尔打个电话问问隆彦的情况。

转院到京都才半个来月，隆彦已经有些发胖了。

隆彦刚受伤时，气色很差，面容憔悴，骨瘦如柴。但不知从何时开始慢慢胖了起来，下巴下面重叠了起来。

每天通过从鼻孔插到胃里的管子喂他两次流质食物。看样子流质食物的热量相当高。

由于隆彦躺在那里不动，只是偶尔无意识地移动一下手脚，这些流质食物好像已经足够了。不仅脸上长了肉，肩膀、胳膊和腿部都比原来胖了。

但是，因为隆彦不运动，所以他的皮肤显得很柔软松弛。他又不怎么晒太阳，皮肤白白的，感觉有些浮肿。

因为担心隆彦一天到晚躺着不动会造成心脏衰弱，还会长褥疮，所以多纪每天都把病床的床头摇起来几次，让隆彦坐起来。但仅靠这些是难以避免他肌肉萎缩的。

“要是母亲看到隆彦这个样子，不知会多伤心。”

看着流质食物通过管子流进不会说话的隆彦的胃里，多纪感到很伤心，不禁流出了眼泪。

第十章

正午的原野

进入六月，若王子的树林一片葱绿。早晨站在院子里，感觉仿佛置身于绿色的海洋中。酷暑尚未到来，但白天有时已经热得要出汗了。销售夏扇的季节就要到了。

虽然从春季开始，扇子的行情有回暖的迹象，但离真正意义上的恢复还有很大的差距。业界的主流看法是，扇子的销售不可能再有短期的强劲回升。这样一来，就只有老老实实地靠信誉第一维持下去了。

但是，因为受工人春斗[1]的影响，员工的工资又要增加，材料价格也一个劲儿上涨。而且，首当其冲受经济不景气影响的是扇子这类的装饰品。

过去，天一热，扇子就畅销。而如今扇子的销售基本不受天气变化的影响。似乎由于空调的普及，人们不再需要用扇子来纳凉了。

尽管如此，扇子的销售并非与天气毫无关系。扇子的销售毕竟夏天比冬天好得多。

六月上旬的销售行情，是夏扇销售的晴雨表。常常是开头好，接下来的销售就一路看涨。虽说扇子已经通过批发商到了零售商手里，但一旦夏季的销售行情不好，库存就会相应增加，从而影响来年扇子的生产。

包括多纪在内，整个扇子的业界，都在抱着期待和不安的心情关注着今后一个月扇子的销售行情。

六月初的一个星期天，多纪来到大街上，去百货商店和零售店转了转。

大概因为星期天游客多的缘故，去扇子店的客人很多。其中大部分是女性顾客。虽然她们反复地挑选，但很少有挑选高档扇子的。她们似乎青睐价位在一千五百日元左右，有黄花龙芽或旋涡花纹这类清爽图案的扇子。

但从这样简单的观察来看，扇子的行情好像和往年差不多，既不好也不坏。

当然，多纪所看到的行情与星期天和好天气有关。一旦天气变坏，还不知道行情会如何变化。

从扇子店出来，多纪又去河原街看了看。拥挤的游人让多纪感到有些窒息，于是她在四条街前面进了一家茶馆。

看样子单独来茶馆的女人不多。多纪在靠近门口的一个包厢里坐了下来。慢慢喝着咖啡，刚才在杂沓人流里的疲劳感立刻得到了缓解。然而，她脑子里马上又考虑起工厂的事情来。

1. 工人春季要求提高工资的斗争。

制扇工人涨工资的事和材料的进货方法这两个问题必须马上拿出结论，而且还要考虑扇子的新设计方案。还有隆彦的病要考虑，还得给武藤回话。柚木说他这个月中旬来，不知他到底能不能来。

多纪喝着咖啡，脑子里在不停地考虑着这些问题。

近来，多纪觉得自己有些劳累。

自从四月中旬隆彦出事以来，多纪一直在陪护他。结果医生告诉她说隆彦成了一个恢复无望的废人。

情绪因此很低落的多纪，现在又无法如愿见到柚木。

多纪也曾想对柚木发脾气。但一想到柚木的工作很忙，想到他有家庭，又觉得自己不能随意过分地介入。

工厂在勉强维持着。但工厂只要运转，不景气的影响就会一点点逼近。

自从隆彦出事后，森子和品子与多纪和安代之间的龃龉日益明显起来。且不说隆彦的事情的善恶，隆彦的伤给多纪和安代带来是深深的悲伤。而森子她们好像觉得仅仅是个麻烦。

虽然彼此嘴上都没有明说，但家庭里存在着微妙的不协调。

彼此都觉得很累，但又没工夫去恢复。一旦彼此进行交谈，真实的情绪就会表现出来。双方都害怕这样，于是就回避交谈，把自己的真实情绪隐藏起来。这样一来，家庭成员之间的距离就越来越远。

四年前，父亲去世时，多纪就曾有过这个家会解体的预感。

多纪担心“辻村”这个家族会到此终结。她觉得，现在看来，一定程度上她的那种预感是对的。

若王子的那个家的确很平静。但自从父亲死后，彼此之间的龃龉就逐步显露了出来。

不过，细想起来，这好像也是没办法的事情。

继母和她的女儿，多纪和安代，所受的教育和生活态度截然不同的四个人住在同一个家里。

她们只是由于父亲的缘故而联系到了一起。

不仅是这个家，就连辻村家的工厂本身，也是从父亲那一代延续下来的。吉冈对工厂的献身精神，工厂员工之间的亲密关系，也都是由于父亲的存在。

随着父亲的去世时间的推移，这样的亲情必然会逐步淡化。

如今，自己周围能够信任的人只有若王子的安代和工厂里的吉冈了。而这两个人也实实在在地在一天天地变老。不知道这两个人还能依赖多久。一想起这两个人不在后的情景，多纪就感到不安。

如果隆彦已经没了指望，那最终就剩下多纪单身一人了。多纪忽然有一种想抛弃这一切的冲动。

她想丢开家和工厂，去一个陌生的城市。摆脱现世所有的羁绊，独身一人生活下去。

建礼门院[1]及祇王和祇女[2]都是看到了现世荣华的虚幻而弃世出家的。可是，多纪还没有达到看透荣华的程度。

多纪只是想忘掉一切烦恼，一个人安静地生活。最近，这个平凡的愿望时常出现在她脑海里。

从茶馆出来后，多纪去了舟冈山的医院。自从隆彦转院到京都后，多纪每天都去病房看望隆彦。

说不定隆彦今天会恢复意识。

多纪忽然产生这样一个念头。但到了病房，她立刻发现自己的期待是徒劳的。

这两个月，多纪一直期盼隆彦的病情会出现奇迹，结果发现是白期盼了一场。渐渐地，期盼的落空也就变得不那么感伤了。多纪对隆彦病情的恢复已不抱希望，她的情感已经变得麻木了。

近来，多纪每天都去医院探视隆彦。这已经成为她的一个习惯。与其说是期待隆彦的病情好转，倒不如说这成了她的一个工作。

隆彦依旧静静地睡在病床上。

在大阪的医院里时，多纪和安代只是在晚上轮流看护隆彦。如今，陪护隆彦的事情全部交给了医院里的护工。多纪需要处理工厂里的事情，又不能让年近六十的安代一直守在医院里。再说，若王子的家里没有安代，也有许多不便。

多纪把带来的水果交给护工，向护工表示感谢说：

“让您受累了。”

隆彦无法吃固体食物，所以水果当然是送给护工的礼物。

这个护工是隆彦转院到京都后又重新请护工介绍所介绍来的。护工人很机灵，干活也很勤恳。说是她四十五岁左右，丈夫已经去世了。

多纪给她的护工费比介绍所规定的高出两三成。也许是这多给的护工费起了作用。

当初和森子谈起这事时，森子说按护工介绍所的规定付钱就可以了。但多纪觉得那样不太好。她认为，照顾一个素不相识的病人，而且还要给病人清洗下身，多付些钱也是理应的事情。

1. 安德天皇之母，平清盛的次女。1185年平氏在壇之浦战败后，和安德帝投河自尽。被救出后在京都大原寂光院出家。

2. 祇王和祇女是《平家物语》里的人物。姐妹二人二十多岁就和母亲一起出家到了嵯峨的往生院。

护工给多纪介绍情况说：

“病人今天精神不错。刚刚还醒了呢。”

护工说的“醒”，意思是睁开眼了。当然不是说隆彦恢复了意识。但尽管如此，一天到晚守护在病人旁边，好像也能看出病人精神的好坏。

护工对多纪说：

“我看了今天的报纸，好像大阪的学生之间又出事了。”

多纪听后只是对护工点了点头。她已经不想再去考虑那些事情了。和护工闲聊了大约半个小时后，多纪离开了病房。

医院大门口旁边的绣球花在阴云的笼罩下越发显得鲜艳。

天气很阴郁，看样子要下雨了。

时间是下午四点。可能是空气湿度大的缘故，多纪像发烧似的浑身懒洋洋的，感觉身体内部像有团火在燃烧。

去哪里呢？

多纪一时间不知道去哪里才好。但她又不想回若王子的家。她也不叫出租车，只沿着法国梧桐的林荫道朝大德寺走去。

刚走了一百米左右，这时多纪感觉身后有人朝她跑来。

“经理！……”

多纪回头一看，发现喊她的是小田。小田气喘吁吁的，看样子他已经跑了很长一段路。

小田害羞似的捂着脑门说：

“从背影看，觉得有点像您。所以就跑了过来。”

“我刚才去住在这附近的一个朋友家了。能不能请您去这附近的茶馆喝杯茶呀？”

“好啊。”

小田给多纪鞠了个躬说：

“也不问您是否方便就邀请您喝茶，实在抱歉！”

“我也正感到无聊呢。正好啊。”

“真的吗？那太好啦！”

说罢，小田红着脸先进了大街拐角处的茶馆。

多纪和小田面对面坐到了茶馆里。点了咖啡后，多纪想起了品子。

多纪最近除了去工厂就是去医院，也没和品子好好谈过。听森子说，品子今年是大学四年级，好像马上要忙着准备论文了。

尽管那样，隆彦刚住院时，她还说要来陪护。不过多纪没同意她来。品子太年轻，陪一个没有意识的病人，对她来说太难了。何况还要为病人清洗下身。这对品子来说有些过分。

多纪喝了口咖啡。停了一下，她问小田说：

“今天没和品子在一起吗？”

听了多纪的问话，小田愣了一下说：

“品子小姐说和我在一起了？”

“不是的。我从家里出来时没看到品子，所以我以为她今天和你在一起呢。”

小田听罢马上摇着头说：

“不，她没和我在一起。”

小田说话的口气很坚决，这让多纪感到有些吃惊。

“可是，你不是经常和品子见面吗？”

“见面是见面。可是……”

小田低垂着眼睛。看他的表情，不像是害羞，倒像是不知所措。

他对多纪说：

“我怕引起您的误会，所以我得明确地给您说。我和品子小姐并没有什么特别的……”

“我知道啊。你不要在意我刚才说的话。”

“我没有在意。”

小田像是马上改变了念头似的问多纪说：

“您现在有空没有？”

“有空？”

“如果您愿意，我想请您去兜风。车，我可以马上开过来。”

“可是……”

现在多纪并不是不方便，只是觉得和小田两个人一起去兜风心里有些不踏实。一方面因为自己是经理，而小田是雇来的工人。更主要的是必须考虑小田和品子之间的关系。

多纪对小田说：

“谢谢你的好意。不过我得马上回去了。”

“是吗。”

多纪轻轻点了点头。

被拒绝的小田立刻像霜打的茄子一样蔫了，这让看惯了武藤不由分说的做法的多纪感到很新鲜。

半个小时后，多纪告别小田离开了茶馆。

小田还想再和多纪在一起待会儿，可多纪已经没有了和小田在一起的心情。

刚才和年轻的小田在一起还觉得很放松。可过了二三十分钟后，多纪觉得小田的年轻是个负担。对自己的这种心情的变化，多纪本身也觉得愕然。在黄昏的街道的拐角处，多纪乘上了出租车。

“您要去哪里啊？”

给驾驶员这么一问，多纪自己一时也不知去哪里好了。

去哪里好呢？和小田告别时，她只是想一个人待着，并没有考虑要去哪里。

“请往若王子开吧。”

早晨天空还是晴朗的。到了午后，天空的云越来越厚，眼下好像要下雨了。

那个人在干什么呢？

看着阴云密布的天空，多纪想起柚木来。

自从四月中旬见面以来，已经过去快两个月了。原来柚木计划五月份来京都。虽说因为急病没来成，可分别的时间也太长了。

他现在在干什么呢？

虽然多纪也知道柚木工作依然很忙，但把自己丢下两个月也太过分了。

柚木倒是每周打来两三次电话，但仅仅打电话是难以满足多纪堆积起来的情感饥渴的。

“柚木太不体贴人了！”

多纪忽然感到不安起来。她觉得再这么沉默下去，柚木有可能再也不会来了。如果自己一直忍耐下去，说不定对方会因此而越发心安理得起来。

多纪清楚，今天自己的心情前所未有地焦躁。如果是平时，自己会再稍微冷静一些。可今天不知为什么，从早晨开始就感到焦躁不安。

多纪常常会出现这种情况。她的大脑里会难以抑制地出现与目前的自己完全不同的另一个自己。她也知道这是自己身体出现问题的征兆。

但是，知道归知道，就是冷静不下来。另一个自我从多纪的身体内部慢慢地往外钻。

多纪对出租车司机说：

“师傅，对不起。能不能请你往火车站开呀？”

“那，就是说不去若王子了？”

“对不起。”

车子刚要过东山大街，这时忽然向右来了个急转弯。

多纪问驾驶员说：

“请问现在几点了？”

“四点多点儿。”

多纪自己也不清楚为什么突然提出要去火车站。天空开始下起雨来。多纪看着车窗外雨中的晚景，在考虑乘火车到达东京的时间。如果这样直接去火车站，五点之前就可以到达。如果立刻就乘新干线的话……

快五点时，多纪到了火车站。售票窗口上方的显示屏上有新干线的发车时刻表。四点五十三分有一趟开往东京的新干线“光”号列车。

是不是去看看他呢？

多纪仰头看着列车时刻表，身不由己地站到了售票窗口前。

写着“当日票”的窗口前有五六个人在排队。排队的人一个个往前走，不知不觉中多纪成了队列里的第一名。

售票员问她说：

“您买去哪里的票啊？”

“我……东京……”

“四点五十三分的可以吗？”

“我想要软席票。”

售票员点着头按了一下电脑的键盘。

车票很快就出来了。

多纪急忙掏出钱，接过了车票。绿色的车票上清楚地写着“东京”。

多纪拿着车票来到了站台上。

傍晚的京都，因为雨水，街道看上去湿漉漉的。

不久，火车进了站。多纪跟着乘车的人流走进了车厢。

刚刚坐下来列车就开动了。

京都塔迅速从视线里消失，屋顶和寺院里的塔消失在了身后。

看到这些，多纪才意识到自己现在的行为非同小可。

从告别小田走出茶馆，到乘上火车这段时间，多纪完全处于一个近似于梦游的状态。她像着了魔似的到火车站买票上了列车。去东京这事儿，她既没有给家里人说，也没有通知柚木。更谈不上做旅行的准备。

衣物就是身上现在穿着的一件单衣，此外就是手里拿的一个手提包。虽说乘新干线去东京只需三个小时，但这样一身打扮去东京，还是头一回。

多纪再次对自己这种草率的做法感到吃惊。自己的这种做法和小孩子看到火车就想坐没什么不同。

自己为么会乘上了火车呢？

现在后悔已经来不及了。火车途中只停靠大阪站。多纪呆呆地看着被小雨打湿的车窗。

第一次去柚木家灵前守夜时，也是下这样的小雨。

当时的秋季来得早。自那以后，已经快过去一年了。

多纪觉得这一年过得很快，但又觉得过得好像很慢。感觉那次去柚木家好像是很久以前的事。这也许是由于她一天到晚思念柚木的缘故吧。

列车里的多纪，从京都到大阪这段时间里，对自己的这种出人意料的行为感到很吃惊。但当列车过了大阪后，多纪就不再后悔了。

既然买了去东京的火车票，而且上了火车，那就只剩下去东京这一条路了。事到如今，再后悔已经没有什么意义了。

多纪很清楚，自己现在实实在在的是离家越来越远。但她却出人意料地沉着。对自己的这种沉着，她自己也感到吃惊。

细想起来，也许多纪今天一整天都在盼望能见到柚木。

虽然多纪今天来到大街上，逛了零售店，去医院看了隆彦，又和小田去了茶馆。但她总是有些焦躁不安。心里总觉得空落落的。

可是，当现在要去东京时，她心里反而感到舒畅起来了。

自己这样突然去东京见柚木，结果会是什么样呢？对自己的这种鲁莽的行为，多纪更多的不是感到担心，而是感到很有意思。自己到了东京，然后突然给柚木打电话，他该会多么吃惊啊。

也许即使告诉柚木说“我在东京”，柚木也不会相信。多纪想看看柚木吃惊的脸是什么样子。她想让柚木大吃一惊，让他作难。三个小时后，火车到了东京站。差几分钟就到晚上八点了。

多纪抬头看了看行李架，这才意识到自己没带什么行李。她从列车里走了出来。

由于是星期天的晚上，站台上有不少拖家带口的旅客。也许他们都是利用周末去关西的吧。多纪挤在出站的人群里，从出站口来到了八重洲出口的外面。

也许雨是从西往东下的。虽然东京的天是阴的，但雨还没有下下来。夜空下的霓虹灯在闪烁。

“终于到东京了！”

多纪欣赏了一会儿东京的夜景，然后返回车站的中央大厅，站到了公用电话亭前。

因为是星期天晚上，柚木不在大学。虽然多纪知道柚木不在大学，但她还是先往大学打了个电话。接线员把电话转到了柚木的教授办公室，柚木果然不在。

多纪挂断电话，稍微停了一下，又开始拨柚木家里的电话号码。

“喂！”

听筒里只响了一声呼叫音，就忽然传来了一个女人的声音。一时间，多纪拿着电话听筒，看着眼前的墙壁，一句话也没说。

“喂喂！”

是柚木妻子的声音。

给人家家里打电话，又一言不发。虽然多纪也知道这样做有些失礼，但她就是说不出话来。

听筒里，女人还在一个劲儿地问是哪位。

多纪轻轻地挂断了电话。

到了这时，多纪才吃惊地发现自己今天太鲁莽了。

多纪也知道，给柚木家里打电话，出来接电话的有可能是他妻子。如果是深夜，柚木的妻子也许不会接电话。但晚上八点左右，他妻子接电话是很正常的事情。

这样的情况，稍微冷静考虑一下就会明白的。但多纪直到拨通电话之前都没有考虑到柚木的妻子。她以为到了东京，只要拨了电话，接电话的就会是柚木。

多纪又从中央大厅朝正门的出口走去。借助汽车的灯光，发现马路上挤满了汽车。看样子，刚才从新干线上下来的大部分旅客都已坐进了汽车。

多纪依然一个人孤零零地站在出租车站台前。

怎么办？

多纪原以为只要到了东京就能见到柚木。毫无思想准备的她，像泄了气的皮球，精神一下子瘫了下来。

是不是再给柚木家里打个电话呢？这次就明确地告诉他妻子说“请柚木老师听电话”。虽然多纪心里这样想，但她并没有勇气去打电话。

“为什么柚木不出来接电话呢？”

自己突然下决心来到了东京，这时柚木没有出来接电话。如果因为这点而生气，那也只能说是自己爱生气。虽然多纪心里也明白这个道理，但她还是觉得很窝囊。

新下车的旅客越过多纪，在出租车站台前排起了队。

不能这样一直呆呆地站在这个地方。多纪再次回到中央大厅的检票口处。大厅的左边有一个修学旅行团。看样子是一群初中学生。男生穿着清一色的竖领学生服，女生穿的是水兵服。

多纪从修学旅行团旁边走过去，看起检票口上方的发车时刻表来。

下一趟南下的新干线是八点二十四分开车的“光”号列车。乘这趟车的话，晚上十二点之前就可以回到京都。

看罢列车时刻表，多纪来到了车站中央大厅的地下餐厅。她喝着咖啡考虑起接下来的行动来。

离南下的末班“光”号新干线发车还有二十多分钟。错过了这趟火车，今天就难以回到京都了。

自己特意来到东京，见不到柚木就这样回去是件很难堪的事情。她想至少听一听柚木在电话里的声音再回去。但现在再给柚木家里打电话，很可能出来接电话的还是柚木的妻子。

多纪在犹豫，她不知道该怎么办才好。时间在一点点地过去。

一个没有行李、孤身一人的女旅客要住旅店，也许会让人感到很奇怪。但多纪觉得总会有合适她住的旅店的。她的钱包里多少还有些钱。

要住旅店也可以，但必须打电话明确告诉家里的人。当然不能告诉她们说自己现在在东京。那就只能说自己现在在槙子家。

但是，如果在旅馆住下来，又见不到柚木，那就毫无意义了。一个人在并不熟悉的东京过夜既寂寞又无聊。

多纪感到左右为难。这时时间已经到八点十五分了。离最后一班“光”号新干线发车只剩十分钟。

多纪起身到收银台付了钱，然后往公用电话走去。

她想再给柚木打一次电话。如果柚木还是不出来接电话，那就只好放弃了。

多纪盯着看了一会儿电话机，然后下决心开始拨柚木家的电话号码。

听筒里又传来电话的呼叫音。

“喂喂！”

接电话的又是个女人。

多纪大吃一惊，一时间连话都说不出来了。过了一会儿，才镇静下来说：

“喂喂！”

“这里是柚木家。您是……”

“柚木老师在家吗？”

“他在家。请问您是哪位呀？”

“这个，我是相泽。”

情急之下，多纪把槙子的姓报给了对方。

“是相泽小姐，是哪里的相泽小姐啊？”

“是东京的……”

“是东京的啊？”

电话里暂时没有了声音。过了一会儿，柚木的妻子说：

“请您稍等！”

多纪拿着电话听筒，另一只手掏出手绢在额头上沾了沾。由于紧张，她的发髻已经汗津津的了。

列车离发车只剩七分钟了。多纪眼睛盯着大厅右侧的大钟。这时听筒里传来了柚木的声音。

“我是柚木。您是哪位呀？”

多纪几乎把嘴贴在听筒上说：

“是我。我是多纪。”

“啊，是你呀！……”

“我现在来到东京了。”

“东京？”

“我在八重洲的出站口。”

“你为什么不事先和我说一声呢？”

“为什么不事先……”

多纪自己也不知道为什么。只有一点是确信无疑的。那就是想见柚木。她给柚木道歉说：

“请原谅。让您夫人把您喊了来。”

“那倒没什么。你现在真的在八重洲出站口吗？”

“是真的。我现在在检票口外边左侧的公用电话亭这里。”

“那，你今晚住什么地方呢？”

“不，我马上就回去了。八点二十四分还有一趟“光”号末班火车。”

“好不容易来一趟，为什么要马上回去啊？”

“能听到您的声音，我已经满足了。”

“不要胡说！”

柚木的声音少有的粗鲁。

“我就是突然想乘坐火车，所以就来了。现在回去还赶得上末班火车。所以……"

"你等等！我马上过去。就待在那里，不要离开。"

"我真的没什么事儿。"

"好啦！待在那里不要走开。你是在八重洲的中央大厅吧？"

"可是，时间太晚了。我要回京都了。"

"我叫你待在那里，你就待在那里！"

听声音，柚木这次是真的发火了。

"不要动！就待在那里！"

……

"我马上过去。你就待在中央大厅的检票口吧……"

说罢，可能柚木突然感到有些担心，又说：

"不，出了八重洲的出口，左边有一个国际饭店。你在那个饭店的大厅等我吧。"

柚木用的是命令人的口气。

"你听懂了没有？"

"好的。我听懂了。"

多纪这次老老实实地点了点头。

让多纪感到高兴的不是柚木说要来，而是柚木拼命地挽留她。

柚木再次叮嘱多纪说：

"我马上坐出租车过去。应该三十分钟左右就能到那里。你在国际饭店大厅等着我。明白了吧？"

说罢，柚木挂断了电话。

放下电话机的多纪，依然呆呆地站在那里。

马上就要见到柚木了。她无法相信这是真的。柚木就要出现在自己眼前，多纪甚至觉得这有些不可思议。右边检票口上方的大钟上的时间是八点二十分。

现在就是跑步也赶不上二十四分发车的列车了。

多纪彻底放弃了回京都的念头，朝大厅的出口走去。

八重洲出站口旁边的国际饭店，多纪上次曾住过。她走进饭店的大厅，在柱子后边的椅子上坐了下来。

时间已经到了八点半钟。末班"光"号新干线已经开出。

既然今天回京都已经不可能，那就只好住下来。自己不经意地来到了东京，现在却成了在外过一夜的旅行。

多纪起身来到洗手间的镜子前面。

大概是因为白天走路多的缘故，脸上显得有些疲劳。既没有去美容院护理，也没有换出门的衣服。多纪心里感到很不舒服。

早知道结果是这样，当初出门时就应该准备一下。自己这副样子去见两个月没见面的柚木，这让她感到过意不去。

多纪后悔为什么要给柚木打电话。虽然她也知道服装和发型这些都是小事，但自己要这副样子去见柚木，还是让她感到很悲伤。

何况还要给家里联系。过去她从未有过不给家人打招呼就外出。家里人肯定都在担心她。假如安代她们早晨起来发现多纪不在家，说不定会挨个给亲戚朋友打电话，弄得满城风雨。其实她们用不着为自己担心，为什么要弄得满城风雨呢？想到这些，多纪觉得很郁闷。

多纪简单地补了一下妆，然后离开了洗手间。

大厅里只有十来个客人坐在那里。这个饭店不是太大，所以总服务台里的服务员肯定已经注意到她了。

多纪径直走到大厅左边的公用电话前给家里拨电话。

家里的电话不久就拨通了。出来接电话的是安代。电话里的安代问多纪说：

“您几点回来呀？”

“是这么回事。厂子里出了点问题，我现在在槙子这里。好久没见面了，两个人就详谈了一会儿，结果就到了现在这个时间。”

“晚是晚点。可您要回家的吧？”

“可是，槙子说今天她一个人感到有些寂寞，想叫我陪陪她。我倒是想回家的，可是现在回不去了。”

“那，明天早晨怎么办呢？”

“我打算明天早晨直接从这里去工厂。”

“那，是不是不要叫小田开车来接您了？”

“是的，请你告诉他吧。”

“是不是有什么事情的话打电话到槙子小姐那里就可以了？”

“可是，深更半夜往槙子小姐这里打电话会给她添麻烦。明天我会首先给家里打电话的。”

多纪给安代打完电话后，接下来又给槙子家打电话。

她原本想不给任何人添麻烦，自己一个人随意地旅行一下。现在看来，自己受到的束缚更多。

听到电话里多纪的声音，槙子很兴奋地说：

“好久没见你了。你好吗？”

已经一个多月没见槙子了。自己有了难处才打电话求槙子，多纪也觉得话难以说出口。但不这样又没有其他办法。

“不好意思。能不能别人问你时，你就说我今晚住在你那里啊？”

“出什么事了？”

“求你了。”

“哎，找我这个借口倒是没什么问题。反正要是安代打电话来，我就说你今晚在我这里过的夜。是这样吧？”

“对不起！拜托了。”

“可是，要是医院那边打电话来，我该怎么说呢？”

给槙子这么一说，多纪也没了把握。隆彦的病情确实基本上是稳定的。但他的病情毕竟很严重。

“你看这样可不可以。我替你保密。你把你现在去的地方告诉我，万一有什么事情，我好给你联系。”

“你保证不告诉任何人？”

“请你相信我好不好？”

多纪叹了口气说：

“我，现在在东京。”

槙子听后突然尖着嗓门说：

“东京？”

过了一会儿，槙子又说：

“我明白了。是和东京那个老师在一起吧？”

……

“那，是哪个饭店呀？”

“还不清楚。不过，很可能是国际饭店。”

说着，多纪把印在火柴盒上的国际饭店的电话号码告诉了槙子。

“原来如此啊。很好啊。和自己喜欢的人在东京的饭店过夜，真叫人羡慕。”

“不是你说的那样。我只是突然有些急事才回不了京都的。”

“你现在是和他在一起吧？”

“真的不像你说的那样。”

“你就放心地好好过这个愉快的夜晚吧。”

槙子的话里多少带有讽刺的味道。

半个小时后柚木来到了饭店。他身穿西装，扎着领带。看样子是接了多纪的电话后急急忙忙换了衣服赶来的。

看到多纪后，柚木朝她挥了挥手。然后小声说：

“总算接到你了。”

多纪道歉说：

“请您原谅。突然让您跑到这里来。”

“不说这些了。你的住处安排好没有？”

“还没有。”

“你等一下。”

说着，柚木朝服务台走去。

看着柚木的背影，多纪靠在大厅里的柱子上。终于见到柚木了，一颗悬着的心这才放了下来。

过了一会儿，柚木走过来对多纪说：

“有一个两人住的单间。今晚时间太晚了，就住这里吧。”

“可是，老师您……”

“就这样吧。咱们去房间吧。”

男服务员领着他们去五楼的房间。两个人都没带行李。服务员看了肯定会感到奇怪。当然，服务员是不会明说的。

到了房间，男服务员介绍了一下房间的情况，然后就离开了。服务员走后，柚木再次看着多纪问她说：

“发生什么事情了？怎么突然到东京来了？”

……

多纪没有回答柚木的问话，只是摇了一下头。然后突然扑到了柚木的怀里。

即使柚木问她为什么来东京，她也不需要回答。她自己也不知道为什么。她只是像鬼使神差似的跑到东京来了。

投入柚木的怀抱，多纪才渐渐放下心来。她心里切切实实地充满了见到柚木的喜悦。

柚木离开多纪的嘴唇小声说：

“反正你把我吓了一跳。这事儿做得太出人意料了。”

“可是，我太想见您了。”

“那，要是我不在家，你怎么办？”

“那我就回去。”

“净胡说……”

“我实在太想来见您了。”

作为多纪，她只能这样说。见不到柚木那也没办法，只好说服自己回京都。

“其实，在您刚才接电话之前，我已经打了一次电话。”

“往我家？”

“因为接电话的是您太太，我慌忙把电话挂断了。您太太是不是冲您发火了？”

“不……”

柚木摇了摇头说：

“她告诉我说一个叫相泽的打电话来了。我听了吓一跳。”

“对不起！”

“反正能见到你就好。”

说罢，柚木又突然抱住了多纪。

闭着眼睛的多纪，实实在在地闻到了男人的气味。苦苦思恋了两个月一对情人终于相见了。

多纪使劲把身子贴在柚木怀里说：

“把我抱得再紧点。”

也许是由于两个月没见面让多纪变得大胆起来，或者是由于离开京都让她的心情得到了放松，多纪今晚极度兴奋，兴奋得连她自己都感到害羞。

肉体的交合过程刚刚进行了一半，多纪就感到自己的身体内部好像有一团火在熊熊燃烧，火烧得她难以自制。

兴奋之火越烧越旺，这团火把她送上了高潮，让她达到了忘我的状态。不久，多纪因为害羞而又害怕起来。

多纪的大脑里出现了一段意识的空白。这让她更加难受。

柚木在多纪耳边小声说：

“舒服吗？”

柚木的话，听起来像是说给自己听的，又像是问多纪的。

“是的……”

此时的多纪回答得很诚实。

多纪刚才还在犹豫要不要来东京，而如今这种犹豫已经彻底消失，浑身充满了来东京的满足感。

激情过后，多纪伏在柚木的胸脯上慢慢地睡着了。

她的腹部和腿紧贴在柚木的身上。就像雏鸟躲在亲鸟翅膀下似的。

不知过了几分钟，多纪忽然感觉柚木在移动身体。因为两人的身体贴得很紧，所以哪怕是身体轻微的移动也能感觉出来。

看样子柚木刚才就醒了。因为柚木的脸在多纪的脸的上方，多纪看不清他的脸。但从身体接触的感觉上马上就能明白这一点。

多纪发现自己一个人睡着了，虽然睡的时间不长。好像柚木为了不弄醒多纪，始终让多纪枕着他的一只胳膊。

多纪急忙抬起头说：
“对不起！您没睡一会儿呀？”
“哦……”
也许柚木在考虑别的什么事情，他回答得很含糊。
多纪从男人的肩膀上边漫无目的地巡视了一下房间。
枕头边的钟表显示的时间是十一点半。
从现在开始，东京就进入夜晚了。蕾丝窗帘外面的天空看上去是红色的。
多纪想起了这里是东京。
自己在东京的八重洲的车站出口附近的饭店里被柚木抱着。
想到这里，多纪耳边忽然又响起电话里柚木妻子的声音来。
多纪坐起身，用柚木妻子似的声音像是要赶走他似的说：
“咱们起床吧。”
柚木问她说：
“你要起床啊？”
多纪没有回答柚木的问话。她离开床铺去了洗澡间。多纪在洗澡间冲了淋浴，穿好了衣服。她感到浑身非常舒畅。
下午，她马不停蹄地乘新干线来到东京，把柚木喊了出来。然后在两个人的世界里燃烧激情。
如今喜悦的时刻已经过去，多纪发现自己正在开始恢复冷静。
当多纪穿好衣服从洗澡间出来时，柚木正穿着睡衣坐在靠窗子的椅子上抽烟。
多纪打开房间里的电灯，然后回到柚木面前。
窗子外面的下方是八重洲出站口大片的夜景。她看着眼前的夜景，不经意似的说：
“已经十二点了。”
听了多纪的话，柚木惊讶地看了看她。
“快！您得赶快回去了。”
“回去？”
“是呀。您不是得回去吗？”
“今夜我不回家。”
多纪摇着头说：
“这不行。您快点冲个淋浴吧。”
“你不用为我考虑那么多。”
“我倒不是出于小心。因为是夜晚，您回家不是理所当然的吗？”

“挖苦人的话就不要说了。”

“反正您还是洗个澡吧。”

柚木没有说什么，过了一会儿起身进了洗澡间。

趁柚木洗澡的工夫，多纪把床铺和柚木的内衣、鞋子整理了一下。

已经十二点了。柚木即便急忙往家赶，到家时肯定已经是一点多了。看着窗外的夜景，多纪想起了以前森子曾经说过的话。

“我再痛苦，也不留喜欢的男人过夜。再晚也让他回家。这是我的一份心情。对你的父亲也是一样。我从来不请求他在我那里过夜。你父亲在我那里过夜，都是他自己提出来的，不是我要求他留下来的。男人和女人之间彼此互相留下余地是最高的境界。如果互不相让，彼此强求，那两人的交往是不会长久的。”

当时，父亲还健在，也许森子为了显示自己作为一流艺伎的气派才说那番话的。但她说那番话的目的也许是为了表明她自己的立场。

当时刚刚高中毕业的多纪还理解不了森子的心情。

虽然森子嘴上说不要求喜欢的男人在自己那里过夜，但如果父亲不回自己的家，其结果还是一个样。多纪认定，森子的那番话不过是替自己辩护，说到底还是森子不好。

可是，眼下多纪觉得自己好像切切实实地明白了森子的心情。

多纪明白了，让有妻子儿女的男人回自己的家这样一种心情里隐含着一个女人的悲伤。女人这么做的目的在于想显示自己对男人的爱有多么大。

虽然，无论是出身或家教，多纪和森子都不相同，但多纪此时的心情和森子却是相同的。

柚木从洗澡间走了出来。他的下半身裹着一条浴巾，表情显得不太高兴。

“您的内衣在这里。”

说着，多纪急忙把柚木的内衣拿到了床头上。柚木只是瞟了一眼内衣，问多纪说：

“你真的希望我回家吗？”

“当然希望您回家呀。这里是东京。别任性了，赶快穿衣服吧。”

一时间，多纪觉得自己就像成了母亲一样，哄着撒娇的孩子穿衣服。

“快穿……”

柚木身不由己地穿上了衬衣和裤子。

多纪格外开心似的说：

“这个领带夹是我送给你的那个吧？你能夹上它真让我高兴！”

她想通过这样快活的举动去逃避剩下她一个人时的寂寞。

“袖子穿着合适吗？”

多纪从柚木身后给他穿上西装。柚木一言不发地任由多纪给他穿衣服。

“现在能叫到出租车吗？”

“这里是八重洲出站口，肯定有。”

说着，柚木又点上了一支香烟。他问多纪说：

“明天你几点回京都啊？”

“我乘最早的一班火车回去。”

“我记得新干线的首发列车是早晨六点。那么早，你起不来吧？”

“不要紧。回头我让电话值班员早晨打电话叫我。”

“不，我还是在你这里过夜吧。”

“我求你了。今天你就回家吧。我一个人睡得还会安稳些。我喜欢一个人睡。”

“可是，在津和野时，你说过和我一起睡更踏实。”

多纪拍着柚木的肩膀说：

“我怕和你一起睡会睡过点。快点回去吧，都十二点多了。快……”

柚木转过身来紧紧地抱住了多纪。

“月底我一定去看你。”

“真的？”

“即便我身体不好也去看你。”

“请您不要勉强。如果您忙，我会再来看您的。”

“不，我真的去看你。”

“其实来一趟也非常简单，才三个小时。在火车上休息一下很快就到东京了。”

“你真的想让我回家啊？”

“当然是真的。我一个人睡更舒服。”

“明天早晨我打电话叫你吧。”

“真的？”

“五点半叫醒你就可以了吧？”

“这样的话，我可以放心地睡一觉了。”

说罢，多纪笑着对柚木说了声“晚安！”

柚木点了点头朝门口走去。走到门口时，柚木又回过头来看了看多纪，然后像是下定了决心似的推开门走了出去。

送走柚木后，多纪在窗子边的椅子上坐了一会儿。

已经十二点多了，八重洲出站口依然是车水马龙。柚木肯定坐上其中一辆汽车回了自己家。

刚刚还在自己身边的人，现在已经不在了。一时间和自己激烈做爱的人，如今正离自己越来越远。

多纪觉得这事儿不可思议。

莫非那是瞬间的一场梦？两个人都激烈地做了些什么呢？

一种难以捉摸的倦怠感和空虚感在多纪身体里慢慢扩散。

多纪把脸贴到了窗户的玻璃上。

玻璃上的凉气让她的心情缓和了下来。窗外下方，汽车的车灯在不定地晃动。一辆接一辆的汽车从眼前驰过。对面大楼上的霓虹灯的灯光照在行人身上，映出各种各样的影子。

虽然多纪脸朝着外面，但她并没有用心去看眼前的这些景色。对于这些景色，她一点感觉都没有。

这时听到走廊里有人在说话，接下来是渐渐远去的脚步声。

多纪忽然把视线移回到了房间里。

借助枕头边台灯的灯光，可以看见房间里并排摆着两张床。右边的一张床稍微有些乱，左边的那张床和刚进房间时一样，原样未动。

“他回去了……”

当时，如果留他过夜的话，也许他会留下来。其实，柚木已经说过他要在饭店里过夜的。

自己为什么要让他回家呢？

早知道这么孤单，当初不让柚木走就好了。假如自己不那么逞强，老老实实地留住柚木，自己也不至于像现在这样空虚。

“可是……”

多纪当时注意到，柚木说要留下来过夜时，表情有些犹豫不决。虽然他嘴上说要留下来过夜，而实际上还是有些拿不定主意。

柚木是个很温柔的人，所以他不会拒绝对方的。也许他心里还没拿定主意，嘴上就已经先答应了。

说不定柚木嘴上说留下来过夜而实际上回了家，并不是因为他狡猾，而是因为他温柔。

多纪这会儿特别想喝酒。也许喝了刺激嗓子的威士忌，自己的心情会平静下来。

多纪拿起枕边的电话，请服务员送酒过来。

“能请您送威士忌和姜汁清凉饮料来吗？”

“二两五一瓶的可以吗？”

“可以的。另外请再送些下酒的菜。”

“下酒的菜有干奶酪、花生拼盘等。您看怎么样？”

“那就请送花生拼盘吧。”

多纪胆子大了起来。

不久，服务员就把酒、饮料和下酒菜送了过来。多纪往威士忌里加了冰块，又兑了些姜汁清凉饮料。这种喝法是她从槙子那里学来的。可能是由于姜汁清凉饮料的甜味的缘故，威士忌的口感还不错。两杯威士忌下肚，多纪开始有了醉意。醉眼惺忪的多纪看了看窗子外面。下面的灯光在不停地晃动。

看着不停晃动的灯光，多纪在想象柚木往家赶的情形。

夜晚，突然一个女人给柚木打来电话。接着他就出去了。到了深夜才回来。不知道柚木的妻子会怎样迎接这样一个丈夫。也许她已经睡下了，什么也没有说。也许她没有睡下，一直在等着丈夫回来。柚木走进家门时会是什么表情呢？

如果他妻子问他：“您去哪里了？”柚木会怎么回答呢？他妻子会相信他的解释吗？

多纪的脑子里浮现出各种各样的情景。

从一开始，柚木就不愿谈及他的家庭。他妻子过去的一些不光彩的事情，以及他死去的儿子不是亲生的事，都是多纪从川岛那里听来的。

即便柚木不愿谈及这些事是出于一个有妻室的男人对自己心爱的女人的爱护，但一点都不说，也有些太过分了。

从多纪的立场上说，她并不想主动去问柚木这些事。但如果柚木一点都不想说，有时反而会促使多纪想知道事情的内幕。

表面上看，柚木和他妻子好像关系冷淡。但事实上两人不是出人意料地生活在一起吗？说不定两个人真的很相爱。

但是，无论你怎样追问柚木，他都不会说的。多纪越是追问，越是发疯似的刨根问底，柚木就越沉着。有时顶多脸上带些痛苦的表情，最终是一言不发地把杯子里的酒一饮而尽。

多纪之所以时常故意问柚木家里的事情，是因为她想看柚木那痛苦的表情。总是表情冷淡而沉着的男人的脸上，这时掠过一丝痛苦的表情。不知为什么，每当多纪看到柚木痛苦的表情时，她都会感到放心。

她会松口气，觉得眼前这个男人也很痛苦。

细想起来，两人之间并没有什么特别的话要说。

当然，下次见面的时间、天气、彼此的工作这些大面上的话还是要说的。但是，再深一步的话，例如两个人的将来这方面的话，从来没有交谈过。两个人始终只是见面，分别，再见面，再分别。

一个女人，无论多么辛苦，只要她对将来抱有希望，就可以坚持下去。即便现在很苦，但一想到将来，她就会有忍耐下去的勇气。

可是，多纪和现在的柚木之间不存在将来和希望。虽然她知道柚木是爱她的，但无法保证两人之间会有好的结果。

以前曾经有一段时间，多纪觉得能见到柚木就行了。但最近，她觉得只是见到柚木已无法让她感到满足。

多纪近来感到很疲劳。其原因也许就在于两个人的关系的这种不确定性让她感到焦躁不安。

总之，多纪的醉意越来越浓，她内心渐渐产生了想使坏的念头。

是不是趁着现在的醉意给柚木家里打个电话呢？

如果接电话的是柚木，她想把过去一直埋藏在心底的话都讲给他听。如果是柚木的妻子接电话，那就不说话把电话挂了。对一个每天晚上都霸占着柚木的女人，应该这样报复她一下。

多纪拿起电话的听筒。

时间是凌晨一点多。虽然多纪也觉得深夜给柚木家里打电话有些过分，但她又觉得无法容忍他们这样睡安稳觉。

“让他们好好难受一下！”

多纪开始拨柚木家的电话号码。

“七·六·二”，拨了这三个数字后，多纪又停住了手。

虽然她想让他们难受一下，但她又觉得做这种事情，她本人也很悲惨。

多纪又端起酒杯喝了一口酒。她看了看窗子外面，忽然想起是不是给京都的槙子家打个电话。

她想，深更半夜，槙子也许不会出来接电话。没想到槙子很快就拿起了电话。

“怎么回事儿啊？这么晚了还打电话！”

听得出槙子有些不高兴。

“我现在在喝酒呢。”

“什么？是和他在喝酒吗？”

“不是，我一个人在喝酒。”

“怎么回事？他回去了？”

……

“你特意去东京见他。他却回了自己家。这样的男人你还是不要见他了。”

“不是的。他说要留下来过夜，是我叫他回家的。我一个人待着舒服，再说这样对他也好。”

“你说什么呢！如果你爱他，就应该紧紧抓住他。像你这样姑息他，男人很快就会移情别恋的。”

“他可不是那种人。”

“你还是这样单纯啊！”

槙子接着又问多纪说：

“他有老婆和孩子吧？”

“是啊……”

“你还是离开那个男人，找一个单身的男人结婚吧。”

多纪摇着头说：

“我离不开他。”

多纪的态度很坚决。连她自己都感到吃惊。

“可是，无论你和他交往多久，最终不是结不了婚吗？”

“我和他交往，从来没有考虑过能不能和他结婚。”

“要是你妈妈活着，听了你这话，不知道会怎样想啊。”

槙子叹了口气说：

“到目前为止，你家里还没有打电话过来。不过，连我都为你担心得睡不着觉啊。”

给槙子这么一说，多纪也觉得有些过意不去。

“谢谢你！请你原谅我。”

“具体的回头再说。这么晚了，休息吧。”

“那就休息吧。”

把自己的真心话告诉了槙子，多纪觉得现在可以睡得着觉了。

第十一章

正午的原野

整整一天都在下雨。

说起来，六月末正是梅雨的季节，但还是让人感到很不舒服。

报纸上的天气长期预报说今年出梅比往年早。但如果出了梅，接着就是盛夏酷暑，那出梅早也并不令人感到高兴。

工厂下班后，多纪冒雨去了京洛医院。

虽说梅雨季节让人感到很阴郁，但隆彦好像显得不怎么憔悴。虽然他仍然没有意识，但呼吸和血压都很好。每天给他进行两次鼻饲，排泄也正常。

梅雨让身边陪护的人疲惫不堪，可关键的患者却一切正常。这让人觉得有一种被愚弄的感觉。

眼前的情况，让人分不清谁是患者。也许多少有些意识的病人对高温或湿气很敏感，耐受性差。

总之，隆彦的病情，目前好像没有什么可担心的。他似乎真的像棵植物似的在病床上扎下了根。

近来，多纪已经对弟弟的康复不抱什么希望了。

她已经不去考虑隆彦康复的可能性，她早就认定隆彦是不会恢复意识了。这样一来，万一隆彦康复了，则是个大收获，否则也没损失什么。

事实上，好像隆彦康复的希望是十分渺茫的。正因为隆彦没有康复的希望，所以医生才说他成了植物人。如果能够治愈，大概医生是不会给隆彦下成了植物人的结论的。

去医院看望隆彦的安代回到家后，哭着说：

“少爷的脸色、手脚和没生病时一模一样，怎么就是没有意识呢？”

从外表看，隆彦的确和生病前没什么区别，感觉他好像马上就会喊“姐姐”似的。

近来，多纪已经不忍心看弟弟的样子。常常是去看弟弟一眼，然后很快就离开病房。她之所以每天去一趟医院，似乎不是去看望弟弟，而是为了看望陪护弟弟的护工阿姨。

这天，多纪同样是给护工说声“请您对我弟弟多加照顾！”就离开了医院。

虽说因为自己有工作，请护工是不得已的事情，但把照顾自己亲弟弟的事情全部推给别人，多纪还是感到心里不舒服。她觉得自己这事儿做得好像太随便了。

尽管如此，弟弟虽然病情稳定，但情况依然严重。这始终是多纪的一块心病。

无论她在工厂办公，还是一个人在画扇面，都会时不时地忽然想起弟弟的病来。虽然表面上看她依然在精力充沛地工作，但隆彦的病情始终像块石头压在她的心头。

每当到了梅雨季节，多纪都会没有食欲。今年的情况更加严重。也许这是由于这些事情给她造成了心理负担。

这天，多纪从医院出来后，直接回了家。和森子、安代她们一起吃了晚饭。

多纪说她没有食欲。于是安代特意跑到下鸭给她买来了海鳗肉粥，但她也就是吃第一口时觉得好吃，实际上并没有吃多少。

晚饭后，多纪在客厅里看电视。这时森子洗完澡从洗澡间来到客厅。森子身穿有松针花纹的浴衣，腰里扎着一条胭脂色的腰带。她走到靠院子一侧铺着地板的房间里，伸着腿坐了下来。

森子在脚下面铺上报纸，不停地揉着脚背说：

“哎哟！疼死我了。”

安代感到恶心似的皱着眉头悄悄看了看森子的脚说：

“您脚上那东西还是不摆弄才好吧？”

森子的脚背上很早以前就长有膙子。那是由于长期跪坐造成的。

因为森子长期在花柳巷里跪坐，所以她脚背上的膙子比普通人的要大得多。而且不可思议的是，右脚背上的比左脚背上的大。好像她脚背上的膙子时不时会霍霍地疼，到了梅雨季节疼得就更加厉害。

对脚背上的膙子，不用管它好像也没什么事儿。但森子好像很在意它，经常洗完澡后要去剥膙子表面的那层皮。

安代说：

“干脆做手术把它割掉算了。”

“割掉会更疼的呀。”

虽然森子也知道自己脚背上的膙子既不好看又碍事，但她好像还有些舍不得。

“我年轻时，稍微坐得不规矩些就会挨老板娘的骂。做了那么多年艺伎，得到的就只有脚背上的这个膙子了。”

森子的话，半是自嘲，半是炫耀。多纪不理会两人的谈话，只管看自己的电视。

“我说，多纪！”

本以为森子在剥膙子上的皮，没想到她突然问多纪说：

“你和武藤的事儿拖了这么久，你看怎么给人家回话好啊？”

森子把剥到报纸上的腊子皮用报纸包起来扔到碎纸篓里，转身来到茶几前说：

“从上次我问你，到现在又过去两个多月了。老这样拖着不给人家回话也不太礼貌。像他那样的好青年，现在真的很少了。昨天武藤还打电话来问隆彦的病情呢。”

“我知道您是一片好心。可是，能不能请您帮我拒绝这门亲事呢？”

“拒绝？”

“武藤一片真心，我很感动。可是隆彦病得这样重，又要忙厂子里的事……”

“我当然知道你现在思想负担很重。可是，你总不能一直这样下去吧？武藤也不是要你现在马上就和他结婚。你看是不是先把婚约定下来呢？”

“对不起，我现在实在没有心思考虑这些事情。”

“那你看什么时间能考虑这些事情呢？”

“具体时间我也不清楚。还是请您拒绝他吧。”

森子深深叹了口气说：

“这可怎么办呢？人家好心好意地为我们做了那么多事情。”

“这倒也是。不过，他借钱给我们这事和婚约没关系吧？”

“要说没关系，倒也没关系。可是毕竟人家借给我们那么多钱呀。”

“那，他当初是不是为了和我结婚的事儿才借给我们钱的呢？”

“武藤是个很正派的人。所以他借给我们钱时是不会提起亲事的。可是他内心也许会……”

当初向武藤借钱时，多纪就担心武藤把借钱和结婚搅在一起。多纪为此曾问过森子。她记得当时森子明确告诉她说，借钱和结婚是两码事。可事到如今，森子又奇怪地拿借钱来说事儿。多纪对森子说：

“如果他借钱给我们真的是为了和我结婚，那我就把钱还给他。”

“没谁说你不同意婚事就让你还钱呀。”

“可是我心里感觉有负担……”

多纪忽然对森子和武藤所说的婚姻的事感到厌倦起来。

“如果妈妈觉得不好拒绝武藤，那我就直接去当面告诉他。”

“哎呀，先不要这样说！”

森子像是有意要岔开话题似的朝被雨水淋湿的院子望去。通常到了晚上窗帘都是拉起来的，但唯独今晚没有拉上。借助院子里的灯光，可以看到外面还在下着细细的小雨。

“多纪，你是不是有其他喜欢的人啊？”

……

“如果另有喜欢的人，那也没关系。只是，你最好明确地告诉我。我觉得这样比较好。”

……

大概因为多纪一言不发，让森子感到有些忍耐不住。她直截了当地问多纪说：

“东京那个叫什么的老师是怎么回事啊？吉冈和隆彦住院的事都是那个老师帮忙安排的吧？”

肯定是因为柚木经常往家里打电话，加上谈到吉冈的事时提到了柚木，让森子和安代多少感觉到了多纪和柚木的关系非同一般。

“多纪，你是不是喜欢上他了？”

多纪也知道，不回答森子的问话，就等于默认。但多纪依然一言不发。

“他肯定是有妻子儿女的吧？”

安代端来了晾凉了的大麦茶。森子接过茶喝了一口说：

“也许他是个很优秀的人。但他要是有了妻子儿女，这事就麻烦了。”

森子的话里既有同情，也有讽刺。

“你不觉得虽然你拼命地在盼望，但结果却很难如愿吗？”

“我不是为了和他结婚才和他交往的。”

“那，到底是为了什么？”

多纪咬着嘴唇没有回答森子的问话。

“可是，你总不能一直这样和他交往下去吧？”

“您这句话是什么意思啊？”

“一个女孩子，通常不是到时候要找个合适的人家出嫁的嘛。”

“这只不过是妈妈的看法。我并不这样认为。”

森子缓和了一下语气说：

“哎呀，多纪你已经是大姑娘了。用不着我说太多。只是，如果有了什么需要商量的事情，请你给我说一声。”

“到时候请妈妈多帮忙。”

不管怎么说，关于男女之间的事情，森子毕竟是长辈。

“还有，就是关于品子。”

森子像是想改变话题似的又点上一支香烟说：

“我想把她介绍给工厂里的小田。”

“您是说让他们两个结婚吗？”

“他们两个好像彼此比较喜欢啊。”

“这我也知道的。”

“虽然两个人都还年轻，但品子好像有这个意思，小田也是个很正派的小伙子。而且小田家也是个正经的人家。我觉得他们两个挺般配的。”

……

“只是，您也知道，小田性格有些内向，虽然看样子喜欢品子，但好像很难明确地向品子求婚啊。”

多纪想起了这个月初，自己在大德寺附近偶然遇见小田，并和他在茶馆一起喝茶的事。

森子对多纪说：

“说起来我的请求有些不合常理。我想请你去问问小田。”

“问他什么呀？”

“当然是问他有没有想和品子结婚的意思。”

“您是说让我去问小田呀？”

“你是经理，我觉得你问他比较合适。”

多纪摇着头说：

“不行！正因为我是经理，才不能由我去问呀。”

“是吗？”

“如果他们彼此有意，他自然会向品子求婚的。”

“你说的倒也是。可品子的心思都在小田身上，我觉得要订婚约还是早点给她定下来比较好。”

也许森子是不忍心看着自己的亲生女儿为爱情而痛苦。

森子对多纪说：

“小田过去从未谈过恋爱，好像和品子连吻都没接过。”

……

“如果品子主动一些事情还好办，可因为品子很爱小田，好像反倒让她有些发怵。”

多纪默默地喝了口大麦茶。

森子的话说得很实在，多纪也理解她作为一个母亲为女儿着想的心情。但她觉得森子的话说得有些太露骨，让人听了感到有些扫兴。

不久，时间到了晚上九点，多纪回到自己的房间。

可能是由于刚才和森子谈了关于武藤的事情，多纪有些郁闷。她闷闷不乐地坐到桌子前，把扇面的画稿摊开看了起来。

还没到夏天就考虑起明年扇面的图案了。这让人感到有些可笑。可是，下一年扇面的图案都是头年的初秋到冬季这段时间开始设计的。所以，现在考虑明年扇面的图案也不算太早。

去年，经过反复考虑，最后确定为通常的花卉、云彩和水纹图案。虽然她也想画一些具有独特个性的图案，但一旦动手画，最后还是画成了很普通的图案。尽管有人批评她说这是因循守旧，但考虑到销售行情，最终还是得迎合大众的爱好，画一些稳妥的图案。

但是，最近多纪不断有一种强烈的冲动。她想画一些让人们吃惊的图案。她想把自己的感情全部倾注到扇面上。

多纪自己也不清楚是什么原因让她产生这样的想法。细想起来，也许这种冲动源自她内心对柚木难以抑制的爱。

她内心一直热烈地爱着柚木，但这种爱却得不到尽情的释放。她无法尽情地与柚木见面，对柚木炽热的爱无处发泄，淤积在她的心底。

从某种意义上，可以说多纪的内心就是一座火山。

虽然表面上看只是喷出一些烟雾，但内部却涌动着比喷烟的能量大数十倍的火焰和岩浆。

如果有可能，多纪想用大红色画一幅粗糙的原色画。

从常识上讲，扇面是不能全涂成红色的。如果是舞蹈用扇或装饰用扇则另当别论，纳凉用的夏扇，红色过于厚重。红色偏多的夏扇，看上去就显得热，谁都不会买它的。

但是，多纪已经没有心思去画所谓具有夏扇特色的图案。虽然不能狂妄地说扇面上的绘画是什么艺术，但既然画扇面，她想把自己的心情画进去。

才画了四五年扇面的多纪也许是有些不知天高地厚，但她对画那些普通图案已经感到厌倦。

多纪看着眼前的墙陷入了沉思。

眼下，自己是什么心理状态？在追求什么？究竟想画什么？多纪考虑图案时总是先问问自己。她坐在那里一动不动地考虑了好几分钟。

渐渐地，多纪在大脑里构思出了一幅图案。整个一幅展开的扇面上开着许多鲜红的花朵。这些花朵既没有叶子，也没有花茎和枝条。扇面上只有盛开的花朵。在盛夏似火的骄阳下，无数的花朵上下翻飞。极目远眺，全是红彤彤的花朵。于是，多纪拿起画笔尽情地画了起来。

就在多纪画撒满鲜红的五瓣鲜花的扇面后的第三天，柚木突然给她打电话来说：

“我明天去你那里。”

“真的吗？”

“这次是真的。”

“是不是有什么事要办呀？”

“不，没别的什么事。”

柚木早就说六月末要来。其实多纪对此并没有抱太大的希望。

柚木本来就是个大忙人。快要出发时也保不准会突然有什么急事而来不了。五月份他就说要来，最终也没来成，让多纪感到很失望。所以这次她也没抱多大希望。

如果实在想见面，可以像上次那样，自己去东京。空等一场，会让人感到很难受。所以，多纪压根儿就不认为柚木会来京都。

可是这次柚木却在来京都的前一天打电话告诉她说马上要来。虽说柚木来的那天是星期六，但多纪还是感到这事儿有些过于突然。

这天下午，多纪从工厂出来后先回了一趟家。她脱下西服，换上了和服。早上从家出来时也可以穿和服。但那会让特意来京都见自己的柚木觉得自己是穿着工作服去见他的。多纪唯独见柚木时才会重新打扮一番。过去这一周多，由于正值梅雨季节，天空一直是阴郁的。可这天一大早，天突然放晴，天空开始出现明媚的阳光。多纪换上她最喜欢的淡蓝色的和服，扎了一条深藏青色的腰带。

换好衣服后，多纪若无其事地对安代说：

“我要去和客户一起吃饭。可能回来得晚一些。晚上您不用等我，先休息吧。”

安代点着头看了看多纪。她的眼神与其说是疑惑，倒不如说是感到担心。安代问多纪说：

“要是回来得晚，能不能给我打个电话啊？”

也许安代已经猜到多纪是去会柚木的。

多纪想，也许应该把这事给安代说得更详细一些。但她还是默默地离开了家。

外面天空晴朗，让人难以相信昨天还是连绵的阴雨。

柚木乘坐的火车四点十分到达京都。多纪提前二十分钟到了火车站。

说不定柚木这次又来不成。随着火车到达的时间越来越近，多纪又再次担心起来。

不久，列车准时到站了。乘客从新干线列车的出口走了出来。多纪一时间把视线移到了别处。

“老天保佑！老天保佑！您一定要来啊！”

多纪自己都觉得这样很幼稚，但她还是闭着眼睛默默祈祷。当她祈祷完第三遍睁开眼时，发现柚木已经站在了她面前。

柚木紧紧抓住多纪的手说：

“谢谢你来接我！”

多纪告诉柚木说：

“我已经在贵船的‘博也’预订了房间。”

昨晚柚木在电话里说，想住到一个离开市区靠山很近的安静的地方。所以多纪今天一大早就把旅馆预订好了。多纪问柚木说：

“您现在要直接去旅馆吗？”

“你现在去旅馆方便不方便？”

“我没关系。”

两人拦了辆出租车直接去了贵船。

“您昨晚打电话突然说今天要来，吓了我一跳。”

“因为我突然想来看看你……”

因为是星期六，多纪倒不担心柚木工作上的事。但她不清楚柚木是怎么给他家里人解释的。不过她并不想去过问这事儿。

随着太阳慢慢西斜，山的背影离他们越来越近。

出租车好像已经到了鞍马街，道路两侧紧挨着山脚，透过树叶的间隙可以看见潺潺的溪流。

“这里的空气真清新！”

从车窗进来的微风吹拂到柚木的脸上，让他感到很是惬意。他问多纪说：

“你今晚能和我一起在那个旅馆过夜吧？”

多纪是准备和柚木一起在旅馆过夜的，但就是不知道该如何给安代和森子解释。想到这些，多纪感到很郁闷。柚木对多纪说：

“今天我想好好和你待一个晚上。”

“是不是发生什么事情了？”

“没有……”

虽然柚木口头上否认，但他的表情看上去显得很疲劳。

二十来分钟后，汽车到了旅馆。

旅馆位于贺茂川上游的高野川的河边上。它沿河而建，原来是一座木结构的老式旅馆，最近改建成了钢筋混凝土结构的楼房。

走进日本式房间，发现窗子外面的下方就是高野川。

女服务员给两人倒上茶，问他们说：

“请问，晚饭是不是在外面的凉台上吃啊？”

凉台是用木板搭成的。木板下面就是高野川清澈的流水。可以在凉台上听着高野川潺潺的流水声，品尝鲇鱼料理。

女服务员说：

“直到昨天，都一直在下雨。今天才刚晴，非常适合在凉台上进餐。”

两人决定在凉台上吃晚饭。柚木先进了房间里的洗澡间洗澡，洗完澡后他穿着浴衣和多纪从走廊直接来到了凉台上。

太阳已经落山。鞍马黑黝黝的山像野兽似的横卧在他们面前。山峡里各处布置的电灯恰到好处地照着高野川。

柚木和多纪在靠边的一个用矮竹帘子隔开的桌子旁面对面坐了下来。

“感觉真好！让人觉得确实是到了京都。”

柚木端起啤酒杯一饮而尽。他小声说：

“干脆我搬到这儿住算了。”

多纪控制住自己激动的心情，往柚木的杯子里倒着啤酒说：

“请您不要说这种不着边际的笑话。”

木板下面几公分的地方就是溪流。借助树林子里透过来的灯光，可以清楚地看到水底的每一块石头。据说过去这条溪流里有许多鲇鱼，而如今客人吃的鲇鱼，大部分都是网箱养殖的。

晚餐的料理主要是鲇鱼，其余的是山里产的野菜。吃完晚饭回到房间时，时间已经是晚上八点了。

多纪想给家里打个电话。她觉得在房间里当着柚木的面打电话不太方便，于是就又来到楼下，借用服务台的公用电话给家里打电话。

多纪在电话里告诉安代说：

“我今晚有可能会住在槙子这里。所以……”

安代听后问多纪说：

“您的意思是说今晚不回来了？”

“明天是星期天，所以我就不急着回家了。”

说罢，多纪立刻挂断了电话。

听得出来，安代的话音里明显地带有不满。从小把多纪带大，把多纪看作是亲生女儿的这个女人，也许觉得独立行事的多纪有危险，她对此感到看不下去。多纪也知道，从安代的立场上看，她担心自己是理所当然的。但对于被担心的多纪来说，却觉得这是她心理上的一个负担。

多纪像是要赶走眼下这郁闷的心情似的沿走廊快步朝房间走去。当她走进房间时，发现柚木正趴在桌子上。

多纪急忙把手放在柚木的肩膀上问他说：

“您怎么了？是不是哪儿不舒服啊？”

柚木两手按着胸口小声说：

“没关系。马上就会好的……”

“是不是胸部感到很难受啊？”

……

多纪慌忙打电话喊来了女服务员。

女服务员急忙在十七个平方左右的日式房间靠窗子的地方铺上了床铺。

多纪和女服务员想马上把柚木搀扶到床铺上，可柚木仍然手捂着胸口趴在那里。

看来柚木胸部相当痛，一动也不想动。

“是不是喊个医生来啊？”

听到多纪说要喊医生来，柚木训斥她似的说：

“就这样！一会就没事儿了！”

柚木本身就是医生。所以，也许他说没事儿就真的没事儿。但多纪依然感到不安。

多纪不知道现在自己该做什么。她觉得如果胸部不舒服是不是应该给他揉揉背，但又觉得这样反而会造成柚木胸部的负担。

多纪对女服务员说：

“请你拿条冷毛巾来吧。”

这时，柚木趴在桌子上说：

“你把我包里白颜色的药片拿过来。”

多纪打开放在墙边的柚木的皮包。包里装着文件和洗漱用具。包里的一角有一个装着白色药片的小瓶子。

“是这个吧？”

多纪把药片递到柚木手里，又给他倒了一杯水。柚木稍微仰起苍白的脸，一口把药片吞了下去。

几分钟后，柚木平静了下来。

他像刚从地狱里爬出来似的抬起头慢慢地看了看多纪。

“您不要紧吧？”

“嗯……”

“您躺到床铺上去吧？”

多纪几乎是架着柚木把他扶到了床铺上。

虽然柚木的脸色仍然很苍白，但呼吸看上去比刚才好多了。

柚木躺下后，多纪又用洗脸盆打来放有冰块的水，把冰毛巾敷在柚木的额头上。

多纪问柚木说：

“您是不是心脏不舒服啊？”

“没什么大问题。”

“现在需要做什么不？”

“不，不用做什么。”

“您看是不是喊医生来呀？”

“你今晚是不是一直守在我身边啊？”

“对。”

多纪很肯定地点了点头。柚木像是放心了似的闭上眼把身子翻了过去。

这时，女服务员又敲门进来看柚木的情况。

多纪对女服务员说：

“谢谢你！他已经没有大碍了。”

说着把小费递给了女服务员。

时间到了晚上九点半钟。窗子边上的床铺已经收拾了起来，只有灯光依然在照着窗外山峡里幽暗的树木。多纪把电灯拧暗，到房间的一角脱下和服换上了睡衣。她穿着睡衣坐到柚木身边，又给柚木换了一条冰毛巾。

可能因为这里远离市区，加上又是在山里，虽然房间里关着窗子，但一点也不觉得热。外边只有高野川单调的潺潺流水声。

虽然多纪只是待在生病的柚木身旁，但不知为什么，她却充满了满足感。多纪觉得心里很踏实。

被柚木抱着，接受他的爱抚固然让她感到高兴。但这样守在柚木身旁也很好。爱抚过后有空虚感，而守在柚木身旁则心里有平静感。

过了一会儿，柚木移动一下头，睁开眼对多纪说：

“让你担心了。”

“不！”

她想对柚木说现在自己感到很幸福。

“请您好好躺着休息吧。”

“这里真安静。”

“您上次没能来京都，是不是也是因为像今天这样心脏不舒服啊？”

柚木轻轻点了点头。

“那，是不是从那以后心脏一直不太舒服呀？”

“前一段已经治好了。”

“可是，您不是随身带着药，一直在吃吗？”

柚木忽然若无其事地说：

“说不定哪一天我就突然完蛋了。”

“您说的是真的吗？”

柚木笑了笑说：

“我跟你开玩笑的。”

可能是因为休息了一个晚上，第二天早晨柚木又恢复了元气。

多纪问柚木说：

“会不会您一动，心脏又不舒服啊？”

“已经问题不大了。”

虽然柚木嘴上这样说，但显然他心里也没底。他站在窗子边，呆呆地望着窗子外面清澈的溪流。

多纪问柚木说：

“您是不是再在这里休息一天，明天早晨一大早回东京？”

听了多纪的话，柚木考虑了一会儿后小声说：

“那我就再住一天。”

“您答应再在这里休息一天了？”

“你呢？”

“我当然也在这里再休息一天呀。”

连续两天不回家，是很难骗过安代她们的。但此时的多纪觉得这些都无所谓了。如果柚木有要求，她现在就可以跟着他私奔到某个地方。

柚木似乎也是这样的心情。虽然在是否留下来再休息一天的问题上他有些犹豫，但一旦决定下来，他高兴得就像换了个人似的。

接近中午的时候，柚木换上西服对多纪说：

“咱们是不是去附近走一走啊？”

“哎呀！您能走吗？”

“有你在身边，我放心。”

给柚木这么一说，多纪也觉得柚木能出去走走了。

“昨晚您说，说不定会突然死去。”

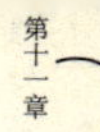

柚木像是忘记了昨晚说的话似的站起身说：

“是吗？”

从旅馆出来，右侧有一个坡道。坡道上面是鞍马神社。从神社到半山腰有索道。柚木毕竟没有勇气爬到那里。两人走到神社大门口后就转身回旅馆，来到河边上的凉台上观赏起眼下的溪流来。

由于是星期天，从下午开始，客人陆续乘车来到这个旅馆。也许这个旅馆是从市内出来短暂兜风的绝佳场所。

两人像是被新来的客人追着似的回到自己的房间，呆呆地看起窗子外面的溪流来。

柚木喝着大麦茶小声对多纪说：

“要是能在这里悠闲地住下去就好了。”

“您昨天就说想来京都住。是您的真心话吗？”

“当然是我的真心话。”

“那，您的工作和家庭怎么办？”

“说实在的，这些我都不需要了。”

“您用不着这样勉强自己呀。”

“我并不是在勉强自己。打从我突然发病以后，我就觉得一切都是虚的。”

“经常有人突然就死了。是不是就是因为心脏有了问题啊？”

“很可能……”

“我想老师您不会那样吧？”

多纪并不很清楚柚木的病情。她觉得柚木只是偶尔胸部难受，经过治疗后就没事了。也许没必要太担心。但是，如果是心脏有问题，是无法让人不担心的。

多纪也觉得应该去一个好医院，请他们给检查一下。但是柚木作为这方面的专家，提出去某个医院检查是件很可笑的事情。多纪想，既然柚木对自己的病情很清楚，而且正在服药，所以可能他的病问题不大。

柚木问多纪说：

“要是我抛弃工作和家庭到京都来，会给你添麻烦吧？”

“怎么会给我添麻烦呢？要是老师来京都的话，我会努力工作，给老师在这个有水有树安静的地方建座山间别墅。”

“真的？”

“我怎么会骗老师呢。因为我有工作，所以我会每天往来于别墅和京都之间。”

“那我简直是成了你的情夫了。”

“对。我要把老师当作我的情夫，出门时我把老师锁起来，一步也不让你离开家门。”

两人相视着笑了起来。但是，虽然多纪脸上在笑，但她心里却是认真的。

如果有了这样一个目标，那么她就会越活越坚强。即便是遇到暂时的困难，她也会感到活得很充实。

多纪问柚木说：

“您真的要来京都住吗？”

“我这样一个年纪，并不打算过隐居的生活。但我确实在考虑来京都生活的事儿。”

“我也不是要您马上来京都住。三年后，或五年后都可以。”

“不会等那么久的。”

“真的吗？”

柚木点了点头。这让多纪感到很吃惊。

柚木是个少言寡语的人。正因为这样，让人觉得他一旦说出口的话，就一定会付诸行动。如果柚木刚才说的话是真的，那是不是意味着柚木真的要和他妻子分手呢？

多纪忽然意识到，自己和柚木现在正谈论一个非常现实的问题。两人听着山涧小溪的潺潺流水声，所谈的内容却是男女之间非常现实的事情。

看到多纪的表情有些异样，柚木问她说：

“你怎么了？”

“不，没什么。”

多纪看着窗户轻轻摇了摇头。她真想跳进绿树掩映的清澈的溪流里，把自己这颗现实的心洗涤干净。

多纪说：

“咱们不要谈这些事情了。”

“为什么？”

“怪吓人的。”

当一个人有了一个意外的期待时，他被背叛时所受到的打击会更大。不切实际的期望还是不抱为好。

多纪说：

“我也不强求老师来京都住。老师想来住时再来住就可以了。”

“那就只能老是让你等待了。”

“我已经习惯等待了。”

“是啊。你有时都快歇斯底里了。”

“那是因为我想见您，却总也见不到的缘故。”

柚木使劲儿点着头说：

“这我知道。”

他的话说得很坚决，简直看不出是个大病初愈的人。

第二天早晨，两人八点半钟离开了旅馆。多纪问题不大，柚木因为下午有一个必须要参加的会议，须从京都火车站乘坐九点钟发车的新干线。

柚木对多纪说：

“这两天有你陪伴在我身边，我的身体得到了很大的恢复。”

与刚到京都时相比，柚木的脸色确实好了许多，看上去很健康。

“请您千万不要勉强自己。”

柚木一旦回到东京，就成了多纪无法照顾的人。这让她感到很遗憾。

就这样，柚木乘九点十分的新干线离开了京都。送走了柚木，多纪直接去了工厂。她原本想换上西装去上班的，可连续两天在外过夜，毕竟让她感到有些难为情。

多纪刚进经理办公室，高木靖子就进来对她说：

“经理早上好！吉冈今天请假了。好像是他身体有些不舒服。”

多纪听后点了点头。她想起医生曾告诉她说：“目前能摘除的肿瘤已经都摘除了。但不能大意。”

但愿吉冈不是旧病复发。

多纪马上给吉冈家打电话。

吉冈好像在床上休息。但耿直的他还是亲自接了电话。

“因为梅雨季节，身体有些不适。其他没什么病，我明天就去上班。”

听吉冈说话的口气，好像没什么问题。但他妻子的说法却有些不同。

据吉冈妻子说，吉冈从昨晚开始腹痛，今天早晨感觉浑身无力，已经起不了床了。说打算再观察一天，不行就去医院检查。

多纪在电话里告诉吉冈妻子，要吉冈好好休息，不要勉强来上班。最好今天就去医院检查。说罢，多纪挂断了电话。

吉冈一请假，多纪的工作又增加了。曾经有一段时间因为吉冈不在，多纪紧张了一阵子。最近她又开始放下心有些懒惰起来。紧张的心情一旦放松下来，再要紧张起来不是那么容易的。

上午，多纪过目了一下信件和发票。下午要见两个客户。在东京举办夏扇节的日子也快到了。折扇和团扇行业工会的事也很忙。

傍晚，多纪正要收拾一下准备回家，这时吉冈的妻子打电话来说，多纪上午打过电话后，吉冈突然因胸部难受而发生呕吐，去医院检查后，医院说最好让吉冈住院。

“不是旧病复发吧？”

“因为太突然，所以医生也没有明确地说是旧病复发。”

电话里吉冈妻子的声音已经带着哭腔了。

原以为吉冈就是住两三天医院，检查一下身体。可吉冈出院的日子一拖再拖，一周的时间过去了，吉冈仍然没有出院。

多纪担心吉冈是不是真的癌症复发了。她想直接去见见医生，确认一下吉冈的病情。但她又感到有些害怕。

吉冈和隆彦这两个多纪最亲近的人住在同一个医院。这毕竟让多纪感到有些莫名其妙的不舒服。多纪觉得好像是双重的不幸降临到了她头上。

每天去探视隆彦的多纪也去病房看望吉冈。吉冈满不在乎地对多纪说：

“我就是有些劳累，可这里的医生太小心谨慎了，就是不让我出院。”

虽然吉冈是这样说，可他的脸比先前瘦了不少，即使是外行人也清楚地看出他面色很憔悴。

从一开始，吉冈的妻子就比较悲观。为了防止吉冈听到她们的谈话，她拉着多纪来到病房的走廊上，歇斯底里地大声对多纪说：

“他肯定是癌症又复发了。不然，医生会比较明确地告诉我说不要紧的。”

多纪不知道该如何回答吉冈的妻子。实事求是地说，多纪本身也觉得吉冈是癌症复发了。

吉冈妻子问多纪说：

“经理您能不能亲自问问川岛医生呢？”

隆彦依然意识不清，如果现在吉冈又一病不起的话，那就太让多纪悲痛了。

吉冈的妻子可能是过于激动的缘故，信口对多纪说：

“如果他没有救了，就请医生明说。这样我心里反而好受些。”

听了吉冈妻子的话，多纪觉得自己不能不去问吉冈的病情了。

第二天，多纪下决心来到了川岛院长的办公室。多纪觉得在川岛面前实在抬不起头来。她带着刚上市的甜瓜和威士忌来向川岛表示感谢。

“我弟弟一直承蒙您在照顾，而我这么长时间也没来向您表示谢意。这次我们工厂的专务董事也住到了您的医院，太麻烦您了。”

看样子川岛刚做过一个什么大手术，他一头的汗，就像刚从浴缸里出来似的。不过，川岛还是很轻松地接待了多纪。他告诉多纪说：

“我最近没怎么去看你弟弟的病情，他的病情好像没什么变化。”

虽然同是外科，但隆彦的病属于脑外科，而川岛是负责一般外科的，所以他并不直接负责隆彦的病。

多纪表示感谢说：

“承蒙您关照了……”

虽然隆彦意识不清，但病情没变化，就说明他还活着。听了川岛的话，多纪也只有表示感谢。

多纪把弟弟的病情放到一边，接着又询问吉冈的病情说：

“那，请问，吉冈不是癌症复发了吧？”

吉冈是腹部的疾病，和川岛的专业是一致的。

她对川岛说：

“万一，吉冈是癌症复发的话，我也得事先有所考虑。所以……”

听了多纪的话，川岛深深点着头说：

“那我就明说吧。我们基本上认为他是癌症复发。”

多纪看着川岛的脸说：

“果然是……”

吉冈上次做了手术，发现是癌症时，对多纪的打击很大。但这次和上次不大相同。上次虽说多纪感到吃惊，但觉得吉冈还有康复的希望，而这次是复发。多纪的第一反应是吉冈要死了。

多纪问川岛说：

“那，是不是没有救治的希望了？”

“这个，他大概还可以活半年吧。”

“半年……”

多纪在脑子里算起日子来。现在已经是七月初了，那半年后就是十二月末。

“他这么快就……”

“最近也有了对癌症疗效不错的药，也许他存活的时间会再长些。不过，可能今后他不能再去工厂工作了。”

多纪听说吉冈十八岁就进了工厂。他今年是五十一岁，就是说他在工厂工作了三十多年。吉冈比自己的父亲、比工厂里的任何人都了解现在的工厂。而如今他要从这个世界上消失了。

这让多纪实在难以相信。打从多纪刚记事起，吉冈就在这个工厂辛勤地工作。这让多纪产生一种错觉，觉得吉冈会一直活下去。今年初，当听说吉冈得了癌症时，多纪觉得吉冈肯定会战胜癌症活下去。

川岛告诉多纪说：

“我原本觉得还是把吉冈的病情如实告诉他妻子比较好。可是，你也知道，他妻子有些神经质，万一她不小心让吉冈知道了实情，对吉冈不太好。所以我们一直没告诉吉冈的妻子。”

多纪听后点了点头。她后悔不该来问吉冈的病情。

究竟怎样给吉冈的妻子说才好呢？吉冈留下的空白该如何填补呢？事情来得太突然，多纪一点思想准备也没有。

她问川岛说：

“我能不能告诉吉冈的妻子说，我刚刚见了您，您说吉冈只是由于梅雨季节食欲不太好？”

“这样说也可以吧……”

川岛深吸了几口烟后，转变话题似的问多纪说：

“前几天我接到柚木一封信。听说他上个周末来京都了？”

多纪不知所措地低着头说：

“是啊……”

“他在信里说他好像想辞掉大学的工作。”

“真的？”

“你没问他吗？”

“没有。”

多纪虽然嘴上这样说，但她还是想起柚木在贵船的旅馆病倒时曾说过想搬到京都住。

川岛说：

“他早就说过不喜欢大学的话。但没想到他那样认真。”

“他真的说过这话呀？”

“因为大学那样的地方，人际关系非常复杂。而且，虽说是教授，但在医学系，只给学生讲课是不行的。既要搞临床，还要写论文，甚至还得担任学生部长。很累呀！”

多纪的确觉得最近柚木明显很疲劳。

“他这个人，无论做什么，一旦做了就非要把它做好。所以这反而害了他。”

“听他说，他好像心脏不太好…”

“我觉得他的病是心绞痛。这种病是比较危险的。”

“您的意思是说……”

“关键是不能劳累。这只是我个人的看法。我觉得他应该下决心好好休养一段时间。他没告诉你他想来这里吗？”

多纪含糊其辞地说：

“他只是简单地说了一下。”

“我觉得他应该到京都附近的山里找个僻静的地方安心地休息一段时间……”

说到这里，川岛紧接着又说：

“不过，真的要来京都住，毕竟有不少问题呀。”

多纪点头表示同意川岛的说法。她觉得这些问题里好像也包括柚木的家庭。

“在我们几个同窗里面，柚木是唯一的大学教授。所以我们都希望他好好干。但如果病倒了，那岂不是鸡飞蛋打了吗？”

“他的病那么严重啊？”

“平时看上去没什么，但也可能会反复发作。所以病还是很严重的。”

多纪想起了她在贵船的旅馆看到的柚木趴在桌子上的情形。

“我们也只能是提醒他多加保重。你也多提醒提醒他吧。”

说着，川岛很和善地对多纪笑了笑。

且不说别的，在柚木和多纪的关系这一点上，川岛好像是自己人。虽然他没有明说，但从他的话里能感觉得出来。多纪很轻松地到川岛的办公室来，也许就是为了体验一下川岛的热情。

见过川岛后，梅雨天又持续了三天。往年七月十号前后就出梅了，可听说今年估计出梅要晚四五天。希望能早些看到出梅后晴朗的天气，但再晚也就这四五天的时间。

这天，多纪身穿藏青色带水珠花纹的套裙，又在外边套上一件尼龙外衣出了门。从门口到停车的地方，小田一直给她撑着伞。车子到了永观堂前面时，小田像忽然想起来似的问多纪说：

“今天傍晚您有没有空？”

“空倒是有。你有什么事吗？”

“倒也没什么大事。”

小田说话时的表情很严肃，眼睛一直看着前方。多纪也没有再多问，把身子靠到了车椅的靠背上。

由于吉冈生病在家，多纪觉得工厂里的工作一下子多了起来。照目前的情况，必须提拔一个人来接替吉冈的工作。

究竟提拔谁好呢？多纪脑子里倒也想起两三个人选，但个个都是有长有短，很难马上接过吉冈的担子。

但是，如果吉冈的癌症治疗无望的话，必须选择一个人接替他的工作。多纪过去从未想过吉冈去世的事情。因此，一时半会要选择一个接替吉冈的人并非易事。

整个上午，多纪在看送来的文件的同时，脑子里一直在考虑这件事情。

下午她去一家扇子批发店看了看。刚从批发店回到办公室，电话铃就响了起来。

“您是辻村多纪小姐吗？”

听声音对方是个女的，声音低沉而平静。多纪忽然觉得好像在哪儿听到过这个声音。

“忽然给您打电话，很抱歉。”

对方打的可能是公用电话，听筒里有汽车声和话筒的杂音。

“我姓柚木。”

“什么？”

多纪有些紧张地问对方说：

“您姓柚木？”

“不知您方便不方便，我想去见见您，有些话想跟您说。”

……

“我现在在京都。”

多纪握电话听筒的手不由得抖了起来。

“这个，您是不是柚木老师的夫人啊？”

“是的。我是从东京来的。”

多纪心想，柚木的妻子终于来了。但她又觉得这事儿好像是谁在开玩笑，好像是谁在模仿柚木妻子的声音打电话骗人的。

多纪问对方说：

“您真的是柚木老师的妻子吗？”

“对。”

毫无疑问，对方的确是柚木的妻子。对方那干脆的口气和多纪在灵前守夜时听到的声音一模一样。

多纪感觉自己全身的血液好像凝固了。自己最怕见的人直接给自己打电话来了，而且那个人说她已经到了京都。

“我现在可以去您那里吗？”

“您是说到我办公室来吗？”

“可以去吧？”

“哎……”

柚木的妻子虽然话说得很客气，但话语里带有不容商量的意思。

“那我这就过去了。”

“我说……”

多纪紧抓住电话听筒。只听对方又说：

“您的店的位置我已经问了刚才接电话的人。是在五条大桥前边吧？”

“是的。”

“那我二三十分钟就能到您那里。”

对方说罢就挂断了电话。多纪拿着电话听筒呆站在那里。

拿着发票进屋来的靖子，有些不解地问多纪说：

“您脸色苍白，是不是发生什么事了？”

“不，没什么。”

多纪两手捧着脸坐到了椅子上。

靖子告诉多纪说：

“这些票据有一部分是重复的。”

靖子边分类整理订货票据边向多纪解释。多纪在一旁呆呆地听着。

靖子问多纪说：

“这三张票据是不是不一样啊？”

多纪心不在焉地只是“哦……”了一声。

靖子疑惑地看了看多纪，然后给多纪鞠了个躬，离开了办公室。

多纪看着窗户自言自语地说：

“怎么办？”

京都的大街依然笼罩在灰蒙蒙的天空下。

柚木的妻子究竟为了什么而专门来京都呢？是为了问有关柚木的事情呢，还是为了来当面谴责她呢？更重要的是，柚木是否知道他妻子今天来京都呢？

多纪急忙抓起电话听筒给东京的大学拨电话。

如果不快点打电话，柚木的妻子就到办公室了。越是急电话就越是拨不通。

焦急不安的多纪终于拨通了教授办公室里的电话。接电话的是声音非常熟悉的女秘书。她告诉多纪说：

“老师现在正在给病人做手术。您有什么话需要我转告吗？”

可能是柚木作过交代，女秘书一直对多纪都很热情。

“老师什么时候能结束手术啊？”

“计划是五点结束。”

“那我回头再打吧。谢谢您！”

多纪说罢挂断了电话。

柚木的妻子肯定很快就会来。在这里见柚木的妻子不太好，但也只好如此。多纪急忙拿出化妆盒补了补脸上的妆。

十多分钟后，柚木的妻子来到了店里。

楼下的人打电话告诉多纪说：

“有客人要见经理您。”

多纪听罢吓了一跳，一下子从椅子上站了起来。

“客人说她姓柚木。是不是让客人到您办公室去啊？”

“不，我马上下去。”

在办公室里见柚木的妻子，厂子里的人出出进进的，说不定会让他们觉察到什么。多纪再次照了照镜子，然后从办公室里走了出来。走廊的两侧摆满了包装箱。她穿过走廊，沿楼梯下到楼下。多纪这时看到大门口比较宽敞的地方，一个穿和服的女人背朝着多纪站在那里。

多纪顿时停住脚步，调整了一下呼吸，然后来到那个女人跟前打招呼说：

“让您久等了！”

听到多纪的声音，柚木的妻子像被虫子蛰了似的把身子转了过来。眼前的这个女人确实是多纪上次在柚木家夜晚守灵时见过的柚木的妻子。

多纪低着头对柚木的妻子说：

“我是辻村多纪。”

柚木的妻子一言不发地看着多纪。

“上次的事，实在太抱歉了。”

柚木的妻子看着多纪，只说了声“你……”

多纪对柚木的妻子说：

“非常抱歉，让您特意来这里。您也看到了，这里很闷热。您看咱们是不是到附近的茶馆去坐坐？请您往这儿走。”

柚木的妻子仍然看着多纪只是点点头。

工厂的斜对面有一家茶馆。多纪和柚木的妻子在最里面的一张桌子对面而坐。

多纪再次向柚木的妻子道歉说：

“上次那件事，实在是太对不起您了。”

柚木的妻子身穿白大岛面料的单层和服，扎着条绫罗腰带，戴着副没有镜框的眼镜。

多纪在柚木家守灵时，柚木的妻子显得很憔悴，可现在看上去比那时胖了些。但她那双一眨不眨的眼睛依然十分锐利。

多纪低下头说：

“后来也想再去祭奠的，可始终没能去成。实在抱歉！”

柚木的妻子听罢立刻说：

“我知道您是经理，很忙。”

“您都看到了。厂子很小，倒也没有什么可忙的。”

“您也不必勉强去祭奠。”

说罢，柚木的妻子再次看了看多纪，问她说：

“您今年多大了？”

“我今年二十九了。”

柚木的妻子再次端详着多纪说：

“您真的是既年轻又漂亮。”

“您说哪里话呀。”

“不过，要是您已经二十九岁的话，那应当知道什么事能做，什么事不能做吧？”

柚木妻子的话让多纪很吃惊。虽然她的话说得很客气，但话的内容却不客气。柚木妻子的眼神里带着憎恨。她对多纪说：

“我在电话也曾听到过您的声音。”

……

“前不久您去东京了吧？”

六月初，多纪去东京，把柚木喊到了八重洲出站口。

“你们两个人的事情我全知道。”

多纪一个劲儿地低着头一言不发。

“您知道您目前所处的位置吧？”

柚木的妻子像是要稳定一下自己的情绪似的喘口气说：

“事到如今，我本来不想说了。是您的弟弟杀了我儿子。您觉得您可以爱一个被害人的父亲吗？”

……

“您怎么不说话？”

多纪不由得抬起头来。虽说服务台的人听不到两人的谈话内容，但调酒师和女服务员一直在疑惑地看着她们，好像看出了两个人的情况不对劲儿。

多纪几乎每天都来这家茶馆，和茶馆里的人很熟悉。正因为这样，多纪实在不希望两人的谈话被他们听到。

“你身为杀人者的姐姐，却勾引我丈夫！”

多纪急忙制止柚木的妻子说：

“请您小点声……”

“如果您怕他们听到，那我就再大点声说。”

“请不要再说了。”

“您是个偷嘴的杀人犯！”

大概柚木的妻子意识到自己的言辞有些过激，她压低声音说：

“总而言之，您应该知道羞耻。应该知道自己在做什么，做这种事情给别人造成多大的伤害。”

多纪想把耳朵堵起来。如果有可能，她想立刻逃出去。

柚木的妻子又对多纪说：

“我今天来京都，是想和您做个明确的了断。”

“了断？”

“对！因为我不可能一直让您这样随心所欲地做下去。”

说到这里，柚木的妻子像是要稳定一下情绪似的喝了口咖啡，又接着说：

“现在，我想请您明确地保证，从今天开始坚决和柚木一刀两断。”

……

“把我儿子杀了，还要夺走我的丈夫。您到底恨我恨到什么程度呢？”

多纪担心自己会昏厥过去。再这样下去，自己可能会因为贫血而昏倒。

“柚木是我的丈夫。无论您说什么，我是绝对不会放弃我丈夫的。您明白了吗？”

多纪不清楚自己是怎样离开茶馆的。

她唯一能做的就是始终低着头。再在那个茶馆待下去，她非发疯不可。多纪记得她最后说了句“我告辞了”，就不顾一切地逃了回来。

多纪已经记不起当时柚木的妻子的表情和周围客人的眼神。她只记得她推门出去时收银台的一个长头发女人很奇怪地看着她。

他们肯定从多纪来茶馆和离开茶馆时态度的变化觉察出了什么。

现在，与其说多纪是回到办公室，还不如说是挣扎到了办公室。回来的路上，在工厂门口她遇到了负责发货的村田和清水经理，但她没有工夫和他们说话。

多纪回到经理办公室，关上门，一头趴到了办公桌上。

她趴在桌子上在心里摇着头说：“够了！再也不想遇上这么倒霉的事情了！”

多纪想去死。她不明白为什么只有自己会遇上这么倒霉的事情，为什么非要自己这样可怜。

到了后来，多纪的眼泪夺眶而出。泪水一旦流起来就再也止不住，只有任其流下去，直到流干为止。

不知道过了多久，有人敲她办公室的门。多纪问道：

“是哪位？”

“我是藤本。给您送新舞扇的样品来了。”

“我现在忙，你回头再来吧。”

多纪说罢缓缓地抬起头来。

桌子上的情况还是她去茶馆前的样子。看了一半的订货单，旁边放着三张新扇面的设计图。

她不能一直这样哭下去。

多纪起身到墙角处整理了一下妆容。化妆盒的圆镜子里的那张泪脸已经哭得不成样子。那是张杀人者姐姐的脸，是张馋嘴猫的脸。

多纪紧咬着嘴唇，几乎把嘴唇咬出血来。接下来，她擦干净被泪水弄花了的脸颊。

虽然脸上的妆收拾好了，但眼圈的浮肿却无法消除。现在这个样子实在让她难以出门。

她重新坐回桌子前，呆呆地看着天空。从早晨开始一直在下小雨，天一点也没有要晴的迹象。

柚木的妻子回去没有呢？她后来去火车站乘火车回东京了吗？她仅仅是为那件事来京都的吗？她是瞒着柚木一个人悄悄来的吗？

如果是这样的话，她的这种执着太可怕了。

接下来的一段时间，多纪简直像一个得了梦游病的病人。无论是看文件，还是和来人会面，她都心不在焉，脑子里始终在考虑其他问题。她感觉自己的脑袋深处好像受到了击打，思维停止了似的。

傍晚五点时，小田来到多纪的办公室问她说：

“您的工作结束了？”

多纪想起早晨小田曾对她说，下班后有话对她说。

小田问多纪说：

“您是不是哪里不舒服啊？”

“不。”

“已经五点了。我在对面的茶馆等您好吗？”

“啊！不，不要在那里等我。”

多纪实在不愿再去白天和柚木的妻子见面的那家茶馆。她问小田说：

“在这里谈不行吗？”

“倒也没什么不可以。”

小田不知如何是好似的看了看四周，然后坐了下来。多纪问他说：

“你想说什么事啊？”

“是这么回事儿……”

小田眼睛看着别处说：

“我在想，是不是和品子小姐结婚。”

……

“我觉得现在结婚有些早。但又觉得既然早晚都要结婚，所以现在结也可以。”

“你给你的父母说过了没有？”

“我父母说只要我愿意就行。”

“品子一定很高兴吧？”

“不过，我还没有告诉品子小姐。”

“如果决定了，快点告诉她不是更好吗？”

“那倒也是。可是……”

“可是什么？”

小田低着头。过了一会儿，像是下定了决心似的抬起头说：

“我绝对不是为了接经理您的班才和品子小姐结婚的。”

“接我的班？”

“如果被经理您误会了，我会很痛苦。所以……”

“我说，你这话到底是什么意思啊？”

小田很为难似的看了眼多纪说：

“和品子小姐结了婚，我就成了辻村家的亲戚了。”

“这倒也是。”

“我并不是因为对辻村这个工厂感兴趣才要和品子小姐结婚的。”

“你不是喜欢品子才和她结婚的吗？”

“您说得对。可品子小姐的母亲却对我说……”

“我母亲对你说什么了？”

“她说让我和品子结婚，将来继承辻村家的工厂。”

“什么？！”

“可是我并没有那样的打算。”

“我母亲对你说了那样的话？”

“我去您若王子的家玩时，您母亲对我说的。当时经理您不在家。”

这到底是怎么回事儿？母亲出于什么考虑才说出那样的话呢？

“我还不想回金泽。但我父母都在那里，如果继承商店的话，当然是继承金泽的店。所以我不可能去继承辻村家的店。”

“我母亲是说，如果我不当经理了，你也许会接替我现在经营的工厂吧？”

“如果经理您嫁到什么地方去了，那就……”

“我是不会嫁到别的地方去的。”

“我也希望您不要嫁到别的地方去。”

“你也希望？”

“是的……”

小田态度明确地点了点头，随即毕恭毕敬地把双手放到了膝盖上问多纪说：

“我，能说吗？”

“没关系，你尽管说。”

“我之所以和品子小姐结婚，是因为这样一来……”

说到这里，小田脸变得通红。他接着说道：

“这样一来，我就可以守在您身边。所以……”

多纪盯着小田看上去很痛苦的脸。

多纪不知道该如何回答小田刚才的话。森子对小田说的话和小田的告白都过于唐突和激烈。

总之，多纪现在就想快点单独一个人待一会儿。她问小田说：

“你要说的就是这些吗？”

“是的……”

“那，我就告辞了。”

“您是不是不高兴了？”

“没有不高兴啊。”

说罢，多纪开始整理起桌子上的文件来。她锁上文件柜，站起身对小田说：

“你刚才说的事，我们回头再慢慢谈吧。”

“我，开车送您。”

“今天你就不用送我了。我途中要办些其他的事情。”

工厂里，除了值晚班的人，大部分工人好像都已经下班回去了。多纪和小田一前一后走在空无一人的走廊上。下了楼梯，来到楼门口时，多纪回过身来对小田说：

“那，你辛苦了！”

“请原谅！……”

小田心有不甘地站在那里。

多纪丢下小田，步行到五条大街去乘出租车。

多纪还没想好去哪里就坐进了出租车。司机问她说：

“您去哪里啊？”

“请送我去若王子。”

话刚出口，多纪就马上改口说：

“请送我去河原町二条。”

回到家自己心里会更加混乱。她想去槙子那里，但又觉得去她那里也没什么意思。

“对不起！请送我去冈崎。”

多纪的情绪非常不稳定。

正遇上工厂下班的时间，路上的车辆很多。从早晨开始下的雨好像终于停了。但天空的云层依然很厚。

多纪把目光转向被厚厚的云层覆盖着的天际的晚霞。心想，照这个样子，说不定明天还要下雨。

今天这一天的事情太多了。多纪感觉很疲劳，就像过了好几天似的。今天第一件让她吃惊的事就是柚木的妻子来到京都。她的情绪还没有稳定下来，小田就来告诉她说要和品子结婚。这倒也罢了，小田还对她说“不是为了接经理的班才和品子结婚的。”

和品子结婚与继承辻村的店无关这件事，小田不说多纪也明白。品子和辻村家没有任何关系。虽然品子是父亲后妻的女儿，但她与父亲和多纪没有什么血缘关系。当然，品子也不姓辻村，而是姓沟口。

和森子的女儿结婚就会继承辻村的家产，这样的话谁听了都会发笑的。这无非是森子她们一厢情愿的美梦而已。

但是，森子好像已经多次在小田面前说过这样的话。

“你要是和品子结了婚的话，将来也许会请你继承辻村的家产。”

可能由于森子多次这样说，让小田受到一种暗示。总而言之，这样的胡思乱想好像责任不在小田。

还是森子让人捉摸不透。假如森子真的对小田说了那些话，那她到底是怎样想的呢？

眼下，和辻村家族有血缘关系的只有多纪和隆彦。且不说实际的工作是谁在做，事实上只有这两个人有资格继任经理的职务。

然而，隆彦成了植物人，已经不可能继任经理。而且，如果多纪出嫁到别人家，事实上辻村家的家业就没有了继承人。多纪一旦结婚，终归要放弃工厂的。只有到了那个时候，才轮得上森子出马。

实际上，当多纪从工厂抽身后，由森子担任经理是顺理成章的事情。虽然森子是后妻，但只要她是长辈的妻子，由她继任经理，别人是不会说什么的。

其实，多纪曾多次考虑要把经理的位子让给森子。两年前要多纪担任经理时，她曾拒绝过。最终，由于亲戚和周围的人不同意森子继任，多纪才当了经理。如果这次多纪辞去经理的职务，那接替她当经理的就只有森子了。

也许明智的森子在等待时机的成熟。别急，反正自己会掌管辻村的家业的。一旦自己掌管了辻村的家业，以后再把它交给品子就是顺理成章的了。

说不定森子那么卖力地要促成多纪和武藤的婚事也是出于这种考虑。

“怎么办？”

多纪感到有些害怕。她担心，如此下去，自己会被森子打垮的。她想找个可以依靠的人。

淡淡的暮色中，柚木的脸浮现在多纪眼前。但很快，柚木的脸就变成了他妻子的脸。

多纪什么都不愿想了，她想尽快把心绪稳定下来。

此时此刻，唯一的办法就是去射箭。

弓箭和服装上次没有还，还寄存在射箭场的柜子里。

冈崎的射箭场里有三个人在那里射箭。他们都是上了年纪的男子。旁边的裁判席上坐着一个级别最低的人。多纪过去曾见过他。

多纪给坐在裁判席上的那个男子点了点头，然后从他身后朝后面的寄存柜走去。

多纪穿上射箭服，在心里对自己说：

“我已经什么都不想了。”

她系上束衣袖的带子，戴上皮手套，顿时感觉浑身利落了许多。

打扮停当的多纪闭上眼睛呼了口气。

此时，柚木也好，柚木的妻子也好，小田和品子的事也好，森子的心思也好，统统都被她抛到了脑后。

“现在什么都不考虑，一心射箭。”

当多纪来到射箭场时，等待席上的三个人已经站在了射箭的预备位置上。接下来，三个人从左至右依次缓缓走到射位上做好了射箭的准备。不久，伴随着清脆的声音，箭射了出去。紧接着传来箭射中靶子的声音。慢慢地，多纪的情绪被调动了起来。刚才还乱糟糟的心绪现在平静了下来，一门心思在考虑如何把箭射好。

过了一会儿，三个人射完了箭。

轮到多纪射箭了。她从座位上站起身鞠了个躬，走到了射箭的位置上。多纪调整了一下双脚的位置，摆好姿势。

射箭的位置上共有两个人，后面还有三个人在等候。多纪在他们的注视下慢慢地摆姿势。

她搭上箭，开始拉弓。

多纪两肘用力，开始力量均匀地拉弓。她把弓弦拉到了与眼睛平齐的地方。

箭道把身心合一、熟练捕捉发箭时机称作“会”。它表明箭手已经达到心身一体。

多纪紧盯着箭靶。确定瞄准点后，她用右眼的大眼角和左眼的小眼角锁定瞄准点，把全部的注意力都集中到了那一点上。在把箭射出去之前，她始终不眨眼地盯着目标。

箭射出去之前的这段时间叫作“观雪眼”，说是稍一眨眼就会把箭射偏。

多纪此时正处于“会”的顶点。她眼睛一眨不眨地盯着目标。此时她的眼睛里只有弓弦和箭靶上的黑色圆点。当腹部的力量加到九成时就可以放箭了。

“放！”

正当多纪要放箭的一瞬间，一个黑影从她眼前掠过。黑影在她眼前晃了一下，她看到一张女人的脸。

瞬间，箭离弦而去。

“哎呀！……”

多纪低声尖叫着，身子向后倒去。

在后面等待的人和坐在裁判席上的人好像一时间不清楚发生了什么事情。

多纪后退了几步，射出去的箭半途落到了地面上。她慌忙站稳身子，想把弓箭拿好，这时她才感觉右脸颊有些疼痛。

身后立刻有人提醒她说：

“还是休息一下吧。”

周围有两三个人朝她跑了过来。

右边的一个人提醒她说：

“你脸上出血了。”

多纪用手摸了摸右面的脸颊，发现手上沾有血迹。

有的人说“快去医院吧！”有的说“叫救护车吧！”

“对不起！不要紧。”

说罢，多纪右手捂着伤口，左手拿着弓箭朝物品寄存柜后面跑去。

多纪在镜子面前仔细看了看脸上的伤口。

右侧的脸上有一条四五公分长的伤口。伤口就像是用锋利的小刀划的。

看样子是箭飞出去的瞬间，箭尾的羽毛划到了脸部。

这样的事故通常是很少有的。个别的初学者由于脸离弓太近，偶尔会被箭尾扫到。但一般都只是碰到眼镜架，像多纪这样直接伤到面部的情况是很少见的。一个入段的射箭者是不应该出现这样的失误的。只要拉紧弦，心身合一地瞄准箭靶，在发箭的瞬间盯好目标，不可能出现这样的错误。

除非是射箭者此时的心态极度不稳定，否则这样的失误是绝对不可能的。

多纪在箭即将射出的一刹那的确看到柚木妻子的脸在箭靶的黑色靶心里。

多纪原本是为了稳定情绪才来射箭的，却因为心绪混乱而导致了失误。结果，不但心绪没有稳定下来，反而把自己混乱的心绪暴露给了众人。

太丢脸了。作为一个箭手是不称职的。多纪用手绢捂着伤口，休息了一会儿后换下了射箭衣。

由于伤口很浅，所以伤口处只是渗出一些血，看样子血不会一直流下去，用手绢压一会儿就没事儿了。

但脸上那道血印却很明显。

不知道血印要过几天才能消失。

换下射箭衣后，多纪又照着镜子看了看受伤的脸。

在伤口处多涂些粉也许不会太显眼。但要完全把伤口遮住似乎比较难。

多纪正在照镜子，这时刚才坐在裁判席上的那个初级箭手走过来问她说：

“您不要紧吧？”

“不要紧。我刚才有些眩晕。在那么神圣的地方，出那么低级的错误，实在抱歉。”

“您说哪里话。下次射箭时更加沉着一些就行了。”

看来这个人看出了她刚才射箭时情绪不太稳定。

第十二章

正午的原野

自从脸上受伤后，多纪每天都来往于若王子的家和工厂之间，没有去过其他地方。这期间折扇团扇行业工会的理事会邀请她出席会议，老客户教舞蹈的师傅等邀请她参加聚会。但她都借故不方便拒绝了。

无论妆化多浓，到了明亮的地方，照样能看出脸上的伤。

在家里，森子和安代也问她说：

“你脸上怎么了？”

“不小心碰到门上了。”

“碰到门上了？”

从两个人的表情可以看出，她们都感到不可思议。多纪佯装不知。

在工厂，小田和高木靖子也觉得多纪脸上的伤有些奇怪。小田想问她原因，但没问出口。可靖子毕竟是女人，她马上就来问多纪脸上的伤是怎么回事。多纪说：

“不要紧。”

“可是，看到您脸上的伤，总觉得有些奇怪。”

靖子端详着多纪的脸又说：

“我说不好，总觉得您的脸挺那个的……”

“是不是有些像黑社会的人啊？”

“不是的。是好看，或者叫不一般。经理您最近真的变漂亮了。”

“不要开这种玩笑！”

“可是，大家都在议论经理，说您是不是有了喜欢的人。”

“你就不要拿我开心了。”

靖子从房间里出去后，多纪再次对着镜子看了看自己。

由于天热，自己最近瘦了些。消瘦的脸颊上隐约可以看到一条伤口。过去也曾有人夸她漂亮。但说她的脸不一般，今天还是头一次。

不一般是什么意思呢？的确，多纪也觉得自己的脸最近有些变化。以前别人只是夸她长得漂亮。可从去年开始，她的脸增加了女人味儿。最近，脸上更是出现了某种特别的变化。

多纪过去一直认为“妖艳”或“妩媚”这样的词与己无缘，觉得这些词都是用来形容烟花巷里的女人或一些长得漂亮的已婚女人的，心想自己身上是不可能出现那种情况的。没想到如今脸上添了伤后，却有人说自己的脸不一般。这太不可思议了。多纪感到有些奇怪，原来还有人这样看自己。虽然她觉得有人这样看自己，让她感到有些讨厌。但她同时又觉得别人已经把她看作是一个真正的女人了。

也许是由于这一年中和柚木之间的喜悦和悲伤在自己的脸上留下了痕迹。

不过，多纪觉得尽管如此，脸上的伤还是尽快治疗为好。如果只是靖子说自己的脸不一般还可以一笑了之。但在外面，不能让人这样说自己。

多纪每天都对着镜子看脸上的伤。虽然伤痕在一天天消失，但也许是看得太多的缘故，总觉得伤痕消失得太慢。

不仅如此，当多纪对着镜子时，她就感到柚木的妻子在盯着她，于是心里就会感到发抖。多纪甚至觉得，自己脸上的伤就是柚木的妻子给弄的。虽然柚木的妻子没有直接动手，但她的怨恨却在起作用。

"太可怕了……"

已经淡忘的恐惧感又在多纪心头泛起。

必须想办法把和柚木之间的关系做个了断。既然那个女人说出那样的话，那她是不会善罢甘休的。

的确像那个女人当面骂的那样，自己确实是杀人犯的姐姐，是个偷嘴吃的馋猫。面对柚木妻子的这些话，多纪一句辩解的话也说不出来。

也许自己该放弃柚木了。

和柚木的恋情从一开始就不正常。自己作为加害方的亲属去看望被害方的家人，于是双方产生了爱情。这有些过于随便了。

这种事情原本就是不允许的。

多纪却明知故犯，和柚木的关系越陷越深。她也知道不能那样做，但她又控制不住自己。好像是顺其自然似的发展到了今天的地步。

做出这样的事情当然要受到惩罚。也许自己脸上的伤就是其中的一个报应。

不仅如此，隆彦受重伤而变成植物人，吉冈患癌症，森子好像在打她的小算盘，所有这一切好像都是对她迄今为止的行为的惩罚。

多纪慢慢闭上眼睛在心里说：

"神明是不会原谅我的。"

由于自己的原因，给方方面面的人添了麻烦。在别人看来，自己是经理，是泼辣能干的小姐。但在背地里，自己却在做对人实在难以启齿的事情。

多纪脸部受伤一周后，梅雨季节结束了。

一天到晚笼罩在天空的雨云散去了，火球一样的夏季的太阳突然出现在天空。再过几天就是祇园节了，那也是京都进入盛夏的标志。

经过一周的恢复，妆化得浓些脸上的伤口基本就看不出来了。出梅后的第二天晚上，柚木给多纪打来了电话。柚木在电话里告诉她说：

“我现在在京都。”

忽然听说柚木到了京都，多纪一时有些不知所措。

这一周，多纪没有给柚木打电话。她有许许多多的话要对柚木说，但她拼命在忍着。一方面是为了试试她自己的毅力，同时也是故意不给柚木打电话的。

柚木知道他妻子来京都吗？到目前为止，柚木从未提到过他妻子来京都的事，看来他并不知道这事。多纪想把他妻子来京都的事告诉柚木，但她又不想在柚木面前诉苦。如果柚木知道他妻子来京都，他一定会告诉多纪的。既然柚木什么都没说，自己不向他提及他妻子来京都的事也没关系。

总之，他妻子来京都这事儿，从多纪的嘴里说出来，只会给她自己增加痛苦。一周来，多纪一直都在心里这样提醒自己。她坚持认为，无论结果如何，都是自己一个人的事儿，与柚木没有关系。

可如今柚木突然到了京都。柚木在电话里说：

“下午给你打电话，一直联系不上。我现在刚到京都火车站。”

下午多纪去走访客户，不在工厂。

“时间晚了些，能和你见面吗？”

多纪看着电话机不知该如何回答柚木。她在考虑不再见柚木，打算即使他打电话来也做出不愿和他见面的样子。

柚木说：

“饭店我还没定。有些事情需要给你说。”

“什么事情啊？”

“见了面再告诉你。总之务必请你来见见我。”

听到电话里柚木的声音，多纪不见柚木的决心顷刻间就垮了下来。

柚木对多纪说：

“我马上直接去京都饭店。不知道那里还有没有房间。我在饭店大厅里等你。再有十来分钟我就能到那里。”

多纪拿着电话机听筒看了看表。时间是晚上十点钟。

说不定柚木是医院的工作一结束就乘新干线赶到京都来的。

说是马上去，可多纪此时已经卸了妆，换上了平时在家穿的连衣裙。柚木的电话再晚打一个小时多纪就钻进被窝睡觉了。多纪对柚木说：

“我可能要半个小时后才能到那里。”

“反正我在大厅里等你。”

听柚木的话音，感觉好像有很紧急的事情。

多纪急忙穿上印花衬衣和藏青色的裙子从房间走出来。

客厅里，安代一个人在看电视。多纪对安代说：

“槙子忽然说有事想和我商量。我出去一会儿。我妈呢？”

“可能在二楼吧。”

二楼是指品子的房间。多纪点了点头。这时安代压低声音说：

“最近两个人经常悄悄谈话。不知道在商量什么。”

多纪还没有把小田和品子的婚事告诉安代。她觉得既然小田说要和品子结婚，把两人的事告诉安代好像也没关系。但她又觉得在森子和品子没把这事说出口之前，自己先告诉安代好像不太好。

“昨天晚上两个人也在二楼谈到很晚。”

多纪现在不想考虑其他事情。

“那，我出去了。”

说罢，多纪匆忙拿着手提包站了起来。

刚来到外面，夏夜的热浪就迎面向她扑来。热烘烘的夜空里，月亮看上去有些朦胧。夜幕下的多纪转身看了看眼前的这个若王子的家。自己刚刚从那里出来。占地近七百平方米，房屋面积近两百平方米。在那座宽敞的房子里，多纪、森子、安代和品子，每个人都有一个自己的房间。每个人可以随意待在自己房间里，悄悄地考虑个人各种各样的事情。从外表看，房屋很结实，很安静。但住在里面的人却各有各的打算。

山脚下，夏夜热浪笼罩下的这一大片房宅面积很大，看上去就像是一个神秘的怪物。

多纪自言自语地说：

“随她们的便吧。”

无论森子在图谋什么，品子在想什么，这些都与自己无关。现在自己不想去考虑这些多余的事情。

多纪眼下唯一想做的就是尽快赶到柚木身旁。她觉得这已经够了。

多纪赶到饭店的大厅时，柚木正站在大厅的窗台边看着外面。

多纪站在柚木的身后向他道歉说：

“来晚了。请您原谅。”

听到多纪的声音，柚木转过身来说：

“我们到楼上的酒吧喝点什么吧。”

“您的行李呢？”

“这里有空房。我已经订好了房间。”

说罢，柚木带着多纪朝服务台左侧的楼梯口走去。

饭店的酒吧在一楼到二楼的楼梯口对面。柚木在酒吧靠里面的座位上坐下后，仔细看了看多纪，指着她的脸说：

“你脸上受伤了？是刀划的？”

“不，没什么。已经好了。”

“伤得很奇怪呀……”

说着，他向走过来的服务员要了白兰地。

多纪说：

“倒是您突然来京都，把我吓了一跳。”

“你知道我为什么来吧？”

“我知道？”

柚木点上一支烟，喝了一大口白兰地，抬头看着多纪说：

“前不久，你见我妻子了吧？”

酒吧淡淡的灯光下，柚木的眼睛盯着多纪，问她说：

“为什么不把那事儿告诉我？”

“那事儿，那个什么……”

“请不要给我打马虎眼。”

……

“你在欺骗你自己的感情。其实你见了我妻子后心里很不舒服，很生气，而且还恨我。可你还要故作平静，好像什么事情都没发生一样。”

柚木一口气说完这些话后，又拿起酒杯问多纪说：

“你为什么不马上把那事告诉我呢？”

“告诉您了。”

“还没告诉我。”

“我当时就给您打电话了。可是……”

柚木当时在做手术，不在房间。错在柚木。

“我太大意了。直到今天我才知道出了那件事。”

“那，您是为了那件事特意来京都的？”

“这还用说呀！”

“这太不应该了。”

“有什么不应该的？你不要再装着若无其事了！”

虽然柚木的声音不大，但语气很强。

多纪两手放在膝盖上，向前探着身子坐在柚木对面。柚木几乎把身子伏在桌子上。在其他人看来，也许会觉得男人是在训斥眼前的女人。

两人就那样坐着。过了一会儿，柚木说：

“我不清楚我妻子都说了些什么。但她那件事情做得很愚蠢。”

……

柚木低头给多纪鞠了个躬说：

“总之是我不好。”

顿时，某种悲伤的感觉袭上多纪的心头。虽然她不清楚为什么，但她觉得道歉的柚木很可怜。

“没想到我妻子会做出那样的事来。”

多纪摇着头说：

“请您不要再说那件事了。”

虽然现在柚木说了这样的话，但多纪不可能就此忘记被柚木妻子谩骂的事。更重要的是，为什么柚木要替妻子给自己道歉呢？因为是他妻子做的事，就应该他负责任吗？这样一来，就说明柚木妻子的言行与柚木是有关系的。而多纪一直认为，柚木是柚木，他妻子是他妻子，两人是没关系的。她始终都是这样来安慰自己的。因为柚木和他妻子之间没关系，所以即便挨了柚木妻子的骂，多纪也甘愿忍受。

想不到柚木竟然来替他妻子给自己道歉。既然柚木和他妻子没关系，柚木有必要来替妻子负责吗？

“今天早晨，我偶然从别的一件事情得知我妻子来京都见你了。”

柚木又拿起酒杯接着说：

“我做梦都没想到她会做出那样的事情来。”

多纪想象柚木和他妻子对坐在餐桌前共进早餐的情形。柚木在看报纸，面前摆着烤面包和咖啡。于是，在聊别的事情时，他妻子无意中说出了她去京都的事。或者是他妻子讽刺他说“已经不去京都了？”没等吃了一惊的柚木回过神来，他妻子又穷追不舍似的说，“那个偷嘴的馋猫答应我说要和你分手了。”总之，柚木这才知道妻子去见多纪了。

柚木对多纪说：

“我替她求你了。请你忘掉那件事情吧。”

多纪没说话。无论柚木如何求情，多纪是不可能忘掉那件事情的。多纪问柚木说：

“您就为了给我说那件事而特意来京都的呀？”

“我担心你。”

“可是……”

多纪想说：“听您的话音，如果没有那件事情，您今天是不会来京都了。”

“总之，亲眼见到你我就放心了。”

……

“今天咱们好好喝一回吧。”

接下来的半个小时，两人由祇园节聊到八月的“大字形篝火”。还谈到了京洛医院的川岛，以及吉冈的病情等。

他们交谈的内容都与柚木的妻子无关，两人都在有意回避涉及柚木妻子的话题。

快到十一点时，服务员走过来问两人还需要什么。柚木站起身说：“不需要了。”然后到柜台结了账，和多纪一起进了电梯。

电梯里就他们两个人。

柚木按了六楼的按钮。两人在六楼出了电梯，径直朝房间走去。

“你累了吧？”

说着，柚木坐到了窗子边的椅子上。靠墙的地方摆着两张单人床。

多纪问柚木说：

“您明天一大早就得回去吧？”

“中午之前赶回去就行。”

“实在抱歉。您这么忙，还让您特意来一趟。”

“应该道歉的不是你。”

柚木起身轻轻走到多纪身旁，慢慢捧起多纪的脸把嘴贴了上去。

多纪顺从而又默不作声地张开了嘴。

柚木更加用力地抱着多纪说：

“我爱你。”

多纪能感觉到柚木在用力抱自己，但她内心却很清醒。不知为什么，她无法像过去那样投入地接受柚木的爱抚。

“咱们睡吧。”

说着，柚木脱去西装和衬衣，把它挂到了衣服架子上，然后换上了睡衣。等柚木换好睡衣后，多纪才开始脱衣服。

柚木在床上喊多纪说：

“来！”

两人已经做爱多次，彼此都明白这是要做爱的信号。

多纪看了一会儿窗子外面，然后拉上窗帘，躺到了空着的一张床上。

房间里只开着台灯。柚木抬起头问多纪说：

“你不到我的床上来啊？是不是还在想那件事啊？”

“没有啊。”

柚木躺到了多纪的床上。台灯的灯光把柚木身体的影子映在天花板上。影子很大，看上去像皮影似的。多纪躺在床上仔细地看着天花板上的影子。

已经重复了无数次的事情，马上又要再重复一次了。第一次是在叫“石水”的房间里。接下来是在鸭川河畔的饭店里。那以后不知道又重复了多少次。多纪正在想过去的事情，这时柚木把她搂到了怀里。

医院里的气味顿时把多纪笼罩了起来。也许由于常年在医院工作，消毒液的气味渗透进了身体的缘故，柚木身上始终有一股消毒液的气味。

消毒液的气味总是让多纪感到安慰。她觉得只要身边有这种气味，她就会感到心里踏实。这种踏实感让多纪产生了无法实现的梦想。

可不知道为什么，这种气味，今天让多纪感到它只是气味而已。从身边的这种气味里，多纪无法进一步产生甜蜜的感觉。

虽然多纪被柚木抱着，但她却从柚木的肩膀处在看墙壁。台灯的影子映在淡奶油色的墙壁上。柚木解开多纪的睡衣，把手放到了她的胸部。他先是用嘴唇含了几下多纪的乳头，接着又轻轻地抚摸她的背部。

多纪现在像是砧板上的鱼，任由柚木摆布。衣带被解开，胸部完全暴露着。

多纪的两条腿也被柚木轻轻地分开，接下来的情形让她事后想起来都感到害羞。

然而，尽管这样，多纪的头脑却异常清醒。柚木的手在缓缓地向下移动。从乳头移到后背，从腰部移到腹部。但对柚木的爱抚，多纪只是感觉他的手在移动。

忽然，柚木的手停了下来。稍微过了一会儿，柚木抬起上身问她说：

“你在想什么？”

……

柚木看了一会儿多纪的脸，接着像是要恢复自己的好心情似的又把多纪抱到怀里说：

“不要再考虑那些无聊的事了。”

被柚木紧紧抱在怀中的多纪几乎连气都喘不出来。

“我爱你……”

说着，柚木趴在了多纪身上。这时，多纪忽然清楚地看见柚木的妻子出现在眼前。

“不要！”

多纪摇着头，好像是无意识地从柚木身子下面摆脱了出来。她用手使劲儿推开了柚木。

“不要这样！”

柚木一下子松开手，面带扫兴地问多纪说：

“你怎么了？”

……

多纪盯着天花板，没有回答柚木。

刚才自己脑子里出现的是幻觉呢，还是确实是柚木的妻子呢？

冷静地观察房间，就会明白柚木的妻子是不可能进这个密室的。忽然发现有人在窥视，不过是多纪的幻觉而已。

但多纪的确看到了柚木妻子的脸。当柚木不由分说进入她的身体时，她清楚地看见了柚木妻子的脸。柚木妻子的影子像一只黑色的大鸟一样展开翅膀，想要把多纪包围起来。

“你在看什么？”

……

多纪摇摇头，没有回答柚木的问话。她再次看了看幻觉消失后的墙壁，然后闭上眼伏到了枕头上。

闭上眼睛后的多纪回到了没有一丝亮光的一个人的世界。接下来是泪水夺眶而出。

她自己也不清楚为什么会流泪。就是感觉身体里好像充满了某种悲伤。她担心自己受到了无可挽回的伤害。现在的多纪除了哭泣没有别的办法。也许哭一段时间，心情平静下来后，幻觉就会不知不觉地消失。

多纪现在希望的就是这个。

就这样过了几分钟。

多纪不清楚这几分钟里柚木是什么样的表情。也许盼望已久的情交被中途打断令他很沮丧，要不就是让他非常迷惑不解。

不久，多纪的心情平静了下来。

多纪对自己说，虽然自己确实看见了柚木妻子的幻影，但那无非因为思虑过度，是自己对那些无聊的事情考虑得太多了。想到这里，多纪停住了哭泣。

这时多纪发现柚木在很温柔地抚摸她脑后的头发。

柚木把多纪额头上的头发理到后面，然后静静地把她抱到了怀里。

虽然多纪刚刚哭过，但两个温暖的肉体贴在一起的感觉还是很舒服的。多纪闭着眼睛，沉浸在舒服的感觉之中。眼下，眼睛、耳朵和鼻子的感觉都无所谓，她最想要的就是这个温柔的肉体。

每当多纪被柚木抱在怀里时，她都在想人与人的肉体为什么只能结合到这么个程度。难道接触的面不能再扩大一些吗？她想把自己身体的里里外外，自己的胸部和背部，膝盖和脚底都和柚木贴在一起。

多纪死命地抱着柚木。她把头紧紧埋在柚木怀里，下半身紧紧贴在柚木身上，两条腿使劲缠在柚木腿上，就像钻到母亲的肚子底下找奶吃的幼犬。

柚木像是有些受不了似的小声喊叫起来。他问多纪说：

“你这是怎么了？”

“抱紧我，别松开。”

多纪的身体已经无法再进一步贴近柚木了。她紧紧闭上了眼睛。

两人只有现在这样紧贴在一起，其他人才无法插进来打扰他们。幻觉也就没有了显现的余地。只有屏着呼吸，闭上眼睛的这一刻，柚木才真正是属于自己的。

不过，多纪也知道这样的时刻是不可能长久的。过一会儿就需要呼吸，手脚也会感到疲劳。这有些像射箭时拉弓，弓弦拉到一定的程度就要松开。无论把弓弦拉得多么紧，终究是要松开的。紧张过后是弛缓。

不久，两个人全都没了力气。紧抱着的胳膊松了下来。他们松开缠在一起的四条腿喘息着。

浑身无力的多纪上半身依然在柚木的怀抱里。

柚木抚摸着多纪的头发说：

“忘掉那件事吧。没什么大不了的。”

说着，柚木张开大手捂住了多纪的眼睛。

远处传来了汽车声。走廊里有人走过的脚步声。过了一会儿，柚木侧过身来看着多纪说：

“有件事情我想先给你说一下。”

……

“我想过了这个年头就和我妻子离婚。”

不知为什么，多纪觉得柚木的话好像与己无关，是从很远的地方传过来的。

“你这头没问题吧？”

听到柚木的问话，多纪这才意识到事情的严重性。

“什么事啊？”

“我想离开我妻子，和你结婚。”

“不行。这绝对不行。”

多纪慌忙拉过旁边的睡衣，抬起上身说：

“请您不要开这种玩笑。”

“不是开玩笑。”

多纪匆匆穿上睡衣，扎上腰带，去了洗澡间。

在洗澡间明亮的灯光下，可能因为刚才哭过的缘故，多纪卸了妆的脸看上去眼圈有些浮肿，伤痕明显了许多。

多纪迅速冲了淋浴，重新化了妆。她对着镜子自言自语地说：

“他在说什么呢？”

多纪从洗澡间出来时，发现柚木还仰面躺在床上。于是她对柚木说：

“我说，咱们起床吧。”

“等等。”

柚木的声音不大，听起来有些含混不清。

“咱们去喝些什么吧。说不定外面有的酒吧还没关门呢。”

“别去了。你还是听我说话吧。”

多纪打开窗帘，在窗子边的椅子上坐了下来。窗子外面是一大片京都大街上的灯光。远处是东山黑色的轮廓。

“我刚才的话是经过慎重考虑的。”

“我反对您和妻子离婚。”

“为什么？”

“结了婚，有了孩子，却要和妻子离婚。我讨厌那样的男人。”

“可是，不这样做，我就没办法和你生活在一起呀。”

“不把自己的妻子当回事儿的人，就不会把其他人当回事儿。”

柚木挠着头从床上坐起来说：

“真是奇谈怪论。”

多纪脸对着窗子，看着柚木映在墙上的影子。柚木接着说道：

“请你冷静地听听我的想法。”

柚木系上睡衣的腰带，在多纪对面的椅子上坐下来说：

“我和妻子分手是有理由的。”

“我不清楚您具体有什么理由。但您和那么好的妻子分手就是您不对。”

……

“您太太内心非常爱您。”

多纪想起了在茶馆看到的柚木妻子的那张脸。虽然她言辞激烈地骂了多纪，用可怕的眼神瞪了她，但那肯定都是出于对柚木的爱。因为她爱着自己的丈夫，才让她变得那样地强悍。

“如果您做那种不负责任的事情的话，会遭到报应的。”

柚木拿起茶几上的香烟，擦着一根火柴。柚木拿火柴杆的手和脸部在火柴的亮光里闪了几下。

“有些话本不想对你说。我们夫妻间有不少问题。这当中当然既有我的责任，也有我妻子的责任。夫妻间的关系破裂，必定不会只有一方有问题。”

……

“现在给你说这些也解决不了什么问题。我们的夫妻关系已经到了无可挽回的地步。”

“不是不可挽回。只要老师您好好做，你们的夫妻关系是完全可以恢复的。”

“不是你说的那回事儿……”

“我没说错。您和太太弄到今天这一步，都是由于老师您没把太太当回事儿。只要老师对太太温柔些，您和太太一定会和好如初的。”

“你看问题太片面了。”

“是老师您片面。”

“总之，这些事说来说去，都是当事人之间的问题。只有内部的当事人才清楚其中的是非曲直。”

“是啊。老师和太太是夫妻嘛。”

“你！……”

柚木盯着多纪说：

“你能不能冷静一下？！”

“我很冷静。一直都很冷静。”

多纪悄悄看了看窗外。

虽然她知道右侧脸颊上的伤正对着柚木，但她还是坚持把脸对着窗子。

“好了，我们不说这些了。”

过了一会儿，柚木问多纪说：

“你今天可以在这里过夜吧？”

“不行。”

“为什么？”

多纪站起身，自言自语似的说：

“我明天一大早有事情。”

多纪问自己，为什么要抛下柚木回来呢？

柚木反复说，“请你留下来过夜”。最后，他甚至说，“我可以亲自去向你的母亲求情”。多纪也想留下来不走。如果有可能，她也想在柚木身旁过一夜。

无论母亲和安代她们说什么，自己总会找出一个理由去解释的。即便她们知道自己在撒谎，也不会进一步深究的。她们两个都是成年人，应该能猜到大体的情况。在外面过夜也没有大问题。自己从家里出来时是曾打算和柚木在饭店里过夜的。

多纪那么想见柚木，迫不及待地跑去见他，为什么又抛下他回了家呢？但是，细想起来，也许正是她那颗想见柚木的心，反而让她丢下柚木回了家。

多纪太爱柚木了，这让她难以把握爱的分寸。一想起柚木，不要说家庭和工作，连自我都会忘得一干二净。多纪觉得很害怕。再这样下去，不知道结果会是什么样。说不定因为太想柚木，自己会抛弃家庭，跑到东京去，并最终会杀死柚木的妻子。

说实话，多纪非常憎恨柚木的妻子，甚至想杀掉她。她不知道再见到柚木的妻子时自己会做什么。也许会揪着她的头发，把刀捅进她的身体。

一个可怕的东西在自己的身体里蠢蠢欲动。

当柚木说“想和妻子分手”时，自己说“不应该分手”，说“应该对您妻子更温柔些”。自己的那些话全是谎话。她心里在想，那样的女人，被抛弃，哭闹，沦落才好呢。最好让她成为一个叫花子，到处流浪。

任性、不负责任、片面，这些责备柚木的话，其实都是她想说给柚木妻子听的。只不过柚木妻子不在场，她才都说给了柚木。柚木是在替自己的妻子挨骂。

当柚木问多纪“愿不愿和我结婚”时，多纪表示坚决反对。这也正是因为她非常想和柚木结婚。当梦寐以求的事情即将成为现实时，多纪因为感到害怕而发起抖来。

多纪对柚木说“我反对您和妻子离婚”，说“讨厌和妻子离婚的男人”，那是她最后的一点良心。不那样说，迄今为止她所憎恨的罪恶就无可挽回了。说了那样的话，哪怕只是口头上的，也让她的心灵多少得到一些安慰。

今晚在柚木面前说的那些话全都是谎言。她拼命地对柚木表白自己，但她说的话都是心口不一的。除了说那些心口不一的话，多纪已经没有办法去战胜自己内心的恶魔。她想通过那些话去唤醒自己内心仅存的一点良心。以此安慰一直在憎恨柚木妻子的自身。

柚木能理解多纪的这一用心吗？万一柚木不明白她的这一用心，那就太让她伤心了。

第二天早晨八点，柚木给若王子的家里打来了电话。柚木在电话里说：

“昨晚太遗憾了。我一直在等你。心想也许你会回来的。”

听到柚木的声音，多纪差点哭起来。因为她对昨晚咬牙丢下柚木回家感到后悔，所以柚木的话让她感到格外难受。

“您要回去了吧？”

“我打算坐八点半的新干线回去。”

“那，我们……”

“我很快还会来的。”

多纪早晨起来还没化妆，也没吃早饭。她问柚木说：

“您能不能坐稍晚一点的火车啊？”

“很遗憾。中午我有个会议要参加。”

多纪知道柚木早晨动身早。但她还是到了这个时候才手忙脚乱起来。她问柚木说：

“您看改乘九点左右的火车……”

“已经决定了，就乘八点半的吧。”

“可是，这样的话，我跑着去都来不及呀。”

“我还来的。你就不用来送我了。不过，我们昨天说的事你可不要忘了。”

“昨天的事儿？”

“我们俩的事儿。请你好好考虑考虑。”

“可是……”

“总之，你什么都不用说，按我说的去做就行了。”

……

柚木又语气亲切地叮嘱她说：

“就这样做啊。那，我走了。”

“啊！您等等。能不能推迟一趟火车呢？我马上往车站赶。”

“你不用来了。我们马上就会再见面的。”

“什么时候啊？”

“半个月左右吧。再见！”

几乎在多纪惊叫的同时，电话挂断了。

多纪站在那里呆呆地看着没了声音的电话听筒。

现在已经八点十分。即使马上做出门的准备，也需要二十分钟。而从家到火车站，十分钟是到不了的。

他为什么不早点给我打电话呢？如果早打三十分钟，自己就可以收拾一下去火车站的。

但是，细想起来，这都是因为多纪只从自身考虑。

既然那样在意去车站送柚木，那多纪就应该主动给柚木打电话。昨晚以那样的方式和柚木分手，主动打电话过去是理所应当的。而多纪不但不主动打电话，还一个劲儿地责备柚木。

但是，多纪没主动给柚木打电话，也是出于负气。

柚木要和他妻子分手到自己身边来，这是件让自己高兴得流泪的好事。可自己却说“不行”。自己说这话并非虚假，做那样的事情是会遭报应的。可以说，心中的担心让多纪变得胆小了起来。

祇园节的开幕标志着京都夏天的来临。当然，准确地说，祇园节从七月一日的叫作“吉符入”的祭神仪式的碰头会开始，一直到二十八日的为了收藏神轿而举行的洗神轿仪式为止，前后共计持续近一个月。尤其是七月十七日的神幸祭[1]时的山锌巡行时，近畿周边以及北海道、九州等全国各地的观光客蜂拥而至。

据说去年仅这一天的观光客就达五十万人。而今年的观光客似乎比去年还要多。对于其他地方的人们来说，这些活动是他们一生中想看一次的。而住在京都这个城市的人们，看到如此多的观光客则心生恐惧，实在没有心情去观看。

举行山锌巡行的这天晚上，安代看到晚报上的报道说观看的人有四十万，叹息说：

“大老远地跑到京都，真够辛苦的。”

接着又问多纪说：

“他们为什么要到这么热的地方来呢？”

多纪也不清楚为什么。总之，由于最近过分的宣传，祇园节的祭祀活动似乎已经失去了它原本的味道。

曾经在祇园街生活过的森子也冷淡地说：

1. 围绕神灵从本神社向其他地方转移时的活动所举行的祭祀活动。

“搞那种祭祀活动，造成交通堵塞，给住在京都的人添了许多麻烦。我那时候，神轿安放在四条街的神轿行宫期间，每次都去默默祈祷。现在已经没有像我这样的艺伎了。”

森子说的是，从举行神幸祭的十七日到神轿回宫的二十四日，这期间每天晚上从许愿的地方去默默参拜行宫里的神轿。人们认为这样做，许的愿就会实现。

森子说：

“这么多人，就是从许愿的地方走到神轿的行宫也不容易啊。”

在这一点上，安代和森子的看法是一致的。

祇园祭的话题告一段落后，多纪正要去洗晚饭后的澡，忽然森子一本正经地对她说：

“我想给你说说品子的事儿。”

“哦……”

“可能你已经知道了。我想最近是不是把品子和小田的婚事定下来。”

多纪点了点头，隔着茶几坐到了森子的对面。

森子说：

“品子还在上大学，我也觉得现在订婚有些早。可是品子说她喜欢小田，小田好像也喜欢品子。”

多纪没说话，端起茶杯喝了口茶。

“我觉得小田那头家里也不错，他本人工作也很踏实。是不是可以让他们两个结婚呢？”

“他们两个的事儿，只要他们本人同意，妈妈又赞成，应该没问题吧？”

“那你的意思是同意了？”

“我当然同意。”

看样子森子是希望多纪同意的。森子又说：

“我想，因为小田在你那里工作，要让他们结婚，当然要得到你这个经理的同意呀。”

“请妈妈不要说这种客套话。”

森子叫多纪经理，让多纪感到害羞。

“你能同意，真是太好了。”

屋里开着空调，可森子往上拉了拉领口，扇了两三下扇子说：

“另外就是关于结婚的日子。我想，既然决定结婚，还是尽快把婚事办了好。你看今年秋季的十一月份怎么样？”

“可是品子还在上学呀。”

“这倒也是。不过，她明年就毕业了。到了今年秋天，叫什么学分的基本也拿满了，好像基本上不需要去学校了。”

学校那方面的事情，多纪不太清楚。森子又说：

“而且，她都二十一岁了。我像她这样的年龄时已经独立生活了。”

森子刚说完，急忙又改口说：

“哎呀！你瞧我！我说的是品子，不是说你。你可不要生气呀。”

多纪笑了笑说：

“没关系。”

的确，对于十五岁开始当艺伎，二十岁之前就出师的森子来说，看到现在年轻女性的无忧无虑的生活也许会感到焦急。

“其实，我想小田和品子他们也会亲自去求你点头的。”

“瞧妈妈说的。还需要求我吗？”

“因为他们两个今后还要你多加照顾的。”

多纪问森子说：

“小田将来是不是要回金泽呀？”

“好像开始时他是打算回金泽的。可是那头还有哥哥，所以他说他就留在京都不回去了。”

“那就是说他一直留在辻村？”

“他说一方面他特别喜欢京都，另外生意上想学的东西还有很多。”

“可是，他在我们这样的小厂子里……”

“你说的也是。可是有小田在你身旁，你不是也心里踏实吗？”

……

“和品子结了婚，小田就是咱家的亲戚。无论如何，同一个工厂里有自己的亲戚在，关键时候不是可以依靠吗？”

小田的确是个很好的小伙子。但一想到他身后的品子和森子，多纪就感到别扭。

“这些话本来应该品子跟你说的，可是她说她不好意思跟你说。”

森子说着一个人笑了起来。

“虽然品子嘴上净说些不知天高地厚的话，可她毕竟还是个小孩子。”

安代端来一壶新泡的茶。看样子她刚才在厨房装着收拾东西，一直在听两人的谈话。安代把茶杯放在茶几上，顺便偷偷看了看多纪。

森子慢慢地喝了一口茶说：

“啊，这茶很好喝呀！”

虽然森子的面部还光泽依旧，但她往下咽茶时，咽喉部位还是显露出了她的实际年龄。

森子接着说道：

“他们结婚后，两个人都还年轻，薪水也不多，因此硬要租套公寓住并不是明智的做法。所以，我想干脆让他们两个住过来算了。不知你同意不同意。”

“住过来？您是说让他们住到这个家里吗？”

“小田他每天早晨都来接你上班，所以他住到这里，每天接你也方便些呀。”

“您说的倒也是。那，这事儿是小田提出来的吗？”

“这我倒还没有明确地问他。”

“既然好不容易要结婚了，您不觉得还是两个人无拘无束地单独住好吗？”

“品子一点也不在意和大家一起住。她说她倒很愿意和我们住在一起。”

“可是，这也要听听小田的想法吧？”

“小田可能因为客气，他没有明说过。但如果我们请他住过来，我想他肯定会很乐意的。”

多纪沉默了。森子究竟想干什么呢？让品子夫妻俩也住到这个家里，是不是有些太厚颜无耻了？

多纪对森子说：

“话虽这样说，但我们家也没有能作他们新房的房间借给他们啊。”

“哦，品子说有她现在住的房间，再加上她旁边的那一间，能借两个房间就可以了。”

……

“还是请小田过来一起住，既热闹又欢乐。而且，家里没个男的也不太安全吧？”

安代端着茶壶走过来坐到了多纪的斜背后。看样子她是觉得事情重大，在厨房待不住了。

森子接着又说：

“小田一旦和品子结了婚，不就成了我们辻村家的人了嘛。”

“请您等一下！”

说着，多纪把还有些许剩茶的茶杯递给安代说：

“请再给我倒些茶。”

说罢，多纪看了眼森子说：

“即便小田和品子结了婚，可小田不还是小田吗？”

森子使劲点着头说：

“你说的倒也是。小田娶了品子，那品子就是小田家的人。可是，品子是你的妹妹，小田又在辻村工厂里工作。说小田是自己人也不奇怪吧？”

多纪没有回森子的话。她接过安代递过来的茶杯，茶杯外侧清水烧的红梅很鲜艳。

多纪抚摸着温热的茶杯，在考虑如何回答森子。

的确，品子是森子的女儿，森子是多纪的继母。这样看的话，品子和多纪就是姐妹。

可是，两人之间，既没有血缘关系，姓氏也不相同。虽说眼下碰巧住在同一个家里，但如果追根溯源的话，两人之间毫无关系。可森子动不动就说两人是姐妹。品子也称呼多纪为“姐姐”。说话亲切是好事儿，但如果喊几声“姐姐”，就觉得和多纪有了血缘关系，这让多纪感到有些不舒服。

虽然多纪心里这样想，但她毕竟不好说出口。否则，就等于否认品子和森子是这个家里的人。

多纪含糊其辞地说：

“当然，小田和辻村家是有关系的……”

“我明白了。多纪你的意思是说，品子嫁给小田是给你添麻烦了？”

“我不是这个意思。”

“不，我大体明白你的心思。你是说，品子是我和别人生的孩子。所以和多纪你没有任何血缘关系。是外人。”

“妈妈你……”

森子抬高嗓门说：

“你说得没错。的确如此。”

她似乎意识到自己过于激动，马上又缓和口气说：

“可是，多纪啊，品子她没有兄弟姐妹，她能依靠的就只有这个家。只有这里才是她能回的地方。她也很喜欢你，觉得你就是她的亲姐姐。”

……

“这次和小田的婚事，品子还很高兴地告诉我说，姐姐鼓励我说，如果你喜欢小田，你就好好努力和他结婚吧。也许品子给多纪你添了麻烦，但她真的不是一个坏心眼的女孩子。”

“妈妈，您说的这些我也知道。”

森子突然两手扶着茶几，给多纪鞠着躬说：

“虽然她像个野狗一样来到了这个家里，但还请你多多包涵。”

“妈妈！请您不要这样！”

看到眼前森子夸张的举动，多纪不知该如何是好。她摇着头说：

“快不要这样了！”

“我想，品子和小田都想让辻村家的工厂兴旺，想把这个家搞好。”

“总之，这件事情今天就先说到这里吧。”

……

多纪欠起身说：

“我再仔细听听小田的想法，回头咱们再商量吧。”

“你可不要生气呀。刚才说的事儿请你考虑一下。”

说罢，森子又求情似的合着手掌说：“我们只能依靠多纪你了。”

多纪像逃跑似的回到了自己的房间。天气并不热，可她觉得身上黏糊糊的，好像出了一身汗似的。也许是森子把她身上的汗臭味传到了多纪身上。

多纪一屁股坐到房间里的办公桌前。她浑身瘫软，感觉就像虚脱了似的无助。

事情怎么会发展到这一步？一想起这事儿她就觉得窝囊。

迄今为止，和森子、品子的关系维持得还算不错。虽然彼此心里也有些隔阂，但表面上几乎没有发生过什么冲突。虽然彼此没有血缘关系，但正因为这样，感觉过去从来没有出现过公开的对立。

可是，也许外人终究是外人吧，相互谦让本身终归是有限度的。也许当事情涉及自己的切身利益时，本性就最终表现了出来。

可是，话虽这样说，森子究竟在考虑什么呢？她先是改变态度似的说：“也许多纪你讨厌说你和品子是姐妹呀。”接着又突然很可怜似的说，“我们只能依靠多纪你了。”即便一旦生了气，也可以突然变得温柔起来。难道这是一个上了年纪的女人的智慧吗？

总而言之，看样子上了年纪的森子生存下去的欲望越发强烈了。

在这点上，多纪是远远无法与森子相比的。“京都的女人坚强”这句话，也许指的正是像森子这样不失自我，无论何时都积极地坚强地活下去的女人吧？

父亲是不是也受到了这种女人的影响呢？

多纪忽然怨恨起父亲来。

如果不是父亲把森子这样的女人带到家里来……

事到如今，再说这些也没用了。多纪也知道这是她的牢骚，但她还是想讲给父亲听。

“爸爸您怎么看目前的状况呢？”

多宝格式橱架上摆着一个高约二十公分的四耳瓷壶。瓷壶腰部约十五六公分粗，看上去显得很敦实。据说是室町时代的制品，釉瓷里带有淡淡的鲜艳的光泽。

并不十分喜爱古董的父亲，好像是在别人的劝说下才把它买了回来。橱架上的古董中，多纪最喜欢的就是这个四耳瓷壶。

父亲去世后，多纪悄悄地从书房把它拿到了自己的房间里。如今它成了父亲为数不多的遗物。多纪呆呆地看着橱架上的四耳瓷壶。她明知道事到如今抱怨父亲也没什么用，但她还是想对着瓷壶抱怨父亲几句。

“您看我该怎么办呢？”

瓷壶当然不会回答她，只是在夜晚的灯光下闪着有些耀眼的光。

忽然走廊上传来一阵脚步声。

“是谁呀？”

“是我。安代。”

“请进来吧。”

安代用托盘端着两杯大麦茶走进屋说：

“我能打扰您一下吗？”

“没关系。”

安代问多纪说：

“您是在画画吗？”

桌子旁边放着几张画了一半的扇面。扇面上画着几个太阳，剩余部分涂成了红色。

安代说：

“您最近画像燃烧的火一样的画比较多啊。”

“燃烧的火？”

“是啊。好像火在熊熊燃烧的那种。”

多纪对年过六旬的安代说话的口气感到很可笑。但细想起来，安代说的也不无道理。最近，多纪对画水啦云啦月啦那些安静而模糊的东西不太感兴趣。

上次画的鲜花盛开的秋野和这次画的太阳，都是闪闪发光的、热烘烘的。

多纪问安代说：

“你不喜欢那些像火一样的画呀？”

“我也谈不上是喜欢或不喜欢。只要是小姐您画的，我都喜欢。”

说罢，安代坐直了身子说：

“这个，森子她想干什么呢？”

看样子安代是想来说这件事的。

“小姐您说得对。品子和我们家是没有任何关系的。”

……

“她们说那些话，是不是想霸占我们的‘辻村’啊？”

“安代！不要这样说。”

“是不该说这样的话。可我感到很气愤。”

多纪悄悄看了看走廊。虽然森子不大可能来偷听，但多纪还是感到有些不放心。

安代说：

“来我们家，并不是小田的意思。那都是森子的主意。”

多纪也觉得是这样。

“小姐您可要挺住啊。”

……

“无论发生什么事情，都不能把‘辻村’交给她们。”

多纪微笑着说：

“你放心吧。”

“小姐您最好快点结婚，把家业交给您的孩子。”

“说是那么说。可我还没……”

“如果小姐您有了真正喜欢的人，我会对他很忠诚的。”

多纪忽然想起了柚木。自己喜欢柚木，假如能和柚木结婚生孩子，由孩子来继承辻村的家业，那该多么让人高兴啊。

“小姐您如果有了喜欢的男人，一定要如实告诉我呀。”

“瞧你说的……”

“我说的句句都是真心话。”

“告诉了你，你能怎么办呢？”

“我去见他，请他早点和小姐您结婚。不过，请您无论和谁结婚也不要和那个武藤结婚。”

“为什么呀？”

“因为那个人和森子是一伙儿的。别看他表面说得很好听，实际上他想把小姐您从这个家里赶出去的。”

“不至于吧？”

“不，这是真的。上次森子打电话挑动武藤说，最好快点把您弄过去。”

“把我弄过去是什么意思啊？”

“就是把小姐您抢走啊。”

森子真的说了那样的话吗？多纪不由得打了个寒战。

这时，走廊里忽然传来一阵敲鼓声。多纪和安代对视了一下，然后悄悄望了望走廊。

看样子森子开始在房间敲鼓了。虽然她鼓敲得不重，但很有张力的鼓声在寂静的夜晚还是显得很响。

森子在祇园街时就是敲鼓的。虽然在乐队里敲鼓只是一个很普通的角色，但她也经常参加京都舞蹈和艺伎的汇报演出等活动。许是森子当舞伎时经受了严格训练的缘故，她右手指指尖的皮肤又黄又硬。

父亲曾多次带着多纪去看森子敲鼓。当时身材娇小的森子披着长长的头发，穿着印有家徽的和服在拼命地敲鼓。也许她那样的打扮和动作会让男人觉得她很娇媚，可在多纪的记忆里，觉得她那是一种莫名其妙的怪异。

现在，森子也许正在她自己的房间里正襟跪坐，面部表情像是戴着“能乐”面具似的在专心致志地敲鼓。

安代回头看了看走廊说：

“她这是怎么回事儿啊？”

通常森子都是白天在家里敲鼓。白天，别人从家里出去后，好像有时在她自己房间里敲敲鼓。夜晚她通常是不敲鼓的。因为，虽然没人给她提意见，但鼓声传得太远。

看来，森子在情绪特别亢奋时晚上也会敲鼓。

森子曾经开玩笑似的说：

“艺伎因为有艺伎这门技艺，所以才能够忍耐下去。”

待在烟花巷里，很难和自己喜欢的男人结成夫妻，还得忍受喜欢的男人晚上回自己家的痛苦。看样子，拼命练习技艺也是艺伎排解心中痛苦的一种办法。

森子还曾经说：

“现在的艺伎不认真学习技艺，所以她们的忍受力也很差。”

看来，森子今晚突然敲起鼓来，是为了忍耐某种痛苦吧。

刚才说的那些事情，对森子来说是不是很痛苦呢？当然，也可以说她是因为高兴才敲鼓的。但从森子的角度看，可能让她感到很窝火吧？

安代说：

“晚上敲鼓很少见啊。是不是我来这里被她知道了？”

像今晚这样深更半夜地敲鼓，的确少见。

这么一想，又觉得现在的鼓声听起来像是宣战的号角。

多纪叹了口气说：

“不清楚她这是什么意思啊。”

也许敲鼓的女人在专心致志地敲鼓。而旁边听的人则各有各的想象。

从鼓声中听出敲鼓人在排解焦躁不安，听出在向自己宣战。这也许只是多纪单方面的看法。

鼓声差不多持续了一个小时。鼓声一停，若王子的家立刻恢复了寂静。多纪和安代也顿时松了口气。

安代像是一下子没了精神似的站起身说：

“那我告辞了。刚才那事儿，你一定要拒绝她。”

安代想叫多纪拒绝的是小田和品子结婚后住进若王子的家里来的事。在这个问题上，多纪和安代的想法是一样的。虽说是由森子提出来的，但多纪总觉得这样的做法有些无耻。

“你放心吧。”

“那您休息吧。”

安代用茶盘托着茶杯离开了房间。

房间剩下多纪一个人。她打开拉窗，往院子里望去。院子里的灯光下，绿树环绕的草坪静悄悄的。

多纪嘟囔着说：

“我这是怎么了？”

按理说，自己拒绝森子的要求也很正常。但直截了当拒绝了森子的要求，有可能造成和森子的正面冲突。因为彼此在心中已经反目了，所以多纪觉得正面冲突也是没办法的事情。但她还是想尽量避免这种冲突。

如果森子离开了这个家，不知道周围的人又会说出什么话来。而且，森子本身的那张嘴也让多纪感到害怕。虽说森子等于是退休在家了，但她的影响力还是很大的。

“找谁商量商量呢？”

多纪刚想到这里，她脑子里就立刻浮现出柚木的脸庞。

她觉得柚木能够不偏不倚地看待眼前这个问题。

不过，无论是家里的事还是工作上的事，过去多纪从没有主动找柚木商量过。找他商量隆彦和吉冈的事，那是因为他们生病而不得已。至于私事，她很少跟柚木说。

柚木的确比自己年长，可能有人生的经验，但她不想拿自己身边的琐事给他添加烦恼。何况柚木好像不太擅长处理生意上或复杂的人际关系上的问题，可能给他说了也是白说。

柚木还是适合远离世俗，待在大学里。

可是，唯独今天，多纪想听听柚木的意见。她觉得此时柚木要是能在自己身边，自己心里会踏实许多。她觉得，即便他不能给自己什么建议，哪怕只是静静地抱着自己，自己也可以放下心来。

“还是给他打个电话吧。”

多纪慢慢拿起电话听筒开始拨号。她先拨了 03，接着正要拨柚木家的电话号码，这时她突然停住了手。前不久她刚刚发誓，自己再也不主动往柚木家拨电话。

她放下电话听筒，等待柚木打电话过来。她很生气。心想，柚木为什么不打电话过来？

多纪觉得在这样一个自己心里感到孤独的时刻，和一个不知心的人说话没什么意思。柚木要是爱自己，就应该打电话过来。

多纪也知道，两人相距遥远，彼此不可能知道对方身边发生了什么事。更不可能知道彼此心里在想什么。但她还是在等待柚木的声音。只要两人彼此渴望，心灵一定能够互通。

多纪对此深信不疑。她觉得她的这个愿望在现实中一定能够实现。

可是，结果还是让多纪失望了。她安慰自己说，两人不在一起，这也是没办法的事情。柚木有柚木的生活，他很忙。虽然他现在不给我打电话来，可他心里还是在想我的。

多纪想这样说服自己，恢复眼前的平静。

她站起身来。已经十点钟了。外面好像还很热。

下月的二号、三号两天，东京要举办扇子节。原来计划六月举办，但由于筹备工作和场地的原因推迟到了八月。是否参加东京的扇子节，多纪还没拿定主意。可同业工会的人说请她务必参加，理事会的理事们希望多纪能穿和服出席。

让多纪拿不定主意的，不是东京的扇子节，而是去了东京会见到柚木。见了柚木，她又会受到柚木妻子那个幻影的折磨。好不容易才刚刚平静下来的心情又会混乱起来。

可是，也许唯独这次多纪难以由着自己的性子行事。同业工会好像不愿扇子节上少了多纪这个漂亮的经理。虽然多纪嘴上说“去不了”，但她已经在考虑穿什么样的和服了。和嘴上说的相反，她心里是打算去参加扇子节的。

多纪改变了想法，她打开了衣柜。考虑到要去参加扇子节，她新买了一套淡蓝色的上等薄绢和服。虽然颜色显得有些素淡，但站在服装艳丽的歌舞女艺人中间，也许反而会很显眼。

多纪正要打开和服的包装纸，这时电话的铃声响了起来。

她吓了一跳，心想会是谁呢？她马上闭上眼睛，在心里默默祈祷，希望是柚木的电话。

多纪拿起电话，果然是柚木打来的。

“哎呀！吓了我一跳。”

让她感到吃惊的是，两个人想得也太一致了。对这样令人惊奇的一致，多纪首先感到的不是高兴，而是害怕。

“我正在考虑去东京的事情。”

“你要来东京吗？”

“下月初东京要举办扇子节。”

“这么说，我们能相聚了？这次来，我们好好商量一下上次提的那件事吧。”

多纪听后吃了一惊。她正在努力忘掉的事情又在心头复活了。

“这次我真的请你认真地考虑考虑。”

……

“你八月几号来啊？”

“二号、三号两天。”

“那就是下下周的周六和周日了。我想我傍晚有空去会场。”

“不，我给您打电话吧。”

“下下周的周六下午我有事去千叶，不在大学。所以，还是我去会场吧。”

“可是……”

“每次谈到这事儿，你总是打退堂鼓。可是，你不能总是回避。这样回避下去是不会有结果的。”

多纪也觉得柚木说得对。但她还是无法答应柚木。

“我不会伤害你的。”

“您现在在家里吗？”

“你用不着担心什么。总之，请你务必来东京。我想让你见一个人。”

“是谁啊？”

“是个不会让你为难的人。你像平时那样就行了。”

“请您告诉我，是什么人啊？”

“是我女儿。”

多纪曾听柚木说他的女儿在美国的一所大学读书。

“您女儿从美国回来了？”

“上周回来的。我早就想请你见见她。”

“为什么要让我见您女儿呢？”

“好啦，来了你就明白了。”

“我不想见您女儿。要是这样的话，我就不去东京了。”

“怎么回事儿？怎么说不来就不来了？”

“可是，我和您女儿……”

“没关系的。我女儿知道你的情况。”

“您连我们俩的事儿也告诉她了？”

“我觉得还是明明白白地告诉她，让她知道比较好。”

“这不行！您要这样说，我绝对不去东京。”

“哎呀，你冷静一下。你不愿意的话我也不会强求你的。总之我等着你来。”

柚木的妻子在做什么呢？已经是晚上了，柚木可能是在下北泽的家里打的电话。可从他的口气看，好像并不顾忌周围的情况。

实事求是地说，多纪眼下并不希望和柚木生活在一起。即便有时她也希望如此，但一旦面对现实，她又感到害怕。

她不想为了自己的幸福而把别人推进痛苦的深渊。她觉得自己目前还能勉强控制住自己。自己即便单独一个人，似乎也能生活下去。再进一步靠近柚木，自己的决心就会崩溃。好不容易才控制住的那颗心就会可怕地膨胀起来。

多纪害怕自己有可能膨胀的欲望。哪怕只是想象一下自己欲望膨胀的情形，她也会感到不寒而栗。她了解自己一旦行动起来就绝不回头的性格。正因为如此，她不想进一步发展与柚木的关系。她不希望柚木过分刺激自己，从而使自己产生过度的欲望。

她之所以回避甚至想和她结婚的柚木，并不是因为她不愿意和柚木结婚，而是害怕自己走得太远。

男人通常似乎理解不了女人的这种痛苦的心情。一听女人说“不想再见面”，马上就会问“那，你是讨厌我了？”

他们考虑问题的思路过于简单。女人的话语里有许多潜台词。她们只讲了话的开头和结尾，而从中抽去了具体的想法和困惑之处。而男人则仅仅凭女人表面的一句话，就说女人“不懂道理”“任性”。

可是，真正不懂道理的倒不如说是男人。他们只是根据女人的一句表面的话去判断情况，去责备女人。

他们不会透过女人表面的话语去理解女人的内心。他们太过单纯。

不过，细想起来，希望男人去理解自己话语背后的潜台词，也许这本身正是女人任性的表现。多纪当然也清楚这个道理。虽然她嘴上说信不过和妻子离婚的男人，可她心里却希望柚木和他妻子离婚。她也知道自己的这个想法是自私的。她觉得这是只为自己考虑，是不负责任的。

可是，当爱一个人时，女人总是想撒谎。与其说想撒谎，倒不如说是不由自主地撒谎。她们是无意识地、不知不觉地在撒谎。尽管她们事后会后悔自己为什么会说那样的话，可当时说话时却是认真的。当时认为对，才那样说的。对这种情况，女人和男人一样感到迷惑不解。话是女人从自己嘴里说出去的，而女人本身又感到愕然。

和工作中的伙伴或朋友说话时，还基本上能有什么说什么。可为什么和相爱的人说话时，会如此心口不一呢？

第二天九点钟，小田开车来接多纪上班。

森子对小田说：

“请您进屋等一会儿吧。”

自从品子和小田的婚事定下来后，森子对小田格外地关心。一旦成了自己的女婿，人就变得那么可爱了吗？过去，小田给森子打招呼，森子只是稍微点一下头而已。可如今那态度，就像是在接待一位重要的客人。

因为要把自己心爱的女儿托付给对方，对对方客气也可以说是理所当然的。可森子态度的变化也太大了。要是一般的人，对自身这么大的变化会感到难为情的。可森子却变化得非常自然。她的这一太过熟练的变化，倒是让旁观的人感到目瞪口呆。

“快！还有一些时间。快进来！”

从大门口传来森子的说话声。那声音很爽朗，甚至还有些娇媚的感觉。

过了十分钟左右，多纪收拾完毕，坐进了汽车。

小田不知该问候森子还是该问候多纪，面带困惑地低声说：

“早晨好！”

“您辛苦了！”

坐进汽车后，就是多纪和小田两个人的世界了。

小田边开车边关心地问多纪说：

“您看是不是把空调的温度再调低一些？”

也许小田是在向多纪炫耀刚才森子对他的热情接待。

“小田君，听说你计划十月份举行婚礼？”

“品子她母亲是那样说的。”

“是那样说的？那你的意见呢？”

“我觉得那样也行。不过，品子大学还没毕业。我觉得等明年品子大学毕业后再举办婚礼也可以。”

“你要自己拿定主意。是你结婚呀。”

多纪总担心小田是不是在被品子牵着鼻子走。

“听说你打算结婚后搬到若王子来住？”

“真的吗？”

“我说，你不知道吗？”

“不，品子她母亲曾对我提起过。可我觉得还是住在外面……”

“品子是怎么说的？”

“她好像无所谓。给经理您添麻烦，好像脸皮有些太厚了。”

“那倒没什么。是不是大家都住在一起有些不方便呀？”

小田不好意思似的说：

“我觉得在哪儿租个公寓房住也不错。房子小一些也不要紧。”

这天，多纪难得下午五点就结束了工作。于是她径直去了京洛医院。

正值医院里开晚饭，护工正通过隆彦的鼻孔给他注流食。一天早晚两次准时给一个没有意识的病人喂食，这显得很滑稽。

隆彦半躺半坐在床上在喝流食。也许准确地说应该是在被喂流食。他不时眨着眼，微微仰着下巴，像是对按一定的速度流进来的食物不知该如何是好，有时还会扭过头来看着多纪。

“隆彦！”

多纪已经对隆彦恢复意识失去信心，可她还是忍不住喊了隆彦一声。隆彦当然不会回答她的呼喊。

女护工给隆彦擦着嘴说：

“看来他还是吃饱了心里比较舒服。鼻饲一结束他就会睡着。”

多纪只是一个劲儿给女护工道谢说：

“辛苦您了！”

虽然多纪也想像护工那样亲自护理隆彦，但就是伸不出自己的手。不是因为她嫌脏或费劲，而是不忍心看隆彦的样子。即便是给隆彦擦擦下身，多纪也会忍不住流下泪来。

女护工告诉多纪说：

“从昨晚开始，您弟弟有些拉肚子，精神不是太好。”

给女护工这么一说，多纪也觉得隆彦的脸颊瘦了一些。剃光了头的隆彦苍白的脸上，只有两只呆滞的眼睛在没有目标地转动着。

“他今天早晨吃过药了。”

多纪小声对隆彦嘟囔着说：

“隆彦你要坚持住啊。”

即便是没有意识，活着和死了还是不一样的。虽然隆彦的病情无法恢复，但他活着也让多纪感到自己活得有意义。

半个小时后，多纪离开隆彦的病房去了吉冈的房间。

吉冈出梅前住在外科病房，半个月前转到了放射科病房。看来外科已经对付不了吉冈的癌症，如今只剩下放射治疗这个方法了。

“小姐！”

看到多纪走进来，吉冈想坐起身。

多纪急忙制止他说：

“别起来！您好好躺着吧！”

说着把在医院的小卖部买的果篮递给了吉冈的妻子。

吉冈的妻子低头感谢说：

“劳您经常来探望，非常过意不去。”

床头的台子上放着吉冈一口没尝的晚饭。

多纪问吉冈说：

“您感觉怎么样？”

“小姐，我可能已经不行了。”

“请不要说这种丧气的话……”

“说不定过了这个夏天我就要和你告别了。”

吉冈说话的声音很微弱。

“您一定要挺住啊。”

多纪虽然这样说，但她发现吉冈的脸上没有精神，一直在看着自己的眼睛也显得无力和呆滞。

吉冈深叹了一口气说：

“我这病太无情了。”

话语里似乎带有对自己不争气的身体的焦躁和遗憾。

“您的病肯定会治好的。请您好好疗养。”

说罢，多纪想起身告辞。这时病床上的吉冈又喊住多纪说：

“小姐，请让我再好好看看你。”

他盯着多纪说：

“让我握握你的手吧。就一会儿。”

多纪探着头把手伸给了吉冈。吉冈像是体会触摸的感觉似的握着多纪的手闭上了眼睛。过了一会儿，他说：

“你给了我很多的照顾啊。”

“您说什么呢？太不吉利了。”

“你一定要好好干啊。”

“要好好干的是您啊。请您快点把病治好，继续帮助我。”

“是啊。能治好就太……”

说到这里吉冈又流起眼泪来。

从六月份第二次住院至今还不到两个月，可吉冈已经消瘦得快让人认不出来了。

“那，小姐，再见了。”

“快别这样说这种不吉利的话！”

多纪尽量把话说得很轻松。可吉冈还是眼里噙着泪看着她。

“我会很快再来看您。”

“太谢谢你了。”

说罢，吉冈像祈祷似的闭上了眼睛。

看来在医院里住久了，病人有时会变得很脆弱。也许吉冈现在正处于低谷，说不定会渐渐恢复的。

多纪对吉冈说：

“请您一定要保重。”

最后，她给吉冈的妻子鞠了个躬，然后来到走廊上。医院里已经进入夜晚，长长的走廊上，荧光灯已经打开。

一想到这个医院里住着隆彦和吉冈这两个自己最亲近的人，多纪甚至觉得飘散着消毒液气味的走廊就像是自己的家一样，感到很亲切。沿走廊走到尽头往右拐，再往前走一段就是电梯入口。多纪正要往电梯里走，这时发现川岛在电梯里。两人几乎同时“哎呀”了一声。

“我来看看我弟弟和吉冈。”

“我正要回家。”

川岛脱去了白大褂，身穿衬衣扎着领带，右手提着公文包。

他邀请多纪说：

“如果你方便，我们到那边喝点茶怎么样？”

多纪现在也没有其他一定要去的地方。

川岛说：

“正是吃晚饭的时间，我有些饿了。我们随便去吃些什么吧。”

“老是让您破费，今天请让我来请客吧。”

“不不，附近就有个餐馆。虽然地方不大，但服务很不错。离这里很近，咱们走吧。”

说着，川岛率先越过人行横道往左走去。前面一百米左右的地方，有一家饭馆。饭馆四周围着竹篱笆，门口的门帘上写着“美原屋”。

虽然饭馆进门的地方不到两米宽，但里面很宽敞。原木色的柜台显得很整洁。

川岛告诉多纪说：

“以前我也曾和柚木来过这里。”

“什么时候啊？”

“那已经是两三年前了。”

服务员送来啤酒，两人轻轻碰了碰酒杯。

“其实，我上周去了趟东京。去商谈明年春天外科学会的事情，也见了柚木。”

昨天，柚木在电话里没有提及和川岛见面的事。

“那家伙也终于拿定主意了。”

“拿定主意？什么主意啊？”

“和你结婚的主意呀。”

听了川岛的话，多纪把刚要端起的酒杯放到了柜台上。

川岛又说：

“他这次好像是很认真的。我也觉得这样比较好。”

柚木究竟为什么要把这事告诉川岛呢？或许柚木的决心已经坚定到这种程度了？

“那夫妻二人，与其那样心存芥蒂地生活下去，还不如分手痛快。”

“可是，他们离不离婚和我没关系。”

“你说的倒也是。可是，柚木那么喜欢你，你可要把握住机会呀。”

“您刚才说的是真的吗？”

“好像从上周开始，他妻子已经不住在北泽的家里了。”

“那她去哪里了？”

“说是回她娘家了。好像家里只剩下他那从美国回来过暑假的女儿。可是，现在的女孩子对什么都无所谓。父母都要离婚了，可她脸上一点痛苦的表情都没有。回到那个只有父亲的家里，好像玩得还很开心。”

……

“当然，因为柚木溺爱孩子，所以家里没有母亲倒也无所谓。尤其是通常父亲都喜欢女儿，所以女儿亲近父亲也是很自然的。不过，他家的女儿好像对她母亲抱着批判的态度。”

“批判？为什么呀？”

“你不知道吗？”

多纪摇了摇头。

“好像告诉你问题也不大。柚木他妻子很成问题。死去的洋一郎不是柚木的亲生儿子，而是她和别的男人生的孩子。她现在好像还经常和那个男人……”

“您说的那个男人，是不是洋一郎的……”

“那个洋一郎的亲生父亲也在东京。柚木他妻子好像经常和那个男人见面。”

“怎么会那样呢？”

“柚木过去一直保持沉默。前不久终于给我说了实话。洋一郎去世后，他妻子好像越来越离不开那个男人了。”

听了川岛的话，多纪感觉心口有些堵得慌。也可以说，无论结果如何，造成洋一郎死亡和柚木妻子出轨的原因在于多纪的弟弟。

川岛告诉多纪说：

“这些情况，柚木他女儿都知道。可能由于这个原因，她是站在柚木这边的。”

“可是，他妻子不是很爱柚木老师的吗？”

“怎么可能呢？她要是真爱柚木，就不会经常去见那个她以前的男人了。”

“是吗？”

多纪想起了在茶馆见到的柚木的妻子。

不爱柚木，她会特意找到多纪说那样的话吗？

其实她是爱柚木的。

可是，也许是由于两人相处得不融洽，再加上失去儿子后情绪焦躁，才使她一下子投入了旧情人的怀抱。

多纪问川岛说：

“那就是说，老师他妻子另有男人了？”

“不，不仅如此。他妻子一直花钱大手大脚，虚荣心很强。这些事情积攒在一起，终于……”

“可是，直接原因是由于那个男人才……”

“差不多是那样吧。”

看样子川岛并不知道详细的情况。

多纪觉得男人做事太随便了。如果柚木和妻子分手的理由是妻子和别的男人有染，那柚木也存在同样的问题，身为有妇之夫而和其他女人发生关系。

让多纪苦恼的是，那个其他女人就是她本人。责备柚木就等于是责备她自己。

多纪问川岛说：

“会不会是因为她知道了老师和我的关系才那样做的？”

“不，不是那回事。柚木和你是那以后的事。”

川岛的话说得很有把握，多纪不由得看了看川岛。

“您怎么就这么肯定呢？”

“实话告诉你吧，洋一郎去世后，他妻子曾离家出走了一个星期。那次也是去了她以前的男人家。”

“那是因为她失去了儿子感到寂寞，所以才……”

“不，那之前她也曾离家出走过。我这样说话让人感到有点可笑，但这是事实。”

……

“以前，她看上去挺温顺的。可实际上骨子里是个很要强，爱讲排场的女人。我当时就劝柚木不要和她结婚，可他当时很天真，还是和她结婚了。”

“可是，女人都……”

“话是那样说，可她是教授的夫人。所以做事应该考虑一下自己的身份吧？”

多纪非常理解川岛话里的意思，可她又觉得这不能说都是女人的错。

“总之，那样的状况再继续下去对柚木很不利。”

老实说，多纪希望柚木的妻子是个坏女人。假如柚木的妻子真像川岛说的那样是个任性的女人，多纪的心理负担会相应地减轻一些。她要真是那样的女人，那自己对亲近柚木就不会有那么多的负罪感。

可多纪嘴里说出来的话却自然而然地倾向于同情柚木的妻子。这也许是由于她听说柚木已经不爱他妻子后，一颗悬着的心放了下来的缘故吧。

“我觉得你和柚木能够结婚的话，真是再好不过的一对儿了。”

“请您不要开这样的玩笑。”

“不是玩笑，我这是真心话。我真是这样想的。”

川岛喝干了杯中的啤酒说：

“你不可能去东京生活吧？”

……

“你能去东京生活是再好不过的了。不过柚木曾对我说，即便是像现在这样两地分居，他也想和你结婚。”

“可是两个人住在两地……”

“要是你弟弟不生病，你就可以放心地去东京生活了。可是……”

不知为什么，听了川岛的话，多纪差点没流下眼泪来。她觉得很孤独，好像这都是命运的安排。

川岛像是安慰多纪似的说：

“虽说是一个在东京一个在京都，可坐火车才三个小时的路程啊。也不算远。”

第十三章

正午的原野

八月份的第一个星期六，多纪乘早晨八点的新干线去了东京。

东京的扇子节在银座六条巷的M百货公司的八楼举行。时间是星期六和星期日两天。三千三百平方米的展厅里，摆满了夏扇、舞扇、装饰扇等各种各样的扇子。扇子的造型，既有古典的，也有最近流行的。在展厅中间铺着红色地毯的舞台上，衣着华丽的两个舞女和三个艺伎每个小时都会登台拿着京都的扇子表演一次舞蹈。

另外，在展厅入口的左侧，还有专业的手工艺人演示整个扇子的制作工序。内容从砍伐来的竹子开始，包括制扇骨、描绘、贴纸、完成作品等。

在舞台的前面还摆有陈列柜，展销京都的扇子。

整个会场成了五彩缤纷的京都扇子的海洋，让人眼花缭乱。

多纪到达会场时，时间已快到中午了。虽然离吃午饭还有一段时间，可会场里已经来了许多年轻的女性和家庭主妇。

展厅里展出的古老的能乐神扇和飞鸟井蹴鞠扇，还有普通扇、带木纹的木板扇等，都是一般的人难得看到的珍品。大概是由于这个原因，展厅里也有像是爱好扇子的上了年纪的人。

谷川理事长看到多纪，马上笑着走过来说：

“欢迎！欢迎！展览办得很隆重吧？”

他对多纪说：

“今天是星期六，所以下午得整顿一下会场。”

这个扇子节是谷川提议举办的，所以看来他对眼前的盛况格外高兴。

“看来还是舞女们的表演最受欢迎啊。”

虽然人们喜欢展厅里的扇子，但他们还是聚集到了展厅中央的舞台前。

谷川心满意足地点着头说：

“我打算今后早做准备，每年都举办一次扇子节。辻村小姐，还是请你站到展销柜台前吧。多纪小姐站在那里，销售额会提高一成的。”

“您别开玩笑了。”

多纪先去了一下休息室，和同行的业者打打招呼。然后她就放下行李，站到了舞台左侧的展销柜台前。

虽然销售所得都归工会，每个店都分文不得，但如果京都扇子的评价得到提高，那对所有的业者都是有好处的。

多纪在休息室里简单地补了一下妆，然后站到了展厅入口左侧的扇子柜台前。担任售货员的女性也都是从京都的批发商或厂家赶来助威的。即便是站在那些女性中间，多纪依然显得相貌出众。淡蓝色的薄绢和服配上白色真丝腰带，让小巧的多纪显得既丰满又庄重。

“欢迎光临！”“非常感谢！”

女营业员们用柔软的京都话应酬着顾客。也许是喜欢听女营业员们的京都话，男顾客们也过来买她们的扇子。

到了午后，会场里越发拥挤起来。

两点左右，听到有人喊道“多纪小姐！”多纪抬起头，发现眼前站着松屋夫妇。

“哎呀！不知道您来了。好久没和您见面了，非常抱歉。”

“我猜你可能在这里，所以就过来看看。”

“实在对不起。您一直很照顾我，原打算展览会结束后去看望您的。”

“不说这了。人真多呀！”

“这都托您的福了。”

两人说话之间，又有许多客人拥了过来。

松屋问多纪说：

“多纪小姐今晚有空没有？你如果方便，我想请你一起吃顿晚饭。”

听了松屋的话，多纪马上想起柚木来。

柚木原来说他准备傍晚来会场。虽然见面做什么还没定，但很可能会一起吃晚饭。

松屋对多纪说：

“浅草有一家饭馆泥鳅做得很好吃。六点左右我请你去吃泥鳅怎么样？”

“谢谢您特意邀请我。可是我今天有些不方便，得和其他人一起活动。”

“是吗？那太遗憾了。”

“明天或其他时间我去拜访您吧。”

“我有事要去下有乐町。回来时再来看你吧。”

多纪目送松屋夫妇离开，心里觉得自己太任性了。

以前她从不这样拒绝顾客的邀请。即便对方让她感到有些讨厌，她也会忍住的。可现在连和自己做了多年生意的松屋夫妇的邀请都拒绝了。

虽然多纪嘴上说不想见柚木，可她为了见柚木甚至不惜拒绝自己的老客户。

会场里越来越拥挤。展厅中央舞伎们在跳舞的舞台几乎要被拥挤的人群挤塌了。从下午开始又增加了保安，限制入场的人数。销售柜台上的京扇，可能因为是直销，比市场上销售的便宜，人气非常旺盛。

女营业员们连续站一天会很累，所以她们轮流着休息。多纪下午也去休息室休息了一次。可她只休息了十来分钟就又回到了柜台前。

虽然谷川理事长劝她说：“别那么拼命。悠着点吧。”可多纪还是起身往柜台走去。

她这样急切地去会场，与其说是为了工作，倒不如说是因为心里惦记着柚木要来。

就这样，多纪在柜台前站到四点多也没见柚木来。她往会场四周看了看。心想，也许爱害羞的柚木不好意思在人群里给她打招呼。可她并没有在人群中看到柚木的影子。

五点钟时，松屋的妻子又来到了会场。这次是她一个人来的。

她对多纪说：

“这个展厅的楼上有个很不错的茶室。您看咱们去喝点茶怎么样？”

松屋的妻子这样说，多纪也不好再拒绝了。她把自己要去的地点告诉给旁边的女营业员，然后离开了扇子柜台。

松屋的妻子说：

“大老远来到东京做一个营业员很辛苦啊。”

“这也是做生意。没办法。”

两人从楼梯来到九楼的食堂街。茶室在食堂街的里面。多纪问松屋的妻子说：

“经理他？”

“还不是在两国那地方下象棋。他本来憋足了劲儿要和多纪小姐一起吃饭的，知道不行后就去下棋去了。”

“实在对不起了。”

多纪在喝咖啡，松屋的妻子在喝冰激凌苏打水。这时女服务员在广播里说“在座的有从京都来的辻村小姐吗？请您到收银台来一下。”

多纪往收银台看了看，只见柚木站在茶室门口。

多纪对松屋妻子说：

“对不起，我去一下。”

说罢，多纪朝收银台走去。柚木朝她扬了扬手说：

“我刚刚从千叶回来。向柜台的人打听你，说是你到这里来了。”

柚木身穿衬衣，白色的亚麻西装搭在胳膊上。多纪像是看一个久别的人一样久久看着柚木。柚木问她说：

“和谁在一起呀？”

“一个客户。”

“那我在旁边的餐厅等你吧。”

“谢谢您！”

目送柚木去了旁边的餐厅，多纪回到松屋妻子旁边。松屋的妻子疑惑地问多纪说：

“那个先生是您的朋友啊？”

“是的。”

松屋的妻子看着茶室的门口说：

“他好像是大学的老师啊。”

“您认识他？”

“我记得他是东京大学医院的教授啊。”

“您是不是在哪里见过他呀？”

“也谈不上见过。我们所住的那个街道上有一家搞服装批发的商店。今年正月，那个店的老板因为胆囊炎什么的去东京大学的医院检查。结果因为当时注射了碘什么的，那个老板就突然去世了。”

听了松屋妻子的话，多纪不由得吓了一跳。

“当时正赶上过年休息，患者家属怀疑是值班医生处置错误，闹得很厉害。最后听说是患者本身体质特别。听说因为赔偿什么的也僵持了很长时间。”

今年年初，多纪确实听说过那件事。那也只是从川岛那里稍微听到一些，具体不是很清楚。不过，那件事的确让柚木很苦恼。

后来柚木也没再说什么。看样子事情可能解决了。但多纪没想到那件事的受害者离自己这么近。

“那个死去的人虽说是老板，但其实还不到五十岁，正是干活的年龄。所以受到打击的妻子好像和医院方进行了反复的交涉。当时医院出面负责交涉的应该就是那位先生。”

“那，您也在医院和那个老师见面了？”

“我并没有去医院。不过，给死者守夜时，那位老师也来上香了。”

“老师也去守夜了？”

“听那家的太太说，负责注射的是一个年轻医生，他连一句道歉的话都没有，让她很气愤。可那个老师好像人很好，听说他多次去他们家道歉，征求她的意见。”

“那，后来问题是不是解决了？”

“虽然说死者体质特别，但医院也有过错。所以，听说最后医院赔偿了两千万日元。尽管死者的妻子说不是钱的问题，但因为那位医生很诚恳，所以最后也就接受了那个处理意见。”

多纪把悬着心放了下来。

“多纪小姐您是怎么认识那位老师的？”

“不，我也就是一般的认识而已。”

“我懂了。您是喜欢那个老师吧？”

“才不是呢。”

“您用不着隐瞒。您脸上的表情已经全表现出来了。”

“我和他只是因为工作上的关系才……”

“我明白了。您今晚要和他相聚吧？”

松屋妻子的眼光就是敏锐。

“可是，我感到不可思议的是，您是在哪里认识那样优秀的老师的呢？”

“我只是经过别人的介绍才认识他的。”

“多纪小姐最近一次也不来我家也是因为这个吧？”

“才不是呢。只是因为吉冈或其他人生病，他帮助了我。”

“您刚才在门口和他站在一起的情形，让人感觉是非常亲密的一对男女呀。”

“瞧您说的……”

“瞧！您的脸越来越红了。是不是多纪小姐终于有心上人了？”

松屋的妻子接着又说：

“可是，那个老师有孩子和妻子吧？”

“我真的和那个老师没什么关系。”

“您用不着隐瞒呀。”

多纪心里觉得有些窝囊。自己和柚木的关系让松屋的妻子看得那么透。她自以为装得若无其事，可是看来男女之间的事是会自然显露出来的。

“可是，年纪那么大的男人适合您吗？多纪小姐是个很有主见的人，所以也许会觉得年纪轻的人难以令人满意吧？”

松屋的妻子点着头又问多纪说：

“那个老师在哪里等你吧？”

“不，他说他妻子在跳舞什么的，他顺便拐到这里看看扇舞。”

“哎呀，无所谓的。咱们明天再好好聚吧。”

看来多纪随便撒的谎在松屋妻子那里是不管用的。松屋的妻子说罢，拿着手提包站起身来。

走出茶室后，多纪对松屋的妻子说了一番感谢的话，然后就和她告辞了。多纪先装作去八楼的展厅，然后转身朝餐厅跑去。柚木在那里等她。

柚木在餐厅角落的位子上喝啤酒。

“请原谅！我来晚了。”

柚木问多纪说：

“和客户谈完了？”

“我正要给您说。她认识老师您。她说她就住在今年正月因注射碘而导致死亡的那个人家附近。”

“是吗？”

“她说她对当时那个年轻的医生很有看法，但老师您却是个好人。对您的评价很高呀。”

“当个医生，自己不认识别人，别人却认得自己是常有的事情。”

“说不定这个餐厅里也有人认识您呀。”

“不要紧。”

说罢，柚木往前探了探身子问多纪说：

“那，今天接下来的时间你有什么计划没有？”

“百货公司关了门我们就没什么事情了。”

“那我们一起吃晚饭吧。”

“好啊……”

“现在快六点了。我们七点见面怎么样？从这个百货商店往前走，有一家叫‘天鹅’的西餐馆。餐馆历史悠久，菜很好吃。我们在那里吃晚饭好吗？”

“不知道我能不能找到您说的那个西餐馆。”

“沿银座大街一直往四丁目走，很快就能走到。餐馆前面有霓虹灯，应该很好找的。”

多纪对东京不熟悉，但要说银座大街，应该问题不大。她问柚木说：

“现在剩下的时间您做什么呀？”

“现在再回家也做不了什么事情了。我去书店逛逛。”

说罢，柚木像忽然想起来什么似的问多纪说：

“我把女儿喊来吃饭没关系吧？”

“您女儿要来呀？”

“反正你早晚都要和我女儿见面的。”

“话虽然这样说，可是……”

“不要紧。我女儿早就想见你了。”

“我这身打扮，还是……”

“你放心吧。可是，你今晚住什么地方啊？”

“好像安排在了帝国饭店。”

“那就得和大家住在一起了。再另外找个地方吧。”

“可是，您女儿怎么办？”

“她好像今晚和朋友去轻井泽。”

“是夜晚去呀？”

“因为夜晚的火车上人少。今晚住哪个饭店，晚上见面之前定下来吧。”

大概因为柚木是在东京本地吧，处理起事情来干脆利落。

因为盛夏白天时间长，百货公司六点半才下班。接下来要收拾东西，还要商量明天的计划等。离开百货公司时已经是七点多了。

谷川理事长说：

“大家辛苦了。现在我们去饭店吃饭。大家请吧。”

他要慰劳大家。

谷川理事长问多纪说：

“多纪小姐没问题吧？”

“可是，我有些事要办。不好意思，今天我就失礼了。请您原谅。”

“是吗？太遗憾了。”

“请允许我明天再来帮忙。”

多纪给理事长鞠了个躬就匆忙离开了会场。她乘电梯下到一楼，到洗手间又补了补妆。

在展厅里站了一天，身上出了些汗。她想回下榻的饭店洗个澡换换衣服，但时间已经来不及了。只好简单地整理了一下头发，往脸上扑了些粉。

既然要见柚木的女儿，她想打扮得好看些。但打扮得太漂亮也不好。

她不知道就这样去是否合适，犹豫不决地来到外面。

到了夜晚，银座大街越发显得华丽。一齐打开的霓虹灯下，到处都是从公司下班的男女职员。

个子小巧的多纪时隐时现地在人流中穿行。走过一个街区后，她看到了前面不远处天鹅西餐馆的霓虹灯。多纪抬头看了看，发现那是座七层楼房。天鹅西餐馆好像在三楼。

电光时钟显示的时间是七点二十分。

多纪和其他人一起上了电梯。来到三楼，正对面有一个玻璃门，门口站着一个男服务员。

多纪往里面巡视着，这时服务员指着左边靠里的地方问她说：

“是不是那边那位客人在等您啊？”

柚木向她轻轻招了下手。

服务员领着多纪朝柚木坐的地方走去。

柚木对面坐着一个姑娘。姑娘背朝这边，长长的头发一直垂到背上。

多纪来到饭桌前，这时柚木和姑娘一起站起身来。

“我来介绍一下。这是我女儿凉子。这是辻村多纪小姐。”

“我是凉子，请您多关照！”

说着，柚木的女儿凉子下巴微微前倾地给多纪鞠了个躬。

多纪还礼说：

“初次见面，请多关照！”

说罢，多纪坐到了凉子对面。

她仔细端详了一下凉子。她的头发从额头中间向两边分开，身穿丝绸衬衣，脖子上扎着一条色调柔和的围巾。肤色随她母亲，稍黑。但眼睛和嘴比较像柚木。

柚木问多纪说：

“我和女儿要了牛排。你想要什么啊？”

“我也要牛排吧。”

多纪感到有些慌乱。虽然她认为像平时那样就行了，可一旦面对柚木的女儿，她还是感到局促不安。

“会场那边已经结束了？”

“托您的福，已经结束了。”

柚木问凉子说：

“盛况空前。你对京扇感兴趣吧？”

接着，柚木又对凉子说：

“这位小姐是在京都做京扇的。”

凉子一直在一言不发地看着多纪。突然她问多纪说：

“您说您叫辻村多纪？”

“啊，是的。”

“那，难道您就是杀我哥哥的凶手的……”

柚木制止凉子说：

“凉子！不要说这些无聊的事情啦！”

“这么说，我猜得没错啦！”

凉子的眼睛里立刻充满了敌意。

“爸爸是不是打算和杀死我哥哥的凶手的家里人结婚啊？”

“你冷静些！”

凉子站起身说：

“太过分了！我告辞了！”

“你要去哪儿？”

“我的事不用你管！”

说罢，凉子转身离开了座位。

“喂！”

柚木想喊住凉子。但凉子头也不回，左右甩动着长长的头发朝门口走去。

柚木站起身来看着凉子，但并没有去追她回来。

“您还不快去把她喊回来！”

“不用……”

看着凉子消失在门口，柚木像放弃喊女儿回来似的坐了下来。

“不会出什么事儿吧？”

“你不用担心。”

柚木看着多纪说：

“因为这些无聊的事情给你添麻烦，你不要生气呀。”

“请不要这样说。是我不好。是我忘记了以前的事情，厚着脸皮来这里。”

柚木明确地对多纪说：

“你没有任何责任。”

说着，他又抱起胳膊说：

“没想到那孩子这么在意那件事情。”

“您女儿是不是不知道我的情况啊？”

“我把我想结婚的事情告诉她了。但没有给她详细说洋一郎的事，是我太粗心了。”

说着，柚木喝了口加冰块的水。

多纪想起了去柚木家给死者守夜时的情景。记得当时柚木坐在多纪正对面，柚木的妻子坐在他旁边。但她想不起来周围坐的是什么人了。

多纪问柚木说：

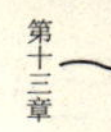

“那次守夜时，您女儿是不是不在啊？”

“给她联系了。但她当时正在加拿大旅游，来不及回来。”

“这么说，她是后来知道的？”

“一周后她才回来。”

说罢，柚木又嘟囔着说：

“可是，太可笑了。”

服务员端来了羹，指着空着的座位说：

“这位客人……”

柚木对服务员说：

“不，没关系。你放这里吧。”

柚木接着又说：

“因为那样的事而被杀，并因此而正儿八经地抱着仇恨是很可笑的。这都是因为教她的人没教好。”

“没教好？”

多纪想问柚木怎么没教好。但话到嘴边又咽了回去。如果有人把辻村隆彦的名字告诉凉子，那就只有柚木的妻子。难道守夜结束后，柚木的妻子又把杀害洋一郎的人的名字告诉了从美国回来的女儿？

“因为内讧而被杀，是分不出谁对谁错的。” “话是这么说。可是……”

柚木的话是对的。但事情一旦落到自己亲人头上，可能就没那么简单了。

“总之，女人是容易感情用事的。”

说到这里，柚木压低声音说：

“也许我应该把情况原原本本地告诉我女儿。可我觉得没必要说那些事。所以就……”

柚木静静地喝了口羹。多纪也默默地把羹端了起来。

“今天弄得不欢而散。不过，那孩子慢慢会想通的。可能她旅行回来时想法就变了。”

也许柚木觉得时间会解决问题。但凉子的“爸爸是打算和杀死我哥哥的凶手的家里人结婚”这句话仍留在多纪的脑子里。

也许那是一个年轻姑娘一时情绪激动说出的一句话。但她的话里的确有真实的一面。似乎因为多纪爱柚木，而忽视了这样一个事实。

柚木说：

“总之，我不会因为那样的事而改变自己的主意的。今年秋天或冬天都行。”

“什么都行啊？”

“当然是结婚的事情。”

“这事儿还是等一等吧。”

“你是不是还觉得不满啊？”

“哪有什么不满呀。只是我家里和公司里的事情乱糟糟的……”

柚木看着多纪的脸说：

“所以我说看你的情况而定。”

“这事儿再找机会说吧。”

多纪端起羹来，柚木也若无其事似的拿着刀叉吃起牛排来。但显然两人的内心是有隔阂的。

快要吃完饭时，柚木像突然想起来似的问多纪说：

“我在新大谷给你订了房间。住那里没问题吧？”

“今晚我还是回帝国饭店住。”

“为什么？我特意给你订了房间。”

“可是，大家都在等着我呢。”

“你刚才好像说住别的地方也可以的。”

多纪的确说过这话。傍晚见到柚木时，多纪觉得和大家住同一个饭店不方便。可现在她反而觉得和柚木一起过夜心理上有负担。她自己也觉得自己的心情怎么会变化这么快。也许是由于凉子说的那些话让她改变了心情。

“我特意给你订了房间，还是去那里住吧。”

“可是……”

虽然多纪嘴上在拒绝，可她心里还是希望柚木硬把她拉去的。

总之，现在形式上多纪是不想主动和柚木一起去过夜的。因为对方硬要她去，她才不得已去和对方一起过夜。也许这样多纪才可以原谅自己。

“今夜我们什么无聊的事情都不考虑。”

柚木说的可能是上次在京都的饭店里发生的事情。久别的相聚，互相表达爱意的瞬间，多纪忽然产生了看到柚木妻子的幻觉，幻觉把沉浸在爱河里的多纪拉了出来。

“今晚我们度过一个纯粹两人的夜晚吧。”

多纪很清楚柚木话里的意思。唯独今夜，她不想让其他人的影子打扰他们两个人。

柚木站起身拉着多纪说：

“走吧。”

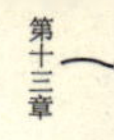

多纪起身跟着柚木离开了西餐馆。

二十来分钟后，两人乘出租车到了饭店。两人在服务台办完手续后乘电梯来到十七楼。

柚木和男服务员并排走在前面。走在后面的多纪看着柚木的背影，再次意识到柚木的家庭即将解体。

儿子死了，妻子离家出走了，现在女儿又和朋友去了轻井泽。而柚木要和其他女人一起在饭店过夜。他的家庭已经不成样子了，家里的每个人都在随心所欲。

是多纪把柚木的家弄成了这个样子。虽然她没有直接插手，但毫无疑问，是她加速了柚木家庭的解体。

多纪心里想着这些事，担心能否度过一个只有他们两个人的夜晚。但她还是扑到了柚木的怀里。

老是考虑那些无聊的事情也没什么用。

要做坏人，干脆彻底地做个坏人。如果因此而下地狱，那就下地狱吧。

到了房间里，只剩下他们两个人时，多纪反而镇定了下来。

不要再考虑什么，任其发展下去吧。

带着这样的心情，多纪不知道过了多长时间。在一个像是梦境又像是现实的感受中，多纪好像说了各种各样的话。

“不要！”“我爱你！”“请你一定不要离开我！”虽然这些话各不相同，但它所表达的都是多纪的心情。

此时多纪的身心因为柚木而兴奋到了极点。

白天说的话和晚上说的话大不相同。白天在柚木面前，多纪会感到迷惑，会拒绝柚木。而现在白天的迷惑和拒绝已经消失得无影无踪了。

她的身体完全暴露在了柚木面前。内心的掩饰也同样被抛到了一边。但平静下来后，多纪还是对刚才毫无羞耻的行为感到害怕。

她耳朵的记忆还是比较可靠的。她记得她好像说了一些意想不到的话，想到抱着自己的柚木听到自己说的那样的话，多纪感到害羞得无地自容。

柚木像是问多纪，又像是自言自语地说：

“很舒服……”

多纪是不可能回答柚木的。她只是在心里点着头。

“不要再去考虑那些无聊的事情了。听我的话，跟着我走就行了。”

听了柚木的话，多纪老老实实地点了点头。

销魂的一刻过去后，多纪的想法好像全变了。说得大些，是否可以说连思想也变了。白天她还反对的事情，现在觉得那都是一些微不足道的小事。

“无论发生什么事情，你都要相信我。懂了吗？”

“请您原谅我。”

现在，多纪可以很自然地说出这样的话来。被柚木抱过后，再去想那些事，她觉得自己过去好像在为一些极小的、非常平常的事情而挑刺。

柚木问多纪说：

“你看结婚安排在秋天怎么样？”

“那么快呀？我来不及。”

“那，春天呢？”

多纪想象自己嫁给柚木时的情景。自己身穿白色和服，头戴白色头纱和柚木并排站着。旁边还有安代、森子、嵯峨附近的叔叔和吉冈。也许柚木的女儿也微笑着站在一旁。

“我尽量选一个你方便的时间。”

……

“婚礼也分别在东京和京都两处举办吧？”

两人一丝不挂地搂抱着在商量两人的未来。

第二天早晨七点钟，多纪一起床就急忙赶回帝国饭店。原计划八点钟吃早饭，她想在八点之前赶回去。

她和柚木约好今天傍晚再相聚。

八点多一点，当多纪来到帝国饭店的服务台时，工作人员把房间的钥匙交给她。并告诉她说“这里有您一张留言”，说着把一张纸条递给了她。

多纪接过纸条，边走边看起来。

只见纸条上写着“吉冈夫人来电”。接下来的内容是：今晚我丈夫去世。定在明晚为死者守夜。

多纪一下子停住了脚步，她又仔细看了看留言条。上面还是写着“吉冈夫人来电。丈夫去世”。

多纪忘记了回房间，坐到了饭店大厅里的椅子上。

来东京之前多纪去看望了吉冈，当时看上去他精神还很好。

虽然他泄气地说“我没有几天活了”，但感觉他还不会一两天就去世。

当时吉冈的表情显得很无助，但多纪觉得那好像是长期患病的结果。

可是，没想到他突然就……

总之，需要先打个电话确认一下。多纪从大厅里的椅子上站起身，急忙朝电梯口走去。

七楼的房间里，因为昨晚没住人，床罩和浴室里的摆设原封未动。

多纪立刻拿起床头的电话听筒，拨京都吉冈家的电话号码。电话里响了几声呼叫音后，传来一个男人的声音。

“我是辻村多纪。那个……”

“哎呀！您等一下。”

男子好像去喊什么人。过了一会儿，听筒里忽然传来吉冈妻子的声音。

吉冈妻子刚喊了一声“经理！……”就呜咽起来。

“说是他去世了？”

“昨晚他自杀了……”

“自杀？”

“你说我家老头子怎么那么糊涂呢？”

“他为什么要自杀呢？”

“他在遗书上说，自己得了癌症，已经不行了。”

“这么说，他是因为怕癌症治不好才……”

“我不知道，我不知道……”

说着，吉冈的妻子又哭泣起来。

上次去看望吉冈，临告辞出来时，吉冈说“也许我再也见不到你了”“你帮了我许多忙”。他的那些话也许是因为考虑了自杀才说的吧。

“总之，我马上回去。见面再说吧。”

“那，您的工作……”

“这个时候您还提什么工作！我马上回去。您要挺住。”

……

“好吗？”

说罢，多纪挂断了电话。

和吉冈的妻子打完电话，多纪又马上打电话给在食堂吃饭的谷川。

多纪告诉谷川说：“昨天晚上吉冈自杀了。”谷川不相信似的说：“真的吗？”

虽然谷川在其他扇子店，但他和吉冈在扇子界已是三十多年的老朋友了。两人的年龄也差不多大。所以，吉冈自杀的事对谷川可能很重要。

"所以，请您原谅，我想给您请个假回去。"

"你快回去吧。我回去得晚一些，今晚赶回去给吉冈守夜。"

给谷川请过假后，接下来多纪又给柚木的办公室里打了电话。

多纪心想，时间还早，可能柚木还没到办公室。柚木果然不在。她请秘书转告柚木，因吉冈去世，自己要紧急赶回京都。然后挂断了电话。

这事发生得太突然了。虽然对吉冈的病情早有思想准备，但没想到他这么快就去世了。多纪离开京都时，比起吉冈来，她倒是更担心隆彦的情况。人的生命真是难以料定。

多纪匆忙洗了澡，换了衣服，又整理了一下头发。时间已经到了上午九点。她收拾好行李径直赶往八重洲火车站。

因为是星期天，车站里到处都是外出游玩的乘客。九点二十四分，多纪跳上了眼看就要发车的"光"号新干线。如果顺利，十二点半就可以到达京都。

坐到座位上的多纪喘了会儿气，扭头往车窗外望去。天空已经布满了卷积云，这显示出外面很热。看着窗外异常明亮的街道，让人难以相信吉冈已经死去。

看着车窗，多纪一个人自言自语地说：

"这可怎么办？"

从此以后再也得不到吉冈的协助了。发生了什么事情，没有人可以商量了。虽然迄今为止吉冈一直因病卧床，这几个月没有和他谈过工作上的事情，但他活着和去世，情况是大不相同的。即便吉冈不来公司上班，但一想到有他在，多纪就感到心里非常踏实。关键时刻有吉冈在，这是多纪的精神支柱。

今后，自己真的能一个人撑起这个"辻村"吗？在经济不景气的环境中，自己的公司能不落后于其他公司吗？多纪越想越感到不安。

火车很快就过了新横滨，小田原的海岸出现在左侧的车窗里。时间快到十点了。

柚木已经到大学了吗？

昨晚两人好不容易才度过了一个令人满足的只有两个人的夜晚，可今天就又分开了。

是不是某个地方有一种要把两人分开的力量呢？为什么偏偏两人相会时要发生令人悲哀的事情呢？

火车到达了京都。多纪先回若王子的家里换上一身丧服，下午快两点时赶到了五条下吉冈家。下午炎热的阳光下，通往吉冈家的小路上几乎看不到行人。唯独小路边吉冈家门前挂着办丧事的帘子，摆着花圈，人声嘈杂。

多纪给负责接待的人打了招呼，然后来到摆放吉冈尸体的房子里间。

在尽里边的大房间里，吉冈头朝北直挺挺地躺在那里。

多纪向跪坐在吉冈枕边的吉冈夫人鞠了个躬，然后为长眠的吉冈合掌祈祷。

他怎么会死了呢？来到吉冈身旁，她反而觉得他没死。多纪甚至想掀开蒙在吉冈脸上的白布看看他。

可不知为什么，好像白布下面吉冈从头到脖子都裹着白色的绷带。

多纪问吉冈的妻子说：

“我能看一下他的脸吗？”

吉冈的妻子摇着头呜咽着说：

“请您原谅。您就不要看了。”

吉冈妻子身后一个像是吉冈的弟弟的男人告诉她说：

“说起来怪丢人的。我哥哥是从医院的楼顶上跳下去的。他觉得癌症无法治疗。结果摔得头和脸惨不忍睹……”

“是吗？”

多纪如果再坚持要看吉冈的脸就有些残忍了。可能吉冈也不希望别人看到他伤得那么重的脸吧？

“那他是什么时间去世的呀？”

“昨天下午五点左右。他说他一个人去洗手间，离开病房后很久都没回来。于是我们就出去找他。这时护士跑过来说他跳楼了。”

……

“虽然是摔到了医院的里院，但不用说，当时就死了。”

多纪记得医院的楼有七层。她想象夕阳中吉冈从七楼的楼顶头朝下掉下去的情景。

吉冈当时在想什么呢？也许他什么也没想。

吉冈的弟弟说：

“他好像早就做好了跳楼的思想准备。”

现在回想起来，上次多纪去医院看望吉冈时，也许他因为打算和她永别才说了那么多话。

“噢，对了。他给经理您留了一封遗书。”

说着，吉冈的弟弟从枕边抽出一封信递给了多纪。

多纪接过遗书说：

“请允许我看看。”

如同吉冈的性格一样，遗书一笔一画写得很工整，字的右肩高左肩低：

小姐，多年来你给了我许多的帮助。如同你知道的那样，我得的是癌症，是不可能治好了。即便这样活下去，也只能是痛苦和等死。也许你会笑话我是懦夫，请你原谅我这最后一次的任性吧。

假如人真的有命，我还想活下去，在你身边工作。也许我这样的人已经没用了，但我是辻村的人，离开辻村我是活不下去的。

即便我起不到什么作用了，但我想一直守护着小姐你。

可是现在这已经不可能了。不但不能守护你，照目前这样的状况，反而会净给你添麻烦。非常遗憾，吉冈先到小姐你父母那里去休息了。

非常感谢你多年来对我的照顾。

也许是临死前多余的话，今年也许不再做挂历为好。我的话有些啰唆，小姐你千万不要向街上的金融机构贷款。就在目前的范围内坚持下去，可保辻村平安无事。

没能看到小姐出嫁时的样子，深感遗憾。小姐多保重。祝小姐幸福！

吉冈

写给多纪小姐

多纪读着吉冈的信，泪水夺眶而出。

再也没有像吉冈这样忠实，为主人着想的男人了。吉冈是最后一个称职的好领班。遗书的字里行间充满了吉冈的诚实和体贴。

尤其是遗书里最后说的挂历和不向大街上的金融机构贷款的话，突出地体现了吉冈的人品。直到临死前，他好像也没有忘记辻村的事。

多纪对现在已经不能说话的吉冈低下头说：

“谢谢您！您的信我收下了。”

说罢，多纪把遗书放进了怀里。

“我真想看看吉冈先生的脸……”

虽然多纪知道这话说出来很残忍，但她还是忍不住嘟囔了出来。

多纪握住一直在哭泣的吉冈妻子的手说：

“您千万不要灰心，一定要挺住啊。我会尽力帮助您的。剩下的事情您就放心吧。”

虽然多纪这样鼓励吉冈的妻子，可她自己的眼里也充满了泪水。

半个小时后，多纪离开了吉冈家。

她好像一下子失去了精神支柱，感觉很无助。活在世上久了，会发生各种各样的事情。年轻时不曾想过的意外的事情都向她袭来。

尤其是这几年，不知为什么，这样的事情接连不断。

也许是因为多纪本身到了变化迅速的年龄，要不就是因为这几年情况特殊。

总之，人生难料。多纪靠在汽车座椅的靠背上，闭上了眼睛。

接下来怎么办呢？一想到今后，多纪就感到心情郁闷。她也觉得需要好好想一想，但眼下没有这个精力。

她想，此时自己身边有个什么人就好了。如果身边有一个可以信赖的人，一个能够对他倾诉一切的人，自己心里将会得到极大的慰藉。多纪自然而然地想到了柚木。现在，如果柚木在自己旁边，自己有许多话想对他说。

是不是女人一个人活不下去呢？

难道女人虽然嘴上说得很坚强，可最终还是需要男人的支撑吗？女人能出来工作，是因为有男人的支持吗？

多纪轻轻摇着头说：

“不能这样啊……”

最近多纪一遇上心中不安的事情，就会想起柚木。她不知不觉地在渴望柚木。多纪觉得当遇到痛苦或困难时，有那个人在自己身边就会逢凶化吉。但仔细想来，这也许是她的一种依赖心的表现。

觉得有那个人在身边，换个角度看，这种想法也意味着可以逃到那个人身边去。她现在在做准备逃路的工作。

“不！不！”

多纪忽然生起自己的气来。自己必须一个人好好地活下去。自己什么时候产生了这种依赖心啊？

一旦依赖起别人来，就会无休止地依赖下去，就会一遇到事情就躲避到安逸的地方。她担心一旦依赖起别人来，自己的外表和内心等统统都会垮掉。

“你要坚强起来！”

多纪在心里告诫自己说。无论柚木对自己多么温柔，她都想靠自己的力量生活下去。

当“大”字形篝火熄灭时，盛夏中的京都就迅速开始降温了。

当然，这并不意味着炎热已经消失了。阳光仍然很强，夜晚依然很热。但日历上已经过了立秋，八月份也只剩下很少的几天。虽说热，但已经热不了几天了。

从八月中旬到九月份，柚木来了一次京都，多纪也去了一趟东京。

虽说在东京多纪曾受到柚木女儿的冷遇，但她最终还是抵不住柚木的一再要求。

当男人燃烧起激情时，女人也会自然激情燃烧起来。何况像多纪这样企图硬要压抑的激情，一旦燃烧起来，更是势不可当。

当然，也可以说是由于吉冈的死而感到的孤寂，让多纪的激情燃烧得格外猛烈。

吉冈的死，让多纪重新认识到了他的重要。通过吉冈而和辻村联系在一起的工匠、材料店、批发店等多得数不过来。虽然表面上他们是在和辻村做生意，而实际上他们都是考虑到和吉冈的关系才和辻村一起做过来的。因为吉冈在才支持辻村的这些工匠和店家，如今必须全由多纪自己去做工作。

当多纪重新去拜访各种人，向他们低头鞠躬，忙碌了一天后，她就格外想跑到柚木身边去。情义、人情、支票、结算，当多纪置身于这样的充满人与人之间的怀疑和欲望的商业旋涡里时，她就想马上逃到一个自由自在的，什么都不用考虑的世界里去。

当多纪被柚木抱过后，虽然那对她只是短暂的安慰，她也会重新鼓起奋斗的勇气。

说起来，对多纪来说，柚木又是她的一块绿洲。结束了艰辛的旅途，跋涉到柚木的身边，可以得到休息和放松，可以得到新鲜的甘泉。然后再踏上漫长的旅途。

“哎呀！你真是干劲十足啊！”

谷川理事长看到最近干劲十足的多纪也感到很佩服。

“我得把吉冈留下的空白填补起来。”

虽然多纪嘴上是这样说，但她心里并不觉得怎么苦。

越是苦，多纪的斗志就越旺盛。也许这是因为京都的女人骨子里很坚强。

但是，不可否认的是，即将和柚木结婚这件事对多纪的斗志也是个鼓励。只是多纪表面上不愿这样想。

情况不允许那样。即便不结婚，就目前这样已经足够了。虽然多纪心里这样想，但她忽然又想象起两人结婚后的情形来。

多纪吃惊地发现，工作的间隙，自己会想一些很温馨的事情。柚木终归会上年纪，会辞去大学的工作的。到了那时，就在嵯峨附近的山里面盖一个安静的小房子，和柚木两人住在那里。

进入九月，炎热的夏天已经开始走下坡路了。过去许多人都穿无袖的衣服或衬衣，而现在早晨或傍晚，已经有人穿上长袖衬衣或西装了。

尽管如此，白天的温度仍接近三十度。虽然感觉秋天就在眼前，但其实还有一段距离。

可到了九月下半月，台风带来的暴雨把人们突然带进了秋天。

台风过后，东山的树木色彩开始鲜亮起来，比叡山上也开始飘起了白云。云彩已不像夏天那样浓厚，而是零零星星地飘浮在蓝天上。

这天，多纪下班后照例去了京洛医院。

夏天，多纪每两天去医院看望隆彦一次。有时懒了就三天去一次。吉冈去世后，她又恢复到每天去一次医院。

人的生命是难以预料的。今天好好的人，也许明天就会死去。这种不安让多纪又开始每天去一趟医院。

夏天时，隆彦因为一段时间拉肚子变瘦了。最近恢复了过来，又多少胖了一些。由于不到外面去，他的脸色仍然很白，下巴胖胖的，看上去像是两个下巴。以为快不行了的隆彦还活得好好的，而以为没问题的吉冈却先去世了。这让人感到不可思议。

究竟隆彦这样能活多久呢？看着没有意识的隆彦，多纪甚至感到他这样活着很可怜。对这样的活法最感到悲哀的肯定是隆彦本人。

“您辛苦了。务必请您多加关照！”

多纪照例这样向护工表示感谢，然后离开了医院。

现在是下午六点多，傍晚的天空还很明亮。

自从吉冈去世后，虽然多纪想要比过去加倍地工作，但有时会忽然感到没有气力做任何事情。可能是每天过于劳累的缘故，每周她都会有一两次感觉浑身无力的日子。也许今天又遇上了那个日子。

迎着秋天的暮色中吹来的微风，多纪沿着医院门口的紫藤林荫路往前走去。之后她乘出租车回了若王子的家。

到家时已经晚上七点了。

森子说是先吃过了，于是多纪一个人吃了晚饭。

吃罢饭，多纪正在看灯光下院子里的景色，这时安代走过来给她打招呼说：

“凉快多了呀！”

过去院子里只能听到蝉的鸣叫。可不知从什么时候开始，有了各种各样的虫子的叫声。

多纪还在往院子里看着，这时森子走进屋来问她说：

“多纪，我有话给你说，你现在方便吗？”

多纪点了点头。

“是关于品子订婚的日子。”

因为森子坐在客厅里，所以多纪也离开阳台，隔着茶几坐到了森子的对面。

“小田他们家因故说是想推迟一周。这样时间就定在了下周日。”

订婚的日子已经定在了九月十八日。

“你能不能参加订婚仪式啊？”

多纪当然不会说不想参加的。既然是接受订婚，那就应该由本人和父母出面。可品子的生父在大阪。这次品子结婚，森子好像想极力回避品子的父亲。

生品子时，因为森子没有正式和品子父亲结婚，所以品子的父亲是名不正言不顺的。看样子，森子是想让多纪扮演一个父亲的角色。森子这样想，说自然也自然。也许森子在想，比起品子住在大阪的生父，由多纪出面，可以突出她们和辻村家的联系，从而提高与地方名门小田家的抗衡能力。

看到多纪没说什么，森子可能觉得多纪同意了，就点着头说：

“那就拜托你了。还有，关于住房，那两个人说到别的地方找房子。所以，他们可能不住在家里了。”

“是吗？”

“可是，小田这个人真怪。我特意告诉他说可以在若王子的家里一起住。可他偏要花钱到外面租公寓住……”

“两人是不是想单独住啊？”

“可能吧。他说就在附近租公寓。一旦他们想回来住，也可以回来吧？”

多纪没有回答她。

“还有另外一件事。你和武藤的事，是不是还是不行啊？”

“那件事好像上次我已经明确地拒绝了。”

“你上次是拒绝了。”

森子往院子里望着，像是在考虑问题。过了一会儿，她回过头来说：

“那个，关于借的钱，你见一下武藤，和他谈谈吧。”

“谈谈？谈什么？”

“武藤也是克服困难才借给我们钱的。”

“那他是不是说，如果拒绝了这门婚事，就得马上还钱啊？”

“武藤是不可能说那种话的。可是，既然是这样，我们也得为武藤考虑不是。”

多纪很干脆地说：

“明白了。我还给他。”

武藤借给自己一千万日元，而且利息分文不要。多纪觉得这很奇怪，不仅不要利息，而且没有期限。说是适当的时候，有钱再还就行。虽然多纪感谢武藤的好意，但她还是和武藤约定，按银行通常的利息标准付息，五年归还借款。

到目前为止，多纪每个月都按时付给武藤利息。

那以后，即便是见了武藤，他也没再说过钱的事情。多纪想得很简单，以为武藤是富二代，不在乎那些钱。但看来好像不是那回事儿。

难道武藤还是为了和多纪结婚才融资给她的？想起来，这也确实是可以理解的。如果冷静地想一下，就会明白，在这个银根吃紧的时期，别人是不可能无缘无故地一下子给你一千万的。这里面一定会有什么目的。

错就错在多纪单纯地以为那是别人出于好意。

都到了这样的年纪，连这个道理都不明白……

多纪觉得自己很丢人，自己简直是个小孩子。难怪吉冈生前有那么多担心。

总之，这钱必须明确地还给武藤。借那种不明不白的钱，也过不去自己心里这一关。

这是多纪的倔强之处。她不能容忍自己利用自己是女人这一优势去获取好处。

第二天，多纪打电话给武藤，约他在京都饭店的大厅见面。

多纪一旦决心做什么就忍耐不住。她的这种性格好像是从她父亲那里继承来的。多纪按照约定的时间准时来到饭店的大厅。可是很奇怪，武藤今天迟到了十来分钟。

“刚要出来，来了一个烦人的电话。对不起！让你久等了。”

武藤说话的口气依然是那么爽朗。

他问多纪说：
“你还没吃晚饭吧？我们找个地方吃饭去吧。”
“今天请让我来带路吧。”
“要这么说的话，四条那里有一家牛排店挺不错的。”
“要说牛排，不是本屋町大街上的‘明石’最好吗？”
“哦，只要能吃，去哪里都行啊。”
说罢，多纪到河原町大街上亲自拦了辆出租车，告诉司机去“明石”。
“可是，多纪小姐主动打电话约我，真是太少见了。”
武藤说话依然是那么轻松。看样子这个人还不知道多纪下了什么样的决心。
出租车不到五分钟就到了“明石”。店里的餐桌中间镶着一块铁板，提供的是上等神户牛的牛肉。武藤要了特制烤牛里脊，多纪要了小些的烤里脊片。
武藤把倒有红酒的酒杯举到多纪面前说：
“来，为咱们的再次相聚干杯！”
多纪和武藤碰了下酒杯，给他鞠了个躬说：
“好久没和您见面了。”
“怎么回事儿？今天怎么显得这么生分啊？”
“本来也不准备这样。”
多纪微笑了一下说：
“在这个地方说这事儿有点那个，就是关于上次跟您借钱的事儿。”
武藤放下酒杯看着多纪。
“已经快一年了。我想是不是把钱还给您。”
“可是，您不是每个月都在还吗？”
“去年在我很困难的时候承蒙您搭救，帮了我很大的忙。现在差不多可以全额还给您了。所以……”
“我也不指望那笔钱。所以您用不着这么急着还。”
“总之，请您让我还给您吧。”
武藤苦笑着说：
“您这是怎么了？多纪小姐今天有些不对劲儿啊。”
菜送来了。武藤马上拿起刀切了起来。
“这牛排烤得真不错。”
武藤的这个表现，不知是出于他爽快的性格，还是因为他在刻意掩饰。饭快要吃完时，多纪试探着对武藤说：

“还有一件事。我上次也提到了。请原谅我说话随便，您通过我母亲说的那件事，请您就只当没那回事儿吧。”

听了多纪的话，武藤一下子觉得有些茫然。

“总之，现在店里面的事情已经让我忙得不可开交了，实在没工夫考虑别的事情。”

“这么说，是不是再过一段时间就可以考虑了呢？”

“这个，目前还说不准。”

武藤应该明白多纪不想答应这门婚事。那他为什么要装作若无其事呢？

多纪又说：

“我觉得老是这样很随便的样子，反而会很对不起您。所以……”

“您是不是说，已经不想和我交往，不想再见我了？”

“不，不是的。只要您愿意，我想作为朋友永远和您交往下去。”

“您的意思是，总之，不想这样恋呀爱呀地谈下去了？”

“我这话说出来，会让人感到我很任性。目前我想继续一个人生活一段时间。所以……”

武藤拿着酒杯沉默起来。过了一会儿，他像是下定了决心似的点着头说：

“我明白了。哎呀，您这么明白地拒绝了我，我也没办法。我被你漂亮地甩了。”

“您不要这样说……”

“不！您用不着同情我。既然这样，咱们就不用再彼此含糊其辞，有话就明说吧。”

武藤坐正了身子说：

“总之，您是想把从我这里借的钱还给我，婚事作废，从此我们就彼此两清了，对吧？”

“请原谅我说话难听。”

“那好，我也给您说句实话。”

武藤一口喝下杯子里的酒说：

“说实话，刚开始我也没有要和您结婚的想法。当然，我觉得您很漂亮很能干。我之所以贸然产生和您结婚这样的念头，都是森子女士教唆的。”

“是我妈妈？”

“是的。森子女士明确对我说，我现在借给你们一千万，和多纪小姐的婚事就能成。我只不过是照她说的做了。”

没想到母亲竟然会说那样的话。乍一听似乎令人难以相信，但看样子武藤不像在撒谎。

“我并没有指望通过钱会跟您怎么样。结婚完全是两个人的事儿，别人说什么都没用。可森子女士她那么说，渐渐地我也就动了心……”

……

“我以为借给您钱，您就会喜欢上我。我真傻。”

“瞧您说的。不是那么回事儿。”

不是武藤傻。倒是给武藤说那种话的森子有问题。

“不过，不是我不认输。我并不打算因为您不愿意嫁给我，就让您马上还钱。”

“不，都是我不好。请您同意我把钱还给您。”

“不，小姐您本人每月都按时分期还款，并且还付有利息，我对辻村公司还是放心的。所以您用不着急着还钱给我。”

“听您的话音，好像还有别的什么。”

“您没从森子女士那里听说什么吗？”

“什么都没……”

“这个，既然这样，我就给您明说了吧。我也借了一部分钱给森子女士。”

“借给我母亲？借给她多少啊？”

“钱倒不多。金额相当于借给您的一半。”

多纪第一次听说森子从武藤那里借了五百万。

“她为什么要借那么多钱啊？”

“她好像是经营了一个小吃店什么的。”

“真的？”

“我听说是。不过好像因为经营得并不顺利，后来关门不做了。”

“那是什么时候的事啊？”

“我想那是一年半以前的事了。”

多纪想起来，去年年初森子曾嘟囔说，我是不是也做些什么事啊。多纪当时以为她只不过是说笑话，没想到她动了真格。

“那，后来那钱？”

“好像那笔钱被一个不动产商骗了去。”

……

“而且您知道，森子女士在服装、技艺培训方面也需要不少钱。”

“可是……”

多纪每月给森子十万日元的零花钱，家里房屋出租应该也有十来万日元，食宿也不用她花钱。所以，这二十万日元足够一个女人花销了。

多纪问武藤说：

“她那五百万借款没还给您吗？”

“怎么说呢，断断续续地还了一些。森子女士曾是一流的艺伎，所以我想她是不会骗我的。”

没想到还有这样一个背景。多纪过去从来没有听说过。

难道森子为了填补亏空，想通过诱使武藤和多纪结婚来一笔抹销那笔借款吗？

也许自己不该这样想象。但反观森子一系列的举动，不能不让人这样想。

“总之，我借的钱，请允许我马上就还给您。”

“这是您的自由，所以我不会说三道四的。”

看来武藤也不得不佩服多纪的执拗。

临从店里出来时，多纪给武藤深深鞠个躬说：

“的确给您添了许多麻烦，务必请您多加谅解。”

来到店外面，从刮来的夜风里已经能感觉到些许秋天的凉意。多纪沿着本屋町大街往北走了一段路。到了御池时她拦下了一辆出租车。

她告诉驾驶员说：

“请带我去若王子。”

说罢她靠到了出租车的座椅靠背上。

以后再也不用为武藤的事儿烦恼了。过去心中的疙瘩解开了。她看着夜色中的大街深深吐了一口气。

然而，接下来，她马上又想起自己答应马上把钱还给武藤的事情来。

怎么凑这一千万借款呢？

多纪竟粗心地没考虑到这个问题。她满脑子考虑的都是如何拒绝婚事，把筹款的事放到了次要的位置。

“怎么办？”

事到如今再慌乱，显得很可笑。但也许这正是多纪的幼稚之处。

说不同意，就一刻也不能等，不考虑事情的后果。而实际上，归还这一千万借款并不容易。虽然从今年春天开始一点点地还款，借款的数目已减少到了近八百万日元，但眼下即便把存款都取出来也凑不够这个数。

再过一个月，卖夏扇的钱就会到账。但那些钱得用于岁末年初购买材料和支付工匠们的工资。

要是一百万、两百万还好办，总之一下子拿出近千万日元的钱并不是件容易的事情。

早知道这样，为什么不稍微慎重些呢？有一个比较滑头的做法，把和武藤的婚事往后拖一拖，以便争取时间。但事到如今，再抱怨也没用了。

再困难也是京都的老店“辻村”。话一旦说出就不允许反悔，不能因为对方有一番好意而胡来。

还是需要在这里和武藤把话说清楚。

接下来的一周里，多纪为了凑钱而四处奔走。

说不定吉冈也许正在草丛或树丛里嘟囔说：“太危险了。我都看不下去了。”

首先，多纪想办法从银行的存款里取出了可以挪用的三百万日元，又把她自己的两百万日元存款全部取了出来。可即便这样，还差三百万日元。想来想去，最后又处理掉了从父亲那里继承下来的股票。一周后，多纪凑齐了八百万日元。

钱凑齐后，多纪当天就把它转到了武藤的账户里。

“这事儿结束了。”

虽然眼下有些困难，但这些支出好像还有办法克服。

多纪的心情好久没有这么舒畅过了。晚上，她给柚木打了电话。

近来，柚木的妻子不在家。多纪比过去打的电话多了。

“发生什么事了？今晚看样子你很高兴啊。”

柚木似乎觉察到了多纪心情的变化。

“是啊。有一件大好事，从此以后我彻底自由了。”

“自由？”

“我可以去任何地方了。”

“我听不明白呀。”

“不明白没关系。”

多纪在自我陶醉。柚木停顿了一下问多纪说：

“我女儿没给你去信吗？”

“不，没有。”

“那丫头好像对上次的事情有些后悔。可能她觉得上次的话说得重了。她回美国之前说想给你写封道歉信。”

“您女儿的话没错。”

“看来她待在美国，不了解家庭暴力是怎么回事儿。你要是收到信什么的，能不能给她回封简单的信啊？”

看来柚木作为一个父亲，很在意多纪和他女儿之间的关系。

“还是我正式给她写封道歉信吧。”

“隆彦的情况怎么样啊？”

“他最近像是吃胖了，又像是浮肿。您看是不是不太好啊？”

“那倒也未必。不过，因为处于季节交替的时侯，还是小心些为好。”

一谈到隆彦的情况，两人的交谈就没了情绪。

“这事儿回头再说吧。我妻子好像好不容易同意离婚了。”

“您太太同意了？”

“我从其他人那里听说的。好像她同意了。”

……

“再忍耐一下吧。”

多纪没有回答柚木的话。她在想象柚木的妻子在崎玉的娘家休养的情形。

到了九月末，品子的订婚仪式结束后，家里面一下子忙碌了起来。

根据森子的意见，结婚的日子提前到了十一月十六日。时间只剩下不到两个月了。

品子过去对家务不屑一顾，可一旦要结婚了，也没法不管不问了。她把大部分时间都用到了学习插花、茶道和烹饪上，大学的学业被抛到了一边。

品子有些不满地对森子说：

“通过和小田交往，我意外发现他是个暴君。”

但因为已经订了婚，森子还是很高兴地说：“我总算是放心了。”

尽管森子这样说，但好像还是意识到了还没结婚的多纪。她像是同情，又像是讽刺地说：

“说实话，多纪快点找个好人家就好了。你是个有地位有面子的人，所以找起来比较难啊。”

看来森子还是对多纪拒绝和武藤的婚事耿耿于怀。而且她好像从武藤那里听说了多纪当场说要归还借款的事。

“多纪和品子不同，肯定会遇到一个你相中的男人的。”

“您不用为我的事担心。祝品子过得幸福啊。”

因为自己的婚事而让森子同情，这反而让多纪感到痛苦。

森子问多纪说：

“住在大阪的品子的父亲想参加品子的婚礼，你看怎么办好啊？”

“当然是请他参加为好啊。”

“可是，品子和他感情不太好呀。”

看来森子对品子的生父心存顾虑。

“能不能请多纪你代替她父亲的角色呢？”

“这是两码事啊。我只是陪妈妈参加婚礼的。”

多纪始终觉得，自己和品子毫无血缘关系。作为品子的姐姐出席婚礼已经有些可笑了，还要代替她父亲的角色，简直是荒唐。自己仅仅是和森子有些关系而已。

森子对多纪说：

“总之，举办婚礼方方面面都要花钱，说不定还要请你帮忙。务必请你多帮助啊。”

多纪觉得品子结婚，自己除了送贺礼，其他不需要再给她什么。听森子的话音，好像还得多少给她一部分钱。

和森子一直相处得很和睦，事到如今多纪也不想因为这事和森子争执。

尽管这样，从九月到十月，多纪心里还是感到少有的平和。

当然，这并不是说多纪周围没什么问题。

吉冈去世后的善后工作，公司新体制的重建，对来年购买材料的研究，对工匠和零售店的关照，去银行走访。还有，填补因归还武藤的借款所造成的亏空，照顾隆彦，品子的婚礼等等。每天忙得团团转。

就是把多纪分成两个人也不够用，而多纪是一个越忙越有干劲儿的人。

也许多纪是天生受苦的命，她喜欢到处跑动。一直待在一个地方不符合她的性格。

越忙，越苦，多纪干劲就越足。虽然她是个从小娇生惯养的小姐，但她骨子里这种坚强也许是从她母亲那里继承来的京都女人的血统。

当然，多纪的这种精力充沛的干劲儿，离不开柚木在背后的支持。

虽然多纪还没有明确答应，但柚木好像已经在准备明年春天和多纪结婚了。多纪并不太清楚，真的和柚木结了婚，生活会是什么样子。也许一个在东京一个在京都的两地分居的婚姻生活会持续一段时间。

从婚姻的角度说，这肯定不是一个理想的状态。

但，不久两人即将结合在一起。暂不说具体的日程，两人在朝着未来一步一步地走着。那种满足感让多纪精神振奋。

虽然多纪表面上说不希望那样，她自己也以为那是真心话，可她内心的确在等待着那一天的到来。在多纪的内心，还有另外一个她在期待着即将到来的那一天。而且还有一点，当她想和柚木打电话时，可以随时给柚木打电话，这让多纪感到很满足。

过去，一想到柚木的妻子在一边，即便想听听柚木的声音也没法给他打电话。有时晚上给大学的柚木的房间里打电话，听着电话里的呼叫音，就是没人接电话，让她感到很失望。

而现在，无论早晨或深夜，想给柚木打电话就给他打，可以随时和他说话。

当然，有时接电话的不是柚木，而是来帮忙做家务的上了年纪的妇女。但只要告诉她自己是多纪，她马上就会把电话转到柚木那里。

柚木不在时，做家务的妇女会告诉她柚木回家的时间。虽然不能掌握柚木所有的活动时间，但大部分时间都在多纪的掌握之中，这让多纪心里感到踏实。

自己所爱的人在自己的掌握之中。虽然现在不在一起，但有实实在在的未来。因此，无论多纪多么忙，她都感觉不到多大的压力。过去多纪遇到困难的事情会想哭，现在她遇到困难也能坚持下去了。

柚木的存在，让多纪心里感到踏实，他把多纪所有的痛苦都变成了欢乐。

第十四章

正午的原野

先斗町鸭川节的开幕，宣告了京都秋天的开始。每年的十月初到十月末，都会在先斗町的歌舞场举办盛大的鸭川节。

离观赏红叶还有一段时间，可大街上已经感觉不到夏天的存在了。鸭川的河水也有了些许凉意，东山上树木的叶子也已开始褪色，天空又飘起了久违的秋云。炎热的夏季和寒冷的冬季之间短暂的喘息时间降临到了京都这个城市。

现在是制扇行业青黄不接的时期。

今年夏天，可能由于残暑期比较长，虽然经济不景气，但扇子的销售额仍保持了往年的水平。不过，到了十月份，销售额还是下降了。

从现在开始，和季节有关的扇子的销售额将直线下滑，只能把希望放在舞扇和装饰扇上了。

幸运的是，入秋后，有许多舞蹈发布会、庆祝会等，填补了夏扇销售下滑的缺口。

尽管这样，夏扇依然是多纪的公司的主打产品。各个厂家纷纷开始考虑明年扇子的图案。从今年畅销的扇子中了解人们的爱好，再参考明年流行的色彩和图案，考虑新的设计方案。

当然，话虽这样说，要准确把握来年的流行趋势是很困难的。基本上是先听取服装方面人士的意见，然后自己再反复考虑。

多纪作为扇面绘画的画家是很有名的。前年她画的一系列流行图案销路很好，今年画的花卉图案也很受欢迎。

谷川理事长感叹地说：

“到底和专业画师不同，多纪小姐画的图案具有独创性啊。”

扇面的图案通常是专业画师画的。它需要用画笔、金银泥、云母末、箔、细沙等。这些材料的用法也各不相同，有研磨、加印、刷擦、虚化等，还要体现出运笔的妙处。

扇面画师凭借自己多年的经验和功夫确定图案的设计。但几年做下来，毕竟难免因循守旧。

多纪既没有专业画师那样的经验，也没有他们那样的技术。她就是随便画，然后再拿给画师看，请他们提意见。研磨和虚化的问题都是和画师们当场商定。

在老画师看来，多纪的这种做法是很冒险的。但也许正是这种冒险给了顾客新鲜感。

今年，多纪已经考虑出了五种新图案。她想把图案设计得更新鲜、更有激情。

过去，扇子是夏季的商品。因此首要考虑的一直是清秀和凉爽的感觉。但是，不一定要拘泥于这一点。

多纪想，难道用扇子的图案就不能表现出这一年自己对柚木的炽热的情感吗？

最近，多纪一直在考虑这件事。但是，她不可能把全部的精力都用到扇面的图案上。作为公司的经理，她有许多工作要做。要考虑下年度如何购买扇子的材料，考虑资金的筹措，考虑工匠们的分工，还要去走访客户等。

当然，在如此繁忙的工作中，绘制扇面对她来说也是一种精神上的休息。唯有画扇面这个短暂的时间，她才能从日常的琐事中摆脱出来。

听说今年的秋季鸭川舞表演的节目是“女人堂情死[1]”和“仲秋抄”。

森子马上跑去观看。看完后批评说，某某人的伴奏不好，和舞者的步伐不协调。毕竟森子有多年弹三弦和敲鼓的经验。对她来说，也许别的艺人的技艺让她感到不耐烦。

多纪也想去看看，但一直抽不出时间。平日下午五点表演结束，星期天或节假日要么临时买不到票，要么有别的事情，很难抽出空来。也许是心灵感应，多纪正在想要是能和柚木一起去观看该多好，柚木就打来了电话。

柚木在电话里告诉多纪说：

“二十一号名古屋的医师会邀请我去作讲演。”

“您那天住在名古屋吗？”

“讲演从晚上七点开始，计划住在那里。我想不在那里住，去你那里。”

1.“女人堂”为位于日本和歌山县高野山的一座寺院的佛堂。该佛堂专为女性念佛诵经而设。

“讲演几点结束啊？”

“大概八点半结束，然后和与会者简单交谈一下。云京都的‘光’号新干线的末班车好像是晚上十点半。”

“那，请您坐那班车来吧。讲演会结束后，和当地的人交谈两个小时足够了吧？”

“那就这样定了。”

以前，多纪是说不出这么干脆的话的。即便和柚木当面说话时干脆一些，打电话时总是会不由自主地控制自己的情绪。

可不知为什么，现在她说话这么干脆。也许是因为柚木的妻子不在旁边，让她放心的缘故吧。

多纪问柚木说：

“您第二天几点回去合适啊？”

“我出发前就打算去京都的，所以事先已经把时间空出来了。”

“那，这么说您可以在京都多待一天了？”

“二十三号早晨早点回去就行了。”

“太让我高兴了！”

多纪不由得抓紧了电话听筒。她心里激动得连自己都觉得像个小孩子。

“那您是乘二十一号的末班新干线来京都。我去接您。请您在车站等着我。”

“这次你不会再丢下我回家吧？”

“放心吧。再也不会了。”

“女人的心情说变就变。我不放心啊。”

“请您不要再提那事儿了。”

多纪当时看到的柚木妻子的影子，已经在多纪的脑子里差不多消失干净了。

二十一号，柚木如约乘末班新干线来到了京都。

两人走在下站台的台阶上。柚木告诉多纪说：

“他们讽刺我说，为什么这么急着去京都啊。”

“住在名古屋，除了喝酒睡觉还能做什么。”

“那倒也是。”

和以前一样，柚木随身只带了一只旅行箱。可能是演讲结束后和同僚们喝了酒，他的脸有些发红。

“我也想找机会听听老师您演讲。”

“别开玩笑了。你在场，我会紧张得说不出话来的。”

可能因为是末班车，好像下车的旅客不多。新干线车站前的出租车乘车点没什么人等车。

多纪告诉柚木说：

“我做了一个明天的活动计划。中午有一个时代节。所以我们十二点参观完皇宫出来后，先去看看时代节，然后再去看鸭川舞蹈。我买好了下午五点鸭川舞蹈的门票。”

“可是，你不是公司里有事吗？”

“我可能不能陪您去看时代节，但我会陪您去看鸭川舞蹈。请您在那之前或之后去见川岛医生吧。”

“我知道了。”

“再就是，住宿我安排在了您喜欢的鸭川边上的饭店。因为明天有时代节，那家饭店人很多。我好不容易才在那里订了一个房间。您就严格按照我的计划做就行了。”

多纪话说得很干脆，这让柚木感到很吃惊。

多纪以前是说不出这样干脆的话的。她心中的精神头自然而然在言谈举止上表现了出来。多纪担心，照这个样子，和柚木结了婚，自己不是会变成一个严厉的管家婆吗。

总之，无论柚木说什么，多纪都想把他罩在自己的网里面。她不能容忍柚木有丝毫的时间去关注其他的女人。

多纪觉得以前自己还是很体谅柚木的，而如今她有了很大的改变。多纪对自己的这种变化感到很吃惊，但她同时又对自己的这种变化感到很满足。

“明天晚上鞍马山有篝火节，明天的篝火节是秋季最好看的。”

“可是，你公司里面真的没事儿吗？”

“就不要再考虑那些事了。”

今天，多纪从家里出来时已经明确告诉森子和安代说“今晚不回

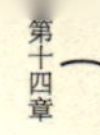

来”。两人听罢只是点了点头，什么都没说。

第二天，从早晨开始，多纪一直在忙着工作。看支票，查进货单，走访了两家客户。下午两点她去了关西银行。

关西银行支行的行长端详着多纪的脸说：

“多纪小姐怎么这样意气风发呀？哎呀，你最近越发漂亮了。莫非有了意中人了？”

“才不是呢。因为没有意中人，所以才这样忙于工作。”

“可是，我的眼睛是不会看错的呀。”

给支行长这么端详着，多纪还是忍不住把脸扭到了一边。

近来，老是有人说她变漂亮了。部分男人说这话时，还用色眯眯的眼神从上到下打量她的身体。多纪也知道自己的身体比过去滋润了。

有一段时间，见了柚木的妻子后给她造成的烦恼，让她的皮肤也有些粗糙了。如今，她面部的粉底打得好，加上肉体上的愉悦和精神上的安定，使多纪越发显得漂亮了。

下午两点半，多纪从银行出来后给店里打了个电话，接着去美容院做了下头发，然后回若王子换了一身白底套染碎花和服。舞蹈五点十分开始，多纪提前十五分钟赶到饭店，和在大厅休息的柚木一起去了先斗町。

多纪问柚木说：

“有茶座。可是舞蹈马上要开始了，咱们直接去会场吧。”

柚木曾看过一次“京都舞蹈”。那已经是四五年前的事了。看样子他对这里不太熟悉。

两人径直来到一楼中部的座位上。舞蹈刚刚开始。“女人堂情死”这个节目的作者是近松门左卫门，原来叫“情死万年草”。

多纪记得上中学时父亲带她来看过。记得当时看到那个情死的场面时，觉得它很美。

当时，多纪觉得男女两人要是能那样为情而死真是太美了。

今天舞台的布置也不亚于当时。

“女人堂情死”描写的是，禁止女人入内的高野山南谷吉祥院里的小和尚久米之助和山脚下批发纸张的杂贺屋家的独生女儿阿梅相恋。之前，为了解决家中的困难，家里已经给阿梅说了一门亲事。两人的恋情暴露后，久米之助被作为违犯色戒的罪犯遭到追捕，而阿梅为了逃婚也从家里跑了出来。于是两人就手牵手私奔。两人逃到高野山，不巧被大雪堵住了去路。走投无路的两人决定自杀，于是他们在名叫不动坂的地方买了蓑衣和草鞋。久米之助把蓑衣披在心爱的阿梅身上，两人冒雪沿山道走了下去。

他们终于走到了女人堂，两人合掌互相看着对方。

久米之助对阿梅说：

“原想在大师的灵地祈祷来世成为夫妻，然后就自杀。但是，你是女人，不能进大师的灵地，就在这女人堂自杀吧。”

听了久米之助的话，阿梅一本正经地回答说“好！”

久米之助拿着短剑，对合掌祈祷的阿梅说：

“我动手了！”

说着，把剑刺进了阿梅的胸膛。随后，久米之助又在自己脖子上抹了一刀。两人的血把女人堂的雪染成了红色。

看着“女人堂情死”，多纪忽然觉得自己的感觉有些不对劲起来。她觉得好像自己成了节目里的女主人公。那个高野山的雪地里浑身是血走向死亡的人就是她本人。

多纪点着头说：

“虽然残酷，但觉得很美。真是不可思议。”

她怕柚木看到她兴奋的表情，把脸扭向了一边。

幕间有十来分钟的休息时间。舞台上开始演“仲秋抄”。十五的月夜、嵯峨菊、神幸节、十月的日历、清瀑红叶这五个景色依次出现在舞台上。

与“女人堂情死”不同，“仲秋抄”全是华丽的舞蹈。

当以红叶为背景的最后一幕结束时，时间已经到了下午六点半。今天的舞蹈到这里就结束了。

两人从剧场里出来，先斗町已经笼罩在暮色之中，写着字的红灯笼在风中摇曳。

柚木说：

“咱们找个地方吃饭去吧。”

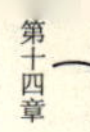

“那，您看上次去过的高台寺附近的‘石水’怎么样？”

“可是，那个地方不提前预约不行吧？”

“也许有空闲的位置。我打个电话问问。”

“石水”是今年正月多纪和柚木发生肉体关系的地方。在那个靠里边的看得见篝火的房间里，多纪第一次和柚木发生了肉体关系。

自那以后，多纪一直想去那里，但始终拿不定主意。

有些微醉的多纪走进柚木的房间和柚木发生了肉体关系。那里的女服务员知道那件事。虽然服务员不会给别人明说，但多纪还是感到有些害羞。

可唯独今天，不知为什么，多纪想去那个地方。

也许是因为看了“女人堂情死”，让她鼓起了勇气。也许是由于日子久了，让她怀念那个地方。

多纪问柚木说：

“您不是认识那里的女服务员吗？”

“是个鹅蛋脸的京都美女。”

“您不是喜欢那样的美女吗。我马上就让您见到她。”

“美女，有你一个就可以了。”

“您用不着勉强自己。”

沿先斗町一直往下走，两人来到了四条大街。适逢时代节和鞍马篝火节，大街上到处都是人。

七点多钟，两人到了“石水”。和往常一样，站在大门外的领班从汽车停靠处沿石子路把他们带进饭店。门前的日本灯笼和院子里的路灯与一年前一样。两人沿有些坡度的石子路往前走。半路上，女服务员迎了出来。

夜幕中，女服务员在微笑着说：

“感谢您的光临！”

女服务员文静的举止和清脆的声音让多纪感到很温馨。

女服务员告诉多纪说：

“想尽量给您安排一个看得见塔的房间。可一时难以满足您的要求，所以还是把您安排到了靠院子的房间。”

上次来这里时就没有订到看得见五重塔和京都街道的房间。当时多纪告诉她说下次来住时一定订那个房间，看样子女服务员还记得多纪说过的话。

“突然来住，安排哪里都没关系的。”

女服务员把两人带到了房间里。这个房间和上次一样，也是面向后院的一个十多平方米的房间。

“房间可能小一些。但房间靠里，比较安静。所以……”

“非常感谢你！”

多纪和柚木面对面坐下来。可女服务员一离开房间，多纪马上起身走到靠院子的窗子旁边说：

“这个房间和我们上次住的是同一个呀。”

“你认识呀？”

“住过呀。当然记得。女服务员考虑得很细心呀。”

“不会吧？她哪能记那么清楚啊？”

总之，女服务员把多纪安排到上次住过的这个房间，还是让她感到既亲切又害羞。

柚木看着夜幕中的窗外说：

“篝火还在烧呢。自上次以来，已经过去一年了。”

铁笼子里的篝火把柚木的半个脸照得红彤彤的。

多纪点着头转过身来。柚木把她抱到了怀里。

多纪站在窗子前，在篝火的映照中被柚木吻住了嘴唇。

远处传来脚步声。声音在房间门口停了下来。

“打扰您了！”

两人像早有准备似的离开了夜幕里的窗子边。

女服务员进到房间里，把茶水和热毛巾放到桌子上，看着窗子外面的院子说：

“今天风大。篝火的火星会吹过来的。”

“石水”的饭菜依然做得很精致。

冷盘是盛在海带编成的框子里的白果和散寿司饭。热菜有陶壶炖菜、芥末酱油拌松菇、时令菜等。考虑得很周到。桌子的中间摆放的是秋天七草。摆放筷子的也是秋天七草之一的泽兰草。

上次在这里住时，隔着隔扇听到有弹三弦的声音。这次除了走廊里偶尔有人走动的脚步声，四周静悄悄的。

柚木一口干掉自己杯子里的酒说：

“还是这个季节喝酒最舒服。”

说着也给多纪斟上了酒。

“三天前我女儿回美国了。她好像觉得不好意思给你写信。不过，她说让我替她给你问好。”

“您女儿已经回去了？”

“这个暑假她玩得太多，不回去不行了。不过对那丫头来说，可能这个暑假也学到不少东西呀。”

多纪回想起柚木的女儿在西餐厅里断然起身说“我走！”的情形，年轻里透着刚毅。

她对柚木说：

“您要是早点告诉我，我给她准备些土特产就好了。”

“反正以后还得请你照顾她。从现在开始你就不用客气了。”

接着，柚木告诉多纪说：

“下月中旬我要去趟札幌。”

“去北海道呀？”

“札幌大学的外科研究室举办开讲三十周年庆典，邀请我去参加纪念演讲。川岛可能也去。”

“是真的吗？”

“那里一个叫村濑的教授，过去曾和我们同在一个医务室。所以我们彼此很熟悉。”

“可是，现在北海道很冷了吧？”

“进入十一月就会下霜。好像时不时还会下雪。那里的季节好像不是太好。不过，北国冬天的凄美景色也许有可看之处啊。”

“他们怎么选那么一个奇怪的时间搞庆典啊？”

“当初开讲是十一月份，所以那也是没办法的事啊。怎么样？你想不想跟我一起去呀？”

“可是……”

多纪倒是想和柚木一起去旅行。但她觉得厚着脸皮去参加那里的演讲会，好像有点过分。

“川岛也一起去的。怎么样？去看看吧。”

十一月份的北海道应该是一个冬天到来之前的雨雪交加的凄凉季节，但也许那种萧条的风景会在自己心里留下印象。

柚木问多纪说：

“下月十五号星期六出发。怎么样？”

“要是那天的话，我去不了。”

“为什么呀？”

“十六号我的亲戚举行结婚典礼。”

“不能缺席吗？”

“不能缺席。太遗憾了。”

再怎么说，也不能丢下品子的婚礼跟柚木去北海道。

“那么，明年五月去吧。明年五月在札幌召开全国外科学会。那时，我们已经是名正言顺的夫妻了。”

听了柚木的话，多纪把刚拿起来的酒壶又放到了桌子上。

那一天真的能到来吗？虽然多纪觉得那一天确实会到来，但她还是很难相信那是真的。

柚木对多纪说：

“明年四月我们举行婚礼没问题吧？没办法，婚后我们得分居一段时间。刚结婚就两地分居，可能显得不大自然。但只要我们彼此信任就不会出问题。”

“可是您妻子……”

“你用不着考虑这事。我妻子的事我会做出相应的安排的。当然，也许我会因此而身无分文。”

“您真的会为了我而身无分文吗？”

“怎么回事儿？看样子你挺高兴。”

“要是老师您身无分文了，既不当大学的教授，也不当医生，我会高兴坏的。”

“你是说，我即使变成穷光蛋，像个叫花子，你也高兴？”

“我正等着那一天呢。那样，别人就不会从我手里抢老师啦。”

“还抢呢。谁都不会理睬我的。”

“但那不是挺好吗。我照顾您。”

“那我不是像你养的一条狗了吗？”

“对，一条宝贵的小狗。我会每天给您做好吃的。您放心吧。”

不知为什么，多纪有时候会把柚木当小孩子看。两人年龄相差十五岁，社会立场和社会经验也不相同。可她总觉得柚木就像一个比自己幼稚的可爱的婴儿一样。

柚木说：

“总之，你要做好那种思想准备。不然到时候就麻烦了。”

“那，您每个周末都会来京都吗？”

“那当然。或者我来京都，或者你去东京。这样的话，我打算从现在的家里搬出来，在大学附近买套公寓。”

柚木好像打算把现在的房子给他妻子。也许即便他妻子不忠，作为一个男人，这些赔偿费还是要付的。

“我是不是也在京都买套公寓，或买一座房子呀？”

“我觉得还是在京都买座房子为好。”

“那，房子小些您能忍受吗？”

“和你两个人住，哪里都行啊。”

现在就用心去找的话，说不定能买到合适的房子。买房子的钱很紧张，但越紧张，就越能激发多纪的干劲儿。

多纪轻轻抓住柚木的手指说：

“那我们就这么说定了。”

没有明确答应结婚，却商量好了在京都买房子的事。其实这也就是表示多纪愿意和柚木结婚。

多纪抓住柚木的手指头，想起在贵船也做过和这相同的事。当时是初夏，两人约定一个月后会面。

如今不再是一个月后，而是实实在在的对未来的约定。

“好像风刮得大起来了。”

多纪无意中发现院子里篝火的火星在往一边飞。两人正在看篝火，这时传来人说话的声音。原来是饭店的领班来了。看样子，他是因为风大来灭篝火的。

过了十来分钟，叫的出租车来了。两人从“石水”出来。前院里的篝火也已经熄灭，女服务员身上和服的下摆被风吹得哗啦哗啦地飘动着。

女服务员给他们打招呼说：

“风大起来了。”

“明天会下雨吧？”

“听说台风正逼近纪伊半岛。”

女服务员的声音消失在夜风里。台风在逼近，可天上却挂着月亮，而且还格外明亮。

“那，谢谢您的款待！”

“非常感谢您的光顾！”

出租车把在风中摇曳的灯笼抛在车后，来到高台寺下的坡道。

多纪问柚木说：

“还去不去看鞍马的篝火节呀？”

“风好像比较大。你看呢？”

“我也没去过。”

多纪问驾驶员说：

“驾驶员，您能不能送我们去鞍马呀？”

驾驶员对她说：

“您要是去看篝火节，今晚有些不大行。一个是风大，而且不准乘汽车进入，得步行三公里左右。”

柚木听罢说：

“那就别去了。咱们到饭店的酒吧喝酒去吧。”

看篝火节是不错。但和柚木两人身贴身在饭店的酒吧喝酒也很好。

车驶过五条大桥来到饭店。

一个被风刮起裙摆的年轻女性尖叫着跑进饭店。

“先回房间吧。”

说罢，柚木从服务台拿过房间的钥匙径直朝电梯走去。

到了房间，两人重又彼此对视起来。

柚木说：

“终于回到房间了。”

“是的……”

“你的头发乱了。”

说着，柚木走近多纪，替她整理着被风吹乱的头发。

两人去地下室的酒吧喝了酒。再次回到房间时，已经十一点多了。

公司下班后去看鸭川舞，然后去“石水”吃饭，接下来又去饭店的酒吧喝酒。多纪感到有些累。柚木肯定也一样。

两人洗了澡，接着又从饭店的窗子看了十来分钟刮着风的京都的大街。然后就上了床。

黑暗中时而听到外面刮风的声音。

躺在柚木怀里的多纪小声说：

“明天赶得上坐新干线吧？”

“没问题吧。”

过去，每当柚木回东京的前夜，多纪就感觉心里很乱。而现在却不是那样。即使柚木回到东京，他也是一个人。这让多纪心里感到踏实。

她问柚木说：

“您最近身体怎么样啊？”

“放心吧。”

说罢，柚木像想起什么似的说：

“川岛告诉我说，你弟弟的情况好像不太好。”

“说是肾脏在衰弱。”

“你弟弟病了这么长时间，你也够辛苦的。”

“没关系。”

“没关系？”

黑暗中，多纪点着头说：

“是的……”

为了隆彦，加上陪护费现在依然每月要花费近三十万日元。多纪知道自己是在为一个康复无望的人无谓地花钱。但她是想以此来惩罚自己。

现在自己和柚木的关系是这样亲密，而原本两人是不可能走到一起的。多亏了隆彦，自己才得到了这样的幸福。想到这些，她觉得这些钱是不能不花的。即便这样做自己会很苦，但这样一来，自己就可以得到一个为自己辩解的依据。

“即便他再也醒不过来，只要活着就行。”

好像有的植物人家属，会希望身边的植物人快点死去。但多纪却不那样想。

虽然隆彦不会说话，不会回答任何问话，但只要他的肉体在就行了。即便他没有意识，但他有肉体，这就说明他活着。

柚木说：

“早晚你得让我见见你母亲和那个保姆。”

“您是说安代吧？”

“她是不是知道我们的关系啊？”

多纪点着头说：

“我想她很可能知道。”

多纪想，等品子的婚礼结束后，把和柚木的事告诉森子和安代。

第二天早晨，两人七点起床，在饭店的食堂吃了早饭。看样子台风昨晚已经从纪伊半岛的边上过去了。俗话说“台风过后秋高气爽”。天空比原来又高了些，白云的影子罩在比叡山的山腰上。

柚木说：

“炎热的夏天刚结束，冬天就快到了。”

“高雄那边的红叶也快红了。”

鸭川岸边的柳树，在秋风的微微吹拂下也显得有些许寒意。两人看了会儿外面后回到房间。这时柚木像忽然想起来似的说：

“咱们去看看隆彦吧。”

“现在去看吗？”

多纪吃惊地看着柚木。

过会儿，柚木要乘新干线回东京。中午先参加一个教授会，然后做两个手术。晚上和国外来的学者举行联欢会。他的时间应该安排得很满。

柚木说：

“坐九点的新干线来得及的。现在才八点。去一趟医院没问题吧。”

“可是……”

“一直想去医院看看隆彦，可一直没去成。拿定了主意时，还是去看看比较好吧？”

柚木的确没去探视过隆彦。但他通过多纪和川岛应该很清楚隆彦的病情。

柚木去探视隆彦，这让多纪感到很高兴。但让他看到躺在病床上没有意识的自己的弟弟，多纪又感到有些难为情。

柚木说：

“咱们现在就离开饭店直接去医院，然后再去车站。”

说罢，柚木马上开始收拾行李。

早晨紧紧张张的，干吗提出来要去探视病人呢？虽然多纪觉得柚木没有准主意，但还是依了他。

八点多钟，两人从饭店出来乘出租车来到医院。看样子正是吃早饭的时间，走廊上停了不少配膳车。

多纪说：

“说不定会见到川岛医生的。”

“他不会这么早来医院吧。”

两人说着话来到隆彦的病房。女护工正用毛巾给隆彦擦脸。看样子隆彦是在洗早晨的脸。

多纪给女护工鞠着躬说：

“您辛苦了。”

然后又把柚木介绍给了她。

女护工只是轻轻点了点头，又继续给隆彦擦起脸来。

女护工给隆彦擦完脸，轻轻把被子一直盖到隆彦下巴下面。可能是由于用热毛巾擦脸的缘故，隆彦的眼神显得很温和。当然，这并不表示他认出了多纪和柚木。

柚木默默看了一会儿隆彦，然后轻轻掀开被角把手放在隆彦的手腕上。

夏天过后，隆彦曾一度胖得像浮肿了似的。但入秋后又开始瘦起来，手腕平平的像根枯树枝似的。

柚木像是在给隆彦诊脉似的压了一会儿他的手腕。过了一会儿他问女护工说：

“长没长褥疮啊？”

“臀部和腰上有两处。褥疮不大……”

在床上躺久了，总会生褥疮的。一天给他翻动几次身体，正是为了防止生褥疮。但，再努力做，一个神经受到伤害的患者是很难不长褥疮的。

女护工问柚木说：

“您要看吗？”

柚木轻轻摇了下头说：

“不用了……”

说着，他把隆彦的手腕轻轻放回到被子里。

柚木对女护工说：

“您很累呀！”

女护工看着隆彦爽朗地说：

“不累。”

她已经照顾隆彦半年了，看隆彦的眼神就像是在看自己的孩子。

柚木还在看着隆彦的脸。过了一会儿，才轻轻把目光移开。秋天的阳光把病房的窗子和隆彦的脸都照得亮亮的。

多纪问柚木说：

“是不是可以走了？”

“哦……”

柚木点点头，又再次看了看隆彦，微微低了下头。

多纪给女护工鞠着躬说：

“您辛苦了。傍晚我再来。”

说罢和柚木离开了病房。

时间是八点四十分。

医院外面有许多来上班的职工，显得很热闹。多纪想，也许人群里有川岛。但她在人群里巡视了半天也没看到川岛的身影。两人径直走到医院大门口，拦了辆出租车朝车站赶去。

柚木点上一支烟说：

“是个很热情很不错的护工啊。”

“她以前也失去过一个孩子，所以对隆彦照顾得很好。”

“现在这样的好护工很难找。”

“隆彦那么瘦，没关系吧？”

“川岛也在那里，所以……”

柚木的回答有些含糊。但多纪也不想去深问。她更想知道柚木为什么突然要去探视隆彦。

九点十分多一点，两人到了车站。原以为柚木马上就上车，可柚木看了看火车时刻表后，回头对多纪说：

“我喝点茶再走吧。”

“可是误了火车怎么办？”

“有一趟四十一分发车的‘光’号新干线。就乘它回东京吧。”

“是不是赶不上下午一点的教授会没关系呀？”

“没什么大事。那地方就有茶馆吧？”

柚木往检票口对面的商业街走去。

柚木今天和往常不太一样。他自己说不抓紧时间就来不及了，却还要去喝茶。平时他一旦计划好，就会严格地遵守时间。今天他的行为有些反常。当然，多纪倒是希望他在自己身边多待一会儿，哪怕是多待一分钟也好。

大概由于早晨时间太早，茶馆还没开门。两人面对面坐到了西餐馆靠里面的桌子前。

多纪问柚木说：

“真的迟到没关系啊？”

“其实我是想请假不去参会的……”

“可是，您不是还有手术要做吗？”

柚木点着头喝了口咖啡。看着柚木垂着眼喝咖啡的样子，多纪有些担心。

她问柚木说：

“您是不是累了？”

“没事儿。”

说罢，柚木对多纪微微笑了笑。那是多纪一个人独处时时常回忆起的温柔的笑容。

“我下周再来看你吧。”

“那样太累了。您还是在东京休息休息吧。”

“可是，看到你我才休息得好啊。”

“那，我去东京。总之，请您减少些工作吧。”

“我并没有做多少工作。”

多纪忽然觉得柚木是不是妻子不在身边，孤身一人反而感到劳累呢？

虽然柚木说和纠纷不断的妻子分了手，心情很舒畅。但一个人生活，也相应会有许多不便。在家里和女佣相处，也许精神上无法得到真正的放松。

柚木问多纪说：

“你下周真的来东京吗？”

“您说您下月中旬去北海道的。”

“听你的话音，你还是去不了北海道啊。”

“我想去。可是这次就不去了。明年请您一定带我去。”

“那就这么定了。”

柚木又点上了一支香烟。多纪担心误了火车。她看了看表，时间是九点三十三分。

“走吧。再不走就来不及了。”

“抽完这支烟就走。”

“要赶不上车了。”

“我知道。”

柚木把香烟抽了一半才好不容易站起身来。

刚从检票口来到站台上，火车就进站了。

多纪对柚木说：

“路上小心啊。”

柚木点了点头，然后握着多纪的手说：“你也多保重。”说罢上了火车。

进入十一月，树木骤然开始变色。离真正的漫山红叶还有一段时间，但原本一片绿色的山体已经开始零零星星出现黄色或红色的斑块。而且，斑块在逐日扩散。

夏季，给若王子的院子增添了舒适的树荫的黄杨和柊树，树叶也开始迅速发黄。而石头洗手盆那边的山枫树，好像轮到自己出场了似的，树上的叶子一天比一天鲜亮起来。随着季节的推移，品子的婚期也一天天临近，若王子的家中也忙碌了起来。

十一月初，小田和品子在北白川租了一套一室一厅的房子。看样子他们决定到那里去住了。

新买的家具搬到了那里。看来一旦单独生活，从盖的被子到吃饭的筷子，什么都缺。又要试服装，又要发请帖，还要做新婚旅行的准备，忙得不可开交。

这段时间，为了照顾品子，森子一直不离品子左右。开始时品子还嫌森子烦人，但最终还是离不开森子。虽然两人也拌嘴，但两人毕竟是母女。

安代语气里带着讥讽地说：

“热闹得就像是要把女儿嫁出去似的。”

事实上，的确是把品子从若王子的家里嫁出去。往坏处想的话，也可以说，为了这样形式上把品子嫁出去，半年前品子才住进了若王子的家。

安代说：

“这要是小姐您出嫁该多好啊。”

“那么，接下来就该我出嫁了。”

“您说的是真的吗？”

“我跟你开玩笑的。”

看到安代那认真的表情，多纪觉得自己怪可怜的。照目前这个样子，看来自己即便和柚木结了婚，也很难马上离开若王子的这个家。

即便自己嫁出去，她也不想轻易放弃这个家。这个家是自己父母住过的，是养育了自己的地方。干脆不买小一些的房子，就请柚木住到这里吧。这样的话，也许生活在这个有院子的宽敞的家里，柚木也会感到满足的。

一旦自己正式结了婚，森子也没理由对柚木住进来有什么意见吧？

下次柚木来时，是不是带他来这个家里看看呢？

多纪看着树叶开始变红的院子，考虑起明年的事情来。

早晨，柚木穿着和服在院子里散步。这时多纪朝他跑去。两人漫步在草坪上，绕过水池回到房间。然后吃早饭……

多纪沉浸在无尽的遐想中。

第二天早晨，多纪意外地七点多还没起来。

不知为什么，总觉得身体里面有种滚烫的感觉，实在不想起床，觉得好像有些发热，但又不像是在发烧。

她起身打开木板套窗，外面在下雨。灰色的云层很厚，秋雨在不停地下着。随着一场场秋雨，院子里和若王子的山上的秋色也相应地浓厚起来。多纪看了会儿被雨水淋湿的院子，然后穿上和服坐到了镜子前。

先擦上化妆水，再涂上乳液。这时安代进来问她说：

“小姐，已经到时间了，您吃不吃饭啊？”

“今天就不吃早饭了。”

“您还是吃些沙拉什么的吧，不吃早饭身体会受不了的。”

安代总是唠叨着叫多纪吃饭。有时多纪说早晨不想吃饭，安代就硬要她至少喝杯牛奶。在这方面，安代和母亲是一样的。

多纪说：

“我这就走。”

说罢，她再次朝镜子前走去。

过了十来分钟，当多纪整理完头发从凳子上站起来时，突然觉得胸口有些发闷。

她站在那里，觉得浑身像没有了血液似的，于是她又坐到了化妆台前的圆凳子上。

怎么回事儿？

多纪把手放在胸口，调整了一会儿呼吸。

眩晕马上就过去了，却感到有些想呕吐。虽然她强忍着，但感觉胃里的东西还是一个劲儿往上涌。

她战战兢兢地站起身，手捂住嘴往洗脸间跑去。多纪把脸伏到了白毛巾上。但只是感觉胸口有东西往外涌，并没有吐出什么东西。她靠着洗脸间的墙角站了一会儿，好不容易止住了呕吐感。

这时走廊的那头传来安代的喊声。

“小姐！您在做什么？”

过了一会儿，安代走到洗脸间的门口。她像是透过洗脸间的毛玻璃看到多纪在洗脸间里，在外边对多纪说：

“您快点吧。再磨蹭，小田就来了。”

“好……”

多纪小声回答着，又照了照洗脸间的镜子。虽然妆没有乱，但脸色苍白，眼角在微微抖动着。可能是刚才的呕吐造成的。

为了稳定一下情绪，多纪用凉水洗了洗手，定了一下神。

这是怎么回事儿？过去从来没有过。

多纪看着镜子里的自己，心里在想：

“莫非……”

又过了一会儿，来接多纪的小田到了。

近来，小田每次来接多纪时都会进屋和森子、品子说话。今天也同样。多纪来到客厅时，小田正和品子交谈着。

“早晨好！”

看到多纪，小田很精神地和她打招呼。当初，小田对和品子的婚事并不怎么积极。可如今看样子，两人的关系很不错。

小田对多纪说：

“您脸色好像不太好啊。”

“是吗？”

多纪默不作声地坐进了汽车。

最近，自己的经期确实来晚了。比平时晚了将近二十天。

多纪不是没想过怀孕的事，她觉得这不大可能，自以为是地否定了这种可能性。

但今天早晨的呕吐，显然不大对劲。胃并没有问题，也没有吃什么不干净的东西。却想呕吐。

是不是真的怀孕了？

多纪摸了摸自己的下腹。

是不是这里怀上了那个人的孩子啊？

这令人难以置信。但这并非没有可能。

两个人是怎么避孕的呢？

实事求是地说，在这方面多纪都是听柚木的。她以为柚木会为她考虑得很周到。

多纪也不是没有考虑过万一怀孕怎么办，但她以为到了万一的时候再考虑也不迟。

但是，假如现在自己真的怀孕了……

要是把自己怀孕的事告诉那个人，他会怎么说呢？

多纪想象着柚木听到她怀孕的消息时的表情。他是吃惊呢，还是惊喜呢？

现在就怀孕有些太早。到了四月份举行婚礼时，自己已经挺着一个大肚子了。

新娘子挺着个大肚子有些不成体统……

多纪觉得有些可笑。

反正得和柚木好好商量商量。不，需要先确认一下是否真的怀孕了。想到这里，多纪胸口又涌起一阵呕吐感。

小田问她说：

“您怎么了？”

“不，不要紧。”

多纪用手帕捂着嘴闭上了眼睛。

这天，多纪一整天考虑的都是怀孕的事。

虽然多纪觉得自己并没有怀孕，但她脑子里考虑的都是怀孕后的事。这让她无法静下心来看文件和会客。

傍晚，多纪又产生了一阵轻微的呕吐感。公司一下班，她就早早地回了家。晚上也没有食欲。多纪正一个人待在自己房间里，这时柚木打电话来了。

柚木在电话里问她说：

“明天是星期六。你能来东京不？”

“这个……”

“你是不是工作很忙啊？”

“工作倒不忙。可是……”

“要是工作忙的话，就不必勉强了。反正我从北海道回来就马上能和你见面。”

“您是说您来京都吗？”

“如果情况允许，我想从札幌乘飞机直接去大阪。”

“那就等您从札幌回来再见面吧。”

“那样比较好。你好像也比较劳累。”

这个周末并非不能去东京。如果想去，周六傍晚是可以去的。但她好像唯独这周想老老实实待在家里。

多纪确实想见柚木。但她又担心半路上会呕吐。这是多纪第一次怀孕，她不清楚结果会怎么样。

她想尽量弄清楚自己是否怀孕了，然后再去见柚木。自己很可能是怀孕了，但也许没有怀孕。虽然多纪觉得如果怀孕了，问题会很严重，但她内心深处又对怀孕抱有期盼。

也许柚木无法理解多纪此时的心情。她想悄悄地好好呵护自己肚子里这个和柚木相爱的幼芽，她想把这种满足感先保存在自己一个人的心里。

“那，下周我去北海道。你不是要参加亲戚的一个婚礼吗？”

“是的。”

“你还是好好见习一下婚礼吧，到我们举行婚礼时可以参考一下。”

听了柚木的话，多纪没有说什么。

“我会再给你打电话的。天冷了，你多保重。”

“老师您也多保重。”

“你今天好像精神不太好啊。”

“不，没什么。”

“没什么就好。”

说罢，柚木挂断了电话。

一周来，多纪几乎每天早晨都想呕吐。要起床时，身子稍微一动就感到恶心想呕吐。她以为要吐，就低下头。可什么也吐不出来，浑身直出冷汗。

虽然肚子感到饿，但一吃东西马上就感到恶心。老感到胃里堵得慌，浑身乏力。同时，乳头变得敏感起来。毛巾或内衣稍微碰到它，就会感到刺疼。洗澡时，仔细观察乳房，发现好像比以前胀大了些。

也许真的是怀孕了。得去医院好好检查一下。

走在大街上，感觉到处都是过去与多纪无关的妇产科的招牌。看到肚子大的人，多纪就会忽然感到难受而把脸扭到一边去。一想到不知去医院会怎样检查，她的头都大了。

再观察一下吧。多纪就这样一天天拖着。

和柚木还是隔一两天通一次电话。电话里，柚木好像并没有察觉出多纪怀孕的事儿。

当然，多纪不说，柚木是不可能知道的。但柚木的感觉也太过迟钝了，难道从多纪说话的口气里就一点也没察觉吗？

多纪一个人在生气。但一想到自己有了一个连柚木都不知道的秘密，她又觉得很高兴。

不管他说什么，这是我的孩子。生与不生是我的自由。多纪对自己有了一个柚木管不着的秘密而感到满足。

眼下先不说柚木，这样下去，会被森子和安代察觉出来的。两个人都是曾生过孩子的女人，所以这事儿是躲不过她们的眼睛的。

安代端详着多纪的脸说：

“您最近瘦了。是不是哪里不舒服啊？”

给安代这么一说，森子好像也感觉多纪有些不对劲儿似的说：

“你的脸色是有些不太好。要是不能参加品子的婚礼就麻烦了。你要注意身体呀。”

看来，森子担心的不是多纪的身体，而是怕多纪参加不了品子的婚礼。

离举行婚礼只剩三天了。

多纪当然要这样去参加婚礼。她担心的是，婚礼的过程中自己会不会呕吐。

又下了一场秋雨，京都迎来了秋高气爽的季节。随着场场秋雨的来临，秋意也越来越浓。

品子结婚典礼的前一天，若王子的家里来了各种各样的客人，非常热闹。

做头发的和负责服装的人来商量明天的安排，小田和他的朋友下村来最后确定婚礼和婚宴的程序，决定请扇子同业协会的谷川理事长担任婚姻介绍人。

后来森子和品子的朋友来送贺礼。品子大阪那个家里也送贺礼过来了。

虽然品子大阪那个家和辻村家毫无关系，但人家来送贺礼，辻村家也不好说什么。无论实际情况如何，品子形式上还是从辻村家出嫁的。

因为是星期六，多纪中午回到家后，不得不陪来家的客人。来客都是些不熟悉的人，她精神上感到很劳累，但今天也只能如此。

多纪陪着森子做艺伎时的名叫友君的朋友一起吃了晚饭，然后又和森子商量了一下明天的安排。回到自己房间时已经到了晚上九点多了。

多纪刚坐到桌子前喘口气就感到恶心起来。今天早晨和午后又有两次想呕吐。

母亲是不是也这样忍受着痛苦生下了我呢？

多纪正呆呆地这样想着，这时柚木打电话来了。

柚木突然问多纪说：

“你猜猜我现在在哪里。”

“是在北海道吧？”

“对。在札幌的饭店里呀。”

不知为什么，听到柚木的声音，多纪差点流下眼泪来。

柚木问多纪说：

“你好吗？”

“嗯，好。”

“是不是出什么事了？”

“不，没什么……”

如果和柚木一起去北海道的话，现在自己应该和柚木一起在北国的饭店里。

“我想，要是和您一起去就好了……”

“那当然。这里的红叶已经基本上都成了枯叶，就等着下雪了。不过，这种枯萎的景色也不错。”

“请您注意不要感冒了。”

“没问题。我带大衣来了。”

“您要休息了吗？”

“在饭店的聚会刚结束。过一会儿去街上喝酒。”

“不要太劳累。早点休息吧。”

“我知道。你明天不是要参加婚礼吗？”

“对……”

说到这里，两人稍微停顿了一下，柚木突然说：

“我一直在爱着你呀。”

……

柚木第一次在电话里说这样的话。

“我给你打电话，就是想对你说我爱你。”

……

“你是不是也说声爱我呀？”

“这种话我说不出口……”

“这有什么说不出口的。”

“感觉怪怪的呀。”

多纪也想说“我爱你”，但她还是害羞地放下了电话。

品子结婚典礼的当天，京都的天气非常晴朗。

按照森子的意见，为了图个吉利，婚礼当然选了个吉日。但因为这天又是休息日，所以所有举行婚礼的饭店都客满为患。

两个年轻人好像主张婚礼办得简单些，但是小田家和森子坚持要办得体面些，所以最终选在了京都一流的京都饭店。

计划结婚典礼下午一点开始，两点钟举行婚宴。品子和森子提前三个小时去了婚礼现场。

多纪和安代在美容院做了头发，换上婚礼上穿的黑色和服，十二点多到了饭店。

品子已经穿好婚礼服装坐在休息室里。

品子穿的红色罩衫上印着各种各样的扇面的图案。让人一看就知道是嫁到扇子批发商家去的新娘。品子随森子，肤色白皙，鸭蛋脸。红色罩衫和她的肤色和脸型显得很般配。

“真漂亮！”

经常说品子坏话的安代，唯独今天也觉得品子很漂亮。

不过，安代并没有忘记拿品子和多纪作比较。她对多纪说：

“小姐您要是穿上那衣服，不知道该有多漂亮。”

按预定计划，下午一点，婚礼在设在饭店里的粟田神社的神殿准时举行。婚礼上，男女双方各出席了十几个亲朋好友。

身穿短外褂和和服裙子的小田到底有些紧张，脸色有些苍白。倒是品子显得很沉着，在神前朗读誓词时，小田的声音有些发抖，而品子口齿清楚地说了自己的名字。

接着新郎新娘和亲朋好友共同举杯祝贺婚礼，然后又到另一个房间照合影照。婚宴紧接着就开始了。

今天这个吉日恰逢休息日，好像有好几家的婚礼在这里举行。婚宴的会场在二楼的“金丝厅”。

参加婚宴的人数，好像双方都尽量进行了压缩。虽然小田家和森子都希望压缩，但最终还是来了六十多人。

尽管小田家在金泽还要举办一次婚宴，但男方还是来了二十来个客人。

“辻村”公司的职员基本上都来了。由于公司小，员工和小田的关系很好，加上品子曾在公司打过工，所以彼此都很熟悉。同时，有小田和品子的朋友参加婚礼，也给婚礼增添了青春的活力。

稍微上些年纪容貌端庄的女性，都是烟花巷来的森子的朋友。

关于婚宴上多纪的座位，存在一些问题。

从多纪是小田的上司这个角度说，多纪当然应当坐在新郎新娘旁边的上座，而且必须首先致贺词。但如果从和品子的亲戚关系这个角度说，多纪应该坐到自家人那个桌子的末位上。多纪和品子并没有血缘关系。因此，说她们两人是亲戚关系多少有些可笑。但森子好像希望多纪坐到新娘家属的席位上。这样的话，就会给人一种印象，品子是辻村家的女儿。

但这样一来，多纪再作为上司致辞就显得很可笑。经过反复的商量，最后按照小田的意见，只请多纪一个人坐到了上座上。

下午两点，婚宴准时开始。

在婚礼进行曲中，在介绍人的引导下，新郎新娘走进宴会厅。来宾一起鼓掌。小田走路显得有些不大自然，看样子是有些紧张。

接下来，两人在主桌就座，婚宴开始。

小田的朋友下村起身主持婚宴。

首先是谷川起身作为婚姻介绍人讲话。他按照传统的规矩，先向来宾汇报说，刚才新郎新娘已经在神前发誓永结同心。然后戴上老花镜介绍两人的经历。

介绍人讲过话后，接下来是小田读高中时的恩师致祝词。然后是多纪讲话。

本来第二个讲话的应该是多纪。但她觉得由一个女人先讲祝词不好，就请主持人把她安排到了第三个。

主持人说：

“请新郎现在所在单位辻村扇子店的经理讲话。”

客人一齐把目光投向站起身的多纪。瞬间，多纪的美丽让所有人的目光离开新娘，定格到了她身上。

“我是刚才主持人介绍过的辻村。”

这几天，多纪一直在考虑自己讲话时该讲些什么。

首先讲，小田是个优秀踏实的员工。而且是个性格温柔，在公司里很受欢迎的好青年。然后再说也许以后小田会回金泽继承家里的商店，但希望小田尽可能留在自己店里工作。

多纪觉得作为祝词，简单地讲这些就可以了。但这样一来，也许过于偏向新郎了。

接下来，讲品子时，也许加上“她是自己的亲属，碰巧来‘辻村’打工时认识了小田”这样的话比较好。事实上，森子和小田的父母好像都希望多纪这样说。

多纪并不愿意说品子是自己的亲属。但除了亲属又没有其他合适的词。也许作为亲戚，礼仪上还是要稍微提一下吧。

多纪按照事先的考虑简单地说了上面那些话。时间大约花了四五分钟。但她不清楚自己是否圆满地表达了自己的意思。反正祝词是顺利地讲完了。当她坐到座位上时，感觉全身有些汗津津的。

讲祝词的就两个人。接下来是用香槟酒干杯。然后就开始吃饭了。看样子因为是主持年轻人的仪式，一些形式上的程序都尽量减少了。

婚宴上吃的是西餐，但多纪仍然没有食欲。

第一道菜是龙虾羹。多纪一闻到它的气味就感到恶心。

可能肚子里的孩子在生气吧。多纪忽然想起柚木来。

过了一会儿，品子起身去换衣服。过了二十来分钟，换好衣服的品子又回到了座位上。这次品子穿的是印有牛车图案的白色长袖和服。她刚走进来，婚宴大厅立刻热闹起来。

新娘回来后，即席讲话就开始了。首先被司仪叫起讲话的是小田的顶头上司横川。

年过四十的横川年轻时曾想当一个相声演员。难怪他讲话那么有趣。他讲他新婚之夜是如何出丑，引来满场一片笑声。这时，忽然男服务员来到多纪身边告诉她说：

“您是多纪小姐吧？服务台有您的电话。”

多纪一下子想不起谁会在这个时候给她打电话来。

这个时候哪里会打电话来呢？今天是星期天，公司里休息。公司里的员工大部分都参加婚礼来了。家里也不可能有什么事。

她问服务员说：

“哪里打来的电话呀？”

“这个，我也不清楚。”

多纪起身跟着服务员从大家身后朝大厅外走去。

这时安代回头看了看多纪。其他人都在听横川讲话。

从宴会大厅里出来，沿走廊往前走一点，有一个衣帽间。多纪对衣帽间的女服务员说：

“我是辻村。请把电话给我。”

女服务员点了点头说：

“请您稍等。”

说着把电话听筒递给了多纪。

“喂！”

稍微停顿了一下，听筒里传来一个男人的声音。

“喂！是多纪小姐吗？”

“是的。我是多纪。”

听筒里忽然响起一阵杂音，声音听着很远。

“是多纪小姐吧？”

“是的。”

“我是川岛。”

多纪立刻想起是不是隆彦出事了。

这时电话里的川岛说：

“我现在在北海道。”

多纪这才想起川岛和柚木一起去了北海道。她问川岛说：

“您好吧？”

“你听我说，你一定要沉着。”

“好的。什么事啊？”

“今天早晨柚木去世了。”

“什么？”

“柚木去世了。”

……

“多纪小姐！你听见了吗？今天早晨，柚木因为突发心脏病在这里去世了。”

多纪拿着电话听筒没有说话。

“九点多，说好我们一起去吃饭，我就先去了食堂。但等了他半天也不见他来。我觉得有些奇怪，就去他的房间找他。结果发现他倒在那里。”

……

“我立刻给他做了诊断，并喊来了医生。但他已经基本上……”

电话里的川岛说到这里停顿了一下。

“可能他感到胸部很痛苦，两手放在胸部，趴在地上。”

……

“弥留之际他在喊你的名字。”

多纪拿着听筒蹲到了地板上。

她觉得身上在冒冷汗，意识渐渐模糊起来。

“您怎么了？”

几个女服务员在她身旁问她哪里不舒服。可能即席讲话结束了，远处传来一阵掌声。

在一片嘈杂声中，多纪昏了过去。

多纪清醒过来时，发现自己在饭店的一个房间里。

看样子是因为看到多纪蹲在电话机前，几个女服务员把她抬到了休息室里。

“您不要紧吧？”

仔细一看，发现除了女服务员外，旁边还站着安代。可能是她听说有急事从婚宴上跑了过来。

“小姐您怎么了？”

多纪慢慢摇了摇头。可能是怀有身孕的她听到柚木的死讯一下子昏了过去。

“喊医生来吧？”

“不用了。我好多了。……”

多纪慢慢坐直了身子。

白色蕾丝窗帘外面，午后明亮的阳光有些耀眼。

刚才是在大白天做梦吧？

多纪还是难以相信柚木已经死去。川岛是不是在和自己说笑话？他是不是想用这种方式来试探多纪的决心呢？

“是不是还不太舒服啊？”

“不，好多了。”

多纪刚站起身，胸口又泛起一阵恶心。

她捂着嘴，把脸扭到了一边。

“把和服的腰带给您解开吧？”

在众人的视线中，多纪两手放在床上点了点头。

她清楚冷汗在顺着腋窝往下淌。

安代给多纪揉着背问她说：

“是不是觉得很难受啊？”

说不定安代已经觉察到多纪怀孕了。

“您再躺一会儿吧。”

“等等！”

多纪打断安代的话站起身来，独自一人径直走进门口附近的洗澡间，把脸伏到了洗脸池里。

感觉胃里有东西在往外翻，但什么也没吐出来，只是感到想呕吐。多纪闭上眼睛不停地喘着粗气。眼下唯一要做的是等待呕吐感消失。

这时，安代在外面敲着门问她说：

“小姐！您不要紧吧？”

她现在想一个人待一会儿，不想身边有任何人，想一个人承受着痛苦考虑柚木的事情。

也不知道过了多久，呕吐感好像渐渐平静了下来。多纪慢慢抬起头，看了看镜子里的自己。镜子里的她，头发凌乱，脸色苍白。

她看着镜子里的自己，喃喃地说：

“他死了……”

虽然呕吐止住了，但多纪已经没有气力再回到宴会厅去。

她向衣帽间的女服务员道了谢，并给了她们小费，然后就离开了饭店。她不让安代陪她，自己一个人回了家。到家后，多纪连衣服也没换就趴到了桌子上。

再怎么哭也没有谁会帮助她。偌大的若王子的家里，只有多纪的哭声在回响。

不知哭了有多久，多纪站起身来。这与其说是她死心了，还不如说是她的泪水已经哭干了。

她带着满脸的泪痕，缓缓地解开和服的腰带。她想把和服的外衣内衣通通脱光，干净利落地飞到柚木身边去。

多纪脱下和服换上套装，忽然又哭了起来。

她好不容易换好了衣服，然后给札幌的公园饭店打了个电话。

多纪刚报出柚木的名字，马上又改口说“请转到川岛先生的房间”。

柚木这个人已经不在这个世上了。

电话接线员查了一下说川岛不在。但是把医院的名字和电话号码告诉了多纪。

从医院的名字看，好像是柚木去演讲的那所札幌某大学的医院。多纪往那个医院打了电话。接线员把电话转到内线，川岛出来接了电话。

川岛说：

“刚才电话突然断了，我很担心你呀。”

他好像是在说刚才在饭店里电话挂断的事。

多纪问川岛说：

“您现在在哪里啊？”

“大学医院的太平间。”

“太平间？”

“柚木躺在这里呀。”

……

“他的表情很安详。和活着的时候一个样。”

多纪拿着电话听筒，摇着头说：

“请您不要说了……”

柚木真的是死了。她原以为说不定川岛是在跟她开玩笑，但柚木的确是死了。

“多纪小姐，你要挺住。”

……

“你要是现在垮了，柚木也会感到悲伤的。”

多纪问川岛说：

“我现在可以去那里吗？”

“你是说你来札幌？”

“是的。您还在那里吧？”

“打算明天在这里火化，后天就准备回去。”

“那我这就去。请您等着我。”

“你真的要来呀？”

多纪拿着电话听筒，鞠着躬说：

“请您一定在那里等着我。”

当天晚上八点多，多纪到了札幌。

拿定了去札幌的主意，多纪马上给日航的营业部打了电话。对方告诉她说下午五点有一班从大阪直达札幌的航班。

多纪穿着平常的衣服，只把丧服塞进行李箱里就乘出租车赶往大阪机场。五点钟乘上飞机，七点多到达了北海道的千岁机场。

多纪在大阪机场往若王子的家里打了电话。森子还没回来，是安代接的电话。

多纪告诉安代说：

“我有点急事要去一趟札幌。”

“是不是又出什么事儿了？”

“老师去世了。”

多纪现在可以直截了当地说柚木的事情了。

到了这一步再掖掖藏藏的就太惨了。比起柚木的死，其余的已经没有什么好怕的了。

“我马上去他那里。”

事情来得太突然，安代好像也不知道该说什么好。

“到了那里我会再给你打电话的。”

说罢，多纪挂断了电话。

不知道现在若王子的家里是个什么样子。

说不定森子在哀叹说：

“这边是结婚大喜的日子，那边却死了人。一天之内，在这边笑完再到那边去哭。多纪真是个怪人。”

但是，对于眼下的多纪来说，无论家里是什么状况，无论森子说什么，都是和她无关的小事。

从千岁机场到札幌要花一个小时的时间。坐在在黑夜里疾驰的汽车里，多纪感到精神上巨大的紧张。

黑夜里，医院大楼上数不清的窗户里都亮着灯。柚木就躺在这所医院里。

多纪像看一个可怕的东西似的抬头看了看夜空里挡在眼前的医院大楼，然后向接待室里的保安打听去太平间怎么走。

可能觉得一个女人去太平间怪可怜的，保安热情地给多纪带路。

夜晚的医院有些恐怖。大楼的地下更是死一般地寂静。借着微弱的灯光，看见一个个房间门口的牌子上写着研究室、标本室、资料室等。看样子，即便是白天，一般的人也很少来这里。

不久，多纪看到前面的房间门口的牌子上写着“解剖室”。下一个房间就是太平间。保安指着门上的牌子说：

“这就是太平间。”

多纪向保安道了谢，然后轻轻地走到太平间的门口。

线香的气味从微微打开的门缝里飘散出来。多纪看到房间里有人。

“哦，多纪小姐！”

突然，川岛从房间里跑了出来。

“是不是刚到啊？”

“哎……”

多纪胆怯似的看着川岛。川岛像安慰多纪似的点着头说：

“人生会有许多不测。好，进来吧。”

走进房间，只见左侧有一个用白布蒙着的祭坛，祭坛前面摆着一副棺材。祭坛上只摆着蜡烛、线香、白色和黄色的菊花。还没有遗像和牌位。

川岛挨着棺材旁边坐了下来。他身旁有五六个人围坐在一起，中间放着只烟灰缸。

看样子他们都是柚木的朋友或者是医院里的同事。其中有的人还穿着白大褂。多纪朝他们鞠了个躬，然后缓缓地走到棺材前。

川岛问多纪说：

“是不是再看他一眼？”

多纪垂着眼点了点头。

川岛慢慢地打开棺材盖。多纪忽然闭上眼睛，然后又慢慢睁开眼。

柚木的确躺在自己眼前。

他仰躺着，静静地闭着双眼。他睡着了。身上已经换上了死人穿的白色衣服，两个手掌放在胸前。高高的鼻梁在苍白的面颊上留下一条淡淡的阴影。

多纪喊了一声“老师……”，只是没喊出声。

她曾这样看过柚木的脸。在京都的旅馆或饭店里，多纪半夜醒来时曾端详过柚木的脸。柚木当时的脸和现在一样平静和安详。

多纪感到有些发毛，就在柚木耳边轻轻地喊他。柚木轻轻扭了下头，然后慢慢睁开眼。

柚木问她说：

“怎么了？是不是做什么噩梦了？”

说着轻轻把她搂在怀里。

眼前的情景和当时一样。只要多纪喊柚木一声，他就会坐起来的。

说不定他会轻轻睁开眼问大家说：

“喂！你们都在这里做什么？”

柚木没有死。这么平静的一张脸，人怎么会死呢？如果喊他的名字，摇摇他的肩膀，他肯定会坐起来的。

“老师！”

这次多纪清清楚楚地喊出声来了。她摸着柚木的脸，摇着他的肩膀。

不可能叫不醒他的。待在这样狭窄的地方太可怜了。咱们快回去吧！

多纪在心里这样喊着，不停地在摇柚木的上半身。她几乎把脸贴在柚木的脸上号啕大哭起来。

接下来的情况，连多纪自己也记不清楚了。

“多纪小姐！”

听到川岛的喊声，多纪才好不容易从棺材上抬起头来。仰躺在棺材里的柚木的脸上流淌着多纪的泪水。

川岛安慰多纪说：

“你这么快赶来，柚木肯定会很高兴的。”

……

听着川岛的话，多纪又像孩子似的哭了起来。

过了将近一个小时，多纪才渐渐能听懂川岛在说什么。

川岛跪坐在地板上给多纪磕着头说：

“柚木特意约我一起来，结果却是这样，实在是对不起你。”

显然，柚木的死亡，责任并不在川岛。他的死的确不是人力所能挽回的。但身旁守着川岛这样的名医，却没能挽回柚木的生命，这让川岛有些于心不甘。

多纪对川岛说：

“他以前也曾不止一次出现过心脏病，我也提醒他注意。可他说近来心电图正常，所以就没太在意。”

多纪想起今年夏天柚木在贵船旅馆心脏病发作，在旅馆里休息了一整天的情形。

当时，柚木很痛苦地趴在桌子上。可能这次的发作比上次还要痛苦吧。

多纪问川岛说：

“我以为发生心肌梗塞时，要是旁边有人，说不定还有救。是不是旁边有人也没用啊？”

看来，心脏病发作时，即便再高明的医生在旁边也无能为力。

“可能北海道的寒冷对柚木的心脏也有些影响。季节交替时，常发生心脏病和脑溢血。”

多纪想起来，就在昨天晚上柚木还说，很冷，所以他都穿上厚大衣了。

川岛叹息说：

“即便这样，我还是不明白。”

看来，和柚木待在一起的川岛也感到有些后悔。

“直到昨天，他还好好的。”

……

川岛看着棺材里的柚木，像是责怪他似的说：

“太不注意自己的身体了。”

蒙着白布的柚木在听川岛说话吗？

“可是，你来太好了。你今晚会一直在这里吧？”

“我可以守在这里吗？”

“当然可以。我也在这里。你能在这里他会非常高兴的。”

“其他人呢？”

“柚木的女儿在美国，赶不上这里的葬礼。他妻子正巧今天不在家，傍晚才联系上她，大概明天早晨能到。”

……

“反正到明天早晨之前这里没有别的人了。”

“那好吧。”

“按照目前的计划，明天十一点出殡，然后是收骨灰。你是怎么打算的？”

“我明天一大早就回去。”

“你用不着太在意他妻子。”

“可是……”

多纪轻轻摇着头，泪水又流了出来。

柚木去世了，如今再和他妻子争，也许已经没有什么意义了。至少现在多纪对柚木的妻子已经没有敌意。

但是，柚木的妻子肯定对柚木还是有感情的。虽说两人已经到了即将分手的地步，但他们在一起生活了十几年。所以自己今晚能在这里待一个晚上，把明天让给柚木的妻子也无所谓。

川岛像忽然想起来似的说：

“对了，他把这个给你留下来了。”

说着，他从公文包里掏出自来水笔和手表递给了多纪。

“可能你曾经见过这两样东西。这是柚木去世时带在身上的。”

“我能收下这东西吗？”

“没关系。你收下吧。”

黑色皮表带的手表确实是柚木的。半个月前，多纪曾看着这块手表，计算着还能和柚木再在一起待几分钟。

自来水笔也是黑色的。虽然是一支很平常的笔，但柚木好像很喜欢它，经常把它别在西装内侧的口袋里。

川岛又从公文包里掏出把白底绘有银色浮云的扇子对多纪说：

“柚木的公文包里还装着这个。是不是你送给他的？上面写着‘多纪’两个小字。”

这是和柚木在京都初次见面的第二天，多纪放在饭店里服务台上的。她悄悄地在扇子的主扇骨上写上了自己的名字。

川岛说：

“他经常用这把扇子。没想到他冬天来北海道还带着它。”

柚木很少在多纪面前拿出这把扇子。看来他很爱惜它。

“你看，你是把它拿走，还是把它放到棺材里？”

“如果能放到棺材里的话……”

川岛看着棺材说：

“那就放到棺材里吧。这样柚木就不觉得寂寞了。”

“这个……”

多纪急忙从右手的无名指上摘下素色白金戒指说：

“把这个也放进去吧。”

“这样好吗？”

“求您把它放进去吧。”

川岛像是拿不定主意似的看了会儿戒指，然后点着头打开了棺材盖。

“他戴不上这枚戒指，就把它放在他手掌里吧。”

说着，川岛把戒指放到了柚木的两个手掌之间。

川岛对多纪说：

“回头我打算用这些菊花把他都盖起来……”

多纪点着头再次看了看柚木的脸。

说是柚木眨眼的工夫就去世了，但他脸上并没有痛苦的表情。

柚木的脸冷冰冰的，现在他在想什么呢？

川岛像给活着的人说话似的说：

“喂！我把多纪的戒指给你放进去了。”

说着话，再次把白布蒙到柚木脸上，盖上棺材盖。

一个像是医务室秘书的年轻姑娘过来给多纪添了茶。

十一点多钟，多纪回到公园饭店洗了澡，休息一会儿后换上了丧服。

要是自己和柚木一起来，住在这里，那早晨自己就在柚木身边了。

要是我在这里，说不定柚木就不会出事了……

这也许只是多纪个人自以为是的想法。川岛跟多纪说过，即便有医生在柚木身边，可能也救不了他。

但是，身边有人肯定比没人好。也许有百分之一或千分之一救活的希望。

自己还是应该和柚木一起来……

这次来札幌，柚木曾再三要多纪和他一起来。那种执拗劲儿在过去是很少有的。

临动身的前一天，柚木在电话里还问多纪能不能和他一起去。也许他觉得一个人很寂寞，说不定是有某种预感。

说起预感，昨晚柚木打的电话也很奇怪。

晚上，临外出上街时却说“我一直在爱着你”。通常柚木是不这样说的。当时多纪就感到很奇怪。

柚木让多纪也对他说“我也一直在爱着你”。但当多纪实在说不出口时，他又自言自语地说了一遍“我一直在爱着你”。

难道那是因为柚木预感到自己的死，而留给多纪的最后的温柔吗？

他那样地求自己说“我一直在爱着你”，自己为什么没满足他的要求呢？就那么一句话，说出来就好了。

说起后悔，还有一件事让多纪难以忘记。昨天深夜本想给柚木打电话，可她拿起了电话后又把听筒放了下来。

要是当时给柚木拨了电话，那就可以多和柚木说一次话。可以在电话里对他说“我一直在爱着你”了。

不，更重要的是，也许要是那时把他喊起来，他就不至于第二天死去了。

也许这些都是一个外行人的瞎想，但多纪心里感到后悔。

以为柚木从北海道回来马上就能见到他，这压根儿就是一个错误。多纪以为只要想见柚木，随时都可以见。

最后和柚木见面是一个月前他来京都时。后来多纪打算去东京，可发现自己怀孕后就没有去。刮台风的那天晚上，在京都的旅馆里和柚木度过了最后一个夜晚。

细想起来，当时柚木的态度也有些奇怪。

临回东京时忽然提出要去看望一下隆彦，而且很固执地去了医院。多纪劝他是不是下次再去，可他却说能去时不去，不能去时就去不成了。

在火车站分手时，眼看车要进站了，柚木还利用几分钟的时间和多纪去喝咖啡。

下午有工作，可柚木却说迟到一点不要紧。这不像他说的话。

所有这些是不是都因为柚木对死有了预感呢？

多纪心想，得赶快回医院，不然柚木会感到寂寞的。

她正要从房间里出去，这时心口再次产生一阵呕吐感。

从早晨开始，多纪几乎没吃什么东西。

先是结婚典礼，接下来是婚宴，后来又得到柚木去世的消息。从京都赶到大阪，再乘飞机到千岁，然后到札幌坐到柚木面前。看来，这马不停蹄的奔波让多纪的身体变得很虚弱。

多纪忍着阵阵涌起的呕吐感，手扶着洗脸间的瓷砖，对着镜子，流着泪在心里呼喊着柚木的名字。

柚木还不知道多纪已经怀孕就死去了。

无论生不生下肚子里的孩子，多纪没把这事儿告诉柚木。现在看来，至少应该告诉柚木一声。

“浑蛋！浑蛋！”

多纪忍着阵阵作呕的痛苦，在责备自己，也在痛恨柚木。

不知过了多久，多纪觉得呕吐感好像减轻了一些。脸上特意化好的妆又花了。

她重新补了妆，从饭店出来。

深夜的太平间里，除了川岛，只有另外两个男人。突然客死他乡，守夜的人少也是没办法的事情。

和柚木年纪不相上下的一个绅士拿出自己的名片对多纪说：

“您是多纪小姐吧？我是这个大学的，名叫村濑。”

看样子是邀请柚木来参加开讲纪念演讲的这个大学的教授。

教授深深鞠着躬说：

“实在不知怎样给您道歉才好。”

“您说哪里话。给您添了许多麻烦。”

事到如今再责备谁也没用了。事实上也怪不上村濑。只能说柚木命该如此。

“请您原谅！”

“不不！”

多纪还不是柚木的妻子，她没有理由接受这样的道歉。

多纪说：

“我只管来了，请您原谅才是。”

“我们会尽力而为的。您吃饭没有？”

“我还不觉得饿。请不要麻烦了。”

“感到冷吗？”

“不要紧。请您不要太为我操心。”

这个十多个平方米的地下室里，通着暖气，不觉得冷。

“快十二点了。我去弄些夜宵吧。”

看样子除了川岛，其他男子也要在这里守夜。

就这样，多纪一眼没合，一直坐在柚木的旁边。

虽然川岛和另外两个男子也留下来守夜，但大概是考虑到多纪的心情，他们都坐在房间的一角慢慢喝着酒，有时下下棋。

后来，川岛给多纪拿来一条毯子说：

“你还是休息一下吧。这么熬夜会很疲劳的。你脸色不好。解开和服腰带休息休息吧。”

听了川岛这话，多纪解下腰带，裹着毯子靠着墙坐了下来。

时间到了凌晨两点。

柚木的棺材就在眼前。

多纪忽然产生一种和柚木两人住在山中的小屋里的错觉。

多纪身上裹着毛毯，在端详柚木睡梦中的脸。她觉得好像曾经在哪里看到过这样的情景。

这情景是不是在梦中看到的呢？

多纪就那么坐着，一丝睡意向她袭来。接下来她又睁开了眼。可能川岛他们也累了，三个人也都躺到了地板上。

深夜的太平间里，只有线香的青烟和灯光在飘动。寂静中，多纪在不停地对着柚木的棺材说：

“我肚子里怀上了你的孩子。”

柚木一言不发，只是用往常的眼神在静静地看着多纪。

“怎么办呢？请告诉我，可以把孩子生下来吗？”

……

“我真的可以把孩子生下来吗？”

还是没有回答。多纪渐渐不再说话，迷迷糊糊地闭上了眼睛。

早晨六点多钟，清早的光线从半地下的窗户里照了进来。

看样子漫漫长夜终于结束了。

多纪扎好和服腰带，喝了口医务室的女秘书给她倒的茶。

“累了吧？”

只穿件衬衣的川岛过来给多纪打招呼。

“你今天乘几点的飞机回去呀？”

“八点左右的飞机。稍过一会儿我得动身了。”

“你不用这么急着回去啊。”

“可是，我能陪他一个晚上，已经满足了。”

多纪听说柚木的妻子九点多到札幌。

她对川岛说：

“这个，我想求您一件事儿。”

“什么事儿啊？”

“我想再看他一眼……”

“哦，对了。再看看他吧，不要忘记了。”

川岛点着头，走到棺材前把盖子打开。

拿掉蒙在脸上的白布，柚木和昨天一样闭着眼睛躺在那里。

“再见……”

多纪俯下身子把手轻轻放在柚木的额头说：

“再见……”

多纪忘记了川岛就在旁边，把自己的嘴唇贴到了柚木冰凉的嘴唇上。

第十五章

正午的原野

从札幌回来后的一周里，多纪像得了梦游症似的。

到了公司，看账本也好，会客也好，总觉得迷迷糊糊的。做什么都静不下心来，总感到有什么东西在身后追她似的。

而实际上她并没有做什么。她发现自己只不过是坐在桌子前望着窗外发呆。

她也觉得这样下去不行，但她的身体不听她的使唤。感觉自己的身体就像被掏空了似的，没有气力做任何事情。

毫不知情的靖子瞧着多纪的脸色，担心地问她说：

“经理，您是不是哪里不舒服啊？藤本和久保他们都很担心您。”

多纪勉强笑着说：

“不，不要紧。事情太多，我只是有些累。”

但她的笑脸还是显得很无力。

在若王子的家里，因为森子和安代多少知道些情况，所以她们都尽量不提这事儿，以免刺激多纪的情绪。即便多纪晚上早早把自己关在屋里，她们也不说什么。

即便这样，看不下去的安代还是半是鼓励半是安慰地对她说：

“小姐你要挺住啊。你还年轻。”

虽然多纪也知道大家都在为她担心，但她又不知道该怎么办才好。

她一天到晚在呆呆地想着柚木，想着医院地下室的那个太平间。

回到京都后还没见过川岛。

多纪回来后的第三天，川岛曾给她打过一次电话。告诉她，柚木的遗体已经火化，骨灰由他妻子抱回了东京。

川岛在电话里说：

“那家伙也终于成了骨灰了。”

川岛在电话就说了这些，没有谈更多详细的情况。多纪也没有心思问他。即便是问了，柚木也不可能活着回来。

“等事情平静下来后，我们再谈柚木的事情吧。”

说罢，川岛挂断了电话。也许他没有工夫再谈更多的事情。

那个人变成了骨灰……

多纪每天晚上都从桌子抽屉里拿出柚木的自来水笔和手表，静静地看着它说：

“您为什么要离开我先走呢？”

……

“您为什么不等着我呢？”

无论多纪问多少遍，自来水笔和手表也不回答她。

就这样又迎来了一个星期天。

一周前，多纪毫不迟疑地去美容院做了头发，挑选了合适的衣服。在祝贺小田和品子结婚的同时，还想象着不久自己也同样要当新娘子了。虽然自己当新娘子的日期还无法确定，但那确实是不久的将来就会成为现实的。

然而，一周后的今天，这一切希望都消失得无影无踪了。

上午十点，多纪独自一人从家里出来，沿着若王子山的山脚朝鹿之谷走去。

到了十一月下旬，红叶的季节已经结束。途中，透过竹子编的篱笆墙，看到人家的院子里有拢到一起烧掉的落叶。

阳光很明亮，但感觉有些冷。

多纪并没有明确的目的地，只是想在阳光里走走。从鹿之谷走到银阁寺前，再往左拐就到了白川大街。这时一辆出租车从山脚下开了过来。多纪朝出租车招了招手。

“请问您要去哪里？”

“请带我去贵船。”

多纪自己也不清楚为什么要说去贵船。当然，也可以说是因为曾经和柚木去过那里。但和柚木去过的地方并非唯独贵船一个。

总之，眼下的多纪只想待在温暖的阳光里。

汽车穿过鞍马口进入贵船街。阳光依然很明亮，天空看上去很高。

虽然是星期天，但可能因为红叶的季节已过，马路上行人稀少。街道两旁时而会跑出几个小孩子，还有骑自行车的年轻人。大户人家的院子里，树上的柿子已经成熟，烧着的落叶在冒着烟。

这是个和平时一样祥和的星期天。

出租车司机问多纪说：

“您要去上班呀？”

大概他觉得星期天多纪一个人去贵船有些奇怪。

“虽然天气很好，但气温降低了。”

出租车司机没再说什么，多纪只是点了点头没搭话。

今年一年就死了吉冈和柚木两个人。

吉冈死时这里的山和街道没有发生任何变化。如今也是一样。

晚秋里的山脚下是一条平坦的大路。

接纳人生死的大自然依然如故。

不久，视野里出现了清澈的贵船川。

上次和柚木来这里时，两岸都是茂密的树林，只能透过树木的缝隙断断续续看见贵船川。而如今，两岸的树叶都凋谢了，河面完全暴露了出来。

蓝天映照在河面上，河水清澈得连水底的石头都清晰可见。

“请在前面停一下。”

车过了贵船神社后，多纪从车上下来对司机说：

“请您等我一下。我马上就回来。”

说罢，她沿着河边朝前走去。

从掉光了树叶的红褐色的树梢上面可以看见曾和柚木一起住过的旅馆。在那里，多纪和柚木两人听着潺潺的流水声过了两天。

曾经让人感觉很舒服的凉爽的河水，如今冰凉刺骨。

难道那是场梦吗？

多纪正沉浸在不可思议的思绪中，突然，旁边响起一阵发动机刺耳的轰鸣声，三辆年轻人驾驶的摩托车从她身后蹿了过去。每辆车的后边都坐着一个女子。看着三辆摩托车跑远，多纪又回到出租车上。她对司机说：

“请带我去京都吧。”

司机有些不解地看了看多纪说：

“这里您已经看好了？”

说罢，司机关上了车门。

在明亮的阳光下，多纪又开始往回走。

现在柚木的家里发生着什么呢？

忽然，柚木妻子的脸又浮现在多纪的脑子里。多纪像是要驱赶掉这种念头似的马上把脸扭向了车窗外。

兜了一个多小时的风，虽然只是去了趟贵船，但多纪的心情比去之前好了些。

下车回到家里，发现小田和品子他们来了。结婚典礼后的第二天两人去了关岛，又从关岛去了罗塔岛。共出去新婚旅行了六天。

小田恭恭敬敬地给多纪鞠着躬说：

“这次结婚您给了我们许多照顾。非常感谢。”

说着把椰子和上面镶着螃蟹的小摆设递给多纪，说是送给她的礼物。

小田解释说：

“那里什么也没有，只有这样的东西。”

多纪表示感谢说：

“一路上带着挺沉的。太谢谢你们了。”

“不过，大海很漂亮。是个很悠闲的好地方。”

小田和品子在各自说着旅行有趣的事情。

当初对和品子结婚还有些犹豫不决的小田，看样子现在结了婚还挺满足的。

小田问多纪说：

“听说您婚宴上有些不大舒服。现在怎么样啊？”

“已经好了。当时真是太失礼了。”

多纪想起上次的噩梦，把目光移到了一边。

小田说：

“我明天就去公司上班。”

“你再休息两三天没关系的。”

“不。今后不能再像过去单身时那样做事了。”

听到小田这话，品子在一旁说：

“对！你要好好干呀。”

看到品子给小田加油，森子和安代也都笑了起来。面对家里这久违的笑声，多纪觉得也许需要休养的正是她自己。

也许是因为过度悲伤，最近恶心的次数减少了些。

柚木去北海道之前那段时间，她几乎每天早晨都恶心，隔二三十分钟就得趴到洗脸池前。而近来只是早晚有些轻微的呕吐感。而且稍微安静一会儿马上就好了。

现在比半个月前感觉好受些了。

不过，也许是精神作用，感觉肚子渐渐鼓了起来。特别是乳房明显变大了。

过去觉得乳房不如别人的大，还有些害羞。可现在乳晕发黑，鼓得圆圆的，穿着像毛衣那样的衣服，可以明显看出乳房的轮廓。看来，虽然多纪很悲哀，但肚子里的孩子还是在一天天长大。

这样下去可不行……

虽然多纪心里这样想，但她就是不想去医院。她的心情很复杂。她既害怕医生告诉她怀孕了，又希望医生告诉她说她怀孕了。

就这样又过了好几天。

再过几天十一月就结束了。

过完了这个给多纪带来极大悲伤的十一月，接下来就是忙碌的腊月了。十一月的最后一天，多纪下决心去了医院。

经过反复考虑，多纪决定去位于东山大街上一条小巷里的一家名叫松川的妇产医院。多纪过去曾乘车路过那里。

这天是平时上班的日子。上午她从公司里抽空来到这里。接待室里有两个妇女在候诊。她们看上去都是三十四五岁的人，肚子也看不出有多么大。大概那两个人已经来过几趟，只是做了一些简单的检查，很快就喊到了多纪的名字。

“您是辻村小姐吧？”

医生看了看病历，又看了看多纪。医生胖乎乎的，留着胡子，但人看上去挺和气的。

“有妊娠反应吧？”

“对……”

“从什么时候开始有妊娠反应的？”

医生把多纪从月经停止到最近的情况都一一写到了病历上。医生询问的口气很平淡，没有任何感情色彩。也许这是为了让患者容易回答问话。

“目前没有什么特别不好的感觉吧？”

“是的……”

“那，我来给您检查一下吧。”

医生丢下笔站起身来。

护士说了声“请”，把多纪带到了挂着帘子的地方。白色帘子里面有一只脱衣筐。筐子的那边是一张诊疗椅。

护士用没有感情色彩的声音说：

“请您在这里脱掉内衣内裤。然后躺到诊疗椅上。”

多纪点了点头，开始慢慢地解和服腰带。事到如今已经无法再逃回去了。

过了一会儿，护士估计多纪衣服脱好了，又从帘子外边走进来说：

“请您躺到诊疗椅上。”

多纪按照护士的吩咐慢慢站到了诊疗椅床前的踏板上。

“请您把腿分开一些。很快就结束的。”

护士说着话，用带子固定住了多纪的两条腿。

多纪紧闭着双眼，心想为什么非要受这种羞死人的罪呢？

过了一会儿，多纪感觉肚子的某个地方有些凉飕飕的感觉。那是医生的手触摸到了她的肚子。

“请您不要用力，用腹部慢慢呼吸。”

多纪闭着眼按照医生的吩咐做。

她用腹部轻轻地呼吸着，在心里对自己说，马上就会结束。

不知过了多久，只听护士告诉她说“好了”。她想把腿收回来，这才想起自己的腿被固定在椅子上。

多纪像逃跑似的从诊疗椅上下来，急忙穿上衣服。让医生看到自己这个样子，她感到很难堪。可她发现医生好像一点也不在意。

医生很平静地对穿好衣服坐到自己面前的多纪说：

“您的确是怀孕了。”

……

“好像快三个月了。”

和多纪自己估计的一样。虽然她有这个思想准备，但听了医生明确的结论，这才让她有了实实在在怀孕的意识。

“目前胎儿好像一切正常。”

医生并没有说要她生或是不要她生。也许医生察觉到她是单身，生与不生由她自己做主。

“您好像是第一次怀孕，所以我想您最好还是把孩子生下来。”

……

“照目前的情况推算，我想预产期应该是七月中旬。”

多纪小声说：

“七月……”

要是柚木活着，可能那时两人已经结婚一起住在家里了。

“妊娠反应，您再坚持一段时间就会结束的。”

说到这里，医生在病历上写了些什么。然后又抬起头说：

“您看您是生还是不生呢？”

……

“这个，您也有您的具体情况。所以，您可以好好考虑一下再做决定。”

“好的……”

“不过，请您尽快做出决定。然后再来看一次吧。”

“谢谢您！”

多纪给医生鞠了个躬，然后站起身来。

离开医院时，时间已经是中午了。

秋天的阳光把人行道照得特别亮。地上到处都是落叶。多纪踏着落叶沿着医院白色的围墙朝前走去。

自己这是怎么回事儿？

妊娠并没出乎自己的预料。她也做好了十有八九是怀孕了的思想准备，但接下来却没考虑孩子是生还是不生。

既然怀了孕，当然要考虑生与不生的问题。但自己却没考虑到这一步。不知为什么，她觉得怀孕和生孩子是两码事。

说实话，多纪觉得生与不生这件事，只有和柚木商量后才能决定。自己一个人是无法决定的。反正和柚木商量后再说吧。可以说，这样的依赖心让多纪没把生不生孩子当回事儿。

如今，只剩下多纪一个人，生与不生都要由她来决定。

“怎么办？”

多纪在心里嘟囔着。是不是和安代或者槙子商量商量？要不干脆和松屋夫妻说说看？

多纪在脑子里搜寻能谈这事儿的人选。可真的要说的话，她是很难开口的。说不定他们会很吃惊，会目瞪口呆地看着她。至于安代，她可能会晕过去。

而且，即便告诉了她们，她们的结论好像也是不言自明的。

“生下一个没有父亲的孩子怎么办？生下来的孩子也很可怜。你还年轻，应该把孩子打掉，开始自己的新生活。”

安代可能会这样说。槙子和松屋的妻子可能说法不同，但基本意思肯定和安代说的一样。

不会有谁会说还是把孩子生下来好。

但是，多纪又想干脆把孩子生下来。越是觉得不能生，她就越是固执地想生。即便没有一个人赞成她生孩子，可要是柚木还活着的话，他会怎么说呢？因为这是柚木的孩子，所以他听到后肯定会很高兴。

说不定柚木会安慰多纪说“好，生吧。”“结婚典礼时肚子大点我也不在乎。”

柚木也可能会说“还是结婚后再生孩子吧。”总之，照柚木的意见做就行了。

“怎么办？”

多纪问浮现在眼前的柚木说：

“您希望我生还是不生呢？”

……

柚木当然不会回答她。她眼前只看到柚木那张有些害羞的脸。

“不知道该不该生……”

正午，正在走路的多纪停住了脚步。她忽然想，是不是去隆彦那里看看。

和没有意识的隆彦商量生不生孩子的事也是白费劲。无论怎么耐心地给他解释，他也不会回答的。

但是，想来想去，也只有去隆彦那里。和自己有血缘关系的亲人只有隆彦了。

午后是病房里比较安静的一段时间。

通常多纪都是傍晚来医院。看到多纪突然这个时间来病房，护工好像有些吃惊。

“发生什么事了吗？”

“这个时候有点空闲，所以就来了。”

多纪对护工轻轻点了点头，坐到了床前。

大概刚刚打完下午的点滴，床旁边还放着挂着点滴瓶子的架子。隆彦睁着眼。

忽然，护工问多纪说：

“我想去一下商店。您能不能替我在这里守一会儿？”

“你去吧。”

护工拿着钱包匆匆往外走。门关上了，病房里只剩下多纪和隆彦两个人。

多纪慢慢把上身靠近隆彦，抓住了他的手。

这几个月的憔悴，让隆彦的手变得像干柴似的。大概是由于营养失调的缘故，他的皮肤很粗糙。脸上的肉减少了，眼神也显得很无力。唯有眼睛还出奇地清澈。

多纪在端详隆彦。隆彦也像意识到多纪在看他似的在看多纪。

“隆彦！”

多纪轻轻地喊了他一声。

午后的病房里很安静，光线很充足。

“姐姐生个孩子好吗？”

……

“姐姐给你怀了个小外甥呀。”

隆彦一句话也不说。只是很认真地看着多纪的脸。

“姐姐有了一个至爱的人，可是他死了，只剩下姐姐一个人了。”

……

“所以，我在和你商量。”

要是隆彦不生病，他会说什么呢？虽然隆彦一天到晚和别人打斗，但他对多纪还是很好的。

也许隆彦在小声说“姐姐，你把孩子生下来吧。”

“姐姐真的想要个小孩子。”

……

“姐姐觉得一个人也能把孩子养大。”

……

“将来孩子一定会像你一样，个子高高的，成为一个温顺的好孩子。”

……

“姐姐可以生吗？”

多纪的脸映在不说话的隆彦的瞳仁里。

“可以生吧？”

多纪歪着头问隆彦，隆彦瞳仁里的多纪的脸也跟着歪到了一边。

关于是否把孩子生下来，多纪又整整考虑了一周时间。

的确，把失去了父亲的孩子生下来，对孩子来说肯定是不幸的。孩子一出生就不知道父亲的模样。现在在这儿把孩子生下来，也许是一个女人自私的表现。

但在这儿把孩子打掉，也实在太残酷了。

因为爱才怀了孕，孩子即将来到这个世界里。虽说孩子现在还在肚子里，但也许已经有了胳膊和腿。就像从书中看到的那样，孩子蜷曲着身子结结实实地待在子宫里。把他硬从子宫里拽出来掐死，是一种谋杀行为。

女人有权利仅凭自己一个随便的理由就把孩子杀死吗？

怎么办才好呢？

无论和谁商量，最后做决定的还是自己本身。多纪想生就可以生，不想生也可以把孩子打掉。所有的决定权都掌握在多纪一个人手中。而这反倒成了一件让她头疼的事。

多纪小声问柚木留下的遗物说：

“要是你，你会怎么做呢？孩子是生下来好呢？还是……”

多纪始终看着柚木留下的手表和自来水笔。

柚木总是把衬衣的袖口推上去看这块手表，每当休息时都把它放在枕头边的台子上。

自来水笔经常别在西装里边左侧的口袋里。他从那里掏出笔，让笔尖倾斜着写字。看着眼前的两件遗物，多纪脑子里忽然出现一个新的想法。

是不是因为柚木预感到自己的死才留下了这个小生命呢？因为柚木要离开这个世界了，于是就把他最亲近的孩子留给了自己吗？

当然，柚木不可能知道自己的死亡。因为他觉得他没问题，所以才去了北海道。并说好从那里回来就和多纪见面。

从这一点来看，说他预感到了自己的死亡是不对的。他本人是不可能预感到自己的死亡的。

但多纪又觉得好像还有另一种更大的力量预感到了柚木的死亡。这个力量凭人类的智慧是无法弄清楚的。也许这个力量预感到了柚木的死亡，于是就让多纪怀上了他的孩子。

换句话说，也许这个孩子是柚木的替身。也许柚木还想在这个世界上活下去，就让多纪腹中的孩子来弥补他这个遗憾。

多纪觉得是这么回事儿。

这个孩子不仅是多纪的，也是柚木的。如果孩子是多纪和柚木两人孕育的，那么当然要把他抚养成人。这是一个爱柚木，也被柚木所爱的人的义务。

生下孩子后所受到的种种批评和困难，可以到生下孩子后再考虑。

多纪很清楚，生下孩子后自己会很辛苦。

她也知道在京都这个城市，生下一个没有父亲的孩子别人会说什么。可能自己不再有结婚的机会。也许会守着一个孩子过一辈子。假如凭一时的感情把孩子生下来，自己将会后悔终生的。也许自己会失声痛哭说“我犯了一个无可挽回的错误”。

但是，虽然多纪把一切都想到了，但她还是放不下想生下孩子这个念头。她知道生下孩子会给她带来各种困难，可她还是想把孩子生下来。多纪觉得自己的这个想法很好。

如果说把孩子生下来会后悔，那么，不把孩子生下来自己同样会后悔。既然同样是后悔，那还是把孩子生下来好。她知道自己会因此遇到许多困难。

“不过，我的身体是没问题的……”

多纪清楚，人不可貌相，自己其实是很坚强的。虽然多纪身材矮小，但她内心非常坚强。

一旦下定了决心，她会坚定不移地做下去。

正是由于她的这种坚强，才使她当上了公司的经理，和继母和睦相处，与客户、银行和做扇子的工匠们保持着良好的关系。虽然失去了父母，今年吉冈和柚木又相继去世，隆彦成了植物人，但多纪依然坚强地活着。她不仅活着，而且还要生下一个失去了父亲的孩子。

多纪忽然想起以前从母亲那里听到的一句话。

“女人如果下决心想做什么，就没有做不到的。”

面对有家不回绯闻不断的父亲，母亲依然能泰然处之。虽然比多纪还体质羸弱的母亲消瘦了不少，但她的内心反而更加坚强了。母亲一旦下定了决心是绝不动摇的。

多纪自言自语地说：

“我能行。”

母亲能做到的，自己不可能做不到。

这一年来，多纪彻底地坚强起来了。她懂得了去爱一个人和被人爱。过去隐藏在她心底的虚荣和做作消失了，取而代之的是坦率和正直、勇气和自信。

多纪对着柚木的遗物坚定地说：

“我要把孩子生下来。一定好好地培养他。”

……

“即便您反对，我也不会改变我的决心的。”

多纪站起身来。已经是晚上十一点了。

森子已经回了自己的房间。安代可能还在客厅里。

她来到走廊上喊道：

“安代！安代！”

过了一会儿，远处传来安代的声音。

“小姐您有什么事啊？”

“你来我房间一下。”

安代来到多纪的房间。多纪深更半夜突然叫她，让她感到有些迷惑不解。

多纪对安代说：

“来，你坐下来。这事儿我还没给任何人说过。你是第一个。请你认真地听。”

多纪缓了口气说：

“是这么回事儿，我怀孕了。”

“怀孕？”

“已经怀孕三个月了。”

安代仔细端详起多纪的脸色来。

多纪问安代说：

“你是不是已经知道了？”

“不，我不知道。不过，我觉得您有些不大对劲儿。那，对方是？”

“是柚木老师。”

“是柚木老师的孩子？”

“我要把孩子生下来。”

“您说什么？”

“我决定把孩子生下来。”

“那，他呢？”

“他已经不在这个世界了。但是，我要把这个孩子生下来。”

……

安代吃惊地张着嘴呆呆地看着多纪。

“我只是想把这事儿告诉你，请你心中有数。”

“小姐……”

安代把手放在多纪的膝盖上说：

“您先别急。再好好想想。您现在没必要勉强把孩子生下来。”

“我不是要勉强生孩子。”

“但是，那个老师已经不在了。”

“所以我才要生。因为再也见不到他了，所以才要把他的孩子生下来。”

“您怎么能这样做呢……”

多纪像说给自己听似的坚决地说：

“我已经决定了。是不会再改变的。”

接着她又告诉安代说：

“孩子明年七月出生。”

“那，公司里的事怎么办？”

“我当然会继续当经理。我会牢牢地把握着公司，直到把孩子抚养成人，让他继承‘辻村’的家业。”

……

“我哪里也不嫁了。就守着这个家。”

“小姐……”

安代突然带着哭腔擦着眼角的泪说：

“您就这样喜欢那个老师吗？”

给安代这么一问，多纪心里也忍不住难过起来。再这样说下去，两个人会都哭起来的。

“我想至少要把这事儿先给安代你说说。”

“谢谢小姐。我知道了。”

“那，你觉得这样行吗？”

“小姐您都把话说到这个份儿上了，又有什么法子啊。”

多纪态度坚决地点着头说：

“我明天去医院明确对医生说我要把孩子生下来。”

明亮的阳光照在初冬的原野上。

此时是京都的正午。

多纪沿着常寂光寺石阶从山门出来朝小路走去。上次和柚木来这里时是今年的年初。当时两人一直走到多宝塔才返回来。

如今，观赏红叶的秋季已过，周围的树木再次回到光秃秃的状态。透过瘦弱的树木可以看到寒冬里的天空。虽然看上去不觉得有什么动静，但季节的确在发生着变化。

今天，多纪去医院明确对医生说自己要把孩子生下来。

医生看着多纪的脸确认似的问她说：

“噢，您还是决定要把孩子生下来吗？”

接着医生又小声再次嘟囔着说：

“也好。还是把孩子生下来好。”

“拜托您了。”

多纪对医生表示了谢意。离开医院时已经是上午十一点多了。

后来，多纪不知何故竟走到了嵯峨野这个地方。

多纪原打算从医院直接去公司的。可当她走出医院后，突然想在明亮的阳光下走一走。

她想在寂静无人的正午的原野走走。

现在，多纪想在明亮的天空下大声喊“我要把柚木的孩子生下来！”她想把自己的决心告诉天空，告诉太阳，告诉周围的草木。如果有可能，她还想告诉所有的路人。

走在常寂光寺通往二尊院的小路上，多纪感到心里很充实。

她边走边对自己说：

“我要当母亲了。”

用不着再犹豫。既然决定了，剩下的就是坚定不移地走下去。

多纪顺着山门前的小路朝小仓山走去。她并没有特定的目的地，只是想这样舒畅地走走。

不久，路的左边出现了一排石头围墙。围墙的那头有一片竹林。透过竹叶凋谢的竹林，可以看见竹林那边冬日的阳光。沿竹林边的小路往左拐，眼前忽然出现一片原野。

可能以后这里要建新房子，荒芜的原野上到处是枯萎的芒草。原野的那头是大片树林。

多纪停住脚步，把手放在额头上挡住冬日的阳光。

快到中午十二点了。

太阳已经接近中空，把原野照得亮亮的。

许是到了午休的时间，路上看不到车辆和行人。

站在天空下的多纪突然发现原野一片寂静。周围没有一个人，天地间只有一片茫茫的原野。

多纪觉得自己似曾见过类似眼前的风景。万籁俱寂，只有自己一个人在正午的原野上。明亮的阳光里，有自己那无法治愈的孤独。

总之，自己走到了今天这一步……

看来，在爱过一个人，并被那个人爱过后，多纪又回到了孤身一人的地步。

现在，多纪要从这里开始她新的一步了。

也许迈出这一步后，最终还会回到一无所有的状态，但她必须往前走。

“出发！”

说罢，多纪再次迈步朝冬日下正午的原野坚定地走去。

已出版

渡边淳一经典作品集 · 情爱小说

渡边淳一

传记体小说经典代表作

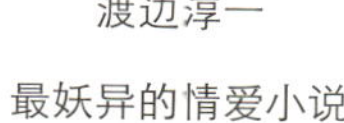

渡边淳一

最妖异的情爱小说

微博：http://weibo.com/wenzhitushu
小站：http://site.douban.com/wenzhi

做好书